L'ESPOIR

ŒUVRES D'ANDRÉ MALRAUX

nrf

ROYAUME FARFELU.

LA CONDITION HUMAINE.

LE TEMPS DU MÉPRIS.

L'ESPOIR.

ESQUISSE D'UNE PSYCHOLOGIE DU CINÉMA.

SCÈNES CHOISIES.

LES NOYERS DE L'ALTENBURG.

*

LA GALERIE DE LA PLÉIADE
collection dirigée par André Malraux

SATURNE, essai sur Goya (illustré de 150 reproductions en héliogravure dont 20 en couleurs).

TOUT L'ŒUVRE PEINT DE LÉONARD DE VINCI (illustré de 60 reproductions en héliogravure, dont 38 hors-texte en couleurs).

LES VOIX DU SILENCE (illustré de 570 planches en héliogravure, dont 15 hors-texte en couleurs).

TOUT L'ŒUVRE DE VERMEER DE DELFT (illustré de 41 planches en héliogravure et de 41 hors-texte en couleurs).

LE MUSÉE IMAGINAIRE DE LA SCULPTURE MONDIALE. Tome I : *La Statuaire* (illustré de 720 planches en héliogravure, dont 16 hors-texte en couleurs).

Tome II : *Des Bas-reliefs aux Grottes sacrées* (illustré de 438 planches en héliogravure, 16 dépliants et 6 hors-texte en couleurs).

Tome III : *Le Monde chrétien* (illustré de 397 planches en héliogravure, 16 dépliants et 5 hors-texte en couleurs).

*

BIBLIOTHÈQUE DE LA PLÉIADE

ROMANS : Les Conquérants — La Condition humaine — L'Espoir.

ÉDITION ILLUSTRÉE

ROMANS : La Tentation de l'Occident - Les Conquérants - La Voie royale - La Condition humaine - Le Temps du Mépris - L'Espoir - Les Noyers de l'Altenburg (32 aquarelles et gouaches par Edy Legrand, reliure de Paul Bonet).

ANDRÉ MALRAUX

L'ESPOIR

roman

nrf

GALLIMARD
5, rue Sébastien-Bottin, Paris VIIe
Cent quarante-troisième édition

*A mes camarades de
la bataille de Teruel*

L'ILLUSION LYRIQUE

I

L'ILLUSION LYRIQUE

I

CHAPITRE PREMIER

Un chahut de camions chargés de fusils couvrait Madrid tendue dans la nuit d'été. Depuis plusieurs jours les organisations ouvrières annonçaient l'imminence du soulèvement fasciste, le noyautage des casernes, le transport des munitions. Maintenant le Maroc était occupé. A une heure du matin, le gouvernement avait enfin décidé de distribuer les armes au peuple; à trois heures, la carte syndicale donnait droit aux armes. Il était temps : les coups de téléphone des provinces, optimistes de minuit à deux heures, commençaient à ne plus l'être.

Le central téléphonique de la gare du Nord appelait les gares les unes après les autres. Le secrétaire du syndicat des cheminots, Ramos, et Manuel, désigné pour l'assister cette nuit, dirigeait. Sauf la Navarre, coupée, la réponse avait été, ou bien : le Gouvernement est maître de la situation, ou bien : les organisations ouvrières contrôlent la ville en attendant les instructions du Gouvernement. Mais le dialogue venait de changer :

— Allo Huesca ?

— Qui parle ?

— Le Comité ouvrier de Madrid.

— Plus longtemps, tas d'ordures ! Arriba España!

Au mur, fixée par des punaises, l'édition spéciale (7 heures du soir) de *Claridad* : sur six colonnes « Aux armes, camarades ! ».

— Allo Avila ? Comment ça va chez vous ? Ici la gare.

— Va te faire voir, salaud. Vive le Christ-Roi !
— A bientôt ! Salud !
On avait appelé Ramos d'urgence.

Les lignes du Nord convergeaient vers Saragosse, Burgos et
Valladolid.
— Allo Saragosse ? Le Comité ouvrier de la gare ?
— Fusillé. Et autant pour vous avant longtemps. Arriba
España !
— Allo Tablada ? Ici Madrid-Nord, le responsable du syn-
dicat.
— Téléphone à la prison, enfant de putain ! On va aller te
chercher par les oreilles.
— Rendez-vous sur l'Alcala, deuxième bistrot à gauche.
Ceux du central regardaient la gueule de jovial gangster frisé
de Ramos.
— Allo Burgos ?
— Ici le commandant.
Plus de chef de gare. Ramos raccrocha.

Un appareil appelait :
— Allo Madrid ? qui êtes-vous ?
— Le Syndicat des transports ferroviaires.
— Ici, Miranda. La gare et la ville sont à nous. Arriba
España !
— Mais Madrid est à nous. Salud !
Il ne fallait donc plus compter sur des secours du Nord, sauf
par Valladolid. Restaient les Asturies.
— Allo Oviedo ? qui parle ?
Ramos devenait prudent.
— Le délégué de la gare.
— Ici Ramos, secrétaire du Syndicat. Comment ça va chez
vous ?
— Le colonel Aranda est fidèle au Gouvernement. Ça ne va
pas très bien à Valladolid : nous envoyons trois mille mineurs
armés pour renforcer les nôtres.
— Quand ?
Un martèlement de crosses, autour de Ramos, qui n'entendit
plus.
— Quand ?
— Tout de suite.
— Salud !

« Suis ce train avec le téléphone », dit Ramos à Manuel. Il
appela Valladolid :
— Allo Valladolid ? Qui parle ?
— Délégué de la gare.
— Comment ça va ?

— Les nôtres tiennent les casernes. Nous attendons un renfort d'Oviedo : faites le possible pour qu'il arrive au plus tôt. Mais soyez sans inquiétude : chez nous ça ira. Et chez vous ?

On chantait devant la gare. Ramos n'entendait pas sa propre voix.

— Comment ? demandait Valladolid.

— Ça va. Ça va.

— Les troupes sont révoltées ?

— Pas encore.

Valladolid raccrochait.

On pouvait détourner par là tous les secours du Nord.

A travers des histoires d'aiguillage qu'il comprenait mal et dans l'odeur de carton du bureau, de fer et de fumée de la gare (la porte était ouverte sur la nuit très chaude), Manuel notait les appels des villes. Dehors, le bruit des chants et des crosses de fusils ; il devait sans cesse faire répéter (les fascistes, eux, raccrochaient). Il reportait les positions sur la carte du réseau : Navarre, coupée ; tout l'est du golfe de Biscaye, Bilbao, Santander, Saint-Sébastien, fidèle, mais coupé à Miranda. D'autre part, les Asturies, Valladolid fidèles. Les sonneries sans arrêt.

— Allo. Ici Ségovie. Qui êtes-vous ?

— Délégué du Syndicat, dit Manuel, regardant Ramos d'un air interrogateur. Qu'est-ce qu'il était, au fait ?

— On ira bientôt te les couper !

— Ça passera inaperçu. Salud !

Maintenant c'étaient les gares fascistes elles-mêmes qui appelaient : Sarracin, Lerma, Aranda del Duero, Sepulveda, Burgos de nouveau. De Burgos à la Sierra, les menaces descendaient plus vite que les trains de secours.

— Ici le ministère de l'Intérieur. Le central du Nord ? Faites savoir aux gares que la garde civile et la garde d'assaut sont aux côtés du gouvernement.

— Ici Madrid-Sud. Comment ça va au Nord, Ramos ?

— Ils ont l'air de tenir Miranda, et pas mal plus bas. Trois mille mineurs descendent sur Valladolid : on aura du renfort par là. Et chez vous ?

— Les gares de Séville et de Grenade sont à eux. Le reste tient.

— Cordoue ?

— On ne sait pas : on se bat dans les faubourgs quand ils ont les gares. Tabassage sérieux à Triana. Aussi à Penarroya. Mais tu m'épates avec ton histoire de Valladolid : ce n'est pas à eux ?

Ramos changea de téléphone, et appela :

— Allo Valladolid ? Qui parle ?

— Délégué de la gare.

— Ah ?... On nous disait que les fascistes étaient chez vous.

— Erreur. Tout va bien. Et chez vous ? Les soldats se sont révoltés ?

— Non.

— Allo Madrid-Nord ? Qui parle ?

— Responsable des transports.

— Ici Tablada. Tu n'as pas appelé ici ?

— On nous a dit que vous étiez fusillés ou en tôle, je ne sais quoi.

— Nous en sommes sortis. Ce sont les fascistes qui y sont. Salud !

— Ici la Maison du Peuple. Faites savoir à toutes les gares fidèles que le gouvernement, appuyé sur les milices populaires, est maître de Barcelone, de Murcie, de Valence, de Malaga, de toute l'Estramadure et de tout le Levant.

— Allo ! Ici Tordesillas. Qui parle ?

— Conseil ouvrier de Madrid.

— Les salauds de ton espèce sont fusillés. Arriba España !

Medina del Campo, même dialogue. La ligne de Valladolid restait la seule grande ligne de communication avec le Nord.

— Allo Leon ? Qui parle ?

— Délégué du Syndicat. Salud !

— Ici Madrid-Nord. Le train des mineurs d'Oviedo est passé ?

— Oui.

— Tu sais où il est ?

— Vers Mayorga, je pense.

Dehors, dans la rue de Madrid, toujours les chants et les crosses.

— Allo Mayorga ? Ici Madrid. Qui parle ?

— Qui êtes-vous ?

— Conseil ouvrier de Madrid.

On raccrochait. Alors ? où était le train ?

— Allo Valladolid ? Êtes-vous sûrs de tenir jusqu'à l'arrivée des mineurs ?

— Absolument sûrs.

— Mayorga ne répond pas !

— Aucune importance.

— Allo Madrid ? Ici Oviedo. Aranda vient de se soulever, on se bat.

— Où est le train des mineurs ?

— Entre Leon et Mayorga.

— Maintenez le contact !

Manuel appelait. Ramos attendait.

— Allo Mayorga ? Ici Madrid.

— Qui ?

— Conseil ouvrier. Qui parle ?

— Chef de centurie des phalanges espagnoles. Votre train est passé, idiots. Toutes les gares sont à nous jusqu'à Valladolid ; Valladolid est à nous depuis minuit. Vos mineurs, on les attend avec des mitrailleuses. Aranda en est débarrassé. À bientôt !

— Au plus tôt !

L'une après l'autre, Manuel appela toutes les gares entre Mayorga et Valladolid.

— Allo Sepulveda ? Ici Madrid-Nord, Comité ouvrier.

— Votre train est passé, andouilles. Vous êtes tous des cons, et nous irons cette semaine vous les couper.

— Physiologiquement contradictoire. Salud !

L'appel continuait.

— Allo Madrid ? Allo ! Allo ! Madrid ? Ici Navalperal de Pinares. La gare. Nous avons repris le patelin. Les fascistes, oui, désarmés, en tôle. Prévenez. Les leurs téléphonent toutes les cinq minutes pour savoir si la ville est toujours à eux. Allo ! Allo !

— Il faudrait envoyer partout de fausses nouvelles, dit Ramos.

— Ils contrôleront.

— Ça leur ferait toujours ça comme pagaille.

— Allo Madrid-Nord ? Ici l'U. G. T. Qui parle ?

— Ramos.

— On nous dit qu'un train de fascistes s'amène avec armement perfectionné. Il descendrait de Burgos. Tu as des tuyaux ?

— On le saurait ici, toutes les gares sont à nous jusqu'à la Sierra. Il faut quand même prendre des précautions. Un moment.

« Appelle la Sierra, Manuel. »

Manuel appela les gares l'une après l'autre. Il tenait à la main une règle, et semblait battre la mesure. Toute la Sierra était fidèle. Il appela le central des Postes : mêmes informations. En deçà de la Sierra, ou les fascistes n'avaient rien tenté, ou ils étaient battus.

Pourtant ils tenaient la moitié du Nord. En Navarre, Mola, l'ancien chef de la Sûreté de Madrid ; contre le gouvernement, les trois quarts de l'armée, comme d'habitude. Du côté du gouvernement, la garde d'assaut et le peuple, la garde civile peut-être.

— Ici l'U. G. T. C'est Ramos ?

— Oui.

— Alors, le train ?

Ramos résuma.

— Et en général ? demanda-t-il à son tour.

— Bon. Très bon. Sauf au ministère de la Guerre. A six heures ils ont dit que tout était foutu. On leur a dit qu'ils n'en

avaient pas, eux prétendent que les miliciens se débineront. On
se fout de leurs histoires : je t'entends à peine, tellement les types
chantent dans la rue...

Dans le récepteur, Ramos entend les chants, qui se mêlent à
ceux de la gare.

Bien que l'attaque eût sans doute éclaté presque partout à la
même heure, il semblait que ce fût une armée en marche qui s'ap-
prochât : les gares tenues par les fascistes étaient de plus en plus
proches de Madrid ; et pourtant l'atmosphère était si tendue
depuis quelques semaines, la foule si inquiète d'une attaque
qu'elle devrait peut-être subir sans armes, que cette nuit de
guerre semblait une immense libération.

— La bagnole-à-skis est toujours là ? demanda Ramos à
Manuel.

— Oui.

Il confia le central à l'un des responsables de la gare. Quelques
mois plus tôt, Manuel avait acheté d'occasion une petite bagnole
pour aller faire du ski dans la Sierra. Tous les dimanches, Ramos
s'en servait pour la propagande. Cette nuit, Manuel l'avait mise
de nouveau à la disposition du parti communiste, et travaillait
une fois de plus avec son copain Ramos.

— On ne va pas recommencer 1934 ! dit celui-ci. Cavalons à
Tetuan de las Victorias.

— Où est-ce ?

— Cuatro Caminos.

A trois cents mètres ils furent arrêtés par le premier poste de
contrôle.

— Documentation.

La documentation, c'était la carte syndicale. Manuel ne portait
guère sur lui sa carte du parti communiste. Comme il travaillait
aux studios de cinéma (il était ingénieur de son), un vague style
montparnassien lui donnait l'illusion d'échapper vestimentaire-
ment à la bourgeoisie. Seuls, dans ce visage très brun, régulier
et un peu lourd, les sourcils épais pouvaient prétendre à quelque
prolétariat. A peine d'ailleurs les miliciens lui avaient-ils jeté un
coup d'œil qu'ils reconnurent la tête hilare et frisée de Ramos.
L'auto repartit parmi les tapes sur l'épaule, les poings levés et
les *salud :* la nuit n'était que fraternité.

Et pourtant, la lutte entre socialistes de droite et de gauche,
l'opposition de Caballero à la possibilité d'un ministère Prieto
n'avaient pas été faibles, ces dernières semaines... Au second
contrôle, des hommes de la F. A. I. confiaient un suspect à des
ouvriers de l'U. G. T., leurs vieux adversaires. Il y a du bon,
pensa Ramos. La distribution des armes n'était pas terminée :
un camion chargé de fusils arrivait.

— On dirait des semelles ! dit Ramos.

En effet, on ne voyait des fusils que la plaque de couche.

— C'est vrai, dit Manuel : des chemelles.

— Qu'est-ce que tu as à bafouiller ?

— Je me suis cassé une dent en mangeant. Ma langue ne s'occupe plus que de ça. Elle se fout de l'antifascisme.

— En mangeant quoi ?

— Une fourchette.

Des silhouettes embrassaient des fusils qu'elles venaient de recevoir, engueulées par d'autres, qui attendaient dans l'ombre, serrées comme des allumettes. Des femmes passaient, leurs cabas pleins de balles.

— C'est pas trop tôt, dit une voix. Depuis le temps qu'on attend qu'ils nous tombent sur la gueule !

— J'ai bien cru que le gouvernement nous laisserait écraser...

— T'en fais pas : comme ça, ils vont voir s'il y en aura pour longtemps. Bande de salauds !

— C'est le peuple qui est sereno de Madrid, cette nuit...

Tous les cinq cents mètres, nouveau contrôle : les autos fascistes parcouraient la ville avec des mitrailleuses. Et toujours les mêmes poings levés et la même fraternité. Et toujours le geste étrange des veilleurs qui n'avaient pas encore fini de palper leurs fusils : sans fusils depuis un siècle.

En arrivant, Ramos jeta sa cigarette et l'écrasa du pied.

— Cesse de fumer.

Il disparut en hâte, revint dix minutes après, suivi de trois copains. Tous portaient des paquets enveloppés de journaux, serrés de cordes.

Manuel avait tranquillement allumé une nouvelle cigarette.

— Laisse ta cigarette, dit Ramos serein : c'est de la dynamite.

Les copains installèrent les paquets, moitié sur la banquette avant, moitié sur l'arrière, et rentrèrent dans la maison. Manuel avait quitté son siège pour écraser sa cigarette sous son pied sans la jeter. Il releva vers Ramos un visage consterné.

— Quoi ? Qu'est-ce qui te prend ? demanda celui-ci.

— Tu m'embêtes, Ramos.

— C'est ça. Maintenant allons.

— On ne peut pas trouver une autre bagnole ? Je peux conduire une autre bagnole.

— Nous faisons sauter les ponts, celui d'Avila pour commencer. Nous portons la dynamite, et elle va être expédiée illico où il faut, Peguerinos, etc... Tu n'as pas l'intention de perdre deux heures, non ? Cette bagnole, on sait qu'elle marche, au moins.

— Oui, dit Manuel, triste et d'accord.

Il ne tenait pas tant à la bagnole qu'aux ravissants accessoires. L'auto repartit. Manuel devant, Ramos derrière, serrant sur son ventre un paquet de grenades. Et soudain, Manuel s'aperçut que cette voiture lui était devenue indifférente. Il n'y avait plus de voiture ; il y avait cette nuit chargée d'un espoir trouble et sans limites, cette nuit où chaque homme avait quel-

que chose à faire sur la terre. Ramos entendait un tambour éloigné comme le battement de son cœur.

Toutes les cinq minutes, ils étaient arrêtés par le contrôle.

Les miliciens, dont beaucoup ne savaient pas lire, tapaient
sur l'épaule des occupants de la voiture dès qu'ils reconnaissaient Ramos, et à peine avaient-ils entendu celui-ci gueuler :
« Ne fumez pas! » que, voyant la voiture chargée de paquets, ils
commençaient à trépigner de joie : la dynamite était la vieille
arme romanesque des Asturies.

L'auto repartait.

A l'Alcala, Manuel se lança. A sa droite, un camion de la
F. A. I., plein d'ouvriers armés, vira tout à coup à gauche.
Toutes les voitures, cette nuit, allaient à quatre-vingts à l'heure.
Manuel essaya d'éviter le camion, sentit la légère bagnole qui
l'enlevait du sol et pensa : « Fini ».

Il se retrouva allongé sur le ventre parmi les paquets de dynamite qui roulaient comme des marrons, — sur le trottoir, heureusement. — Sous son visage, son sang brillait, éclairé par le
bec électrique ; il ne souffrait guère, saignait du nez, et entendait Ramos gueuler : « Ne fumez pas, camarades ! » Il gueula de
même, se retourna enfin et vit son ami, jambes en équerre,
mèches frisées à travers la figure, ses grenades à la main farou-
chement serrées sur son ventre, entouré de porteurs de fusils qui
s'agitaient autour des paquets sans oser les toucher. Au milieu,
un mégot de Ramos (qui avait profité de ce qu'il était seul à
l'arrière pour allumer une cigarette de plus) se fumait tout seul.
Manuel l'éteignit du pied. Ramos commença à faire empiler les
paquets le long du mur. Pour la bagnole-à-skis, il valait mieux
ne plus en parler.

Un haut parleur criait : *Les troupes mutinées marchent sur le
centre de Barcelone. Le gouvernement est maître de la situation.*

Manuel aidait à empiler les paquets. Ramos, toujours si actif,
ne bougeait pas.

— Qu'est-ce que tu attends pour donner un coup de main ?

*Allo ! Les troupes mutinées marchent sur le centre de Barce-
lone.*

— Je ne peux pas bouger le bras : la crispation a été trop
forte. Ça va revenir. Arrêtons la première voiture disponible, et
repartons.

CHAPITRE II

A travers la fraîcheur d'arrosage, la petite aube de plein été se
levait sur Barcelone. Dans l'étroit bistrot demeuré ouvert toute
la nuit devant l'immense avenue vide, Sils, dit le Négus, de la

Fédération anarchiste ibérique et du syndicat des Transports, distribuait des revolvers à ses copains.

Les troupes rebelles arrivaient à la périphérie.

Tous parlaient.

— Qu'est-ce que vont faire les troupes d'ici ?

— Nous tirer sur la gueule, tu peux en être sûr.

— Les officiers ont encore juré fidélité à Companys hier.

— La radio te répond.

Le petit poste de radio, au fond de la salle étroite, répétait maintenant toutes les cinq minutes :

« *Les troupes insurgées descendent vers le centre.* »

— Le Gouvernement distribue des armes ?

— Non.

— Hier, deux copains de la F. A. I. qui se balladaient avec des fusils ont été arrêtés. Il a fallu Durruti et Oliver pour les faire relâcher.

— Qu'est-ce qu'ils disent, à la *Tranquilidad* [1] ? Qu'ils les auront, les fusils, ou non ?

— Plutôt non.

— Et les revolvers ?

Le Négus continuait à passer les siens.

— Ceux-ci ont été mis obligeamment à la disposition des compagnons anarchistes par messieurs les officiers fascistes. Ma barbe inspire confiance.

Avec deux amis et quelques complices, il avait dévalisé dans la nuit les carrés de deux bateaux de guerre. Il conservait la combinaison bleue de mécanicien qu'il avait revêtue pour pénétrer sur le bateau.

— Maintenant, dit-il en tendant le dernier revolver, réunissons nos sous. A la première armurerie ouverte, faut acheter des balles. Vingt-cinq chacun, ce qu'on a, c'est pas assez.

« *Les troupes insurgées descendent vers le centre...* »

— Les armureries n'ouvriront pas aujourd'hui, c'est dimanche.

— Pas d'histoires : on les ouvrira nous-mêmes.

« *Chacun va chercher ses copains et les emmène avec nous.* »

Il en reste six. Les autres partent.

« *Les troupes insurgées...* »

Le Négus commande. Pas à cause de sa fonction au syndicat. Parce qu'il a fait cinq ans de prison ; parce que, lorsque la compagnie des trams de Barcelone, après une grève, a chassé quatre cents ouvriers, une nuit, le Négus, aidé d'une dizaine de copains, a mis le feu aux trams en dépôt sur la colline du Tibidabo, et les a lancés en flammes, freins desserrés, au milieu des klaxons épouvantés des autos, jusqu'au centre de Barcelone. Quant au sabotage moins important qu'il dirigea ensuite, il dura deux ans.

1. Le café où se réunissaient les anarchistes.

Ils sortirent dans le petit jour bleuâtre, et chacun se demandait ce que serait la prochaine aube. A chaque coin de rue venaient des groupes, amenés par ceux qui avaient quitté le bistrot les premiers. Lorsqu'ils arrivèrent au Diagonal, les troupes sortirent du jour qui se levait.

Le martèlement des pas s'arrêta, une salve prit le boulevard en enfilade : par la plus grande avenue de Barcelone, toute droite, précédés de leurs officiers, les soldats de la caserne Pedralbes marchaient sur le centre de la ville.

Les anarchistes se mirent à l'abri de la première rue perpendiculaire ; le Négus et deux autres retournèrent.

Ces officiers, ils ne les voyaient pas pour la première fois. Les mêmes que ceux qui avaient arrêté les trente mille emprisonnés des Asturies, les mêmes qu'en 1933 à Saragosse, les mêmes qui avaient permis le sabotage de la révolte agraire, ceux grâce à qui la confiscation des biens de l'ordre des Jésuites, ordonnée pour la sixième fois depuis un siècle, était six fois restée lettre morte. Les mêmes que ceux qui avaient chassé les parents du Négus. La loi catalane chasse les vignerons fermiers lorsque les vignes deviennent incultes : lors du phylloxera, toutes les vignes atteintes avaient été considérées comme incultes, et les vignerons, chassés des vignes qu'ils avaient plantées, qu'ils cultivaient depuis vingt ou cinquante ans. Ceux qui les remplaçaient, n'ayant plus aucun droit sur la vigne, étaient payés moins cher. Par ces mêmes officiers fascistes, peut-être...

Ils avançaient au milieu de la chaussée, encadrant la troupe, précédés de patrouilles de protection sur les trottoirs ; à chaque coin, les patrouilles tiraient dans la profondeur de la rue avant de passer. Les becs électriques n'étaient pas encore éteints ; les enseignes au néon brillaient d'un éclat plus profond que celui de l'aube. Le Négus revint vers ses copains.

— Ils nous ont sûrement vus. Il faut faire le tour et leur retomber dessus plus haut.

Ils coururent, sans bruit : presque tous portaient des espadrilles. Ils s'embusquèrent sous les portes d'une rue perpendiculaire au Diagonal : quartier riche, belles portes profondes. Les arbres du boulevard étaient des buissons d'oiseaux. Chacun voyait en face de lui, de l'autre côté de la rue, un camarade immobile, revolver au bout du bras.

La rue vide s'emplit peu à peu du bruit régulier des pas. Un anarchiste tomba : on venait de tirer sur lui d'une fenêtre. Laquelle ? La troupe était à cinquante mètres. Des croisées, comme on devait bien voir toutes les portes du trottoir opposé! Immobiles sous tous les porches de la rue vide qui s'emplissait du piétinement régulier de la troupe, les anarchistes attendaient qu'on les abattît des fenêtres comme au tir forain.

Salve de la patrouille. Les balles passèrent comme un vol de sauterelles ; la patrouille repartit. Dès que le gros de la troupe passa devant la rue, des coups de revolver partirent de toutes les portes.

Les anarchistes ne tirent pas mal.

En avant! crièrent les officiers ; non contre cette rue, mais contre le centre de la ville : chaque chose en son temps. Entre les ornements de l'entrée monumentale qui le protégeait, le Négus ne voyait les soldats que de la ceinture aux pieds. Pas une arme : tous les fusils, en joue, tiraient au passage ; mais sous les pans des vareuses, couraient beaucoup de pantalons civils : les militants fascistes étaient là.

Les patrouilles d'arrière-garde passèrent, le bruit de course décrut.

Le Négus réunit ses copains, changea de rue, s'arrêta. Ce qu'ils faisaient était inefficace. Le combat sérieux aurait lieu au centre, place de Catalogne sans doute. Il eût fallu prendre les troupes à revers. Mais comment ?

Sur la première place, la troupe avait laissé un détachement. Un peu imprudente, peut-être... Elle possédait un fusil-mitrailleur.

Un ouvrier passa en courant, un revolver à la main :

— On arme le peuple !

— Nous aussi ? demanda le Négus.

— Je te dis qu'on arme le peuple !

— Les anarchistes aussi ?

L'autre ne se retourna pas.

Le Négus chercha un café, téléphona au journal anarchiste. On armait le peuple, en effet : mais les anarchistes, jusqu'ici, avaient reçu soixante revolvers. « Autant aller les chercher soi-même sur les navires de guerre ! »

Une sirène d'usine meugla dans le matin. Comme les jours où ne se décident que de petits destins. Comme les jours où le Négus et ses copains les entendaient et se hâtaient devant de longs murs gris et jaunes, des murs sans fin. Dans la même aube, avec les mêmes lumières électriques encore allumées, et qui semblaient suspendues au fil du tram. Une seconde sirène. Dix, vingt.

Cent.

Tout le groupe resta au milieu d'une chaussée, cataleptique. Jamais aucun des compagnons du Négus n'avait entendu plus de cinq sirènes à la fois. Comme les villes menacées d'Espagne jadis s'ébranlaient sous les cloches de toutes leurs églises, le prolétariat de Barcelone répondait aux salves par le tocsin haletant des sirènes d'usine.

— Puig est à la place de Catalogne, cria un type qui courait vers le centre, suivi de deux autres. Ceux-là avaient des fusils.

— Je ne le croyais pas encore sorti de l'hôpital, dit un compagnon du Négus.

Toutes ces sirènes, lancées ensemble, perdaient leur son lugubre de bateaux en partance pour devenir l'appareillage d'une flotte en révolte.

— La distribution des armes, on va s'en occuper nous-mêmes, dit le Négus en regardant le détachement et le fusil-mitrailleur.

Il souriait rageusement; entre ses moustaches et sa barbe noires, ses dents avançaient un peu. De toutes les usines occupées, le hurlement tour à tour long et précipité des sirènes emplissait les maisons, les rues, l'air, et tout le golfe jusqu'aux montagnes.

❖

Les troupes de la caserne du Parc — comme toutes les autres — descendaient vers le centre.

Puig, en chandail noir, occupait une place avec trois cents hommes ; il était le plus petit et le plus large. Tous n'étaient pas des anarchistes : plus de cent avaient reçu des fusils distribués par le Gouvernement. Ceux qui ne savaient guère tirer se faisaient expliquer le maniement du fusil. « La propriété n'a rien à faire ici », dit Puig, qui distribua les fusils entre les meilleurs tireurs, à l'approbation générale.

Les soldats arrivaient par la plus grande avenue ; il divisa ses hommes entre toutes les rues opposées. Le Négus venait d'arriver avec ses copains et le fusil-mitrailleur, mais le Négus seul savait manier un fusil-mitrailleur. On n'entendait rien, ni la course des miliciens chaussés d'espadrilles, ni les trams, — pas même le pas des soldats, trop éloignés encore. Depuis que les sirènes s'étaient tues, un silence d'affût pesait sur Barcelone.

Les soldats avançaient, le fusil prêt, sous les immenses panneaux de publicité d'un hôtel et d'une parfumerie. Est-ce déjà du passé, la réclame? pensait Puig. Tous les anarchistes avaient mis en joue.

Le premier rang des soldats — en pantalons civils — tira sur une des rues, se déploya sous un vol de pigeons clairs dont beaucoup retombèrent. Le second rang tira sur une autre rue, se déploya. Les hommes de Puig, abrités, tiraient aussi, non sur la tranche d'une rue, comme l'avaient fait ceux du Négus, mais en feu convergent ; et la place n'était pas grande. Le premier rang prit le pas de course, arriva sur le fusil-mitrailleur du Négus, et, comme une vague retombe en abandonnant ses galets, reflua vers l'avenue dans les rafles rageuses, laissant un feston de corps allongés ou boulés.

Aux fenêtres d'un hôtel, des types en manches de chemise applaudissaient (les civils ou les soldats?) : des sportifs étrangers venus pour les Olympiades. Une sirène d'usine reprit son appel de bateau.

Les ouvriers se lancèrent à la poursuite des soldats.

— A vos postes ! gueulait Puig, agitant ses bras courts. On ne l'entendait pas.

En moins d'une minute, un tiers des poursuivants étaient tombés : les soldats maintenant abrités sous les porches de l'avenue, les ouvriers se trouvaient dans la situation des troupes cinq minutes plus tôt. Au fond de la place, des cadavres et des blessés kaki ; en avant, des cadavres et des blessés sombres ou bleus ; entre les deux les pigeons morts ; sur tous, vingt sirènes recommencèrent à hurler dans le soleil de vacances.

Puig et ses hommes, de plus en plus nombreux, malgré les blessés de la place, harcelaient les troupes, dans le bruit haché du tiraillage et dans les sirènes retombantes. Les soldats battaient en retraite au pas gymnastique : sinon, les combattants du front populaire les tourneraient par les rues parallèles à l'avenue, et les attendraient à l'abri d'une barricade.

Les portes de la caserne se refermèrent avec un bruit de fer.

— Puig ?

— C'est moi. Et alors ?

Sans cesse arrivaient de nouveaux combattants. Les gardes civils et les gardes d'assaut luttant au centre, et les communistes étant peu nombreux à Barcelone, les chefs anarchistes se trouvaient d'office chefs de combat. Puig était relativement peu connu : il n'écrivait pas dans la *Solidarité ouvrière*. Mais on savait qu'il avait organisé l'aide aux enfants de Saragosse, et, pour cela, les non-anarchistes préféraient avoir affaire à lui plutôt qu'aux chefs de la F. A. I. (Au printemps de 1934, pendant cinq semaines, les ouvriers de Saragosse, dirigés par Durruti, avaient maintenu la plus grande grève que l'Espagne eût connue. Refusant toute subvention, ils avaient demandé seulement à la solidarité du prolétariat de s'exercer pour leurs enfants ; plus de cent mille hommes avaient apporté à la *Solidaridad* des vivres et des fonds, aussitôt répartis par Puig, et une colonne de camions improvisée par lui avait amené à Barcelone les enfants des ouvriers de Saragosse.) Mais, d'autre part, les anarchistes ne versant pas de cotisations, Puig, comme Durruti, comme tout le groupe des *Solidaires,* avait autrefois attaqué et pris, pour aider des grévistes et la *Librairie anarchiste,* des camions qui transportaient l'or de la banque d'Espagne. Tous ceux qui connaissaient sa biographie romanesque étaient surpris par ce très petit rapace râblé, au nez courbe, à l'œil ironique, et qui, depuis ce matin, ne cessait de sourire. Il ne ressemblait à cette biographie que par son chandail noir.

Il laissa là un tiers de ses hommes de plus en plus nombreux, qui commencèrent à établir des barricades, et le fusil-mitrailleur. Un des nouveaux savait s'en servir. Il arrivait beaucoup de soldats passés au peuple, tous en manches de chemise par crainte de confusion ; mais ils avaient conservé leurs casques. Les officiers fascistes leur avaient donné le matin deux verres de rhum et dit qu'ils allaient réprimer un complot communiste.

Puig partit avec les autres pour la place de Catalogne. Il

s'agissait d'écraser les rebelles du centre de la ville, et de revenir
ensuite vers les casernes.

Ils arrivèrent par le paseo de Catalogne. En face d'eux, l'hôtel
Colon dominait la place de sa tour en ananas et de ses mitrailleuses. Les troupes de la caserne Pedralbes, isolées, occupaient
les trois principaux bâtiments : au fond l'hôtel, à droite le Central téléphonique, à gauche l'Eldorado. Les hommes de troupe
ne se battaient guère, mais les mitrailleuses permettaient aux
officiers, aux fascistes déguisés jusqu'à mi-corps et à ceux qui
étaient « devenus soldats » depuis quinze jours de dominer la
place.

Une trentaine d'ouvriers se lancèrent à travers le square sur-
élevé qui forme le centre de la place, essayant de profiter des
quelques arbres qui l'entourent. Les mitrailleuses commencèrent
le feu ; ils tombèrent en chapelet. Les ombres des pigeons qui
volaient en rond, assez haut, sans s'éloigner, passèrent sur les
corps allongés, et sur un homme qui vacillait encore, un fusil
au-dessus de sa tête, au bout du bras.

Autour de Puig, il y avait maintenant des insignes de tous les
partis de gauche. Des milliers d'hommes étaient là.

Pour la première fois, libéraux, hommes de l'U. G. T. et de
la C. N. T., anarchistes, républicains, syndicalistes, socialistes,
couraient ensemble vers les mitrailleuses ennemies. Pour la première fois les anarchistes avaient voté, afin d'obtenir la libération
des prisonniers des Asturies. C'étaient des sangs asturiens mêlés
que montaient l'unité de Barcelone et l'espoir qu'avait Puig de
voir se maintenir cet oriflamme rouge et noir enfin déployé, et
qui jusqu'alors n'avait été qu'un drapeau secret.

— Ceux du Parc sont rentrés dans leur caserne ! cria un barbu
qui courait, un coq sous le bras.

— Goded vient d'arriver des Baléares, cria un autre.

Goded était un des meilleurs généraux fascistes.

Une auto passa, U. H. P. au blanc d'Espagne sur le capot.
« Notre réclame à nous », se dit Puig qui pensait aux panneaux
de la petite place.

D'autres assaillants essayaient de se glisser le long des murs,
de profiter des marquises, des balcons, toujours dans le feu de
deux nids de mitrailleuses au moins. La gorge chaude et sèche
comme s'il eût fumé trois paquets de cigarettes, Puig les regardait tomber les uns après les autres.

Ils avançaient parce qu'il est dans la tradition de l'insurrection
d'avancer contre l'ennemi ; arrêtés devant l'hôtel, là, sur ce trottoir encombré de tables rondes de café, ils y eussent été fusillés
dans le grand soleil. L'héroïsme qui n'est que l'imitation de
l'héroïsme ne mène à rien. Puig aimait les hommes durs, et il
aimait ces hommes qui tombaient. Et il était atterré. Se battre
contre quelques gardes civils pour saisir l'or de l'État n'était pas

prendre l'hôtel Colon, mais sa modeste expérience suffisait pour qu'il comprît que les assaillants n'avaient ni coordination ni objectifs déterminés.

Sur l'asphalte du très large boulevard qui entoure le square, les balles sautaient comme des insectes. Que de fenêtres ! Puig compta celles de l'hôtel : plus de cent, et il lui sembla qu'il y avait des mitrailleuses dans les O de l'énorme enseigne du toit : cOlOn.

— Puig ?

— Quoi ?

Il répondait presque avec hostilité à ce chauve aux petites moustaches grises : on allait lui demander des ordres, et ce qu'il y avait en lui de plus sérieux se refusait à les donner.

— On y va ?

— Attends.

Des petits groupes essayaient toujours d'avancer sur la place. Puig avait dit à ses hommes d'attendre ; les hommes avaient confiance : ils attendaient. Quoi ?

Une nouvelle vague — des employés avec des faux cols, et même des chapeaux — sortit au pas de course de la rue des Cortès, et s'effondra au coin du paseo de Gracia, hachée par les mitrailleuses de la tour du Colon et celles de l'Eldorado.

Il faisait beau sur les corps allongés et sur le sang.

Puig entendit le premier coup de canon.

Si les canons étaient aux ouvriers, l'hôtel était pris ; mais si les troupes descendaient des casernes vers la place, soutenues par le canon, la résistance populaire — comme en 33, comme en 34...

Puig courut téléphoner : il n'y avait que deux canons, mais ils étaient aux fascistes.

Il réunit ses hommes, entra dans le premier garage, les entassa dans des camions et partit sous les arbres d'été d'où les moineaux s'enfuyaient.

Les deux canons, des 75, étaient en batterie des deux côtés d'une large avenue qu'ils balayaient. Devant eux, des soldats, tous en pantalons civils cette fois, avec leurs fusils et une mitrailleuse ; derrière, des soldats plus nombreux, une centaine, sans mitrailleuse semblait-il. L'avenue se terminait deux cents mètres plus loin, barrée par une autre qu'elle rejoignait à angle droit. Au milieu du T, un porche ; sous le porche un canon de 37 tirait.

Puig envoya un petit groupe reconnaître la protection des artilleurs dans les branches du T et plaça ses hommes dans une rue perpendiculaire à l'avenue.

Derrière lui, dans un hurlement haletant de trompes et de klaxons, deux Cadillac arrivaient avec les zigzags balayés des films de gangsters. La première, conduite par le chauve aux petites moustaches, dévala dans le feu convergent des fusils et de la mitrailleuse, sous les obus qui passaient trop haut. Fonçant entre les deux canons, elle rejeta les soldats comme un chasse-neige, et alla s'écraser sur le mur à côté du porche du canon de 37, qu'elle visait sans doute. Des débris noirs au milieu des taches de sang — une mouche écrasée sur un mur...

Le 37 continuait à tirer contre la seconde auto qui fonçait entre les deux canons, son klaxon hurlant, et s'engouffra sous le porche à 120 à l'heure.

Le 37 cessa de tirer. De toutes les rues les ouvriers regardaient le trou noir du porche, dans le silence sans klaxon. Ils attendaient que ceux de l'auto reparussent. Ceux de l'auto ne reparaissaient pas.

Les sirènes s'étaient remises à hurler, comme si le son des klaxons encore dans l'air, devenu immense, eût rempli la ville entière pour les premières funérailles héroïques de la révolution. Un grand cercle de pigeons habitués au chahut quotidien tournait au-dessus de l'avenue. Puig enviait les camarades tués ; et pourtant il avait envie de voir les jours prochains. Barcelone était enceinte de tous les rêves de sa vie.

— Pas d'histoires, dit le Négus : c'est du boulot respectable, mais pas du boulot sérieux.

Ceux que Puig avait envoyés en reconnaissance revinrent. « Derrière les canons, là, à droite, y a pas plus d'une dizaine de types. »

Sans doute les fascistes étaient-ils trop peu nombreux pour garder toutes les rues autour d'eux : Barcelone est une ville en damier.

— Prends le commandement, dit Puig au Négus. Je vais essayer de passer en sens inverse, en venant de l'arrière : approche avec les autres aussi près que possible des canons ; jetez-vous dessus dès que nous serons passés.

Il partit avec cinq copains.

Le Négus et les siens avancèrent.

A peine dix minutes. Les soldats affolés se retournèrent, les artilleurs essayèrent de tourner leurs pièces : l'auto de Puig, le petit poste de garde enfoncé, dégringolait sur les canons avec le fusil-mitrailleur entre deux lames du pare-brise, l'arrière secoué de gauche à droite comme un balancier frénétique. Puig voyait les canonniers, que leurs pare-balles ne protégeaient plus, grossir comme au cinéma. Une mitrailleuse fasciste tirait et grossissait. Quatre trous ronds dans le triplex. Penché en avant, exaspéré par ses jambes courtes, Puig écrasa l'accélérateur comme s'il eût voulu enfoncer le plancher de l'auto pour atteindre ses copains de l'autre côté des canons. Deux trous de plus dans le triplex, givrés. Une crampe au pied gauche, les mains crispées sur le volant, des canons de mousquetons qui se jettent sur le pare-brise, le fracas du fusil-mitrailleur dans les oreilles, les maisons et les arbres qui basculent, — le vol des pigeons juste en train de changer de couleur en même temps que de direction, — la voix du Négus qui crie...

Puig sortit de l'évanouissement pour retrouver la révolution et les canons pris. Il n'avait reçu qu'un choc très fort à la nuque quand l'auto avait basculé. Deux de ses compagnons étaient tués. Le Négus le pansait.

— Comme ça, t'as un turban. T'es un Arabe, et puis ça va !

A l'autre extrémité de l'avenue passaient des gardes civils et des gardes d'assaut. On emmenait les officiers et les hommes à pantalons civils à la Sûreté, les soldats désarmés à une caserne. Ceux-ci partaient en causant avec des ouvriers d'escorte qui s'étaient distribué leurs fusils. Tous les autres repartirent pour la place de Catalogne.

Là, la situation n'avait pas changé ; les cadavres étaient seulement plus nombreux. Puig arrivait cette fois par le paseo de Gracia, dont l'hôtel Colon fait le coin. Un haut-parleur criait :

L'aviation du Prat a rejoint les défenseurs des libertés populaires.

Tant mieux, mais où ?

Une fois de plus, de toutes les rues opposées à l'hôtel partirent des anarchistes, des socialistes, des petits bourgeois en col raide, quelques groupes paysans : la matinée était avancée, les paysans commençaient à arriver. Puig arrêta ses hommes. La vague d'assaut, balayée par les trois nids de mitrailleuses, laissa son feston de tués, et reflua.

Comme un autre vol de pigeons, les papiers d'une association fasciste, lancés par les fenêtres, tombaient lentement ou se posaient sur les arbres.

Pour la première fois, Puig, au lieu d'être en face d'une tentative désespérée, comme en 1934 — comme toujours —, se sentait en face d'une victoire possible. Malgré ce qu'il connaissait de Bakounine (et sans doute était-il le seul de tout ce groupe qui l'eût entrevu), la révolution à ses yeux avait toujours été une Jacquerie. Face à un monde sans espoir, il n'attendait de l'anarchie que des révoltes exemplaires ; tout problème politique se résolvait donc pour lui par l'audace et le caractère.

Il se souvint de Lénine dansant sur la neige le jour où la durée des Soviets dépassa de vingt-quatre heures celle de la Commune de Paris. Aujourd'hui il ne s'agissait plus de donner des exemples, mais d'être vainqueur ; et si ses hommes partaient comme les autres, ils tomberaient comme eux, et ne prendraient pas l'hôtel.

Des deux boulevards qui, à travers la place, descendent en V vers le Colon, et de la rue des Cortès qui passe devant comme une barre, arrivèrent, exactement ensemble, trois régiments de la garde civile. Puig regardait les bicornes de ses vieux ennemis briller dans le soleil. A la façon dont ils avançaient parmi les vivats, ils étaient avec le Gouvernement. Le silence de la place fut tel qu'on entendit le vol des pigeons.

Les fascistes hésitaient aussi, stupéfaits de voir la police aux côtés du Gouvernement. Et ils n'ignoraient pas que les gardes civils sont des tireurs d'élite.

Le colonel Ximénès monta en boitant les marches du square et avança droit vers l'hôtel. Il ne portait pas d'armes. Jusqu'au tiers de la place nul ne tira. Puis, des trois côtés, les mitrailleuses reprirent le feu. Puig courut au premier étage de la maison devant laquelle il se trouvait. De tous leurs ennemis, ceux que les anarchistes détestaient le plus étaient les gardes civils. Le colonel Ximénès était un catholique fervent. Et voici qu'aujourd'hui ils combattaient ensemble, dans une étrange fraternité.

Ximénès s'était retourné ; il leva son bâton de chef de la garde civile, et, des trois rues, les hommes aux bicornes s'élancèrent. Ximénès, boitant toujours (Puig se souvint que ses hommes l'appelaient le Vieux Canard), marchait de nouveau vers l'hôtel, seul parmi les balles au milieu du square immense. Les gardes de gauche avançaient le long du Central, qui ne pouvait tirer verticalement ; ceux de droite, le long de l'Eldorado. Il eût fallu que les mitrailleurs de l'Eldorado tirassent sur ceux de gauche, mais, devant les gardes civils, chaque groupe fasciste essayait de se défendre au lieu de défendre son allié.

Les mitrailleuses du Colon visaient alternativement la droite et la gauche, non sans peine : les gardes n'avançaient pas en ligne mais en profondeur, et utilisaient avec précision l'abri des arbres, suivis par les anarchistes qui, maintenant, sortaient de toutes les rues ; en même temps passaient devant Puig, dans un chahut de bottes, les gardes de la rue des Cortès, au pas de charge, sur qui personne ne tirait plus. Au milieu de la place, le colonel boitait droit devant lui.

Dix minutes plus tard, l'hôtel Colon était pris.

❖

Les gardes civils occupaient la place de Catalogne. Barcelone nocturne était pleine de chants, de cris et de coups de fusil.

Civils armés, bourgeois, ouvriers, soldats, gardes d'assaut passaient dans la lumière de la brasserie ; installés à toutes les tables, les gardes buvaient.

Le colonel Ximénès buvait aussi, dans un petit salon du premier étage transformé en poste de commandement. Il contrôlait tout le quartier ; depuis quelques heures, beaucoup de chefs de groupes venaient lui demander des instructions.

Puig entra. Il portait maintenant une veste de cuir et un fort revolver, — costume non sans romantisme sous son turban sale et ensanglanté. Ainsi, il semblait plus petit et plus large encore.

— Où sommes-nous le plus utiles ? demanda-t-il. J'ai un millier d'hommes.

— Nulle part : pour l'instant tout va bien. Ils vont essayer

de sortir des casernes, d'Atarazanas au moins. Le mieux est
que vous attendiez une demi-heure ; il n'est pas inutile d'avoir
votre réserve en plus des miennes, en ce moment. Ils ont l'air
d'être vainqueurs à Séville, à Burgos, à Ségovie et à Palma, sans
parler du Maroc. Mais ici, ils seront battus.

— Qu'est-ce que vous faites des soldats prisonniers ?

L'anarchiste était à l'aise comme s'ils eussent combattu ensemble depuis un mois — marquant imperceptiblement, par son attitude, qu'il venait demander des conseils, et non des ordres.
Ximénès connaissait ses traits pour avoir examiné plusieurs fois
sa fiche anthropométrique ; il était étonné par sa petite taille
de corsaire trapu. Bien que Puig fût un chef de second plan, il
l'intriguait plus que les autres, à cause de l'aide aux enfants de
Saragosse.

— Les instructions du Gouvernement sont de désarmer les soldats et de les remettre en liberté, dit le colonel. Les officiers
seront traduits en conseil de guerre.

« C'est vous qui étiez dans la Cadillac qui a permis de prendre
les canons, n'est-ce pas ? »

Puig se souvint d'avoir vu, au bout de la rue, les bicornes de
la garde civile qui passaient avec les casquettes plates de la
garde d'assaut...

— Oui.

— C'était bien. Car s'ils étaient arrivés ici avec le canon,
tout aurait peut-être changé.

— Vous avez eu de la chance en traversant la place...

Le colonel, qui aimait sauvagement l'Espagne, était reconnaissant à l'anarchiste, non de son compliment, mais de montrer
ce style dont tant d'Espagnols sont capables et de lui répondre
comme l'eût fait un capitaine de Charles-Quint. Car il était
clair que, par « chance », il entendait « courage ».

— J'ai eu peur, disait Puig, de ne pas arriver jusqu'au canon.
Vivant ou mort, mais jusqu'au canon. Et vous, qu'est-ce que
vous pensiez ?

Ximénès sourit. Il était tête nue, ses cheveux blancs tondus
ressemblaient au duvet des canards dont ses hommes lui donnaient le nom à cause de ses petits yeux très noirs et de son
nez en spatule.

— Dans ces cas-là, les jambes disent : « Allons, qu'est-ce que
tu es en train de faire, idiot ! » Surtout celle qui boite...

Il ferma un œil, et leva l'index :

« Mais le cœur dit : « Vas-y » ... Je n'avais jamais vu les
balles ricocher comme les gouttes d'une averse. Du haut, on
confond facilement un homme avec son ombre, ce qui diminue
l'efficacité du tir.

— L'attaque était bonne, dit Puig avec envie.

— Oui. Vos hommes savent se battre, mais ils ne savent pas
combattre.

Au-dessous d'eux, sur le trottoir, des civières passaient, vides et tachées de sang.

— Ils savent se battre, dit Puig.

Des marchandes de fleurs avaient jeté leurs œillets au passage des civières, et les fleurs blanches étaient sur la sangle, à côté des taches.

— En prison, dit Puig, je n'imaginais pas qu'il y aurait tant de fraternité.

Au mot prison, Ximénès prit conscience que lui, le colonel de la garde civile de Barcelone, était en train de boire avec un des meneurs anarchistes, et sourit de nouveau. Tous ces chefs de groupes extrémistes avaient été braves, et beaucoup étaient blessés ou morts. Pour Ximénès comme pour Puig, le courage aussi était une patrie. Les combattants anarchistes passaient, les joues noires dans la lumière de l'hôtel. Aucun n'était rasé : le combat avait commencé tôt. Une autre civière passa, un glaïeul fixé à un de ses brancards.

Une lueur rousse monta derrière la place, une autre au loin sur une colline ; puis des boules frémissantes, rouge clair, s'élevèrent çà et là. Comme elle avait appelé à l'aide dans l'aube par le halètement de toutes ses sirènes, Barcelone cette nuit brûlait de toutes ses églises. L'odeur du feu entra dans le salon grand ouvert sur la nuit d'été. Ximénès regarda les énormes fumées grenat, éclairées par-dessous, qui déferlaient au-dessus de la place de Catalogne, se leva, et fit le signe de croix. Non pas ostensiblement, comme s'il eût tenu à confesser sa foi : comme s'il eût été seul.

— Vous connaissez la théosophie ? demanda Puig.

Devant la porte de l'hôtel, des journalistes qu'ils ne voyaient pas s'agitaient, parlaient de la neutralité du clergé espagnol, ou des moines de Saragosse qui assommaient à coups de crucifix les grognards de Napoléon. Leurs voix montaient, très claires dans la nuit malgré les détonations et les cris lointains.

— Eh ! grommela Ximénès sans quitter la fumée du regard, Dieu n'est pas fait pour être mis dans le jeu des hommes comme un ciboire dans une poche de voleur.

— Par qui les ouvriers de Barcelone ont-ils entendu parler de Dieu ? C'est pas par ceux qui leur prêchaient en son nom les vertus de la répression des Asturies, non ?

— Eh ! par les seules choses qu'un homme entende vraiment dans sa vie : l'enfance, la mort, le courage... Pas par les discours des hommes ! Supposons que l'Église d'Espagne ne soit plus digne de sa tâche. En quoi les assassins qui se réclament de vous — et il n'en manque pas — vous empêchent-ils de poursuivre la vôtre ? Il est mauvais de penser aux hommes en fonction de leur bassesse...

— Quand on contraint une foule à vivre bas, ça ne la porte pas à penser haut. Depuis quatre cents ans, qui a « la charge de ces âmes », comme vous diriez ? Si on ne leur enseignait pas si bien la haine, ils apprendraient peut-être mieux l'amour, non ?

Ximénès regardait les flammes lointaines :

— Avez-vous regardé les portraits ou les visages des hommes qui ont défendu les plus belles causes ? Ils devraient être joyeux — ou sereins, au moins... Leur première expression, c'est toujours la tristesse...

— Les prêtres, c'est une chose, et le cœur, c'en est une autre. Je ne peux pas m'expliquer là-dessus avec vous. J'ai l'habitude de parler, et je ne suis pas ignorant, je suis typographe. Mais il y a autre chose : j'ai parlé souvent avec des écrivains, à l'imprimerie ; c'est comme avec vous : je vous parlerai des curés, vous me parlerez de sainte Thérèse. Je vous parlerai du catéchisme, vous me parlerez de... comment, déjà ? Thomas d'Aquin.

— Le catéchisme a plus d'importance pour moi que saint Thomas.

— Votre catéchisme et le mien c'est pas le même : nos vies sont trop différentes. Je l'ai relu à vingt-cinq ans, le catéchisme : je l'avais trouvé ici dans un ruisseau (c'est une histoire morale). On n'enseigne pas à tendre l'autre joue à des gens qui depuis deux mille ans n'ont jamais reçu que des gifles.

Puig troublait Ximénès, parce qu'intelligence et bêtise étaient réparties, chez lui, autrement que chez les hommes dont le colonel avait l'habitude.

Les derniers clients, délivrés des lingeries, des cabinets, des caves et des greniers où les avaient enfermés les fascistes, sortaient, le reflet orangé de l'incendie sur leurs visages ahuris. Les nuages de fumée devenaient de plus en plus serrés, et l'odeur du feu aussi forte que si l'hôtel même eût brûlé.

— Le clergé, écoutez : d'abord je n'aime pas les gens qui parlent et qui ne font rien. Je suis de l'autre race. Mais je suis aussi de la même, et c'est avec ça que je les déteste. On n'enseigne pas aux pauvres, on n'enseigne pas aux ouvriers à accepter la répression des Asturies. Et qu'ils le fassent au nom... au nom de l'amour, quoi ! c'est le plus dégoûtant. Des copains disent : tas d'idiots, vous feriez mieux de brûler les banques ! Moi, je dis : Non. Qu'un bourgeois fasse ce qu'ils font, c'est régulier. Eux, les prêtres, non. Des églises où on a approuvé les trente mille arrestations, les tortures et le reste, qu'elles brûlent, c'est bien. Sauf pour les œuvres d'art, faut les garder pour le peuple : la cathédrale ne brûle pas.

— Et le Christ ?

— C'est un anarchiste qui a réussi. C'est le seul. Et à propos des prêtres, je vous dirai une chose, que vous ne comprendrez peut-être pas bien parce que vous n'avez pas été pauvre. Je hais un homme qui veut me pardonner d'avoir fait ce que j'ai fait de mieux.

Il le regarda pesamment, presque comme un adversaire cette fois :

— Je ne veux pas qu'on me pardonne.

Un haut-parleur criait sur la place nocturne :

Les troupes de Madrid ne se sont pas encore prononcées.
L'ordre règne en Espagne.
Le Gouvernement est maître de la situation.
Le général Franco vient d'être arrêté à Séville.
La victoire du peuple de Barcelone sur les fascistes et les
troupes révoltées est désormais complète.

Le Négus entra en agitant les bras, cria à Puig :

— Au Parc les soldats viennent de ressortir ! Ils ont fait une barricade.

— Salud, dit Puig à Ximénès.

— Au revoir, répondit le colonel.

Dans une auto réquisitionnée d'autorité, Puig et le Négus repartirent à toute vitesse à travers la nuit rousse, pleine de chants. Dans le quartier des Caracoles, par les fenêtres des bordels, les miliciens lançaient les matelas dans les camions qui partaient aussitôt vers les barricades.

Il y en avait maintenant par toute la ville nocturne : matelas, pavés, meubles... Une, bizarre, était faite de confessionnaux ; une autre, devant laquelle des chevaux étaient tombés, apparut dans la rapide lumière des phares comme si elle eût été un amas de têtes de chevaux morts.

Puig ne comprenait pas à quoi servait celle qu'avaient construite les fascistes, qui maintenant combattaient seuls, dans l'hostilité des soldats. Ils tiraillaient derrière un amoncellement hérissé de pieds de chaises, confus dans la pénombre : les becs électriques avaient été descendus à coups de fusil. Dès qu'on eut reconnu Puig et son turban, des clameurs joyeuses emplirent la rue : comme dans tout combat qui se prolonge, le goût des chefs commençait. Toujours accompagné du Négus, Puig alla au premier garage et prit un camion.

L'avenue était longue, bordée d'arbres bleus dans la nuit. Invisibles, les fascistes tiraient. Ils avaient une mitrailleuse. Chez les fascistes, il y avait toujours des mitrailleuses.

Puig mit pleine vitesse, enfonça l'accélérateur comme il l'avait fait de celui de l'auto. Le bruit du changement de vitesse retombé, entre deux rafales le Négus entendit un coup isolé et vit Puig se dresser d'un coup, appuyer ses deux poings sur le volant comme sur une table, avec le cri de l'homme à qui une balle vient de casser les dents.

Une armoire à glace de la barricade fonça comme un coup sur les phares du camion qu'elle reflétait ; dans la frénétique crécelle du fusil-mitrailleur du Négus, la masse des meubles s'ouvrit comme une porte enfoncée.

Les miliciens passés par la brèche dépassaient déjà le camion empêtré dans les meubles. Les fascistes fuyaient vers la caserne proche. Le Négus, sans cesser de tirer, regardait Puig, caché par son turban, effondré sur le volant, tué.

CHAPITRE III

20 juillet.

A travers les torses nus et les manches de chemise, parmi les femmes qu'on chassait et qui revenaient, gardes civils en bicornes et gardes d'assaut tentaient en vain d'organiser la foule, éparpillée en avant, immense en arrière, d'où venait une grave et constante clameur. Un officier conduisait à un bar un soldat qui venait de s'évader de la caserne de la Montagne. Jaime Alvear avait vu qu'ils se dirigeaient vers le bar, et y était entré avant eux. Le canon battait régulièrement comme le cœur de toute cette foule, au-dessus des minces coups de fusil qui partaient de toutes les fenêtres et de toutes les portes, au-dessus des cris, de l'odeur de pierre chaude et de bitume qui montait de Madrid.

Les têtes des consommateurs se groupèrent autour du soldat, comme des mouches. Il haletait.

— Le colonel a dit : Faut sauver... la République.

— La République ?

— Oui. Vu qu'elle vient de tomber dans les mains des bolcheviks... des juifs et des anarchistes.

— Qu'ont répondu les soldats ?

— Bravo !

— Bravo ?

— Ben oui, quoi !... ils s'en foutaient. Faut vous dire que c'étaient surtout les nouveaux qui répondaient. Depuis huit jours... c'était plein de nouveaux.

— Et les soldats de gauche ? demanda une voix.

Dans les verres immobiles le cognac et le manzanilla tremblotaient au rythme du combat. Le soldat but. Il retrouvait peu à peu sa respiration.

— Restaient que ceux qu'on ne le savait pas. Tous les autres, depuis quinze jours, ils étaient virés. Des types de gauche, chez nous, y en avait peut-être encore une cinquantaine. Mais ils n'étaient pas là. On dit qu'ils sont tous ficelés dans un coin.

Les rebelles avaient été persuadés que le Gouvernement n'armerait pas le peuple, et attendaient les fascistes de Madrid, qui ne bougeaient pas encore.

Le silence se fit d'un coup : le haut-parleur fonctionnait. Les

2

journaux paraissant seulement une fois par jour, le destin de
l'Espagne ne s'exprimait plus que par la T. S. F.

La reddition des casernes de Barcelone se poursuit.

*La caserne Atarazanas est prise par les syndicalistes conduits
par Ascaso et Durruti. Ascaso a trouvé la mort dans l'attaque de
la caserne.*

*La forteresse de Montjuich s'est rendue au peuple sans
combat...*

Tout le bar cria d'enthousiasme. Même aux Asturies, il n'était
pas un nom plus significativement sinistre que celui de Montjuich.

*... les soldats ayant refusé d'exécuter les ordres de leurs offi-
ciers, après avoir entendu les haut-parleurs du Gouvernement
légal d'Espagne annoncer qu'ils étaient relevés de toute obéissance à l'égard des officiers factieux.*

— Qui se bat en ce moment à la caserne ? demanda l'officier.

— Les officiers, les nouveaux. Les copains, eux, se débinent
où ils peuvent. Doit y en avoir plein la cave. Quand votre canon
a commencé, personne n'a plus marché ; on a pigé le coup : on
sait bien que les anars et les bolcheviks ont pas de canons. Je
l'ai dit aux copains : Ce discours du colonel, c'est encore un
coup des fascistes. Tirer sur le peuple, des clous ! J'ai sauté chez
vous.

Le soldat ne parvenait pas à maîtriser le tremblement de ses
épaules. Le canon tirait toujours, l'explosion de l'obus en écho.

Jaime avait vu le canon. Il était manœuvré par un capitaine
de la garde d'assaut qui n'était pas artilleur, et qui parvenait à
tirer, mais non à pointer. A côté s'agitait le sculpteur Lopez,
commandant de la milice socialiste dont Jaime faisait partie. La
perspective ne permettait pas de mettre le canon en batterie
contre la porte ; le capitaine tirait donc contre les murs, au jugé.
Le premier obus — trop haut — était allé éclater en banlieue. Le
second, contre le mur de briques, dans une grande poussière
jaune. A chaque obus, le canon, qui n'était pas fixé, reculait
rageusement, et les miliciens de Lopez, leurs bras nus tendus aux
rayons de ses roues comme dans les gravures de la Révolution
française, le ramenaient en place tant bien que mal. Un obus
avait pourtant traversé une fenêtre et éclaté à l'intérieur de la
caserne.

— Attention, hein ! quand vous entrerez, dit le soldat. Parce
que, les copains, ils ont pas tiré sur vous. Et ils le font exprès !

— A quoi reconnaître les nouveaux ?

— Tout de suite... ? je sais pas... Mais plus tard... Je vais
vous dire : ils ont jamais de famille...

Il voulait dire que les fascistes entrés dans l'armée pour lutter
contre le soulèvement cachaient leurs femmes trop élégantes ; les

rues abritées les plus proches étaient pleines de celles des soldats, qui attendaient : les seuls groupes, dans toute la foule, qui fussent silencieux.

Le bruit de la fusillade assiégée monta tout à coup, au-dessus d'un grincement de camions : d'autres gardes d'assaut arrivaient. Une de leurs autos blindées était déjà là. Le canon secouait toujours le vin dans les verres. Fusil au bras, des types apportaient des nouvelles, comme, à la buvette des studios, les acteurs viennent boire en costume, entre deux prises de vues. Mais sur le dallage blanc du bar carrelé en damier, demeuraient des empreintes de semelles ensanglantées.

— Un autre bélier !

Un madrier énorme avançait en effet comme un monstre géométrique, porté par cinquante hommes parallèles, penchés en avant comme des haleurs, avec ou sans col, mais tous un fusil sur le dos. Il traversa les décombres de la chaussée, les plâtras et les morceaux de grille, frappa la porte comme un gong énorme, et recula. Bien qu'elle fût pleine de cris, de détonations et de fumée, la caserne vibrait derrière sa haute porte de toute sa sonorité de couvent. Trois de ceux qui portaient le madrier tombèrent sous le tir des fascistes. Jaime remplaça l'un d'eux. Au moment où tout le bélier repartait, un grand syndicaliste aux sourcils épais prit sa tête à deux mains comme pour se boucher les oreilles, et s'affala sur le madrier en marche, bras pendant d'un côté, jambes de l'autre. La plupart des porteurs ne l'avaient pas vu ; et le bélier continua sa course lente et lourde, l'homme toujours plié en deux sur le bois. Pour Jaime, qui avait vingt-six ans, le Front populaire, c'était cette fraternité dans la vie et dans la mort. Des organisations ouvrières, dans lesquelles il mettait d'autant plus d'espoir qu'il n'en mettait aucun dans ceux qui depuis plusieurs siècles gouvernaient son pays, il connaissait surtout ces « militants de base » anonymes et mis à toutes les sauces, qui étaient le dévouement même de l'Espagne ; dans ce grand soleil et sous les balles des phalangistes, poussant cette énorme poutre qui portait vers les vantaux leur compagnon mort, il combattait dans la plénitude de son cœur. Le bélier sonna de nouveau contre la porte, devant laquelle bascula le mort ; ses deux voisins, dont l'un était Ramos, le prirent pour l'emporter. Le madrier revint en arrière, plus lentement. Cinq hommes encore tombèrent. Là où était passé le bélier, entre deux lignes de blessés et de tués, était une route blanche et vide.

La matinée de juillet avançait, et les visages devenaient laqués de sueur. Sous les grands coups sourds du canon et du madrier qui rythmaient tous les sons de l'attaque, dans les rues en contrebas, au pied des escaliers d'accès à la caserne, une cohue d'employés, d'ouvriers, de petits bourgeois, leur fusil à ficelle dans la main (le Gouvernement avait distribué les fusils, mais pas les bretelles), leurs cartouchières pendues au milieu de la poitrine

par des courroies trop petites, attendaient l'assaut, les yeux levés
sur la porte.

Le bélier ralentit, le canon cessa de tirer, têtes nues et bicornes
s'inclinèrent en arrière ; les fascistes même cessèrent de tirer. On
entendait la vibration profonde d'un moteur d'avion.

— Qu'est-ce que c'est ?

Des yeux louchèrent vers Jaime. Les camarades de sa milice
socialiste savaient que ce grand peau-rouge battu de mèches
noires était ingénieur chez Hispano. L'appareil était un des vieux
Bréguet de l'armée espagnole, mais les fascistes étaient aussi
dans l'armée ; il descendit par une grande courbe au-dessus de
l'épais silence de la foule : deux bombes éclatèrent dans la cour
de la caserne, et des tracts tombèrent en confetti, longtemps
suspendus dans le ciel d'été au-dessus des acclamations.

Des rues en contre-bas, la foule se lança à l'assaut à travers
les escaliers. Le bélier sonna une fois de plus sur la porte, contre
une fusillade désespérée ; à l'instant où il reculait, de l'une des
fenêtres de la façade jaillit un drap : on avait fait au bout un
énorme nœud pour pouvoir le lancer. Le bélier ne le vit pas, reprit
son élan et enfonça d'un coup la porte que les fascistes venaient
d'ouvrir.

La cour intérieure était absolument vide.

Au delà de ce vide, derrière les fenêtres et les portes fermées
du patio, commençaient les prisonniers.

❖

D'abord sortirent les soldats, brandissant leurs carnets syndicaux, beaucoup le torse nu. L'un des premiers chancelait ; tandis
que la foule le pressait de questions, il se jeta à quatre pattes et
but dans le ruisseau. Puis des officiers, les bras en l'air. Les uns
indifférents ou s'efforçant de l'être, l'un cachant son visage au
fond d'une casquette, un autre souriant, comme si tout ça n'eût
été qu'une bonne plaisanterie ; celui-là ne levait les mains qu'à
hauteur des épaules, et semblait ainsi venir vers les miliciens
pour les embrasser.

Au-dessus d'eux, le dernier volet d'une des fenêtres centrales,
écorné par le canon, sauta ; dans le cadre de la fenêtre, sur le
balcon dont la moitié manquait, se précipita un jeune type qui
riait aux éclats, trois fusils sur le dos, deux dans la main gauche
tirés par leur canon comme des chiens par une laisse. Il les lança
dans la rue en criant : Salud !

Les femmes des soldats, les miliciens du bélier, des gardes
civils, se précipitèrent. Les femmes couraient en appelant dans
les couloirs monacaux de la caserne, étrangement silencieux
depuis que le canon ne tirait plus. Jaime et ses compagnons,
crosse à l'épaule, parvinrent au premier étage. D'autres miliciens étaient entrés par quelque brèche : escortés de joyeux civils

en faux col, cartouchières autour de leurs vestons d'employés et fusil en joue, des officiers avançaient.

La brèche était sans doute large, car les miliciens devenaient nombreux. Venu du dehors, le hourra d'une foule énorme secoua les murs. Jaime regarda par la fenêtre : un millier de bras nus au poing fermé jaillit de la foule en manches de chemise, d'un coup, comme à la gymnastique. La distribution des armes prises commençait.

Le mur devant quoi s'amoncelaient les fusils modernes et les sabres de théâtre cachait à la rue une grande cour que voyait Jaime. Au fond de cette cour, un magasin de vélos. Pendant que les miliciens se battaient, le magasin avait été pillé, et la cour était jonchée de grands morceaux de papier d'emballage, de guidons et de roues. Jaime pensait au syndicaliste plié en deux sur le bélier.

Dans la première salle, un officier était assis, la tête dans une main au-dessus de son sang qui coulait encore sur la table. Deux autres étaient par terre, un revolver près de leur main.

Dans la seconde salle, assez sombre, des soldats étaient couchés ; ils hurlaient : *Salud ! hé ! salud !* mais ne bougeaient pas : ils étaient ficelés. C'étaient ceux que les fascistes suspectaient de fidélité à la République ou de sympathie aux mouvements ouvriers. De jubilation, ils tapaient du talon malgré leurs cordes. Jaime et les miliciens les embrassaient, à l'espagnole, en les déliant.

— Y a encore des copains en bas, dit l'un d'eux.

Jaime et ses compagnons dévalèrent par un escalier intérieur dans une pièce encore plus sombre, se précipitèrent sur les camarades ligotés en les embrassant aussi : ceux-là avaient été fusillés la veille.

CHAPITRE IV

21 juillet.

— Bonsoir ! dit Shade à un chat noir qui le regardait avec méfiance. Il quitta sa table du café de la *Granja,* tendit la main : le chat repartit dans la foule et la nuit. Les chats aussi sont libres, depuis la révolution, mais je continue à les dégoûter : moi, je suis toujours un opprimé.

— Reviens t'asseoir, tortue, dit Lopez. Les chats sont des saloperies inamicales, et peut-être fascistes. Les chiens et les chevaux sont des andouilles : tu ne peux rien en tirer en sculpture. Le seul animal ami de l'homme est l'aigle des Pyrénées. A mon époque des rapaces, j'avais un aigle des Pyrénées ; c'est

un oiseau qui ne se nourrit que de serpents. Les serpents coûtent
cher, et comme je ne pouvais pas en barboter au Jardin des
Plantes, j'achetais de la viande bon marché, je la découpais en
lanières. Je les agitais devant l'aigle, et lui, — par gentillesse, —
il faisait semblant de s'y tromper, et il les mangeait avec glou-
tonnerie.

Ici Radio-Barcelone, dit le haut-parleur. *Les canons pris par le
peuple sont en position contre la Capitania, où se sont réfugiés
les chefs rebelles.*

En observant l'Alcala et en prenant des notes pour son article
du lendemain, Shade remarquait que le sculpteur, avec son nez
bourbonien, malgré sa lippe et sa crête de cheveux ressemblait
à Washington ; mais surtout à un ara. D'autant plus que Lopez,
pour l'instant, agitait les ailes.

— En scène, là-dedans ! gueulait-il : on tourne !

Dans la pleine lumière des lampes électriques, Madrid, cos-
tumée de tous les déguisements de la révolution était un immense
studio nocturne.

Mais Lopez se calma : des miliciens venaient lui serrer la main.
Auprès des artistes qui fréquentaient la *Granja,* il était moins
populaire pour avoir tiré comme au xvᵉ siècle avec le canon de
la Montagne, la veille, et même pour son talent, que pour avoir
répondu naguère à l'attaché d'ambassade qui venait lui demander de sculpter le buste de la duchesse d'Albe : « Seulement si
elle pose com-me l'hip-po-po-tame. » Le plus sérieusement du
monde : toujours fourré au Jardin des Plantes, connaissant les
animaux mieux que saint François, il affirmait que l'hippopo-
tame venait quand on le sifflait, se tenait absolument tranquille
et repartait quand on n'avait plus besoin de lui. L'imprudente
duchesse l'avait d'ailleurs échappé belle : Lopez sculptait en
diorite, et le modèle, après l'avoir entendu pendant des heures
taper comme un maréchal-ferrant, voyait son buste « avancer »
de sept millimètres.

Des soldats passèrent, en manches de chemise, entourés de
vivats et suivis d'enfants... C'étaient les troupes qui avaient
abandonné les officiers fascistes révoltés d'Alcala-de-Henares
pour passer au peuple.

— Regarde tous les gosses qui passent, dit Shade, ils sont
fous d'orgueil. Il y a quelque chose que j'aime ici : les hommes
sont comme les gosses. Ce que j'aime ressemble toujours aux
gosses, de près ou de loin. Tu regardes un homme, tu vois l'enfant en lui, par hasard, tu es accroché. Dans une femme, naturellement, tu es foutu. Regarde-les : ils sortent tous l'enfant
qu'ils cachent d'habitude : des miliciens ici font des orgies de
cure-dents, et d'autres meurent à la Sierra, et c'est la même
chose... En Amérique on se figure la révolution comme une
explosion de colère. Ce qui domine tout en ce moment, ici, c'est
la bonne humeur.

— Il n'y a pas que la bonne humeur.

Lopez n'était subtil que lorsqu'il parlait d'art. Il ne trouva pas les mots qu'il cherchait et dit seulement :

— Écoute.

Les autos passaient à toute vitesse, dans les deux sens, couvertes des énormes initiales blanches des syndicats, ou du U. H. P. ; leurs occupants se saluaient du poing, criaient : *Salud !* et toute cette foule triomphante semblait unie par ce cri comme par un chœur constant et fraternel. Shade ferma les yeux.

— Tout homme a besoin de trouver un jour son lyrisme, dit-il.

— Guernico dit que la plus grande force de la révolution, c'est l'espoir.

— Garcia aussi dit ça. Tout le monde dit ça. Mais Guernico m'embête : les chrétiens m'embêtent. Continue.

Shade ressemblait à un curé breton, ce que Lopez tenait pour la cause fondamentale de son anticléricalisme.

— Quand même, c'est vrai, tortue ! Regarde, moi, qu'est-ce que je veux depuis quinze ans ? La renaissance de l'art. Bon. Ici tout est prêt. Ce mur, en face, ils passent dessus avec leur ombre, toutes ces andouilles, et ils ne le regardent pas. Il y a ici une tapée de peintres, ça pousse entre les pavés, j'en ai dégoté un la semaine dernière sous les combles de l'Escurial, — il dormait. Il leur faut donner les murs. Quand on a besoin d'un mur, on le trouve toujours, sale, ocre ou terre de Sienne. Tu le fais passer au blanc et tu le donnes à un peintre.

Shade, fumant sa pipe de terre avec un geste de sachem, écoutait avec soin : il savait que, maintenant, Lopez parlait sérieusement. Le fou copie l'artiste, et l'artiste ressemble au fou. Shade se méfiait des théories artistiques dont toute révolution est menacée, mais il connaissait l'œuvre des artistes mexicains, et les grandes fresques sauvages de Lopez, hérissées de griffes et de cornes espagnoles, qui étaient bien, en effet, un langage de l'homme en lutte.

Deux autobus chargés de miliciens, hérissés de fusils, partaient pour Tolède. Là, la rébellion n'était pas terminée.

— Nous donnons les murs aux peintres, mon vieux, les murs nus : allez, hop ! dessinez, peignez. Ceux qui vont passer là devant ont besoin que vous leur parliez. On ne peut pas faire un art qui parle aux masses quand on n'a rien à leur dire, mais nous luttons ensemble, nous voulons faire une autre vie ensemble, et nous avons tout à nous dire. Les cathédrales luttaient pour tous avec tous contre le démon, — qui d'ailleurs a la gueule de Franco. Nous...

— Les cathédrales me font suer. Il y a plus de fraternité ici, dans la rue, que dans n'importe quelle cathédrale, de l'autre côté. Continue.

— L'art n'est pas un problème de sujets. Il n'y a pas de grand
art révolutionnaire : pourquoi ? parce qu'on discute tout le temps
de directives au lieu de parler de fonction. Donc il faut dire aux
artistes : vous avez besoin de parler aux combattants ? (à quelque chose de précis, pas à une abstraction comme les masses).
Non ? Bon, faites autre chose. Oui ? Alors, voilà le mur. Le
mur, mon vieux, et puis c'est tout. Deux mille types vont passer
devant chaque jour. Vous les connaissez. Vous *voulez* leur parler.
Maintenant arrangez-vous. Vous avez la liberté et le besoin de
vous en servir. Ça va. — Nous ne créerons pas des chefs-
d'œuvre, ça ne se fait pas sur commande, mais nous créerons
un style.

Les palais espagnols des banques et des compagnies d'assu-
rances, là-haut, dans l'ombre, et, un peu plus bas toute la pompe
coloniale des ministères, appareillaient dans le temps et dans
la nuit, avec les corbillards extravagants, les lustres des clubs,
les girandoles et les étendards des galères pendus dans la cour
du ministère de la Marine, immobiles par cette nuit sans air.

Un vieillard quittait le café ; il avait écouté au passage, et
posa sa main sur l'épaule de Lopez.

— Je ferai un tableau avec un vieux qui s'en va et un type
qui se lave. L'idiot qui se lave, sportif, crétin, agité, c'est un
fasciste...

Lopez leva la tête : celui qui parlait était un bon peintre espagnol. Il pensait manifestement : ou un communiste.

— ... un fasciste, donc. Et le vieux qui s'en va, c'est la vieille
Espagne. Mon cher Lopez, je vous salue.

Il partit, boitillant, dans l'acclamation immense qui emplissait
la nuit : les gardes d'assaut qui avaient battu les rebelles d'Alcala rentraient à Madrid. Des tables, des trottoirs, tous les
poings dressés montèrent dans la nuit. Les gardes passaient,
poing levé eux aussi.

— Il n'est pas possible, reprit Lopez déchaîné, que, de gens
qui ont besoin de parler et de gens qui ont besoin d'entendre,
ne naisse pas un style. Qu'on les laisse tranquilles, qu'on leur
foute des aérographes et des pistolets à couleur et toute la technique moderne et plus tard la céramique, attends un peu !

— Ce qu'il y a de bien dans ton projet, dit Shade, pensif et
tirant les bouts de sa cravate papillon, c'est que tu es un idiot.
Je n'aime que les idiots. Ce qu'on appelait autrefois l'innocence.
Tous les gens ont de trop grosses têtes, ils ne savent rien faire
avec. Tous ces types sont des idiots comme nous...

Sous le grincement des changements de vitesse, les paroles
emplissaient la rue, avec un piétinement traversé de mesures
d'*Internationale*. Une femme passa devant le café, une petite
machine à coudre dans les bras, serrée sur sa poitrine comme un
animal malade.

Shade demeurait immobile, la main sur le tuyau de sa pipe.

Il rejeta seulement en arrière, d'une pichenette, un petit chapeau mou aux bords relevés. Un officier, l'étoile de cuivre sur sa combinaison bleue, serra au passage la main de Lopez.

— Comment ça va à la Sierra ? demanda celui-ci.

— Passeront pas. Les miliciens arrivent tout le temps.

— Parfaitement, dit Lopez pendant que l'officier continuait sa marche. Et il y aura un jour ce style sur toute l'Espagne, comme il y a eu des cathédrales sur l'Europe et comme il y a sur tout le Mexique le style des fresquistes révolutionnaires.

— Oui. Mais seulement si tu prends l'engagement de me foutre la paix avec les cathédrales.

Toutes les autos de la ville, réquisitionnées et lancées à toute vitesse au service de la guerre ou du rêve se croisaient sous des cris fraternels. Les photos prises à la Montagne par les opérateurs des anciens journaux fascistes, nationalisés, depuis le matin circulaient à la terrasse, et les miliciens s'y reconnaissaient. Shade se demandait s'il allait consacrer son article, cette nuit, au projet de Lopez, au pittoresque de la *Granja,* ou à l'espoir qui emplissait la rue. A tout cela peut-être. (Derrière lui une de ses compatriotes gesticulait, un drapeau américain de quarante centimètres sur la poitrine ; mais il venait d'apprendre que c'était parce qu'elle était sourde-muette.) Un style naîtrait-il de ces murs dispersés, de ces hommes qui passeraient devant, — les mêmes que ceux qui passaient devant lui en cette seconde, secoués de cette kermesse de liberté ? Ils avaient en commun avec leurs peintres cette communion souterraine qui avait été, en effet, la chrétienté, et qui était la révolution ; ils avaient choisi la même façon de vivre, et la même façon de mourir. Et pourtant...

— C'est un projet dans la lune, ou quelque chose qui doit être organisé par toi, ou par l'Association des artistes révolutionnaires, ou par le ministère, ou par la Société des aigles et des hippopotames, ou quoi ? demanda Shade.

Des gens passaient avec des ballots de linge, des draps pliés dignement serrés sous les bras comme des serviettes d'avocat ; un petit bourgeois, avec un édredon très rouge dans la lumière du café, qu'il tenait sur sa poitrine comme la femme venue avant lui tenait sa machine à coudre ; d'autres avec des fauteuils retournés sur leur tête.

— On va voir, répondit Lopez. Pas par moi maintenant, en tout cas : ma milice part pour la Sierra. Mais tu peux être tranquille !

Shade dissipa en soufflant la fumée de sa pipe :

— Mon vieux Lopez, si tu savais ce que j'en ai marre des hommes !

— Ce n'est pas le meilleur moment pour ça...

— N'oublie pas que j'étais à Burgos avant-hier. Et c'était pareil, hélas ! C'était pareil... Les pauvres idiots fraternisaient avec les troupes...

— Dis donc, tortue : ici ce sont les troupes qui fraternisent avec les pauvres idiots.

— Et dans les grands hôtels les comtesses en peau buvaient avec les paysans monarchistes, béret sur la tête et couverture sur l'épaule...

— Et les paysans se faisaient tuer pour les comtesses qui ne se faisaient pas tuer pour les paysans ; d'ailleurs, il faut de l'ordre.

— Et ils crachaient quand ils entendaient des mots comme République ou Syndicat, tristes ballots... J'ai vu un prêtre avec un fusil, il croyait qu'il défendait sa foi ; et dans un autre quartier, un aveugle. Il avait un bandeau neuf sur les yeux. Et sur le bandeau, on avait écrit à l'encre violette : « Vive le Christ-Roi ». Je crois bien qu'il se croyait volontaire aussi, celui-là...

— Il était aveugle !

Une fois de plus, comme toujours lorsque les haut-parleurs criaient : « Allo » de leur voix de ventriloques, le silence s'épandit autour d'eux :

Ici, Radio-Barcelone. Vous allez entendre le général Goded.

Tous savaient que Goded était le chef des fascistes de Barcelone, et qu'il commandait militairement la rébellion. Le silence sembla s'étendre jusqu'aux limites de Madrid.

Ici, dit une voix fatiguée, indifférente et non sans dignité, *le général Goded. Je m'adresse au peuple espagnol pour déclarer que le sort a été contre moi et que je suis prisonnier. Je le dis afin que tous ceux qui ne veulent pas continuer la lutte se sentent déliés de tout engagement envers moi.*

C'était la déclaration de Companys vaincu, en 1934. Une immense acclamation se déploya sur la ville nocturne.

— Ceci renforce ce que j'allais dire, reprit Lopez, qui vida son verre d'un coup, en signe de joie. Quand j'ai fait les bas-reliefs que tu appelles mes machins scythes, je n'avais pas de pierre. La bonne coûte assez cher : seulement les cimetières en sont pleins, il n'y a même que ça dedans. Alors, je dévalisais le cimetière la nuit. Toutes mes sculptures de cette époque-là ont été sculptées dans des regrets éternels ; c'est comme ça que j'ai abandonné la diorite. Maintenant on va passer à une plus grande échelle : l'Espagne est un cimetière plein de pierres, on va en faire des sculptures, tu m'entends, tortue !

Les hommes et les femmes portaient des ballots enveloppés de lustrine noire ; une vieille femme tenait une pendule, un enfant une valise, un autre une paire de chaussures. Tous chantaient. Quelques pas en arrière, un homme tirait une voiture à bras chargée de toute une boutique de brocanteur, et accompagnait leur chant, en retard. Un jeune type agité, les bras en moulin à vent, les arrêta pour les photographier. C'était un journaliste : il avait un appareil au magnésium.

— Qu'est-ce que c'est que tous ces déménagements ? demanda

Shade, ramenant en avant son petit chapeau. Ils ont peur d'être
bombardés ?

Lopez leva les yeux. C'était la première fois qu'il regardait
Shade sans chiqué ni frénésie.

— Tu sais qu'il y a beaucoup de monts-de-piété en Espagne ?
Cet après-midi le Gouvernement a donné l'ordre de les ouvrir et
de rendre tous les gages, sans contre-partie. Toute la misère
de Madrid est venue, pas en se ruant, pas du tout, assez lentement. (Sûrement, elle n'y croyait pas.) Ils sont repartis avec
leurs édredons, leurs chaînes de montre, leurs machines à coudre... C'est la nuit des pauvres...

Shade avait cinquante ans. Revenu de pas mal de voyages
(entre autres de la misère américaine, puis de la longue maladie,
mortelle, d'une femme qu'il avait aimée), il n'attachait plus d'importance qu'à ce qu'il appelait idiotie ou animalité, c'est-à-dire à
la vie fondamentale : douleur, amour, humiliation, innocence.
Des groupes descendaient l'avenue avec leurs charrettes hérissées de pieds de chaises, suivies de passants à pendules ; et
l'idée de tous les monts-de-piété de Madrid ouverts dans la nuit
à la pauvreté pour une fois sauvée, cette foule dispersée qui
repartait pour les quartiers pauvres avec ses gages reconquis,
étaient la première chose qui fît comprendre à Shade ce que le
mot révolution peut signifier pour des hommes.

Contre les voitures fascistes lancées à travers les rues obscures
avec leurs mitraillettes, dévalaient les voitures réquisitionnées ;
et, au-dessus d'elles, le *salud* obsédant, abandonné, repris,
scandé, perdu, unissait la nuit et les hommes dans une fraternité
d'armistice, — plus dure à cause du prochain combat : les fascistes arrivaient à la Sierra.

CHAPITRE PREMIER

A l'exception de ceux qui portaient les combinaisons de mécanicien à fermeture éclair, devenues l'uniforme des milices, les volontaires de l'aviation internationale, jubilants, chemises ouvertes par cette chaleur d'août espagnol, semblaient revenir de bastides et de baignades. Seuls étaient en train de combattre les pilotes de ligne, les mitrailleurs de Chine ou du Maroc ; les autres — il en arrivait chaque jour — allaient être éprouvés dans la journée.

Au milieu de l'ancien champ civil de Madrid, un trimoteur Junker prisonnier (son pilote, entendant Radio-Séville annoncer la prise de Madrid, était descendu plein de confiance) brillait de tout son aluminium.

Vingt cigarettes au moins s'allumèrent à la fois. Camuccini, le secrétaire de l'escadrille, venait de dire :

— Deux heures et quart, en tout, pour le B...

Ce qui voulait dire que le multiplace de combat B n'avait d'essence que pour ce temps ; or, tous, Leclerc assis en singe sur le comptoir, ou les austères qui potassaient le perfectionnement éventuel de la mitrailleuse, tous savaient que l'avion et leurs camarades étaient partis pour la Sierra depuis deux heures cinq.

Le bar ne fumait plus par longues bouffées en volutes, mais par petits coups précipités. A travers les verrières, tous les regards parallèles étaient fixés sur la crête des collines.

Maintenant ou demain — bientôt — le premier avion ne reviendrait pas. Chacun savait que, pour ceux qui l'attendraient, sa propre mort ne serait pas autre chose que cette fumée de cigarettes nerveusement allumées, où l'espoir se débattait comme quelqu'un qui étouffe.

Polsky, dit Pol, et Raymond Gardet quittèrent le bar, — sans abandonner des yeux les collines.

— Le patron est dans le B.

— T'es sûr ?

— Fais donc pas l'idiot ! tu l'as vu partir.

Tous pensaient à leur chef avec sympathie : il était dans l'avion.

— Deux heures dix.

— Minute ! Ta montre marche pas bien : il était à peine une heure, ça fait deux heures cinq.

— Mais non, Raymond, commence pas, mon vieux : dix, je te dis ! Regarde le petit Scali là-haut, il est pendu à son téléphone.

— Qu'est-ce qu'il est, Scali ? Italien ?

— Je crois.

— Il pourrait être Espagnol, regarde-le.

Le visage un peu mulâtre de Scali était en effet commun à toute la Méditerranée occidentale.

— Regarde, s'il se démène !

— Ça va pas bien, ça va pas bien... Moi, je te dis...

Comme si tous deux se fussent méfiés de la mort, la discussion continuait à voix sournoise.

Le ministère venait de prévenir Scali que les deux avions de chasse espagnols et les deux multiplaces de l'aviation internationale avaient été mis hors de combat par une escadrille de sept Fiat. L'un des multiplaces était tombé dans les lignes républicaines, l'autre, touché, tentait de rentrer. Scali, ses cheveux presque crépus dans tous les sens, était descendu au pas de course chez Sembrano.

Magnin, « le patron », commandait l'aviation internationale, Sembrano, l'aérodrome civil et les avions de ligne transformés en avions de combat ; Sembrano ressemblait à un Voltaire jeune et bon. Aidés par les vieux avions militaires des champs de Madrid, les Douglas neufs des lignes espagnoles, achetés par le Gouvernement, pouvaient à la rigueur accepter le combat contre les avions de guerre italiens. Provisoirement...

En bas, la rumeur des « pélicans » retomba tout à coup : pourtant, pas le moindre bruit de moteur, aucune sirène d'appel. Mais les pélicans se montraient quelque chose du bras tendu : au ras de l'une des collines, l'un des multiplaces, les deux moteurs coupés. Au-dessus du champ couleur de sable à quoi deux heures de l'après-midi donnait une solitude de Mauritanie, glissait en silence la carlingue pleine de camarades vivants ou morts.

— Le coteau ! dit Sembrano.

— Darras est pilote de ligne, répondit Scali, retroussant son nez de l'index.

— Le coteau ! répéta Sembrano, le coteau !...

L'avion venait de sauter par-dessus, comme un cheval. Il commençait à tourner autour du champ. En bas, pas un morceau de glace ne sonnait dans un verre ; tous guettaient des cris.

— Le capotage, reprit Scali. Sûrement il n'a plus de pneus...

Il agitait ses bras courts, comme s'il eût voulu aider l'avion. Celui-ci toucha terre, s'infléchit, accrocha l'extrémité d'un plan, et cela sans capoter. Les pélicans couraient en criant autour de la carlingue fermée.

Pol, un berlingot arrêté dans la gorge, regardait la porte de l'avion, qui ne se levait pas. Là dedans, il y avait huit copains. Gardet, ses cheveux en brosse en avant, secouait en vain la poignée de toute sa force, et tous les visages étaient tournés vers ce poignet rageur qui s'acharnait contre la porte sans doute coincée. Enfin, elle se leva jusqu'à mi-hauteur : des pieds apparurent, puis le bas d'une combinaison ensanglantée. A la lenteur de ses mouvements, il était clair que l'homme était blessé. Devant ce sang, pour un instant anonyme, devant ces jambes qui ne bougeaient qu'avec précaution dans cette carlingue pleine de camarades, Pol, à moitié étranglé par son berlingot, pensait que tous étaient en train d'apprendre dans leur corps ce que veut dire solidarité.

Le pilote avançait de plus en plus hors de la carlingue son pied dont les gouttes de sang écarlates tombaient dans le soleil éblouissant. Enfin parut sa tête couperosée de vigneron de la Loire sous son chapeau de jardinier, fétiche.

— Tu as ramené le zinc ! gueulait Sembrano, de sa voix timide.

— Magnin ? cria Scali.

— Il n'a rien, dit Darras, essayant de prendre appui sur le bord de la porte pour glisser.

Sembrano se précipita sur lui et l'embrassa, leurs deux chapeaux basculèrent. Les cheveux de Darras étaient blancs. Les pélicans rigolaient nerveusement.

Dès que Darras fut dégagé, Magnin sauta à terre. Il était en combinaison de vol ; ses moustaches tombantes, d'un blond gris, lui donnaient sous le serre-tête un aspect de Viking étonné, à cause de ses lunettes d'écaille.

— Le S ? cria-t-il à Scali.

— Dans nos lignes. Endommagé. Mais rien que des blessures légères.

— Tu t'occupes de ces blessés-ci ? Je file au téléphone pour le rapport.

Les indemnes, sautés à terre, s'agitaient parmi les questions de leurs copains, voulaient remonter dans la carlingue aider les blessés. Gardet et Pol étaient déjà dans l'appareil.

A l'intérieur, un garçon tout jeune était allongé parmi les

taches rouges et les marques sanglantes des semelles. Il s'appelait House, « captain House », et n'avait pas encore reçu de combinaison. Mitrailleur de cuve, cinq balles dans les jambes pour sa première sortie. Il ne parlait que l'anglais — et peut-être les langues classiques : car un petit Platon en grec, barboté le matin à Scali qui avait gueulé comme un putois, sortait de la poche ensanglantée de son blazer rouge et bleu. Le bombardier, deux balles dans la cuisse, attendait, calé contre le siège de l'observateur. Matelot breton, bombardier au Maroc, il se tenait pour un dur, et serrait les dents — sans que changeât l'expression joviale de sa trogne éclatante malgré les blessures, pendant que Gardet le tirait de la carlingue avec lenteur.

— Attendez, les copains ! cria Pol affairé, les yeux en boule. Je vais chercher une civière. Sinon, ça ne gazera pas, on va l'esquinter.

Appuyé sur l'épaule de son copain, Séruzier, dit l'ahuri-volatil à cause de son affolement permanent, Leclerc, maigre singe en combinaison mais en chapeau cape gris, commença une chanson de geste :

— Faut que t'attendes pour qu'on te tire sur les couleurs, mon petit pote. Pour te distraire, je vais encore te raconter une histoire. Ça sera mes derniers ennuis avec les bourres. Même que c'était à cause d'un copain. Son concierge pouvait pas le blairer ; un salaud, le tire-cordon ! toujours à plat ventre devant les locataires endollardés, et une vache cuite avec les prolétaires ramasse-miettes ! Mon copain se faisait incendier sous prétexte qu'il disait pas son nom en rentrant la nuit : Bon ! que je dis, un instant. Sur les deux heures du matin, je détèle un canasson solitaire, je l'emmène dans l'entrée de la crèche et j'annonce d'une voix cave : « Cheval ». Puis, excuse-moi, je me débine doucement...

Le bombardier regarda Leclerc et Séruzier sans même hausser les épaules, promena sur les pélicans, qu'il dominait, un regard royal, et ordonna :

— Qu'on aille me chercher l'*Huma*.

Puis se tut de nouveau jusqu'au brancard.

CHAPITRE II

Une petite fumée ronde parut au-dessus de la crête de la Sierra. Les verres tressautèrent, les sonneries de leurs petites cuillers perceptibles à un dixième de seconde de l'explosion fracassante : le premier obus était tombé à l'extrémité de la rue. Puis une tuile dégringola du toit sur une table, les verres roulèrent, un piétinement de pas qui courent monta dans le soleil de midi : le second obus avait dû tomber à la moitié de la rue. Les paysans armés s'engouffrèrent dans la salle du café, la parole précipitée mais les yeux en attente.

Au troisième obus (à dix mètres), les grandes vitres crevées comme des cerceaux sautèrent à la figure des hommes aux ceintures de cartouches, — collés au mur, paralysés.

Un fragment de vitre était planté dans l'affiche du cinéma, tachée de gouttelettes.

Une autre explosion. Une autre encore, beaucoup plus loin, sur la gauche, cette fois : le village était maintenant plein de cris... Manuel tenait une noix à la main. Il la leva entre deux doigts au-dessus de sa tête. Un autre obus explosa, plus près.

— Merci, dit Manuel, montrant la noix ouverte (il l'avait cassée lui-même entre ses doigts).

— Ben quoi, demanda un paysan à voix basse, pour ne pas attirer les obus, qu'est-ce qu'on fait ?

Nul ne répondit. Ramos était au train blindé. Ils restaient là, s'écartant du mur, y revenant, attendant le prochain obus.

— Ça n'a pas de bon sens, ce qu'on fait là, dit la voix précipitée du père Barca. Si on reste là... on va... devenir fous... Faut leur rentrer dedans.

Manuel l'examina ; il n'avait pas confiance dans le ton de sa voix.

— Il y a des camions sur place, dit-il.

— Tu sais conduire ?

— Oui.

— Un gros camion ?

— Oui.

— Les potes ! gueula Barca.

Une explosion telle que tous se précipitèrent sur le carreau ; quand ils se relevèrent, la maison opposée au café avait perdu sa façade. Les poutres de la charpente, en retard, dégringolaient sur le vide ; un téléphone sonnait.

— Y a des camions, reprit Barca. On y monte, on va leur casser la gueule !

Aussitôt, tous à la fois :

— Très bien !

— On va tous se faire descendre.

— Y a pas d'ordres !

— Bon Dieu de vaches de fils de putains !

— On t'en donne, des ordres : va aux camions, au lieu de gueuler !

Manuel et Barca étaient sortis en courant. Presque tous coururent derrière eux. Tout valait mieux que de rester là. Encore des obus. Un peu plus loin, les traînards, ceux qui croyaient à la réflexion.

Une trentaine d'hommes grimpèrent dans le camion. Les obus tombaient aux abords du village. Barca prit conscience que les artilleurs fascistes voyaient le village, mais non ce qui s'y passait (il n'y avait pas d'avions en l'air, pour le moment). Chargé de civils qui chantaient l'*Internationale* en brandissant des fusils au-dessus du chahut d'embrayage, le camion démarra.

Les paysans connaissaient Manuel depuis la propagande de Ramos dans la Sierra. Ils éprouvaient pour lui une sympathie prudente, qui allait s'accentuant au fur et à mesure qu'il était plus mal rasé et que ce visage de Romain un peu alourdi, aux yeux vert clair sous des sourcils très noirs, devenait une tête de matelot méditerranéen.

Le camion filait sur la route, dans le grand soleil ; au-dessus, les obus allaient vers le village, avec un froufrou de pigeons. Manuel, tendu, conduisait. Il n'en chantait pas moins *Manon* à tue-tête :

Adieu, notre peutiteu table...

Les autres, tendus aussi, enchaînaient sur l'*Internationale* ; ils regardaient deux civils tués, sur lesquels ils fonçaient à toute vitesse, avec la trouble amitié qu'éprouvent pour les premiers morts ceux qui montent au combat. Barca se demandait où étaient les canons.

— Les fumées, c'est pas précis.

— Y a un gars qu'est tombé !

— Arrête !

— Allez, allez ! cria Barca, aux canons !

L'autre se tut. Maintenant, c'était Barca qui commandait. Le camion, changeant de vitesse, sembla répondre à une explosion par un cri de machine blessée. Déjà il passait devant les morts.

— Y a trois camions qui nous suivent !

Tous les miliciens se retournèrent, même Manuel qui conduisait, et hurlèrent : « Hourra ! »

Et tous de vociférer en espagnol, sur l'air des lampions cette fois, tapant des pieds :

A-dieu ! Notre peu-titeu ta-ble !

❖

A l'entrée d'un tunnel dont la locomotive du train blindé sortait comme un nez, Ramos dominait les camions de quatre cents mètres de pins parasols.

— Mon gars, dit-il à Salazar, il y a neuf chances sur dix pour qu'ils soient fichus.

Ramos remplaçait le commandant du train blindé, filé chez les fascistes ou les bistrots de Madrid.

Les camions étaient petits dans le grand paysage de montagne. Le soleil brilla sur leurs capots : il était impossible que les fascistes ne les vissent pas.

— Pourquoi pas les soutenir ? demanda Salazar, qui frisait sa belle moustache, mais à contresens. Il avait été sergent au Maroc.

— L'ordre est de ne pas tirer. Impossible d'en obtenir un autre : ton téléphone à ficelles fonctionne comme un bon ! mais il n'y a personne à l'autre bout du fil.

Trois miliciens en mono étaient en train de disposer deux chasubles et une étole sur les rails, à quelques mètres de la locomotive, sans quitter du regard les camions qui avançaient sur la route d'asphalte bleu pâle barrée par ses deux morts.

— On met en marche ? cria l'un d'eux.

— Non, répondit Ramos. Ordre de ne pas bouger.

Les camions avançaient toujours. Entre les coups de forge du canon, on les entendait distinctement. Un milicien quitta le tender, alla ramasser les chasubles et les plia.

C'était un de ces paysans castillans au visage étroit qui ressemblent à leurs chevaux. Ramos le rejoignit.

— Qu'est-ce que tu fais, Ricardo ?

— C'est d'accord avec les copains...

Il déroula un peu l'étole, perplexe ; le brocart étincelait sous la lumière.

Les camions montaient toujours. Le conducteur, la tête de biais hors de la locomotive, rigolait dans le soleil sur le fond noir du tunnel. Les camions approchaient des batteries.

— Parce que, reprit Ricardo, faut être prudents. Ces saloperies-là, ce serait encore foutu de nous faire dérailler, ou de porter malheur aux copains des camions !

— Donne-les à ta femme, dit Ramos. Elle peut s'en faire quelque chose.

Ce grand garçon jovial et frisé, assez coq de village, inspirait confiance aux paysans. Mais ils ne savaient jamais trop bien s'il plaisantait ou non.

— Ça, ça sur ma femme ?

De toute sa force, le paysan envoya le paquet doré dans le ravin.

Les mitrailleuses ennemies commencèrent à tirer, avec leur bruit précis.

Le premier camion patina, fit un quart de cercle, versa ses hommes comme un panier, s'abattit. Ceux qui n'étaient ni morts ni blessés tiraient, réfugiés derrière. Les hommes du train ne voyaient plus de Ramos que ses grosses jumelles et ses mèches frisées ; à leur radio, quelqu'un chantait un chant andalou, et la résine des pins arrachés emplissait de son odeur de cercueil l'air qui tremblait comme s'il eût été secoué par les mitrailleuses.

Des deux côtés du camion renversé, il y avait des oliviers. Un, deux... cinq miliciens quittèrent le camion renversé, coururent vers les arbres, tombèrent l'un après l'autre. Le camion barrant la route, ceux qui le suivaient s'étaient arrêtés.

— Si seulement les gars se couchaient, dit Salazar, le terrain est utilisable...

— Tant pis pour les ordres : file au train et fais tirer.

Salazar courut, martial et gêné par ses superbes bottes.

Maintenant, les miliciens ne pouvant plus avancer, Ramos ne risquait plus de tirer sur eux. Il y avait une chance sur cent qu'il touchât les mitrailleuses ennemies, dont il ignorait la position...

Sur une voie de garage, des wagons de marchandises portaient encore l'inscription : « Vive la grève ». Le train blindé sortit de son tunnel, menaçant et aveugle. Ramos prit une fois de plus conscience qu'un train blindé, ce n'est qu'un canon et quelques mitrailleuses.

❖

Derrière le camion, les hommes tiraient sur des sons. Ils commençaient à comprendre qu'à la guerre, approcher est plus important, plus difficile que combattre ; qu'il ne s'agit pas de se mesurer, mais de s'assassiner.

Aujourd'hui, c'était eux qu'on assassinait.

— Ne tirez pas, tant que vous ne voyez rien ! cria Barca. Ou alors on n'aura plus de munitions quand ils nous arriveront sur la gueule !

Comme tous eussent voulu voir les fascistes attaquer ! Combattre, au lieu de cette attente de malades ! Un milicien courut en avant, vers les batteries ; au septième pas, il fut abattu, comme ceux qui essayaient de se planquer dans les oliviers.

— Si leurs canons tirent sur nous..., dit Manuel à Barca.

Sans doute était-ce impossible, pour une raison ou pour une autre ; sinon, c'eût été fait.

— Camarades ! cria une voix de femme.

Presque tous se retournèrent, stupéfaits : une milicienne venait d'arriver.

— C'est point un endroit pour toi, dit Barca, sans conviction : car tous lui étaient reconnaissants d'être là.

Elle tirait un sac gros et court, bosselé de boîtes de conserves.

— Dis donc, demanda-t-il, comment que t'es venue ?

Elle connaissait le terrain, ses parents étaient des paysans du village. Barca regarda attentivement : quarante mètres étaient à découvert.

— Alors, quoi, on peut passer ? dit un milicien.

— Oui, dit la petite. Elle avait dix-sept ans, de l'éclat.

— Non, dit Barca. Regardez, le découvert est trop large. Tous, là dedans, on sera descendus.

— Elle est bien arrivée, pourquoi pas nous ?

— Attention. C'est pas possible qu'ils l'aient pas laissée arriver exprès. On est dans le pétrin, pas la peine de s'y mettre encore plus.

— A mon avis, on peut passer jusqu'au village.

— Vous ne me demandez pas ça pour redescendre ! cria la petite, effondrée. L'armée du peuple doit garder toutes ses positions, la radio l'a encore dit il y a une heure !

Elle avait pris la voix théâtrale que prennent si facilement les femmes espagnoles, mais joignait les mains sans s'en apercevoir.

« Nous vous apporterons tout ce que vous voudrez... »

Comme si elle eût proposé des jouets aux gosses pour les faire tenir tranquilles. Barca réfléchit.

— Camarades, dit-il, la question n'est pas là. La gosse dit...

— Je ne suis pas une gosse.

— Bon. La camarade dit qu'on peut partir et qu'il faut rester. Moi je dis qu'il faudrait partir et qu'on ne peut pas. Mélangeons pas tout.

— Tu as de beaux cheveux, disait Manuel à mi-voix à la milicienne : donne-m'en un.

— Camarade, je ne suis pas ici pour les bêtises.

— Bon, garde ton cheveu ! Avare.

En lui parlant, sans excès de conviction, il n'avait cessé de prêter l'oreille.

— Écoutez, cria-t-il, écoutez...

Tous écoutent le grand silence sans oiseaux. Les mitrailleuses ennemies tirent bande sur bande. Une s'arrête, non, c'est un enrayage ; elle reprend. Mais plus une balle n'arrive autour du camion.

— Baisse-toi, andouille !

Il se baissa. Dans la direction qu'il avait indiquée, des taches bleues montaient vers les batteries fascistes, parallèlement à la route, mais protégées, utilisant le terrain : les gardes d'assaut.

— Évidemment, dit Barca, si on avait fait comme ça...

A mesure qu'elles montaient, elles devenaient moins nombreuses.

— Ça c'est du boulot ! dit un milicien. Alors, les potes, on y va ?

— Attention ! cria Manuel. Ne recommençons pas la pagaille. Comptez-vous par dix.

« Le premier de chaque section est responsable.

« Vous avancez à dix mètres au moins les uns des autres.

« Il faut partir en quatre groupes.

« Il faut arriver tous ensemble. Les premiers auront de l'avance, mais comme ils doivent se déployer plus loin que les autres, ça ne fait rien. »

— Ça, c'est pas clair, dit Barca.

Et pourtant tous écoutaient comme ils eussent écouté l'exposé des premiers soins à donner aux blessés.

— Bon, comptez-vous par dix.

Ils le firent. Les responsables s'approchèrent de Manuel. Là-haut, les canons tiraient toujours sur le village, mais les mitrailleuses ne tiraient que sur les gardes d'assaut, qui montaient toujours. Manuel avait l'habitude des hommes de son parti, mais ils étaient ici trop peu nombreux.

— Toi, tu commandes les dix premiers.

« Nous nous déployons tous à droite de la route : pas la peine de risquer d'être coupés en deux si ces salauds descendent avec une auto blindée ou Dieu sait quoi. Et ça nous rapproche des gardes d'assaut.

« Dix camarades, cent mètres.

« Toi, le premier, fous le camp avec tes dix copains. A trois cents mètres tu en laisses un tous les dix mètres.

« Quand tu verras avancer le groupe à ta gauche, tu avanceras. Si quelque chose ne va pas, tu passes le commandement à ton voisin, et tu te rabats : en arrière tu trouveras... »

Qui ? Manuel voulait envoyer Barca organiser les autres camions. Lui-même ? Dans cette atmosphère, il devait être en première ligne. Tant pis...

« Tu trouveras Barca. »

Pour organiser ceux des camions, il en enverrait un autre.

— Si je siffle, tout le monde se rabat sur Barca. Compris ?

— Compris.

— Explique.

— Tout va bien.

— Quels sont les responsables, syndicaux ou politiques ?...

— Les gars, le train blindé tire !

Tous eurent envie de s'embrasser. Le train tirait au hasard sur l'emplacement présumé des batteries et des mitrailleuses. Mais les miliciens, d'entendre leur canon répondre aux canons fascistes, cessaient de se sentir traqués. Tous saluèrent d'un grand cri le second coup.

Manuel envoya un communiste prévenir Ramos, un U. G. T. aux gardes d'assaut, et le plus âgé des anarchistes expliquer à ceux des autres camions ce qui venait d'être fait.

— Emportez à manger, dit la milicienne, c'est plus prudent.

— Allez, les gars, grouillons !

— Je vous porterai les casse-croûte, dit-elle, l'air responsable.

En même temps qu'ils partaient, Barca courut aux camions. On tirait sur eux, mais avec des fusils. Le second groupe partit, le troisième, puis le dernier, que commandait Manuel.

Les perspectives des rangs d'oliviers étaient très claires. Dans une de ces grandes avenues immmobiles, Barca vit avancer un des miliciens, puis une dizaine, puis une longue file. Il ne voyait pas à plus de cinq cents mètres ; la file emplit le champ de son regard, occupa tout le bois visible, avançant au rythme martelé des canons. Sur la pente voisine, que Barca ne voyait plus depuis qu'il était sous les arbres, les gardes d'assaut tiraient. Sans doute possédaient-ils un fusil-mitrailleur, car un bruit de tir mécanique montait au-dessus des coups de fusil, vers celui des mitrailleuses fascistes, immobile. La ligne des miliciens avançait. Les fusils des fascistes tiraient sur eux, sans grande efficacité. Manuel prit le pas de course ; toute la file suivit, avec une courbe de câble dans l'eau. Barca courait aussi, transporté, plongé dans une confusion fervente qu'il appelait le peuple, — faite du village bombardé, d'un désordre infini, des camions renversés, du canon du train blindé, — et qui maintenant montait, en un seul corps, à l'attaque des canons fascistes.

Ils écrasaient en courant des branches coupées : les mitrailleuses, avant l'arrivée des gardes d'assaut, avaient tiré sur l'oliveraie. L'odeur de la sèche terre d'été remplaçait celle de la résine. Des feuilles mal coupées par le tir, et qui se détachaient seulement, tombaient comme les feuilles d'automne ; la course des miliciens apparaissait scandée toujours par le canon, tour à tour éclatante dans le soleil et presque invisible dans l'ombre des oliviers. Barca écoutait le fusil-mitrailleur et le canon du train blindé comme des présages : on ne reprendrait plus les vignes à ceux qui les avaient plantées.

Ils allaient avoir à traverser vingt mètres de terrain découvert. Au moment où ils quittaient l'oliveraie, les fascistes tournèrent une de leurs mitrailleuses. Les balles piquaient l'air autour de Barca avec leur bruit de guêpes ; il courait vers les fusils, entouré de bourdonnements pointus, invulnérable. Il roula, les deux jambes coupées. Malgré la douleur, il continua à regarder devant lui : la moitié des miliciens étaient tombés et ne se relevaient pas ; l'autre avait passé. A côté de lui, l'épicier du village était mort : l'ombre d'un papillon dansait sur sa figure. La première ligne de ceux des autres camions hésitait au bord de l'oliveraie. Barca commença à entendre des moteurs d'avions — à nous ? à eux ? — Tout près de l'endroit où tirait le fusil-mitrailleur, une fusée monta dans le ciel magnifique. Le train blindé cessa de tirer.

❖

— Les gardes d'assaut sont sur la batterie ? demanda Salazar.

Ils avaient envoyé un courrier au train : ils lanceraient une fusée « quand ils arriveraient aux batteries ». Sans doute, étaient-elles très proches l'une de l'autre. Ramos avait donc cessé le feu.

— Faut croire, dit-il.

— Que se passe-t-il avec les miliciens ?

— On ne les voit plus... Ils ne sont pas passés, puisque les batteries et les mitrailleuses tirent.

— Veux-tu que j'y aille ?

— Manuel a l'air de se débrouiller comme un bon, avec Barca. Il m'a envoyé quelqu'un.

La jumelle rapprochait de Ramos cette sérénité de roches, de pins et d'oliviers, pleine de blessures. Impossible de rien savoir. Il ne pouvait qu'écouter.

— Ce qui est moche, dit-il, c'est qu'ils font la guerre, ceux d'en face, et pas nous.

Les fascistes bombardaient, nettoyaient, puis envoyaient leurs hommes sur un terrain préparé. Le peuple, sans chefs et presque sans armes, se battait...

— Les pauvres types d'en bas doivent se faire massacrer, en ce moment...

— Mais comme ils ont attaqué quand même, les gardes d'assaut prendront peut-être la batterie...

Ramos parlait nerveusement, sa bouche sensuelle devenue mince, son sourire perdu, ses cheveux joyeux semblables à une perruque.

— En tout cas, les fascistes ne passent pas !

— La batterie de gauche ne tire plus.

Tous deux avaient mal aux tempes à force d'écouter.

Un avion s'approcha, blond dans le ciel lumineux. C'était un avion de tourisme, assez rapide. Il lança une bombe à cinq cents mètres du train ; sans doute n'avait-il ni viseur ni lance-bombes et tirait-il par la fenêtre. Le chauffeur du train, à qui Ramos avait donné des instructions, partit tranquillement sous un tunnel proche. Quand l'avion eut jeté toutes ses bombes à travers les pins, il repartit, content. L'odeur de résine devint plus intense.

Du train, on ne voyait plus rien. Entre les vibrations d'enclume que chaque coup de 75 arrachait au wagon tout entier, l'Asturien Pepe expliquait le coup aux copains en sueur, le torse nu :

— Ici, le blindage est remplacé par du ciment. C'est dégueulasse, mais c'est solide et costaud. Le train a l'air en papier collé, mais il se défend. Aux Asturies, en 34, on blindait les wagons, mon garçon, finement. C'était du travail fait ! Seulement y avait la distraction : la révolution est distraite. Alors les gars ont oublié de blinder la locomotive. Tu te rends compte, le train blindé qui fonce à toute vitesse à travers les lignes du Tercio avec une loco ordinaire ! A cinquante kilomètres, elle attrape je ne sais combien de balles : on n'en parle plus — du mécanicien non plus. Nous, on a pu venir et s'amener la nuit, en douce, avec un autre train et une autre loco — blindée, ce coup-là, — et repasser les copains avant que le Tercio ait amené son artillerie.

— Pepe ?

— Quoi ?

— Leur batterie ne tire toujours plus !

Ramos, ressorti du tunnel, agitait sa jumelle pour voir ce qui se passait chez les rebelles, comme un aveugle cherche à comprendre avec les mains.

— Les nôtres dégringolent sur le village, dit-il.

Les miliciens reculaient en tiraillant — assez mal. Ils disparurent dans la tranchée. Les fascistes devaient traverser derrière eux trois cents mètres en terrain découvert.

Ramos sauta dans la locomotive, fit avancer le train jusqu'à ce qu'il dominât l'espace sans arbres, caché pourtant de celle des batteries fascistes qui tirait encore.

Les fascistes avançaient, mécaniques après le désordre des miliciens.

Les mitrailleuses du train entrèrent en jeu.

De gauche à droite, les fascistes commencèrent à tomber, mous, bras en l'air ou poings au ventre.

Leur seconde vague, hésitante à la lisière des derniers arbres, se décida, prit le pas de course, et ses hommes tombèrent, de droite à gauche cette fois : les mitrailleurs du train étaient mauvais soldats, mais bons braconniers. Pour la première fois de la journée, Ramos voyait se multiplier devant lui le geste étrange de l'ennemi tué dans sa course, un bras en l'air et les jambes fauchées comme s'il tentait de saisir la mort en sautant. Ceux qui n'avaient pas été touchés tentaient de regagner le bois, d'où les fascistes échappés aux mitrailleuses du train tiraient.

De droite, vinrent des coups de fusil. C'étaient d'autres miliciens. Les fascistes se repliaient en tiraillant à travers le bois.

— Ils ont les chefs, ils ont les armes, se disait Ramos, la main enfouie dans ses boucles; mais ils ne passent pas. C'est un fait : ils ne passent pas.

CHAPITRE III

L'épreuve des pilotes continuait.

Un volontaire, en chandail malgré la chaleur, s'approcha de Magnin dans le flamboiement tranquille de l'été.

— Capitaine Schreiner.

C'était un petit loup nerveux, au nez pointu et aux yeux durs, ancien commandant en second de l'escadrille Richthofen. Magnin le regardait du haut de ses moustaches avec sympathie.

— Depuis combien de temps n'avez-vous pas piloté ?

— Depuis la guerre.

— Diable ! Il vous faudra combien de temps pour vous remettre en forme ?

— Je crois quelques heures.

Magnin le regarda sans rien dire.

« Je crois quelques heures », répéta Schreiner.

— Vous travailliez dans l'aviation ?

— Non. Aux mines d'Alès.

Schreiner ne regardait pas Magnin, à qui il répondait, mais l'avion d'essai dont les hélices tournaient. Les doigts de sa main droite tremblaient.

— Le mandat est arrivé trop tard, dit-il. Je suis venu jusqu'à Toulouse sur des camions.

Il ferma ses yeux minces, et écouta le moteur. Ses doigts, sans cesser de trembler, vinrent s'accrocher aux côtes de son chandail. La passion qu'avait Magnin des avions était assez forte pour qu'il se sentît lié à cet homme par ce chandail convulsivement trituré. Schreiner, sous rouvrir les yeux, respira l'air frémissant de bruit. Sans doute respire-t-on comme ça en sortant de prison, pensa Magnin. Celui-là pourrait commander (Magnin cherchait ses seconds) : sa voix avait la netteté commune à beaucoup de responsables communistes et aux militaires.

Le premier moniteur, Sibirsky, revenait à travers le champ tremblant de lumière ; le second appela Schreiner, qui partit vers l'avion d'essai, sans hâte, mais les doigts toujours crispés.

Du bar et de la piste, tous les pilotes regardaient.

Plusieurs d'entre eux avaient fait la guerre, et Magnin n'était pas sans inquiétude ; mais en face de cet homme qui avait abattu vingt-deux avions alliés, les mercenaires même, qui suivaient l'avion seconde par seconde, n'éprouvaient plus qu'un sentiment : la rivalité professionnelle.

Près du bar, Scali, Marcelino et Jaime Alvear se passaient des jumelles. Jaime Alvear, qui avait fait ses études en France, avait été affecté comme interprète combattant à l'aviation internationale. Ce grand peau-rouge noir et bosselé, toujours giflé par ses mèches, était flanqué d'un petit peau-rouge cramoisi, Vegas, dit Saint Antoine, qui, au nom de l'U. G. T., couvrait amicalement les pélicans de cigarettes et de disques de phono. Entre les deux, passait son long nez le basset noir de Jaime, Raplati, qui déjà tournait à la mascotte. Le père de Jaime était historien d'art, comme Scali.

De l'extrémité du champ où Karlitch éprouvait les mitrailleurs, vinrent quelques rafles. L'avion décolla, plus ou moins bien.

— Ce sera difficile avec les volontaires..., dit Sibirsky à Magnin.

Ce dernier savait du reste qu'il ne serait pas aisé de faire contrôler les mercenaires par les volontaires, si ceux-ci leur étaient professionnellement inférieurs.

— Merci de m'avoir fait assez confiance pour me choisir comme moniteur, monsieur Magnin...

Ils firent encore quelques pas sans se regarder : tous deux regardaient en l'air ; là-haut, l'avion volait.

« Vous me connaissez ?

— Je crois...

— Je ne connais rien du tout, pensait Magnin en même temps qu'il parlait, mâchonnant sa moustache gauloise. Il avait de la sympathie pour Sibirsky : malgré les cheveux blonds bouclés et la petite moustache de celui-ci, la tristesse de sa voix faisait croire à l'intelligence ou, tout au moins, à l'expérience. Magnin ne connaissait réellement de lui que sa valeur technique, qui était incontestable.

— Je veux vous dire, monsieur Magnin : ici, on dit que je suis un rouge... Enfin, c'est peut-être utile... Merci... Je voudrais que vous sachiez que je ne suis pas non plus un blanc. Ils ne connaissent pas grand'chose de la vie, tous ces aviateurs, même ceux qui ne sont pas des jeunes gens...

Sibirsky, gêné, regardait ses pieds. Il releva les yeux vers l'avion, le suivit du regard près d'une minute :

— Enfin, il vole, c'est tout ce qu'on peut dire...

Il parlait sans ironie : avec angoisse. Schreiner était un des pilotes les plus âgés ; et il n'y avait pas sur ce champ un seul aviateur qui attendît sans angoisse ce que quarante-six ans — dont dix d'usine — peuvent faire d'un grand pilote.

— Il faut au moins cinq avions pour la Sierra demain, dit Magnin, inquiet.

— Je détestais la vie que je menais chez mon oncle, en Sibérie. J'entendais toujours parler de combats, et je partais pour le lycée... Alors, quand les blancs sont venus, je suis parti avec eux... Ensuite, je suis venu à Paris. Chauffeur, puis mécanicien, puis, de nouveau aviateur. Je suis lieutenant dans l'armée française.

— Je sais. Vous voulez rentrer en Russie, n'est-ce pas ?

Beaucoup de Russes, blancs autrefois, qui servaient en Espagne, le faisaient pour prouver leur loyalisme, espérant regagner ensuite leur pays.

Une nouvelle rafle de mitrailleuse vint de l'extrémité du champ à travers la lumière.

— Oui. Mais pas comme communiste. Comme sans-parti. Je suis ici pour le contrat ; mais, même pour le double, je ne serais pas allé chez les autres. Je suis ce que vous appelez un libéral. Karlitch, lui, aimait l'ordre ; il était blanc ; maintenant, nous avons l'ordre et la force chez nous, et il est rouge. Moi, ce que j'aime, c'est la démocratie, les États-Unis, la France, l'Angleterre... Seulement, la Russie, c'est mon pays...

Il regarda de nouveau l'avion ; cette fois, pour ne pas rencontrer le regard de Magnin.

— Permettez-moi de vous demander une chose... Je voudrais n'avoir en aucun cas à bombarder des objectifs situés dans une ville. Pour la chasse, je ne suis peut-être plus assez jeune... Mais reconnaissance ou bombardement de front...

— Le bombardement des villes est exclu par le gouvernement espagnol.

— Parce que, autrefois, j'ai eu mission de bombarder l'état-major — et les bombes sont tombées sur une école...

Magnin n'osa pas demander si l'état-major — et l'école — étaient allemands ou bolcheviks. L'avion de Schreiner prenait son terrain pour atterrir.

— Trop long ! grogna Magnin, les deux mains aux branches de ses lunettes.

— Peut-être va-t-il remettre la sauce...

Schreiner remettait les gaz, en effet. Magnin et Sibirsky cessèrent de marcher, ne quittant plus l'avion du regard : le champ était très grand, et, que le premier atterrissage eût été manqué de cette façon... Magnin avait l'habitude des épreuves : il avait été chef d'une des compagnies françaises d'aviation.

L'avion revint, prit son terrain un peu court ; le pilote tira sur le manche ; l'appareil bondit comme une pierre ricoche, et retomba de tout son poids, brisé.

L'avion d'essai était heureusement inutilisable pour la guerre, pensa Magnin.

Sibirsky courut vers l'avion, revint, Schreiner et le second moniteur derrière lui.

— Excusez-moi, dit Schreiner.

Le ton de sa voix était tel que Magnin ne regarda pas son visage.

— Je vous ai dit : il me faut deux heures... Ni deux heures ni deux jours. J'ai trop travaillé aux mines. Mes réflexes sont perdus.

Sibirsky et le second moniteur s'écartèrent.

— Nous parlerons tout à l'heure, dit Magnin.

— Inutile. Merci. Je ne peux plus *voir* un avion. Faites-moi incorporer aux milices. Je vous prie.

Dans le bruit des rafles de mitrailleuses de plus en plus rapprochées, les miliciens poussaient sur le champ un second avion d'essai : les appareils de tourisme des senoritos...

Schreiner repartait, les yeux dans le vide. Les pilotes s'écartaient de lui comme d'une agonie d'enfant, comme de toutes les catastrophes auprès desquelles les mots humains sont misérables. La guerre unissait les mercenaires aux volontaires dans le romanesque ; mais l'aviation les unissait comme les femmes sont unies dans la maternité. Leclerc et Séruzier avaient cessé de raconter des histoires. Chacun savait qu'il venait d'assister à ce qui serait un jour son propre destin. Et aucun regard n'osait rencontrer celui de l'Allemand — qui les fuyait tous.

Mais un regard était fixé sur Magnin : celui du pilote qui devait succéder à Schreiner, Marcelino.

— Il faut cinq avions demain pour la Sierra, répétait Magnin dans sa moustache.

La mitrailleuse tirait sept balles, dix balles, s'arrêtait. Quand Karlitch, le chef des mitrailleurs, vit venir Magnin, il alla à lui, le salua, l'entraîna à l'écart et, sans avoir dit un mot, tira de sa poche trois balles : les amorces portaient la trace du percuteur, mais les balles n'étaient pas parties :

— Fabrique de Tolède, dit Karlitch, montrant de l'ongle la marque.

— Sabotage ?

— Non : mauvaise fabrication. Et pour désenrayer ça en l'air pendant le combat...

Karlitch était arrivé en Angleterre, déchu, humilié, et l'expérience de la misère avait détruit ce qu'il avait cru jusque-là ses convictions. Après plusieurs années à vau-l'eau, lui, ancien champion de mitrailleuse de l'armée Wrangel, il avait adhéré au « Retour au pays », le mouvement de sympathie pour l'U. R. S. S. qui se développait parmi les émigrés. Peut-être était-il le seul volontaire pour qui l'ennemi fût haïssable par cela seul qu'il était l'ennemi.

— Les mitrailleuses de terre ? demanda Magnin. Il faut des mitrailleuses pour la Sierra au plus tôt.

Les miliciens étaient incapables de se servir d'une mitrailleuse quelconque, et surtout de la réparer ; Magnin avait transformé ses meilleurs mitrailleurs en moniteurs, sous la direction de Karlitch. En même temps qu'on enseignait aux mitrailleurs de terre le tir d'avion, on enseignait à des miliciens choisis le tir à la mitrailleuse de terre et le désenrayage. Magnin souhaitait former un corps de motocyclistes mitrailleurs.

— Les miliciens, dit Karlitch, c'est bien. On les a bien choisis. Ils sont disciplinés, ils sont sérieux, ils font attention. Ça, ça va bien. Wurtz, camarade Magnin, ça ne va pas : toujours au Parti, jamais au travail. Pour m'aider, c'est seulement Gardet. Les nôtres, ils connaissent maintenant la mitrailleuse d'avion. Pour leur expérience, je ne peux rien dire, je ne peux pas faire d'exercices en l'air : pas d'essence éthylée, pas de mitrailleuse-photo, pas de cibles à remorquer, à peine des balles ; et pas de bonnes. Des cibles, je peux en faire, à la rigueur ; mais de l'essence, je ne peux pas. Ils connaissent le maniement de leur tourelle : dans la tourelle-arrière, je ne mettrai que ceux qui viennent de l'aviation, pour qu'ils n'aillent pas tirer dans la queue. L'entraînement, il faudra le faire sur l'ennemi.

Et Karlitch éclata d'un rire aigu, un peu enfantin, sourcils et houppe en l'air et nez joyeux. Il avait retrouvé ses mitrailleuses comme Schreiner eût retrouvé son avion. Scali, qui avait assisté à la fin de l'entretien, commençait à découvrir que la guerre est aussi physiologique.

❖

Tous les pilotes révolutionnaires qui avaient abandonné par pacifisme leur entraînement militaire étaient ou à réentraîner ou à éliminer ; mais il ne s'agissait pas d'arrêter Franco l'année prochaine. Magnin ne pouvait compter que sur les anciens pilotes de ligne et sur ceux qui avaient accompli leurs périodes.

Il venait de liquider quelques pilotes de la guerre du Maroc, habitués aux vieux avions et à l'ennemi sans défense, que le

retour des premiers blessés poussait à l'élévation de l'esprit :
« Vous comprenez, nous, aller nous bagarrer avec ces types-là,
qui ne nous ont rien fait, en somme... » Sans pourtant renoncer
tout à fait à leurs contrats. En France, tout ça !

Au tour de Dugay, le premier des volontaires qui avait
demandé à lui parler en particulier. Il avait cinquante ans, des
moustaches blanches plus claires que son visage.

— Faut pas me renvoyer en France, camarade Magnin,
disait-il. Croyez-moi : faut pas me renvoyer. J'ai été moniteur
pendant la guerre. Je suis trop vieux pour refaire un pilote, bon,
ça c'est juste. Faites-moi donner un chiffon et gardez-moi comme
aide-mécanicien, comme ce que vous voudrez. Mais avec un zinc.
Avec un zinc.

Sembrano arrivait à toutes pédales, agitant le bras droit.

— Dis, Magnin... Il faut un appareil tout de suite pour San
Benito... Ils avancent sur Badajoz...

— Euh... alors oui... Tu sais que la chasse est partie. Sans
chasse ?

— J'ai reçu l'ordre. Trois appareils, et je n'ai plus que deux
Douglas...

— Bon, bon. C'est une colonne motorisée ?

— Oui.

— Bon.

Il téléphona. Sembrano repartit, lèvre inférieure en avant.

— Alors, camarade Magnin, dit Dugay, alors, pour moi ?

— Euh... bon, entendu, vous resterez. Qu'est-ce que j'oublie,
voyons ?

Il n'oubliait rien : l'air « débordé » était chez lui une sorte de
tic, comme cette phrase même ; mais son action était précise.

Dugay sortit, remplacé par quelques resquilleurs : « brevetés
sur des avions de tourisme, ils étaient prêts à s'entraîner ».
Après quoi vinrent plusieurs petits bourgeois avares, partis pour
toucher une solde de mercenaire et résolus à tirer au flanc ; tout
cela, dûment emballé, reprit la direction des Pyrénées.

Jaime entra, Raplati entre ses jambes. Magnin ne l'attendait pas.

— Camarade Magnin, je voudrais vous dire... Je ne viens pas
comme traducteur, mais... Enfin voici : l'épreuve de Marcelino,
évidemment... Seulement, camarade Magnin, peut-être ne savez-
vous pas que Marcelino a fait deux ans de prison sous le fascisme...

Magnin écoutait amicalement ce grand type en combinaison
serrée, au front et au menton avançants, au nez très courbe, dont
l'amitié, sans prise sur ces traits bosselés et durs, semblait modi-
fier seulement le regard.

— Il était pilote de ligne d'hydravion. Et alors, après la mort
de Lauro de Bosis, il est allé lancer des tracts sur Milan. Il a été
descendu par les avions de Balbo, évidemment : il avait un appareil de tourisme. Il a été condamné à six ans, puis il s'est évadé

des Lipari. Il n'a pas piloté un avion lourd depuis son procès, ni un avion de chasse depuis son départ de l'armée italienne. Il est... catastrophé. Et je voulais vous dire, camarade Magnin, — tout en n'intervenant nullement dans votre décision, et sans le remettre au pilotage, naturellement, — que, si on pouvait faire quelque chose pour lui, ça... ferait plaisir aux camarades espagnols qui sont ici.

— Ça me ferait plaisir aussi, dit Magnin.

Jaime partit : le capitaine Mercery entrait. Presque cinquante ans lui aussi. Une moustache grise en barre, l'air tanné d'un vieux pirate (complaisamment accentué) et des bottes sur un costume d'employé.

— Eh ! monsieur Magnin, c'est une question de technique, que voulez-vous ? Voilà : la technique...

— Vous rentrez en France ?

Mercery leva les bras au ciel.

— Monsieur Magnin, ma femme était ici le 16. Au congrès de philatélie. Le 20, elle m'a écrit : « Un homme ne peut tolérer l'indignité de ce qui se passe ici. » Une femme, monsieur Magnin ! Une femme ! Mais j'étais déjà parti. Je suis au service de l'Espagne ! Dans n'importe quelle fonction : mais au service de l'Espagne. Il faut en finir avec le fascisme : comme je le leur ai dit à Noisy-le-Sec, à nos « conservateurs »: ce ne sont pas les momies qui conservent l'Égypte, c'est l'Égypte qui conserve les momies, messieurs !

— Bon, bon... Vous êtes capitaine, voulez-vous que je vous mette à la disposition du Ministère de la Guerre ?

— Oui, c'est-à-dire... Je suis capitaine, n'est-ce pas... Je pourrais parfaitement être officier de réserve, mais j'ai refusé de faire les périodes à cause de mes convictions...

On avait dit à Magnin que Mercery avait fait la guerre comme adjudant, qu'il était capitaine *de pompiers*. Magnin avait cru à une blague.

— Oui. Euh... évidemment.

— Mais permettez ! Je sais ce que c'est qu'une tranchée : j'ai fait la guerre.

Sous l'extravagance, la générosité était évidente... Après tout, pensa Magnin, un adjudant sérieux est aussi utile ici qu'un capitaine.

Au tour de Marcelino. Il arrivait en combinaison sans ceinture, regardant ses pieds avec un air de Cruche cassée. Il leva les yeux tristement.

— La prison, vous savez... pour les réflexes, ça n'est pas bon...

Une rafle de mitrailleuses l'arrêta : Karlitch, à l'autre bout du champ.

— Je connaissais bien le bombardement, reprit Marcelino. Ça doit marcher encore.

Quinze jours plus tôt, alors que Magnin, entre l'appel aux volontaires et le recrutement des mercenaires, tentait d'acheter pour le Gouvernement espagnol tout ce qui pouvait être trouvé sur le marché européen, il avait, en rentrant chez lui, — moustache pendante, chapeau en arrière, lunettes embuées, — trouvé ce garçon entre deux portes de son appartement. Tous téléphones sonnant, des visiteurs fébriles inconnus les uns des autres arpentant toutes les pièces, il avait assis Marcelino sur le lit de son petit garçon, le dos tourné à une armoire ouverte, et l'avait oublié. De retour vers deux heures de l'après-midi, il l'avait retrouvé entouré de toutes les marionnettes que le pilote italien avait tirées de l'armoire, et avec lesquelles il se racontait des histoires.

— Si je montais comme bombardier, je pourrais peut-être faire aussi un peu de double commande... Je suis sûr que je retrouverais vite ma forme...

Magnin observait ce visage aux cheveux ondulés de médaille vénitienne, et cette combinaison en sac.

— On fera demain un essai de bombardement avec des bombes en ciment.

Les Douglas de Sembrano et un multiplace de Magnin gagnaient l'extrémité du champ.

Après la chute, en Algérie, des avions militaires italiens armés, plusieurs gouvernements avaient accepté de vendre des avions militaires, — de modèles anciens, désarmés ; mais ces avions qui roulaient vers l'extrémité de la piste ne dureraient pas longtemps contre les Savoia modernes, si les pilotes italiens étaient résolus.

Magnin se tourna vers Schreiner, qui venait de remplacer Marcelino. Le silence de celui-ci n'était ni l'entêtement timide du jeune Italien, ni la confusion de Dugay, c'était un silence d'animal.

— Cam'rade Magnin, j'ai réfléchi. Je vous ai dit : ne plus voir d'avions. Ne plus voir d'avions, ça ne va pas. Mais je suis bon tireur. Ça, je n'ai pas perdu : je sais, à cause des fêtes de village — et du revolver.

Son visage était immobile, mais sa voix suspendue n'était pas sans haine. Il avait fixé sur Magnin ses yeux étroits, la tête enfoncée entre les épaules comme un rapace qui guette. Magnin regardait une auto anarchiste qui passait devant les hangars : c'était la première fois qu'il voyait le drapeau noir.

— Les avions ne veulent plus de moi, bon. Faites-moi entrer dans la défense contre avions.

Encore trois ou quatre rafles.

— Je vous prie, dit Schreiner.

Y a-t-il un style des révolutions ? Dans le soir, des miliciens qui ressemblent à la fois à ceux des révolutions mexicaines et à ceux de la Commune de Paris, passent derrière les bâtiments Le Corbusier du champ d'aviation. Tous les avions sont attachés. Magnin, Sembrano et son ami Vallado boivent de la bière tiède : depuis la guerre, il n'y a plus de glace au champ.

— Ça ne va pas bien à l'aérodrome militaire, dit Sembrano. L'armée de la révolution est à faire du commencement à la fin... Sinon Franco, lui, fera de l'ordre à coups de cimetières. Comment crois-tu qu'ils ont fait, en Russie ?

Sa mince lèvre inférieure avançant de profil sur la lumière du bar, il ressemble de plus en plus à Voltaire ; à un Voltaire bon, en combinaison blanche d'aviateur.

— Ils avaient des fusils. Quatre ans de discipline et de front. Et les communistes, eux, *étaient* une discipline.

— Pourquoi êtes-vous révolutionnaire, Magnin ? demande Vallado.

— Euh... oui : j'ai dirigé beaucoup d'usines ; un homme comme nous, qui a toujours été intéressé par son travail, se rend mal compte de ce que c'est que passer une vie entière à perdre huit heures par jour...

« Je veux que les hommes sachent pourquoi ils travaillent. »

Sembrano pense que les possesseurs de l'Espagne sont, dans leur ensemble, incapables de faire marcher leurs entreprises, qui sont entre les mains des techniciens ; et que, technicien, il préfère travailler pour la collectivité de l'usine que pour son propriétaire. (C'est aussi ce que pensent Jaime Alvear, et presque tous les techniciens de gauche.)

Vallado, lui, veut la renaissance de l'Espagne, et n'attend rien de la droite espagnole. Vallado est un grand bourgeois ; c'est lui qui a lancé les tracts sur la caserne de la Montagne, et son visage est un visage de senorito, sauf les petites moustaches, rasées depuis le soulèvement.

Magnin admire les justifications que l'intelligence des hommes apporte à leurs passions.

— Et puis quoi ! dit-il, j'étais à gauche parce que j'étais à gauche... et ensuite, il s'est noué entre la gauche et moi toutes sortes de liens, de fidélités ; j'ai compris ce qu'ils voulaient, je les ai aidés à le faire, et j'ai été de plus en plus près d'eux chaque fois qu'on a voulu davantage les en empêcher...

— Tant qu'on est seulement marié avec une politique, ça n'a pas d'importance, dit Sembrano ; mais quand on a des enfants avec elle...

— Au fait, qu'est-ce que tu étais ? Communiste ?

— Non : socialiste de droite. Toi, communiste ?

— Non, dit Magnin, tirant sa moustache à petits coups : socialiste aussi. Mais gauche révolutionnaire.

— Moi, répond Sembrano, avec un triste sourire qui s'accorde à la nuit qui vient, j'étais surtout pacifiste...

— Les idées changent..., dit Vallado.

— Les gens que je défends, eux, n'ont pas changé. Et il n'y a que ça qui compte.

Des moustiques tournent autour d'eux. Ils causent. La nuit s'installe sur le champ, solennelle comme sur toutes les grandes étendues ; une nuit chaude semblable à toutes les nuits d'été.

CHAPITRE IV

Août.

Une vingtaine de miliciens en monos redescendaient de la Sierra pour le déjeuner. Pas d'officiers : sans doute les responsables, peu certains de la garde des cols à l'heure des repas, l'assuraient-ils eux-mêmes. Heureusement que c'est à peu près pareil de l'autre côté, pensa Manuel.

Cinq des miliciens qui arrivaient portaient des chapeaux de femmes à la mode de 1935, des assiettes pistache, bleu tendre, — avec une barbe de trois jours. Ils avaient enfoncé dans les calottes les dernières églantines de la Sierra.

— Désormais, dit Manuel, parodiant le ton de commandement de Ramos, seuls les camarades délégués par les organisations ouvrières et paysannes seront chargés de la présentation des modes. Ceux d'un certain âge de préférence, avec les cachets de garantie de deux syndicats au moins. Ça ne passera pas inaperçu.

— On avait le soleil quand on les a attaqués. On les voyait pas. Y avait une modiste ; fermée, mais on s'est arrangés. Après, on a gardé les chapeaux.

Le village où était ce jour-là leur base et celle du train blindé, se trouvait à six cents mètres : une place à balcon de bois comme une cour intérieure de ferme, une tour à toit pointu d'Escurial, et quelques boutiques de vacances, orange ou carmin, dont l'une était ornée d'un grand miroir.

— Ça nous va pas mal ! reprit le milicien. On en jette !

Ils s'assirent aux tables du bistrot, fusils croisés dans le dos et Pamélas sur la tête ; derrière eux, sur trente kilomètres de pentes, les dernières taches des jacinthes qui recouvraient, deux mois plus tôt, les rochers de la Sierra, achevaient de roussir au-dessus de la plaine de blé. Le bruit d'une auto lancée à toute vitesse se rapprochait. Et soudain déboucha du porche une Ford kaki, où trois bras parallèles faisaient le salut fasciste. Sous les mains levées dans la pleine lumière, les bicornes napoléoniens et les passepoils jaunes sur l'uniforme verdâtre : des gardes civils. Ils n'avaient pas vu les miliciens qui mangeaient à gauche de la porte, et croyaient arriver dans un village fasciste. Les paysans armés du second bistrot se levèrent lentement.

— Amis ! crièrent les gardes, bloquant d'un coup leurs freins.
Nous sommes avec vous !

Les paysans épaulèrent. Déjà les miliciens tiraient : beaucoup de gardes civils avaient en effet passé les lignes ennemies,
mais pas avec le salut fasciste. Trente balles au moins partirent.
Manuel distingua le bruit, moins dur, des pneus qui éclataient ;
presque tous les paysans avaient visé l'auto. Pourtant un des
gardes était blessé. Le vent emplissait la place d'une odeur de
fleurs brûlées.

Manuel fit désarmer les gardes, les fit fouiller avec soin, conduire dans une salle de la mairie avec une escorte de miliciens
(les paysans haïssaient les gardes civils) et téléphona au quartier
général du colonel Mangada.

— Y a-t-il soit menace, soit urgence ? demanda l'officier de
service.

— Non.

— Alors, surtout, pas de « justice expéditive ». Nous envoyons
un officier pour le Conseil de guerre. Ils seront jugés dans une
heure.

— Bien sûr. Autre chose : leur arrivée nous montre qu'on
peut venir d'un patelin fasciste jusqu'ici. J'ai fait mettre une
garde à l'entrée du village et une sur la route. Ça ne suffit
pas...

Le Conseil se tenait à la mairie. Derrière les accusés, dans la
grande salle blanchie à la chaux, les paysans, en blouses grises
et noires, et les miliciens, — tous debout et silencieux ; au premier rang, les femmes des paysans tués par les fascistes. La gravité de l'Islam guerrier.

Deux des gardes civils avaient parlé. Certes, ils avaient salué
à la romaine ; mais ils croyaient ce village fasciste et voulaient
le traverser pour rejoindre les lignes républicaines. Mensonge
aussi pénible à entendre qu'à dire, comme tout mensonge évident ; les gardes semblaient s'y débattre, et haletaient sous leur
costume raide, comme des garrottés en uniforme. Une paysanne
s'approcha du tribunal. Les fascistes avaient occupé son village
— un village assez proche — repris par les républicains. Elle
avait vu les gardes quand ils étaient arrivés dans l'auto.

— Quand ils m'ont fait venir pour mon fils... moi, quand ils
m'ont fait venir, je croyais que c'était pour l'enterrer... Mais
non, c'était pour m'interroger, les pernicieux...

Elle recula d'un pas, comme pour mieux regarder :

— Il était là, celui-là, il était là... Si on lui tuait son fils aussi,
qu'est-ce qu'il dirait, hein ? Qu'est-ce qu'il dirait ? Qu'est-ce
que tu dirais, misère ?

L'homme, blessé, se défendait, haletant de plus en plus, avec
les mouvements convulsifs d'un poisson hors de l'eau. Manuel
pensait qu'il était peut-être innocent : le fils avait été fusillé

avant que la mère fût interrogée, et elle voyait partout ses assassins. Le garde parlait de sa fidélité à la République. La sueur, peu à peu, venait aux joues rasées de son voisin ; les gouttes coulèrent des deux côtés de ses moustaches cirées, et cette vie qui perlait sous l'immobilité semblait la vie autonome de la peur.

— Vous êtes venus vers nous pour nous rejoindre, dit le président, et vous n'avez pas de renseignements à nous donner ?

Il se tournait vers le troisième garde, qui n'avait rien dit. Celui-ci le regarda avec insistance, montrant bien qu'il ne s'adressait qu'à lui :

— Écoutez. Vous êtes un officier, bien que vous soyez avec ces gens-là. J'en ai assez entendu. J'ai la carte 17 des phalanges de Ségovie. Vous devez me fusiller, bien, et je pense que ce sera pour aujourd'hui. Mais avant de mourir je voudrais avoir la satisfaction de voir fusiller ces deux salauds devant moi. Ils ont les cartes 6 et 11. Ils me dégoûtent. Maintenant, de soldat à soldat, faites-les taire, ou faites-moi sortir.

— Bien fier, qu'il est, celui-là, dit la vieille, pour un qui tue les enfants !...

— Je suis avec vous ! criait au président le garde civil blessé.

Le président observait l'officier qui venait de parler : nez très plat, bouche épaisse, courte moustache et cheveux frisés, une tête de film mexicain. Le président crut un instant qu'il allait gifler le garde blessé, mais il n'en fut rien. Ses mains n'étaient pas des mains de gendarme. Les fascistes avaient-ils noyauté la garde civile, comme la caserne de la Montagne ?

— Quand êtes-vous entré dans la garde civile ?

L'homme ne répondait pas, indifférent désormais au Conseil de guerre.

— Je suis avec vous ! hurla de nouveau le blessé, avec un accent pour la première fois convaincant. Je vous dis que je suis avec vous !

Manuel n'arriva sur la place qu'après avoir entendu la décharge du peloton. Les trois hommes avaient été fusillés dans une rue voisine ; les corps étaient tombés sur le ventre, têtes au soleil, pieds à l'ombre. Un tout petit chat mousseux penchait ses moustaches sur la flaque de sang de l'homme au nez plat. Un garçon s'approcha, écarta le chat, trempa l'index dans le sang et commença à écrire sur le mur. Manuel, la gorge serrée, suivait la main : « MEURRE LE FASCISME ». Le jeune paysan retroussa ses manches et alla laver ses mains à la fontaine.

Manuel regardait le corps tué, le bicorne à quelques pas, le paysan penché sur l'eau, et l'inscription encore presque rouge. « Il faut faire la nouvelle Espagne contre l'un et contre l'autre, pensa-t-il. Et l'un ne sera pas plus facile que l'autre. »

Le soleil tapait de toute sa force sur les murs jaunes.

CHAPITRE V

Ramos et Manuel marchent le long du remblai. Le soir est
semblable aux soirs sans canons. Sur le crépuscule de portrait
équestre, dans l'odeur des pins et des herbes de pierrailles, la
Sierra s'incline en collines décoratives jusqu'à la plaine de
Madrid sur quoi la nuit descend comme sur la mer. Insolite, le
train blindé tapi dans son tunnel semble oublié par une guerre partie
partie avec le grand soleil.

— Je viens de passer une demi-heure à m'engueuler comme un
bon avec les copains, dit Ramos : il y en a plus de dix qui veulent
aller dîner chez eux ; et trois à Madrid !

— C'est l'époque de la chasse, ils confondent. Résultat de
tes négociations engueulatives ?

— Cinq restent, sept partent. S'ils étaient communistes, tous
resteraient.

Quelques coups de feu isolés et un grondement de canon lointain rendent plus profonde la paix des montagnes. La nuit sera
belle.

— Pourquoi es-tu devenu communiste, Ramos ?

Ramos réfléchit :

— Parce que j'ai vieilli...

« Quarante-deux ans, ce n'est pas très vieux. Mais quand
j'étais anarchiste, j'aimais beaucoup plus les personnes. L'anar-
chisme, pour moi, c'était le syndicat, mais c'était surtout le
rapport d'homme à homme. La formation politique d'un ouvrier
ne devient personnelle que plus tard : au début, c'est une question d'influences...

« Dis donc, Manuel, explique-moi donc — si tu y comprends
quelque chose. En face de nous, c'est l'armée espagnole. Mettons
que ce soient surtout les officiers. Aux Philippines, ils se sont
fait casser la gueule comme des bons. A Cuba, de même. A cause
des Américains ? Si tu veux : production supérieure et industrie
de premier ordre. Au Maroc, ils se sont fait casser la gueule ;
Abd-el-Krim, c'était pas les Américains. Pourquoi nos petits
messieurs en moustaches en pinceaux se débinent-ils devant le
Krim, et pas maintenant ? On a toujours dit : l'armée d'opérette. Pourquoi se sont-ils débinés à Melilla, et pas ici ? »

Les relations de Manuel et de Ramos commençaient à changer.
Elles avaient été jusqu'alors celles d'un syndicaliste expéri-
menté avec un homme de trente ans sérieux malgré ses blagues,
s'appliquant à connaître le monde dans lequel il avait mis son
espoir, à ne pas mêler ce qu'il avait contrôlé et ce dont il rêvait,
— mais sans expérience politique. Cette expérience, il commen-

çait à l'acquérir, et Ramos savait que les connaissances de
Manuel étaient beaucoup plus étendues que les siennes. De même
que Manuel avait agité une règle au Central, il agitait ce soir
comme un plumeau une branche de pin, au bout de laquelle il
avait laissé une touffe d'aiguilles ; il ne pouvait sentir sa main
droite vide :

— Il n'y a pas d'armée d'opérette, mon vieux Ramos ; il y a
seulement des opérettes sur l'armée. Ce qu'on appelle une armée
d'opérette, c'est une armée de guerre civile. Notre armée —
enfin, l'armée espagnole, — a un officier pour dix hommes. Tu
crois son budget destiné à la guerre, innocent ? Pas question :
au traitement des officiers, — propriétaires ou au service des
propriétaires, — et à l'achat d'armes automatiques, très insuf-
fisantes pour la guerre, à cause des pots-de-vin, mais très suf-
fisantes pour la police. Exemple : nos mitrailleuses, modèle 1913,
nos avions, qui ont plus de dix ans : inexistants contre une
nation, décisifs contre une révolte. Impossible de faire une guerre
étrangère avec ça, même une guerre coloniale. L'armée espagnole, on n'a jamais entendu parler d'elle qu'en cas de défaites
ou de concussions. Et de répressions. Mais ce n'est pas une opérette, c'est une mauvaise Reichswehr.

Quelques détonations lointaines montent des vallées. On
apporte des miliciens blessés sur des couvertures tenues aux
quatre coins.

— Le peuple sauve Madrid chaque jour, dit Manuel, regardant les crêtes derrière lesquelles sont les fascistes de Ségovie.

— Oui. Après, il va se coucher.

— Mais il recommence le lendemain.

— Tu es en train de te former, Manuel... Tant mieux. Tu as
bien commandé contre la batterie...

— Peut-être que quelque chose a changé en moi, et pour le
restant de ma vie ; mais ça ne vient pas de l'attaque de la batterie, avant-hier ; c'est né aujourd'hui, quand j'ai vu le type
écrire sur le mur avec le sang du fasciste tué. Je ne me sentais
pas plus responsable en donnant des instructions dans l'oliveraie
qu'en conduisant le camion, ou autrefois la bagnole à skis...

— Autrefois, répéta Ramos.

Il n'y avait pas un mois.

— Le passé n'est pas une question de temps. Mais devant le
type hagard qui écrivait sur le mur, là, j'ai senti que nous étions
responsables. Le pucelage du commandement, mon vieux
Ramos...

Loin en terrain gouvernemental, brûle sans fumée un feu de
berger ou de paysan.

Les grands voiles de brume de la nuit montante convergent
vers ce feu. La terre disparaît, les flammes sont la seule tache
claire des pentes ; la paix chassée des monts, tapie sous la terre
comme le train blindé sous son tunnel, semble jaillir à travers ce

feu joyeux. Il y en a un autre, beaucoup plus loin, à l'extrême
droite.

— Qui s'occupe des blessés ? demande Manuel.

— Le médecin-chef du sana. Un type très patient.

— Gauche-républicaine ?

— Socialiste de droite, je crois. Les miliciennes aident aussi
très bien.

Manuel raconte l'arrivée de la petite derrière les camions.
Ramos, les mains dans ses mèches bouclées, sourit.

— Quelle est ton impression des miliciennes, Manuel ?

— Combat actif : zéro ; tout juste bonnes à affaiblir les nerfs
des hommes, en somme. Combat passif, très bien. Courage un
peu alternatif, — il l'est aussi souvent chez les hommes, — grand
par moments.

— Vois-tu, il y a quelque chose qui me plaît :

« Dans chaque patelin qu'a pris Franco, tout devient plus
esclave : non seulement les nôtres, ça va de soi, mais les gosses
qu'on remet chez le curé, les femmes qu'on remet à la cuisine.
Tous les opprimés, qu'ils le soient d'une façon ou d'une autre,
sont venus combattre avec nous... »

Etrange force du feu : montant et descendant avec un rythme
de forge, il semble brûler sur tous les morts de la journée, épan-
dre sur la folie des hommes la nuit qui monte.

Ramos sent disparaître son sourire. Il observe l'autre feu.
Reprend sa jumelle.

Ce ne sont pas des feux de bergers, ce sont des signaux.

Ne va-t-il pas, comme les miliciens, voir des signaux partout ?
Il a l'habitude des signaux par le feu ; d'ailleurs (il compte),
ces abrutis sont en train de transmettre en Morse, — mais pas en
langage clair.

L'autre feu est aussi un feu de signaux. Les fascistes ont bien
préparé leur travail. Combien de feux semblables brûlent à cette
heure à l'arrière des lignes républicaines ? Sur toutes ces pentes,
aussi loin que voie Ramos et que crissent les cigales, des miliciens sont couchés et dorment. Leurs exclamations se sont tues.
Les morts de la journée, qui pèsent déjà de tout leur poids sur
l'asphalte de la route ou les buissons des pentes, commencent,
collés à la terre, leur première nuit de morts. Dans la sérénité
transparente établie sur la Sierra, seul, le langage silencieux de
la trahison emplit l'obscurité qui monte.

CHAPITRE I

Manuel prenait conscience que, la guerre, c'est faire l'impossible pour que des morceaux de fer entrent dans la chair vivante.

Les cris d'un homme ou d'une femme (à l'extrémité de la douleur les timbres ne se distinguent plus), haletants, traversaient la salle de l'hôpital San Carlos et s'y perdaient.

La salle était très élevée, éclairée du haut par des soupiraux presque entièrement bouchés de plantes à larges feuilles, que traversait la lumière du plein été. Ce jour verdâtre, ces murs immenses et sans trous, sauf si on levait la tête, et ces personnages en pyjamas dont les corps noués glissaient sur leurs béquilles dans la paix inquiète de l'hôpital, ces ombres vêtues de pansements comme d'un costume de mi-carême, tout cela semblait un royaume éternel de la blessure, établi là hors du temps et du monde.

Cet aquarium communiquait avec la chambre des grands blessés, d'où venaient les cris : un plafond de hauteur normale, huit lits, et de vraies fenêtres. Manuel ne vit en entrant que les grands cubes de mousseline des moustiquaires, et une infirmière assise à côté de la porte. La pièce semblait solitaire dans le plein jour retrouvé, une chambre d'hôpital claire, si différente de la cave d'Inquisition où glissaient les fantômes pansés ; mais les bruits se chargeaient d'exprimer sa vie véritable.

De l'un des lits du centre partaient sans arrêt ces gémissements où la douleur devient plus forte que toute expression humaine, où la voix n'est plus que l'universel aboiement de la souffrance, le même chez les hommes et les animaux : des jappements qui suivent le rythme de la respiration, et dont celui qui écoute sent qu'ils vont s'arrêter avec le souffle. Et quand, en effet, ils s'arrêtèrent, le grincement des dents, atroce et complaisant à la façon des cris des accouchantes, les remplaça. Manuel sentait que les cris allaient reprendre avec la respiration retrouvée.

— Qu'est-ce qu'il a ? demanda-t-il à voix basse à l'infirmière.

— Aviation. Il a été descendu avec ses bombes. Elles ont éclaté quand ils sont tombés. Cinq balles de mitrailleuse, vingt-sept éclats.

Le voile de la moustiquaire bougea, poussé du dedans comme si le blessé eût été assis sur son lit.

— Sa mère, dit l'infirmière. Il a vingt-deux ans.

— Vous avez l'habitude, dit Manuel amèrement.

— Nous n'avons pas assez d'infirmières. Moi, je suis chirurgienne.

Les cris reprirent, montèrent plus haut, comme si le blessé eût tenté de s'évanouir en forçant la douleur ; et, soudain, furent coupés. Manuel n'entendait même plus le grincement des dents. Mais il n'osait pas avancer.

A quoi sentait-il que le blessé crispait ses doigts sur le drap ? Un nouveau bruit commença, si bas d'abord que Manuel se demanda ce que ce pouvait être, — jusqu'à ce qu'il devînt distinct : un bruit de lèvres. Que valent les mots en face d'un corps déchiqueté ? Maintenant que le garçon avait amené sa douleur jusqu'au silence, la mère faisait la seule chose qu'elle pût faire : elle l'embrassait.

Manuel entendait distinctement les baisers, de plus en plus précipités, comme si, sentant la douleur suspendue et prête à revenir, la femme eût voulu l'arrêter à force de tendresse. Une main attrapa la moustiquaire et la tordit à poignée ; Manuel ressentit cette douleur accrochée à l'air vide comme si elle l'eût été à son propre bras. La main se rouvrit, et les cris reprirent.

— Depuis... combien de temps ? demanda Manuel.

— Avant-hier.

Il regarda enfin l'infirmière : petite, très jeune. Elle ne portait pas le voile, et ses cheveux étaient noirs et luisants.

Elle hésita.

— Nous aussi..., dit-elle enfin. Les cris des blessés, on s'habitue. Mais pas aux cris des leurs : ceux-là, si on ne les renvoie pas, on ne peut pas opérer.

— Barca est toujours là ? demanda Manuel entre deux retombées des cris. Ces cris semblaient établis sur la salle pour l'éternité.

— Non, à côté.

Manuel fut soulagé ; sensible à la douleur mais incapable d'exprimer sa compassion, il ressentait sa maladresse et la supportait mal.

La pièce où se trouvait Barca communiquait à la fois avec celle qu'il quittait, et avec l'aquarium. Manuel ouvrit la porte, hésita une seconde, comme si refermer cette porte eût été rabattre le couvercle d'un cercueil sur le blessé. Enfin, il la laissa entr'ouverte.

Barca était assis sur son lit. Non, il ne désirait rien de plus. Il avait des oranges, des journaux illustrés. Et de l'amitié. L'embêtant, c'était qu'on ne voulait pas le piquer à la morphine. Si c'était qu'on craignait qu'il devînt morphinomane, à son âge, on ferait mieux de lui foutre la paix. Et, comme on avait mis le poids au bout de sa jambe et qu'elle était cassée en deux endroits, il ne pouvait pas dormir. Si on pouvait le faire dormir, ça irait.

— Tu pourrais dormir, avec...

Manuel faisait allusion aux cris du blessé, qu'ils entendaient, assourdis, par la porte entre-bâillée.

— Faut pas que je sois dans la même salle. Ça s'explique pas. Dans une autre salle, je peux. Mais on devrait mettre les malades silencieux ensemble. Ferme la porte : dans cette salle-ci, personne ne crie...

— Qu'est-ce qu'il était ? demanda Manuel, comme si, de parler à nouveau du blessé eût rouvert la porte refermée sur lui.

— Mécano. Il était aux milices ; après dans l'aviation. Bombardier.

— Pourquoi était-il avec nous ?

— Où que t'aurais voulu qu'il soit, un mécano ? Chez les fascistes ?

— Il aurait pu n'être nulle part.

— Oh ! ça...

Barca écarquilla les sourcils, releva la tête : la douleur le reprit. Il reposa la tête sur l'oreiller, et son vieux visage reprit l'expression de la douleur persistante, — les yeux plus creux, les traits toujours prêts à changer, — cette expression d'une enfance à la fois vulnérable et grave, dans laquelle la souffrance tire de chaque visage la noblesse qu'il cache. A la Sierra, Manuel avait remarqué les yeux de Barca. Toute l'expression de ce visage aux traits banals, au teint plus foncé que les cheveux et la petite moustache blanche, plus foncé que les yeux clairs, venait des paupières lourdes, épaisses, chargées d'une expérience amère et pas résignée, que des petites rides aussi nombreuses que des craquelures de porcelaine transformaient en humour paysan. Les yeux fermés, il semblait sourire.

— Comment ça va, au train blindé ?

— Bien, je crois, dit Manuel. Mais je ne sais pas : je n'y suis plus. On m'a nommé commandant de compagnie au 5ᵉ régiment.

— T'es content ?

— J'ai beaucoup à apprendre...

Malgré la porte fermée, ils entendirent de nouveau les cris.

— Le petit gars, il était avec nous parce qu'il était avec nous...

— Et toi, Barca ?...

— Y a tant de raisons ..

Il grimaça, tenta de bouger, et se retourna vers Manuel comme s'il eût attendu que celui-ci s'expliquât.

— Rien ne t'obligeait, reprit Manuel.

— J'étais syndiqué, hé là !

— Oui. Mais pas militant, pas menacé directement.

— Dis donc, mon gars ! le coup du phylloxéra, ça t'aurait fait du contentement, à toi ?

Autrefois Barca était rabassaire en Catalogne, comme l'avaient été son père et son grand-père. Le phylloxéra avait permis aux propriétaires de le déposséder, lui aussi, du travail de plus de cinquante ans.

— Ta vie était refaite, tu pouvais vivre...

Au ton, Barca comprenait que Manuel ne cherchait pas à discuter, mais à mieux comprendre.

— Tu veux dire : pourquoi j'ai pas été neutre ?

— Oui.

Barca sourit, d'un sourire auquel la douleur semblait donner une étrange expérience.

— C'est toujours les mêmes qui sont pas neutres. Où que j'ai jamais été neutre ?

Dans l'aquarium, des béquillards glissaient à travers le cadre de la porte ouverte, les uns derrière les autres.

— Quand même, c'est pas une question plaisante, mais c'est une question sérieuse. Même un fascisme très pire, c'est moins pire que d'être mort !...

Il ferma les yeux.

— Ma jambe me fait plus mal que d'être vexé par un fasciste... Eh ben, je...

Avant la douleur, la faiblesse arrêta son geste.

« Eh ben non, quand même, non. Quand même, je recommencerais. Alors ? »

Les cris du blessé arrivèrent de nouveau jusqu'à eux. Celui-là recommencerait-il ? C'était bien ce à quoi réfléchissait Barca. « Tu me prends pas tant que ça au dépourvu, remarque : quand j'ai cru que... qu'ça y était p't'être, sous les pins, j'ai réfléchi. Comme tout le monde. Pas comme toi, peut-être, mais j'ai réfléchi. Apprendre ce que je ne sais pas, je peux, des fois, avec de la patience ; mais comprendre ce que je suis, ça !... C'est les mots. Tu me suis ?

— Bien sûr.

— C'est parce que t'es intelligent. Pour tout dire, voilà : je veux pas qu'on me dédaigne. Écoute-moi bien, mon garçon.

Il n'élevait pas la voix, il parlait seulement plus lentement, avec le ton qu'il eût pris si, assis à une table, il eût levé l'index.

— Ça, c'est la chose. Le reste, c'est autour. Pour l'argent, t'as raison : j'aurais p't'être pu m'arranger avec eux. Mais ils veulent qu'on les respecte, et moi je veux pas les respecter.

Parce qu'ils sont pas respectables. Je veux bien respecter, mais pas eux. Je veux bien respecter M. Garcia, qu'est un savant. Mais pas eux.

Garcia était un des meilleurs ethnologues espagnols. Il habitait l'été San Rafaël, et Manuel avait constaté déjà combien l'aimaient les militants de cette partie de la Sierra.

« Et puis y a aut'chose. J'vais t'dire un souvenir. P't'être que tu le trouveras pas sérieux, p't'être que si. Quand j'étais encore cultivateur, avant que j'aille à Perpignan, le marquis est venu chez nous. Il parlait avec des gens à lui. Il parlait des nôtres. Et il a dit ça, je te répète mot pour mot : « Voyez ce que c'est que ces gens-là ! Ils préfèrent l'humanité à leur famille ! » Méprisant, qu'il était. J'aurais pas pu discuter, sur le moment, mais j'ai réfléchi, cette fois-là aussi. J'ai compris ça : quand, nous, on veut faire quelque chose pour l'humanité, c'est *aussi* pour notre famille. C'est la même chose. Tandis qu'eux, ils choisissent, tu me suis ? choisissent.

Il se tut un moment.

« M. Garcia est venu me voir. On se connaît depuis longtemps. C'est un homme qui s'est toujours intéressé aux choses. Maintenant qu'il est aux renseignements militaires, il veut savoir ce qui se passe dans les villages. Mais il me demande : l'égalité ? Écoute, Manuel, je vais te dire une bonne chose, que vous ne connaissez pas, tous les deux, parce que vous êtes trop... enfin, trop... vous avez eu trop de chance, disons. Un homme comme lui, Garcia, sait pas trop bien ce que c'est, que d'être vexé. Et voilà ce que je veux te dire : le contraire de ça, l'humiliation, comme il dit, c'est pas l'égalité. Ils ont compris quand même quelque chose, les Français, avec leur connerie d'inscription sur les mairies : parce que, le contraire d'être vexé, c'est la fraternité. »

A travers la porte ouverte de la grande salle, avec leurs profils d'éclopés des Grandes Compagnies, les blessés dont le bras était plâtré marchaient, leur bras saucissonné de linge tenu loin du corps par l'attelle, comme des violonistes, violon au cou. Ceux-là étaient les plus troublants de tous : le bras plâtré a l'apparence d'un geste, et tous ces violonistes fantômes, portant en avant leurs bras immobilisés et arrondis, avançaient comme des statues qu'on eût poussées, dans le silence d'aquarium renforcé par le bourdonnement clandestin des mouches.

CHAPITRE II

Le 14 août.

Dans l'exaltation générale et la chaleur à crever, six avions modernes prenaient leur ligne de départ. La colonne maure qui attaquait en Estramadure marchait de Merida sur Medellin. C'était une forte colonne motorisée, sans doute l'élite des troupes fascistes. De la direction des opérations on venait de téléphoner à Sembrano et à Magnin : Franco la commandait personnellement.

Sans chefs, sans armes, les miliciens d'Estramadure tentaient de résister. De Medellin, le bourrelier et le bistrot, l'aubergiste, les ouvriers agricoles, quelques milliers d'hommes parmi les plus misérables d'Espagne partaient avec leurs fusils de chasse contre les fusils-mitrailleurs de l'infanterie maure.

Trois Douglas et trois multiplaces de combat, à mitrailleuses 1913, tenaient en largeur la moitié du champ. Pas d'avions de chasse : tous à la Sierra. Sembrano, son ami Vallado, les pilotes de ligne espagnols, Magnin, Sibirsky, Darras, Karlitch, Gardet, Jaime, Scali, des nouveaux, — le père Dugay et les mécaniciens au bord des hangars, avec le basset Raplati, — toute l'aviation était dans le jeu.

Jaime chantait un chant flamenco.

Les deux triangles des appareils partirent vers le sud-ouest.

Il faisait frais dans les avions, mais on voyait la chaleur au ras de terre, comme on voit l'air chaud trembler au-dessus des cheminées. Çà et là, les grands chapeaux de paille de quelques paysans apparaissaient dans les blés. Des monts de Tolède à ceux d'Estramadure, en deçà de la guerre, la terre couleur de moissons dormait du sommeil de l'après-midi, d'un horizon à l'autre recouverte de paix. Dans la poussière qui montait vers le grand soleil, épaulement et coteaux faisaient des silhouettes plates ; au delà, Badajoz, Merida — prise le 8 par les fascistes, — Medellin, invisibles encore, points dérisoires dans l'immensité de la plaine qui tremblait.

Les pierres devinrent plus nombreuses. Enfin, âpre comme sa terre de rochers, toits sans arbres, vieilles tuiles grises de soleil, squelette berbère sur des terres africaines : Badajoz, son Alcazar, ses arènes vides. Les pilotes regardaient leurs cartes, les bombardiers leurs viseurs, les mitrailleurs les petits moulinets des points de mire qui tournaient à toute vitesse hors de la carlingue. Au-dessous, une vieille ville d'Espagne rongée, avec ses femmes noires derrière les fenêtres, ses olives et ses anis au frais dans des seaux d'eau de puits, ses pianos dont les enfants jouaient avec un doigt, et ses chats maigres aux aguets des notes qui se perdaient l'une après l'autre dans la chaleur... Et une telle impression de sécheresse qu'il semblait que tuiles et pierres, maisons et rues dussent se craqueler et se pulvériser à la première bombe, dans un grand bruit d'os et de pierrailles. Au-dessus de la place, Karlitch et Jaime agitèrent leur mouchoir. Les bombardiers espagnols lançaient des foulards aux couleurs de la République.

Maintenant, une ville fasciste : les observateurs reconnais-

saient le théâtre antique de Merida, les ruines : une ville semblable à Badajoz, semblable à toute l'Estramadure. Enfin,
Medellin.

Par quelle route arrivait la colonne ? Les routes sans arbres
étaient jaunes sous le soleil, un peu plus claires que la terre, et
vides à perte de vue.

L'escadrille survola une place carrée — Medellin — et commença à remonter une route vers les lignes ennemies, mais aussi
vers le soleil. Ce soleil de cinq heures les éblouissait tous ; à
peine voyaient-ils de la route autre chose qu'un ruban incandes-
cent. Les deux Douglas qui étaient en arrière de celui de Sembrano commencèrent à ralentir, puis prirent la file : la colonne
ennemie arrivait.

Darras, qui venait de repasser les commandes au premier
pilote, regardait de tout son corps, à moitié penché dans le
couloir de la carlingue. Pendant la guerre, il ne cherchait qu'une
quelconque brigade allemande ; cette fois il cherchait ce contre
quoi il luttait depuis des années sous tant de formes, dans sa
mairie, dans les organisations ouvrières édifiées patiemment,
défaites, refaites : le fascisme. Depuis la Russie : l'Italie, la
Chine, l'Allemagne... Ici, dans cette Espagne, à peine l'espoir
que Darras mettait dans le monde avait-il trouvé sa chance, que
le fascisme était là encore, — presque sous son avion ; et tout
ce qu'il en voyait, c'était les avions des siens en train de changer
leur ligne de vol.

Pour prendre la file, l'avion où il se trouvait (celui de Magnin,
le premier des internationaux) tourna. La route devant eux était
piquée de points rouges à intervalles réguliers, toute droite, sur
un kilomètre. L'avion se retrouva au-dessus, le soleil revint, et
Darras ne vit plus qu'une route blanche.

Puis la route obliqua, le soleil glissa sur le côté : les points
rouges reparurent. Trop petites pour être des autos, d'un mouvement trop mécanique pour être des hommes. Et la route bougeait.

Tout à coup, Darras comprit. Et, comme s'il se fût mis à voir
avec sa pensée, et non avec ses yeux, il distingua les formes : la
route était couverte de camions aux bâches jaunes de poussière.
Les points rouges étaient les capots peints au minium, non
camouflés.

Jusqu'à l'immense horizon silencieux de campagne et de paix,
des routes autour de trois villes, en étoiles comme les traces
d'énormes pattes d'oiseaux; et parmi ces trois routes immobiles,
celle-ci. Le fascisme, pour Darras, c'était cette route qui tremblait.

Des deux côtés de la route, des bombes claquèrent. C'était des
bombes de dix kilos : un éclatement rouge en fer de lance, et de
la fumée dans les champs. Rien ne montrait que la colonne fasciste allât plus vite ; mais la route tremblait davantage.

Les camions et les avions allaient à la rencontre les uns des autres. Dans le soleil, Darras ne voyait pas les bombes descendre, mais il les voyait éclater, en chapelets maintenant, toujours dans les champs. Son pied pansé recommençait à le faire souffrir. Il savait que l'un des Douglas n'avait pas de lance-bombes, et bombardait par le trou agrandi des W.-C.. Tout à coup, une partie de la route devint fixe : la colonne s'arrêtait. Une bombe avait touché un camion, tombé en travers du chemin, mais Darras ne l'avait pas vue.

Comme la tête d'un ver qui continuerait seule son chemin, le tronçon avant de la colonne, coupée au tiers, filait vers Medellin ; les bombes continuaient de tomber. L'avion de Darras arrivait au-dessus de ce tronçon.

Le second pilote ne voit pas au-dessous de lui.

Bombardier du troisième avion international, Scali regardait les bombes se rapprocher de la route. Très entraîné dans l'armée italienne où, jusqu'à ce qu'il émigrât, il avait accompli une période de réserve chaque année, ayant retrouvé sa précision dans trois missions accomplies à la Sierra, piloté aujourd'hui par Sibirsky, à la verticale de la route depuis quinze secondes, il voyait les bombes éclater de plus en plus près des camions. Trop tard pour viser le tronçon de tête. Les autres camions tentaient de passer à droite et à gauche de celui qui était tombé en travers de la route (sans doute défoncée). Vus des avions, les camions semblaient fixés à la route, tels des mouches à un papier collant ; comme si Scali, parce qu'il était dans un avion, se fût attendu à les voir s'envoler, ou partir à travers champs : mais la route était sans doute bordée de remblais. La colonne, si nette tout à l'heure, tentait de se diviser des deux côtés du camion tombé comme une rivière des deux côtés d'un rocher. Scali voyait distinctement les points blancs des turbans maures ; il pensa aux fusils de chasse des pauvres types de Medellin et ouvrit d'un coup les deux caisses de bombes légères quand l'enchevêtrement des camions arriva dans le viseur. Puis il se pencha sur la trappe et attendit l'arrivée de ses bombes : neuf secondes de destin entre ces hommes et lui.

Deux, trois... Impossible de voir assez loin en arrière par la trappe. Par un trou latéral : à terre, quelques types couraient, les bras en l'air, — ils dévalaient un remblai, sûrement. Cinq, six... Des mitrailleuses en batterie tiraient sur les avions. Sept, huit, — comme ça courait en bas ! Neuf : ça cessa de courir, sous vingt taches rouges claquant à la fois. L'avion continuait son chemin, comme si tout cela ne l'eût en rien concerné.

Les avions tournaient en rond, pour atteindre de nouveau la route. Celui de Magnin revenait lorsqu'avaient éclaté les bombes de Scali, si bien que Darras vit nettement la fumée se dissiper au-dessus d'un fatras de camions, les pattes en l'air. Sauf à l'instant de l'éclatement rouge des bombes, la mort semblait ne jouer aucun rôle dans cette affaire : il ne voyait que des taches kaki fuyant la route sous les points blancs des turbans, comme des fourmis affolées emportant leurs œufs.

Celui qui voyait le mieux, c'était Sembrano : le premier des Douglas revenait derrière le dernier des internationaux, fermant le cercle. Lui savait, bien autrement que Scali, ce qu'était la lutte des miliciens d'Estramadure ; qu'ils ne pouvaient rien faire ; que, seule, l'aviation pouvait les aider. Il repassait sur la route pour que les bombardiers qui avaient conservé des bombes légères pussent détruire encore des camions : la motorisation était le premier élément de la force fasciste. Mais il fallait, avant l'arrivée de l'aviation ennemie, rattraper la tête de la colonne, qui avait filé vers Medellin.

Quelques camions sautèrent encore dans les champs, roues en l'air. Dès que, rejetés de la route, ils n'étaient plus face au soleil, la lumière descendante allongeait derrière eux de longues ombres, si bien qu'ils n'apparaissaient que lorsqu'ils étaient détruits, comme les poissons morts pêchés à la dynamite ne montent à la surface que lorsqu'ils sont atteints.

Les pilotes avaient eu le temps de préciser leur position au-dessus de la route. Les ombres des camions démolis s'allongeaient maintenant en tête et en queue de la colonne, comme des barrières.

« Franco en aura pour plus de cinq minutes à arranger ça », pensa Sembrano, lèvre inférieure en avant. A son tour, il fila sur Medellin.

Demeuré pacifiste dans son cœur, il bombardait avec plus d'efficacité qu'aucun pilote espagnol ; simplement, pour calmer ses scrupules, quand il bombardait seul, il bombardait très bas : le danger qu'il courait, qu'il s'ingéniait à courir, résolvait ses problèmes éthiques. Il était naturellement courageux, comme Marcelino et comme tant de timides. Ou bien les camions sont dans la ville, pensait-il, et il faut les envoyer tous en l'air ; ou bien les camions sont dehors, et pour que les miliciens ne se fassent pas massacrer, il faut encore tout foutre en l'air. Il avait mis le cap sur Medellin à deux cent quatre-vingts à l'heure.

Les camions qui avaient formé la tête de la colonne se massaient dans l'ombre de la place. Ils n'avaient pas osé s'égailler, le bourg étant ennemi. Sembrano descendit le plus bas possible, suivi des cinq autres avions.

Le soleil emplissait maintenant les rues d'ombre. Pourtant, à trois cents mètres, on devinait la couleur des maisons, — saumon, bleu pâle, pistache, — et les formes des camions ; quelques-uns étaient cachés dans les rues voisines de la place.

Un Douglas venait vers Sembrano au lieu de le suivre. Le pilote avait sans doute perdu la file.

Les avions commencèrent un premier cercle, tangent à la place de Medellin. Sembrano se souvenait de son premier bombardement, qu'il avait fait avec Vargas, maintenant chef des opérations, et des ouvriers de Penarroya, entourés de fascistes, qui avaient déployé aux fenêtres et dans les cours leurs rideaux, leurs couvertures de lit, — leurs plus belles étoffes, — pour les aviateurs républicains.

Les bombes lâchées brillèrent dans un rayon de soleil, disparurent, continuèrent leur chemin avec une indépendance de torpilles. De grosses flammes orangées commencèrent à claquer comme des mines sur la place qui s'emplit de fumée. Dans un grand remous, sur la plus haute flamme, de la fumée blanche fusa, au milieu de la fumée brune ; la minuscule silhouette noire d'un camion virevolta au-dessus, retomba dans le nuage marbré. Sembrano, attendant que toute cette fumée se dissipât, jeta un coup d'œil devant lui, revit le Douglas qui avait perdu la file, et deux autres. Or, trois Douglas seulement étaient engagés, en comptant le sien : il ne pouvait y en avoir trois en face de lui.

Il fit osciller son appareil pour ordonner la formation de combat.

Inquiet de ce qui se passait à terre, à peine avait-il regardé : ce n'était pas des Douglas, c'étaient des Junkers.

C'était le moment où Scali trouvait l'aviation une arme dégoûtante. Depuis que les Maures fuyaient, il avait envie de partir. Il n'en attendait pas moins comme un chat que la place arrivât dans le viseur (il lui restait deux bombes de cinquante kilos). Indifférent aux mitrailleuses de terre, il se sentait à la fois justicier et assassin, plus dégoûté d'ailleurs de se prendre pour un justicier que pour un assassin. Les six Junkers, trois en face (ceux qu'avait vus Sembrano) et trois au-dessous, le délivrèrent de l'introspection.

Les Douglas allaient essayer de filer : avec leur malheureuse mitrailleuse à côté du pilote, il ne pouvait être question pour eux d'engager le combat contre des avions allemands à trois postes de mitrailleur, armés de mitrailleuses modernes. Sembrano avait toujours tenu la vitesse pour le meilleur moyen de défense des avions de bombardement. En effet, les Douglas, pleins gaz, filèrent obliquement, les multiplaces internationaux fonçant sur les trois Junkers du dessous ; trois contre six ; contre six sans chasse, heureusement. L'objectif étant atteint, il ne s'agissait plus de combattre, mais de passer. Et Magnin choisissait d'attaquer par-dessous les avions les plus bas, qui allaient se détacher sur le ciel, alors que ses avions camouflés seraient presque invisibles sur les champs, à cette heure. Les trois autres Junkers n'auraient peut-être pas le temps d'être en ligne pour le combat. Il mit donc, lui aussi, pleine vitesse.

Ceux du dessous arrivaient, fermés comme des sous-marins, leur cuve comme un pendule entre les garde-boue de leur train d'atterrissage. L'un d'eux virait encore, et les internationaux voyaient distinctement son antenne de T. S. F., et son mitrailleur-arrière de profil au-dessus de la carlingue. Gardet, dans sa tourelle-avant, un fusil d'enfant dans le dos, attendait. Trop loin pour qu'on l'entendît, il montrait les Junkers du doigt et agitait le bras gauche. Magnin, à côté de Darras, les voyait grossir comme si on les eût gonflés.

Tout l'équipage prit conscience qu'un avion peut tomber.

Gardet fit tourner sa tourelle ; avec un bruit extraordinairement rapide, toutes mitrailleuses martelant la carlingue, les avions se croisèrent. Les internationaux avaient reçu très peu de balles, celles des mitrailleuses de cuve ennemie seulement. Les Junkers restaient en arrière, l'un d'eux descendait, sans tomber toutefois. Bien que la distance ne cessât de s'accroître, tout à coup une dizaine de balles traversèrent la carlingue de l'avion de Magnin. La distance s'accrut encore ; sous le feu des mitrailleuses-arrière des internationaux, les cinq Junkers repartaient vers leurs lignes, le sixième nageotant au-dessus des champs.

Dès le retour, le rapport téléphoné, Magnin fit appeler Gardet.

— Il est dans le Junker qui est descendu ici en croyant Madrid prise, dit Camuccini.

— Raison de plus.

A la surprise de Magnin, un délégué de la Sûreté l'attendait.

— Camarade Magnin, dit-il après avoir fureté de l'œil dans tous les coins du bureau blanc, le chef de la Sûreté me charge de vous signaler que trois de vos volontaires allemands...

Il tira un papier de sa poche :

« Kre...feld, Wurtz et Schrei...ner, c'est ça, Schreiner, sont des indicateurs hitlériens. »

Erreur, eut envie de répondre Magnin ; mais en de tels cas on croit toujours à l'erreur. Karlitch lui avait signalé que Krefeld prenait sans cesse des photos (un espion en eût-il pris ?) et Magnin avait été surpris de l'entendre citer un jour le nom d'un des fonctionnaires du 2ᵉ bureau français.

— Bien. Krefeld... Alors oui ? Enfin, c'est votre affaire. Pour Schreiner, cependant, vous m'étonnez beaucoup. Wurtz et Schreiner sont des communistes assez anciens, il me semble. Et leur parti répond d'eux.

— Les partis sont comme les gens, camarade Magnin, ils croient à leurs amis ; nous, nous croyons aux renseignements.

— Que veut le chef de la Sûreté ?

— Que ces trois ne mettent plus les pieds sur un aérodrome.

— Et après ?

— Et après il prend la responsabilité.

Magnin réfléchissait, tirant sa moustache.

— Le cas de Schreiner est réellement affreux. Et... enfin, oui, quoi ! je le crois innocent ! Peut-on faire un supplément d'enquête ?

— Oh ! il ne s'agit de rien brusquer... Le chef téléphonera tout à l'heure, mais seulement pour confirmer ma qualité.

Gardet arriva, le petit fusil remisé au magasin des accessoires, la brosse de ses cheveux inclinée en avant, l'œil rigoleur ; le policier sortit.

Sa brosse longue, ses pommettes lui donnaient l'air d'un chat pour enfants ; mais, dès qu'il souriait, ses petites dents séparées les unes des autres donnaient une énergie aiguë à son visage triangulaire.

— Qu'est-ce que tu es allé faire là-dedans ? Te mettre aux places des mitrailleurs ?

— Car je suis un fûté. J'y étais allé, remarquez ; mais j'avais l'impression qu'il y avait quelque chose que je ne comprenais pas. Je comprenais très bien, pas si fada que je croyais ! Maintenant qu'ils ont tiré sur nous, je suis sûr de mon affaire : l'appareil est à peu près aveugle par devant. C'est pour ça qu'ils ne nous ont pas touchés à la première dégelée, et qu'ils nous ont touchés ensuite, quand nous étions en arrière.

— J'en avais aussi l'impression.

Magnin les avait étudiés dans les revues techniques : le troisième moteur du Junker est à la place de la tourelle-avant des multiplaces à deux moteurs, et Magnin avait douté qu'on pût défendre l'avant d'un avion avec un mitrailleur de cuve qui tire entre les roues, et un mitrailleur-arrière. C'était pourquoi il avait foncé, un contre deux.

— Dites, vous croyez qu'ils avaient mis pleins gaz, quand ils nous cavalaient après ?

— Sûrement.

— Alors, qu'est-ce qu'ils se payent notre gueule, les Fritz, depuis deux ans ! Au moins trente kilomètres de moins que nous avec nos vieux zincs. C'est ça, la célèbre flotte de Gœring ?

« Seulement, dites donc, minute : leurs mitrailleuses, c'est autre chose que nos espagnoles, hein ! Ils n'ont pas enrayé une seule fois. J'écoutais.

« Si seulement les Russes ou nos vaches de compatriotes se décidaient à nous en refiler... »

Magnin partit à la Direction des opérations, perplexe.

Il voulait d'abord passer à l'hôpital.

Le bombardier breton, indifférent et contracté, discutait avec son voisin, un anarchiste espagnol, son lit couvert de numéros de l'*Humanité* et d'œuvres de Courteline. House était seul dans une chambre, à l'étage supérieur, ce qui ne présageait rien de bon.

Magnin ouvrit la porte ; l'Anglais le salua du poing levé, en souriant, mais ses yeux ne souriaient pas.

— Comment ça va ?

— Je ne sais pas : personne ne sait l'anglais...

Le « captain » ne répondait pas à la question, mais à sa propre obsession : ce qu'il ne savait pas, c'était s'il serait amputé ou non.

Avec ses fines moustaches blondes sous son nez pointu, il avait l'air d'un collégien bien bordé. Comme ce poing levé semblait un hasard, un accident ! La vérité, n'eût-ce pas été ces mains sagement posées sur le drap, ce visage auquel une mistress House, dans quelque cottage, pensait sans doute ainsi, reposant entre un oreiller et un drap ? et il y avait l'autre vérité, ignorée de cette mistress House, les deux jambes avec cinq balles, sous le drap soigneusement tiré. Ce garçon n'a pas vingt-cinq ans, pensait Magnin. Que dire ? C'est peu, une idée, en face de deux jambes à couper.

— Euh... alors, oui, dit Magnin tirant sa moustache. Qu'est-ce que j'oublie ?... J'ai des oranges en bas...

Il sortit. L'infirmité l'émouvait plus que la mort, il n'aimait pas mentir et ne savait que répondre. Avant tout, il voulait savoir, et il grimpait chez le médecin-chef.

— Non, lui dit celui-ci. L'aviateur anglais a eu de la chance : les os ne sont pas touchés. Il n'est pas un instant question d'amputation.

Magnin redescendit en courant. Un bruit cristallin de cuillers emplissait l'escalier et tintait dans son cœur.

— Les os ne sont pas touchés, dit-il en rentrant. Il avait oublié son histoire d'oranges.

House l'avait salué de nouveau du poing : nul ne comprenant sa langue à l'hôpital, il avait pris l'habitude de ce geste, qui était la seule forme de sa fraternité.

— La question... l'amputation... ne se pose pas, reprit Magnin, bafouillant, gêné de redire en anglais ce que le médecin venait de lui dire en espagnol.

Pris entre l'espoir et la crainte du mensonge amical, House baissa les yeux, reprit le contrôle de sa respiration et demanda :

— Quand pourrai-je marcher ?

— Je vais demander au médecin-chef.

Celui-là va me prendre pour un idiot, pensa Magnin pendant qu'il remontait les marches de l'escalier blanc.

— Excusez-moi, dit-il au médecin ; ce garçon demande quand il pourra marcher, et il me serait pénible de lui mentir.

— Dans deux mois.

Magnin redescendit. A peine eût-il dit « deux mois » qu'une ivresse de prisonnier libéré monta du lit, mystérieuse en ce que rien ne l'exprimait : House ne pouvait bouger ses jambes ; ses bras étaient sur le lit, sa tête sur l'oreiller ; seuls ses doigts se crispaient au bout des bras immobiles, et sa pomme d'Adam, très

visible, montait et descendait. Ces gestes d'une joie sans limites,
c'étaient les gestes mêmes de la peur...

Dans la banlieue de Madrid, moins de miliciens brandissaient
des fusils dans moins d'autos, moins couvertes d'inscriptions.
Vers la porte de Tolède, des jeunes gens s'exerçaient à marcher
au pas. Magnin pensait à la France. Jusqu'à cette guerre, les
Junkers avaient constitué l'essentiel de la flotte de bombardement
allemande. C'étaient des avions commerciaux transformés, et la
confiance de l'Europe en la technique allemande avait vu en eux
une flotte de guerre. Leur armement, excellent, n'était pas efficace ; et ils n'étaient pas capables de poursuivre les Douglas, des
avions de commerce américains. Certes, ils valaient bien les dili-
gences achetées par Magnin sur tous les marchés d'Europe. Mais
ils n'eussent tenu ni contre les types modernes français, ni contre
l'aviation soviétique. Tout ça allait changer : les grandes manœuvres sanglantes du monde étaient commencées. Pendant deux
ans, l'Europe avait reculé devant la constante menace d'une
guerre qu'Hitler eût été techniquement incapable d'entre-
prendre...

CHAPITRE   III

Quand Magnin arriva au ministère, le directeur des opérations,
Vargas, écoutait Garcia, qui lisait un rapport.

— Bonjour, Magnin !

Vargas se leva, mais resta au bord de son canapé : sa mono,
dépouillée à cause de la chaleur, mais pas dégagée de ses jambes
(par flemme, ou pour être plus vite prêt) comme un lapin dont la
peau reste fixée aux pattes, l'empêchait de marcher. Il se rassit,
ses longues jambes allongées dans la mono, son étroit et osseux
visage de Don Quichotte sans barbe plein d'amitié. Vargas était
un des officiers avec qui Magnin avait préparé les lignes
aériennes espagnoles, avant le soulèvement, et c'était avec lui
et Sembrano que Magnin avait fait sauter les rails du Séville-
Cordoue. Il présenta Garcia et Magnin l'un à l'autre, et fit apporter à boire et des cigarettes.

— Compliments, dit Garcia. Vous avez remporté la première
victoire de la guerre...

— Ah oui ? Alors tant mieux. Je transmettrai vos compliments : c'est Sembrano qui était le chef de groupe.

Les deux hommes, cordialement, s'observaient : c'était la première fois que Magnin avait directement affaire à l'un des chefs
des Renseignements militaires ; quant à Garcia, il entendait
parler de Magnin chaque jour.

Tout de Garcia surprenait Magnin : que cet Espagnol eût cette
corpulence et ce visage de grand propriétaire terrien anglais ou

normand, ce fort nez en l'air ; que cet intellectuel eût l'air rigoleur et si cordial, les oreilles pointues ; que cet ethnologue, qui
avait longtemps vécu au Pérou et aux Philippines, ne fût pas
même bronzé. De plus, il s'était toujours imaginé Garcia avec
un binocle.

— C'est de la petite expédition coloniale, tout ça, vous savez,
reprit Magnin : six avions... Nous avons fait sauter quelques
camions sur la route...

— Ce ne sont pas vos bombes de la route qui ont été les plus
efficaces, ce sont celles de Medellin, dit Garcia. Plusieurs bombes
de gros calibre sont tombées sur la place. Notez que les Maures
étaient sérieusement bombardés pour la première fois. La
colonne est repartie pour son point de départ. C'est notre première victoire.

« Seulement, Badajoz était prise. Donc l'armée Franco rejoint
maintenant l'armée Mola. »

Magnin le regardait, interrogateur.

L'attitude de Garcia aussi le surprenait : il attendait de lui
une attitude secrète, plutôt que cet air cordialement déballé.

— Badajoz est à côté de la frontière portugaise, dit Garcia.

— Le 6, dit Vargas, le *Montesarmiento* a apporté à Lisbonne
quatorze avions allemands et cent cinquante spécialistes. Le 8,
dix-huit bombardiers sont partis d'Italie. Avant-hier, vingt sont
arrivés à Séville.

— Des Savoia ?

— Je ne sais pas. Vingt autres italiens sont partis.

— Dont les dix-huit ?

— Non. Avant quinze jours nous aurons une centaine d'avions
modernes contre nous.

Si les Junkers étaient mauvais, les Savoia étaient des appareils
de bombardement bien supérieurs à tout ce dont disposaient les
républicains.

Par la fenêtre ouverte, l'hymne républicain diffusé par vingt
radios entrait avec l'odeur brûlée des feuilles.

— Je continue, dit Garcia reprenant son rapport : c'est Badajoz ce matin, dit-il à Magnin.

5 heures. *Les Maures viennent d'entrer dans le fort de San-
Cristobal, déjà presque détruit par le bombardement.*

7 heures. *L'artillerie ennemie, installée dans le fort de San-
Cristobal, bombarde la ville sans interruption. Les milices tiennent. L'infirmerie de l'hôpital provincial a été détruite par le
bombardement aérien.*

9 heures. *A l'est, le rempart est en décombres. Au sud, les
casernes sont en flammes. Il ne nous reste que deux mitrailleuses.
L'artillerie de San-Cristobal tire. Les milices tiennent.*

11 heures. *Les tanks ennemis...*

Il posa la feuille dactylographiée, en prit une autre.

— Le second rapport est court, dit-il amèrement.

12 heures. *Les tanks sont à la cathédrale. L'infanterie les suit. Elle est repoussée.*

« Je me demande avec quoi, dit-il. Il y avait à Badajoz quatre mitrailleuses ! »

16 heures. *L'ennemi entre.*

16 h. 10. *On se bat maison par maison.*

— A quatre heures ? demanda Magnin. Mais, permettez, à cinq, on nous a donné Badajoz comme à nous ?

— Les informations viennent d'arriver.

Magnin pensait au soleil de cinq heures allongé sur les rues de cette calme ville de pierraille. Il avait fait le début de la guerre de 1914 dans l'artillerie ; là, il savait qu'il ne connaissait jamais rien d'une bataille : mais il n'en voyait rien. Cette ville où le sang ruisselait, il n'avait cessé de la voir calme et amie... De trop haut, comme Dieu. « *Les tanks sont à la cathédrale...* » La cathédrale avec une grande ombre à côté d'elle, les rues étroites, les arènes...

— A quelle heure le combat s'est-il terminé ?

— Une heure avant votre passage, dit Vargas, sauf la lutte à l'intérieur des maisons...

— Voici le dernier rapport, dit Garcia. De huit heures environ. Peut-être plus tôt : transmis de nos lignes, — si tant est qu'il y ait des lignes...

Les prisonniers politiques fascistes ont été délivrés sains et saufs. Les miliciens et suspects arrêtés sont passés par les armes. Douze cents environ ont déjà été fusillés. Inculpation : résistance à main armée. Deux miliciens fusillés dans la cathédrale, sur les marches du maître-autel. Les Maures portent le scapulaire et le Sacré-Cœur. On a fusillé tout l'après-midi. Les fusillades continuent.

Magnin pensa aux mouchoirs de Karlitch et de Jaime, amicalement secoués au-dessus de ceux qu'on fusillait.

La vie nocturne de Madrid, l'hymne républicain de toutes les radios, des chants de toute sorte, des *salud* hauts ou bas suivant qu'ils étaient proches ou lointains, mêlés comme des notes de pianos, toute la rumeur d'espoir et l'exaltation dont était faite la nuit emplit de nouveau le silence. Vargas hocha la tête.

— C'est bien, de chanter... Et, un ton plus bas : « La guerre sera longue...

« Le peuple est optimiste... Les chefs politiques sont optimistes... Le commandant Garcia et moi, qui le serions par tempérament... »

Il haussa les sourcils, inquiet. Quand Vargas haussait les sourcils, il prenait l'air naïf, et soudain semblait jeune ; et Magnin s'aperçut qu'il n'avait jamais pensé que Don Quichotte eût été jeune.

« Réfléchissez à cette journée, Magnin : avec vos six avions,

une petite expédition coloniale comme vous dites, vous avez
arrêté la colonne. Avec ses mitrailleuses, la colonne avait soufflé
sur les miliciens et pris Badajoz. Considérez qu'ils n'étaient pas
des lâches, ces miliciens. Cette guerre va être une guerre technique, et nous la conduisons en ne parlant que de sentiments.

— C'est pourtant bien le peuple qui a tenu la Sierra !

Garcia observait Magnin avec soin. Comme Vargas, il pensait
que la guerre serait technique, et ne croyait pas que les chefs
ouvriers devinssent spécialistes par visitation. Il présumait que
le sort du front populaire serait pour partie entre les mains de ses
techniciens, et tout, de Magnin, l'intéressait : son absence d'ai-
sance, son apparente distraction, son air « sur les dents », son
aspect de contremaître supérieur (il était, en fait, ingénieur de
Centrale), l'énergie évidente et ordonnée qui s'agitait sous ses
rondes lunettes ahuries. Il y avait en Magnin — à cause des
moustaches — quelque chose de l'ébéniste traditionnel du fau-
bourg Saint-Antoine ; et aussi, dans ses babines de phoque par
quoi se marquait l'âge, dans le regard lorsqu'il retirait ses
lunettes, dans les gestes, dans le sourire, la marque complexe de
l'intellectuel. Magnin avait dirigé l'une des plus grandes lignes
françaises, et Garcia, qui s'appliquait à ne pas parer les hommes
du prestige de leur fonction, essayait de discerner ce qui, chez
celui-là, était de l'homme même.

— Le peuple est magnifique, Magnin, magnifique ! dit Vargas.
Mais il est impuissant.

— J'étais à la Sierra, dit Garcia, pointant vers Magnin le
tuyau de sa pipe. Procédons par ordre. La Sierra a *surpris* les
fascistes ; les positions étaient particulièrement favorables à une
action de guérilla ; le peuple a une force de choc très grande et
très courte.

« Mon cher monsieur Magnin, nous sommes soutenus et
empoisonnés à la fois par deux ou trois mythes assez dangereux.
D'abord, les Français : le Peuple — avec une majuscule — a fait
la Révolution française. Soit. De ce que cent piques peuvent
vaincre de mauvais mousquets, il ne suit pas que cent fusils de
chasse puissent vaincre un bon avion. La révolution russe a
encore compliqué les choses. Politiquement, elle est la première
révolution du XXᵉ siècle ; mais notez que, militairement, elle est
la dernière du XIXᵉ. Ni aviation, ni tanks chez les tzaristes, des
barricades chez les révolutionnaires. Comment sont nées les barricades ? Pour lutter contre les cavaleries royales, le peuple
n'ayant jamais de cavalerie. L'Espagne est aujourd'hui couverte
de barricades, — contre l'aviation de Franco.

« Notre cher président du Conseil, aussitôt après sa chute,
est parti à la Sierra avec un fusil... Peut-être, monsieur Magnin,
ne connaissez-vous pas assez l'Espagne ? Gil, notre seul vrai
constructeur d'avions, vient d'être tué au front comme fantassin.

— Permettez. La révolution...

— Nous ne sommes pas la révolution. Demandez plutôt à Vargas. Nous sommes le peuple, oui ; la révolution, non, bien que nous ne parlions que de ça. J'appelle révolution la conséquence d'une insurrection dirigée par des cadres (politiques, techniques, tout ce que vous voudrez) formés dans la lutte, susceptibles de remplacer rapidement ceux qu'ils détruisent.

— Et surtout, Magnin, dit Vargas, remontant sa mono, ce n'est pas nous qui avons pris l'initiative, comme vous ne l'ignorez pas. Nous avons à former nos cadres. Franco n'a pas de cadres du tout, sauf militaires, mais il a les deux pays que vous savez. Les Wrangel ont été battus par l'armée rouge, et pas par les partisans...

Garcia scanda sa phrase de sa pipe :

— Il n'y a plus, désormais, de transformation sociale, à plus forte raison de révolution, sans guerre, et pas de guerre sans technique. Or...

Vargas approuvait, inclinant la tête en même temps que Garcia inclinait la pipe.

— Les hommes ne se font pas tuer pour la technique et pour la discipline, dit Magnin.

— Dans les circonstances comme celles-ci, je m'intéresse moins aux raisons pour lesquelles les hommes se font tuer qu'à leurs moyens de tuer leurs ennemis. D'autre part, attention. Vous pensez bien que quand je dis : discipline, je ne conçois pas ce qu'on appelle dans votre pays jugulaire-jugulaire. J'appelle ainsi l'ensemble des moyens qui donnent à des collectivités combattantes la plus grande efficacité. (Garcia avait le goût des définitions.) C'est une technique comme une autre. Inutile de vous dire que le salut militaire m'est indifférent !

— Ce que nous entendons en ce moment par la fenêtre est quelque chose de positif. Vous savez comme moi qu'on ne l'utilise pas à merveille. Vous dites : nous ne sommes pas la révolution. Eh bien, soyons-la ! Vous ne croyez tout de même pas que vous serez aidés par les démocraties ?

— C'est trop affirmatif, Magnin ! dit Vargas.

Garcia pointa sur tous deux le tuyau de sa pipe comme le canon d'un revolver :

— J'ai vu les démocraties intervenir contre à peu près tout, sauf contre les fascismes.

« Le seul pays qui puisse nous aider, tôt ou tard, à part le Mexique, c'est la Russie. Et elle ne nous aidera pas, parce qu'elle est trop loin.

« Quant à ce que nous entendons par la fenêtre, monsieur Magnin, c'est l'Apocalypse de la fraternité. Elle vous émeut. Je le comprends bien : c'est une des choses les plus émouvantes qu'il y ait sur la terre, et on ne l'y voit pas souvent. Mais elle doit se transformer, *sous peine de mort*.

— C'est bien possible... Seulement, permettez : je n'accepte pour ma part, je ne veux accepter, aucun conflit entre ce qui représente la discipline révolutionnaire et ceux qui n'en comprennent pas encore la nécessité. Le rêve de liberté totale, le pouvoir au plus noble et ainsi de suite, tout ça fait partie à mes yeux de ce pour quoi je suis ici. Je veux, pour tout un chacun, une vie qui ne se qualifie pas par ce qu'il exige des autres ; vous voyez ce que je veux dire ?

— Je crains qu'on ne vous ait pas fait pleinement connaître la situation.

« Nous avons affaire à deux coups d'État superposés, mon cher monsieur Magnin. L'un est le pur et simple pronunciamiento des familles, vieille connaissance. Burgos, Valladolid, Pampelune, — Sierra. Le premier jour, les fascistes avaient toutes les garnisons d'Espagne. Ils n'en ont déjà plus que le tiers. Ce pronunciamiento, somme toute, est battu. Et battu par l'Apocalypse.

« Mais les États fascistes, qui ne sont pas idiots, ont parfaitement envisagé l'échec du pronunciamiento. Et, à partir de là, commence le problème du Sud. Prenez-y garde : il n'est pas *de même nature.*

« Pour savoir de quoi nous parlons, laissons le mot fascisme. Un : Franco se fout du fascisme, c'est un apprenti-dictateur vénézuélien. Deux : Mussolini se fout, en soi, d'instituer ou non le fascisme en Espagne ; les problèmes moraux en est une question, la politique étrangère en est une autre. Mussolini veut ici un gouvernement sur lequel il puisse agir. Pour cela, il a fait du Maroc une base d'agression. De là part une armée moderne, avec un armement moderne. Comme ils ne peuvent pas compter sur les soldats espagnols (ils l'ont vu à Madrid et à Barcelone), ils s'appuient sur des troupes peu nombreuses mais de valeur technique : Maures, Légion étrangère, et...

— Il n'y a que douze mille Maures au Maroc, Garcia, dit Vargas.

— Je vous en annonce quarante mille. Personne ici n'a étudié tant soit peu le lien présent des autorités spirituelles de l'Islam avec Mussolini. Attendez un peu ! La France et l'Angleterre auront des surprises. Et si les Maures ne suffisent pas, on nous enverra des Italiens, mon bon ami.

— Que veut l'Italie, à votre avis ? demanda Magnin.

— Je n'en sais rien. A mon avis, la possibilité de contrôler Gibraltar, c'est-à-dire de pouvoir transformer automatiquement une guerre anglo-italienne en guerre européenne, en contraignant l'Angleterre à faire cette guerre à travers un allié européen. Le relatif désarmement de l'Angleterre faisait préférer à Mussolini de la rencontrer seule ; son réarmement change foncièrement la politique italienne. Mais tout ça, ce sont des hypothèses, c'est le Café du Commerce. Ce qui est sérieux, c'est : appuyée de la façon la plus concrète sur le Portugal, aidée par les deux pays fascistes, l'armée de Franco — colonnes motorisées, fusils-mitrailleurs, organisation italo-allemande, aviation italo-allemande — va essayer de monter sur Madrid. Pour tenir l'arrière, elle va recourir à la terreur massive, comme elle la commence à Badajoz. Qu'allons-nous opposer, pratiquement, à cette seconde guerre, qui n'a *rien à voir* avec celle de la Sierra, voilà la question.

Garcia quitta son fauteuil, s'approcha de Magnin, ses deux oreilles pointues en silhouette devant la lampe électrique allumée sur le bureau :

— Pour moi, monsieur Magnin, la question est tout bonnement : une *action populaire,* comme celle-ci, — ou une révolution — ou même une insurrection — ne maintient sa victoire que par une technique *opposée* aux moyens qui la lui ont donnée. Et parfois même aux sentiments. Réfléchissez-y, en fonction de votre propre expérience. Car je doute que vous fondiez votre escadrille sur la seule fraternité.

« L'Apocalypse veut tout, tout de suite ; la révolution obtient peu — lentement et durement. Le danger est que tout homme porte en soi-même le désir d'une Apocalypse. Et que, dans la lutte, ce désir, passé un temps assez court, est une défaite certaine, pour une raison très simple : par sa nature même, l'Apocalypse *n'a pas de futur.*

« Même quand elle prétend en avoir un. »

Il remit sa pipe dans sa poche, et dit avec tristesse :

— Notre modeste fonction, monsieur Magnin, c'est d'organiser l'Apocalypse...

II

EXERCICE DE L'APOCALYPSE

I

CHAPITRE PREMIER

Garcia, nez et pipe en avant, allait entrer dans ce qui avait été une échoppe, et qui était un des postes de commandement de Tolède.

A droite de la porte était collée une grande photo tirée d'un journal illustré : les otages emmenés dans l'Alcazar par les fascistes, et qui devaient être protégés lorsque les troupes républicaines donneraient l'assaut aux souterrains. « La femme X..., la jeune X..., l'enfant X... » Comme si des combattants, pendant le combat, pouvaient se souvenir de ces visages. Garcia entra. Il quittait le grand soleil plein de torses nus et de chapeaux mexicains : l'obscurité lui sembla complète.

— La batterie tire sur nous, gueulait-on là-dedans.

— Quelle batterie, Négus ?

— La nôtre.

— J'ai téléphoné : vous tirez trop court ! L'officier a répondu : « J'en ai assez de tirer sur les miens ! Maintenant je change. »

— C'est un défi aux principes les plus sacrés de la civilisation, dit une voix privée de simplicité, avec un accent français très marqué.

— Une face de traître de plus, dit plus bas, d'une voix à la fois âpre et lasse, le capitaine, dont Garcia commençait à deviner le visage. Et, à un lieutenant : « Prenez vingt hommes et une mitrailleuse, et filez là-bas. » Enfin, à un secrétaire : « Mettez le colonel au courant. »

— Celui de la batterie, dit le Négus, j'ai envoyé trois copains lui régler son compte.

— Mais moi je l'avais destitué, que voulez-vous, et si la F. A. I. ne l'avait pas remis là...

Garcia n'entendit pas la fin. Pourtant il y avait beaucoup moins de chahut là que dehors. Quelques explosions, de temps à autre, montaient de terre, et martelaient la *Chevauchée des Walkyries* qui venait de la radio de la place. Ses yeux s'habituaient à la pénombre et il distinguait maintenant le capitaine Hernandez : il ressemblait aux rois d'Espagne des portraits célèbres, qui ressemblent tous à Charles-Quint jeune ; les étoiles dorées, sur sa mono, luisaient vaguement dans l'ombre. Autour de lui devenaient peu à peu distinctes sur le mur des taches régulières dont il était entouré comme les statues de certains saints espagnols le sont de courts rayons : des semelles et des formes de cordonnier. On ne les avait pas retirées de l'échoppe. A côté du capitaine, un responsable anarchiste, Sils, de Barcelone.

Le regard de Hernandez rencontra enfin Garcia, pipe au coin du sourire.

— Commandant Garcia ? Les Renseignements militaires m'ont téléphoné.

Il lui serrait la main, et l'entraîna vers la rue.

— Que souhaitez-vous faire ?

— Vous suivre quelques heures, si vous voulez bien. Ensuite nous verrons...

— Je vais à Santa-Cruz. Nous allons essayer la dynamite contre les bâtiments du gouvernement militaire.

— Allons.

Le Négus, qui les suivait, regardait Garcia avec sympathie : pour une fois, un envoyé de Madrid avait une bonne gueule. Des oreilles rigolardes, costaud, et pas l'air trop bourgeois : Garcia portait une veste de cuir. A côté du Négus, gesticulait un homme tout en tendons, cheveux gris ondulés en bataille, veston d'alpaga, pantalon de cheval et bottes : le capitaine Mercery, envoyé par Magnin au ministère de la Guerre, et mis à la disposition du commandant militaire de Tolède.

— Camarade Hernandez, cria une voix de l'échoppe, le lieutenant Larreta téléphone que l'officier de la batterie a foutu le camp.

— Qu'il le remplace.

Hernandez haussa les épaules avec dégoût, et enjamba une machine à coudre tombée au travers de la rue. Une escorte les suivait.

— Qui commande ici ? demanda Garcia, à peine ironique.

— Qui voulez-vous qui commande ?... Tout le monde... Personne. Vous souriez...

— Je souris toujours, c'est un tic joyeux. Qui donne des ordres ?

— Les officiers, les fous, les délégués des organisations politiques, d'autres que j'oublie...

Hernandez ne parlait pas avec hostilité, mais avec une moue découragée qui courbait la barre de sa moustache noire sur sa légère lippe.

— Quels sont les rapports de vos officiers de carrière avec les organisations politiques ? demanda Garcia.

Hernandez le regarda sans faire un geste et sans parler, comme si rien n'eût été susceptible d'exprimer combien ces rapports étaient catastrophiques. Dans le grand soleil, des coqs crièrent.

— Pourquoi ? demanda Garcia. Parce que n'importe quel imbécile se prétend mandaté ? Au début, la révolution est toujours une vaste resquille d'autorité.

— D'abord cela. Ensuite, que voulez-vous, l'ignorance absolue de ceux qui viennent discuter avec nous des problèmes techniques. Ces milices-là seraient écrasées par deux mille sodats qui connaissent leur métier. En somme, même les *vrais* chefs politiques croient au peuple comme force militaire !

— Pas moi. Du moins, pas tout de suite. Et puis ?

Dans les rues divisées en deux par l'ombre, la vie continuait, des fusils de chasse parmi les tomates. La radio de la place cessa de jouer la *Chevauchée des Walkyries ;* un chant flamenco monta : guttural, intense, il tenait du chant funèbre et du cri désespéré des caravaniers. Et il semblait se crisper sur la ville et l'odeur des cadavres, comme les mains des tués se crispent dans la terre.

— D'abord, mon commandant, pour être socialiste ou communiste, ou membre d'un de nos partis libéraux, il faut un minimum de garanties ; mais on entre à la C. N. T. comme dans un moulin. Je ne vous l'apprends pas ; mais que voulez-vous, pour nous c'est plus grave que tout le reste : chaque fois que nous arrêtons un phalangiste, il a une carte de la C. N. T. ! Il y a des anarchistes de valeur, ce camarade qui est derrière nous, par exemple ; mais tant que le principe de la porte ouverte existera, toutes les catastrophes entreront par cette porte-là ! Vous avez vu ce qui vient de se passer avec le lieutenant de la batterie.

— Ceux de vos officiers de carrière qui sont avec nous, sont avec nous pour quelles raisons ?

— Il y a ceux qui pensent que, puisque Franco n'a pas réussi tout de suite, il sera battu. Ceux qui sont liés à tel ou tel officier supérieur ennemi de Franco, de Queipo, de Mola ou d'un autre ; ceux qui n'ont pas bougé, soit par hésitation, soit par veulerie ; en somme, ils se trouvaient chez nous, ils y sont restés... Depuis qu'ils se font engueuler par les Comités politiques, ils regrettent de ne pas être partis...

Garcia avait vu des officiers qui se prétendaient républicains, à la Sierra, approuver ce que les miliciens faisaient de plus absurde, et cracher quand ils étaient partis ; et ceux d'un champ d'aviation militaire retirer les tables et les chaises de leur mess lorsqu'arrivaient des volontaires étrangers mal vêtus. Et aussi des officiers de carrière rectifier les erreurs des miliciens avec une patience inlassable, enseigner, organiser... Et il connaissait le destin de l'officier républicain nommé au commandement du XIIIᵉ lanciers, un des régiments rebelles de Valence : il était allé prendre son commandement dans la caserne révoltée ; il était entré, — connaissant pleinement le risque qu'il courait ; — la porte s'était refermée, et on avait entendu une salve.

— Aucun de vos officiers ne s'arrange avec les anarchistes ?

— Si : les pires, très bien... Le seul à qui les anarchistes, ou plutôt ceux qui se disent anarchistes, obéissent dans une certaine mesure, c'est ce capitaine français. Ils ne le prennent pas trop au sérieux, mais ils l'aiment.

Garcia leva une pipe interrogatrice.

— Il me donne des conseils de tactique absurdes, dit Hernandez, et des conseils pratiques excellents...

Toutes les rues convergeaient vers la place. Elle séparait les assiégeants de l'Alcazar ; ne pouvant donc la traverser, Garcia et Hernandez tournaient autour, le pas de Garcia sonnant, celui de Hernandez traînant, sur le pavé de Charles-Quint. Ils la retrouvaient au bout de chaque perspective de rue barrée par les matelas, de chaque ruelle à barricade de sacs, trop basse. Les hommes tiraient couchés, mal groupés, très vulnérables au tir des mitrailleuses.

— Que pensez-vous de ces barricades ? demanda Garcia, l'œil en coin.

— La même chose que vous. Mais vous allez voir.

Hernandez s'approcha de celui qui semblait commander la barricade : bonne gueule de cocher, moustaches, oh ! moustaches ! chapeau mexicain de première classe, tatouages. Au bras gauche, fixée par un élastique, une tête de mort en aluminium.

« Il faudrait élever la barricade de cinquante centimètres, moins serrer les tireurs, et en mettre aux fenêtres, en V.

— Do...men...tion ? grogna le Mexicain dans un chahut de coups de fusil assez proches.

— Comment ?

— Ta documentation, hé, tes papiers !

— Capitaine Hernandez, commandant la section du Zocodover.

— Alors, t'es pas de la C. N. T. Alors, elle te regarde, ma barricade ?

Garcia examinait le merveilleux chapeau : autour de la calotte, une couronne de roses artificielles ; au-dessous, une bande de toile portant l'inscription, à l'encre : *La Terreur de Pancho Villa*.

— Qu'est-ce que ça veut dire, la terreur de Pancho Villa ? demanda-t-il.

— Ça s'entend, dit l'autre.

— Bien sûr, répondit Garcia.

Hernandez le regarda en silence. Ils repartirent. A la radio, le chant magnifique avait cessé. Dans une rue, devant une laiterie, sur une file de pots de lait, un nom propre était écrit sur un carton à côté de chaque pot. Faire la queue ennuyait les femmes : elles laissaient les pots, le laitier les emplissait, et elles venaient les chercher, — à moins que...

Le feu cessa. Le pas de l'escorte, un instant, martela seul le silence. Garcia entendit : « Comme me l'écrivait madame Mercery, une femme très cultivée, camarades : ils se trompent, s'ils croient qu'ils effaceront les taches de leurs défaites d'Afrique avec le sang des ouvriers ! » Sur quoi, d'une rue abritée, vint le bruit d'une patinette.

Le feu reprit. Des rues encore, celles-là à l'abri du feu de l'Alcazar, toujours divisées par l'ombre ; du côté noir, des gens causaient devant les portes, les uns debout, appuyés sur leurs fusils de chasse, les autres assis. A l'angle d'une ruelle, tout seul, de dos, un homme en chapeau mou, en veston malgré la chaleur, tirait.

La ruelle allait jusqu'au mur, très élevé, d'une dépendance de l'Alcazar. Pas une meurtrière, pas une fenêtre, pas un ennemi. L'homme, posément, tirait sur le mur, balle après balle, entouré de mouches ; quand son chargeur fut épuisé, il en mit un autre. Il entendit derrière lui les pas qui s'arrêtaient, et se retourna. Il avait une quarantaine d'années, un visage sérieux.

— Je tire.

— Sur le mur ?

— Sur ce que je peux.

Il regarda Garcia avec gravité.

— Vous n'avez pas d'enfant là-dedans, vous ?

Garcia le regarda sans répondre.

« Vous ne pouvez pas comprendre. »

L'homme se retourna et recommença à tirer sur les pierres énormes.

Ils reprirent leur marche.

— Pourquoi n'avons-nous pas encore pris l'Alcazar ? demanda Garcia à Hernandez avec un petit coup de pipe sur le dos de la main gauche.

— Comment le prendrions-nous ?

Ils marchaient.

« On n'a jamais pris une forteresse en tirant sur ses fenêtres... Il y a un siège, mais pas d'attaque. Alors ?... »

Ils regardaient les tours.

« Je vais vous dire une chose surprenante dans cette odeur, mon commandant : l'Alcazar *est un jeu*. On ne sent plus l'ennemi. On l'a senti au début ; maintenant c'est fini, que voulez-vous... Alors, si nous prenions des mesures décisives, nous nous sentirions des assassins... Êtes-vous allé au front de Saragosse ?

— Pas encore, mais je connais Huesca.

— Quand on survole Saragosse, on voit les environs criblés de bombes d'avions. Les points stratégiques, les casernes, etc., sont bombardés dix fois moins que le vide. Ce n'est ni maladresse ni lâcheté : mais la guerre civile s'improvise plus vite que la haine de tous les instants. Il faut ce qu'il faut, c'est entendu, et je n'aime pas ces écumoires autour de Saragosse. Seulement je suis Espagnol, et je comprends...

Un grand bruit d'applaudissements qui se perdait dans le soleil arrêta le capitaine. Ils passaient devant un miteux music-hall hérissé d'affiches. Hernandez haussa les épaules avec lassitude, comme il l'avait déjà fait, et reprit, un peu plus lentement :

— Ce ne sont pas seulement des miliciens de Tolède qui attaquent l'Alcazar ; mais beaucoup de ceux qui attaquent sont de Tolède ; et les gosses que les fascistes ont enfermés sont ceux des miliciens de Tolède, que voulez-vous...

— Combien y a-t-il d'otages ?

— Impossible de le savoir... Toute enquête, ici, se perd dans le sable... Un nombre assez élevé, dont pas mal de femmes et d'enfants : au début, ils ont raflé tout ce qu'ils ont pu. Ce qui nous paralyse, ce ne sont pas les otages, c'est la légende des otages... Peut-être ne sont-ils pas aussi nombreux que nous le craignons tous...

— Il est tout à fait impossible de savoir à quoi s'en tenir ?

Comme le capitaine, Garcia avait vu les photos de femmes et d'enfants exposées à la Jefatura (ceux-là du moins étaient des otages certains) et celles des chambres vides, avec leurs jouets abandonnés.

— Nous avons essayé quatre fois...

A travers la poussière d'un peloton de cavaliers paysans semblable à une tribu mongole, ils arrivaient à Santa-Cruz. Au delà, c'étaient les fenêtres ennemies du Gouvernement militaire ; au-dessus, l'Alcazar.

— C'est ici que vous voulez essayer la dynamite ?

— Oui.

Ils traversèrent un désordre de jardins brûlés, de salles fraîches et d'escaliers, jusqu'à la salle du musée. Les fenêtres étaient bouchées par des sacs de sable et des fragments de statues. Les miliciens tiraient, dans une atmosphère de chambre de chauffe, leur torse nu ocellé de taches de lumière comme les panthères de taches noires : les balles ennemies avaient fait une passoire de la partie supérieure du mur, en briques. Derrière Garcia, sur le bras allongé d'un apôtre, des bandes de mitrailleuses séchaient comme du linge. Il suspendit sa veste de cuir à l'index tendu.

Mercery, pour la première fois, s'approcha de lui :

— Mon commandant, dit-il, rectifiant sa position, je tiens à vous dire que les belles statues sont en lieu sûr.

Espérons-le, pensa Garcia, une main de saint dans la sienne.

Après des corridors, des pièces obscures, ils arrivèrent sur un toit. Au delà des tuiles blêmes de lumière, la Castille couverte de moissons flambait avec ses fleurs roussies jusqu'à l'horizon blanc. Garcia, possédé par toute cette réverbération, près de vomir d'éblouissement et de chaleur, découvrit le cimetière ; et il se sentit humilié, comme si ces pierres et ces mausolées très blancs dans l'étendue ocre eussent rendu tout combat dérisoire. Des balles passaient avec un bruit mou de guêpes, et d'autres, au même instant, faisaient éclater les tuiles avec le son le plus dur. Hernandez tenait son revolver à la main et avançait, courbé, suivi de Garcia, de Mercery et des miliciens porteurs de dynamite, tous brûlés, le dos par le soleil, le ventre par les tuiles qui leur renvoyaient la chaleur accumulée. Les fascistes tiraient à dix mètres. Un milicien lança un paquet qui explosa sur un toit : les tuiles jaillirent jusqu'au mur qui protégeait les dynamiteurs, Hernandez et Garcia ; un filet oblique de balles se tendit au-dessus d'eux.

— Mauvais travail, dit Mercery.

Une mitrailleuse se mit de la partie. Une seule grenade dans cette dynamite..., pensa Garcia. Mercery se leva, tout le buste au-dessus du mur. Les fascistes ne voyaient son corps que jusqu'au ventre, et tiraient à qui mieux-mieux sur ce buste incroyable en veston d'alpaga, en cravate rouge, qui lançait une charge de dynamite avec un geste de discobole, du coton dans les oreilles.

Le toit tout entier sauta, avec un fracas sauvage. Pendant que les tuiles, jaillies très haut, retombaient parmi des cris, Mercery s'accroupit derrière le mur, à côté de Hernandez.

— Comme ça ! dit-il aux miliciens qui se glissaient derrière le mur avec leur charge.

Son visage était à vingt centimètres de celui du capitaine.

— Comment était-ce, la guerre de 14 ? demanda celui-ci.

— Vivre... Ne pas vivre... Attendre... Être là pour quelque chose... Avoir peur...

Mercery sentait, en effet, la peur venir, à cause de l'immobilité. Il saisit son revolver, visa, toute la tête découverte, tira. De nouveau il agissait ; la peur disparut. La troisième charge de dynamite éclata.

Le gland du calot de Hernandez était juste en face de la lézarde, et l'air le renvoya comme une pichenette de l'autre côté du profil : le calot tomba. Hernandez était chauve ; il remit son calot et rajeunit.

Quelques balles traversèrent le mur ou la meurtrière, devant le nez de Garcia, qui se décida enfin à éteindre sa pipe et à la mettre dans sa poche. L'avant-corps du bâtiment fasciste éclata comme s'il eût été miné ; le sang sembla jaillir de la tête d'un milicien qui s'effondra à droite de Garcia, la main qui avait lancé la dynamite encore en l'air. Et dans le vide qu'avait bouché cette nuque d'où le sang giclait, au loin, en avant du cimetière, sur une rampe de l'Alcazar, en plein feu, il y avait une automobile arrêtée, intacte en apparence dans le dur soleil : deux occupants en avant, trois en arrière, immobiles. A dix mètres au-dessous, une femme, la tête aux cheveux bouclés dans le creux du bras, l'autre bras étendu (mais la tête vers le bas du ravin), eût semblé dormir si on ne l'eût sentie, sous sa robe vide, plus plate qu'aucun être vivant, collée à terre avec la force des cadavres ; et ces fantômes du soleil flamboyant n'étaient des morts que par leur odeur.

— Il n'y a pas de spécialistes d'explosifs à Madrid, à votre connaissance ? lui demanda Hernandez.

— Non.

Garcia voyait toujours le cimetière, pris au ventre par ce qu'il y avait de trouble et d'éternel dans ces cyprès et dans ces pierres, pénétré jusqu'aux battements de son cœur par l'inlassable odeur de viande pourrie, et regardant le jour éblouissant mêler les morts et les tués dans le même flamboiement. La dernière charge éclata dans le dernier morceau du bâtiment fasciste.

Dans la salle du musée, la chaleur était toujours la même, et le chahut toujours semblable. Lanceurs de dynamite, miliciens des souterrains et miliciens du musée se congratulaient.

Garcia reprit son veston à l'index du saint : la doublure s'accrochait, le saint refusait de la lâcher. D'un escalier, qui menait à quelque cave, des miliciens, le torse nu, remontaient, chargés de chasubles dont l'or verdâtre et la soie rose pâle luisaient vaguement ; un autre milicien, une toque du XVIe siècle en arrière de la tête, un bras tatoué, les enregistrait.

— A quoi rime tout ce que nous venons de faire ? demanda Garcia.

— La destruction de ces bâtiments rend toute sortie des rebelles impraticable. C'est tout ; que voulez-vous, c'est le moins absurde... Et jusqu'ici, nous employions les bombes à l'acide sulfurique et à l'essence, entourées d'ouate au chlorate de potasse et au sucre... Alors, tout de même...

— Les cadets tentent encore de sortir ?

Mercery, qui était à côté de lui, leva les bras.

— Vous êtes en face de la plus grande imposture de l'histoire !

Garcia le regardait, interrogateur.

« A votre disposition pour un rapport, mon commandant. » Mais Hernandez avait posé la main sur le bras de Garcia, et

Mercery, respectueux de la hiérarchie, s'écarta. Hernandez
regardait le commandant avec la même expression « au delà de
tout » que lorsqu'il avait été question des rapports entre les
officiers et les organisations anarchistes, — étonnement en plus.
On entendait un avion.

— Vous aussi ! Les Renseignements militaires !...

Garcia attendait, nez en l'air, son œil de gros écureuil attentif.

— Les cadets de l'Alcazar sont une superbe invention de
propagande ; il n'y a pas vingt cadets là-dedans : à la date
du soulèvement, tous les élèves de l'École militaire étaient
en vacances. L'Alcazar est défendu par des gardes civils, com-
mandés par les officiers de l'École de guerre, Moscardo et les
autres...

Une dizaine de miliciens arrivaient en courant, le Négus avec
eux.

— Les v'là encore avec un lance-flammes !

De couloirs en escaliers, Hernandez, Garcia, le Négus, Mercery et les miliciens avaient rejoint une cave à haute voûte, pleine
de fumée et de détonations, ouverte en face d'eux par un large
couloir souterrain où la fumée devenait rouge. Des miliciens
passaient en courant, des seaux pleins d'eau à la main ou entre
les bras. Le chahut du combat extérieur n'y parvenait plus qu'à
peine, et l'odeur d'essence avait décidément remplacé l'odeur
de chien crevé. Les fascistes étaient dans le couloir.

Le jet du lance-flammes, phosphorescent dans l'obscurité,
arrivait par là et aspergeait le plafond, le mur de face et le
plancher, d'un mouvement assez lent, comme si le fasciste qui
tenait la lance eût soulevé sans cesse une longue colonne d'essence. Limitée par le cadre de la porte, la molle colonne enflammée ne pouvait atteindre ni la droite ni la gauche de la pièce.
Malgré la fureur avec laquelle les miliciens claquaient le contenu
des seaux d'eau contre le mur et l'essence crépitante, Hernandez
sentait qu'ils attendaient l'instant où les fascistes apparaîtraient
dans la porte, et, à la façon dont certains étaient collés au mur,
il les sentait prêts à lâcher pied. La guerre n'avait rien à voir
dans ce combat des hommes contre un élément. L'arrosage
d'essence avançait, tous les miliciens déchaînés dans le claque-
ment de l'eau sur les murs, le grésillement de vapeur et la toux
d'enfer des hommes pris à la gorge par l'âcre odeur de pétrole
et l'atroce chuintement mou de la lance. La gerbe d'essence
crépitante avançait pas à pas, et la frénésie des miliciens était
multipliée par ses flammes bleuâtres et convulsives qui envoyaient
gigoter sur les murs des grappes d'ombres affolées, tout un
déchaînement de fantômes étirés autour de la folie des hommes
vivants. Et les hommes comptaient moins que ces ombres folles,
moins que ce brouillard suffocant qui transformait tout en
silhouettes, moins que ce grésillement sauvage de flammes et

d'eau, moins que les petits gémissements aboyés d'un brûlé.

— Je ne vois plus, hurlait-il à ras de terre, je ne vois plus !
Retirez-moi !

Hernandez et Mercery l'avaient pris par les épaules et le
tiraient, mais il continuait à crier : « Retirez-moi ! »

La lance arrivait à l'entrée de la pièce. Le Négus était le long
de la porte, plaqué contre le mur, son revolver dans la main
droite. A l'instant où le cuivre du lance-flammes arriva à l'angle
du mur, il le prit à pleine main gauche, ses cheveux flous en
auréole bleue sur la lumière de l'essence, et le lâcha aussitôt, y
laissant la peau. Des balles tapaient de tous côtés. Le fasciste
fit un saut oblique pour ramener le jet de flammes sur le Négus,
qui touchait déjà sa poitrine ; le Négus tira. La lance enflammée
tomba en sonnant sur la dalle, lançant toutes les ombres au plafond : le fasciste chancela au-dessus de la lumière qui venait de
la lance à terre, son visage éclairé par en-dessous, — un officier assez âgé, — en plein dans la phosphorescente clarté de
l'essence. Il glissa enfin le long du Négus, avec un ralenti de
cinéma, la tête dans le jet de flammes, qui bouillonna et la rejeta
comme un coup de pied. Le Négus retourna la lance : toute la
pièce disparut dans une obscurité complète, tandis qu'apparaissait le souterrain plein de nuages à travers lesquels des ombres
s'enfuyaient.

Un emmêlement de miliciens courait dans le rectangle du
couloir, où le jet bleuâtre de l'essence était maintenant retourné,
dans une grande confusion de cris et de coups de fusils. Soudain tout s'éteignit, — sauf une lampe-tempête et une torche
électrique.

— Ils ont coupé l'essence quand ils ont vu que nous avions le
lance-flammes, dit une voix dans la pièce. Et la même voix, une
seconde plus tard : « Je sais ce que je dis, j'ai commandé des
pompiers. »

— Halte ! cria Hernandez, du couloir aussi : ils ont une barricade au bout.

Le Négus revint du couloir. Les miliciens commençaient à ral-
lumer les lampes-tempête.

— N'est pas sauvage qui veut, dit-il à Hernandez. Il s'en est
fallu d'un quart de seconde. Avant que je ne tire, il avait le
temps de diriger sa lance sur moi.

« Je le regardais. C'est drôle, la vie...

« Ça doit être difficile, brûler vif un homme qui vous
regarde... »

Le couloir de sortie était noir, sauf, au bout, le rectangle de
demi-jour de la porte. Le Négus alluma une cigarette, et tous
ceux qui les suivaient firent de même à la fois : le retour à la
vie. Chaque homme apparut une seconde dans la courte lueur
de l'allumette ou du briquet ; puis tout retourna à la pénombre.
Ils marchaient vers la salle du musée de Santa-Cruz.

— Il y a un avion au-dessus des nuages, criaient des voix dans la salle.

— Ce qui est difficile, évidemment, reprit le Négus, c'est de ne pas hésiter. Question de secondes. Il y a deux jours, le Français a retourné un lance-flammes comme ça. Peut-être le même... Sans se brûler ; mais aussi sans tuer le type. Le Français dit qu'il connaît la question, et qu'on ne peut sûrement pas se servir de la lance contre quelqu'un qui vous regarde. On n'ose pas... Quand même, on n'ose pas...

CHAPITRE II

Chaque jour, un des officiers de l'Aviation internationale passait à la Direction des opérations et parfois à la Sûreté. Magnin envoyait presque toujours Scali ; sa culture rendait faciles ses rapports avec l'état-major de l'Air, composé presque tout entier d'officiers de l'ancienne armée. (Sembrano et ses pilotes formaient un groupe particulier.) Sa cordialité pleine de finesse d'homme encore trapu, mais qui vieillirait gros, rendait faciles les rapports avec tous, Sûreté comprise. Il était plus ou moins copain de tous les Italiens de l'escadrille, dont il était le responsable élu, et de la plupart des autres. Enfin il parlait fort bien l'espagnol.

Il venait d'être appelé d'urgence à la Police.

Les portes de la Sûreté étaient gardées par des mitrailleuses. Autour des fauteuils à coquilles dorées, impérieux et vides, se tenaient les humbles visages de malheur de toutes les guerres. Dans une petite salle à manger (rien n'avait été déménagé de l'hôtel où cette annexe militaire de la Sûreté venait de s'installer), entre deux gardes, s'agitait Séruzier, le copain de Leclerc, plus ahuri-volatil que jamais.

— Ah ! Scali, c'est toi, Scali ! Eh ben, mon vieux !...

Scali attendit qu'il eût fini de faire le bourdon.

« J'ai cru que j'allais y passer ! Y passer, mon vieux ! »

Comme un secrétaire de la Sûreté accompagnait Scali, les miliciens qui encadraient Séruzier s'étaient un peu écartés, mais ce dernier n'osait pas se sentir libre.

— Des putains pareilles, mon vieux, tu te rends pas compte !...

Même assis, ses yeux tout noirs de Pierrot virevoltant dans son visage sans sourcils, il avait l'air d'un papillon affolé dans une pièce close.

— Une seconde, dit Scali, l'index levé. Commence par le commencement.

— Tu comprends, voilà : la poule me raccroche sur la Gran

Via. Je ne sais pas ce qu'elle me dit, mais ça voulait dire qu'elle savait faire des trucs et des machins. Alors je lui dis : « Tu fais l'amour à l'italienne ? » — « Si », qu'elle me répond.

« Je grimpe chez elle, oui, mais quand je veux grimper dessus, elle veut y aller comme d'habitude. Ah ! mais non ! C'est l'italienne qu'est convenu, je lui dis, c'est pas autrement. Elle veut pas comprendre. Moi je dis qu'y a tromperie. Je vais pour me rhabiller, et elle téléphone en espagnol. Arrive une grosse poule, on se comprend pas. La grosse montrait tout le temps la petite, qu'était à poil aussi, et pas mal, et elle avait l'air de me dire : Ben vas-y ! Mais moi je savais bien que l'autre elle marchait pas ! Alors j'explique à la grosse que c'était pas ça, mais elle me croyait de mauvaise foi. C'est pas que j'y tienne tant que ça, à l'italienne, crois pas ça ! Pas du tout ! Mais je veux pas qu'on se foute de moi ; ça jamais. — T'es d'accord, non ?

— Mais qu'est-ce que tu fais ici ? Tu n'as pas été arrêté pour lubricité, tout de même ?

— Donc, la grosse, elle voit que je marche pas, elle téléphone aussi. Je me dis...

— ... il va en arriver une encore plus grosse...

Maintenant Séruzier était fixé : Scali rigolait, l'affaire tournait bien. Quand Scali souriait, il avait l'air de rire, et la gaîté, diminuant ses yeux, accentuait le caractère mulâtre de son visage.

— Qu'est-ce qui arrive ? Six types de la F. A. I. avec leurs escopettes !

« Qu'est-ce qu'ils veulent encore, ces gars-là ? Je me remets à expliquer mon coup : c'est pas moi qui le lui ai demandé, c'est elle qui me l'a proposé. D'un côté, je savais qu'ils sont contre la prostitution, donc contre la poule ; d'un autre côté, ils sont vertueux, alors ils doivent être contre l'italienne, au moins en principe, tous ces végétariens ! Le pire, c'était de ne pas entraver l'espagnol, parce que sans ça, entre hommes, dans ces cas-là, tu sais, on se comprend. Mais plus je m'expliquais, plus les types faisaient la gueule ! Mon vieux, y en a un qui sort son revolver. Plus je lui gueulais que je l'avais pas fait à l'italienne, bon dieu ! moins ça allait. Et les deux poules qui gueulaient : Italiano ! italiano ! On n'entendait plus que ça. Je finissais par en être gêné, mon vieux, sans blague. J'ai eu l'idée de leur montrer, à ceux de la F. A. I., ma carte de l'escadrille, qui est en espagnol. Alors ils m'ont amené ici. J'ai fait téléphoner au champ.

— Quelle est l'inculpation ? demanda Scali, en espagnol, au secrétaire.

L'autre regarda la fiche.

— Pas très sérieuse. Il est accusé par des prostituées, vous savez... Attendez. Voilà : organisation d'espionnage pour le compte de l'Italie.

Cinq minutes après, Séruzier était libéré, au milieu de la rigolade.

« Il y a quelque chose de plus sérieux, dit le secrétaire. Deux aviateurs fascistes, des Italiens, sont tombés chez nous, au sud de Tolède. L'un est mort, l'autre est là. Les Renseignements militaires demandent que vous examiniez les papiers.

Scali, gêné, feuilleta de son petit doigt court des lettres, des cartes de visite, des photos, des reçus, des cartes de sociétés, trouvés dans le portefeuille, — et les cartes trouvées dans la carlingue. C'était la première fois que Scali rencontrait un Italien ennemi avec une illusion d'intimité, et celui qu'il rencontrait était un mort.

Une feuille l'intrigua.

Elle était longue, comme une carte d'aviation pliée ; sans doute avait-elle été collée à celle du pilote. Il semblait qu'elle eût servi de carnet de vol. Deux colonnes : *De... à...* et des dates. Le 16 juillet (donc *avant* le soulèvement de Franco) : La Spezia ; puis Melilla, le 18, le 19, le 20 ; puis Séville, Salamanque. En marge, les objectifs : bombardement, observation, accompagnement, protection... Enfin, la veille : *de* Ségovie *à...* La mort était en blanc.

Mais, au-dessous, écrit avec un autre stylo quelques jours plus tôt, couvrant les deux colonnes, en lettres larges : TOLÈDE, et la date du surlendemain. Une importante mission d'aviation était donc imminente sur Tolède.

D'une autre pièce venait la voix de quelqu'un qui criait au téléphone :

— La faiblesse de nos formations, je ne l'ignore pas, monsieur le Président ! Mais je n'incorporerai en aucun cas, en aucun cas, entendez-vous, dans la garde d'assaut, des gens qui ne sont pas garantis par une organisation politique !

— ...

— Et le jour où nous devrons réprimer une révolte fasciste avec la garde d'assaut noyautée ? Sous ma responsabilité, pas d'hommes sans garantie. Il y avait suffisamment de phalangistes à la Montagne, il n'y en aura pas à la Sûreté !

Dès le début, Scali avait reconnu la voix exaspérée du chef de la Sûreté.

— Sa petite fille est prisonnière à Cadix, dit un secrétaire.

Une porte claqua, ils n'entendirent plus rien. Puis la porte de la salle à manger s'ouvrit ; le secrétaire revenait.

— Il y a aussi des papiers aux Renseignements. Le commandant Garcia dit que ce sont des papiers importants. Pour ceux que vous avez, il vous prie de faire le tri, — séparer les papiers du pilote mort de ceux de l'observateur. Vous me remettrez le tout, je le porterai aussitôt là-bas. Vous rendrez compte au colonel Magnin.

— Beaucoup de pièces sont des imprimés ou des cartes, et il est impossible de savoir à qui elles appartiennent...

— L'observateur est là, interrogez-le.

— Si vous voulez, dit Scali sans enthousiasme.

Ses sentiments à l'égard du prisonnier étaient aussi contradictoires que ceux qu'il avait éprouvés devant les papiers. Mais
il n'était pas sans curiosité : l'avant-veille, un pilote allemand,
tombé à la Sierra tout près de l'état-major (où se trouvaient deux
ministres en inspection), y avait été mené pour l'interrogatoire.
Et, comme il s'étonnait de voir des généraux, car il croyait que
les « rouges » n'en avaient pas, le traducteur lui avait nommé
les présents. — « Bon Dieu ! avait littéralement crié l'Allemand,
dire que j'ai survolé cinq fois cette turne et que je ne l'ai pas
bombardée ! »

— Une seconde, dit Scali au secrétaire : dites au commandant
que, parmi ce que j'ai vu, il y a un document qui peut avoir son
importance. Il pensait à la liste des vols, à cause de la date du
départ d'Italie, antérieure au soulèvement de Franco.

Il passa dans le bureau où l'observateur était gardé. Assis
contre une table au tapis vert, accoudé, le prisonnier tournait le
dos à la porte où entrait Scali. Celui-ci ne vit d'abord qu'une
silhouette à la fois civile et militaire, veste de cuir et pantalon
bleu ; mais dès qu'il entendit la porte, l'aviateur fasciste se
leva en se tournant vers elle, et les mouvements de ses jambes
et de ses bras longs et maigres, de ce dos qui demeurait voûté,
étaient ceux d'un phtisique nerveux.

— Vous êtes blessé ? demanda Scali, neutre.

— Non. Des contusions.

Scali posa son revolver et les papiers sur la table, s'assit, et
fit signe aux deux gardes de sortir. Le fasciste était maintenant
de face. Son visage était le visage de moineau, yeux petits et
nez en l'air, si répandu parmi les aviateurs, un peu accentué par
l'ossature marquée et les cheveux en brosse. Il ne ressemblait
pas à House, mais il était de la même famille. Pourquoi semblait-il à ce point stupéfait ? Scali se retourna : derrière lui,
sous le portrait d'Azaña, un amoncellement d'argenterie d'un
mètre : plats, assiettes, théières, aiguières et plateaux musul-
mans, pendules, couverts, vases, saisis pendant les réquisitions.

— C'est ça qui vous étonne ?

L'autre hésita :

— Ça... quoi ? Les...

Il montra du doigt les richesses de Sinbad.

« Oh ! non !... »

Il semblait traqué.

Ce qui l'étonnait était peut-être Scali lui-même : cet air de
comique américain, dû moins à son visage à la bouche épaisse
mais aux traits réguliers malgré les lunettes d'écaille, qu'à ces
jambes trop courtes pour son buste, qui le faisaient marcher
comme Charlot, cette veste de daim, si peu « rouge », et ce
porte-mine sur l'oreille.

— Un instant, dit Scali en italien. Je ne suis pas un policier.

Je suis aviateur volontaire, appelé ici pour des questions techniques. On me demande de séparer vos papiers de ceux de votre... collègue mort. C'est tout.

— Oh, ça m'est égal !

— A droite ce qui vous appartient, à gauche le reste.

L'observateur commença à former deux tas de papiers, sans presque les regarder ; il regardait les points lumineux dont l'amas d'argenterie était constellé par les ampoules électriques du plafond.

— Vous êtes tombés en panne, ou en combat ? demanda Scali.

— Nous étions en reconnaissance. Nous avons été abattus par un avion russe.

Scali haussa les épaules.

— Dommage qu'il n'y en ait pas. Ça ne fait rien. Espérons qu'il y en aura.

La feuille de vol du pilote ne portait d'ailleurs pas reconnaissance, mais bombardement. Scali éprouvait avec violence la supériorité que donne sur celui qui ment la connaissance de son mensonge. Pourtant il ne connaissait pas d'appareils italiens de bombardement à deux passagers sur le front d'Espagne. Que les policiers se débrouillent ! Mais il prit une note. Sur le tas de droite, l'observateur posa une quittance, quelques billets espagnols, une petite photo. Scali rapprocha ses lunettes pour l'examiner (il n'était pas myope, mais presbyte) : c'était un détail d'une fresque de Piero della Francesca.

— C'était à vous ou à lui ?

— Vous m'avez dit : à droite ce qui est à moi.

— Bien. Alors, continuez.

Piero della Francesca. Scali regarda le passeport : étudiant, Florence. Sans le fascisme, cet homme eût peut-être été son élève. Scali avait pensé un instant que la photo avait appartenu au mort, dont il s'était senti confusément solidaire... Il avait publié l'analyse la plus importante des fresques de Piero...

(La semaine précédente, un interrogatoire, mené par un aviateur espagnol et non par la Sûreté, avait fini en discussion de records.)

— Vous avez sauté ?

— L'avion ne brûlait pas. Nous avons fait un atterrissage en campagne, c'est tout.

— Capoté ?

— Oui.

— Après ?

L'observateur hésita à répondre. Scali regarda le rapport : le pilote était sorti le premier, l'observateur — son interlocuteur — encore empêtré dans les débris de l'avion. Un paysan s'était approché, le pilote avait tiré son revolver. Le paysan avait continué à venir. Quand il avait été à trois pas, le pilote avait tiré de sa poche gauche une poignée de pesetas, les grands billets blancs

de mille. Le paysan avait avancé plus près pendant que le pilote
ajoutait une poignée de dollars, — sans doute préparée à tout
hasard..., — tout ça de la main gauche, la droite tenant toujours
le revolver. Quand le paysan avait été près du pilote, à le toucher, il avait abaissé son fusil de chasse et l'avait tué.

— Votre compagnon n'a pas tiré le premier. Pourquoi ?

— Je ne sais pas...

Scali pensait aux deux colonnes de la feuille de vol : aller et
retour. Le retour, ç'avait été le paysan.

— Bien. Alors, qu'est-ce que vous avez fait ?

— J'ai attendu...

« Les paysans sont revenus en nombre, on m'a emmené à la
mairie ; de là, ici.

« Est-ce que je dois être jugé ? »

— Mais pourquoi faire ?

— Sans jugement ! cria l'observateur. Vous fusillez sans jugement !

C'était moins un cri d'angoisse que d'évidence : ce garçon,
depuis qu'il était tombé, pensait qu'*au mieux* on le fusillerait
sans jugement. Il s'était levé, et tenait à pleines mains le dossier
de sa chaise, comme pour empêcher qu'on l'en arrachât.

Scali repoussa légèrement ses lunettes et haussa les épaules
avec une tristesse sans limites. L'idée, si commune parmi les
fascistes, que leur ennemi est par définition une race inférieure
et digne de mépris, l'aptitude au dédain de tant d'imbéciles
n'était pas une des moindres raisons pour lesquelles il avait
quitté son pays.

— Vous ne serez pas fusillé du tout, dit-il, retrouvant soudain le ton du professeur qui tance son élève.

L'observateur ne le croyait pas. Et qu'il en souffrît satisfaisait
Scali comme une amère justice.

— Une seconde, dit-il. Il ouvrit la porte : « La photo du capitaine Vallado, je vous prie », demanda-t-il au secrétaire. Celui-ci
l'apporta, et Scali la tendit à l'observateur.

— Vous êtes aviateur, oui ? et vous savez si l'intérieur d'un
avion est à vous ou à nous, oui ?

L'ami de Sembrano, qui avait abattu deux Fiat, avait été
descendu par un multiplace, près d'un village de la Sierra.
Reprenant le village le surlendemain, les miliciens avaient trouvé
les occupants de l'appareil encore à leur place dans la carlingue,
les yeux arrachés. Le bombardier était le capitaine des gardes
d'assaut qui avait mis le canon en batterie contre la caserne
de la Montagne, sans savoir pointer.

L'observateur regarda les visages aux yeux arrachés ; il serrait
les dents, mais ses joues tremblaient.

— J'ai vu... plusieurs pilotes rouges prisonniers... Jamais ils
n'ont été torturés...

— Vous avez encore à apprendre que ni vous ni moi ne connaissons grand'chose de la guerre... Nous la faisons, ce n'est pas la même chose...

Le regard de l'observateur revenait à la photo, fasciné ; il y avait dans ce regard quelque chose de très jeune qui s'accordait aux petites oreilles décollées ; les faces de la photo, elles, n'avaient plus de regard.

— Qu'est-ce qui... prouve, demanda-t-il, que cette photo n'est pas... ne vous a pas été envoyée... après un truquage ?...

— Bien, alors, elle l'est. Nous arrachons les yeux des pilotes républicains pour prendre les photos. Nous avons pour ça des bourreaux chinois, communistes.

Devant les photos dites de « crimes anarchistes », Scali, lui aussi, supposait d'abord le truquage : les hommes ne croient pas sans peine à l'abjection de ceux avec qui ils combattent.

L'observateur avait repris son tri, comme s'il s'y fût réfugié.

— Êtes-vous bien sûr, demanda Scali, que si j'étais à votre place en ce moment, les vôtres... ?

Il s'arrêta. De l'amoncellement d'argenterie, sortirent, comme des souris, un, deux, trois, quatre coups, aussi argentins et légers que s'ils fussent venus non de quelque pendule enfouie dans ce bric-à-brac tragique, mais de ces trésors d'Aladin eux-mêmes. Ces pendules — remontées pour combien de temps ? — qui, au milieu de cet entretien, si loin de ceux qui les avaient possédées, sonnaient une heure quelconque, donnaient à Scali une telle impression d'indifférence et d'éternité ; tout ce qu'il disait, tout ce qu'il pouvait dire lui sembla si vain qu'il n'eut plus envie que de se taire. Cet homme et lui avaient choisi.

Scali regardait distraitement la carte du mort, dont il suivait quelques lignes avec le porte-mine qu'il avait pris sur son oreille ; à côté, l'observateur avait retourné la photo de Vallado. Scali rapprocha soudain ses lunettes, une fois de plus, regarda l'observateur, regarda de nouveau la carte.

D'après la feuille de vol, le pilote était parti de Caceres, au sud-est de Tolède. Or, le champ de Caceres, observé chaque jour par les avions républicains, était assurément toujours vide. La carte était une carte Espagne-Aviation, excellente, chaque aérodrome porté sous la forme d'un petit rectangle plein violet. A quarante kilomètres de Caceres était un autre rectangle, creux celui-là, à peine visible : il avait été tracé au crayon et, le crayon ne noircissant pas la matière vernie de la carte, il ne restait que la trace de la pointe, au creux. Il y avait un autre rectangle, vers Salamanque, d'autres dans le sud de l'Estramadure, dans la Sierra... Tous les champs clandestins des fascistes. Et ceux de la région du Tage, d'où partaient les avions pour le front de Tolède.

Scali sentait son visage se tendre. Il rencontra les yeux de l'ennemi : chacun savait que l'autre avait compris. Le fasciste ne bougeait pas, ne disait pas un mot. Sa tête s'enfonçait entre ses épaules et ses joues tremblaient comme lorsqu'il avait regardé la photo de Vallado.

Scali plia la carte.

Le ciel de l'après-midi d'été espagnol écrasait le champ comme l'avion à demi effondré de Darras écrasait là-bas ses pneus vides, déchirés par les balles. Derrière les oliviers, un paysan chantait une cantilène andalouse.

Magnin, qui venait de rentrer du Ministère, avait réuni les équipages au bar.

— Un équipage volontaire pour l'Alcazar de Tolède.

Il y eut un assez long silence, plein du bourdonnement des mouches. Chaque jour, maintenant, les appareils rentraient avec leurs blessés, réservoir en feu dans le soir ou dans le grand soleil, se traînaient en silence, moteurs coupés, — ou ne rentraient plus du tout. Les cent appareils prévus par Vargas étaient arrivés chez les fascistes ; et bien d'autres. Il ne restait pas aux républicains un seul avion de chasse moderne, et toute la chasse ennemie était sur le Tage.

— Un équipage volontaire pour l'Alcazar, répéta Magnin.

CHAPITRE   III

Marcelino pensait, comme Magnin, qu'à défaut d'avions de chasse, il faut se faire protéger par les nuages. Souvent, il était revenu de combats sur le front sud du Tage presque au coucher du soleil, avec Tolède au milieu des moissons comme un grand ornement, son Alcazar dressé sur la boucle du fleuve, et les fumées de quelques maisons en feu allongées en diagonale sur la pierre jaune, leurs dernières volutes chargées d'atomes de lumière comme des rais de soleil à travers l'ombre. Les maisons brûlaient au ras du sol avec le calme des cheminées de village sous le soleil couchant, dans la toute puissante sérénité des heures mortes de la guerre. Marcelino, qui connaissait assez bien pilotage et navigation pour prévoir l'action de ses compagnons de bord, n'était pas redevenu pilote, mais il était le meilleur bombardier de l'escadrille internationale, et excellent chef d'équipage. Aujourd'hui Tolède combattait quelque part sous ces nuages, ses avions de chasse tout près.

Au-dessus des nuages, le ciel était extraordinairement pur. Là-haut, aucun avion ennemi ne patrouillait vers la ville ; une paix cosmique régnait sur la perspective blanche. Au calcul, l'avion approchait de Tolède : il prit sa plus grande vitesse. Jaime chantait ; les autres regardaient de toute leur force, le regard fixe comme celui des distraits. Quelques montagnes dépassaient au loin la plaine de neige ; de temps à autre, dans un trou de nuages, apparaissait un morceau des blés.

L'avion devait être au-dessus de la ville. Mais aucun appareil n'indiquait la dérive qu'impose un vent perpendiculaire à la marche d'un avion. S'il descendait à travers les nuages, il serait presque à coup sûr en vue de Tolède ; mais s'il en était trop éloigné, les appareils de chasse ennemis auraient le temps d'arriver avant le bombardement.

L'avion piqua.

Attendant à la fois la terre, les canons de l'Alcazar et la chasse ennemie, le pilote et Marcelino regardaient l'altimètre avec plus de passion qu'ils ne regarderaient jamais aucun visage humain. 800-600-400... toujours les nuages. Il fallait remonter, et attendre qu'un trou passât au-dessous d'eux.

Ils retrouvèrent le ciel, immobile au-dessus des nuages qui semblaient suivre le mouvement de la terre. Le vent les poussait d'est en ouest ; les trous y étaient relativement nombreux. Ils commencèrent à tourner, seuls dans l'immensité, avec une rigueur d'étoile.

Jaime, mitrailleur-avant, fit un signe à Marcelino : pour la première fois, tous deux prenaient conscience dans leur corps du mouvement de la terre. L'avion qui tournait, comme une minuscule planète, perdu dans l'indifférente gravitation des mondes, attendait que passât sous lui Tolède, son Alcazar rebelle et ses assiégeants, entraînés dans le rythme absurde des choses terrestres.

Dès le premier trou — trop petit, — l'instinct de l'oiseau de chasse passa de nouveau en tous. Avec le cercle des éperviers, l'avion tournait dans l'attente d'un trou plus grand, les yeux de tous les hommes d'équipage baissés, à l'affût de la terre. Il semblait que le paysage entier des nuages tournât avec une lenteur planétaire autour de l'appareil immobile.

De la terre, soudain réapparue à la lisière d'un trou de nuages, arriva, à deux cents mètres de l'avion, un tout petit cumulus : l'Alcazar tirait.

L'avion piqua de nouveau.

L'espace se contracta : plus de ciel, l'avion était maintenant sous les nuages ; plus d'immensité, l'Alcazar.

Tolède était à gauche et, sous l'angle de la descente, le ravin qui domine le Tage était plus apparent que toute la ville, et que l'Alcazar même, qui continuait à tirer ; ses pointeurs étaient des officiers de l'École d'artillerie. Mais l'adversaire réel de l'équipage était la chasse ennemie.

Tolède, oblique, devenait peu à peu horizontale. Elle avait toujours le même caractère décoratif, si étrange à ce moment; et, une fois de plus, la rayaient de longues fumées transversales d'incendies. L'avion commença de tourner, l'Alcazar à la tangente.

Les circonférences d'épervier étaient nécessaires à un bombardement précis — les assiégeants étaient tout près, — mais chaque circonférence donnait à la chasse ennemie plus de temps. L'avion était à trois cents mètres. En bas, devant l'Alcazar, des fourmis en chapeaux ronds tout blancs.

Marcelino entr'ouvrit la trappe, prit sa visée, passa, ne lâcha aucune bombe, contrôla : au calcul, la visée était bonne. Comme l'Alcazar était petit et que Marcelino craignait l'éparpillement des bombes légères, il voulait lancer seulement les lourdes ; il n'avait donné aucun signal, et tout l'équipage attendait. Pour la seconde fois, l'indicateur d'ordres dit au pilote de tourner. Les petits nuages des obus approchaient.

— Contact ! cria Marcelino.

Debout dans la carlingue, avec sa combinaison toujours sans ceinture, il semblait extraordinairement godiche. Mais il ne quittait pas l'Alcazar de l'œil. Il tira cette fois la trappe toute grande, s'accroupit : à l'air frais qui envahit l'avion, tous comprirent que le combat commençait.

C'était le premier froid de la guerre d'Espagne.

L'Alcazar tourna, vint. Marcelino, à plat ventre maintenant, tenait le poing en l'air, aux aguets des secondes. Les chapeaux passèrent sous l'avion. Le bras de Marcelino sembla déchirer un rideau. L'Alcazar passa, quelques obus maladroits au-dessus de lui comme des satellites, tourna, partit à droite, une fumée vague au milieu de la cour principale. Était-ce la bombe ?

Le pilote continuait son cercle, reprenait l'Alcazar à la tangente ; la bombe était tombée au milieu de la cour. Les obus de l'Alcazar suivaient l'avion, qui repassa, lança la seconde grosse bombe, repartit, s'approcha de nouveau. La main de nouveau dressée de Marcelino ne s'abaissa pas : dans la cour, des draps blancs venaient d'être étendus en toute hâte : l'Alcazar se rendait.

Jaime et Pol boxaient de jubilation. Tout l'équipage trépignait dans la carlingue.

Au ras des nuages, apparut la chasse ennemie.

CHAPITRE IV

A la Jefatura, ancien collège transformé en caserne, Lopez, amical et bourbonien, achevait d'interroger des évadés de l'Alcazar : une femme, otage, enfuie grâce à un faux sauf-conduit délivré par le maître-armurier, en fuite aussi ; et dix soldats emprisonnés le premier jour, qui avaient pu sauter dans l'un des ravins.

La femme était une robuste et noire commère d'une quarantaine d'années, au nez rond et aux yeux très vifs, visiblement affaiblie.

— Combien étiez-vous ? demandait Lopez.

— Je peux pas vous dire, monsieur le commandant. Parce que, nous ne sommes pas tous ensemble, n'est-ce pas ; des prisonniers, y en a ici, y en a là. Dans notre cave à nous, on était bien dans les vingt-cinq, mais c'était qu'une chambrée, censément...

— Vous aviez à manger ?

La femme regarda Lopez.

— Encore trop...

Des paysans passèrent devant la Jefatura, leurs énormes fourches de bois en candélabres sur l'épaule gauche, le fusil sous le bras droit. Et derrière eux entrait dans Tolède une moisson épaisse, traînée par des bœufs aux cornes surmontées de genêts.

— Ici, des personnes disent qu'il y a pas à manger dans l'Alcazar. Croyez pas ça, monsieur le commandant. C'est du cheval et du mauvais pain, mais y a à manger. J'ai vu ce que j'ai vu, je connais la cuisine mieux que les hommes, je suis aubergiste ! y a à manger.

— Et leurs avions envoient des jambons et des sardines ! cria un des soldats évadés. Même que les jambons sont toujours pour les officiers ; on nous en a pas donné une seule fois. Dans des semaines pareilles ! Si c'est pas malheureux ! Et les gardes qui restent avec ces gars-là !

— Et qu'est-ce que tu veux qu'ils fassent, les gardes, mon garçon ? dit la femme.

— Comme nous !

— Oui, mais dis donc, demanda-t-elle lentement, t'as p't'être tué personne à Tolède, toi...

C'était bien ce que pensait Lopez : ces gardes civils, lorsque les droites étaient au pouvoir, avaient été les agents de la répression dans la région de Tolède ; et ils craignaient que ne comptassent guère les conditions de la reddition pour ceux qui les reconnaîtraient personnellement.

— Et les femmes des fascistes ?

— Celles-là !... dit la femme.

Son visage, respectueux quand elle s'adressait à Lopez, changea soudain.

— Mais qu'est-ce que vous avez donc, vous, les hommes, à avoir tellement peur de toucher aux femmes ! Elles sont pas toutes votre mère ! Elles savaient bien nous traiter pire que les hommes, elles ! Mais si c'est les femmes qui vous font peur, qu'on nous les donne, à nous, les bombes !

— Tu ne saurais pas les lancer, dit Lopez, souriant et troublé.

Et il dit à deux journalistes qui venaient d'arriver, bloc à la main :

— Nous avons proposé l'évacuation de tous les non-combattants ; mais les rebelles refusent. Ils disent que leurs femmes veulent rester avec eux.

— Ah oui ? reprit la femme. Celle qui vient d'accoucher là-dedans, elle veut rester ? Celle qui a voulu tirer sur son mari à coups de revolver, elle veut rester ? Pour pouvoir recommencer, p't'être ! Celle qui hurle à la lune, heure après heure, même qu'elle doit être folle, elle veut rester ?

— Et on ne peut pas ne pas les entendre ! dit un des soldats. Il continua hystériquement, bouchant des poings ses oreilles :

« Et on les entend ! Et on les entend ! »

— Camarade Lopez, criait-on du dehors, le téléphone, de Madrid !

Lopez descendit, inquiet. Il aimait le pittoresque, mais non la souffrance, et de toujours voir là-haut cet Alcazar plein de haine où l'on fusillait dans les cours et où naissaient des enfants commençait à le rendre enragé. Un matin, sans voir un seul visage, il avait entendu crier dans l'Alcazar : « Nous voulons nous rendre ! Nous voulons... » Puis une décharge, et rien de plus.

Au téléphone, il résuma ce qu'il venait d'apprendre des otages : peu de choses.

— Enfin, dit-il, il n'y a pas d'erreur, il faut que nous sauvions ces gens-là !

— Dans l'Espagne tout entière les fascistes ont pris des otages.

Lopez entendait très mal : dans la cour, un officier jouait d'un piano posé sur le pavé ; une vieille rumba tournait sur un phono, et un haut-parleur proche gueulait de fausses nouvelles.

La voix de Madrid reprit, plus fort :

— Je suis d'accord qu'il faut faire l'impossible pour eux, mais il faut en finir avec l'Alcazar, et envoyer les miliciens à Talavera. Vous devez quand même donner leur chance aux salauds de là-haut. Préparez, au plus vite, une médiation. Par le corps diplomatique, nous pouvons nous en occuper nous-mêmes.

— Ils ont demandé un prêtre. Il y a des prêtres à Madrid.

— Médiation religieuse, bon. Nous allons appeler directement le commandant de la place. Merci.

Lopez remonta.

— Les femmes, disait un des soldats, elles sont dans les caves, à cause des avions. Alors, vous comprenez, quand c'est des nôtres, c'est près des écuries, là où on nous avait bouclés. Les leurs, c'est pas là. Là, c'est terrible, à cause de l'odeur : dans le manège, y a une trentaine de morts, enterrés à fleur de terre, plus les carcasses mal raclées des chevaux. Ça, c'est terrible. Les cadavres, c'est ceux qu'ont voulu se rendre. Alors, nous, vous vous rendez compte, entre ceux-là sous nos pieds, et ceux qui ont mis les draps dans la cour devant l'écurie où on était, quand l'avion est venu... Il nous embêtait, l'avion, parce

quand même il nous tirait dessus, et en même temps on était
contents... Alors, donc, ils ont mis leurs draps.

— Qu'est-ce que c'était ? Des gardes civils ?

— Non : des soldats. Les autres ont laissé mettre les draps.
Mais alors, quand l'avion est parti, des mitrailleuses ont commencé à tourner. On a vu les copains dégringoler, ici, là, sur
leurs draps, n'importe où. Après les gardes sont venus reprendre
les draps. Ils n'étaient plus blancs !... Même qu'ils les ont
emportés en les tirant par un coin, comme des mouchoirs. C'est
là qu'on s'est dit qu'il nous en attendait autant, et on a sauté, à
tous risques...

— Est-ce que tu sais s'ils ont tué un nommé le caporal
Morales ? demanda une voix. Parce que c'est mon frère. Plutôt
socialiste, de tendance...

Le soldat ne répondit pas.

— Tu sais, dit la femme, résignée, ceux-là, ils tuent tout...

Quand Lopez sortit de la Jefatura, des enfants revenaient de
l'école, cartable sous le bras. Il marchait, bras en ailes de moulin
et regard perdu, et faillit marcher dans une flaque noire ; un
anarchiste l'écarta, comme si Lopez eût failli écraser un animal
blessé :

— Prends garde, vieux, dit-il. Et, respectueusement : « Sang
de gauche. »

CHAPITRE V

La moitié des pélicans roupillait sur les banquettes du bar.
L'autre... Les mécaniciens, eux, étaient à leur poste ; un quart
des pilotes et des mitrailleurs, Dieu savait où. Magnin se demandait comment il parviendrait à établir une discipline quelconque
sans aucun moyen de contrainte. Malgré leur fumisterie, leur
cafouillage, leur indiscipline et leur chiqué, les pélicans combattaient un contre sept. Les Espagnols de Sembrano, de même ;
les Bréguet de Cuatros-Vientos et de Gétafé, de même. Tous
avaient perdu plus de la moitié de leurs effectifs. Plusieurs mercenaires, dont Sibirsky, avaient demandé à combattre sans
solde un mois sur deux, désireux de n'être privés ni d'argent ni
de fraternité. Chaque jour, Saint-Antoine revenait chargé de
cigarettes, de jumelles, de disques de phono, de plus en plus
triste. Les avions partis sans chasse (avec quelle chasse fussent-
ils partis ?) passaient la Sierra grâce à l'aube, à la prudence, à un
combat engagé ailleurs, revenaient une fois sur deux, en écu-
moire. Au bar, la consommation d'alcool augmentait.

Ceux qui étaient couchés sur les banquettes, et Scali suivi de
Raplati, commencèrent à arpenter la terrasse du bar, avec des
attitudes de prisonniers. Sans que l'homme à la bombe-trot-

teuse fût venu dire l'heure, tous savaient que l'avion de Marcelino n'était pas encore rentré. Il lui restait de l'essence pour un
quart d'heure au maximum.

Enrique, l'un des commissaires du 5ᵉ régiment [1], qui se disait
Mexicain et l'était peut-être, marchait avec Magnin sur le
champ. Le soleil était couché derrière eux, et les pélicans voyaient
les moustaches de Magnin, floues dans un dernier rayon, dépasser le profil de totem du commissaire.

— Concrètement, combien vous reste-t-il d'avions ? demandait
celui-ci.

— Mieux vaut ne pas en parler. Comme aviation régulière,
nous avons cessé d'exister... Et nous attendons toujours des
mitrailleuses convenables. Qu'est-ce qu'ils fichent les Russes ?

— Qu'est-ce qu'ils fichent, les Français ?

— Laissons ça. Voyez-vous, l'intéressant, c'est ce qu'on peut
faire. Sauf coup de chance, je fais du bombardement de nuit, ou
je joue sur les nuages. Heureusement, l'automne vient...

Il leva les yeux : la nuit serait belle.

— Maintenant, avant tout, je m'occupe du temps qu'il fera.
Nous sommes une aviation de guérilla.

« Ou des avions arriveront de l'étranger, ou il n'y aura plus
qu'à mourir le mieux possible.

« Qu'est-ce que j'oublie ? Ah ! oui, dites donc, qu'est-ce que
c'est que cette histoire idiote d'avions russes arrivés à Barcelone ?

— J'étais avant-hier à Barcelone. J'ai vu dans un hangar
ouvert un bel avion ; des étoiles rouges partout, une faucille et
un marteau sur la queue, des inscriptions de tous les côtés ; et en
avant le mot : Lénine. Mais l'I russe... (il le dessina du doigt)
était à l'envers, comme l'N espagnol. Au bout du compte, je suis
allé voir de près, et j'ai reconnu votre avion du Négus...

Magnin avait trouvé sur le marché anglais l'avion personnel de l'empereur Haïlé-Sélassié. Avion assez rapide, avec de
fortes réserves d'essence, mais difficile à manier. Endommagé
par un pilote, il avait été envoyé en réparation à Barcelone.

— Tant pis. Pourquoi ce maquillage ?

— Enfantillage, opération magique pour attirer les vrais
avions russes ? Peut-être, en dernière analyse, provocation...

— Tant pis. Euh... alors, oui : et chez vous ?

— Ça va bien. Mais lentement.

Enrique s'arrêta, tira de sa poche un plan d'organisation qu'il
éclaira de sa lampe électrique. La nuit venait.

— Dès maintenant, concrètement, tout ceci est réalisé.

C'était à peu près le plan des Sturm-bataillons. Magnin pensait aux miliciens de Saragosse partis sans balles, à l'absence

1. Les milices communistes dont l'objectif était de reconstituer au plus
tôt une armée régulière.

de téléphone sur presque tout le front d'Aragon, aux ambulances remplacées par l'alcool ou à la teinture d'iode des miliciennes, à Tolède...

— Vous avez rétabli la discipline ?

— Oui.

— Avec moyens de contrainte ?

— Non.

— Comment faites-vous ?

— Les communistes sont disciplinés. Ils obéissaient aux secrétaires de cellule, ils obéissent aux délégués militaires ; ce sont souvent les mêmes. Beaucoup de gens qui veulent lutter viennent chez nous par goût de l'organisation sérieuse. Autrefois, les nôtres étaient disciplinés parce qu'ils étaient communistes. Maintenant beaucoup deviennent communistes parce qu'ils sont disciplinés. Nous avons dans chaque unité un assez grand nombre de communistes, qui observent la discipline et ont à cœur de la faire respecter ; ils forment des noyaux solides, autour desquels s'organisent les recrues qui forment ensuite des noyaux à leur tour. Au bout du compte, il y a dix fois plus d'hommes qui comprennent qu'ils feront chez nous du travail utile contre le fascisme, que nous ne pouvons en organiser.

— A propos, je voulais aussi vous parler des Allemands...

Ce sujet agaçait Magnin, auprès de qui plusieurs démarches avaient été tentées.

Enrique avait pris son bras sous le sien, geste qui, venant de ce costaud, surprit Magnin. Il divisait les chefs communistes en communistes du type militaire et communistes du type abbé ; qu'il dût mettre dans le second ce gars qui avait fait cinq guerres civiles, grand et fort comme Garcia, le gênait. Et pourtant, il trouvait que ses lèvres de statue mexicaine avançaient par instant comme une bouche de marchand de tapis.

Que demandait la Sûreté ? Que les trois Allemands ne remissent plus les pieds sur un aérodrome. Krefeld, de l'avis de Magnin, était suspect, d'ailleurs incapable ; le mitrailleur, qui s'était donné comme moniteur, ne savait pas se servir d'une mitrailleuse, et il était toujours au parti communiste quand Karlitch avait besoin de lui : ce dernier faisait tout le travail tout seul. L'histoire de Schreiner était tragique, et celui-là était sûrement innocent. Mais, de toutes façons, il devait partir à la Défense Contre Avions.

— Voyez-vous, Enrique, tout ça, humainement, est pénible, mais je n'ai aucune raison valable, raisonnable, de refuser à la Sûreté ce qu'elle demande, — et qu'elle peut exiger. Je ne suis pas communiste, je ne puis donc prétendre obéir, en l'occurrence, à la discipline de *mon* parti. De bons rapports entre l'Aviation, la Sûreté et les Renseignements ont trop d'importance pratique pour nous en ce moment où nous n'agissons que par coups de mains, pour que je les mette en jeu dans cette histoire. J'aurais l'air de faire de l'entêtement. Vous voyez ce que je veux dire.

— Il faudrait les garder, dit Enrique. Le Parti répond d'eux... Vous comprenez bien qu'à l'égard de tous leurs camarades, ce départ serait la reconnaissance d'une suspicion. Au bout du compte, on ne peut imposer cela à des gens qui sont de bons militants depuis des années.

Le mitrailleur était du parti, Magnin n'en était pas.

— Moi, je suis persuadé que Schreiner est innocent ; mais ce n'est pas la question. Vous avez des renseignements du parti allemand de Paris ; vous croyez à ces renseignements ; fort bien : prenez la responsabilité auprès du Gouvernement. Moi, je n'ai aucun élément d'enquête, et je ne réglerai pas à la légère, sur mon sentiment, une question qui peut avoir des conséquences aussi graves. D'autant plus que, vous savez, comme aviateurs, ils sont totalement inefficaces.

— On pourrait organiser un dîner où je vous apporterais le salut des camarades espagnols, et où vous salueriez les camarades allemands... On me dit qu'il y a à l'escadrille de l'hostilité contre les Allemands, un peu de nationalisme...

— Je n'ai aucune envie de porter des toasts à des gens qui vous renseignent de cette façon.

La considération qu'avait Magnin, sinon pour la personne de Enrique (il ne le connaissait guère), du moins pour son travail, augmentait son irritation. Magnin avait vu se former les bataillons du 5° régiment. Ils étaient, pris dans leur ensemble, les meilleurs bataillons de milices ; toute l'armée du Front populaire pouvait être formée par la même méthode. Ils avaient résolu le problème — décisif — de la discipline révolutionnaire. Magnin tenait donc Enrique pour l'un des meilleurs organisateurs de l'armée populaire espagnole ; mais il était persuadé que ce gaillard sérieux, prudent, appliqué, n'eût pas fait à sa place ce qu'il venait lui demander de faire.

— Le Parti a réfléchi à la question, et pense qu'il faut les garder, dit Enrique.

Magnin retrouvait ses griefs des temps de lutte entre socialistes et communistes.

— Permettez. La révolution passe pour moi avant le parti communiste.

— Je ne suis pas un maniaque, camarade Magnin. Et j'ai été autrefois dans le trotzkisme. Aujourd'hui, le fascisme est devenu un article d'exportation. Il exporte des produits finis : armée, aviation. Dans ces conditions, je dis que la défense concrète de ce que nous voulons défendre ne repose plus en premier lieu sur le prolétariat mondial, mais bien sur l'Union Soviétique et le Parti communiste. Cent avions russes feraient plus pour nous que cinquante mille miliciens qui ne connaissent pas la guerre. Or, agir avec le Parti est agir avec lui sans réserve : le Parti est un bloc.

— Oui. Mais les avions russes, ils ne sont pas là. Quant à vos trois... copains, si le parti communiste répond d'eux, qu'il en réponde lui-même à la Sûreté, ou qu'il les prenne à son service. Je n'ai rien contre.

— Alors, au bout du compte, vous voulez qu'ils partent ?

— Oui.

Enrique quitta le bras de Magnin.

Ils étaient maintenant dans la lumière des bâtiments. Le visage indien du commissaire reparaissant dans la lumière alors qu'il avait été jusque-là dans l'ombre, l'abandon du bras permettant aussi de le voir mieux, parce que d'un peu plus loin, Magnin se souvint d'une phrase d'Enrique qu'on avait citée devant lui et qu'il avait oubliée : « Pour moi, un camarade du Parti a plus d'importance que tous les Magnin et tous les Garcia du monde. »

— Voyez-vous, reprit Magnin, je sais ce que c'est qu'un parti ; j'appartiens à un parti faible : la gauche révolutionnaire socialiste. Quand on appuie sur le commutateur, il faut que toutes les ampoules s'allument à la fois. Tant pis si certaines ampoules ne sont pas parfaites ; et d'ailleurs, les grosses ampoules s'allument mal. Donc, parti d'abord...

— Vous les gardez ? demanda Enrique d'une voix neutre, plutôt pour marquer qu'il ne voulait pas tenter d'influencer Magnin que pour simuler l'indifférence.

— Non.

Le commissaire s'intéressait plus aux décisions qu'à la psychologie.

— Salud ! dit-il.

Il n'y avait rien à faire : Magnin avait organisé cette aviation, trouvé les hommes, risqué sa vie sans cesse, engagé dix fois sans le moindre droit la responsabilité de la compagnie qu'il dirigeait : il n'était pas des leurs. Il n'était pas du Parti. Sa parole pesait moins que celle d'un mitrailleur incapable de démonter une mitrailleuse ; et un homme dont il respectait le travail et la valeur était prêt, pour satisfaire ce qu'il y avait de moins pur en son camarade de parti, à exiger de lui. Magnin, une attitude d'enfant. Et tout cela pouvait se défendre. « Il fallait des ampoules dans chaque chambre. » Et, quand même, c'était Enrique qui organisait les meilleures troupes espagnoles. Et lui-même, Magnin, acceptait le renvoi de Schreiner. L'action est l'action, et non la justice.

L'obscurité était maintenant presque complète.

Ce n'était pas pour l'injustice qu'il était venu en Espagne...

Quelques coups de feu lointains passèrent sur le champ.

Comme tout cela était dérisoire en regard des foules paysannes fuyant avec leurs ânes devant les villages en feu !

Sentant pour la première fois jusqu'au fond de lui-même la solitude de la guerre, traînant les pieds dans l'herbe desséchée du champ, il avait hâte d'arriver au hangar où les avions étaient réparés par des hommes unis.

La nuit complète venait plus vite que Marcelino, et les atterrissages de nuit ne sont pas recommandés aux pilotes blessés. Les mécaniciens semblaient regarder le soir tomber ; ce qu'ils regardaient, tendus dans la paix inquiète du crépuscule, c'était l'invisible course entre l'avion et la nuit.

Attignies venait, le regard vers la crête des collines.

— Mon cher Siegfried, les communistes m'embêtent, dit Magnin.

Les Espagnols, et ceux qui aimaient Attignies, l'appelaient entre eux Siegfried : il était blond, et beau. C'était la première fois qu'on le nommait ainsi en sa présence ; il n'y prit pas garde.

— Chaque fois, dit-il, que je vois une tension entre le Parti et un homme qui veut ce que nous voulons, comme vous, c'est pour moi une grande tristesse.

Des communistes de l'escadrille, Attignies était celui pour qui Magnin avait le plus d'estime. Il le savait hostile à Krefeld et à Kürtz. Il avait besoin de parler. Et il le savait à bout de nerfs, comme lui, dans l'attente de Marcelino, qu'il aimait.

— Je crois que le Parti a beaucoup de torts dans cette affaire, dit Attignies. Mais êtes-vous sûr de ne pas en avoir vous-même ?

— Un homme impulsif a toujours des torts, mon petit...

Il ne lui parlait pas sur un ton protecteur, mais plutôt paternel.

« Qu'on fasse le bilan...

Magnin n'avait pas envie d'étaler des récriminations.

« Croyez-vous, reprit-il pourtant, que j'ignore combien je suis attaqué parmi les communistes, depuis que Kürtz joue là-bas son rôle de sale policier ?

— Il n'est pas un policier. Il a combattu en Allemagne hitlérienne ; ceux des nôtres qui combattent chez Hitler sont peut-être les meilleurs. L'ensemble de cette affaire est absurde, et il n'y a rien à faire. Mais vous, qui êtes un révolutionnaire et un homme d'expérience, pourquoi ne passez-vous pas là-dessus ?

Magnin réfléchit :

— Si ceux avec qui je dois combattre, ceux avec qui j'aime à combattre ne me font pas confiance, pourquoi combattre, mon petit ? Autant crever...

— Si votre enfant a tort, est-ce que vous lui en voulez ?

C'était la première fois que Magnin rencontrait ce lien profond, physiologique, qui unit les meilleurs communistes à leur parti.

— Jaime est dans l'avion, n'est-ce pas ? demanda Attignies.

— Oui : mitrailleur-avant.

La nuit tombait de plus en plus vite.

— Notre sensibilité, reprit le jeune homme, et même notre vie, sont d'assez petites choses dans cette guerre...

— Oui. Mais si votre père a tort...

— Je n'avais pas dit votre père : j'avais dit votre enfant.

— Vous avez un enfant, Attignies ?

— Non. Vous, si, n'est-ce pas ?

— Oui.

Ils firent quelques pas, les yeux en l'air, guettant Marcelino. Magnin savait qu'Attignies allait dire quelque chose :

— Vous savez qui est mon père, camarade Magnin ?

— Oui. C'est pour ça que...

Ce qu'Attignies (c'était un pseudonyme) croyait un secret était connu de l'escadrille : son père était un des chefs fascistes de son pays.

— L'amitié, dit-il, ce n'est pas d'être avec ses amis quand ils ont raison, c'est d'être avec eux même quand ils ont tort...

Ils montaient chez Sembrano.

Le phare était prêt, toutes les autos disponibles envoyées autour du champ avec l'ordre d'allumer leurs phares au premier signal.

— Allez, allumons tout de suite ! dit Magnin.

— Peut-être que tu as raison, dit Sembrano. Mais je préfère attendre. Si les fascistes s'amènent, ce n'est pas la peine de leur allumer le terrain. Et puis je préfère attendre.

Magnin savait que c'était par superstition que Sembrano préférait ne pas allumer ; maintenant, presque tous les aviateurs étaient superstitieux.

Les fenêtres étaient ouvertes ; avant la guerre, le chef de l'aéroport, à cette heure, prenait son whisky. La nuit de fin d'été montait de toute la terre.

— Les lumières ! crièrent-ils tous trois à la fois.

On entendait la sirène d'appel de l'appareil.

Entre les lignes courtes des phares d'auto, la barre du phare d'aviation se tendit à travers le champ vide. Moustaches en avant, Magnin dégringola l'escalier, Attignies derrière lui.

En bas, les têtes parallèles lui indiquèrent l'avion. Nul ne l'avait vu venir ; mais maintenant, guidés par le son, tous le voyaient tourner pour prendre son terrain. Sur le ciel, dont l'ardoise se fonçait d'instant en instant, le profil de l'appareil glissait, avec une précision de papier découpé, au centre d'un halo bleu pâle, net comme les monuments sur un fond d'éclairage au mercure.

— Le moteur extérieur est en feu, dit une voix.

L'avion grossit : il cessa de tourner, prenant le terrain de face. Ses ailes, devenues des lignes, se perdirent dans la nuit du champ : l'obscurité s'accumulait à ras de terre. Les regards ne suivaient plus que la tache confuse de la carlingue, harcelée comme par un rapace par cette flamme bleuâtre d'énorme chalumeau oxhydrique, et qui semblait ne devoir jamais arriver jusqu'à terre : les avions dont on attend les morts tombent lentement.

— Les bombes ! grogna Magnin, les deux mains aux branches de ses lunettes.

A l'instant où l'avion touchait le sol, carlingue et flammes se rapprochèrent comme pour un pugilat exaspéré. La carlingue bondit dans la flamme, qui se tordit sur elle-même, s'écrasa, jaillit de nouveau en chantant : l'avion capotait.

Attentive comme la mort, l'ambulance passait en cahotant. Magnin y sauta. Les pélicans qui avaient couru à toutes jambes dès qu'ils avaient vu comment l'avion se poserait (engueulés par les pilotes, qui d'ailleurs les suivaient), couraient maintenant autour de la flamme large et droite, leurs ombres projetées autour d'eux comme les rayons d'une roue. La flamme n'atteignait de nouveau plus l'appareil, qu'elle éclairait d'une lumière frémissante et décolorée. Comme si les hommes eussent été collés par leur sang à la carlingue brisée en deux à la façon d'une coque, les pélicans les en détachaient avec les gestes prudents dont on détache une plaie d'un pansement, patients et crispés par la menaçante odeur de l'essence. Pendant que les extincteurs tapaient dans la flamme, on écartait de l'appareil blessés et morts, leurs camarades autour d'eux dans des fouillis d'ombres ; sous cette lumière cadavérique, les morts immobiles semblaient protégés par des morts agités.

Trois blessés, trois morts, dont Marcelino : six, il manquait un mitrailleur. C'était Jaime, qui descendit bien après les autres. Les mains en avant, qui tremblaient, et un camarade pour le guider : une balle explosive à la hauteur des yeux. Aveugle.

Par les épaules et par les pieds, les aviateurs portèrent les morts au bar. Le fourgon viendrait plus tard. Comme Marcelino avait été tué d'une balle dans la nuque, il était peu ensanglanté. Malgré la tragique fixité des yeux que personne n'avait fermés, malgré la lumière sinistre, le masque était beau.

L'une des serveuses du bar le regardait.

— Il faut au moins une heure pour qu'on commence à voir l'âme, dit-elle.

Magnin avait vu assez mourir pour connaître l'apaisement qu'apporte la mort sur beaucoup de faces. Plis et petites rides étaient partis avec l'inquiétude et la pensée ; et devant ce visage lavé de la vie, mais où les yeux ouverts et le serre-tête de cuir maintenaient la volonté, Magnin pensait à la phrase qu'il venait d'entendre, qu'il avait entendue sous tant de formes en Espagne ; c'est seulement une heure après leur mort, que, du masque des hommes, commence à sourdre leur vrai visage.

$\boxed{\text{III}}$

CHAPITRE PREMIER

Les fascistes occupaient trois fermes, — roches jaunâtres, tuiles de même couleur, — dans un creux dont il fallait d'abord les chasser.

L'opération était banale. Toute cette pierraille du Tage, entre Talavera et Tolède, permettait aux miliciens d'atteindre les fermes à couvert, s'ils agissaient avec ordre et prudence. Ximénès avait demandé des grenades dans la nuit. L'officier chargé de la distribution d'armes était un émigré allemand, et, à l'aube, Ximénès, ébloui d'une telle efficacité, avait vu arriver les camions — chargés de grenades-fruits.

Enfin, dûment réclamées, les vraies grenades étaient arrivées.

L'une des compagnies de Ximénès était formée de miliciens arrivés depuis quelques jours, et qui n'avaient pas encore combattu. Ximénès les avait encadrés de ses meilleurs sous-officiers, et, aujourd'hui, les commandait lui-même.

Il fit commencer les exercices de lancement de grenades.

A la troisième compagnie, celle des nouveaux miliciens, il y eut du flottement. L'un d'eux, la grenade allumée, ne la lançait pas. « Lance ! » gueula le sergent. Elle allait lui éclater dans la main, et il ne resterait pas grand'chose du pauvre type. Ximénès lui envoya à toute volée un coup de poing sous le coude : la grenade éclata en l'air, le milicien tomba, et le sang ruissela sur le visage de Ximénès.

Le milicien était blessé à l'épaule. Il l'avait échappé belle. Dès qu'il eut été pansé et évacué, on commença à déployer les bandages pour Ximénès. « Laissez les turbans aux Maures, dit-il. Donnez-moi du taffetas anglais. » Ça faisait beaucoup moins héroïque : il avait l'air raccommodé avec des timbres.

Il se plaça à côté du lanceur de grenades suivant. Il n'y eut pas d'autre accident. Une vingtaine d'hommes furent éliminés.

Ximénès avait fait reconnaître le terrain par Manuel, que son parti avait intelligemment placé auprès d'un des officiers de qui il pût le plus apprendre. Il avait de l'affection pour lui : Manuel n'était discipliné ni par goût de l'obéissance ni par goût du commandement, mais par nature et par sens de l'efficacité. Et il était cultivé, ce à quoi le colonel était sensible. Que cet ingénieur du son, excellent musicien, fût un officier-né, étonnait le colonel, qui ne connaissait guère les communistes que par des légendes absurdes, et ne se rendait pas compte qu'un militant communiste de quelque importance, contraint par ses fonctions à une discipline stricte et à la nécessité de convaincre, à la fois administrateur, agent d'exécution rigoureux et propagandiste, a beaucoup de chances d'être un excellent officier.

L'attaque de la première ferme commença. C'était un matin tranquille, avec des feuilles immobiles comme les pierres, et de temps à autre un vent très léger, presque frais, comme s'il eût déjà annoncé l'automne. Les miliciens attaquant en ordre à la grenade, protégés par les pierres et par les tirailleurs, la position fasciste devenait intenable. Soudain, une trentaine de miliciens sautèrent sur les rochers et attaquèrent à découvert en hurlant, dans un assaut nègre.

— Ça y est ! grogna Ximénès, tapant du poing sur la portière de l'auto.

Vingt miliciens étaient déjà tombés sur les rochers, boulés ou les bras en croix, ou les poings sur le visage comme s'ils se fussent protégés ; le sang de l'un des corps, étincelant au soleil, couvrait peu à peu une pierre plate et blanche, d'une pureté de sucre.

Heureusement, des deux côtés de la ferme, les autres miliciens avaient atteint les derniers rochers ; ils n'avaient pas vu tomber leurs camarades. Sous les grenades, les tuiles commencèrent à sauter en geyser. Après un quart d'heure, la ferme était prise.

C'était aux nouveaux miliciens d'attaquer la seconde. Ils avaient vu toute l'affaire.

— Mes enfants, leur dit Ximénès, monté sur la capote de la Ford, la ferme est prise. Ceux qui sont sortis des rochers en opposition aux ordres, qu'ils soient entrés dans la ferme les premiers ou non, sont exclus de la colonne. N'oubliez pas que celui qui nous contemple, je veux dire l'histoire, qui nous juge et nous jugera, a besoin du courage qui gagne et pas de celui qui console.

« En suivant les chemins désignés, il n'y a aucun danger jusqu'à deux cents mètres de l'ennemi. La preuve, c'est que j'irai avec vous dans cette voiture. Il ne doit pas y avoir un seul blessé avant.

« Ensuite, nous nous battrons et nous prendrons la ferme. Que la Provi... chance nous assiste ! Que Celui qui voit tout, je veux dire... la Nation espagnole, soit avec nous, garçons, qui combattons pour ce que nous croyons juste...

Derrière les nouveaux miliciens, porteurs de grenades, il avait choisi pour tirailleurs ses meilleurs soldats.

Avant qu'ils fussent arrivés aux fermes, ils virent les fascistes les abandonner.

La semaine précédente, des soldats fascistes avaient passé les lignes ; une quinzaine avaient été affectés à la compagnie de Manuel. Leur chef évident, bien qu'il ne fût pas élu, Alba, était un milicien très courageux, presque toujours hostile, et que plusieurs soupçonnaient d'être un espion.

Manuel le fit appeler.

Ils commencèrent à marcher à travers les pierres. Manuel allait vers les lignes fascistes. Il n'y avait pas de front, mais dans cette direction, malgré l'abandon des fermes, l'ennemi n'était pas à plus de trois kilomètres.

— Tu as un revolver ? demanda Manuel.

— Non.

Alba mentait : il suffisait à Manuel de regarder comment son pantalon pesait à sa ceinture.

— Prends celui-ci.

Il lui donna celui qu'il avait dans sa poche ; il gardait à la ceinture le long pistolet automatique enfermé dans son étui.

— Pourquoi n'es-tu pas à la F. A. I. ?

— Pas envie.

Manuel l'observait. Ses traits grossis plutôt que virilisés, ce nez rond, cette bouche aux fortes lèvres, ces cheveux presque ondulés, mais plantés rudement sur un front bas... Manuel imaginait comment sa mère devait jadis « le trouver gentil ».

— Tu râles beaucoup, dit Manuel.

— Il y a beaucoup à râler.

— Il y a surtout beaucoup à faire. Si tu étais à la place de Ximénès, ou si j'y étais moi-même, ça n'irait pas mieux, ça irait plus mal. Donc il faut l'aider à faire ce qu'il fait. On verra après.

— Ça irait un peu plus mal encore, mais ça ne serait pas un ennemi de classe qui commanderait, j'aimerais autant.

— Je ne m'intéresse pas à ce que sont les gens, je m'intéresse à ce qu'ils font. Enfin, Lénine n'était pas un ouvrier. Voici ce que j'avais à te dire : tu as une valeur, cette valeur doit être employée. Au plus tôt, et à autre chose qu'à râler. Réfléchis ; ensuite dis avec qui tu es d'accord. La F. A. I., la C. N. T., le P. O. U. M., ce que tu voudras. On va réunir les types de ton organisation, et tu prendras la responsabilité. Il faut des lieutenants. Tu as été blessé ?

— Non.

— Moi, si, dans cette histoire idiote de la dynamite. Prends ça, ça me fait mal aux reins. Il détacha son ceinturon. « Chacun son plaisir : le mien, c'est de faire l'idiot avec une branche. »

Il en cassa une sur le bord du chemin, et revint à côté d'Alba. Il était désarmé. Peut-être les fascistes étaient-ils à un kilomètre. Et, en tout cas, Alba était à côté de lui. « Mon avis est que, pour toi, ici, ça ne va pas. Ça n'ira peut-être jamais. Mais il faut donner à chacun sa chance.

— Même aux exclus du Parti ? »

Manuel s'arrêta, stupéfait. Il n'avait pas pensé à cela.

— Quand il y aura, à ce sujet, des instructions formelles du Parti, je les exécuterai, quelles qu'elles soient. Tant qu'il n'y en aura pas, je dis : même aux exclus du Parti. Tout homme efficace doit aider la République à vaincre, en ce moment.

— Tu n'y resteras pas, au Parti !

— Si.

Manuel le regarda, et sourit. Quand il riait, c'était comme un enfant ; mais il souriait d'un sourire qui abaissait les coins de sa bouche, et donnait un style amer à son menton lourd. « Tu sais ce qu'on dit de toi ? demanda-t-il sans cesser de marcher, comme pour marquer d'avance que la question qu'il posait était sans importance.

— Peut-être... » Alba tenait à la main le ceinturon de Manuel, dont l'étui à revolver lui battait les mollets. La solitude des pierres était complète. « Et alors, demanda-t-il, à demi ricanant, qu'est-ce que tu en penses, de ce qu'on dit de moi ?

— On ne peut pas commander sans faire confiance aux gens.

Manuel, en marchant, faisait sauter de sa branche les petites pierres du chemin.

« Les fascistes, peut-être. Nous, non. Ou alors ce n'est plus la peine. Un homme actif et pessimiste à la fois, c'est ou ce sera un fasciste, sauf s'il y a une fidélité derrière lui.

— Les communistes disent toujours de leurs ennemis qu'ils sont des fascistes.

— Je suis un communiste.

— Et alors ?

— Je ne donne pas mes revolvers aux fascistes.

— Tu es sûr ?

Alba regardait Manuel avec une expression assez trouble.

— Oui.

La conviction qu'avait Manuel de ne rien risquer disparaissait lorsque la gêne de son interlocuteur devenait évidente : un assassin qui cause avec celui sur qui il va tirer est certainement gêné, pensait Manuel ironiquement. Mais il sentait alors que sa mort était peut-être à côté de lui, sous la forme de ce garçon têtu, au gros visage enfantin.

— Je me méfie de ceux qui veulent commander, dit Alba.

— Oui. Mais pas plus que de ceux qui ne veulent pas commander.

Ils revenaient vers le village. Bien que ses muscles fussent aux aguets, Manuel sentait une sourde confiance entre cet homme et lui, comme il sentait parfois des bouffées de sensualité entre sa maîtresse et lui. Quand on couche avec une espionne, pensa-t-il, ça doit un peu ressembler à ça.

« La haine de l'autorité *en soi*, Alba, c'est une maladie. Des souvenirs d'enfance. Il faut dépasser ça.

— Quelle différence que tu fais entre nous et les fascistes, alors ?

— D'abord, ce dont rêvent les trois quarts de nos fascistes espagnols, ce n'est pas d'autorité, c'est de bon plaisir. Et puis, les fascistes, au fond, croient toujours à la race de celui qui commande. Ce n'est pas parce que les Allemands sont racistes qu'ils sont fascistes, c'est parce qu'ils sont fascistes qu'ils sont racistes. Tout fasciste commande de droit divin. C'est pour ça que la question de faire confiance ne se pose pas pour lui comme pour nous.

Alba serrait le ceinturon autour de sa taille.

— Dis donc, demanda-t-il sans regarder Manuel, et si tu te trouvais obligé de changer d'opinion sur les types ?

— L'Espagne est un pays où ne manquent pas en ce moment les occasions de mourir...

Alba posa la main sur l'étui, l'ouvrit, et tira à demi le revolver, lentement, sans se cacher. Dans trois minutes, ils seraient de nouveau en vue du village. Je me suis collé dans une situation idiote, pensait Manuel ; et, en même temps : si je meurs ainsi, c'est bien. Alba repoussa l'arme.

— Un pays où les occasions de mourir ne manquent pas, tu as raison...

Manuel se demanda si ce n'était pas pour lui-même qu'Alba avait tiré le revolver. Et peut-être y avait-il de la comédie dans tout ça.

— Réfléchis, reprit-il. Tu as trois jours. Entre dans l'organisation qui te plaît. Sinon, commande sans appui, et prends des sans-parti. Je te promets du plaisir, mais c'est ton affaire.

— Parce que ?

— Parce qu'il faut savoir sur quoi on se fonde pour commander des gens très différents. Je ne sais pas encore grand'chose, mais ça commence. Enfin c'est ton affaire. La mienne est : tu as pris ici une sorte de responsabilité morale. Tu dois prendre une responsabilité concrète. Naturellement, je contrôlerai.

Si Alba eût répondu non, Manuel l'eût immédiatement exclu. Mais il n'en fut rien. Était-il satisfait ? Pourtant il semblait hostile.

Au village, Manuel reprit son ceinturon. Il le reboucla, posa sa main sur le bras d'Alba, et le regarda en face :

— Tu as compris ?

— Peut-être, dit l'autre.

Qui partit en faisant la gueule.

Le soleil descendait.

Les trois fermes prises et fortifiées dans la mesure où c'était possible, les miliciens qui avaient attaqué à découvert la première ferme renvoyés à Tolède, et les instructions données aux officiers, Ximénès, une belle croix de taffetas anglais sur la gauche de son crâne tondu, marchait avec Manuel vers San-Isidro, où s'organisaient les casernements de la colonne. La route était couleur de dalles, mangée par les cailloux ; jusqu'à l'horizon, rien qui ne fût pierre, et les arbustes épineux qui poussaient çà et là semblaient accorder aux crocs des rochers jaunes leurs branches pointues.

Manuel pensait à quelques phrases que Ximénès venait de dire aux officiers de la colonne : « D'une façon générale, le courage personnel d'un chef est d'autant plus grand qu'il a une plus mauvaise conscience de chef. Souvenez-vous que nous avons beaucoup plus besoin de résultats que d'exemples. » Manuel marchait lentement pour ne pas dépasser le colonel, qui traînait sa jambe ; la claudication aussi faisait partie du « canard ».

— Les nouveaux se sont bien battus, n'est-ce pas ? demanda Manuel.

— Pas mal.

— Les fascistes ont filé sans combattre.

— Ils reviendront.

A cause de sa demi-surdité, Ximénès aimait à parler en marchant, et à monologuer :

« A Talavera, c'est la débâcle, garçon. Ils attaquent avec les tanks italiens...

« Le courage est une chose *qui s'organise,* qui vit et qui meurt, qu'il faut entretenir comme les fusils... Le courage individuel, ça n'est pas plus qu'une bonne matière première pour le courage des troupes... Il n'y a pas un homme sur vingt qui soit réellement lâche. Deux sur vingt sont organiquement braves. Il faut faire une compagnie en éliminant le premier, en employant au mieux les deux autres et en organisant les dix-sept... »

Manuel se souvenait d'une aventure qui faisait partie du folklore de la colonne : Ximénès, monté sur la capote de sa Ford, répétait aux miliciens de son régiment, en carré autour de la bagnole, ses instructions contre le bombardement d'avions : une escadrille ennemie, fraîche arrivée d'Italie, était partie de Talavera ce matin-là pour Tolède. « La bombe d'avion éclate comme une pomme d'arrosoir. » Les hommes faisaient une tête impossible ; sept bombardiers ennemis, escortés d'avions de chasse, étaient en train de se mettre en file pour passer au-dessus de la place. Or, si le colonel était sourd, la brigade entendait les moteurs. « Je vous rappelle qu'en ce cas, la peur et la témérité sont également inutiles. Rien de ce qui est au-dessous d'un mètre ne peut être atteint. D'une compagnie couchée, la bombe d'avion ne peut blesser que ceux qui sont à l'endroit même où elle tombe. » C'est toujours ça, pensaient les auditeurs qui louchaient vers le ciel, et entendaient la profonde vibration des moteurs grandir de seconde en seconde. Il fallait toute l'autorité de Ximénès pour que les miliciens ne fussent pas à plat ventre. Tous savaient comment il avait pris l'hôtel Colon. Les nez se levaient ostensiblement. Manuel, du pouce, sans bouger, avait montré le ciel. « Par terre tout le monde ! » avait crié Ximénès. Comme l'exercice avait déjà été fait, le carré avait disparu en quelques secondes. Le premier bombardier ennemi, voyant le rassemblement disparaître de son viseur, avait lancé ses bombes au hasard sur le village, les autres avaient gardé les leurs pour Tolède. Il n'y avait eu qu'un blessé. Depuis, les miliciens de Ximénès en avaient fini avec la terreur des avions.

« Étrange chose, la guerre : même pour le chef le plus brutal, tuer est un problème d'économie : dépenser le plus possible de fer et d'explosif pour dépenser le moins possible de chair vivante. Nous n'avons pas beaucoup de fer... »

Manuel savait que, du règlement de l'infanterie espagnole (inextricable) à Clausewitz et aux revues techniques françaises, il ne cessait d'apprendre la guerre à travers des grammaires : Ximénès était une langue vivante. En arrière du village s'allumaient les premiers feux des miliciens. Ximénès les regardait avec une affection amère :

« Discuter de leurs faiblesses est tout à fait inutile. A partir du moment où les gens veulent se battre, toute crise de l'armée est une crise de commandement. J'ai servi au Maroc : les Maures, quand ils arrivent à la caserne, croyez-vous qu'ils soient magnifiques ? Certes il est plus facile de faire une armée avec de la discipline militaire ! certes, nous serons obligés de faire une discipline républicaine pour toutes nos troupes, ou de cesser de vivre. Mais, même maintenant, ne vous y méprenez pas, mon fils : notre crise profonde est une crise de commandement. Notre tâche est plus difficile que celle de nos adversaires, c'est tout...

« Ce qu'organisent vos amis messieurs les communistes — qui m'eût dit il y a un an que je serais en train de me promener amicalement avec un bolchevik !... — ce qu'organisent vos amis, ce Ve régiment, si ce n'est pas la Reichswehr, c'est pourtant sérieux. Mais avec quelles armes l'armeront-ils lorsqu'il sera un corps d'armée ?

— Le bateau mexicain est arrivé à Barcelone.

— Vingt mille fusils... Presque plus d'avions... Presque pas de canons... Les mitrailleuses... Vous avez vu, fils, à notre droite il y en a une pour trois compagnies. En cas d'attaque, elles se la prêtent. La lutte n'est pas entre les Maures de Franco et notre armée — qui n'existe plus — : elle est entre Franco et l'organisation de la nouvelle armée. Les miliciens ne peuvent plus, hélas, que se faire tuer pour gagner du temps. Mais, cette armée, où trouvera-t-elle ses fusils, ses canons, ses avions ? Nous improviserons une armée plus vite qu'une industrie.

— Tôt ou tard, dit Manuel fermement, nous aurons l'aide soviétique.

Ximénès hocha la tête, fit quelques pas en silence. Il ne s'agissait plus seulement de se promener avec un bolchevik. Il n'attendait plus rien de la France, de qui il avait tout attendu ; son pays devrait-il être sauvé par les Russes, ou perdu ?...

Une dernière trace de lumière folâtrait autour de ses cheveux tondus, barrés par la grande croix du taffetas anglais. Manuel regardait se déployer les feux des miliciens ; le soir tombant donnait une vanité infinie à l'éternel effort des hommes qu'enveloppaient peu à peu l'ombre et l'indifférence de la terre.

— La Russie est loin..., dit le colonel.

Les alentours de la route avaient été abondamment bombardés par les avions fascistes. A droite et à gauche étaient des bombes qui n'avaient pas éclaté. Manuel, à deux mains, en ramassa une, dévissa le percuteur, et trouva un papier dactylographié qu'il tendit à Ximénès qui lut, en portugais : *Camarades, cette bombe n'éclatera pas. C'est tout pour le moment.*

Ce n'était pas la première.

— Quand même ! dit Manuel.

Ximénès n'aimait pas à montrer son émotion.

— Qu'avez-vous fait avec Alba ? demanda-t-il.

Manuel lui raconta l'entretien.

Les pierres semblaient retourner à quelque vie misérable dont les eût tirées la lumière. Chaque fois que les formes des rochers tiraient le colonel vers son enfance, il pensait à sa jeunesse.

« Bientôt, vous aurez vous-même à former de jeunes officiers. Ils veulent être aimés. Cela est naturel à l'homme. Et rien de mieux, à condition de leur faire comprendre ceci : un officier doit être aimé dans la nature de son commandement — plus juste, plus efficace, meilleur, — et non dans les particularités de sa personne. Mon enfant, me comprenez-vous si je vous dis qu'un officier ne doit jamais *séduire* ? »

Manuel l'écoutait en pensant au chef révolutionnaire ; et il pensait qu'être aimé sans séduire est un des beaux destins de l'homme.

Ils approchaient du village, ses plates maisons blanchâtres collées à un trou du rocher comme des punaises de bois au trou d'un arbre.

« Il est toujours dangereux de vouloir être aimé », dit Ximénès, mi-sérieux, mi-canard... Le talon de sa jambe blessée sonnant régulièrement sur les pierres, ils marchèrent un moment en silence. On n'entendait plus le moindre bruit d'insecte.

« ... Il y a plus de noblesse à être un chef qu'à être un individu, reprit le colonel : c'est plus difficile... »

Ils étaient arrivés au village.

— Salut, mes enfants ! cria Ximénès en réponse à des vivats. Les miliciens étaient à l'est du village, qu'ils n'occupaient pas et qui était presque abandonné. Les deux officiers le traversèrent. En face de l'église, il y avait un château à créneaux.

— Dites, mon colonel, pourquoi les appelez-vous « mes enfants » ?

— Les appeler camarades ? Je ne peux pas. J'ai soixante ans : ça ne marche pas, j'ai l'impression de jouer la comédie. Alors je les appelle : les gars, ou bien : mes enfants, et ça va comme ça.

Ils passaient devant l'église. Elle avait été incendiée. Par le portail ouvert venait une odeur de cave et de feu refroidi. Le colonel entra. Manuel regardait la façade.

C'était une de ces églises à la fois baroques et populaires d'Espagne auxquelles la pierre, employée à la place du stuc italien, donne un accent presque gothique. Les flammes avaient fait irruption de l'intérieur ; d'énormes langues noires convulsées surmontaient chaque fenêtre et s'écrasaient au pied des plus hautes statues, calcinées sur le vide.

Manuel entra. Tout l'intérieur de l'église était noir ; sous les fragments tordus des grilles, le sol défoncé n'était que décombres noirs de suie. Les statues intérieures en plâtre, décapées par le feu jusqu'à une blancheur de craie, faisaient de hautes taches pâles au pied des piliers charbonneux, et les gestes délirants des saints reflétaient la paix bleuâtre du soir du Tage qui entrait par le portail enfoncé. Manuel admirait, et se sentait de nouveau artiste : ces statues contournées trouvaient dans l'incendie éteint une grandeur barbare, comme si leur danse fût née ici des flammes, comme si ce style fût devenu soudain celui de l'incendie même.

Plus de colonel. Le regard de Manuel le cherchait trop haut : agenouillé au milieu des décombres, il priait.

Manuel savait Ximénès fervent catholique ; mais il n'en était pas moins troublé. Il sortit pour l'attendre. Ils marchèrent un instant en silence.

— Voulez-vous me permettre une question, mon colonel : comment êtes-vous venu avec nous ?

— Vous savez que j'étais à Barcelone. J'ai reçu la lettre du général Goded qui m'appelait à l'insurrection. Je me suis donné cinq minutes pour réfléchir. Je n'avais pas prêté serment au Gouvernement ; mais je savais bien qu'en moi-même j'avais accepté de le servir. Ma décision était prise, certes, mais je ne voulais pas, à mon âge, avoir plus tard l'illusion d'avoir agi sur un coup de tête... Après les cinq minutes, je suis allé trouver Companys, et je lui ai dit : Monsieur le Président, le XIII⁰ tercio et son colonel sont à votre disposition.

Il regarda de nouveau l'église, fantastique dans la paix du soir plein de l'odeur de foin, avec son fronton déchiré et ses statues calcinées découpées sur un fond de ciel.

« Pourquoi faut-il, dit-il à mi-voix, que les hommes confondent toujours la cause sacrée de Celui qui vous voit en ce moment et celle de ses ministres indignes ? De ceux de ses ministres qui sont indignes...

— Mais, mon colonel, par qui ont-ils entendu parler de lui, sinon par ces ministres ? »

Ximénès montra d'un geste lent la paix pastorale, et ne dit rien.

— Un exemple, mon colonel : j'ai été amoureux une fois dans ma vie. Gravement. Je veux dire : avec gravité. C'était comme si j'avais été un muet. J'aurais pu être l'amant de cette femme, mais ça n'aurait rien changé. Entre elle et moi, il y avait un mur : il y avait l'Église d'Espagne. Je l'aimais, et quand j'y réfléchis maintenant, je sens que c'était comme si j'avais aimé une folle, une folle douce et enfantine. Voyons, enfin, mon colonel, regardez ce pays ! qu'est-ce que l'Église en a fait d'autre qu'une espèce d'affreuse enfance ? Qu'est-ce qu'elle a fait de nos femmes ? Et de notre peuple ? Elle leur a enseigné deux choses : à obéir et à dormir...

Ximénès s'arrêta sur sa jambe blessée, prit Manuel par le bras, plissa un œil :

— Mon garçon, si vous aviez été l'amant de cette femme, elle aurait peut-être cessé d'être sourde et folle.

« Pour le reste, plus une cause est grande, plus elle offre un grand asile à l'hypocrisie et au mensonge... »

Manuel s'approcha d'un groupe de paysans, noirs et droits sur un mur encore blanc dans l'ombre.

— Dites donc, camarades, elle est moche l'école, dit-il cordialement ; pourquoi n'a-t-on pas transformé l'église en école comme dans la Murcie, plutôt que de la brûler ?

Les paysans ne répondaient pas. La nuit était presque venue, les statues de l'église commençaient à disparaître. Les deux officiers voyaient les silhouettes immobiles adossées au mur, les blouses noires, les larges chapeaux, mais non les visages.

— Le colonel voudrait savoir pourquoi on a brûlé l'église. Qu'est-ce qu'on leur reproche, aux prêtres d'ici ? Concrètement ?

— Pourquoi que les curés ils sont contre nous ?

— Non. L'inverse.

Autant que Manuel pût le deviner à travers l'obscurité, les paysans étaient, avant tout, gênés : ces officiers étaient-ils des hommes sûrs ? Tout ça avait peut-être un rapport avec la protection des objets d'art.

— Y a pas un seul camarade qu'ait travaillé pour le peuple, ici, sans qu'il ait eu le curé sur le dos. Alors quoi ?

Les paysans reprochaient à l'Église d'avoir toujours soutenu

les seigneurs, approuvé la répression qui suivit la révolte des
Asturies, approuvé la spoliation des Catalans, enseigné sans
cesse aux pauvres la soumission devant l'injustice, alors qu'elle
prêchait aujourd'hui la guerre sainte contre eux. Un reprochait
aux prêtres leur voix « qui n'était pas une voix d'homme » ;
beaucoup, l'hypocrisie ou la dureté, selon le grade, des hommes
sur qui ils s'appuyaient dans les villages ; tous, d'avoir indiqué
aux fascistes, dans les villages conquis, les noms de ceux qui
« pensaient mal », n'ignorant pas qu'ils les faisaient fusiller.
Tous, leurs richesses.

— Si on veut, tout ça, si on veut, reprit un d'entre eux.
Tout à l'heure, tu demandais, pour l'Église : Pourquoi pas une
école ? Mes gosses, hein, c'est mes gosses ; il ne fait pas toujours chaud ici, l'hiver. Plutôt que de voir mes enfants vivre
là-dedans, tu m'entends bien ? j'aime mieux qu'ils gèlent.

Manuel tendit une cigarette, puis alluma son briquet ; celui
qui venait de parler était un paysan d'une quarantaine d'années, rasé, banal. De son voisin de droite, la courte flamme tira
une seconde un visage en haricot, nez et bouche vagues entre
un front et un menton avançants. On leur avait demandé des
arguments, ils en avaient donné ; mais le son de leur cœur,
c'était celui de la dernière voix. La nuit était tombée.

— Tous ces gars-là, c'est des imposteurs, dit dans l'ombre
revenue la voix d'un des paysans.

— Ils veulent de l'argent ? demanda Ximénès.

— Tout un chacun cherche son intérêt. Eux ils disent que
non, je sais bien... Mais c'est pas ça. Je parle sur le fond. Ça
peut pas s'expliquer. C'est des imposteurs.

— Les curés, c'est une question qu'un homme de la ville, il
peut pas comprendre...

Des chiens aboyaient au loin. Lequel des paysans parlait ?

— Il a été condamné à mort par les fascistes, Gustavito, dit
une autre voix, sur le ton de « on ne la lui fait plus » ; et aussi
comme si tous eussent souhaité que celui-là donnât son avis.

— Confondons pas, dit une autre voix, celle de Gustavo sans
doute : Collado et moi, on est des hommes qui croient. Contre
les curés, on est contre les curés. Seulement, moi, je crois.

— Lui, il voudrait marier sa Vierge du Pilier avec Saint
Jacques de Compostelle !

— Saint Jacques de Compostelle ? Je la ferais putain avant,
oui !

Et, plus bas, du ton assez lent du paysan qui s'explique :

« Les fascistes ouvraient une porte, censément. Ils sortaient
un type, qui disait : Quoi ? Plus tard ça recommençait. Le peloton, on l'entendait jamais. La clochette du curé, on l'entendait.
Quand ce salaud-là commençait à sonner, ça voulait dire qu'un
de nous allait y passer. Pour tâcher de nous confesser. Des fois
il y arrivait, le fils de putain. Nous pardonner, qu'il disait. Nous

pardonner... De nous être défendus contre les généraux ! Pendant quinze jours, j'ai entendu sonner. Alors je dis : c'est des voleurs de pardon. Je me comprends. C'est pas seulement la question d'argent... Suivez-moi bien : qu'est-ce qu'il vous dit, un curé qui vous confesse ? Il vous dit de vous repentir. S'il y a un seul curé qu'a fait repentir un seul des nôtres de s'être défendu, je pense qu'on lui en fera jamais assez. Parce que, le repentir y a pas mieux dans l'homme. Voilà ce que je pense.

Ximénès se souvint de Puig.

— Collado, il pense quelque chose !

— Vas-y ! dit Gustavo...

Le paysan ne disait rien.

— Alors, quoi, tu te décides ?

— On peut pas parler comme ça, dit celui qui n'avait pas encore parlé.

— Raconte le truc d'hier. Fais le sermon.

— C'est pas un truc...

Des miliciens arrivaient, avec un bruit de crosses dans la nuit. L'obscurité était maintenant complète.

— Tout ça, dit-il enfin, sarcastique, parce que je leur ai raconté que le roi est passé une fois chez les Hurdes. A la chasse. Presque tous goîtreux, crétins, malades, ces gens-là... Si pauvres que le roi croyait pas qu'on puisse être pauvre comme ça. Ils en sont nains. Alors il dit : Faut faire quelque chose pour ce monde là. On lui dit : Oui, sire, — comme d'habitude. Et on n'a rien fait ; comme d'habitude. Puis, comme c'était très misérable, on a utilisé le pays : on en a fait l'endroit pour le bagne. Comme d'habitude. Alors...

Qui parlait ? La tenue de cette voix fortement articulée ne pouvait être que d'un homme habitué à la parole, malgré les tournures populaires. Ximénès l'entendait distinctement, bien qu'elle ne fût pas très haute.

« Le Christ-Jésus trouvait que ça n'allait pas bien. Il se dit : J'irai là. L'ange chercha la meilleure des femmes de la région, puis il se mit à apparaître. Elle répondit : Oh ! pas la peine : l'enfant viendrait avant terme, vu que j'aurai pas à manger. Dans ma rue, y a qu'un paysan qu'a mangé de la viande depuis quatre mois ; il a tué son chat. »

Déjà l'ironie avait fait place à une amertume désolée. Ximénès savait que dans certaines provinces des récitants improvisaient pendant la veillée des morts, mais il ne les avait jamais entendus.

« Le Christ est venu chez une autre. Autour du berceau, y avait que des rats. Pour réchauffer l'enfant, c'était faible, et pour l'amitié c'était triste. Alors Jésus a pensé qu'en Espagne ça n'allait toujours pas. »

Des bruits de camions et de freins montaient du centre du village, avec des coups de fusil éloignés et des aboiements, et le vent apportait de l'église calcinée une odeur de pierre et de fumée. Le bruit des camions fut un instant si fort que les deux officiers n'entendirent plus les paroles.

« ... fait obliger les propriétaires à affermer les terres aux paysans. Ceux qui ont des bœufs ont hurlé qu'ils étaient dépouillés par ceux qui ont des rats. Et ils ont appelé des soldats romains.

« Alors le Seigneur est allé à Madrid, et pour le faire taire, les rois du monde ont commencé à tuer les enfants de Madrid.

« Alors le Christ s'est dit qu'il y avait vraiment pas grand'chose à faire avec les hommes. Qu'ils étaient si dégoûtants que même en saignant pour eux jour et nuit pendant l'éternité on n'arrivera jamais à les laver. »

Toujours des bruits de camions. A l'intendance on attendait Ximénès. Manuel était à la fois saisi et irrité.

« Les descendants des rois mages étaient pas venus à sa naissance vu qu'ils étaient devenus errants ou fonctionnaires. Alors, pour la première fois au monde, de tous les pays, ceux qui étaient tout près et ceux qui étaient au diable, ceux chez qui il faisait chaud et ceux chez qui il faisait gelé, tous ceux qui étaient courageux et misérables se sont mis en marche *avec des fusils.*

Il y avait dans cette voix une conviction si solitaire que, malgré la nuit, Ximénès sentit que celui qui parlait avait fermé les yeux.

« Et ils comprirent avec leur cœur que le Christ était vivant dans la communauté des pauvres et des humiliés de chez nous. Et par longues files, de tous les pays, ceux qui connaissaient assez bien la pauvreté pour mourir contre elle, avec leurs fusils quand ils en avaient et leurs mains à fusils quand ils en avaient pas, vinrent se coucher les uns après les autres sur la terre d'Espagne...

« Ils parlaient toutes les langues, même qu'il y avait avec eux des marchands de lacets chinois. »

La voix devint encore plus sourde; l'homme parlait entre ses dents, recroquevillé dans l'ombre comme ceux qui viennent d'être blessés au ventre, un cercle de têtes — et la croix de taffetas anglais de Ximénès — autour de la sienne.

« Et quand tous les hommes eurent trop tué, — et quand la dernière file des pauvres se mit en marche... »

Il détacha les mots à voix basse, avec une intensité chuchotée de sorcier :

« ... une étoile qu'on n'avait jamais vue se leva au-dessus d'eux... »

Manuel n'osait pas allumer son briquet. Les claxons comme des camions appelaient dans la nuit, enragés dans les embouteillages.

— C'est pas comme ça que tu l'as racontée hier, dit une voix, presque basse.

Et celle de Gustavo, plus haute :

— Moi, je suis pas pour ces trucs-là. On saurait jamais ce qu'on doit faire. Faut savoir ce qu'on veut, y a que ça.

— C'est pas la peine, dit une troisième voix, lente et lasse : la question des curés, un homme de la ville, il peut pas comprendre...

— Eux, ils croient que c'est la religion.

— Un homme de la ville, il peut pas comprendre.

— Qu'est-ce qu'il était avant le soulèvement ? demanda Ximénès.

— Lui ?

Il y eut un instant de silence.

— ... Il était moine, dit une voix.

Manuel entraînait le colonel vers le chahut d'enfer des claxons.

— Avez-vous vu l'insigne de Gustavo, quand vous avez allumé la cigarette ? demanda Ximénès quand ils eurent repris leur marche. La F. A. I., non ?

— Avec un autre ce serait la même chose. Je ne suis pas anarchiste, moi, mon colonel. Mais j'ai été élevé par les prêtres, comme chacun de nous ; et, voyez-vous, il y a quelque chose en moi (pourtant, en tant que communiste, je suis contre toute destruction), il y a quelque chose en moi qui comprend cet homme-là.

— Plus que l'autre ?

— Oui.

— Vous connaissez Barcelone, dit Ximénès ; sur certaines églises, l'écriteau ne porte pas, comme de coutume : *Contrôlé par le peuple,* mais : *Propriété de la vengeance du peuple.* Seulement... Sur la place de Catalogne, le premier jour, les morts sont restés assez longtemps ; deux heures après la cessation du feu, les pigeons de la place sont revenus, — sur les trottoirs et sur les morts... La haine des hommes aussi s'use...

Et, plus lentement, comme s'il eût résumé des années d'inquiétude :

« Dieu, lui, a le temps d'attendre... »

Leurs bottes sonnaient sur la terre sèche et dure, la jambe blessée de Ximénès en retard sur celle de Manuel.

« Mais pourquoi, reprit le colonel, pourquoi faut-il donc que son attente soit ceci ? »

CHAPITRE II

Une nouvelle tentative de médiation avait été imminente. Un prêtre devait arriver à Tolède dans la nuit, entrer à l'Alcazar le lendemain sans doute.

Les becs de gaz de la petite place étaient éteints. La seule lumière était une lampe-tempête accrochée assez bas, devant la taverne *El Gato*. Le dessin du chat séduisit Shade, qui s'assit à une table près de la porte, et s'occupa d'envoyer différentes ombres de sa pipe sur le mur de la cathédrale de Tolède.

Jusqu'à deux heures du matin, Shade pouvait télégraphier à son journal. D'ici là, Lopez serait rentré de Madrid. C'était lui qui amenait le prêtre : bel article en perspective. Il n'était pas encore dix heures. La solitude complète faisait de cette place, avec ses escaliers et ses petits palais sous les feuilles rousses, un décor auquel les derniers coups de fusil de l'Alcazar donnaient une irréalité mystérieuse. Enchanté, Shade rêvait de grands postes de radio oubliés aux Indes dans les palais grenat envahis par les cocotiers, apportant tous les bruits de la guerre au peuple des paons et des singes ; l'odeur de cadavre de Tolède était celle des marais d'Asie. « Y a-t-il des radios dans la lune ?... Ce serait bien, si les ondes apportaient ce vague chahut de combat dans les astres morts... » La cathédrale désaffectée, intacte et sans doute pleine de miliciens à cette heure, satisfaisait son hostilité à l'Église catholique et son amour de l'art. A l'intérieur de la taverne, des voix disaient :

— Nos avions ont loupé leur coup : les mitrailleuses des fascistes sont bien dans les arènes, à Badajoz, mais pas au milieu : sous le toit.

— Pour les casernes, il faut faire attention : ils ont mis dedans les prisonniers.

Une autre voix, plus jeune, ironique, avec un fort accent anglo-saxon :

— Après le combat, il y avait une bonne quantitay d'agitation sur la place. J'ai regarday. J'étais à cinq cents mètres, pas plus haut. Chaque femme était jeune et jolie, et elles disaient chacune : « Quel est donc là-haut ce joli petit Écossais ? »

Shade prenait des notes quand Lopez arriva enfin, royal, les bras en l'air et la crête frémissante. Il s'assit pesamment, leva de nouveau les bras, les laissa retomber, ses mains claquant sur ses cuisses dans le silence de la place, quelques coups de fusil en écho ; Shade attendait, son petit chapeau rejeté en arrière de la tête.

— Ils demandent des curés, bon, il faut leur donner des curés ! Mais, bon Dieu !

— C'est eux qui demandent dès prêtres, ou c'est vous qui demandez vos otages ?

Lopez prit l'air de celui qui en a vraiment trop vu dans la journée.

— Mais tout ça c'est pareil, tortue ! Tu comprends, ils avaient demandé des prêtres. Ça c'est leur affaire. D'un autre côté, ces salauds-là ne veulent pas évacuer les femmes et les enfants : ni les nôtres, ni les leurs. Ils savaient bien que c'est le meilleur pour eux. Enfin, bon, des curés, moi j'en connaissais deux. Je

téléphone à Madrid : mobilisez-moi ces deux gars-là, j'arriverai
vers trois heures.

« S'ils croient qu'il y en a dans tous les coins, des curés qui
ne se sont pas débinés ! J'arrive à Madrid. Pour commencer, pas
moyen de foutre la main sur Guernico. Il était à son organisation
d'ambulances. Enfin ! j'avais l'adresse du premier curé, c'était
un brave type : il venait souvent à la prison quand nous y étions,
en 34. J'arrive chez lui avec quatre miliciens (nous étions en
mono). La maison était catholique, le concierge était catholique,
les locataires étaient catholiques, les fenêtres étaient catholiques, les murs étaient catholiques ; et il y avait des vierges en
plâtre, du dernier moche, dans tous les coins de l'escalier. L'auto
n'était pas plutôt arrêtée qu'ils commencent à gueuler à tous les
étages ! Ces andouilles-là croyaient qu'on venait pour les fusiller. J'explique au concierge : rien n'y fait. Les fameux massacres, quoi ! En voyant arriver l'auto, le curé avait foutu le
camp par le jardin. Et d'un. »

La place avait cessé d'être lunaire. Comme tout autre lieu,
Lopez l'emplissait d'office.

« A l'autre. Je savais qu'il était en rapports avec la direction
générale des milices. J'arrive là, je trouve tous les officiers en
train de bouffer. J'appelle un copain, je lui explique le coup.
« Bon, je t'aurai ton curé à quatre heures. » J'avais un boulot du
diable, je vais barber tout le monde pour avoir des munitions, je
reviens à quatre heures.

« Tu sais, me dit le copain, le curé était là quand tu es venu,
il mangeait avec nous, mais je voulais le prévenir. Ça m'a l'air
difficile de l'avoir : il se dégonfle. » Quoi, il se dégonfle ? Bande
de salauds, ils ne peuvent même pas faire leur boulot ! Enfin
on m'explique qu'il est chanoine à la cathédrale, tu te rends
compte de son grade dans la hiérarchie ecclésiastique ! Ç'aurait
été un curé de campagne, il aurait fait moins d'histoires. Enfin
des curés de campagne, je n'en connais pas : s'intéressent pas à
la sculpture ! « Ça va, dis-lui que je veux lui parler. S'il y a une
chance de sortir les gosses de cette saloperie de guerre, il faut
les en sortir. » Je crevais de soif. Ils avaient de la bière dans le
frigidaire. Je cavale dans la cuisine, je manœuvre les serrures,
et je vois un type sans col, chemise sale, gilet ouvert et pantalon
à raies, en train de forcer des robinets à bière. (Il faut dire qu'il
ne faisait pas froid.) Enfin, c'était le Monseigneur.

— Jeune, vieux ?

— Mal rasé, mais ce qui poussait était blanc. Assez rond. En
gros, une bonne sale gueule, mais des mains à dessiner. Je lui
explique le coup (moi, tu te rends compte !) Il me répond pendant dix minutes. Ici, on appelle charlatan un type qui répond
un quart d'heure quand il faut trente secondes : c'était un charlatan. Je lui dis je ne sais quoi, il me répond : « Je reconnais bien
là le langage des soldats. » On avait dû lui dire que j'avais une

responsabilité. J'étais en mono, sans insigne. « Un officier comme vous ! » Il me dit ça à moi, pauvre sculpteur ! Enfin, je lui réponds : « Officier ou pas, si on me dit d'aller me battre à tel endroit, j'y vais ; vous, vous êtes un sacerdote, il y a là-bas des gens qui vous réclament, et moi je veux les gosses. Vous venez ou vous ne venez pas ? » Il réfléchit, me demande gravement : « Vous me garantissez la vie sauve ? » Là, alors, il me tapait sur le système. Je lui réponds : « Quand je suis venu ici, tout à l'heure, vous étiez en train de manger avec les miliciens ; qu'est-ce que vous croyez, que ceux de Tolède vont vous bouffer à dîner ? » Nous étions assis tous deux sur la table. Il se lève et dit noblement, la main sur le gilet : « Si vous croyez que je peux sauver une seule vie, j'irai. — Bon, vous avez l'air d'un brave type. Maintenant, si on sauve des vies, il faut les sauver tout de suite : la voiture est en bas. — Ne croyez-vous pas qu'il serait mieux que je mette un col et un veston ? — Moi, je m'en fous, mais les autres seraient peut-être plus contents si vous étiez en soutane. — Je n'ai pas de soutane ici. » Je ne sais pas si c'était vrai, ou s'il était prudent ; ça devait être vrai. Il disparaît... je descends et je le retrouve quelques minutes après devant l'auto, avec un col, une cravate noire et un veston d'alpaga. Hop ! »

Un long coup de vent amolli rabattit sur la place une intense odeur de brûlé : la fumée de l'Alcazar arrivait jusque-là. Délivrée de l'odeur de pourriture, la ville sembla transformée d'un coup.

« On nous arrêtait tout le temps pour le contrôle. « Il serait décidément difficile de sortir de Madrid », me dit-il, avec l'air d'un qui a réfléchi là-dessus.

« Tout le long du chemin, ce qui l'intéressait, c'était de m'expliquer que les rouges pouvaient avoir autant raison que les blancs, « peut-être même davantage », et de savoir comment aurait lieu l'entrevue. « C'est bien simple, — je lui répétais ça tous les quarts d'heure, — ça se passera exactement comme pour le capitaine Rojo. Nous les prévenons que vous êtes là, nous vous conduisons à leurs envoyés, ils vous bandent les yeux et vous mènent dans le bureau du colonel Moscardo qui commande l'Alcazar. Là, vous vous débrouillez. — Dans le bureau du colonel Moscardo ? — Oui, dans le bureau de Moscardo. » Bien vu, bien entendu. Moi, je lui explique que son devoir était de refuser l'absolution à tous ces gars-là, les baptêmes et tout, si Moscardo refuse de libérer les femmes et les gosses.

— Il a promis ? demanda Shade.

— Je m'en fous : s'il veut le faire, il le fera, sinon sa promesse n'y changerait rien. Enfin, je lui ai expliqué ça de mon mieux ; ça ne devait pas être fameux. Nous arrivons à Tolède. A la batterie, je descends, je veux parler au capitaine. « Cojones ! qu'il gueule, le capitaine, sautant sur le marchepied sans me laisser placer un mot ; où sont les obus ? On nous a promis des

obus ! Nous n'aurons plus de munitions demain soir ! » Je faisais
des gestes discrets de moulin à vent pour qu'il ferme sa gueule ;
aussi peu qu'en sache un curé ici, il en sait toujours de trop. Va
te faire voir ! Enfin l'andouille finit par comprendre. Je fais
les présentations : « Le camarade curé ». Le capitaine montrait
la tour de l'Alcazar qui commençait à foutre le camp ; il s'en
tapait sur les cuisses. « Regarde l'allure du bureau de Moscardo ! »
dit-il en montrant une bonne brèche triangulaire. — Mais mon
cher commandant (nous en étions à ce degré d'intimité), me dit
le curé, avec la bille têtue et pas d'accord des mômes résolus à
sécher la classe, c'est en lieu démantelé que vous envisagez
mon entretien avec le colonel Moscardo ? Comment y parvien-
drai-je ?. — Débrouillez-vous, vocifère le capitaine, affirmatif,
mais le bon Dieu même n'y entrerait pas !

« Ça allait évidemment de mieux en mieux. Enfin je lui ai
expliqué qu'on s'arrangerait avec Moscardo, je lui ai collé trois
gardes du corps, et il est en train de roupiller.

— Il y va, à la fin, ou il n'y va pas ?

— Demain à 9 heures : armistice jusqu'à midi.

— Tu sais quelque chose à propos des gosses ?

— Rien. Des responsables doivent expliquer le coup à mon
curé. Et ceux qui se croient responsables. Espérons qu'ils ne lui
feront pas trop peur : parmi les anars, il y a un tatoué spécialement réussi.

— Montons voir ce qui se passe là-haut.

Ils montèrent en silence vers la place du Zocodover, admirant
au passage la Terreur de Pancho Villa, dont le chapeau était
encore plus beau la nuit. La rue s'emplissait à mesure qu'ils
montaient. Aux derniers étages des maisons, quelques fusils et
une mitrailleuse tiraient de temps à autre. Trois mois plus tôt,
Shade, à la même heure, avait entendu ici les sabots d'un âne
invisible, et des guitaristes qui jouaient allégrement l'*Internationale* dans la nuit, au retour de quelque sérénade. L'Alcazar
apparut entre deux toits, éclairé par des projecteurs.

« Allons jusqu'à la place, dit-il, j'écrirai dans le tank. »

Les journalistes avaient pris l'habitude de se réfugier dans le
tank généralement inutilisé, d'emporter une bougie et de s'y
installer pour écrire.

Ils arrivèrent enfin à la barricade. A gauche, des miliciens
tiraillaient ; à droite, d'autres, couchés sur des matelas, jouaient
aux cartes ; d'autres encore étaient confortablement installés dans
des fauteuils d'osier ; au milieu, le poste de radio jouait un chant
d'Andalousie. Au-dessus, d'un second étage, la mitrailleuse
tirait. Shade s'approcha d'un trou de la barricade.

Éclairée par une puissante lampe à arc, absolument vide, la
place où jadis les rois de Castille combattaient à cheval le taureau était beaucoup plus irréelle que celle de la cathédrale, —
plus semblable à une place d'astre mort que tout autre lieu au

monde, dans cet inquiétant mélange d'odeur de brûlé et de fraîcheur nocturne. Sous une lumière de studio, des décombres
d'Asie, un arc, des magasins grattés par les balles, fermés et
abandonnés, et, sur tout un côté, des chaises de fer de bistrot,
éparses, enchevêtrées ou isolées. Au-dessus des maisons, une
énorme publicité de vermouth, hérissée de Z ; sur les côtés
obscurs, faiblement éclairées, les chambres des observateurs. De
face, les projecteurs enfonçaient leur lumière de théâtre dans
toutes les ruelles montantes ; et au bout des ruelles, en pleine
lumière aussi, mieux éclairé pour la mort qu'il ne l'avait été pour
les touristes, bizarrement plat sur le fond du ciel nocturne, l'Alcazar fumait.

De temps à autre, un fasciste tirait ; Shade regardait les miliciens qui ripostaient et ceux qui jouaient aux cartes, et se demandait quels étaient ceux d'entre eux qui avaient là-haut leurs
femmes ou leurs enfants.

Les couvertures paysannes sorties pour la nuit, à bandes
comme les matelas des barricades, donnaient à toute la ville
une étrange unité rayée. Un mulet déboucha dans la grand'rue.
« A minuit, pour l'unité des rayures, les mulets seront remplacés
par des zèbres », dit Shade. Dans la grand'rue étroite et sombre, en avant du tank préhistorique, les tourelles des autos blindées, allumées, faisaient de petites taches de lumière. Tout près
de la place, une vitrine de modes était presque éclairée ; une
vieille femme en chapeau à plumes, immobile, s'intoxiquait des
chapeaux provinciaux rendus visibles par la réverbération des
lampes à arc qui éclairaient l'Alcazar fumant.

De temps à autre une balle ennemie sonnait sur le blindage
des autos-mitrailleuses. Lopez remonta vers l'état-major. Shade
entra dans le tank, où le mitrailleur lui fit place. A peine avait-il
pris son carnet que le mitrailleur tirait, et les autos blindées et
les miliciens. A l'intérieur d'une tourelle, une mitrailleuse fait
un bon chahut ; au delà, toute la rue entrait en transe. Shade
sauta du tank : contre-attaque de l'Alcazar ?

Les fascistes venaient d'envoyer une fusée éclairante et toute
la ville tirait sur la fusée.

CHAPITRE III

Le prêtre était entré depuis une demi-heure. Des journalistes,
des « responsables » de toutes sortes se baladaient derrière la
barricade, à petits pas, attendant la descente des premiers ennemis sur la place pour observer l'armistice. Shade, en manches de
chemise et le chapeau en arrière, marchait entre un fonctionnaire
du parti communiste, Pradas, un journaliste russe, Golovkine, et

un journaliste japonais, et louchait tous les trois pas du côté des trous de la barricade. Mais la place n'était habitée que par ses chaises de café, pattes en l'air. L'odeur de mort et l'odeur de feu alternaient, selon le vent.

Un officier fasciste apparut au coin de la place et d'une des ruelles de l'Alcazar. Il repartit. La place fut de nouveau vide. Non plus déserte comme elle l'était chaque nuit sous ses projecteurs, mais abandonnée. Le jour la rendait à la vie, à la vie prête à revenir, embusquée aux coins des rues comme les fascistes et les miliciens.

L'armistice était commencé. Mais la place, pour avoir été si longtemps le lieu où nul combattant ne pouvait passer sans rencontrer les mitrailleuses ennemies, semblait porter malheur.

Trois miliciens se décidèrent enfin à quitter la barricade. On racontait qu'il y avait, dans les parties reprises de l'Alcazar, des matelas sous les tonnelles, et des jeux de cartes, — les mêmes que ceux des miliciens de la barricade. A force d'être ennemi, et bien que plusieurs parties en fussent reprises, l'Alcazar était devenu mystérieux. Les miliciens savaient qu'ils n'y pénétreraient pas pendant l'armistice, mais ils avaient envie d'en approcher. Ils ne s'écartaient cependant pas de la barricade, qu'ils longeaient en groupe.

« Ils sont les uns et les autres plus résolus pour l'assaut », pensait Shade, l'œil à un trou entre les sacs, le front sur la toile déjà chaude, le chapeau plus en arrière que jamais. « On dirait des chats. »

Un groupe d'officiers fascistes venait d'apparaître de l'autre côté, là où avait disparu le premier ; ils hésitèrent devant la place vide. Miliciens et fascistes, arrêtés, se regardaient ; quelques nouveaux miliciens passèrent la barricade. Shade prit ses jumelles.

Sur le visage des fascistes qu'il distinguait à peine, Shade attendait la haine : ce qu'il croyait distinguer c'était la gêne, accentuée par la maladresse de la marche et surtout des bras, très frappante chez ces hommes vêtus de costumes nets d'officiers. Les miliciens approchaient.

— Qu'est-ce que tu crois ? demanda-t-il à celui qui regardait par le trou voisin.

— Les nôtres sont gênés pour parler...

Les débuts de conversation ne sont pas faciles entre gens qui essayent de se tuer depuis deux mois : ce qui séparait ces hommes et les avait fait rôder, les uns le long des colonnes, les autres le long de la barricade, c'était, bien plus que le tabou de la place, l'idée que s'ils approchaient ils se parleraient.

D'autres fascistes descendaient de l'Alcazar, et d'autres miliciens quittaient la barricade.

— Les quatre cinquièmes de la garnison sont bien des gardes civils, n'est-ce pas ? demanda Golovkine.

— Oui, dit Shade.

— Regardez les costumes : ils ne laissent venir que les officiers.

Ce n'était déjà plus vrai. Des gardes arrivaient, avec leurs bicornes de cuir bouilli et leur uniforme à passepoil jaune, mais en espadrilles blanches.

— Les miliciens ont tué tous les souliers, dit Shade.

Mais la conversation, là-bas, s'était engagée, — bien que les deux groupes fussent séparés par dix mètres au moins. Shade alluma sa pipe entre deux sacs, et marcha vers le conciliabule, suivi de Golovkine et de Pradas.

Les deux groupes étaient en train de s'engueuler.

Séparés par dix mètres comme par un lieu sacré, gesticulant d'une gesticulation d'autant plus singulière qu'ils n'avançaient pas, ils se lançaient des arguments avec les bras.

— ... parce que nous au moins, nous combattons pour un idéal, bougres de cocus ! disaient les fascistes au moment où il arrivait.

— Et nous ? Nous combattons pour les coffres-forts peut-être, enfant de putain ! Et la preuve que notre idéal est le plus grand, c'est qu'il est pour tout le monde !

— On s'en fout de l'idéal de tout le monde ! Ce qui compte dans un idéal, c'est qu'il soit le meilleur, illettré !

Ils s'étaient visés pendant deux mois ; aussi maintenaient-ils leur rapport de guerre, puisqu'ils n'en trouvaient pas d'autre. Et pourtant...

— Dis donc, c'est un idéal, les gaz sur les Abyssins ? C'est un idéal, les ouvriers allemands dans les camps de concentration ? C'est un idéal, les ouvriers agricoles à une peseta par jour ? C'est un idéal, les massacres de Badajoz, larbin d'assassins ?

— C'est un idéal, la Russie ?

— Qu'est-ce que c'est ?

— Pour ceux qui n'y sont pas allés ! République des travailleurs ! Elle s'en fout bien, des travailleurs !

— C'est pour ça que tes patrons la détestent ? Si tu es de bonne foi, je te dis : tout ce qui est dégoûtant dans le monde est avec vous. Et tout ce qui a besoin de justice est avec nous, même les femmes. Où qu'elles sont vos miliciennes ? T'es un garde, t'es pas un prince ! Pourquoi que les femmes sont avec nous ?

— D'abord que les femmes les ferment, cocu ! Et pour l'idéal des brûleurs d'églises, garde-le !

— S'il y avait moins d'églises, on aurait pas besoin d'en brûler.

— Trop d'églises en or et trop de villages sans pain !

Shade arrivait à côté des miliciens, troublé de retrouver le sentiment que lui donnaient les vaines engueulades des chauffeurs parisiens et des cochers d'Italie.

— Qu'est-ce que c'est que ce gars-là ? demanda un milicien,

montrant Golovkine. On avait vu Shade la veille avec Lopez ;
il était du bâtiment.

— Correspondant d'un journal soviétique.

Golovkine avait les pommettes marquées, toute la figure
bosselée des paysans dans les sculptures gothiques. Shade, passé
à Moscou pour un reportage, avait noté que les Russes, tout près
de leur origine paysanne, ressemblent souvent aux figures occi-
dentales du Moyen Age : j'ai l'air indien, ce Russe a l'air labou-
reur, les Espagnols ont l'air cheval...

Les trois miliciens qui, les premiers, étaient sortis de la barricade, restaient à côté, sans avancer sur la place.

Les comparaisons d'idéal continuaient.

— N'empêche, gueula un des officiers fascistes, que c'est une
chose de combattre pour son idéal en roupillant chez soi, comme
vous faites, et une autre en vivant dans les souterrains ! Regar-
dez-vous, bande de boucs ! Nous avons à fumer, nous ?

— De quoi, de quoi ?

Un milicien traversa le terrain tabou. C'était un homme de la
C. N. T., une manche de sa chemise relevée sur un bras bleu de
tatouages. Le soleil presque vertical projetait sous ses pieds
l'ombre de son chapeau mexicain, et il avançait ainsi sur un
socle noir. Il allait vers les fascistes comme pour se colleter,
un paquet de cigarettes à la main. Shade savait qu'en Espagne
on ne tend jamais un paquet de cigarettes, et il attendait le geste
de l'anarchiste. Celui-ci prit les cigarettes une à une et les distribua sans quitter l'expression de la colère ; il les tendait aux
fascistes comme des preuves, comme s'il eût dit : « C'est-il
permis de nous reprocher ces cigarettes ! Si vous n'en avez pas,
c'est à cause des complications de la guerre, salauds, mais on n'a
rien contre les cigarettes, bandes de vaches ! » Continuant sa
distribution, il prenait les fenêtres à témoin. Quand son paquet
fut vide, les autres miliciens, qui l'avaient rejoint, continuèrent
à distribuer.

— Comment interprétez-vous cette distribution idiote ?
demanda Pradas.

Il ressemblait à un Mazarin qui eût fait épointer sa barbiche
pour ressembler à Lénine.

— A l'une des séances les plus violentes de la Chambre belge,
j'ai vu la fraternelle unité de tous les partis se faire pour refuser
la taxe sur les pigeons-voyageurs : 80 % des députés étaient
colombophiles. Ici, il y a la franc-maçonnerie des fumeurs...

— C'est plus profond, voyez !

Un des fascistes venait de crier : « N'empêche que vous êtes
rasés ! » Ce qui était d'autant plus singulier que les miliciens ne
l'étaient guère. Mais l'un d'eux, un anarchiste encore, cavalait
vers la rue du Commerce. Les deux journalistes le suivaient du
regard : il venait de s'arrêter pour parler à un milicien demeuré
près de la barricade. Celui-ci tira son revolver en direction des

fascistes, et l'agita comme s'il parlait avec fureur. L'anarchiste repartit en courant.

— C'était comme ça, chez vous ? demanda Shade à Golovkine.

— Nous parlerons plus tard. C'est inexplicable...

Le milicien revint, une boîte de lames Gillette à la main, il l'ouvrait en courant. Il y avait au moins douze officiers fascistes. Il cessa de courir ; visiblement, il ne savait comment distribuer ses lames : il n'en avait pas douze. Il fit un geste pour les lancer, comme des dragées aux enfants, hésita, et donna enfin la boîte au fasciste le plus proche, avec hostilité. Les autres officiers se précipitèrent vers celui qui venait de la recevoir, mais, devant le rire des miliciens, l'un d'eux donna un ordre. A l'instant où ils se séparaient, un autre fasciste arrivait de l'Alcazar ; et, venu de l'autre côté de la place, le milicien qui avait tiré son revolver au passage du distributeur de lames s'approchait du groupe.

— C'est bien beau, tout ça..., dit-il, regardant les fascistes l'un après l'autre. Sa voix demeurait suspendue, et chacun attendait la suite.

« ... et les otages ? J'ai ma sœur là-haut, moi ! »

Cette fois, c'était le ton de la haine. Plus question de comparer les idéaux.

— Un officier espagnol n'a pas à intervenir dans la décision de ses chefs, répondit un des fascistes.

A peine les miliciens l'entendirent-ils, car, en même temps, le dernier fasciste arrivé disait :

— Je veux voir le commandant, de la part du colonel Moscardo.

— Amenez-vous, dit un des miliciens.

L'officier le suivit. Shade et Pradas suivirent, petits des deux côtés du grand Golovkine, au milieu de la foule de plus en plus dense, et dont la marche eût pris l'aspect d'une promenade du dimanche si les yeux de tous ceux qui remontaient vers la place n'eussent été opiniâtrement fixés sur l'Alcazar.

Hernandez sortait de l'échoppe, suivi du Négus, de Mercery et de deux lieutenants, quand l'officier fasciste allait y entrer. Celui-ci salua, et tendit des lettres.

— Du colonel Moscardo, pour sa femme.

Shade eut soudain l'impression que tout ce qu'il avait vu depuis la veille à Tolède, et depuis des jours à Madrid, convergeait en ces deux hommes qui se regardaient avec une haine usée, dans l'odeur brûlée de l'Alcazar dont le vent rabattait la fumée sur la ville comme des pans de drapeaux en guenilles. Les cigarettes offertes, les lames de rasoir, aboutissaient à ces lettres ; comme les otages, les barricades absurdes, les assauts, les fuites, et, lorsque se dissipait pour un instant l'odeur du feu, cette odeur de cheval mort devenue celle de la terre même. Hernandez avait haussé l'épaule droite, comme d'habitude, et donné les lettres à un lieutenant, en indiquant une direction d'un geste de son long menton.

— Sombre andouille, dit le Négus, cordial quand même.

Hernandez haussa cette fois les deux épaules, toujours avec la même lassitude, et fit signe au lieutenant de partir.

— La femme de Moscardo est à Tolède ? demanda Pradas en assurant son lorgnon.

— A Madrid, répondit Hernandez.

— Libre ? demanda Shade, stupéfait.

— Dans une clinique.

Le Négus haussa les épaules à son tour, mais avec colère.

Hernandez remontait vers l'échoppe-bureau, d'où un bruit de machine à écrire venait jusqu'à Shade, dans la rue silencieuse depuis l'armistice. A travers les ruelles perpendiculaires, les chiens, étonnés sans doute par l'arrêt du feu, commençaient à s'aventurer. Le bruit des pas et des voix, redevenu sensible depuis que l'on ne tirait plus, reprenait possession de la ville, comme la paix. Pradas rattrapa le capitaine, fit quelques pas à côté de lui, sa barbiche dans la main.

— Envoyer cette lettre, qu'est-ce que c'est ? De la courtoisie ?

Sourcils froncés, l'air plutôt perplexe qu'ironique, il marchait à côté de l'officier, qui regardait le pavé où l'ombre des chapeaux mexicains jetait d'énormes confetti.

— De la générosité, répondit enfin Hernandez, tournant le dos.

❖

— Vous connaissez bien ce capitaine ? demanda Pradas, les sourcils pas encore revenus à leur position normale.

— Hernandez ? répondit Shade. Non.

— Qu'est-ce qui le pousse à faire ça ?

— Qu'est-ce qui le pousserait à ne pas le faire ?

— Ça, dit Golovkine, montrant une auto, dite blindée, qui passait. Sur le toit, un cadavre de milicien dont on devinait, à la façon dont il était attaché, qu'il était d'un ami de ceux qui le ramenaient. Le journaliste tira sur les deux bouts de sa cravate, ce qui, chez lui, exprimait le doute.

— Ça arrive souvent ? demanda Golovkine.

— Assez, je crois. Le commandant de la place a déjà fait porter des lettres de ce genre.

— C'est un officier de carrière ?

— Oui. Hernandez aussi.

— Qu'est-ce que c'est que la femme ? demanda Pradas.

— Pas question, vicieux. Je ne la connais pas, mais ce n'est pas une jeune femme.

— Alors quoi ? dit Golovkine. De l'espagnolisme ?

— Ça vous satisfait, ce genre de mots ? Il déjeune à Santa-

Cruz, allez-y. Vous n'aurez pas de peine à être invité : il y a des communistes.

Parmi les miliciens de toutes sortes passait la Terreur de Pancho Villa. Shade prit conscience que Tolède était une petite ville, dans la guerre comme dans la paix ; et qu'il allait y rencontrer chaque jour les mêmes originaux, comme, naguère, il y rencontrait chaque jour les mêmes guides et les mêmes retraités.

— Chez les fascistes, dit-il, on n'attaque pas entre deux et quatre, à cause de la sieste. Ne vous faites pas d'opinion trop vite sur ce qui se passe ici.

Vus du côté de l'Alcazar, les sacs de sable et des matelas rayés des barricades, presque instacts du côté de la ville, étaient troués comme le bois piqué aux vers. La fumée couvrit tout d'ombre. L'incendie poursuivait sa vie indifférente : dans ce calme bizarre de suspension de combat, vers l'Alcazar, une nouvelle maison venait de se mettre à brûler.

CHAPITRE IV

Deux tables à angle droit occupaient le coin d'une salle du musée de Santa-Cruz. Quelques boute-en-train s'agitaient dans la pénombre. Les points de lumière qui venaient toujours des trous des briques accrochaient les fusils croisés sur les dos ; dans l'odeur espagnole d'huile d'olive brute, au milieu d'un amoncellement de fruits et de feuilles, brillaient vaguement les taches suantes des visages. Assis par terre, la Terreur de Pancho Villa réparait des fusils.

L'attitude de Hernandez était d'autant plus simple que sa taille voûtée prêtait moins aux poses martiales ; son escorte, à l'autre table, jouait à la garde. Aucun des blessés n'avait changé son bandeau. « Trop heureux de leur sang », dit Pradas à mi-voix. Golovkine et Pradas venaient de s'asseoir en face de Hernandez qui parlait avec un autre officier. Le capitaine, une tache de lumière sur le front, une autre sur son menton en galoche de compagnon de Cortez, ne semblait pas d'une autre nation que le journaliste russe, mais d'une autre époque. Tous les miliciens étaient pointillés de soleil.

— Le camarade Pradas, du Comité technique du Parti, dit Manuel.

Hernandez leva la tête.

— Je sais, répondit-il.

— Enfin, pourquoi, exactement, l'as-tu fait porter ? reprit Manuel, continuant la conversation engagée.

— Pourquoi les miliciens ont-ils distribué les cigarettes ?

— C'est bien ce qui m'intéresse, grogna Pradas, l'air perplexe, la main derrière son oreille, une tache de lumière sur la barbiche.

Entendait-il mal, et s'aidait-il de la main ? Il ne la maintenait pas contre l'oreille, il la passait derrière, comme un chat qui fait sa toilette ; Hernandez répondit à Manuel d'un geste indifférent de ses longs doigts. Le bruit des radios perdues jusqu'au fond de l'éclatante lumière du dehors semblait entrer par les trous des balles, et s'enrouler autour de Pancho Villa endormi maintenant au milieu des fusils sous son chapeau extraordinaire.

— Le camarade soviétique (Pradas traduisait, la main sur son crâne) dit : Chez nous, la femme de Moscardo aurait été arrêtée à l'instant même. Je voudrais comprendre *pourquoi* vous êtes d'un autre avis.

Golovkine savait le français, et comprenait un peu l'espagnol.

— Tu es allé en prison ? lui demanda le Négus.

Hernandez se taisait.

— Sous le tzarisme, j'étais trop jeune.

— Tu as fait la guerre civile ?

— Comme technicien.

— Tu as des gosses ?

— Non.

— J'en... avais.

Shade n'insista pas.

— La générosité est l'honneur des grandes révolutions, dit Mercery, digne.

— Mais les enfants des nôtres sont dans l'Alcazar, reprit Pradas.

Un milicien apportait un magnifique jambon aux tomates, cuit à l'huile d'olive, dont Shade avait horreur. Le Négus ne se servit pas.

— Vous détestez l'*aceite,* vous, un Espagnol ? demanda Shade intéressé par toute question de cuisine.

— Je ne mange jamais de viande : je suis végétarien.

Shade prit sa fourchette : elle était aux armes de l'archevêché.

Tous mangeaient. Dans les vitrines modernes du musée, verre, acier et aluminium, tout était en ordre, sauf de petits objets pulvérisés sur place par les balles, un trou net entouré de rayons dans le verre devant eux.

— Écoute bien, dit le Négus à Pradas : quand les hommes sortent de prison, neuf fois sur dix leur regard ne se pose plus. Ils ne regardent plus comme des hommes. Dans le prolétariat aussi il y a beaucoup de regards qui ne se posent plus. Et il faut changer ça pour commencer. Tu comprends ?

Il parlait autant pour Golovkine que pour Pradas, mais faire traduire Pradas lui déplaisait.

— Il me semblait bien que celui-là n'avait pas une trop grosse tête, dit Shade à mi-voix avec satisfaction.

Un des miliciens s'approcha de lui, trimbalant un chapeau de cardinal.

— On vient de trouver ce truc-là. Alors, comme c'est pas d'utilité pour la collectivité, on a voté de te le donner.

— Merci, dit Shade, serein. Je suis généralement sympathique aux purs, aux chiens à longs poils, aux enfants. Pas aux chats, hélas ! Merci.

Il mit le chapeau sur sa tête, caressa les pompons et continua à manger son jambon.

« Il y a des pompons comme ça chez ma grand'mère à Iowa-City. En bas des fauteuils. Merci. »

Le Négus montrait de son index court une crucifixion à la Bonnat, pâle sur un fond de bitume, fusillée depuis des jours par ceux d'en face. Les trous groupés des balles avaient presque arraché le bras droit ; le gauche, protégé sans doute par les pierres des murs, était seulement percé çà et là ; de l'épaule à la hanche, en bandoulière, le corps blême avait été parcouru par une rafale de mitrailleuse, régulière et nette comme la piqûre d'une machine à coudre.

— Si nous sommes écrasés ici et à Madrid, les hommes auront un jour vécu avec leur cœur. Tu me comprends ? Malgré la haine. Ils sont libres. Ils l'avaient jamais été. Je parle pas de la liberté politique, hein, je parle d'autre chose ! Tu me comprends ?

— Parfaitement, dit Mercery : comme dit Mme Mercery, le cœur, c'est l'essentiel.

— A Madrid, c'est plus sérieux, dit Shade, tranquille sous son chapeau rouge. Mais d'accord. La révolution, c'est les vacances de la vie... Mon article d'aujourd'hui s'appelle *Congé.*

Pradas passa sa main jusqu'au sommet de son crâne en poire, attentif. Il n'avait pas entendu la fin de la phrase de Shade, perdue dans un brouhaha de chaises : on faisait place à Garcia qui venait d'arriver, pipe au coin du sourire.

— C'est pas facile pour les hommes de vivre ensemble, reprit le Négus. Bien. Mais il y a pas tant de courage que ça dans le monde ; et avec le courage, on fait quelque chose ! Pas d'histoires ; les hommes résolus à mourir, on finit par les sentir passer. Mais pas de « dialectique » ; pas de bureaucrates à la place des délégués ; pas d'armée pour en finir avec l'armée, pas d'inégalité pour en finir avec l'inégalité, pas de combines avec les bourgeois. Vivre comme la vie doit être vécue, dès maintenant, ou décéder. Si ça rate, ouste. Pas d'aller-retour.

L'œil d'écureuil aux aguets de Garcia s'alluma.

— Mon vieux Négus, dit-il cordialement, quand on veut que la révolution soit une façon de vivre pour elle-même, elle devient presque toujours une façon de mourir. Dans ce cas-là, mon bon ami, on finit par s'arranger aussi bien du martyre que de la victoire.

Le Négus leva la main droite avec le geste du Christ enseignant :

— Celui qui a peur de mourir n'a pas la conscience tranquille.

— Et pendant ce temps-là, dit Manuel, sa fourchette en l'air, les fascistes sont à Talavera. Et, si ça continue, vous perdrez Tolède.

— En dernière analyse, vous êtes des chrétiens, dit Pradas professoral. Et pendant...

Une belle occasion de se taire perdue, pensa Garcia.

— A bas la calotte ! dit le Négus, crispé. Mais il y a du bon dans la théosophie.

— Non, dit Shade, jouant avec les glands de son chapeau. Continue.

— Nous ne sommes pas du tout des chrétiens ! Vous, vous êtes devenus des curés. Je ne dis pas que le communisme est devenu une religion ; mais je dis que les communistes sont en train de devenir des curés. Être révolutionnaires, pour vous, c'est être malins. Pour Bakounine, pour Kropotkine, ça n'était pas ça ; ça n'était pas ça du tout. Vous êtes bouffés par le Parti. Bouffés par la discipline. Bouffés par la complicité : pour celui qui n'est pas des vôtres, vous n'avez plus ni honnêteté, ni devoirs, ni rien. Vous n'êtes plus fidèles. Nous, depuis 1934, nous avons fait sept grèves rien que par solidarité — sans un seul objectif matériel.

La colère faisait parler le Négus très vite, en gesticulant, ses mains agitées autour de ses cheveux fous. Golovkine ne comprenait plus, mais des mots saisis çà et là l'inquiétaient. Garcia lui dit quelques mots en russe.

— Concrètement, mieux vaut être infidèles qu'incapables, dit Pradas.

Le Négus tira son revolver et le posa sur la table.

Garcia posa sa pipe de la même façon.

Les assiettes et les carafes à col d'alambic réverbéraient comme des vers-luisants les mille points de lumière des briques trouées, à travers l'énorme nature morte. Le long des branches brillaient les fruits, et les courtes lignes bleuâtres des canons des revolvers.

— « Toutes les armes au front », dit Manuel.

— Quand nous avons dû être soldats, dit Pradas, nous avons été soldats. Après, nous avons dû être constructeurs, nous avons été constructeurs. Nous avons dû être administrateurs, ingénieurs, quoi encore ? Nous l'avons été. Et si, en dernière analyse, nous devons être des curés, eh bien ! nous serons des curés. Mais nous avons fait un État révolutionnaire, et, ici, nous ferons l'armée. Concrètement. Avec nos qualités et nos défauts. Et c'est l'armée qui sauvera la République et le prolétariat.

— Moi, dit Shade, suave, les deux mains accrochées aux pompons du chapeau, je m'en fous. Ce que vous faites les uns et les autres est plus simple et mieux que ce que vous dites. Vous avez tous de trop grosses têtes. Dans ton pays, d'ailleurs, Golovkine, tout le monde commence à avoir une grosse tête. C'est pour ça que je ne suis pas communiste. Je trouve le Négus un peu connaud, mais il me plaît.

L'atmosphère se détendait.

Hernandez regarda de nouveau sa montre, puis sourit. Ses dents étaient longues, comme ses mains et son visage.

— Dans chaque révolution, c'est la même chose, reprit Pradas, sa barbiche dans sa main. En dix-neuf, Steinberg, socialiste-révolutionnaire, commissaire à la Justice, a demandé la fermeture définitive de la forteresse Pierre-et-Paul. Sur quoi Lénine a obtenu de la majorité qu'on y mette les prisonniers blancs : nous avions assez d'ennemis comme ça à l'arrière. En dernière analyse, la noblesse est un luxe qu'une société ne peut se payer que tard.

— Mais le plus tôt est le mieux, dit Mercery, définitif.

— Demain, on rasera pour rien, reprit le Négus. Pas d'histoires. Les partis sont faits pour les hommes, pas les hommes pour les partis. Nous ne voulons faire ni un État, ni une église, ni une armée. Des hommes.

— Qu'ils commencent par se conduire noblement quand ils en ont l'occasion, dit Hernandez, ses longs doigts noués devant son menton. Il y a déjà assez de salauds et d'assassins qui se réclament de nous...

— Permettez, camarades, dit Mercery, la main sur la table et le cœur sur la main. De deux choses l'une. Si nous sommes vainqueurs, ceux d'en face viendront devant l'Histoire avec les otages, et nous avec la liberté de Madame Moscardo. Quoi qu'il arrive, Hernandez, vous donnez un noble et grand exemple. Au nom du mouvement « Paix et Justice », auquel j'ai l'honneur d'appartenir, je vous tire mon... enfin, mon képi.

Depuis leur première rencontre, le jour du lance-flammes, Mercery troublait Garcia : le commandant se demandait si la comédie est inséparable de l'idéalisme ; et en même temps, il sentait dans Mercery quelque chose d'authentique, avec quoi l'antifascisme devait compter.

— Et qu'on ne passe pas son temps à avoir l'air de prendre les anars pour une bande de cinglés ! disait le Négus. Le syndicalisme espagnol a fait depuis des années un travail sérieux. Sans compromission avec personne. Nous ne sommes pas cent soixante-dix millions, comme vous ; mais si la valeur d'une idée se mesure au nombre des bonshommes, les végétariens sont plus nombreux dans le monde que les communistes, même en comptant tous les Russes. La grève générale, ça existe, oui ou non ? Vous l'avez attaquée des années. Relisez Engels, ça vous instruira. La grève générale, c'est Bakounine. J'ai vu une pièce communiste où il y a des anars ; à quoi qu'ils ressemblent ? aux communistes vus par les bourgeois.

Dans l'ombre, les statues des saints semblaient l'encourager de leurs gestes exaltés.

— Méfions-nous un peu des généralisations, dit Manuel. Le Négus peut avoir fait des expériences, enfin... malheureuses : tous les communistes ne sont pas parfaits. A part notre camarade russe dont j'ai oublié le nom, excuse-moi, et Pradas, je crois que je suis, à cette table, le seul membre du Parti : Hernandez, est-ce que tu crois que je suis un curé ? Et toi, Négus ?

— Non ? toi, tu es un brave type. Et tu te bats. Il y a beaucoup de braves types chez vous. Mais il n'y a pas que ça.

— Autre chose : vous parlez comme si vous aviez le monopole de l'honnêteté, et vous traitez de bureaucrates ceux qui ne sont pas d'accord avec vous. Vous vous rendez pourtant bien compte que Dimitroff n'est pas un bureaucrate ! Dimitroff contre Durruti, enfin, c'est une morale contre une autre, ce n'est pas une combine contre une morale ! Nous sommes des camarades, soyons honnêtes.

— Et c'est votre Durruti qui a écrit : « Nous renoncerons à tout, sauf à la victoire », dit Pradas au Négus.

— Oui, grommela celui-ci entre ses dents avançantes, mais s'il te connaissait, toi, Durruti, il te foutrait des coups de botte dans le cul !

— Vous ne tarderez malheureusement pas à vous apercevoir que, concrètement, on ne fait pas de la politique avec votre morale, reprit Pradas. C'est ainsi que...

— Ni avec une autre, dit une voix.

— La complication, dit Garcia, et peut-être le drame de la révolution, c'est qu'on ne la fait pas non plus sans.

Hernandez releva la tête.

Un des points de lumière brillait sur le couteau de Manuel, qui mangeait du soleil.

— Y a une chose qu'est bien, chez les capitalistes, dit le Négus. Une chose importante. Même que ça m'étonne qu'ils l'aient trouvée. Qu'il faut que nous fassions ici pour chaque syndicat un truc pareil, quand la guerre sera finie. La seule chose que je respecte chez eux. C'est l'Inconnu. Le *soldat* inconnu, chez eux ; mais on peut faire mieux. Au front d'Aragon, j'ai vu des tas de tombes sans noms : seulement, sur la pierre ou le bout de bois, il y avait F. A. I., ou C. N. T. Ça m'a... c'était bien. A Barcelone, les colonnes partent pour le front en défilant devant le tombeau d'Ascaso, et tout le monde ferme sa gueule ; c'est bien aussi. C'est mieux que les boniments.

Un milicien venait chercher Hernandez.

— Des chrétiens..., grogna Pradas dans sa barbiche.

— Le prêtre est sorti ? demanda Manuel, déjà debout.

— Pas encore. C'est le commandant qui me fait appeler.

Hernandez sortit, accompagné de Mercery et du Négus, qui prit sa coiffure ; ce n'était plus le chapeau mexicain de la veille, mais le képi rouge et noir de la Fédération anarchiste. Il y eut un instant de silence, plein du bruit épars des fins de repas militaires.

— Pourquoi a-t-il fait porter la lettre ? demanda Golovkine à Garcia.

Il sentait que Garcia seul était respecté de tous, même du Négus. Et il parlait russe.

— Procédons par ordre... Un : pour ne pas refuser ; il a été officier par décision paternelle, il est républicain depuis des années par libéralisme, et passablement intellectuel... Deux : notez qu'il est officier de carrière (il n'est pas le seul ici) ; quoi qu'il pense, politiquement, des gens d'en face, ça joue son rôle. Trois : nous sommes à Tolède. Vous savez bien qu'il y a pas mal de théâtre au début de toute révolution ; en ce moment, ici, l'Espagne est une colonie mexicaine...

— Et de l'autre côté ?

— La ligne téléphonique entre notre quartier-général et l'Alcazar n'est pas coupée, et on s'en sert des deux côtés depuis le début du siège. Lors des derniers pourparlers, il a été entendu que notre parlementaire serait le commandant Rojo. Rojo a été élève ici même. Devant une porte on lui a enlevé le bandeau qu'il portait sur les yeux : c'était le bureau de Moscardo. Le mur de gauche, vous l'avez vu du dehors ? Un trou. Le bureau est à ciel ouvert. Moscardo en grand uniforme dans le fauteuil, et Rojo sur la chaise d'autrefois. D'autre part, au mur du fond intact, au-dessus de la tête de Moscardo, mon bon ami, le portrait d'Azaña qu'ils avaient oublié de retirer.

— Et quant au courage ? demanda Golovkine un peu plus bas.

— Il faudrait s'adresser à quelqu'un qui ait l'occasion d'observer ça de plus près que moi. En ce moment, nos meilleures troupes sont les gardes d'assaut. Manuel ?

Il posa la question de Golovkine en espagnol.

Manuel prit sa lèvre inférieure entre ses doigts :

— Aucun courage collectif ne résiste aux avions et aux mitrailleuses. En somme : les miliciens bien organisés et armés sont braves, les autres foutent le camp. Assez de milices, assez de colonnes : une armée. Le courage est un problème d'organisation. Reste à savoir quels sont ceux qui veulent être organisés...

— Croyez-vous que ce capitaine puisse conserver quelque sympathie pour les cadets, en tant qu'officier de carrière ? demanda Pradas à Garcia.

— Nous avons parlé de cela ensemble. Il dit qu'il n'y a pas cinquante cadets dans l'Alcazar, ce qui est vrai. L'Alcazar est défendu par des gardes civils et des officiers. Ces jeunes héros d'une race supérieure qui défendent leur idéal contre une populace en furie, ce sont les gendarmes espagnols. Ainsi soit-il.

— En somme, Garcia, comment expliques-tu l'histoire de la place ? demanda Manuel.

— Je crois que celui qui a donné les cigarettes, et le rigolo qui a apporté les lames, et ceux qui les ont suivis, et Hernandez avec les lettres ont obéi sans trop s'en rendre compte au même sentiment : prouver à ceux de là-haut qu'ils n'ont pas le droit de les mépriser. Ce que je dis là a l'air d'une plaisanterie ; c'est très sérieux. La droite et la gauche espagnoles sont séparées par le goût ou l'horreur de l'humiliation. Le Front populaire, c'est, entre autres choses, l'ensemble de ceux qui en ont horreur. Prenez, avant le soulèvement, dans un village, deux petits bourgeois pauvres, l'un avec nous, l'autre contre nous. Celui qui était avec nous voulait la cordialité, l'autre voulait la morgue. Le besoin de la fraternité contre la passion de la hiérarchie, c'est une opposition très sérieuse, dans ce pays... et peut-être dans quelques autres...

Manuel, en ce domaine, se méfiait du psychologique ; mais il se souvenait du père Barca : « Le contraire de l'humiliation, mon gars, c'est pas l'égalité, c'est la fraternité. »

— Quand j'apprends concrètement, répondit Pradas, que la République a triplé les salaires ; que les paysans en conséquence, ont enfin pu acheter des chemises ; que le gouvernement fasciste a ramené les salaires anciens ; qu'en conséquence, les milliers de chemiseries qui s'étaient ouvertes ont dû fermer, je comprends pourquoi la petite bourgeoisie espagnole est liée au prolétariat. L'humiliation n'armerait pas deux cents hommes. »

Garcia commençait à répéter les mots-types des partis : pour les communistes, c'était « concrètement ». Il connaissait de reste la méfiance que Pradas, et même Manuel, avaient de la psychologie ; mais, s'il pensait que les perspectives de la lutte antifasciste devaient s'ordonner sur l'économie, il pensait aussi qu'il n'y avait aucune différence, économiquement, entre les anarchistes (ou leurs amis), les masses socialistes et les groupes communistes.

— D'accord, mon bon ami ; pourtant ce n'est pas des régions d'Estrémadure où l'on mange des glands que viennent nos meilleures troupes, ni nos plus nombreuses. Mais ne me faites pas faire une théorie de la révolution par l'humiliation, je vous en prie ! j'essaie de comprendre ce qui s'est passé ce matin, et non la situation générale de l'Espagne. En dernière analyse, — comme vous diriez, — Hernandez n'est pas chemisier, même symboliquement.

« Le capitaine est un homme très honnête, pour qui la révolution est un mode de réalisation de ses désirs éthiques. Pour lui, le drame que nous vivons est une Apocalypse personnelle. Ce qu'il y a de plus dangereux dans ces demi-chrétiens, c'est le goût de leur sacrifice : ils sont prêts aux pires erreurs, pourvu qu'ils les paient de leur vie. »

Garcia paraissait d'autant plus intelligent à une partie de ses auditeurs qu'ils devinaient ce qu'il disait plutôt qu'ils ne le comprenaient.

« Évidemment, reprit-il, le Négus n'est pas Hernandez ; mais entre libéral et libertaire il n'y a qu'une différence de terminologie et de tempérament. Le Négus a dit que les siens étaient toujours prêts à la mort. Pour les meilleurs, c'est vrai. Notez que je dis : pour *les meilleurs*. Ils sont saouls d'une fraternité dont ils savent qu'elle ne peut pas durer comme ça. Et ils sont prêts à mourir après quelques jours d'exaltation — ou de vengeance, suivant les cas, — où les hommes auront vécu selon leurs rêves. Notez qu'il nous l'a dit : avec leur cœur... Seulement, pour eux, cette mort justifie tout.

— Je n'aime pas les gens qui se font photographier revolver en avant, dit Pradas.

— Ce sont parfois les mêmes que ceux qui ont pris les armes des riches, le 18 juillet, en fermant leur poing dans leur poche pour imiter un revolver.

— Les anarchistes...

— Les anarchistes, dit Manuel, c'est un mot qui sert surtout à embrouiller. Le Négus est membre de la F. A. I., c'est entendu. Mais ce qui compte, en somme, ce n'est pas ce que pensent ses copains ; c'est ce que des millions d'hommes, des millions, qui ne sont pas anarchistes, pensent avec eux.

— Ce qu'ils pensent des communistes ? demanda Pradas, râleur.

— Mais non, mon bon ami, dit Garcia : ce qu'ils pensent de la lutte et de la vie. Ce qu'ils pensent en commun avec... tenez, le capitaine français. Notez que cette attitude-là, je l'ai connue en Russie en 1917, en France il n'y a pas six mois. C'est l'adolescence de la révolution. Il est tout de même temps de se rendre compte que les masses sont une chose, et que les partis en sont une autre : nous le voyons depuis le 18 juillet ! »

Il leva le tuyau de sa pipe.

« Rien n'est plus difficile que de faire penser les gens sur ce qu'ils vont *faire*.

— Il n'y a pourtant que ça de sérieux, dit Pradas.

— Condamnés à changer ou à mourir », dit tristement Golovkine.

Maintenant, Garcia se taisait et réfléchissait. Pour lui, dans anarcho-syndicalisme, il y avait anarcho et il y avait syndicalisme ; l'expérience syndicaliste des anarchistes était leur élément positif, l'idéologie leur élément négatif. Les limites de l'anarchie espagnole (le pittoresque dépassé) étaient celles du syndicalisme même, et les plus intelligents des anars ne se réclamaient pas de la théosophie, mais de Sorel. Et pourtant, toute cette conversation se développait comme si les anarchistes eussent été une race particulière, comme s'ils se fussent définis avant tout par leur caractère, comme si Garcia eût dû les étudier, non en tant que politique, mais en tant qu'ethnologue.

Dire que dans toute l'Espagne, pensait-il, à cette heure du déjeuner, on parle sans doute ainsi... Il serait tellement plus sérieux de savoir sur quelles bases on peut faire exécuter les décisions du Gouvernement, par l'action commune d'organisations qui s'appellent la C. N. T., ou la F. A. I., ou le Parti communiste, ou l'U. G. T... Étrange, le goût des hommes de discuter d'autre chose que des conditions de leur action, au moment même où la vie est suspendue à leur action. Il va falloir que je voie avec chacun de ces types isolément ce qui peut être fait.

Un milicien qui venait de poser une question à Manuel s'approcha :

— Camarade Garcia ? On te demande à la Jefatura : le téléphone de Madrid.

Garcia rappela Madrid.

— Alors, cette médiation ? demandait-on.

— Le prêtre n'est pas encore sorti. Le temps convenu expire dans dix minutes.

— Rappelez directement dès que vous saurez quelque chose. Que pensez-vous de la situation ?

— Mauvaise.

— Très mauvaise ?

— Mauvaise.

CHAPITRE V

Hernandez, qui savait qu'on avait appelé Garcia au téléphone, l'attendait pour revenir au musée.

— Vous avez dit une chose qui m'a frappé : c'est qu'on ne fait pas de politique avec de la morale, mais qu'on n'en fait pas davantage sans. Vous auriez fait porter la lettre ?

— Non.

Le bruit d'armes au repos, les bassines militaires dans le soleil de midi, l'odeur des morts, tout évoquait si bien le chahut de la veille qu'il semblait impossible que la guerre cessât. Il restait moins d'un quart d'heure avant la fin de l'armistice ; déjà la paix était du pittoresque et du passé. Le pas silencieux et allongé de Hernandez glissait à côté du pas solide de Garcia.

— Pourquoi ?

— Un : ils n'ont pas rendu les otages. Deux : du moment que vous avez accepté une responsabilité, vous devez être vainqueur. C'est tout.

— Permettez, je ne l'ai pas choisie. J'étais officier, je sers comme officier.

— Vous l'avez acceptée.

— Comment voulez-vous que je la refuse ? Vous savez bien que nous n'avons pas d'officiers...

Pour la première fois, une sieste sans fusils était descendue sur la ville, allongée dans un sommeil inquiet.

— A quoi sert la révolution si elle ne doit pas rendre les hommes meilleurs ? Je ne suis pas un prolétaire, mon commandant : le prolétariat pour le prolétariat ne m'intéresse pas plus que la bourgeoisie pour la bourgeoisie ; et je combats tout de même de mon mieux, que voulez-vous...

— La révolution sera-t-elle faite par le prolétariat ou par les... stoïciens ?

— Pourquoi ne le serait-elle pas par les hommes les plus humains ?

— Parce que les hommes les plus humains ne font pas la révolution, mon bon ami : ils font les bibliothèques ou les cimetières. Malheureusement...

— Le cimetière n'empêche pas un exemple d'être un exemple. Au contraire.

— En attendant : Franco.

Hernandez prit Garcia par le bras, d'un geste presque féminin.

— Écoutez, Garcia. Ne jouons pas à qui aura raison. Il n'y a qu'à vous que je puisse parler. Manuel est un homme honnête, mais il ne voit plus qu'à travers son parti. Les ... autres seront ici avant huit jours, vous le savez mieux que moi. Alors, n'est-ce pas, avoir raison...

— Non.

— Si...

Hernandez regarda l'Alcazar : rien de nouveau.

— Seulement, si je dois mourir ici, j'aurais voulu que ce ne fût pas comme ça...

« La semaine dernière, un de mes... enfin... vagues camarades, anarchiste ou se disant tel, est accusé d'avoir barboté la caisse. Il était innocent. Il fait appel à mon témoignage. Naturellement, je le défends. Il avait fait la collectivisation obligatoire du village dont il était responsable et ses hommes commençaient à étendre la collectivisation aux villages voisins. Je suis d'accord que ces mesures sont mauvaises, qu'un paysan qui doit donner dix papiers pour avoir une faucille devient enragé. Je suis d'accord que le programme des communistes sur cette question, par contre, est bon.

« Je suis en mauvais termes avec eux depuis que j'ai témoigné... Tant pis ; que voulez-vous, je ne laisserai pas traiter de voleur un homme qui fait appel à mon témoignage quand je le sais innocent.

— Les communistes (et ceux qui tentent d'organiser quelque chose en ce moment) pensent que la pureté du cœur de votre ami ne l'empêche pas d'apporter une aide objective à Franco, s'il aboutit à des révoltes paysannes...

« Les communistes veulent *faire* quelque chose. Vous et les anarchistes, pour des raisons différentes vous voulez *être* quelque chose... C'est le drame de toute révolution comme celle-ci. Les mythes sur lesquels nous vivons sont contradictoires : pacifisme et nécessité de défense, organisation et mythes chrétiens, efficacité et justice, et ainsi de suite. Nous devons les ordonner, transformer notre Apocalypse en armée, ou crever. C'est tout.

— Et sans doute, les hommes qui ont en eux les mêmes contradictions doivent-ils, eux aussi, crever... C'est tout, comme vous dites. »

Garcia pensait à Golovkine : « Il faut qu'ils changent ou meurent... »

— Beaucoup d'hommes, dit-il, attendent de l'Apocalypse la solution de leurs propres problèmes. Mais la révolution ignore ces milliers de traites qui sont tirées sur elle, et continue...

— Vous pensez que je suis condamné, n'est-ce pas ? demanda Hernandez, souriant.

Il ne souriait pas avec ironie.

« Il y a du repos dans le suicide... » Il montra du doigt de vieilles affiches de vermouth et de films, sous lesquelles ils marchaient, et sourit davantage, de ses longues dents de cheval triste : « Le passé... » Et, après quelques secondes : « Mais, à propos de Moscardo, j'ai eu une femme, moi aussi.

— Oui... Mais nous n'avons pas été otages... Les lettres de Moscardo, votre témoignage... Chacun des problèmes que vous posez est un problème moral, dit Garcia. Vivre en fonction d'une morale est toujours un drame. Pas moins dans la révolution qu'ailleurs.

— Et on croit tellement le contraire, tant que la révolution n'est pas là !...

Dans les jardins saccagés, les rosiers et les buis semblaient participer à l'armistice.

— Il est possible que vous soyez en train de rencontrer votre... destin. Renoncer à ce qu'on a aimé, à ce pourquoi on a vécu, ça n'est jamais facile... Je voudrais vous aider, Hernandez. La partie que vous jouez est perdue d'avance, parce que vous vivez politiquement, — dans une action politique, — dans un commandement militaire dont chaque minute rejoint la politique, — et que votre partie n'est pas politique. Elle est la comparaison de ce que vous voyez et de ce que vous rêviez. L'action ne se pense qu'en termes d'action. Il n'y a de pensée politique que dans la comparaison d'une chose concrète avec une autre chose concrète, d'une possibilité avec une autre possibilité. Les nôtres, *ou Franco* — une organisation ou une autre organisation — : pas une organisation contre un désir, un rêve ou une apocalypse.

— Les hommes ne meurent que pour ce qui n'existe pas.

— Hernandez, penser à ce qui devrait être au lieu de penser à ce qu'on peut faire, même si ce qu'on peut faire est moche,

c'est un poison. Sans remède, comme dit Goya. Cette partie-là
est perdue d'avance pour chaque homme. C'est une partie désespérée, mon bon ami. Le perfectionnement moral, la noblesse sont
des problèmes individuels, où la révolution est loin d'être engagée directement. Le seul pont entre les deux, pour vous, hélas, —
c'est l'idée de votre sacrifice.

— Vous connaissez Virgile : *Ni avec toi, ni sans toi...* Maintenant je n'en sortirai...

Le grondement du 155, le bourdonnement pointu de l'obus,
l'explosion et le bruit presque cristallin des tuiles et des gravats qui retombent.

— L'abbé a échoué, dit Garcia.

CHAPITRE VI

L'armée Yague marchait de Talavera sur Tolède.

Le citoyen Leclerc, en combinaison blanche parfaitement sale,
sa cape grise sur la tête et sa bouteille thermos sous le bras,
s'approchait de son avion, dont la porte était ouverte :

— Bon Dieu, qu'est-ce qu'a encore touché à mon Orion ! dit-il
de sa plus belle voix de laryngite, comme s'il se fût engueulé lui-
même.

— Ça va, ça va, dit calmement Attignies qui passait un chandail : j'ai installé un viseur.

— Alors, mon p'tit gars, parfait, répondit Leclerc, condescen-
dant.

Leclerc n'aimait pas Attignies : ni sa jeunesse sérieuse, ni ses
manières, que Leclerc sentait d'un grand bourgeois malgré la
cordialité d'Attignies, ni ses connaissances (Attignies venait de
l'École de guerre), ni son communisme austère, bien qu'Attignies n'affectât pas l'austérité, au contraire. Pour les techniciens,
les volontaires avaient de la reconnaissance, les mercenaires,
comme Leclerc, de la jalousie. Et Leclerc était obsédé par les
femmes.

Il mit le moteur en marche.

Pélicans et blessés tournaient autour de l'appareil, Scali suivi
de Raplati. Depuis que Jaime était aveugle, il venait au champ
comme autrefois, le visage coupé en deux par un pansement. Des
médecins disaient qu'il retrouverait la vue. Mais il ne pouvait
plus supporter la présence d'un chien près de lui. House, lui
aussi, vivait au champ, appuyé sur deux cannes, impérieux,
suant les leçons et les ordres, — insupportable depuis que ses
blessures lui avaient donné de l'autorité. Sibirsky avait quitté
l'Espagne.

Depuis que les pélicans, pour continuer la lutte, étaient passés au vol de nuit, l'atmosphère du champ avait changé. La chasse ennemie était par là-même supprimée ; se poser de nuit en campagne n'est pas une partie de plaisir, mais le faire de jour dans les lignes ennemies ne l'est pas davantage. Le destin avait pris la place du combat. Si les cavaliers, à la guerre, sont liés à leurs chevaux, du moins leurs chevaux ne sont-ils ni aveugles, ni menacés chaque jour de paralysie ; et l'ennemi, désormais, était bien moins l'armée fasciste que les moteurs de ces avions, couverts de pièces comme de vieux pantalons. La guerre, désormais, c'étaient des appareils réparés à l'infini qui partaient dans la nuit.

L'appareil décolla, dépassa les nuages.

— P'tit gars ?

— Quoi ?

— Regarde-moi. Je suis tout le temps à faire l'idiot. Mais j'suis un homme !

Il n'aimait pas Attignies, mais tout aviateur combattant respectait le courage et celui d'Attignies était incontesté.

Ils revinrent sous les nuages.

Comme pendant la grande guerre, comme en Chine, enveloppé de ce bruit protecteur et pourtant si vulnérable de moteur, Leclerc, la cape grise sur la tête, se sentait libre d'une liberté divine, au-dessus du sommeil et de la guerre, au-dessus des douleurs et des passions.

Un temps. Puis Leclerc, sur le ton des décisions mûries :

— Toi aussi, t'es un homme.

Attignies ne voulait pas blesser le pilote, mais ce genre de conversations lui tapait sur les nerfs. Il répondit par un grognement, sans cesser de regarder, au-dessous de lui, la voie lactée de la route éclairée ; elle s'enfonçait devant eux jusqu'au fond de la nuit, tremblant sous le vent qui sans doute soufflait à ras de terre, et Attignies se sentait lié par l'angoisse à cette seule trace de l'homme dans l'obscurité ennemie, dans la menaçante solitude. Pas une lumière : toute chute était mortelle. Et, comme si son instinct, plus sensible que sa conscience, eût entendu plus tôt, Attignies comprit soudain la cause de son angoisse : le moteur tapait.

— Une soupape ! cria-t-il à Leclerc.

— Je m'en fous, cria l'autre : on peut tenter le coup.

Attignies serra la boucle de son serre-tête : il était toujours prêt à tenter.

Talavera apparaissait au ras de l'horizon, agrandie par la solitude et l'obscurité. Au ras des collines, ses lumières se perdaient dans les étoiles, semblaient venir jusqu'à l'avion. Le bruit de pilon boiteux du moteur rendait la ville vivante et menaçante. Parmi les lumières provinciales et les lueurs fiévreuses et mobiles de la guerre, la tache noire de l'usine à gaz éteinte avait l'inquiétante tranquillité des bêtes sauvages endormies. L'avion sur-

volait maintenant une route asphaltée, mouillée d'une pluie
récente qui reflétait les becs de gaz. La masse des lumières
s'élargissait au fur et à mesure que l'avion approchait de Talavera, et soudain Attignies les vit des deux côtés des ailes du
vieil avion qui piquait, comme des étoiles autour d'un avion qui
monte.

Il ouvrit la trappe de fortune : l'air froid de la nuit s'engouffra
dans la carlingue. A genoux au-dessus de la ville, il attendait,
le regard limité par le viseur comme celui d'un cheval par ses
œillères. Leclerc, le cap mis sur le carré noir de l'usine, l'oreille
au guet, avançait au-dessus du squelette lumineux de Talavera.

Il dépassa la tache noire, se retourna, furieux, vers Attignies
dont il ne voyait que les cheveux blonds, lumineux dans la
pénombre de l'appareil.

— Qu'é que tu fous, bon Dieu !
— Ferme-la !

Leclerc inclina l'appareil : soutenue encore par la vitesse, la
volée de leurs bombes les accompagnait, un peu plus bas et un
peu en retard, brillante comme des poissons sous la lune. A la
façon dont un vol de pigeons qui change de direction disparaît
en minces profils, les bombes soudain s'éteignirent : leur chute
devenait verticale. Au bord de l'usine jaillit une frange d'explosions rouges.

Manqué.

Leclerc tourna très court et revint sur l'usine, en descendant
encore. « La hauteur ! » cria Attignies, dont ce mouvement
changeait le temps de visée. Il regarda l'altimètre, revint à la
trappe : Talavera, vue maintenant en sens inverse, venait de
changer comme un homme qui se retourne : à la lumière confuse
projetée sur les chaussées par les bureaux militaires, venaient
de se substituer partout les rectangles éclairés par des fenêtres.
La tache de l'usine était moins nette. En bas, les mitrailleuses
tiraient, mais il était peu probable que les tireurs vissent distinctement l'avion. Toute la ville s'éteignit, et il ne resta, sur la nuit
pleine d'étoiles, que la plaque de bord éclairée, et l'ombre de la
cape de Leclerc sur le cadran de l'altimètre.

La ville avait vécu de la vie sourde de ses lumières épandues,
puis de la vie précise de ses lumières dévoilées par la volte-face
de l'avion ; elle était bien plus vivante maintenant, éteinte.
Comme des étincelles de pierre à briquet, apparaissaient et disparaissaient des courtes flammes de mitrailleuses. La ville hostile guettait, semblait bouger à chaque mouvement de l'avion qui
revenait vers elle, avec Leclerc, les yeux fixes, la cape grise en
arrière de ses deux mèches déployées, et Attignies à plat ventre,
le nez sur son viseur où entrait le plus petit coude de la rivière,
bleuâtre sous la lune : l'usine était là. Il lâcha la seconde charge
de bombes.

Cette fois, ils ne les virent pas au-dessous d'eux. Et l'avion

piqua du nez dans un fracas sans limites, au-dessus d'un globe
couleur de foudre. Contre ce feu bleu qui les engloutissait,
Leclerc tira furieusement sur le manche ; l'avion rebondit jusqu'à l'indifférente sérénité des étoiles ; au-dessous, ne brûlait
déjà plus que l'incendie rampant et rouge : l'usine avait sauté.

Des balles traversèrent la carlingue : peut-être l'explosion
avait-elle rendu l'avion visible ; une mitrailleuse suivait sa
silhouette qui venait d'entrer dans le halo de la lune. Leclerc
commença à louvoyer. Attignies, retourné, regardait gagner le
filet rouge de l'incendie. Les bombes lancées en chapelet avaient
touché aussi les casernes, toutes proches de l'usine.

Un banc de nuages les sépara de la terre.

Leclerc saisit à côté de lui la bouteille thermos, s'arrêta, gobe-
let en l'air, stupéfait, et fit un signe à Attignies : l'avion était
phosphorescent, éclairé d'une lumière bleuâtre. Attignies montra le ciel. Jusque-là, ils avaient regardé la terre, avec l'attention
du combat, et jamais l'avion lui-même : au-dessus d'eux, en
arrière, la lune, qu'ils ne voyaient pas, éclairait l'aluminium des
ailes. Leclerc reposa sa thermos : aucun geste humain n'était
plus à la mesure des choses ; bien loin de ce cadran de guerre
seul éclairé jusqu'à des lieues, l'euphorie qui suit tout combat se
perdait dans une sérénité géologique, dans l'accord de la lune
et de ce métal pâle qui luisait comme les pierres brillent pour des
millenaires sur les astres morts. Sur le nuage, au-dessous
d'eux, avançait patiemment l'ombre portée de l'avion. Leclerc
leva l'index, fit une moue appréciative, gueula gravement :
« Rappelle-toi !... » reprit la thermos et s'aperçut que le moteur
continuait à taper.

Ils dépassèrent enfin le nuage. Certaines routes de la terre
retrouvée bougeaient. Maintenant Attignies connaissait ce flottement des routes nocturnes : les camions fascistes avançaient
sur Tolède.

CHAPITRE   VII

Jusqu'à la nuit, Manuel avait été traducteur : Heinrich, l'un
des généraux des brigades internationales qui se formaient à
Madrid, inspectait le front (si l'on peut dire) du Tage : depuis
Talavera jusqu'à Tolède, sauf chez Ximénès et deux ou trois
autres, pas de lignes de vigilance, pas de lignes d'écoute, des
réserves sans organisation ni protection ; les mitrailleuses, mauvaises et mal placées.

Heinrich, en uniforme, casquette à la main, la sueur ruisselant sur son crâne — rasé pour qu'on ne vît pas ses cheveux
blancs — bottes sonnant sur la terre crevassée de la fin de

l'été, avait rectifié, rectifié, avec l'optimisme résolu des communistes.

Manuel avait appris de Ximénès comment on commande, il apprenait maintenant comment on dirige. Il avait cru apprendre la guerre, et depuis deux mois, il apprenait la prudence, l'organisation, l'entêtement et la rigueur. Il apprenait surtout à posséder tout cela au lieu de le concevoir. Et, montant dans la nuit vers l'Alcazar où une fluide masse de feu ondulait comme une méduse incandescente, il s'apercevait qu'après onze heures de modifications apportées par Heinrich, il commençait à sentir en son corps ce qu'était une brigade en combat. Perdues dans la fatigue, des phrases de chefs d'armée bourdonnaient dans sa tête, mêlées au bruit du feu : « Le courage n'admet pas l'hypocrisie. — Ce qu'on écoute on l'entend, ce qu'on voit on l'imite », l'une de Napoléon, l'autre de Quiroga. Ximénès lui avait découvert Clausewitz ; sa mémoire tournait à la bibliothèque militaire, mais la bibliothèque n'était pas mauvaise. La fournaise de l'Alcazar se reflétait dans les nuages bas comme un ruisseau qui flambe se reflète dans la mer. Toutes les deux minutes, un canon lourd tirait sur le brasier.

Heinrich voulait ce que voulait la partie la plus active de l'état-major espagnol : en conservant les gardes d'assaut comme troupes de choc, et en attendant l'entrée en action des internationaux, étendre autant que possible le 5ᵉ corps ; puis, quand ses unités seraient assez nombreuses, les verser dans l'armée régulière dont elles constitueraient le noyau et où elles permettraient d'introduire la discipline révolutionnaire comme les premiers éléments communistes avaient permis d'élaborer le 5ᵉ régiment. Les bataillons d'Enrique devenaient un corps d'armée. Manuel avait commencé avec la compagnie motorisée ; il avait commandé un bataillon sous les ordres de Ximénès, il allait prendre à Madrid le commandement d'un régiment. Mais ce n'était pas lui qui « montait », c'était l'armée espagnole.

La face éclairée en orangé par les courtes flammes rageuses de l'Alcazar, il montait à Santa-Cruz à travers le vent, une tige de fenouil à la main, voir l'état de la mine. Heinrich, dans la ville, sa nuque rasée d'officier allemand faisant des plis comme un front, attendait le téléphone de Madrid.

Quand retombait avec le vent le bruit du canon et des fusils, un autre bruit continuait, faible et poignant: le bruit crépitant, étouffé, des flammes du toit de l'Alcazar. Ce bruit-là s'accordait à l'odeur qui rendait dérisoire le canon, les appels éloignés, et tout ce qui venait de l'agitation des hommes : l'odeur de feu et de cadavres mêlée, si épaisse qu'il semblait que l'Alcazar n'y pût suffire, qu'elle ne pût être que l'odeur même du vent et de la nuit.

Il était devenu indispensable de jeter les milices de Tolède dans la bataille du Tage. A l'exception des souterrains, l'Alcazar devait sauter dans la nuit, et on évacuait la ville. Des paysans passaient, avec leurs cochons et leurs chèvres, en longues files silencieuses dans la nuit rouge, éclairées non par l'Alcazar mais par l'incendie des nuages.

Quand Manuel arriva dans la salle de Santa-Cruz, l'un des commandants de Tolède était là. Quarante ans, la casquette d'uniforme en arrière de la tête.

— Alors, alors ! Qu'est-ce qu'il y a ? Qu'est-ce qu'il y a ?

Il avançait vers Manuel, les mains dans les poches, cordial, protecteur, bourru.

— Quand la mine sera-t-elle prête ? demanda celui-ci.

Le commandant le regarda :

— Quand ils auront fini... Demain...

Et l'air de dire : avec ces abrutis, sait-on jamais ? Et aussi un œil rigoleur, l'air de trouver ça très drôle. Manuel n'était pas sans sympathie pour la tristesse de Hernandez, mais cette ironie indifférente et supérieure le crispait. Et, depuis la chute qu'il avait faite avec Ramos, la dynamite lui semblait une arme romanesque, et par là suspecte.

Les bruits de la guerre, un instant, s'arrêtèrent ; dans le silence, on entendit régulièrement des coups à la fois métalliques et sourds, qui semblaient venir du plancher et des murs.

— C'est la mine ? demanda Manuel.

Les miliciens firent signe que oui. Manuel pensait qu'à la même minute, les fascistes de l'Alcazar l'entendaient de la même façon.

Le chef des mineurs arrivait.

— A quelle heure espères-tu avoir fini ? Au plus tôt et au plus tard.

— Entre trois et quatre.

— Sûr ?

Le mineur réfléchit.

— Sûr.

— Qu'est-ce qui sautera ?

— Ça, alors, on peut pas affirmer...

— A ton avis.

— Toute la partie avancée.

— Pas plus ?

Le mineur réfléchit encore :

— Ils disent que si. Moi, je ne crois pas. Les caves sont pas l'une sur l'autre, elles sont étagées, elles suivent la forme du rocher.

— Merci.

Le mineur repartit. Manuel, le fenouil dans la main gauche, prit le commandant sous le bras.

— Si on se bat demain, prenez garde, camarade : vos nids de mitrailleuses sont trop bas. Aucun n'est camouflé : on les voit à la lueur du feu.

Il sortit dans la nuit rousse. L'odeur de cadavres et de pierre chaude l'entoura, disparut une seconde dans le vent, remonta et reprit possession du jardin plein de manteaux.

Il inspecta l'un après l'autre des postes consternants, jusqu'aux parties de l'Alcazar prises par les républicains. Là, tout changeait : des gardes d'assaut, des gardes civils et des miliciens organisés. Mais il restait inquiet : l'attaque qui devait succéder à l'explosion n'avait été préparée par aucun spécialiste militaire.

Entre les coups de pilon du canon, il entendait encore le bruit de la mine, qui, maintenant, montait de la terre à travers ses jambes. Dans leurs souterrains, sans doute les ennemis l'entendaient-ils plus nettement encore...

Heinrich, au téléphone, attendait la réponse relative à la défense de Madrid. Il voulait défendre Tolède ; mais, que Tolède résistât ou tombât, il demandait l'abandon du système des petites unités, et la constitution d'une forte réserve, appuyée par le 5e régiment. Franco, qui commençait à chercher des chevaux-blancs-pour-entrée, attendait beaucoup du soulèvement des fascistes de Madrid, et ses troupes avançaient trop vite.

Hernandez, son service terminé, était attablé avec son ami Moreno à la Permanence des Milices, le seul lieu de Tolède où l'on pût encore boire de la bière tiède. Le lieutenant Moreno, incarcéré par les fascistes le jour même du soulèvement, condamné à mort, et délivré par un heureux hasard lors d'un transfert de prison à prison, avait pu regagner Madrid trois jours plus tôt. Il venait d'être appelé pour donner des renseignements : il avait été, comme Hernandez, élève de l'École militaire de Tolède. Devant les fenêtres grandes ouvertes, des miliciens s'agitaient comme le cœur bleu des flammes au bas de l'immense incendie.

— Tous fous, dit Moreno entre ses mèches. Ses cheveux noirs et lourds, partagés au milieu, tombaient et masquaient son visage. Hernandez le regarda, interrogateur. Ils étaient unis depuis quinze ans dans une amitié indifférente, faite de confidences sentimentales et de souvenirs.

— Je ne crois plus à rien de ce à quoi j'ai cru, dit Moreno, à rien. Et pourtant je pars demain soir en premières lignes.

Il releva ses cheveux. Sa beauté était célèbre à Tolède : nez aquilin, yeux très grands, le masque conventionnel de beauté latine — rendu singulier cette nuit par les cheveux qu'il avait laissés très longs, comme pour témoigner de la prison dont il était délivré. Il était mal rasé, et ce qu'on voyait de sa barbe était gris.

Les maisons masquaient l'Alcazar, mais non sa réverbération. Sous cette lumière qui prenait l'un après l'autre tous les tons des raisins noirs, et qui, venue des nuages, plaquait les ombres sur les pavés, les miliciens passaient, dans le bruit régulier du canon.

— Pendant ton emprisonnement, qu'est-ce qui t'a demandé le plus de force ?

— D'apprendre à m'aveulir...

Depuis longtemps Hernandez soupçonnait Moreno d'une singulière complaisance à l'égard du tragique. Mais son angoisse, dont le capitaine ne discernait pas la nature, était évidente.

Ils se turent un instant, attendant le canon. L'exode, invisible, emplissait la nuit du grincement de ses charrettes.

— Mon emprisonnement, mon vieux, a eu moins d'importance que ma condamnation à mort. Ce qui a changé... Je croyais penser quelque chose des hommes. J'étais un marxiste, le premier officier marxiste, je crois bien. Je ne pense pas le contraire, non : je ne pense plus rien.

Hernandez n'avait nulle envie de discuter du marxisme. Des miliciens couraient, avec un bruit de fusils.

— Écoute bien, reprit Moreno : quand j'ai été condamné à mort, j'ai été autorisé à descendre dans le patio. Tous ceux qui étaient là étaient condamnés pour leur pensée politique. On ne parlait jamais de politique. Jamais. Celui qui aurait commencé aurait instantanément fait le vide autour de lui.

Une milicienne bossue apporta une enveloppe à Hernandez. Moreno éclata de rire, nerveusement.

— Du point de vue de la révolution, dit-il, qu'est-ce que tu fais de cette comédie ?

— Ce n'est pas seulement une comédie.

Hernandez suivait du regard la bossue, qui partait ; mais, au contraire de Moreno, il ne voyait d'elle que son élan, et la regardait avec amitié ; autant qu'il en pût juger à travers la nuit couleur d'aubergine, les miliciens aussi. Elle était dans le jeu : jusque-là, sans doute avait-elle été dans la solitude. Le capitaine releva sur Moreno son regard de myope : il commençait à se méfier.

— Tu pars demain soir pour le front ?...

Moreno hésita, fit tomber son verre et n'y prit pas garde. Il ne quittait pas Hernandez du regard.

— Je pars cette nuit pour la France, dit-il enfin.

Le capitaine se tut. Un milicien étranger, ignorant qu'il n'avait pas à payer, frappa son verre d'une pièce d'argent. Moreno prit un sou dans sa poche, le lança comme s'il eût joué à pile ou face, le recouvrit de sa main sans regarder de quel côté il était retombé, sourit d'un sourire assez trouble. Sur ce masque parfaitement régulier, tout sentiment profond mettait une expression d'enfance.

— Au début, mon vieux, nous n'étions pas dans une prison ; nous étions dans un vieux couvent : lieu tout désigné, évidemment. Dans la prison précédente, on ne voyait rien, on n'entendait rien. (C'était toujours ça.) Au couvent on avait de la chance : on entendait tout. La nuit, des salves.

Il leva sur Hernandez des yeux inquiets. Dans son expression d'enfance, il y avait une sorte de naïveté, mais aussi quelque chose de hagard.

— Crois-tu qu'on fusille avec des phrases ?

Et, sans attendre la réponse :

— Être fusillé pendant qu'un phare t'éclaire... Il y avait des salves, et il y avait aussi un autre bruit ; on nous avait retiré notre argent, mais pas la petite monnaie. Alors presque tous les types jouaient à pile ou face. Irons-nous demain dans le patio ? par exemple ; ou bien le peloton d'exécution. Ils ne jouaient pas en un coup, ils jouaient en dix, en vingt. Les salves venaient de loin, étouffées, à cause des murs, du matelas d'air ; entre elles et moi, la nuit, il y avait ce petit chahut de cuivre à droite, à gauche, tout autour. Mon vieux, je sentais l'étendue de la prison à l'éloignement du son des sous.

— Et les gardiens ?

— Une fois, un a entendu un tintement. Il a ouvert la porte de ma cellule, gueulé : perdu ! et refermé. J'ai eu des gardiens moches. Je dis : *moches*. Mais pas là. Tu entends le petit bruit des fourchettes ? c'était aussi fort. Et puis, peut-être qu'on finissait par en entendre qui n'existaient pas. Ça rend nerveux. Des fois, j'étais dans le son des sous comme on est dans la neige. Et ils n'avaient pas été, comme moi, arrêtés le premier jour, les types : c'étaient des combattants. C'était poignant et idiot : en somme, ils jetaient des sous à la mort. Dis donc, mon vieux, qu'est-ce que ça voulait dire, là-dedans, l'héroïsme ?

Il prit la pièce sous sa main, la lança.

— Face, dit-il, étonné.

Il la remit dans sa poche. Hernandez avait vu Moreno combattre, autrefois, contre les troupes d'Abd-el-Krim, et le savait brave. Le canon tirait toujours contre l'Alcazar, dont le grésillement était coupé par le cri strident des essieux des charrettes.

« Écoute, mon vieux : il n'y a pas de héros sans auditoire. Dès qu'on est vraiment seul, on comprend ça. On dit qu'être aveugle est un univers ; être seul, c'en est un aussi, tu peux me croire. Là-dedans, on s'aperçoit que ce qu'on pense de soi est une idée de l'autre monde. Du monde qu'on a quitté. Du quai des ballots. Tu peux penser quelque chose de toi dans cet univers-là, mais tu as simplement l'impression d'être fou. Tu te souviens de la confession de Bakounine ? C'est ça. Les deux mondes ne communiquent pas. Il y a le monde où les hommes meurent ensemble, en chantant, en serrant les dents ou comme ils voudront, — et puis, derrière, mon vieux, il y a ce couvent avec... »

Il reprit le sou dans sa poche, le fit sonner et tressaillit. Puis il le ramassa sans regarder de quel côté il était tombé : son regard demeurait fixé sur la rue.

« Regarde-les. Non mais, regarde-les ! les uns après les

autres. Et je t'embrasse, et je t'admire, et je suis historique, et je pense ! Tout ça dans un cachot : des sous qu'on jette...

« Il y aura encore quand même sur la terre des pays sans fascistes, avant que je ne meure. Quand j'ai été délivré, j'ai été saoul du retour, je me suis présenté pour reprendre le service. Mais maintenant, je vois clair. Chaque homme est menacé de sa vérité, souviens-toi. Sa vérité, hein, ça n'est pas même la mort, pas même la souffrance, c'est un sou, mon vieux, c'est un sou...

— En quoi, pour un athée comme toi, l'instant de la mort est-il plus valable, plus important si tu veux, quant au jugement qu'il fait porter sur la vie, que tout autre instant ?

— On peut tout supporter, même de dormir en sachant qu'on va perdre des heures de vie et qu'on sera fusillé le lendemain ; on put déchirer les photos de ceux qu'on aime, parce qu'on en a assez de s'affaiblir à les regarder ; on peut s'apercevoir avec plaisir qu'on est encore en train de sauter comme un chien pour jeter inutilement un coup d'œil par la meurtrière, — et le reste... Je dis : tout. Ce qu'on ne pourrait pas supporter, ce serait être sûr, quand on vous gifle ou qu'on vous assomme, qu'après on vous tuera. Et qu'il n'y aura rien autre. »

La passion tendait son visage de cinéma, qui venait de reprendre, dans l'éclairage tour à tour fauve et violet de la fournaise invisible, une véritable beauté.

« Mais non, mon vieux, rends-toi compte ! A Palma, je suis resté quatorze jours en cellule. Quatorze. Une souris venait chaque jour à la même heure : une horloge. L'homme étant, comme chacun sait, l'animal qui secrète l'amour, je me suis mis à aimer cette souris. Le quatorzième jour j'ai eu le droit de sortir dans le patio, j'ai pu causer avec d'autres prisonniers ; alors, en rentrant dans la cellule, le soir même, la souris m'a embêté.

— On ne sort pas d'une épreuve comme celle que tu viens de subir sans en garder quelque chose ; tu devrais d'abord manger, boire et dormir, — et penser le moins possible...

— Facile à dire. Mon vieux, l'homme n'a pas l'habitude de mourir, mets-toi bien ça dans la tête. Pas du tout l'habitude de mourir. Alors, quand ça lui arrive, il s'en souvient.

— Même sans être condamné à mort, vois-tu, on apprend ici bien des choses que l'homme n'est peut-être pas fait pour apprendre... J'ai appris, moi, quelque chose de simple : on attend tout de suite, et il faut beaucoup de morts pour faire avancer l'homme d'un centimètre... Cette rue a dû être à peu près comme ça, une nuit, sous Charles-Quint... Et quand même le monde a changé depuis Charles-Quint. Parce que les hommes ont voulu qu'il change, malgré les sous — peut-être même en n'ignorant pas que les sous existent quelque part... Rien ne peut être plus décourageant que de combattre ici. N'empêche que la seule chose au monde qui soit aussi... lourde que ton souvenir, c'est l'aide que nous pouvons apporter aux types qui sont en train de passer devant nous sans rien dire.

— Je me disais des choses de ce genre dans ma cellule, le matin. A la tombée du jour, mon vieux, la vérité revenait. Le soir est ce qu'il y a de pire : tu sais, quand on beaucoup marché sur trois mètres de large et que les murs commencent à se rapprocher, ça rend intelligent ! Les cimetières des révolutions sont les mêmes que les autres...

— Tous les grains pourrissent d'abord, mais il y a ceux qui germent... Un monde sans espoir est irrespirable. Ou alors, physique. C'est pour ça que tant d'officiers s'en arrangent si bien : la vie a toujours été physique pour presque tous. Mais pas pour nous.

« Tu devrais demander quinze jours pour te soigner. Et si, ensuite, calmement, tu regardes les miliciens en ne voyant d'eux que leur comédie, si rien en toi n'est lié à l'espoir qui est en eux, alors, va en France : qu'est-ce que tu veux faire ici ?... »

Derrière des groupes silencieux passaient des charrettes bosselées de paniers et de sacs, où brillait un instant l'éclat écarlate d'une bouteille ; puis, sur des ânes, des paysannes sans visage, et dont pourtant on devinait le regard fixe, avec la séculaire détresse des Fuites en Égypte. L'exode coulait, enfoui sous ses couvertures dans cette odeur de feu, scandé par le battement profond et rythmé du canon.

Des étoiles tranquilles, toutes les collines descendent vers une déclivité par où viendront les tanks ennemis. De loin en loin, dans une ferme, un petit bois, derrière un rocher, les groupes de dynamiteurs attendent.

Les lignes républicaines de Tolède sont à deux kilomètres en arrière.

Sous quelques oliviers, une dizaine de dynamiteurs sont couchés. L'un, allongé sur le ventre, le menton dans ses mains, ne quitte pas du regard la crête où se trouve le guetteur. Les autres ont presque tous à la bouche une cigarette, mais elle n'est pas encore allumée.

La Sierra tient, le front d'Aragon tient, le front de Cordoue tient, Malaga tient, les Asturies tiennent. Mais les camions de Franco avancent à toute vitesse le long du Tage. Et à Tolède, ça va mal. Comme toujours quand ça va mal, les dynamiteurs parlent de 1934 aux Asturies. Pepe raconte Oviedo aux renforts qui viennent d'arriver de Catalogne : cette défaite-là a été suivie du Front populaire.

« On avait pris l'arsenal. On croyait qu'on était sauvé et hors d'affaire ; tout ce qu'il y avait là-dedans, on ne pouvait rien en faire. Et les douilles sans amorces et les obus sans fusées... Pour les obus, on s'en est servi comme de boulets ; c'est comme ça qu'on les a employés. Y avait le bruit, ça donnait confiance quand même, c'était pas inutile. »

Pepe se retourne sur le dos : au-dessus des oliviers, la lumière de la lune brille comme la fine poussière des feuilles argentées.

« Ça donnait confiance. Elle nous poussait, la confiance. Elle nous a même poussés jusqu'en tôle. »

La lune éclaire sa tête de sympathique cheval.

— Tu crois qu'ils entreront à Tolède ?

— Et ta sœur ?

— T'emballe pas, Pepe ! Moi, Tolède... c'est la pagaille... C'est sur Madrid que je compte.

— Et chez nous, ça l'était pas la pagaille ?

— Sans la dynamite, dit une autre voix, on était liquidés dans les trois jours. On a essayé de se débrouiller à l'arsenal, avec les copains qui savaient charger, mais c'était pas vrai ! A la fin les gars partaient au front avec cinq balles chacun ; tu te rends compte : cinq balles ! Dis donc, Pepe, tu te rappelles, les femmes avec les paniers à salade et les sacs ? J'ai déjà vu glaner dans ma vie, mais des douilles, c'était la première fois ! Elles pensaient plus qu'à leurs douilles, elles trouvaient qu'on tirait pas assez vite ! Malheur !

Aucun n'a tourné la tête : cette voix-là, c'est Gonzalez. Y a-t-il un timbre de voix réjouie qui n'appartienne qu'aux gros hommes ? Tous écoutent, en même temps qu'aux aguets, ils attendent le bruit lointain des chars.

— Avec la dynamite, reprend Pepe, on a fait du bruit et du boulot. Tu te souviens des lance-pierres de Mercader ?

Mais c'est vers les Catalans qu'il se tourne : eux n'ont pas connu Mercader.

— C'est un gars judicieux qu'avait fait des espèces de machines à lancer les grosses charges de dynamite. Des lance-bombes, en somme. Comme pour les guerres de dans le temps ; ça se tendait avec des cordes. Il fallait trois hommes. Au début, les Maures, quand ils ont reçu de vraies charges à deux cents mètres ils ont été plutôt épatés et ahuris. On avait aussi fabriqué des boucliers ; ça n'était pas si bien, ça faisait cible.

Au loin, une bande mitrailleuse part, s'arrête, repart, perdue comme un bruit de machine à coudre dans l'immensité nocturne. Mais toujours pas ces tanks.

— Eux, ils avaient fabriqué des avions, dit une voix amère.

Histoires à la fois épiques et dérisoires dans cette vallée que guettent les lignes parallèles des chars. Sans doute les dynamiteurs sont-ils le dernier corps où l'homme compte contre la machine. Les Catalans sont là comme ils seraient ailleurs, mais les Asturiens tiennent à leur passé : ils le continuent. Ils sont la plus vieille Jacquerie d'Espagne, enfin organisée ; les seuls peut-être pour qui la légende dorée de la révolution grandisse avec l'expérience de la guerre, au lieu d'être broyée par elle.

— Maintenant, la cavalerie maure a des fusils-mitrailleurs...

— On les emmerde !

— A Séville, c'est plein d'Allemands ; tous des spécialistes.

— Et les directeurs des prisons.

— On dit que deux divisions italiennes sont parties...

— Les copains tiennent pas très bien, hein, contre les tanks ?

— Ils ont pas l'habitude...

De nouveau, ils luttent contre la menace à coups de passé :

— Chez nous, reprend Pepe, le plus fou, ça été la fin. Au comité central paysan, les gars étaient pas mal. Seulement sans secours et débordés. Les Maures s'amenaient, il restait trois heures pour que leur boucle soit fermée. On avait encore des gars et de la dynamite, mais rien pour la mettre. On faisait des espèces de pétards avec des journaux et des boulons. Pour les armes, valait mieux plus en parler ; elles étaient liquidées et supprimées. Le copain envoyé la veille à l'arsenal, il était revenu avec un bout de journal où le responsable avait crayonné que, si c'était pour les munitions, c'était pas la peine d'en envoyer encore chercher, vu qu'il restait pas une seule cartouche. Pour les dernières, les copains qui chargeaient avaient partagé. Cinq chacun. Et ils étaient partis au front avec leur fusil. Un point. Vous vous rendez compte : ça allait bien et parfaitement. Ceux du comité central paysan, ils étaient occupés à faire la gueule autour de leur table, vu que c'était à peu près tout ce qu'ils pouvaient faire. Y avait des tas de copains autour. On ne disait rien et on se taisait. Les mitrailleuses des bicots commencent à se rapprocher comme en ce moment. Et puis, une espèce de chahut... comment dire ? comme si on l'étouffait, un chahut sans bruit, quoi : les timbales et les couteaux sur la table et le portrait au mur, ça se met à trembloter. Qu'est-ce que c'est que ça ? On a compris à cause des cloches : les troupeaux qui s'amenaient, vu qu'ils avaient la trouille des bicots qui tiraient à tort et à travers. Les v'là qui s'amènent dans la rue. Jusqu'à ce qu'un gars du comité, roublard et judicieux, gueule : on fait une barricade, on enlève les cloches aux ruminants (c'était pas les plates, c'était celles des montagnes, épaisses). On a soulagé tous les bestiaux de leurs sonnailles, on en a fait des grenades, et c'est comme ça qu'on a tenu trois heures, et qu'on a pu évacuer tout ce qui devait être évacué et renvoyé.

« Alors, après tout, les tanks, on les emmerde : maintenant, quand même, on a de quoi se défendre. »

Pepe se souvient aussi du train blindé. Toujours la guerre avec les mains. Mais depuis qu'ils sont organisés, sans fusils anti-tanks, ils arrêtent les chars.

Au loin, un chien aboie.

— Et l'âne ? l'âne, Gonzalez !

— La guerre, quand on se rappelle, c'est toujours les moments marrants... Malheur !

Beaucoup de dynamiteurs sont silencieux, ou incapables de raconter. Pepe, Gonzalez, quelques autres, sont les professionnels du récit et de l'animation. Sans doute, les chars n'osent-ils pas attaquer de nuit ; ils ne connaissent pas assez le terrain et craignent les fosses. Mais le jour va bientôt se lever. Va pour l'âne.

— L'idée d'envoyer le bourricot, c'était une riche idée. On l'avait chargé de dynamite, on avait allumé la mèche, et allez, hop ! chez les Maures. Le bourricot se débine, les oreilles en l'air, sans trop soupçonner de quoi il retourne. Seulement voilà les autres qui commencent à lui tirer sur la gueule. Aux premières balles il agite les oreilles comme si c'étaient des mouches, s'arrête, se pose des questions. Sans doute pas d'accord : le voilà qui se ramène. Ah ! mais non ! Nous aussi, on commence à tirer. Seulement, nous, il nous connaissait, en somme ; alors, toutes réflexions faites, balles pour balles, il aimait mieux revenir chez nous... »

Une explosion telle que la terre semble s'être fendue quelque part dans sa profondeur, fait tomber en pluie feuilles et brindilles mortes.

Dans l'énorme foudre rouge montée de Tolède, tous violets dans la nuit, bouche ouverte, sans regard, ont vu la face qu'ils auront quand ils seront morts.

Toutes les cigarettes sont tombées.

Ils connaissent le son des explosions. Ce n'est pas une mine. Ni la dynamite. Ni une poudrière.

— Une torpille ?

Aucun d'eux n'en a entendu ni vu, d'ailleurs. Ils écoutent. Il semble bien que vienne de là-haut un bruit d'avion ; mais peut-être est-ce celui des camions des Maures.

— Y a une usine à gaz à Tolède ? demande Gonzalez.

Personne ne sait. Mais tous pensent à l'Alcazar.

Ce qui est clair, c'est que quelque chose va mal là-bas pour les fascistes. Là où s'est éteinte la gerbe convulsive, le ciel reste rouge : l'incendie ou l'aube ?

Non : l'aube se lève de l'autre côté. La voici qui commence et il semble qu'une fraîcheur de feuilles tombe des oliviers.

Il n'y a plus de place pour les souvenirs. Maintenant, partout où les dynamiteurs sont postés, ils attendent. L'ennemi et le jour.

Ils ont repris leurs cigarettes, qu'ils n'ont toujours pas allumées. C'est le silence sur la campagne espagnole, le même qu'à l'arrivée des premiers Maures, le même que pendant tant de jours de paix et tant de jours de misère. La barre blanche de la petite aube commence à s'allonger au ras de l'horizon. Au-dessus de la tête des hommes couchés, la nuit peu à peu se décompose. Tout à l'heure ce sera l'appel profond du jour ; mais maintenant c'est seulement la tristesse misérable de l'aube, l'heure blême. Dans les fermes commencent les cris désolés des coqs.

— Ricardo se ramène ! crie Pepe.

Le guetteur revient en courant. Venus de la même désolation, dressés comme s'ils ne menaçaient pas la terre, mais le ciel pâle, les premiers chars ennemis dépassent la crête.

Gonzalez, puis Pepe, puis chacun des autres allume sa cigarette. Partout, à la rencontre des tanks, des taches d'hommes commencent à se glisser.

Peut-être les tankeurs savent-ils qu'ils sont là, mais ils ne les voient pas : courbés ou couchés, les dynamiteurs sont sur le fond de terre de la vallée, tandis que les chars sont cabrés sur le ciel.

A droite de Gonzalez, un des Catalans, un jeune homme qui, depuis qu'il est là, n'a presque rien dit ; à sa gauche, Pepe. A peine Gonzalez les voit-il. Il sent leur marche souple dans l'aube, — leur marche d'hommes. Au début de chaque combat, ses amis lui semblent un moment des mollusques privés de leur carapace : mous, souples, sans défense. Il est le plus gros de tous, et les sent chétifs. Les chars, qui ne sont pas sans carapace, eux, avancent avec un bruit qui tourne au chahut ; en face, la ligne tremblante des dynamiteurs glisse dans un extraordinaire silence.

Les tanks sont sur deux lignes, mais si écartés les uns des autres que les dynamiteurs n'en tiendront pas compte : à chaque groupe son tank, comme s'ils étaient en file. Quelques Catalans ont mal caché leur cigarette dans leur main. Idiots ! devrait penser Gonzalez. Il regarde ces points imperceptibles : il est un peu en arrière, peut-être sont-ils moins visibles de l'avant. Il avance avec eux, soulevé par la même marée, par une exaltation fraternelle et dure. En son cœur, sans quitter du regard le tank qui vient vers lui, il chante le chant profond des Asturies. Jamais il ne saura davantage ce que c'est qu'être un homme.

Il va se trouver à découvert. Le jour monte. Pepe vient de se planquer. Gonzalez s'allonge. Le tank est à quatre cents mètres, et il ne le voit pas sur les herbes en silhouette devant ses yeux : des graminées, ces épis d'herbe qu'enfant il faisait grimper dans les manches des copains, une sorte d'avoine sauvage et une marguerite, sur une haute tige ; déjà les fourmis s'y baladent. Aussi une minuscule araignée. Des êtres vivent ainsi, au ras de terre, dans cette palmeraie d'herbes, loin de la vie et de la guerre. Derrière deux fourmis très occupées arrive de toute sa vitesse la tache grondante et secouée du tank oblique. Il n'est pas sur le terrain plat : si la dynamite est bien lancée, il basculera. Gonzalez ramène son corps sur le côté.

Il faut que le char passe à droite. Gonzalez est protégé des tourelles par un léger remblai — jusqu'à ce que le tank arrive à sa hauteur. Ce sera à celui des deux qui tuera le plus tôt. Le tankeur va avoir le soleil levant dans l'œil. Gonzalez s'assure que rien ne retient son bras droit.

Qu'a foutu le Catalan ? Le tank de droite tire. Celui de Gonzalez arrive à toute vitesse, toujours oblique, sur les fourmis énormes à dix centimètres de son œil. Gonzalez saute, lance la dynamite dans un fracas de mécanique et de mitrailleuses, se jette lui-même à terre du même mouvement, comme s'il plongeait dans l'explosion.

Il soulève la tête dans le bruit des cailloux qui s'abattent : le tank, ventre en l'air, est tombé sur sa tourelle. C'est par le sommet de la tourelle qu'il s'ouvrait. Le jour se lève sur une de ses chenilles qui continue à tourner.

Gonzalez est couché par terre, mais nullement protégé. Le canon de la tourelle, retourné, ne bouge pas. Une bombe dans la main, Gonzalez guette.

Dans les rais obliques du soleil, la chenille tourne de plus en plus lentement, comme la roue d'une loterie.

Gonzalez tient sa cigarette près de la dernière bombe. La mitrailleuse du capot ne bouge pas. Les deux hommes sont tués ou blessés ; sinon, la tête en bas dans ce tank retourné, dont ils ne peuvent sortir puisque la tourelle supporte tout le poids du tank. Si le réservoir se renverse, avant cinq minutes ils flamberont : la guerre civile.

Toujours rien. La chenille s'est arrêtée.

Gonzalez se retourne. L'artillerie républicaine ne tire pas. Y a-t-il une artillerie républicaine ? Il se lève sur les genoux. Dans la vallée marquée par les sillons des chenilles comme la mer par ceux des navires, son tank, deux, trois, quatre, cinq tanks hors de combat, avec les formes préhistoriques des chars écroulés ou retournés. (Au premier qu'il a vu retourné, il a cru être en face d'un nouveau modèle.) Deux flambent. Bien au delà, dans le jour qui maintenant a tout envahi, les derniers tanks, peu à peu cachés par une bosse du terrain, foncent sur les lignes républicaines, — les dernières avant Tolède.

Les tanks ont passé.

— Le Catalan ? demande Gonzalez.

— Tué, dit Pepe.

Malgré le jour maintenant éclatant, on ne voit pas les morts parmi les herbes. Des balles viennent autour des deux dynamiteurs. Pepe imite leur sifflement idiot, et se replanque.

Au-dessus de la crête, arrivent les taches blanches des turbans maures.

❖

La fumée qui, après l'explosion, enveloppait encore l'Alcazar béant, avait, dans la fraîcheur de l'aube, une odeur humide et lourde dans laquelle se fondait celle des cadavres. Unie à la surface par le vent, elle couvrait les murs encore debout, comme la mer un fond rocheux. Un coup de vent plus fort incurva sa surface stagnante ; des blocs de pierre en crocs émergèrent. Vers la droite en contre-bas, elle avança, non par masses bousculées, mais comme l'eau coule, se tassant dans les trous et dans les crevasses. L'Alcazar fuit comme un réservoir, pensa Manuel.

Occupant chaque ruelle de décombres comme si elle eût elle-même fait la guerre, la fumée envahissait mètre par mètre les positions républicaines. Les assaillants étaient maintenant éloignés les uns des autres : la mine avait fait sauter les positions les plus avancées des fascistes, mais non les souterrains.

Un instant, tous les bruits tombèrent, et Manuel entendit quelqu'un qui tapa du pied sur la pierre derrière lui. C'était Heinrich, un reflet d'aube sur sa nuque épaisse qui se plissait comme un front.

— Madrid ? demanda Manuel, son fenouil à la main.

— C'est non, dit le général sans le regarder. Son regard était fixé sur les rocs les plus élevés, qui sortaient peu à peu de la fumée, comme d'une marée descendante.

— Pourquoi ? demanda Manuel.

— C'est non. Les nôtres étaient en face, n'est-ce pas ?

— On a évacué avant l'explosion.

— Pas d'autre accès à la partie qui vient de sauter que l'Alcazar même ?...

Les jumelles devant son vieux visage lisse de paysanne polonaise, il regardait toujours le promontoire déchiqueté sous lequel baissait la fumée ; il tendit les jumelles à Manuel.

— Nous avons des mitrailleuses sur les côtés ? demanda-t-il.

— Non.

— Ça ne les arrêterait pas, mais ça les retarderait !

Des points passaient sur le profil du rocher, collés à lui comme des mouches. Chaque fois qu'un point passait sur l'arête il disparaissait, mais reparaissait un peu plus bas. La fumée dépassait maintenant de loin les anciens avant-postes abandonnés pour l'explosion par les gardes d'assaut républicains ; les fascistes avançaient derrière la fumée.

— Nous avons des mitrailleuses sur les côtés ?

Toutes les positions conquises depuis dix jours étaient reperdues.

— Il faut mettre la ville en état de défense, dit Heinrich.

Le téléphone de la Jefatura ne répondait plus. A Santa-Cruz, on disait que les Maures étaient à dix kilomètres.

Ils partirent pour l'échoppe de Hernandez.

Dans une rue où la cohue était celle des gares aux grands jours de vacances, un milicien tendit son fusil à Manuel, un Mauser.

— Tu veux un fusil, commandant ?

— Tu en auras besoin avant longtemps, répondit Heinrich en allemand.

— Je vais le lâcher ; alors, autant que tu le prennes...

Les sourcils blancs de Heinrich donnaient à ses yeux bleus l'expression de l'étonnement. Son regard, devenu fixe dans une face rasée jusqu'au crâne, aux sourcils invisibles, devint par là d'une extrême brutalité. Mais vingt personnes le séparaient déjà du milicien.

Des maisons aux volets fermés, on commençait à tirer sur les miliciens avec les fusils abandonnés sous les portes.

Le malaise que ressentait Manuel quand il se trouvait dans un lieu clos, il le ressentait pour la première fois dans la rue : il ne pouvait plus poser ses pieds sans tâter de l'orteil. Ni la foule de Tolède jusqu'alors, ni celle de la procession du Corpus autrefois, ni celle des jours historiques de Madrid n'approchaient de celle-ci. Les miliciens portaient les chapeaux mexicains à bout de bras, verticalement, comme des cerceaux de cirque. Vingt mille hommes serrés dans la folie. A chaque coin de porte, des fusils abandonnés.

L'échoppe de Hernandez était grande ouverte. Un homme à képi rouge et noir parlait :

— Qui est responsable ici ?

— Moi, capitaine Hernandez.

— Ben dis donc, « capitaine », nous on était au 25 de la rue du Commerce. On a été bombardés. On a déménagé : au 45 ; on a encore été bombardés. C'est-il toi qui les préviens quand on change, pour qu'ils nous descendent mieux, les « capitaines » de l'autre côté ?

Hernandez regardait l'homme avec dégoût.

— Continuez, dit-il.

— Parce que nous, on en a marre. Où qu'elle est notre aviation ?

— Où voulez-vous qu'elle soit ? En l'air.

Contre les avions italiens et allemands, il ne restait pas au Gouvernement dix avions modernes en état de vol.

— Parce que nous, si notre aviation elle est pas là dans une demi-heure, on les met ! On est pas là pour servir de chair à canon pour les bourgeois ni pour les communistes. On les met. Compris ?

Il regardait la grande étoile rouge de Manuel, derrière le capitaine. Les yeux de Heinrich avaient repris leur fixité.

Hernandez le prit à deux mains par les revers de sa vareuse, dit sans élever la voix :

— Vous allez les mettre tout de suite,

et le jeta dehors sans que l'autre eût ajouté un mot. Hernandez se retourna, salua Heinrich et serra la main de Manuel.

— Celui-là est un imbécile ou une canaille, les deux sans doute, si vous voulez. Ils sont obsédés par la trahison. Non sans raison... Tant que ce sera comme ça, il n'y aura rien à faire...

— Il y a toujours quelque chose à faire.

Manuel traduisit, la main nerveuse : le fenouil était resté dans la foule. Hernandez haussa l'épaule.

— A vos ordres.

— Si ce type abandonne son poste, il doit être fusillé.

— Par qui ?

— Par vous, au besoin. Sur qui peut-on encore compter ?

— Sur personne. Rien à faire dans la place. Et pourtant !... Enfin !... Ne faites pas entrer de bonnes troupes ici, elles seront pourries dans une heure. C'est une tanière de fuyards. Combattons *dehors,* si nous pouvons, avec d'autres troupes. De quoi disposez-vous ?

— Tout ne peut pas être inemployable dans ces milliers d'hommes et ces fusils, dit Heinrich. Et il faut profiter de la position.

— Pas un soldat. Trois cents miliciens qui se feront tuer. Quelques Asturiens, si vous voulez. Les autres sont des fuyards qui veulent justifier leur fuite en critiquant tout. Leurs fusils, ils les laissent sous les portes, et les fascistes commencent à tirer sur nous avec. Les femmes n'ont même plus peur de nous injurier à travers les fenêtres.

— Gagnez jusqu'à cinq ou six heures.

— La porte de Visagra est défendable, mais ils ne la défendront pas.

— C'est à nous de la défendre, dit Heinrich. Allons-y.

Après un assez long détour à travers les ruelles, ils atteignirent la porte. Un marché aux fusils.

Une dizaine de miliciens jouaient aux cartes, par terre. Heinrich se baissa en passant, râfla les cartes en regardant les joueurs, les mit dans sa poche. Il reprit sa marche, passa la porte et examina la position, du dehors. Manuel trouva une branche à peu près droite, qui remplaça le fenouil : il voulait calmer sa nervosité, et les fusils abandonnés le rendaient enragé.

— C'est la folie complète, dit Heinrich. Par les toits et les terrasses, on peut résister ici au moins jusqu'à ce qu'ils amènent leur artillerie !

Ils rentrèrent dans la ville. Le général regardait toujours les toits.

— Quel malheur que je ne sache pas l'espagnol, bon Dieu !

— Je le sais, moi, dit Manuel.

Hernandez et lui commencèrent à prendre des hommes un par un, à les placer, à envoyer chercher des munitions, à expédier aux tireurs déjà placés toutes les bonnes armes abandonnées. Trois fusils-mitrailleurs furent retrouvés. Après une heure, la porte était défendue.

— Tu vas me prendre pour une andouille, dit Heinrich à Manuel, mais, maintenant, il faudrait leur faire chanter l'*Internationale.* Comme ils sont tous protégés, ils ne se voient pas : il faut qu'ils se sentent.

Le tutoiement communiste ne diminuait en rien l'autorité de Heinrich.

— Camarades ! gueula Manuel.

De tous les coins, de tous les angles, de toutes les fenêtres, des têtes sortirent. Manuel commença l'*Internationale,* gêné par sa branche feuillue qu'il ne voulait pas lâcher, et qui avait envie de battre la mesure. Sa voix était très forte, et, le tir contre l'Alcazar ayant presque cessé, on l'entendait. Mais les miliciens ne savaient pas les paroles de l'*Internationale.*

Heinrich était stupéfait. Manuel s'en tint au refrain.

— C'est toujours ça, dit Heinrich, amer. Avant quatre heures, nous serons à Madrid. Ça tiendra jusque-là.

Hernandez sourit tristement.

Manuel nomma des chefs, et tous trois partirent pour la porte du Soleil.

En trois quarts d'heure, la porte fut gardée.

— Retournons à Visagra, dit Heinrich.

Par les fenêtres entr'ouvertes, les coups de fusil des fascistes étaient de plus en plus nombreux. Mais ce n'était plus la cohue : en une heure, plus de dix mille hommes étaient partis. La ville se vidait comme un corps perd son sang.

Leur auto était enfermée dans son hangar.

— Prenez-la tout de suite, dit Hernandez. Tout à l'heure...

Devant la porte, un officier à petites moustaches attendait.

— On m'a dit que vous alliez à Madrid. Je dois y être d'urgence. Pouvez-vous m'emmener ?

Il montra son ordre de mission. Tous trois partirent, pour Visagra d'abord. Manuel conduisait. Des fusils abandonnés sur chaque seuil. Au moment où l'auto ralentissait pour tourner, une porte s'entr'ouvrit, et une main, de l'intérieur, se tendit vers un fusil. Heinrich tira ; la main rentra.

— Le peuple espagnol n'a pas été à la hauteur de sa tâche..., dit l'officier.

Pour la troisième fois, le regard du général prit l'expression de fixité brutale qu'avait observée Manuel.

— Dans un cas comme celui-ci, répondit Heinrich, la crise est *toujours* une crise de commandement.

Manuel se souvint de Ximénès. Et aussi de tous ces miliciens qu'on voyait dans chaque rue de Madrid, appliqués et soucieux, qui apprenaient à marcher au pas comme on apprend à lire.

Revenus à Visagra, Manuel appela. Rien ne répondit. Il appela de nouveau. Rien. Il monta au dernier étage de la première maison d'où il pût découvrir les toits. Derrière chaque angle, là où il avait posté un homme, il y avait un fusil abandonné. Même les trois fusils-mitrailleurs. Visagra était encore défendue : défendue par les armes sans hommes.

On manquait de fusils au front de Malaga, au front de Cordoue, au front d'Aragon. On manquait de fusils à Madrid.

Sur une aire à peine éloignée, on battait du blé...

Manuel jeta enfin sa branche, redescendit, les jambes en coton. Toutes les portes étaient ouvertes : à côté des fenêtres, appuyés aux rideaux, les derniers fusils veillaient sur Tolède.

Et par les fenêtres ouvertes, apparaissait, sur chaque toit, derrière chaque cheminée, un fusil, son paquet de munitions à côté de lui.

Manuel mit Heinrich au courant. Pour Hernandez, il avait deviné.

— Il faut jeter ici les jeunesses, dit Heinrich. Filons à Madrid. A l'heure actuelle, il ne sera pas difficile de faire évacuer Tolède !

— Vous n'avez plus le temps, dit Hernandez.

— Essayons.

— Et toi, demanda Manuel, qu'est-ce que tu vas faire ?

— Qu'est-ce que tu veux que je fasse ? dit Hernandez, l'épaule levée, souriant amèrement de ses longues dents jaunes. Nous sommes une vingtaine qui savons nous servir convenablement d'une mitrailleuse...

Il montra le cimetière avec indifférence.

— Là-bas ou ici...

— Non : nous arriverons à temps.

Hernandez leva de nouveau l'épaule.

— Nous arriverons à temps, répéta Manuel fermement, tapant de sa branche sur son soulier.

Hernandez le regarda, stupéfait.

Manuel prit soudain conscience qu'il n'avait jamais parlé à Hernandez sur ce ton. On ne traduit pas des ordres d'une voix neutre, et il le faisait depuis des heures avec le ton même de Heinrich. Et il avait appris l'autorité comme on apprend une langue : en répétant.

— Si tu as vingt types, reprit-il, essaie quand même de défendre cette porte.

— Replacez d'autres hommes avant de partir, dit Heinrich.

— A vos ordres, reprit Hernandez avec la même indifférence désespérée.

Les hommes placés, ils revinrent vers l'échoppe. Les injures des fenêtres, dans la rue, et les coups de feu fascistes allaient croissant.

— Ceux-là, dit Manuel, voudraient le rétablissement de Philippe II. Pour commencer. Hernandez, fais ramasser toutes les armes, sauf celles des portes : je vais t'envoyer des camions avec des gardes d'assaut.

— C'est plus facile de les faire ramasser que de les faire employer...

L'agonie de la ville se précipitait.

— Qu'ils tiennent la journée, dit Heinrich. Les dynamiteurs tiendront la nuit. Avec les jeunesses ici, et les hommes du 5e, nous tiendrons huit jours. Et d'ici huit jours...

CHAPITRE VIII

Hernandez, en civil, comme presque tous les derniers combattants — il s'était dépouillé de sa mono, — hésita une seconde. Au bruit, les républicains étaient à droite. Que voulait-il ? Être sauvé ? Deux heures plus tôt, il eût pu partir comme on prend le train. Lutter jusqu'au dernier moment ? Avant tout, ne plus être seul, ne plus être seul. Il avait été séparé des siens à la première attaque du Tercio. Avant tout, les retrouver.

Courant le long du mur de la ruelle (à gauche, le bruit des mitrailleuses du Tercio s'approchait), il arriva à une rue. Les balles républicaines griffaient les hautes façades blafardes et faisaient monter du plâtre de petites fumées épaisses. Le bruit des mitrailleuses ennemies était de plus en plus proche. Sans doute la légion venait-elle d'atteindre le coin qu'Hernandez avait dépassé un instant plus tôt : les balles venaient maintenant de face et de dos.

A dix mètres en avant, une lanterne était allumée. Il arriva dessous, agita son revolver au-dessus de sa tête pour se faire reconnaître : une balle tapa sur l'avant du mauser et l'envoya par terre. Hernandez se jeta dans une embrasure de porte. Il était protégé du Tercio par les angles de la rue, des républicains par l'épaisseur du mur. De chaque côté, une mitrailleuse tirait nerveusement, sans voir grand'chose. Jusqu'à ce qu'une rafale descendît la lanterne dans un joli bruit de verre ; les mitrailleuses tirèrent alors sans plus rien voir du tout, sauf, à chaque bout de la rue, un crépitement de courtes flammes bleuâtres.

Hernandez se coucha, atteignit son revolver sous un filet horizontal de balles, et regagna l'embrasure.

Ça durait depuis dix minutes, lorsqu'il sursauta, une main saisissant son bras.

— Hernandez, Hernandez...

— Heu... Oui.

Le milicien qui l'avait rejoint (en civil aussi) tira trois coups à une seconde d'intervalle, et tous deux se lancèrent. La mitrailleuse républicaine s'arrêta.

Au moment où ils l'atteignaient, un autre milicien arrivait par derrière.

— Les Maures !

— Aux arènes ! dit le type qui servait la mitrailleuse et qui semblait commander le groupe.

Tous dévalèrent par les ruelles, le mitrailleur hérissé de morceaux de hotchkiss.

Hernandez ne voulait pas mourir seul.

Le mitrailleur se retourna, posa sa mitrailleuse, tira une rafale d'une cinquantaine de balles, repartit. Il tirait mal. Les Maures s'étaient arrêtés ; à leur tour, ils reprirent leur course.

Des coups de feu grêles, isolés. Et soudain, à contre-sens de la course des républicains, le vent apporta une musique de cuivres et de grosses caisses, celle des cirques, des foires et des armées. Quels chevaux de bois tournent encore ? se demanda Hernandez. Il reconnut enfin l'hymne fasciste : la musique du Tercio jouait sur la place du Zocodover.

Le mitrailleur s'arrêta encore, recommença à tirer. Dix secondes, quinze. « Fous le camp, idiot ! » cria le serveur. Il commença à botter les fesses du mitrailleur à toute volée : « Mais vas-tu foutre le camp ! » Les coups de pied eurent plus d'effet que les balles et l'avance des Maures. Le tireur reprit sa mitrailleuse et cavala.

Ils arrivèrent aux arènes.

Il y avait là une trentaine de miliciens. De l'intérieur, les arènes avaient l'air d'une forteresse. En carton, pensa Hernandez. Il regarda au dehors : les Maures commençaient à garder les portes. « Au premier coup de canon, on va être jolis ! » dit un artilleur, en civil aussi.

— Les civils fascistes ont déjà un brassard blanc, dit un milicien.

— Ils font un *Te Deum* à la cathédrale. Le curé est là. Il a été caché ici tout le temps.

Nos exécutions en masse, pensa Hernandez.

Il regardait toujours dehors. Vers la gauche, la ville n'était pas encore investie.

— La cavalerie maure ! cria un type.

— T'es fou !

Il ne valait guère mieux.

— Rester ici est idiot, dit Hernandez. Ils vont être de plus en plus nombreux. Vous serez foutus pour rien. A gauche, la campagne est encore libre. Laissez les portes, elles sont gardées. Je vais nettoyer un bout de rue avec la mitrailleuse. Sautez du premier, tâchez de ne pas vous casser la gueule. Liquidez les Maures qui n'auront pas été touchés et qui voudront vous arrêter. Il n'y en aura pas à la pelle. Filez vers la gauche. Vous pouvez servir à mieux faire qu'à faire des fusillés. S'il arrive du supplément de leur côté, je l'arrête jusqu'à ce que vous soyez parés.

Il mit la mitrailleuse en position, tira deux longues rafales, aller-retour, en fauchant. Les Maures tombèrent ou filèrent. Les hommes des arènes sautèrent, refoulèrent sans peine les derniers Maures. Des fascistes arrivaient à droite : la mitrailleuse les prit en enfilade, les obligea à s'arrêter dans les creux des portes. Les derniers républicains disparaissaient en cahotant, leurs camarades aux pieds foulés sur leur dos. Hernandez ne pensait à rien, serrait sa mitrailleuse contre son épaule, et était heureux avec plénitude.

Plus personne dans les arènes. Il sauta enfin, reçut un bizarre coup de fouet au-dessus de l'œil et sentit que le sang l'aveuglait. Un autre coup sur la nuque, gros et large cette fois, un coup de crosse peut-être. Il étendit les bras en avant et tomba à la renverse.

CHAPITRE IX

Dans la cour de la prison de Tolède, un type se mit à hurler. C'était très rare. Les révolutionnaires se taisaient parce qu'ils étaient révolutionnaires ; les autres — ceux qui s'étaient crus révolutionnaires parce qu'on l'était autour d'eux, et qui s'apercevaient devant la mort qu'ils ne tenaient qu'à la vie, n'importe quelle vie, — pensaient que le silence est la seule sagesse des prisonniers : les insectes menacés essaient de se confondre avec les branches.

Et il y avait ceux qui n'avaient plus même envie de crier.

— Tas de cocus, crétins ! gueulait la voix, je suis receveur de tramway !

Et à la limite possible de la vocifération :

— Receveur ! Receveur ! Abrutis !

A travers la grille de sa cellule, Hernandez ne pouvait pas le voir, mais il attendait ; l'homme arriva dans son champ de vision. Il tapait de toute sa force sur un veston de lustrine qu'il tenait de la main gauche, comme s'il l'eût battu pour en chasser la poussière. Dans plusieurs villes, les fascistes avaient condamné à mort tous ceux dont le veston était luisant à l'épaule : la trace du fusil. Sur l'épaule du veston de ceux qui portaient des sacoches, la courroie laissait la même trace.

— Je m'en fous, moi, de votre politique d'enfants de putains ! Et de nouveau :

— Mais regardez l'épaule, au moins ! Ça fait un bleu, le fusil, bon Dieu ! Est-ce que j'ai un bleu ? Puisque je vous dis que je suis receveur de tramway !

Deux gardiens vinrent le chercher. Plutôt pour la cellule que pour la libération, pensa Hernandez. Il faut de l'ordre.

Les prisonniers tournaient dans la cour, chacun avec son destin empoisonné. Des cris de marchands de journaux venaient de la ville.

Il y avait aussi les nouveaux. Comme chaque jour. Comme chaque jour, Hernandez les regarda ; et comme chaque jour, ils détournèrent la tête pour ne pas rencontrer son regard. Hernandez commençait à savoir que les condamnés à mort sont contagieux.

Le bruit du verrou de sa cellule — le bruit le plus important, maintenant.

Hernandez attendait d'être exécuté. Il en avait assez. Pardessus la tête. Les hommes avec qui il eût voulu vivre n'étaient bons qu'à mourir, et, avec les autres, il n'avait plus envie de vivre. Le régime de la prison n'avait rien d'atroce, en tant que régime. Administratif : les geôliers étaient des professionnels, amenés de Séville. La vie de la prison, c'est autre chose. Parfois, on emmenait d'un coup vingt ou trente prisonniers ; on entendait ensuite un feu de salve, et les coups de grâce, plus faibles, en retard. Parfois, la nuit, le son d'un verrou poussé, une voix d'homme, — et le même mot : « Quoi ? » Puis la sonnette d'un prêtre. Rien de plus. Mais l'ennui l'obligeait à penser, et les condamnés ne pensent qu'à la mort.

Un gardien emmena Hernandez au bureau de la police spéciale, et resta avec lui : l'officier n'était pas là. Encore une fenêtre ouverte sur la cour, sur la même ronde des mêmes prisonniers.

Ceux qui n'avaient pas encore été « jugés » étaient dans le patio ; les condamnés à mort, dans les cachots. Hernandez essaya de regarder, à travers la cour, ceux dont la grille faisait face à la fenêtre. Trop loin. Il ne distinguait que la partie des mains crispées sur les barreaux qui, elle, était dans la lumière.

Derrière la grille, rien : l'ombre. Et d'ailleurs, il ne tenait pas tellement à voir : c'était avec la vie qu'il voulait échanger des regards, ce n'était pas avec la mort.

Le chef de bureau, un officier d'une cinquantaine d'années, avec le très long cou, la petite tête et les moustaches de Queipo de Llano, entra, tenant à la main le portefeuille de Hernandez.

— C'est bien votre portefeuille ?

— Oui.

Le policier en tira une liasse de billets.

— Ce sont bien vos billets ?

— Je n'en sais rien. Il y avait des billets dans mon portefeuille, en effet...

— Combien ?

— Je n'en sais rien.

Le policier leva les yeux au ciel, reconnaissant bien là le désordre des rouges, mais se tut.

— Sept à huit cents pesetas, dit Hernandez, levant l'épaule droite.

— Reconnaissez-vous ce billet ?

Le policier à la tête d'épingle observait Hernandez, croyant sans doute aux signes révélateurs. Hernandez, las jusqu'à l'indifférence, examina le billet, et sourit amèrement.

Ce qui avait intrigué le service spécial, c'était un billet sur lequel, au milieu de traces confuses et sans doute privées de sens, une ligne brisée, tracée au crayon en montant et en descendant — un A sans barre — semblait un signe.

C'était un dessin de Moreno. Il n'était quand même pas parti en France, mais au front du Tage. Moreno répétait : « Les types parlaient de tout, dans la cour de la prison, mon vieux. Jamais de politique. Jamais. Celui qui en serait venu à dire : J'ai défendu ce que j'ai cru juste, j'ai perdu, payons, aurait fait le vide dans la cour. On meurt tout seul, Hernandez, souvenez-vous de ça. »

Pensaient-ils à la politique, ou à des canons de fusils braqués, ou à rien, ceux qui marchaient au delà de cette fenêtre ?

Hernandez avait dit : « Je n'attache pas à la mort une telle importance. La torture, oui... — J'ai demandé, avait répondu Moreno, à ceux de ma prison qui avaient été torturés ce qu'ils pensaient, pendant. Ils m'ont presque tous répondu : « Je pensais à *après*. » Même la torture est peu de chose à côté de la certitude de la mort. La chose capitale de la mort, c'est qu'elle rend irrémédiable ce qui l'a précédée, irrémédiable à jamais ; la torture, le viol, suivis de la mort, ça c'est vraiment terrible. Voyez-vous... » Moreno avait commencé à dessiner dans le blanc du billet : « Toute sensation est comme ça — aussi terrible qu'elle puisse être. Mais ensuite... »

— Vous reconnaissez le billet ? demanda de nouveau le policier. Le sourire de Hernandez le déconcertait.
— Oui, bien entendu.
Hernandez l'avait posé sur la table par distraction : on ne payait pas à la Permanence des Milices.
— Qu'est-ce que signifient ces signes ?
Hernandez ne répondit pas.
— Je vous demande ce que ça signifie ?
Donc, des hommes se prenaient au sérieux. Hernandez regardait cette petite tête, ce cou : quand l'homme serait mort, le cou serait plus long. Et il mourrait tout comme un autre. Plus péniblement que par un peloton, peut-être ; pauvre idiot !
Devant la fenêtre, les prisonniers passaient en détournant le regard.
— Un des nôtres, dit enfin Hernandez avec le même sourire amer, évadé d'une de vos prisons, condamné à mort depuis plus d'un mois, m'expliquait que tout, dans la vie, peut être compensé ; en parlant, il faisait ces deux lignes dont l'une représentait le malheur, si vous voulez, et l'autre sa compensation. Mais, que la... tragédie de la mort est en ceci qu'elle transforme la vie en destin, qu'à partir d'elle rien ne peut plus être compensé. Et que — même pour un athée — là est l'extrême gravité de l'instant de la mort.

« Il se trompait, d'ailleurs », ajouta Hernandez plus lentement. Il avait l'impression de faire une conférence.
A son tour, le policier ne répondit pas aussitôt. Avait-il

compris ? Si oui, il avait de la chance. Les idiots comprennent toujours quelque chose. Que les vivants employaient leur temps à des choses absurdes ! S'il voulait avoir des explications supplémentaires, ça allait devenir beau.

Car, malgré son courage, il y avait un mot que Hernandez ne prononcerait pas : torture.

Le policier pensait toujours.

— Question personnelle, dit-il enfin.

Les prisonniers repassèrent.

— Drôle de réflexion pour un officier, reprit le policier ; il aurait mieux fait d'aller au catéchisme.

— Il n'était pas en service.

Hernandez ne souriait pas.

— Et les petits traits ?

— Les petits traits ne signifient rien. Ce sujet de conversation rendait nerveux celui qui me parlait, c'est tout.

Hernandez ne parlait pas agressivement, mais distraitement.

Coup de sonnette. Un des gardes entra.

— Vous pouvez disposer, dit l'officier.

Hernandez pensait toujours à Moreno. A la même table de Tolède, au printemps (époque plus lointaine que celle du Cid), il avait entendu Ramon Gomez de la Serna dire : « Je reconnais que l'homme descend du singe à la façon dont il décortique et mange les cacahuètes... » Où était le temps de l'humour ? Hernandez salua pour sortir, fit un pas vers la porte.

— Halte ! gueula le policier haineux.

« Des ordres spécialement bienveillants ont été donnés en ce qui vous concerne, mais... »

Hernandez, englué dans ses souvenirs, repris par le ton militaire du « Vous pouvez disposer », avait salué, comme il saluait si souvent depuis deux mois à Tolède, le poing fermé. Est-ce qu'on allait discuter là-dessus maintenant ?

— La « bienveillance », dit-il, en cellule de condamné à mort...

« Et pourquoi, d'ailleurs, des ordres spéciaux ? »

L'officier le regarda, stupéfait ou exaspéré :

— Pourquoi voulez-vous que ça soit ? Pour vos beaux yeux ?

Puis une idée se présentant soudain à son esprit, il fit un signe négatif de l'index, comme pour dire : Non, inutile de prendre des précautions avec moi, sourit et dit :

« Je suis au courant... »

— De quoi ? demanda Hernandez calmement.

Le fasciste commençait à le trouver un peu loufoque. Un rouge.

— A cause de votre attitude avec les chefs de l'Alcazar, évidemment.

On ne devient pas du tout fou de dégoût. Hernandez sentit tout à coup sa barbe de quatre jours, sale, qui lui tenait chaud.

Il ne souriait plus, et son visage semblait moins long. Sa main, appuyée à la table, se ferma.

— Souhaitez que ce ne soit pas à recommencer, dit-il en regardant le policier, et en appuyant le poing sur la table. Son épaule tremblait.

— Je ne crois pas que l'occasion puisse s'en représenter pour vous.

Hernandez répondit seulement :

— Tant mieux...

— Question personnelle... Pourquoi avez-vous conservé ce billet ?

— On les conserve généralement jusqu'à ce qu'on les dépense...

Un autre officier entra. Le policier lui remit le billet. Et le gardien ramena Hernandez à son cachot.

CHAPITRE X

Hernandez marche une fois de plus dans les rues de Tolède. Les prisonniers sont attachés deux par deux.

Passe une auto. Deux petites filles ensemble. Une vieille femme qui porte une cruche. Une autre auto, avec des officiers fascistes. Au fait, pense Hernandez, je suis condamné à mort pour « rébellion militaire ». Une autre femme avec un paquet d'épicerie, une autre avec un seau. Un homme avec rien.

Des vivants.

Tous mourront. Il a vu une de ses amies mourir du cancer généralisé ; son corps était châtain, comme ses cheveux ; et elle était médecin. Un milicien, à Tolède, a été écrasé par un tank. Et l'agonie de l'urémie... Tous mourront. Sauf ces Maures qui conduisent les condamnés : les tueurs sont hors de la vie et de la mort.

Au moment où le troupeau débouche sur le pont, le compagnon de Hernandez dit, à mi-voix :

— Lame Gillette. Serre-toi.

Hernandez se serre. Passe une famille (Tiens, oui, il y a des familles.) Un petit garçon les regarde. « Ils sont vieux ! dit-il. — « Il exagère, pense Hernandez. Est-ce la mort qui me donne de l'ironie ? » Passe une femme en noir, sur un âne. Elle ferait bien de ne pas les regarder ainsi si elle ne veut pas montrer qu'elle était avec eux. Hernandez ne sent plus de son long corps que la pression de la corde sur ses poignets. La lame gratte la corde.

— Ça y est...

Hernandez tire doucement. C'est vrai. Il regarde son compagnon : il a une petite barbe, très dure.

— Les nôtres sont encore derrière la crête, dit celui-ci. Au premier croisement.

Le pont est traversé. Au premier remblai, l'homme saute.

Hernandez ne saute pas.

Il est exténué, et aussi de la vie. Encore courir, encore... Qu'y a-t-il de l'autre côté du remblai, des buissons ? On ne voit pas. Il se souvient des lettres de Moscardo. Des Maures sautent aussi, tirent. Mais ils sont trop peu nombreux pour abandonner la colonne. Hernandez ne saura jamais si son compagnon a réussi. Peut-être est-il vivant : les Maures reviennent du remblai sans rire.

Le troupeau marche.

Maintenant, le terrain monte légèrement ; en avant d'un trou allongé dont Hernandez ne voit pas la profondeur, dix phalangistes, l'arme au pied, et un officier. A droite, des prisonniers : avec ceux qui arrivent, ça fera cinquante. Leurs costumes civils sont la seule tache sombre dans le matin rayonnant, où les uniformes kaki des Maures sont de la couleur de Tolède.

Voici donc ce qui l'a si souvent obsédé, l'instant où un homme sait qu'il va mourir sans pouvoir se défendre.

D'apparence, les prisonniers ne sont pas plus gênés de mourir que les Maures et les phalangistes d'avoir à les tuer. Le receveur du tramway est là avec les autres, semblable aux autres maintenant. Tous un peu hébétés, ni plus ni moins que par une grande fatigue. Le peloton d'exécution, lui, est affairé : bien qu'il n'ait rien autre à faire qu'attendre de tirer, fusils chargés.

— Fixe !

Deux fois plus « fixe » que d'habitude ; au commandement, les dix hommes se sont tendus dans la comédie de l'honneur d'obéir. Autour de Hernandez, les cinquante autres regardent dans le vague, déjà au delà de toute comédie.

Trois fascistes viennent prendre trois prisonniers. Ils les mènent devant la fosse, reculent.

— En joue !

Le prisonnier de gauche a les cheveux taillés en rond. Les trois corps, plus longs qu'à l'ordinaire, surplombent ceux qui les regardent et font silhouette sur le célèbre horizon des montagnes du Tage. Que l'histoire est peu de chose en face de la chair vivante — encore vivante...

Ils font un saut périlleux en arrière. Le peloton tire, mais ils sont déjà dans la fosse. Comment peuvent-ils espérer s'échapper ? Les prisonniers rient nerveusement.

Ils n'auront pas à s'en échapper. Les prisonniers ont vu le saut d'abord, mais le peloton a tiré avant. Les nerfs.

Trois autres sont fournis. Il n'est pas possible qu'on fasse sauter les uns après les autres ces cinquante hommes dans cette fosse. Il faut que quelque chose arrive.

L'un des prisonniers amené devant la fosse s'est détourné, et la regarde. D'instinct, il avait fait un pas pour s'en écarter. Se retournant sans lever les yeux, il s'aperçoit qu'il a avancé vers les pieds du peloton allongés vers lui, s'arrête, et, à l'instant où le prisonnier de droite va crier quelque chose, tous trois tombent, les mains au ventre, et basculent : le peloton, cette fois, a tiré plus bas.

Les prisonniers du groupe sont restés immobiles. Aucun écho, aucun cri. Venus de la ville, le braiement désolé d'un âne et la voix d'une marchande d'alcarazas se perdent dans le soleil.

L'un de ceux qui mènent les prisonniers devant le peloton d'exécution est penché sur la fosse, revolver en avant. Il pêche. Le ciel frémit de lumière. Hernandez pense à la propreté des linceuls : l'Europe n'aime plus grand-chose, mais elle aime encore ses morts. L'homme accroupi au bord de la fosse suit du canon de son revolver quelque chose qui bouge, et tire ; imaginer le coup de grâce dans une tête insensible ne vaut pas mieux que de l'imaginer dans une tête mourante. A cette heure, sur la moitié de la terre d'Espagne, des adolescents pris dans la même hideuse comédie tirent dans le même matin éblouissant, et les mêmes paysans, avec les mêmes cheveux en avant, tombent ou sautent dans les fosses. Sauf au cirque, Hernandez n'a jamais vu un homme sauter en arrière.

Trois autres sont debout au même endroit, qui vont bientôt sauter.

Si je n'avais pas fait porter les lettres de Moscardo — si je n'avais pas tenté d'agir noblement — ces trois hommes seraient-ils là ? Deux d'entre eux se tiennent mal : trop en avant, et pas de face. L'un ne sait plus s'il doit se placer de face ou de dos ; on ne sait jamais quelle attitude avoir au départ du train... pense Hernandez hystériquement. Quoi, si j'avais agi autrement, qu'est-ce que ça aurait changé ? Des types qui agissaient autrement, il n'en manquait pas !

Les ordonnateurs des pompes funèbres reviennent vers les trois maladroits, les prennent par les épaules, sans brutalité d'ailleurs, les disposent. Et les prisonniers semblent les aider, — s'efforcer de comprendre ce qu'on veut d'eux, s'y conformer. « On dirait qu'ils vont à l'enterrement. » Ils vont au leur.

« Dix-sept, dix-huit, dix-neuf, vingt... » Les prisonniers sont sur trois rangs ; celui qui compte, compte ceux qui doivent être fusillés avant lui. « Non : dix-sept, dix-huit, dix-neuf. »

Il n'arrivera pas à les compter. Hernandez va se retourner pour lui dire le chiffre exact. Mais ce n'est ni dix-neuf ni vingt : c'est dix-sept. Hernandez se tait. Un autre a dit quelque chose : mourir, sans doute. « Ah ! ça va, répond une autre voix, fous-nous la paix : y a pire... »

Pourvu que ce ne soit pas un rêve, qu'il ne faille pas encore recommencer !...

Aura-t-on bientôt fini de disposer ces prisonniers comme pour une photo de mariage, devant les canons de fusils horizontaux ?

Tolède rayonne dans l'air lumineux qui tremble au ras des monts du Tage : Hernandez est en train d'apprendre de quoi se fait l'histoire. Une fois de plus, dans ce pays de femmes en noir, se lève le peuple millénaire des veuves.

Qu'est-ce que ça veut dire, la noblesse de caractère dans une action comme celle-là ? La générosité ?

Qui paye ?

Hernandez regarde la glaise avec passion. O bonne terre inerte ! Il n'y a de dégoût et d'angoisse que chez les vivants.

Le plus affreux, des prisonniers, c'est leur courage. Ils sont obéissants ; ils ne sont pas passifs. Comme l'image de l'abattoir est bête ! on n'abat pas les hommes, — il faut se donner la peine de les tuer. Hernandez pense à Pradas, à la générosité. Les trois prisonniers sont enfin de face : la photo est décidément prête. La générosité, c'est d'être vainqueur.

Décharge. Deux tombent dans la fosse, un en avant. L'un des organisateurs de la mort approche. Va-t-il pousser le corps du pied ? Non, il se baisse, le tire par le bras et la jambe ; le corps est lourd (le terrain monte) : ce mort-là aura été embêtant jusqu'à la fin. Au trou. Est-ce que ça va encore durer ?

On s'habitue, à droite à tuer, à gauche à être tué. Trois nouvelles silhouettes sont debout là où se sont trouvées toutes les autres, et ce paysage jaune d'usines fermées et de châteaux en ruines prend l'éternité des cimetières ; jusqu'à la fin des temps, ici, trois hommes debout, sans cesse renouvelés, attendront d'être tués.

— Vous l'avez voulue, la terre ! crie un des fascistes. Vous l'avez !

L'un des trois est le receveur du tram ; le soleil brille sur l'étoffe luisante de son épaule droite, sur le paletot qui l'a fait condamner à mort. Il ne proteste plus. Il attend. Comme les autres, il s'est laissé placer sans rien dire. « Je me fous de votre politique d'enfants de putains. » Avec le même mouvement que celui des fusils qui se lèvent, il lève le poing pour le salut du Front populaire. C'est un petit homme chétif, qui ressemble aux olives noires.

Hernandez regarde cette main dont les doigts seront avant une minute crispés dans la terre.

Le peloton hésite, non qu'il soit impressionné, mais parce qu'il attend qu'on ramène ce prisonnier à l'ordre — à l'ordre des vaincus, en attendant celui des morts. Les trois ordonnateurs s'approchent. Le receveur les regarde. Il est enfoncé dans son innocence comme un pieu dans la terre, il les regarde avec une haine pesante et absolue qui est déjà de l'autre monde.

Si celui-ci s'en tirait... pense Hernandez. Il ne s'en tirera pas, l'officier vient de faire feu.

Les trois suivants vont se placer seuls devant la fosse.

Le poing levé.

— Les mains au corps ! crie l'officier.

Les trois prisonniers haussent les épaules, sous leur poing en l'air. L'officier se baisse, rattache le lacet de son soulier. Les trois hommes attendent. L'officier se relève, hausse à son tour les épaules et commande le feu.

Trois autres, dont Hernandez, montent, dans l'odeur d'acier chaud et de terre remuée.

DEUXIÈME PARTIE

LE MANZANARES

I

ÊTRE ET FAIRE

$$\boxed{I}$$

CHAPITRE PREMIER

La cohue affolée qui avait fui Tolède, les miliciens sans fusil du Tage, les débris des bataillons paysans d'Estrémadure, battaient la gare d'Aranjuez. Comme des feuilles réunies en tourbillon puis hachées par le vent, des groupes arrivés en courant se dispersaient dans le parc de marronniers plein encore de roses grenat, ou arpentaient, comme les fous leur jardin, les allées aux platanes impériaux.

Les déchets des milices aux noms historiques, les Invincibles, les Aigles rouges, les Aigles de la Liberté, s'agitaient sur le tapis de fleurs tombées, aussi épais que l'est ailleurs celui des feuilles mortes, les bras ballants, leurs fusils tirés par le canon comme des chiens, et s'arrêtaient pour écouter le canon se rapprocher de l'autre côté de la rivière. Entre les coups qui montaient du sol, assourdis par l'épaisseur des fleurs de marronniers pourries, on entendait une cloche ancienne.

— Une église, en ce moment ? demanda Manuel.

— On dirait plutôt une cloche de jardinier, répondit Lopez.

— Ça vient du côté de la gare.

D'autres cloches et clochettes, des timbres de vélos, des trompes d'autos, et même des casseroles accompagnaient maintenant la cloche. Les épaves du rêve révolutionnaire, sabres, couvertures rayées, robes de rideaux, fusils de chasse, — et même les derniers chapeaux mexicains — revenaient du fond du parc vers ce tam-tam qui ralliait les tribus.

— Dire que la moitié au moins sont braves... dit Manuel.

— Quand même, disait Lopez, ça c'est fort, tortue : ils n'ont pas bouzillé un seul buste !

Le long du parc, les célèbres bustes de plâtre, éclairés en rose par la réverbération des briques anciennes, étaient intacts sous les platanes de contes. Manuel ne les regardait pas. Tournoyant comme une volière rapportée d'Amérique par les princes pour leur jardin d'Aranjuez, le carnaval dégringolait vers la gare sous les arcades de briques, dans la lumière rose des perspectives royales.

A mesure que Manuel et Lopez se dirigeaient eux aussi vers la cloche, un mot devenait précis : locomotive. Qu'ils n'aillent à Madrid à aucun prix ! pensa Manuel : il n'avait nulle peine à imaginer l'arrivée de dix mille hommes démoralisés, prêts aux plus incroyables bobards, aussitôt après la prise de Tolède, — alors que Madrid s'organisait désespérément.

Ils étaient maintenant tout près de la gare. Drid-Madrid-drid-drid grinçait de tous côtés comme un crissement rageur de cigales.

— Comme ils ont foutu le camp, ils vont raconter que les Maures sont invincibles, dit Lopez : il faut que les Maures soient supérieurement armés, et ainsi de suite, pour qu'eux aient le droit d'avoir foutu le camp, naturellement !

— Ils ont foutu le camp parce qu'on ne les commandait pas. Avant, ils se battaient aussi bien que nous.

Manuel pensait à Barca, à Ramos, à ses camarades du train blindé, à ceux du Tage. Et aussi à un vieux syndicaliste, porte-drapeau d'une manifestation, quelques années plus tôt : la manifestation, arrêtée par des forces de police énormes, avait obtenu le droit de continuer sa marche à condition de rouler les drapeaux. — Roulez les drapeaux ! avaient donc crié les responsables. La voix de Manuel était très forte. Comme il répétait le cri, le vieux l'avait regardé sans rien dire, et son visage signifiait si bien : « Oui, puisqu'il le faut, mais le plus lentement sera le mieux... Tu as encore à apprendre, garçon... » qu'il ne l'avait pas oublié. Ce n'étaient pas toujours les mêmes qui avaient tort. Le lien de Manuel et du prolétariat était fait de trop de souvenirs et de fidélités pour qu'aucune folie pût le rompre — fût-elle aussi grave que celle-ci.

— Le difficile n'est pas d'être avec ses amis quand ils ont raison, dit-il, mais quand ils ont tort...

— Tu peux toujours essayer !

Un barbu qui ressemblait au Négus vu dans une glace allongeante, était monté sur le toit d'une limousine, devant la porte de la gare. L'intérieur, les couloirs, les salles d'attente, bondés ;

sur les quais, impossible d'ajouter un enfant ; et, au-dessus, les immenses arbres de la place.

— Qu'est-ce qui sait conduire une locomotive ? gueulait le barbu. Y a le train. Y a la locomotive. Y a tout !

Silence soudain. Tous attendaient le sauveur.

— ... trenmarche... trenmarche...

— Quoi ?

— ... trenmarche...

L'invisible qui parlait, poussé, porté au milieu des clameurs d'enthousiasme, arriva sur le toit de l'auto.

— ... Mettre en marche... Moi, je sais mettre en marche...

C'était un personnage chafouin et doux, à lunettes, un peu chauve.

— Je vous préviens bien, hein : avec prudence, je peux la diriger.

La température tomba. Manuel et Lopez, pas à pas, approchaient de l'auto.

— T'sais ralentir ? cria une voix.

— Heu..., je crois.

— Les gars, on sautera en marche !

Manuel arrivait sur le toit de la bagnole :

— Et les blessés, cria-t-il, ils sauteront ?

Beaucoup essayaient de grimper sur les épaules des copains. Que voulait-il ? Marcher sur Madrid, ou quoi ? Encore un officier...

— Camarades, attention ! Je suis in...

On ne l'entendait plus. De tous côtés, des interjections hachaient ses mots. Il leva les deux bras, obtint trois secondes de silence, put crier :

— Je suis ingénieur. Je vous dis : vous ne pourrez pas contrôler la machine.

— C'est l'ancien commandant de la motorisée, murmurait-on dans la foule.

— Conduis !

— Je ne sais pas conduire ; mais je sais ce que c'est qu'une machine qu'on ne contrôle pas. Ceux qui partent prennent la responsabilité de la mort de deux mille camarades. Et les blessés ?

Heureusement, le mécanicien bénévole n'inspirait pas confiance.

— Alors quoi ? criait-on dans la foule.

— Propose !

— Accouche !

— Aller à pied ?

— Et si on est coupé ?

— C'est vrai que Navalcarnero est prise ?

— Est-ce que...

— Restons ici ! gueula Manuel.

7

La foule roula sur elle-même avec une rage morne, épuisée. Une centaine de mains en sortirent, s'agitèrent comme les feuilles que le vent brassait au-dessus d'elles, puis rentrèrent dans la mêlée des corps.

— Y a deux jours qu'on a pas à...

— Les Maures s'amènent !

Manuel savait qu'il n'y avait pas d'intendance.

— Qui nous fera bouffer ?

— Moi.

— Qui nous couchera ?

— Moi.

Ça tournait au brise-lames, mais il n'était pas certain que les lames ne fussent pas les plus fortes.

— C'est moins difficile de battre les Maures que d'arriver à Madrid avec un train fou, cria-t-il.

Les mains de nouveau, sortirent de la foule, — fermées : c'étaient des poings. Pas pour le salut.

— Dans un quart d'heure, nous sommes fusillés, dit à mi-voix Lopez, qui venait de monter à son tour sur le toit de l'auto.

— Je m'en fous. Qu'ils ne foutent pas les pieds à Madrid.

Il se souvenait de Heinrich : « Toute situation présente au moins un élément positif ; il faut le trouver et travailler dessus. » Il recommença à hurler :

— Le Parti communiste a donné le mot d'ordre de discipline absolue à l'égard des autorités militaires. Les communistes, levez le bras !

Ils ne se pressaient pas de se faire connaître. Manuel s'aperçut que le petit mécanicien chauve, à côté de lui, portait l'étoile du Parti.

— Ton fusil ? demanda-t-il. Un communiste n'abandonne jamais son fusil.

L'autre le regarda et dit, sans ironie :

— Mais si, tu vois bien...

— Alors, il s'exclut lui-même du Parti. Ton insigne ?

— Mais oui, mon vieux, gueule pas comme ça, le v'là, qu'est-ce que tu veux en foutre ?...

Sept ou huit étoiles lancées de la foule tombèrent sur le toit de la voiture, avec un son misérable, sans force.

— Dans cinq minutes, nous avons des balles dans la gueule, dit Lopez.

— Le moral est trop bas.

Manuel recommença à crier, à pleine voix mais très lentement, pour être sûr d'être entendu :

— Nous avons pris les armes contre le fascisme. Nous savions tous que nous pouvions mourir. Si nous avions été tués à Somo-sierra, nous aurions trouvé que c'était régulier.

« Pourquoi est-ce changé ? Parce que c'est la pagaille.

« Le Parti et le Gouvernement ont dit : discipline militaire d'abord. Nous sommes ici deux commandants ; nous prenons les responsabilités.

« La pagaille est finie.

« Vous mangerez ce soir.

« Vous ne coucherez pas dehors.

« Vous avez des armes et des munitions.

« Nous avons été vainqueurs à Somosierra, nous le serons ici. Combattons de la même façon, c'est tout !

« La rivière est facile à défendre, et les tanks ne peuvent pas passer. »

— ... ons... ons...

« Les avions ? crièrent une dizaine de voix.

— Des tranchées demain matin.

« Des abris souterrains dedans.

« Et l'utilisation des coteaux.

« Il ne s'agit pas d'aller combattre à Madrid, à Barcelone ou au Pôle Nord.

« Ni d'accepter la victoire de Franco, avec la trouille pendant vingt ans, à la merci d'une dénonciation de la putain, de la voisine ou du curé. Souvenez-vous des Asturies !

« Notre nouvelle aviation sera prête dans quelques jours.

« Tout le pays est avec nous : le pays, c'est nous.

« Nous devons tenir ; tenir ici : pas ailleurs.

« Ne pas amener à Madrid une armée de clochards. Et rester avec nos blessés ! »

— Ça suffit.

— On vous trompe encore, cria une voix qui semblait venir des feuilles pourries.

— Qui, on ? D'abord, montre-toi !

Celui qui avait crié ne bougea pas. Manuel savait qu'avec les Espagnols, l'engagement personnel est une chose qui compte.

« Il n'y a pas de on. Il y a nous deux, qui sommes là, qui sommes des combattants du premier jour, qui prenons nos responsabilités.

« Je vous dis : vous serez couchés, vous mangerez. Vous savez que c'est un camarade qui vous parle. Nous étions ensemble au 18 juillet. Vous êtes démoralisés, mal armés, vous n'avez pas bouffé. Mais, parmi vous, il y en a qui attaquaient les canons avec des autos, la Montagne avec un bélier, les fascistes de Triana avec des couteaux, ceux de Cordoue avec des frondes. Dites donc, les gars, est-ce que c'était pour vous débiner maintenant ? D'homme à homme, je vous dis : malgré vos gueulements, moi, je vous fais confiance.

« Si demain vous n'avez pas ce que je vous promets, tirez sur moi. Jusque-là, faites ce que je vous dis. »

— Ton adresse !

— Aranjuez n'est pas grand. Et je n'ai pas d'escorte.

— Qu'il dise...

— Assez ! Je m'engage à vous organiser, vous vous engagez à défendre la République. Ceux qui sont d'accord ?

Sous un remous de feuilles mortes jusqu'au haut des platanes, la foule ondula comme si elle eût cherché un chemin. Les têtes baissées se balançaient de droite à gauche, tirant les épaules comme dans une danse sauvage, sous les mains surgies, doigts écartés. Lopez découvrait que l'autorité d'un orateur ne vaut que par ce qu'il y a dessous. Quand Manuel avait dit : Je vous fais confiance, tous avaient senti que c'était vrai ; et ils avaient commencé à choisir la meilleure part d'eux-mêmes. Tous le sentaient résolu à les aider, et beaucoup le savaient bon organisateur.

— Les communistes, approchez du camion, à droite. Vous n'avez pas plus de droits que les autres, mais vous avez plus de devoirs. Ça va.

« Les volontaires, amenez-vous à gauche. »

— Creusons les tranchées tout de suite, cria une voix dans le brouhaha.

— Tu iras aux tranchées quand les responsables te le diront.

Maintenant, ils voulaient tous faire quelque chose ; ils se bousculaient pour se précipiter dans l'ordre comme ils avaient voulu se précipiter dans le train.

— Les responsables de milices ou de partis, faites évacuer la salle d'attente et occupez-la. Je vais vous donner les instructions pour prendre les lits et la nourriture. Les autres camarades, restez là : chacun va prendre sa paillasse ou son plumard.

Il sauta de la bagnole, suivi de Lopez.

— Ça va recommencer dans cinq minutes, non ? demanda celui-ci.

— Non ; il faut qu'ils aient quelque chose à faire jusqu'à ce qu'ils soient couchés. Ça ira. Tu restes là.

— Qu'est-ce que je vais foutre ?

Lopez avait peu d'illusions sur ses qualités de chef.

— Les faire se compter. C'est raisonnable, puisque je vais les faire coucher. Que chaque responsable réunisse les gars de sa milice ou de son organisation, et qu'il te donne leur nombre. Ils seront regroupés, et ça me donnera une heure. Il y a au moins quinze cents types.

— Bon, allons-y.

Lopez était incapable, mais avec courage et bonne volonté.

Manuel, affalé sur une cathèdre dans la cellule du supérieur d'un couvent, regardait, non sans hébétude, les bustes de plâtre du parc luire faiblement dans la nuit de jardin persan. Lopez proposait d'emporter les bustes à Madrid, et de les remplacer après la victoire par des animaux « significatifs ». Mais Manuel n'écoutait pas. Dès qu'il avait quitté Lopez, il avait filé au comité de Front populaire. Là, il avait trouvé quelques débrouillards qui connaissaient bien la ville. Ils lui avaient déniché ce

couvent, réuni six cents paillasses, lits ou matelas. Les petites
filles de l'orphelinat, couchées par deux, avaient fourni la moitié
de leur literie ; tout ce qui restait de disponible dans les couvents, casernes ou corps de garde avait été apporté. Pour les
autres, de la paille et des couvertures.

Au milieu de son travail, une délégation était arrivée ; élue
par les soldats pour les rapports entre eux et le commandement.
Maintenant, tous étaient couchés. Il était dix heures. Du Parti
communiste, du V⁰ corps et du ministère de la Guerre, Manuel,
vissé une heure et quart au téléphone, avait reçu la promesse
d'un ravitaillement pour trois jours. Pendant ce temps, il organi-
serait l'intendance. Mais les camions n'arriveraient qu'à l'aube.
Quelques-uns, pourtant, étaient partis : de quoi nourrir deux
cents hommes. Manuel avait fait annoncer qu'on mangerait à
onze heures.

Il attendait aussi du V⁰ corps des soldats assez instruits pour
être instructeurs à leur tour, ou former la base du nouveau
régiment.

On frappa. C'était la délégation qui revenait.

— Quoi ! dit Manuel, entouré d'une auréole de Vierges et de
Sacrés-Cœurs, qu'est-ce qui ne marche pas encore ?

— Ce n'est pas ça. Ce serait plutôt le contraire. Voilà : toi et
ton copain, vous n'êtes pas des militaires, bien que vous soyez
commandants : ça se voit. Nous, d'un côté, on aime mieux ça.
Tu as dit des choses justes : qu'on n'a pas fait tout ce qu'on
a fait jusqu'ici pour finir comme ça. Ce que vous avez promis,
vous l'avez tenu, jusqu'ici. On sait bien que c'était pas facile.
Alors, nous, la délégation — et les gars —, on a réfléchi, de
notre côté. Tu comprends ? On a trouvé que, pour la question du
train, par exemple, vous n'aviez pas tort.

Le porte-parole était un menuisier aux moustaches grises
tombantes. Au fond du parc, les rossignols célèbres chantaient de
leur voix grave.

« Alors voilà : on s'est dit que si on faisait un contrôle, pour
protéger la gare, l'histoire d'aujourd'hui, elle risquerait pas de
se reproduire. Les hommes, on les a. Alors, on vient te proposer
le contrôle. »

Derrière celui qui parlait, ses trois compagnons en monos,
droits sur le fond blanc de la cellule : un devant, trois derrière ;
jadis, les délégations ouvrières étaient formées ainsi. La conscience qu'avaient ces hommes de représenter des vies, des faiblesses et des responsabilités, de représenter les leurs en face
d'un des leurs, était si évidente que la révolution, dans sa part la
plus simple et la plus lourde, était entrée avec eux : la révolution,
pour celui qui parlait, c'était le droit de parler ainsi. Manuel
l'étreignit, à l'espagnole, et ne dit rien.

Pour la première fois, il était en face d'une fraternité qui prenait la forme de l'action.

— Maintenant, bouffer ! dit-il.

Tous descendirent ensemble. Comme l'avait espéré Manuel, dans les dortoirs et les salles voûtées, sous les statues bleu pâle et or des saints restés là (des drapeaux rouges aux lances des saints guerriers), les hommes épuisés dormaient d'un sommeil de guerre. « Ceux qui veulent manger ? » demanda Manuel — pas trop fort. La réponse fut le grognement d'un groupe exténué : il n'aurait pas cent hommes à nourrir. Les camions de Madrid suffiraient. Les talons de ses bottes sonnant sur les dalles d'une sonorité d'église, il avait honte et envie de rigoler.

Quand le repas fut terminé, il repartit au comité de Front populaire. Il fallait organiser cette nuit l'armurerie, trouver du savon, désigner dès l'aube les nouveaux cadres. « Drôle, qu'on fasse aussi la guerre avec du savon. » Il ne voyait pas les arbres dans la nuit, mais il sentait, très haut au-dessus de lui, la profusion de leurs feuilles qu'arrachait maintenant le vent de la nuit. Un faible parfum venait des roseraies, enfoui sous l'odeur amère des buis et des platanes, comme portée par le gong étouffé du canon, de l'autre côté de la rivière. Les camions n'arrivaient pas encore.

Ceux du Comité veillaient aussi.

Quand Manuel revint, on l'arrêta à la porte du couvent.

— Qu'est-ce que vous foutez-là ? demanda-t-il, s'étant fait reconnaître.

— Le piquet de garde.

Combien de coups de main fascistes avaient réussi par l'absence de piquets ! Dans la faible lueur qui venait du couvent, Manuel regardait les canons des fusils au-dessus des manteaux confus : la première garde spontanée de la guerre d'Espagne.

CHAPITRE II

Nuit du 6 novembre.

Trois multiplaces sont réparés. Celui de Magnin, qui maintenant s'appelle le *Jaurès,* arrive au-dessus des Baléares nocturnes ; depuis une heure, il est seul sur la mer. Attignies pilote. Autour des lumières mal éteintes de Palma, le tir antiaérien éclate de tous côtés contre l'avion invisible ; la ville, en bas, se défend comme un aveugle qui hurle. Magnin cherche dans le port un croiseur nationaliste et des transports d'armes. De grands coups de phares coupent la nuit devant et derrière lui, se croisent. Attraper une mouche avec des baguettes, pense-t-il, tendu. Sauf au poste de pilotage, l'obscurité du multiplace est complète.

Combattent-ils l'ennemi ou le froid ? Plus de dix degrés au-dessous. Les mitrailleurs détestent tirer avec leurs gants, mais l'acier des mitrailleuses brûle de froid. Les bombes éclairent en orangé les geysers nocturnes. On ne saura que par le ministère de la Guerre si les bateaux ont été touchés...

Chacun regarde éclater autour de lui les obus antiaériens, la face gelée, le corps dans la chaleur de sa combinaison fourrée, — solitaire jusqu'au fond de l'obscurité de la mer.

L'avion s'allume tout à coup. « Éteignez, bon Dieu ! » crie Magnin ; mais, sur le visage et le serre-tête d'Attignies, il vient de voir les ombres des fenêtres de l'avion : il a donc été éclairé du dehors.

Le phare de la D. C. A. revient, reprend l'avion ; Magnin voit la bonne tête de Pol, le dos de Gardet barré par le petit fusil. Ils ont fait le bombardement des bateaux dans l'obscurité, évité le tir antiaérien dans une obscurité d'orage traversée des éclairs bleus des obus. La fraternité des armes remplit la carlingue avec cette lumière menaçante : pour la première fois depuis qu'ils sont partis, ces hommes *se voient*.

Tous sont penchés vers le phare éblouissant auquel les rive la barre de lumière, — et qui les vise. Tous savent que, sous le foyer, il y a un canon.

En bas, des lumières qui s'éteignent, des avions de chasse qui décollent sans doute, — et la nuit jusqu'à l'horizon. Et, au centre de toute cette obscurité, l'avion qui descend en vrille secoue comme une grenaille, sans parvenir à se décoller du phare, ses sept hommes éclairés au magnésium.

Magnin a sauté à côté d'Attignies, qui tire sur son manche, les yeux fermés pour fuir cette lumière foudroyante. Avant trois secondes, les antiaériens tireront.

Dans la carlingue, tous ont mis la main gauche à la boucle de leur parachute.

Attignies vire, dents serrées, les doigts de pied crispés sur les commandes, souhaitant être dans un avion de chasse de tout son corps, et jusque de chaque orteil : le multiplace tourne comme un camion. Et la lumière est là.

Le premier obus. A trente mètres : l'avion bondit. Les canons antiaériens vont rectifier. Magnin arrache l'oreillette du serre-tête d'Attignies.

— Orage ! crie le pilote, montrant le mouvement de la main.

C'est la manœuvre qu'on emploie pour se libérer du vent d'ouragan, quand les commandes ne répondent plus : piquer de tout le poids de l'avion.

Magnin proteste frénétiquement des moustaches, dans le fracas du moteur et la lumière blanche : le phare suivra le piqué. Il montre, de la main aussi, la glissade sur l'aile, suivie d'un virage.

Comme s'il tombait, Attignies semble déraper avec un bruit de ferraille et de chargeurs qui roulent dans la carlingue. Il tombe jusqu'à la nuit, tourne, file en S. Au-dessus et au-dessous, le phare coupe, coupe, comme un aveugle qui tâtonnerait avec un sabre.

L'avion est maintenant au delà de toute action du phare, — perdu de nouveau dans la nuit protectrice. Comme dans le sommeil, l'équipage qui a repris sa place s'enfonce dans la détente qui suit tout combat, dans l'obscurité glacée de la mer sans phares ; mais chacun est habité par les visages fraternels un instant apparus.

Après un court arrêt à Valence entre les bois d'orangers, Magnin avait quitté à Albacète le *Jaurès,* qui continuait sur Alcala-de-Hénarès. C'était le dernier champ dont les républicains disposassent vers Madrid. Une partie de l'escadrille demeurait à Albacète pour l'essai des avions réparés ; l'autre combattait à Alcala.

Les brigades internationales se formaient à Albacète. Dans cette petite ville rose et crème sous le matin froid qui annonçait l'hiver, des milliers d'hommes animaient comme une kermesse un marché de couteaux, de quarts, de caleçons, de bretelles, de souliers, de peignes, d'insignes ; une queue de soldats marquait chaque magasin de chaussures et de bonneterie. Un colporteur chinois proposait sa pacotille à un factionnaire qui lui tournait le dos. Le factionnaire se retourna, et le colporteur fila : ils étaient tous deux Chinois.

Quand Magnin arriva au Centre des brigades, le délégué qu'il cherchait était au camp d'instruction, dont il ne reviendrait pas avant une heure. Magnin n'avait pas déjeuné. Il entra au premier bar.

Dans une cohue, un ivrogne hurlait. Malgré les précautions, arrivaient aux brigades des types de tout acabit. Éliminés, expédiés par le train de midi, ils assommaient chacun la matinée durant. Tous les clochards de Lyon avaient été un jour expédiés aux brigades, mais arrêtés à la frontière et renvoyés à leur gare de départ ; les brigades étaient formées de combattants, non de figurants de cinéma.

— J'en ai marre ! gueulait l'ivrogne. Marre ! Moi qui ai fait la traversée de l'Atlantique en pilotant le prince de Monaco, moi un vieux légionnaire ! Tas de salauds ! bande de vaches ! révolutionnaires à la mie de pain !

Il avait jeté un verre par terre et en piétinait les morceaux.

Un socialiste se leva, mais un second extravagant l'arrêta de la main.

— Laisse : c'est mon copain. Tu vas voir. Il est noir, alors c'est facile.

Le copain vint derrière le casseur de verre, et commanda :

— A vos rangs, fixe !

« Garde à vous ! »

Mouvements que l'ivrogne exécuta aussitôt.

— A droite, droite !

« En avant, 'arche ! »

Et l'ivrogne de se diriger vers la porte et de sortir.

« Pas plus difficile que ça », dit le copain, qui revint à son cognac.

Magnin cherchait quelques visages de connaissance, et n'en trouvait pas. Il monta au premier étage. Sous le portrait du propriétaire du bar, trois mercenaires de l'aviation jouaient aux osselets par terre.

Bon nombre de mercenaires étaient repartis en France. Ceux-ci tournaient le dos à Magnin, attentifs à leurs osselets dans l'air du matin froid. La fenêtre était ouverte ; accompagnant le roulement des gros osselets d'Espagne, un martèlement entra, aussi net que celui des fers de chevaux, mais ordonné comme celui des battoirs et des forges : c'était le piétinement assourdi des troupes. Le mercenaire qui venait de lancer les osselets était resté la main en l'air : ses osselets continuaient à trembler. Le martèlement des bottes, maintenant sous les fenêtres, faisait trembler les maisons de pisé : le jeu même était secoué par le rythme de la guerre.

Magnin alla à la fenêtre : encore en civil, mais chaussés de chaussures militaires, avec leurs faces têtues de communistes ou leurs cheveux d'intellectuels, vieux Polonais à moustaches nietzschéennes et jeunes à gueules de films soviétiques, Allemands au crâne rasé, Algériens, Italiens qui avaient l'air d'Espagnols égarés parmi les internationaux, Anglais plus pittoresques que tous les autres, Français qui ressemblaient à Maurice Thorez ou à Maurice Chevalier, tous raidis, non de l'application des adolescents de Madrid, mais du souvenir de l'armée ou de celui de la guerre qu'ils avaient faite les uns contre les autres, les hommes des brigades martelaient la rue étroite, sonore comme un couloir. Ils approchaient des casernes, et ils commencèrent à chanter : et, pour la première fois au monde, les hommes de toutes nations mêlés en formation de combat chantaient l'*Internationale*.

Magnin se retourna ; les mercenaires avaient repris leur jeu. Eux, on ne la leur faisait pas.

Maintenant, il espérait pouvoir transformer l'aviation étrangère. Il avait dû passer plus de quinze jours à Barcelone pour organiser l'atelier de réparations, et son absence n'avait pas peu contribué à la pagaille des pélicans. Mais avant une semaine, six multiplaces récupérés seraient en état de vol.

Le délégué auquel il avait affaire rentrait avec les hommes qui passaient sous la fenêtre. Magnin repartit vers l'état-major des brigades, les sourcils en accent circonflexe, ruminant son idée de derrière la tête.

CHAPITRE III

— Non mais, excuse-moi, ça va durer longtemps ?

En combinaison, tirant de son serre-tête une dignité romaine, Leclerc gueulait et faisait le moulin à vent au milieu de son équipage, sur le champ d'Alcala. A trente mètres, hors de portée de voix, un ami de Sembrano, Carnero, chef de groupe, observait à la jumelle le ciel de Madrid. Un temps de chien.

— Peut pas se grouiller ! Moi, les Fridolinis, même qu'ils auraient la fantaisie de se travestir en archanges...

Pour Leclerc, Allemands et Italiens étaient indistinctement des Fridolinis.

Carnero monta, et son appareil alla se mettre en ligne de départ. Le carburateur de son avion était déréglé et il commandait le *Jaurès,* avec un équipage espagnol. Leclerc, puis un multiplace espagnol suivirent. Déjà la chasse républicaine, misérable, tournait au-dessus d'Alcala : quelques avions étaient arrivés d'Amérique — toujours sans mitrailleuses modernes. Les gouvernementaux continuaient à se battre avec les Lewis espagnoles de 1913.

Depuis que son Orion avait été démoli et qu'il pilotait le *Pélican I,* fait des morceaux de deux autres, Leclerc avait renoncé au chapeau gris et tirait de son serre-tête de cuir des effets consulaires.

— Et la thermos ? demanda le mitrailleur-avant du *Pélican I,* qui ne la voyait pas à côté du siège de Leclerc.

— Aujourd'hui, excuse-moi, je me fais une césarienne : c'est trop sérieux.

Quelques minutes plus tard, les trois avions et leur chasse étaient au-dessus de Madrid. L'ennemi occupait les champs où avaient vécu les pélicans, sauf Barajas. Sur toutes les routes, une animation inextricable ; en avant de Gétafé, un pré transformé en parc à camions. Et tout cela si peu protégé qu'il semblait impossible que ce fût ennemi. Leclerc, de l'extrême droite de la formation, regardait avec soin les deux autres avions qui sans cesse disparaissaient dans les nuages très bas. Au-dessus, la chasse de protection. Un instant, les nuages s'approchèrent à tel point de terre qu'il fallut les survoler ; entre deux couches grises, les silhouettes des avions en ordre de combat emplissaient de guerre le grand vide blême. La formation sortit des nuages sur le parc de camions. Des deux côtés, les routes n'étaient qu'autos de Franco collées l'une à l'autre. La colonne motorisée du Tage touchait aux portes de Madrid.

La chasse fasciste tomba des nuages supérieurs : sept Fiat
de face, reconnaissables sans équivoques au W qui reliait leurs
plans. Le groupe le plus élevé de la chasse gouvernementale
donna toute sa vitesse et fila à leur rencontre.

Le tir de barrage ennemi commença.

La défense antiaérienne allemande était arrivée à Madrid en
masse. Les obus des canons-revolvers éclataient à cinquante
mètres les uns des autres ; Leclerc se disait que son avion avait
vingt-six mètres d'envergure. Même en 1918 il n'avait pas vu
un pareil barrage. Les pointeurs allemands ne visaient pas les
multiplaces, mais tiraient à quelques centaines de mètres en
avant, à leur hauteur exacte, si bien que ceux-ci semblaient se
jeter d'eux-mêmes dans le tir. Bien au delà, les deux chasses
commençaient le combat. Leclerc piqua : le tir descendit.

— Ils ont des télémètres ! dit le bombardier.

A peine Leclerc voyait-il le combat des avions de chasse, dont
les trajectoires enchevêtrées donnaient à la fois l'impression de
la chute et de l'acrobatie.

Les mitrailleurs épiaient le combat, le bombardier la terre ;
Leclerc ne quittait plus des yeux l'avion de Carnero, qui montait,
descendait, obliquait, et rencontrait toujours devant lui le tir de
barrage, qui soudain se rapprocha. Leclerc, attaché à l'avion du
chef de groupe dans le déchaînement général, comme un aveugle
à son conducteur, possédé par le sentiment de ne plus faire qu'un
avec lui, se jetait dans le barrage avec une fatalité de tank.

Le barrage arriva à cent mètres.

Obus et avions se rapprochèrent d'un coup ; l'avion de Leclerc
sauta de dix mètres ; le *Jaurès,* cassé par le milieu, lança comme
des graines ses huit occupants dans le ciel plombé. Leclerc eut
l'impression qu'un bras sur lequel il s'appuyait venait d'être
coupé ; devant les points noirs des hommes qui tombaient autour
d'un seul parachute ouvert, il voyait les faces terrifiées de son
bombardier et du mitrailleur-avant : il vira plus court et fila
pleins gaz sur Alcala.

« Jamais vu ça même pendant la guerre », répétait Leclerc
depuis qu'il avait coupé les gaz pour l'atterrissage. Réunis
autour de lui sur le champ, ceux de l'équipage ne répondaient
rien. Leclerc, la bouche tragique et l'œil de celui qui revient de
l'enfer, partit d'un pas de légionnaire pour le poste de commandement.

Vargas l'y attendait, assis dans un fauteuil, ses longues jambes
allongées, son visage étroit tourné vers le ciel bas qui emplissait
la fenêtre. Maintenant, Vargas était en uniforme.

Leclerc, héroïque, commença à rendre compte de sa mission.
Quand il fut arrivé à la chute de l'avion de Carnero :

— Quelles étaient vos instructions ? demanda Vargas.

— Le bombardement de la colonne de Gétafé.

— Des camions étaient déjà *en avant* du parc automobile, ils montaient en ligne ?

— Oui. Mais pas question de passer, à cause du barrage. La preuve, Carnero !

Quand Leclerc n'osait plus parler son langage particulier, il ne devenait pas simple, il devenait administratif.

— Le barrage était à la hauteur du parc ? répéta Vargas.

— Oui...

— Mais il y avait des camions *en avant,* vers vous ?

— ... Oui.

— Dites-moi, pourquoi êtes-vous rentré avec vos bombes ?

Leclerc venait de prendre conscience qu'il s'était enfui.

— Il y avait la chasse ennemie...

Tous deux savaient que les chasses s'étaient battues à deux kilomètres de là ; et, même attaqué, Leclerc eût dû faire son bombardement, parallèlement au barrage : aux chasseurs de combattre. Magnin avait dirigé plusieurs bombardements de lignes en plein combat.

— Vous êtes bien rentré avec vos bombes, n'est-ce pas ? demanda Vargas.

— Ben, c'était pas la peine de les lâcher au hasard, sur les nôtres... En plus, le moteur tapait.

Vargas souffrait d'autant plus de l'entendre répondre comme un gosse qui a sauté le mur qu'il pensait que Leclerc, en général, n'était nullement un lâche.

Il donna l'ordre de faire entrer le chef des mitrailleurs, le bombardier et le mécanicien, qui attendaient.

— Le moteur ? demanda-t-il.

Le mitrailleur et Leclerc se tournèrent vers le mécanicien.

— Ben, pas parfait... répondit celui-ci.

— Quoi ?

— Un peu tout...

Vargas se leva.

— Ça va, je vous remercie.

— On pouvait pas faire le bombardement, dit Leclerc.

— Je vous remercie, répéta Vargas.

CHAPITRE IV

Magnin étant à Albacète, Scali, en uniforme pour la première fois, selon les instructions du Ministère, se trouvait commander le camp : ceux qui eussent dû le commander étaient, l'un à l'hôpital, l'autre, Karlitch, à Madrid pour organiser de toute

urgence des sections de mitrailleurs. Dans l'escadrille internationale comme dans la moitié de l'armée espagnole, l'absence de
tout moyen de contrainte limitait le commandement à l'autorité
personnelle de celui qui commandait. Sur ce champ, deux
hommes étaient obéis : Magnin, et le chef des pilotes, un garçon
tout jeune, ami de tous, et qui avait descendu quatre avions
fascistes. Mais il était occupé, depuis la veille, à commander sa
fièvre et son bras coupé.

Scali était en train de constater en rigolant que sur le ventre
rose de Raplati un pélican avait imprimé le tampon de l'escadrille,
pour que le chien ne se perdît pas, quand on l'appela au téléphone.

— Je vous renvoie un de vos pilotes.

C'était Sembrano qui parlait.

Sans doute le pilote était-il parti depuis assez longtemps ; car
quelques minutes plus tard arrivait dans un camion Leclerc,
ficelé comme un saucisson, entre quatre miliciens, baïonnette au
canon. Le chef mitrailleur du *Pélican I* et le mécanicien l'accompagnaient, moins saouls. Les miliciens repartirent.

En quittant Vargas, Leclerc, résolu à se saouler à mort, avait
emmené ses deux copains ; mis d'autorité en marche, sans un
mot, une auto du champ, et filé à Barajas où il savait qu'on lui
donnerait à boire. Toujours en silence, il avait bu six pernods.

Puis, il avait commencé à parler.

Résultat : le camion.

Il dessaoulait doucement. Scali, le chien sous le bras, se
demandait ce qu'il allait faire si Leclerc devenait furieux. Ce
grand singe aux mèches de clown et aux mains trop longues
était certainement très fort. Scali était résolu à ne rappeler les
miliciens qu'à la dernière extrémité. Les pélicans présents regardaient Leclerc d'un peu loin, partagés entre l'hostilité et la rigolade. Attignies était d'abord parti, mais il revenait, silencieux ;
Scali comprit que c'était pour lui prêter main-forte, si besoin
était. Il posa enfin le chien par terre.

Pendant qu'on déliait Leclerc, celui-ci avait commencé un
discours :

— Parfaitement ! Je suis un râleur et un dur. C'est la qualité
éminente de la race, celle qui fait les révolutions, tu m'as
compris ? Et puis tu m'excuseras, mais les pilotins de ton genre,
semi-dignitaires municipaux en retraite, je les emmerde. Des
simples. Je suis un vieux communiste, moi, et pas une gueule à
galons ni un saucisson à ficelles. Alors, toi, tu vas venir m'expliquer le coup ? C'est la glande endocrine qui te travaille ?

« J'sais ce que c'est que les types à Franco, depuis que l'armée
Wrangel et tous les déclassés sont arrivés nous concurrencer
dans le taxi. Avant Franco, que je l'ai su ! Un communiste
d'avant-guerre, que je suis. »

— D'avant la scission, dit doucement Darras ; allons, mon

gars, ça va, on sait bien que t'as rien à voir avec le Parti. Ça n'empêche pas d'être un bon type, mais t'as rien à voir.

Sa blessure au pied était guérie, et, la veille, il avait exécuté avec Scali une mission semblable à celle que Leclerc venait de manquer.

Leclerc les regarda tous deux : Scali avec ses lunettes rondes, son pantalon trop long dont les jambes bouffaient, son air de comique américain dans un film d'aviation, Darras avec son visage plat et rouge, ses cheveux blancs, son sourire tranquille, ses pectoraux de lutteur. Son mitrailleur et son mécanicien se taisaient.

— Alors, c'est une question de parti, maintenant ? Tu m'as demandé ma carte, pour faire sauter l'usine à gaz, à Talavera ? J'suis un solitaire. Un communiste solitaire. C'est tout. Seulement j'veux qu'on me foute la paix. Et j'suis l'ennemi des alligators qui veulent venir mordre dans mon entrecôte, tu m'as compris ? Talavera, c'est toi, Talavera, dis, c'est toi ?

— Tout le monde sait bien que c'est toi, dit Scali, prenant son bras sous le sien. T'en fais pas : viens te coucher.

Pour lui comme pour Magnin, la fuite de Leclerc était plus de l'ordre de l'accident que de la lâcheté. Et qu'il s'accrochât ainsi au souvenir de Talavera, en ce moment, le touchait. Mais il y a toujours quelque chose de hideux dans la colère ; plus encore dans celle de l'ivresse. Celle de Leclerc donnait à sa face comique une dilatation de narines, un gonflement de lèvres où paraissait la bête.

— Viens te coucher, dit Scali de nouveau.

Leclerc le regarda obliquement, les paupières plissées : sous le masque d'ivrogne, reparut la ruse de quelque aïeul paysan.

— Tu penses que je suis noir, hein ?

Il le regardait toujours, et toujours en coin.

« T'as raison. Allons nous coucher. »

Scali lui donna le bras. A mi-hauteur de l'escalier, Leclerc se retourna :

« Et je les emmerde tous ! Poussières ! »

Au premier étage, il prit Scali dans ses bras :

« J'suis pas un lâche, tu m'entends ! j'suis pas un lâche... » Il pleurait.

« C'est pas fini, tout ça, c'est pas fini... »

Nadal, sous la caution de l'ambassade d'Espagne à Paris, venait, pour le compte d'un hebdomadaire bourgeois, faire un reportage sur les pélicans. Certains s'y prêtaient avec un air supérieur et une concupiscence cachée. L'équipage du *Marat*, Darras, Attignies, Gardet, etc., rédigeait une déclaration. Jaime Alvear, assis au fond de la salle à manger de l'hôtel avec Scali, des lunettes noires à la place de son bandeau, jugeait tout entretien inutile ; assis près d'une fenêtre fermée sur la nuit d'Alcala, il écoutait un poste de radio. House avait dicté trois colonnes.

Nadal, petit garçon trapu et frisé aux yeux presque mauves, eût fait un gigolo possible si tout, en lui, n'eût été trop rond : visage, nez, même ses gestes trop courbes s'accordaient presque enfantinement à ses cheveux trop bouclés. On lui avait parlé de Leclerc comme du personnage le plus haut en couleur parmi les pélicans ; mais, pour Leclerc, les journalistes étaient des types à faire rigoler les mouches ; si l'un d'eux s'adressait à lui, excuse-moi, il lui casserait la gueule. Il était d'ailleurs couché.

Attignies revint avec la déclaration de l'équipage du *Marat* : « *Nous ne sommes venus ici pour aucune aventure. Révolutionnaires sans parti, socialistes ou communistes résolus à défendre l'Espagne, nous combattrons dans les conditions les plus efficaces, quelles qu'elles soient. Vive la liberté du peuple espagnol !* »

Ce qui ne faisait pas l'affaire de Nadal. Son journal était lu, entre autres lecteurs, par plus d'un million de prolétaires : il lui fallait donc, pour son patron, du libéralisme, l'éloge de ces sympathiques aviateurs (les Français surtout), du pittoresque sur les mercenaires, du sentiment sur les autres, un pleur ému sur les morts et les grands blessés (dommage que Jaime... Enfin ! Après tout, il n'était qu'Espagnol), — pas de communisme, et le moins possible de convictions politiques.

Puis, pour son compte personnel, glaner en douce quelques histoires, sexuelles de préférence : le plus intéressant du reportage romanesque, c'est le retour.

Il s'occupait présentement des menteurs. Il n'était pas dupe : ça faisait de la copie. Il y a un romancier dans chaque imbécile, pensait-il, il ne s'agit que de choisir. Ça commença par un qui disait : « mes hommes » (pas trop haut tout de même). Notes prises, Nadal pensa à la phrase de Kipling : « Allons maintenant de l'autre côté, écouter encore des blagues. » Ce qu'il fit.

Vinrent alors ceux qui avaient déserté, pour venir, l'armée française ou l'armée anglaise ; plusieurs s'étaient mariés en Espagne, et il tira d'eux les photos de leurs femmes. « Mon journal a un gros public féminin. » Ensuite les mercenaires « as », ceux qui avaient officiellement abattu plus de trois avions fascistes. Ceux-là parlaient des volontaires en disant « les politiques », et d'eux en disant « les guerriers » ; mais ils ne bluffaient pas. Ils lui communiquèrent leurs carnets de vol, avec prudence.

Ensuite quelques déguisés en mauvais garçons, et ce qu'il restait de tire-au-flanc. Il avait abandonné les volontaires, moins pittoresques et qui ne mentaient pas assez.

Il était en train de prendre des notes sur un carnet de vol, et déjà la moitié d'une boîte de cachous qu'il avait eu l'imprudence de montrer avait pris le chemin de la poche de Pol, quand un relatif silence, et l'intensité de l'attention lui firent relever le nez.

Gueule en coin, voûté, ses touffes de cheveux noirs dépassant les bords de la cape grise reparue, un sourire assez inquiétant sous le nez, les bras plus longs que jamais, Leclerc descendait l'escalier. Un mitrailleur du *Pélican I* l'appela. « Un camarade écrivain », dit-il en montrant Nadal. « Viens boire un coup avec ton confrère. » Leclerc s'assit.

— Alors, t'es aussi un écrivain, petite tête de coccinelle ? Qu'est-ce que t'écris ?

— Des nouvelles. Et toi ?

— Des romans-fleuves. J'étais aussi poète. J'suis le seul poète qu'ait vendu toute sa plaquette au volant. Les nuiteux, quand ils avaient un touriste frais du jour ou schlass, ils lui barbotaient la pièce. Moi, jamais. Mais je leur collais la plaquette, parce que c'était le résultat d'un travail. Quinze balles seulement. J'ai épuisé le tirage. *Icare au volant,* que ça s'appelait. Icare à cause de la poésie et de l'aviation, tu comprends ?

— Tu écris, en ce moment ?

— J'ai renoncé. Excuse-moi, je trace à la mitrailleuse.

— Qu'est-ce que vous avez, comme mitrailleuses ?

Leur déclaration signée, Attignies et Darras étaient venus près de Scali écouter le poste de radio de Jaime. Depuis qu'il ne voyait plus, celui-ci passait la moitié de sa vie à la radio. Darras abandonna le poste : il n'aimait pas du tout la dernière question de Nadal.

Mais non, la comédie continuait, sans plus ; Leclerc n'était pas pilote de chasse, et n'avait pas eu à se servir d'une mitrailleuse depuis qu'il était là ; quant à Nadal, qui continuait la conversation, rongeant sa pipe, avec l'air d'un vieux spécialiste, il ignorait que la Lewis d'avion espagnole est à chargeur, et, la croyant à bande, ne comprenait rien de ce que l'autre racontait.

— Ça va, ici ? demanda-t-il.

— C'est la vraie vie... Qu'est-ce que tu veux foutre à Paris ? Pilote de ligne, autrement dit conducteur de patinette ? Pas encore ! Si t'es un homme de gauche, y a pas de chances pour toi... Faire des métiers de ramasse-miettes ? Non : ici, un homme est un homme. Ainsi, moi, excuse-moi, j'étais à Talavera. Tu peux demander à n'importe qui : l'usine à gaz, comme une omelette flambée ! Autant pour Franco. Moi, Leclerc, excuse-moi, j'ai arrêté Franco. Tu m'as compris ? Les gars, autour, regarde-les : quand même, c'est pas des gueules à porter la médaille des foutus à la porte ?

Autour de l'énorme fourneau installé au fond de la salle sous les affiches révolutionnaires, la famille du cuisinier s'agitait comme d'habitude, et des pélicans négociaient quelques suppléments.

Attignies écoutait aussi, sans cesser de prêter attention au poste de radio. Et il observait le rapport des deux hommes avec curiosité : depuis quelques minutes Leclerc pétrissait entre ses doigts de petites boulettes de pain, qu'il envoyait presque dans la figure de Nadal. Et sa voix était loin d'être aussi cordiale que ses paroles.

« Talavera, je l'ai fait avec un Orion, tu te rends compte ? Ici c'est le pays des courses de taureaux ; nous, on est les propriétaires d'une légion de veaux. Seulement, avec les veaux, on a tenu le coup. Tu m'as compris ? »

Et une boulette sur le nez. Attignies suivait le jeu, de plus en plus intrigué. Nadal faisait semblant de rire, résolu à se venger dans l'interview.

— Qu'est-ce que tu avais comme armement à Talavera ? demanda-t-il.

— Des dattes. Une mitrailleuse par la fenêtre, et le trou des chiottes agrandi comme lance-bombes.

— Et une Hotchkiss d'aviation à trépied, dit Gardet, l'œil technique.

— Nous avons eu les mêmes à Villacoublay, répondit Nadal avec un geste de dédain douloureux : il était clair que c'était une honte de faire combattre des hommes avec des engins pareils. Cette mitrailleuse n'existant pas, les pélicans rigolaient doucement.

— Attention ! cria Attignies.

Le speaker du poste rebelle qu'il écoutait (une retransmission de Radio-Séville ?) venait de crier : *Aviation*, et Jaime avait augmenté l'intensité du poste.

Nos avions ont bombardé les lignes rouges avec un plein succès, repoussant les miliciens de Carabanchel dans Madrid.

La ville a été bombardée à 3 h. et à 5 h. sans que l'aviation rouge ait fait son apparition.

Cinq avions gouvernementaux ont été abattus aujourd'hui dans nos lignes.

J'ai annoncé à ce micro que l'avion du soviétique Magnin, le déserteur bien connu, agent de Staline, serait liquidé à brève échéance. Cet avion a été descendu aujourd'hui dans nos lignes. Tous ses occupants ont été tués dans la chute. Le corps du sinistre Magnin a été identifié à Gétafé. Avis aux suivants !

Bonne nuit.

Les pélicans se regardaient.

— Ne vous en faites pas, cria Scali, ils confondent.

Nadal commença à questionner, mais il comprit vite qu'il ne fallait pas insister : sur ce sujet, les pélicans superstitieux — même les râleurs — devenaient hostiles. Presque tous pensaient qu'il s'agissait du *Jaurès* et de l'équipage de Carnero ; mais Magnin était descendu à Albacète, et rien ne disait qu'il n'eût pas combattu cette après-midi sur le front de Madrid.

— Qu'est-ce que t'en sais, andouille ? grommela Leclerc.

Scali le savait pertinemment ; depuis l'après-midi, il sentait les choses se gâter, et il avait appelé Magnin au téléphone pour lui demander d'être cette nuit même à Alcala.

Mais Magnin était déjà mieux au courant que lui. Sembrano lui avait téléphoné directement, et avec plus de précision qu'à Scali. Ivre-mort, Leclerc s'était répandu en injures contre les pilotes espagnols, alors qu'il savait de reste que, s'il y avait des embusqués à Valence, des pilotes espagnols faisaient chaque jour avec leurs avions misérables ce qu'il était si fier d'avoir fait une fois à Talavera. Puis il avait expliqué aux mécaniciens espagnols qui l'entouraient que la guerre était perdue, que les avions réparés tomberaient, — et tout ce que peut inspirer l'obsession de la honte. D'autre part, Scali n'ignorait pas que, depuis son retour, Leclerc était ressorti, avait pris l'un après l'autre les pélicans à qui son pittoresque et sa générosité souvent réelle (et faite d'un grand désir d'être aimé) inspiraient de la sympathie, et leur avait tenu les mêmes propos. Et que les pélicans de son équipage étaient entrés dans le même jeu.

Scali avait été surpris d'abord de leur accord. Très fin quand il jugeait les hommes dont il connaissait la nature — les intellectuels —, il comprenait mal ce personnage. Gardet lui avait fait remarquer que les équipages, modifiés chaque fois qu'un blessé partait pour l'hôpital, se trouvaient maintenant formés par affinités ; que les compagnons de Leclerc, quand il avait tourné, n'avaient pu comprendre grand'chose, étant donné l'épaisseur des nuages, et qu'ils se débattaient maintenant dans un drame trop grand pour eux. Leclerc ne se pardonnait pas sa fuite, et il entendait entraîner tous ceux qu'il touchait dans la délivrance sinistre qu'il eût trouvée dans le dégoût général comme il l'avait trouvée dans le pernod.

— Magnin a téléphoné ici à sept heures, cria Scali.

Mais tous se demandaient s'il disait la vérité, ou s'il voulait les rassurer.

Il y eut un assez long silence, que rompit enfin Nadal.

— Pourquoi es-tu venu ici ? demanda-t-il, crayon en main, à Leclerc. Pour la révolution ?

Leclerc le regarda obliquement, hargneux cette fois.

— Ça te regarde ? Je suis un mercenaire de gauche, tout le monde le sait. Mais si je suis ici, c'est parce que je suis un dur. J'suis un invétéré du manche. Le reste, c'est pour les nouilles flexibles, déprimées et journalistes. Chacun son goût, excuse-moi. Tu m'as compris ?

Plus maigre que jamais, narines ouvertes et cheveux écartés, ses mains de singe serrées contre une bouteille de rouge, buste en arrière, le front plissé, il tenait toute la table où le malaise courait comme un furet. Gardet, rapproché de Jaime, frottait sa brosse d'arrière en avant et souriait.

— Faiblesse ou lâcheté, lui dit Attignies, si Magnin ne les balance pas, ces gars-là vont pourrir l'escadrille. Qu'est-ce qui se passe ? Le vin remonte ?

— En tout cas, minute ! Il commence à m'agacer ; j'aime pas combattre avec des capricieux. Pour l'instant il s'étale, pourtant, joue le héros ! De quoi se marrer.

— Il en veut à l'autre de la comédie qu'il joue. Regarde-le. En ce moment, il le hait.

— Il lui est reconnaissant aussi.

— Moins. Regarde sa gueule.

Nadal comprit que ça pouvait mal tourner ; il commanda une tournée pour toute la table, et fila avec ses notes, petit et roublard, sa pipe martiale dans son sourire rusé.

— J'suis pas noir, reprenait Leclerc. La révolution...

Il était évident qu'il allait dire : je m'en fous. Mais il n'osa pas. Non à cause de ses camarades, qu'il eût peut-être volontiers provoqués : mais, derrière les deux fenêtres sans volets, il y avait Madrid.

Le poste de radio était à côté de l'une de ces fenêtres : Attignies se retourna. La place d'Alcala-de-Hénarès était endormie, avec ses monuments et ses minuscules bistrots marchands d'escargots, presque cachés par les colonnes. (Quelques pélicans, par là, sirotaient sans doute des pernods.) Et toute la ville petite, avec ses perspectives de piliers, ses jardins de curé, ses églises aux clochers pointus, ses palais à grands ornements, ses murailles et ses balcons à guitares, toute cette vieille Castille de comédie espagnole écornée par les bombes d'avions ne dormait que d'un œil, aux aguets des bruits menaçants de la guerre.

— Quand Magnin arrivera, dit Scali à Gardet, dis-lui qu'avec le *Marat,* toi et pas mal d'autres, on peut toujours faire des équipages de choc...

— Tu vas à Madrid cette nuit ? lui demanda Jaime en même temps.

— Oui. Convocation spéciale de Garcia.

— Je voudrais que tu ailles chercher mon père. Que tu l'amènes ici.

Scali savait que le père de Jaime était un vieillard. Jaime ne donnait pas de justification : jamais il ne s'était fait un droit de sa blessure.

— Bien, j'irai.

— Dis donc, Scali, dit Leclerc hargneux, on va pas bientôt bouffer un peu moins mal ?

— Le dégonflage rend gastronome ? demanda Gardet de l'autre bout de la table.

Leclerc regarda Gardet, dont le sourire hostile découvrait les petites dents de chat, et ne dit rien.

— Et les contrats ? demanda le bombardier du *Pélican I.*

— Pas renvoyés de la Jefatura, répondit Scali.

— Moi, j'suis pas un causeur... Mais quand même... J'aurais été tué aujourd'hui, une supposition, qu'est-ce qu'ils devenaient, mes contrats ?

Le bombardier était à la fois protestataire et victime, ses petits yeux écarquillés, et ses deux mains pathétiques, des deux côtés de ses étoiles de lieutenant cousues sur sa veste de cuir bleu pâle le lendemain de son mariage à Barcelone. « Ressemble encore plus à une théière de dessin animé à la lumière qu'au jour », constata Gardet pour lui-même.

Scali professait qu'il ne fallait pas prendre tous ces garçons trop au sérieux, et, d'ordinaire, s'en trouvait bien. Aujourd'hui...

— Bien, ils auraient été payés à ta femme. Alors, laisse-nous tranquilles.

— Et qu'est-ce qui me dit qu'avant, Franco sera pas à Madrid ?

— Dans ce cas-là, j'espère bien qu'il te fusillera, dit Gardet, caressant sa brosse. Et sans pesetas ni contrat.

En général, les dangers courus en commun rapprochaient plus les volontaires des mercenaires que ne les séparaient les « contrats ». Mais les volontaires, ce soir, commençaient à en avoir assez.

— Et pourquoi qu'on nous envoie pas une chasse suffisante ? demanda le mécanicien du *Pélican I*.

— Pour les blessés, on ne fait pas ce qu'on devrait, dit House.

Le roi d'Angleterre fût venu le chercher à Madrid, c'eût été, d'ailleurs, insuffisant.

— C'est pas du boulot, dit le chef-mitrailleur de Leclerc : pas assez de chasse, pas assez d'avions, du matériel dégueulasse et des mitrailleuses à la noix !

Les Espagnols, eux, allaient mitrailler le tir antiaérien avec leurs Bréguet préhistoriques.

Attignies revenait vers la table de Leclerc, et écoutait au passage :

— N'empêche que depuis ce matin on l'a pas vu.

— ... Les types, paf ! Comme si on les avait jetés en l'air à la poignée.

— ... Jamais vu quelque chose de pareil, pendant la guerre.

— ... Le pire, c'est le *Jaurès* qui se casse en deux.

— ... Paraît que ces vaches-là suivaient Carnero avec leurs mitrailleuses.

— ... C'était Carnero, le parachute ?

— ... Le parachute de Magnin, avec Carnero dessous.

— ... Avant, on pouvait y aller, mais contre le barrage au télémètre, qu'est-ce que tu veux foutre ? C'est plus du combat !

— ... Le pire, c'est l'avion qui se casse en deux...

— ... Ce qui manque, avant tout, c'est l'organisation. Faudrait que tout le monde discute le soir sur ce qu'on va faire le lendemain.

— ... A la poignée, les types, mon vieux, l'avion les vomis-
sait à la poignée. Et moi...

— Qu'il soit gonflé, Magnin, c'est entendu ; mais si y veut
se suicider, c'est pas une raison généralisable...

La honte décompose, pensa Attignies. Pour lui, dont le rapport avec les idées était organique, tout cela était dérisoire et
d'une tristesse profonde. Devant ceux-ci, pensant aux cent malheureux mercenaires de la République, il était obsédé par les
milliers d'Italiens et d'Allemands, par les longues lignes de
Maures avec leur Sacré-Cœur. Quarante mille Maures, à tant
par jour, — avec le conseil de guerre derrière eux. Jusqu'où
peut-on donc faire confiance aux hommes ? Mais pour faire
confiance à des hommes jusqu'à leur propre mort, fallait-il choisir ces « spécialistes » qui se décomposaient, morts déjà ? Quelque part, à Albacète ou à Madrid, se formaient les premières
brigades internationales...

La voix de Gardet couvrit le sourd brouhaha.

— Minute ! disait-il, assis sur la table, brosse et mâchoire en
avant. Vous avez tous vomi sur les futés qui viennent ici, une
pipe définitive au coin du bec, qui ne montent pas une seule fois
sur les lignes, et qui rentrent à Paris pour débiner le boulot de
Magnin — sans parler du nôtre —, sans même connaître les
difficultés. Alors, ce soir, vous êtes d'accord avec ces cocos-là ?
Tout est mal ? Dites donc, mes petits gars, si vous étiez chez
Franco, vous croyez qu'il n'y a pas un certain temps que vous
auriez fermé votre gueule, — peut-être même pour cause de
décès ?

— C'est bien pour ça que je suis ici, et pas chez Franco, dit
le mécanicien.

Pol bondit, énorme, crépu, cramoisi, l'index frénétique.

— Non, monsieur Lévy ! Je ne marche pas ! Vous tentez de
nous refaire sur la commission ! D'abord, entendre juger le travail de Magnin par toi, Bertrand, t'es un bon copain, mais ça
me fait mal aux dents...

— On a plus le droit de juger, alors ? On est pas dignes ?

— Tu juges pas, tu baves. Tu baves parce que tu t'es dégonflé.
Note que pour ça je dis rien : moi je serai jamais celui qui jette
la pierre à un camarade pour un accident ! Ça peut arriver. Dans
l'ensemble, tout le monde sait que vous avez fait votre boulot.
Mais, en ce moment, je dis que vous voulez que tout soit pourri
parce que vous n'êtes pas contents de vous : je ne marche pas.
Non monsieur ! je ne marche pas ! Tu te plains ? Pour remplacer
Magnin, cite un nom, dis, cite-z-en voir un ? Suppose un peu que
ça soit vrai, ce que gueule l'autre salaud dans sa boîte à radio,
hein ? qu'il... qu'il rentre pas. Alors ?

« Bon : dix pour cent de commission pour moi.

« Moralité : vous vous conduisez comme des andouilles-
maison. »

Leclerc s'approchait de Scali, les deux poings sur le dossier de la chaise voisine, l'œil haineux, dans le silence général.

— La révolution, j't'l'ai dit : chacun son boulot. Mais tu m'excuseras, pour l'organisation, merde ! On nous fait venir ici pour un combat et on nous laisse en carafe depuis deux jours. Quarante-huit heures sans un rasoir ! Ça a assez duré ! Tu m'as compris ?

Scali, dégoûté derrière ses lunettes, ne répondait pas.

— Sans blague ? dit du bout de la salle une voix qui les fit se retourner.

Depuis que Jaime était revenu d'avion pour la dernière fois, il n'avait jamais parlé qu'à des camarades isolés, autour d'une table, dans un coin ; il semblait qu'il vînt de retrouver sa voix des chansons d'autrefois, assourdie comme si quelque chose en elle aussi fût devenu aveugle. Tous savaient que chaque fois qu'ils montaient ils étaient menacés de sa blessure. Il était leur camarade, mais aussi la plus menaçante image de leur destin. Son grand nez avançant entre ses lunettes noires, sa main touchant la table par-dessous pour qu'on ne le vît pas tâtonner, il avançait, d'assiette vide en assiette vide, tous les pélicans s'écartant devant lui comme si de le toucher les eût épouvantés.

— Ceux qui sont dans les tranchées, dit-il, plus bas, ils se rasent ?

— Toi, grommela Leclerc entre ses dents, t'es un chevalier de l'Internationale, seulement nous emmerde pas !

Scali, à quatre ou cinq mètres sur la gauche, à côté du mur, remontait son pantalon d'uniforme, décidément trop long, sans quitter Leclerc du regard. Celui-ci fila sur lui, laissant Jaime continuer à avancer, accroché à la table.

— J'en ai marre des mitrailleuses de tir forain, reprit Leclerc. Marre. J'ai des couilles, moi, et j'veux bien faire le taureau, mais j'veux pas faire le pigeon. Tu m'as bien compris ?

Scali, au delà du découragement, haussa les épaules.

Leclerc haussa les épaules pour l'imiter, rageur, les dents serrées.

— J't'emmerde. T'entends ? J't'emmerde.

Il le regardait enfin de face, avec le pire visage.

— Moi aussi, dit Scali, maladroitement. Ni l'engueulade, ni le commandement n'étaient son fort. Bon intellectuel, il ne voulait pas seulement expliquer, mais encore convaincre ; il avait le dégoût physique du pugilat ; et Leclerc, qui sentait animalement ce dégoût, le prenait pour de la peur.

— Non : *moi* je t'emmerde. Pas toi. Tu m'as compris ?

Pol pensait au jour où tous avaient attendu ensemble le premier avion chargé de blessés.

— *Salud !* cria Magnin, le poing en l'air comme un mouchoir, une moustache rabattue par le vent dans l'encadrement de la porte.

Il avança parmi des gueules hostiles, délivrées ou faussement distraites, jusqu'à Leclerc :

— Tu avais la thermos ?

— C'est pas vrai ! Rien !

Leclerc gueulait, indigné, spolié ; enchanté de prévoir une accusation injuste d'ivresse quand il avait si grand besoin que celle de fuite fût injuste aussi.

— Rien ? Tu as eu tort, dit Magnin.

Il préférait le pilote saoul au pilote déprimé.

Leclerc hésita comme on cherche un chemin, ahuri.

— L'équipage du *Pélican* rentre à Albacète immédiatement, cria Magnin. Le camion est devant la porte.

— Un camion, de quoi, un camion ? Pourquoi pas une charrette à bras ? J'veux une bagnole, dit Leclerc reprenant sa gueule de haine.

« On a même pas le temps de faire les bagages ! »

Le bombardier protestait. Quels bagages ? Tous savaient que l'équipage était venu dans son avion, sans la moindre brosse à dents. Magnin haussa les épaules.

Il regardait Leclerc et les siens, épars maintenant. S'ils avaient été tués ce matin, pensait-il, nous ne verrions plus que ce qu'il y a de meilleur en eux. Et même s'ils étaient tués demain... Le souvenir de Marcelino était plus fort que la présence de Leclerc. Et il les regardait, volontaires et mercenaires, comme si ce qu'ils disaient, ce qu'ils faisaient, ce qu'ils pensaient d'eux-mêmes n'eût été qu'une provisoire folie, un rêve dont ils dussent tôt ou tard s'éveiller, serre-tête sur le front, raidis sous leur combinaison de vol, dans la réalité de la mort.

Leclerc s'approcha de Magnin comme il s'était approché de Scali, avec une expression saisissante de haine, bien que son visage eût à peine changé ; son front qui se plissait était seulement devenu plus bas.

— J't'emmerde, Magnin.

Les mains poilues frémissaient au bout des bras de singe. Les sourcils et les moustaches de Magnin avancèrent, ses prunelles devinrent curieusement immobiles :

— Tu pars demain pour la France, contrat réglé. Et tu ne remettras jamais les pieds en Espagne. C'est tout.

— Quand je voudrai, que j'y reviendrai ! Et sans contrat encore ! Saucisson-à-ficelles, gueule-de-vache... J'ai été à la Légion, moi, hein ! faudrait pas me prendre pour un balai à vaisselle...

A côté de Magnin étaient maintenant Scali, Attignies et Gardet. Contre la table, Jaime, avec ses lunettes noires.

— J'veux une bagnole reprit Leclerc, les mains de plus en plus tremblantes. Tu m'as compris ?

Magnin marcha vers la porte, rapide, indifférent et voûté. Du fond de la salle venaient seulement les bruits de fourchette du cuisinier. Tous suivaient Magnin du regard. Il ouvrit la porte, dit une phrase comme s'il eût parlé au vent qui balayait furieusement la grande place d'Alcala.

Six gardes d'assaut entrèrent, armés.

— L'équipage ! appela Magnin.

Décidé à rester le plus important, Leclerc passa le premier.

Le silence demeura suspendu, rempli par l'embrayage du camion et le bruit du moteur qui décrut jusqu'à se confondre avec celui du vent. Magnin était resté dans l'encadrement de la porte. Quand il se retourna, un fatras de verres, d'interjections, d'éternuements, d'assiettes, monta comme, au théâtre, la salle se détend à la fin d'un acte. Magnin vint à la table, et sembla couper cette détente avec le couteau dont il frappa un verre pour commander l'attention :

— Camarades, dit-il sur le ton de la conversation, vous regardiez cette porte. A quinze kilomètres d'ici, il y a les Maures. A deux kilomètres de Madrid. Deux.

« Quand les fascistes sont à Carabanchel, ceux qui se conduisent comme l'ont fait ici ceux qui viennent de partir se conduisent comme des contre-révolutionnaires.

« Tous seront en France demain.

« A partir d'aujourd'hui, nous sommes tous assimilés à l'aviation espagnole. Chacun se procurera un uniforme pour lundi. Tous les contrats sont supprimés. Darras est chef des mécaniciens, Gardet des mitrailleurs, Attignies commissaire politique. Ceux qui ne sont pas d'accord partent demain matin.

« La question du *Pélican* est réglée ; nous ne devons donc plus nous souvenir que de ce que chacun d'eux avait fait de bien avant... le reste. Buvons à l'équipage du *Pélican*. »

Le ton faisait du toast un adieu, et excluait toute illusion de retour en arrière.

« Réunion des responsables dans ma chambre », dit-il, les verres reposés.

Magnin leur expliqua comment il entendait réorganiser l'escadrille.

— Comment aurons-nous assez de types ? demanda Darras.

— La brigade internationale : j'étais à Albacète pour ça. Nous sommes d'accord. Ils ont quelques types qui ont servi dans l'armée de l'air, et pas mal d'ouvriers des usines d'aviation. Tout ce qui a touché à l'aviation de près ou de loin, on nous l'envoie à partir de demain. Vous examinerez tous ces gars-là, chacun dans sa spécialité. Il y en a plus qu'il ne nous en faut. Quant à la discipline, il y a au moins trente pour cent de communistes dans ce que nous allons recevoir. Vous êtes ici deux responsables communistes, à vous de vous arranger.

Magnin se souvenait de Enrique.

— Et pour la chasse ? dit Attignies.

— Je crois qu'il va y avoir de la chasse.

— Assez ?

— Assez.

Il ne pouvait espérer que des appareils russes.

— Vous pensez à entrer au Parti ? demanda Darras.

— Non. Je ne suis pas d'accord avec le parti communiste.

— Laisse le recrutement cinq minutes, Darras ! dit Gardet.

Gardet, il avait d'abord fallu le convaincre : « Quand les mitrailleurs ne se débrouillent pas, je leur donne un coup de main. Ça va comme ça, ils ont confiance en moi. Mais commander, ça ne me plaît pas. — Si ce ne sont pas ceux en qui leurs camarades ont confiance qui établissent la discipline, qui veux-tu que ce soit ? » avait demandé Darras. Il s'était enfin rendu.

— Vous êtes venu par Madrid ? demanda Attignies.

— Non. Mais j'ai eu le téléphone tout à l'heure : on se bat aux portes.

CHAPITRE   V

Le ministère de la Guerre était vide, — le Gouvernement avait quitté Madrid pour Valence. Seul, assis dans un fauteuil doré, un commandant français, venu offrir ses services, et à qui on avait dit d'attendre, attendait : il était onze heures. Les escaliers de marbre blanc recouverts de tapis à vastes ramages n'étaient plus éclairés que par des bougies posées sur les marches, tenues debout par la stéarine qui coulait. Quand ces bougies seraient éteintes au milieu de leur petite mare, il n'y aurait plus que l'obscurité sur les escaliers monumentaux.

Seules resteraient allumées, sous les combles, les lumières des officiers de Miaja, et celle des Renseignements militaires.

Scali s'assit, et Garcia ouvrit un dossier sans titre. A Carabanchel, les fascistes ne passaient pas.

— Vous connaissez bien Madrid, Scali, n'est-ce pas ?

— Pas mal.

— Vous connaissez la place du Progrès ?

— Oui.

— Rue de la Lune, place de la Porte de Tolède, rue Fuencarral, place du Callao ? évidemment.

— J'ai habité place du Callao.

— Rue del Nuncio, rue des Bordadorès, rue de Ségovie ?

— Pas la seconde.

— Bien. Je vous demande de me répondre après réflexion. Est-il possible à un aviateur exceptionnellement habile de toucher les cinq points (il répéta les noms) dont nous avons parlé d'abord ?

— Qu'appelez-vous toucher ? Atteindre des maisons voisines ?

— Atteindre les places, près des maisons, mais pas une seule fois en touchant un toit. Les rues, toujours sur la chaussée. Et toujours là où se trouvaient des queues. Place du Callao, un tram.

— Le tram, c'est un hasard évident.

— Soit. Le reste ?

Scali réfléchissait derrière ses lunettes, une main dans ses cheveux.

— Combien de bombes ?

— Douze.

— Ce serait un hasard prodigieux. Mais les autres bombes ?

— Il n'y a pas d'autres bombes : les douze dans le but : femmes devant les épiceries, gosses au square de la Porte de Tolède.

— Je m'efforce de vous répondre ; mais ma première réaction, si vous voulez, c'est de ne pas croire un mot de tout ça. Même avec un avion volant très bas.

— L'avion était certainement haut : on ne l'entendait pas.

Plus l'interrogatoire devenait absurde, plus Scali devenait inquiet, car il connaissait la précision de Garcia.

— Écoutez, ça, c'est de la plaisanterie.

— Vous envisagez l'hypothèse d'un bombardier exceptionnellement habile ? Les as des épreuves de bombardement qui ont lieu entre officiers de carrière dans les meilleures armées, par exemple ?

— Où que ce soit. C'est hors de discussion. On a vu l'avion ?

— Maintenant, on prétend l'avoir vu. Mais pas le premier jour. Et on ne l'a pas entendu.

— Ce n'est pas un avion. Les fascistes ont un canon à plus longue portée que ceux que nous leur connaissons, et l'histoire de la Bertha recommence.

— Si c'est un avion, comment expliquez-vous la précision du tir ?

— En aucun cas. Si vous y tenez, faites donner des ordres, montez avec moi demain, je vous conduirai sur la rue de la Lune à la hauteur que vous voudrez. Vous verrez que ça ne tient pas debout, ou que chacun verra notre avion comme on voit une auto qui vous écrase. Il y a du vent, le pilote n'arrivera même pas à suivre la rue sans crochets.

— Même si le pilote était Ramon Franco ?

— Même s'il était Lindbergh !

— Bien. Autre chose. Voici une carte de Madrid. Vous voyez les points de chute : les circonférences rouges ; je pense que ces traits ne vous gênent pas... Est-ce que cette carte vous donne une idée quelconque ?

— Elle confirme ce que je vous ai dit : les rues ne sont pas toutes orientées dans le même sens. Donc le bombardier aurait eu à quelque moment le vent perpendiculaire à sa marche. Et atteindre une rue d'une certaine hauteur, du premier coup, dans ces conditions, est...

Scali se toucha le front pour signifier : piqué.

Mon cher Scali, pensait Garcia, comment les obus d'un canon à longue portée, tombant selon un angle assez aigu, toucheraient-ils des rues orientées dans des directions différentes sans toucher un seul mur ?

— Dernier point, dit-il : peut-on voler — toujours dans l'hypothèse d'un très bon pilote — sur Madrid un certain temps au-dessous de vingt mètres ? J'ajoute que le temps était mauvais.

— Non !

— Les pilotes espagnols sont pleinement d'accord avec vous...

Le nom de Ramon Franco avait fait soupçonner à Scali qu'il s'agissait du bombardement du 30 octobre.

Garcia resta seul. Il avait interrogé aussi les officiers d'artillerie : un bombardement de cette nature, par canon, était exclu, à cause de l'angle d'incidence. D'ailleurs, les fragments retrouvés des engins n'étaient pas des fragments d'obus, mais de bombes. Garcia regardait avec angoisse les photos des points de chute, annotés par les différents services de la Guerre. Les trottoirs tout juste écornés... Et l'annotation (car Garcia avait fait demander aux techniciens de répondre à ses questions, sans dire de quoi il retournait) : « Ce projectile a été lancé d'une hauteur n'excédant pas vingt mètres. »

Pour Garcia le problème était, hélas ! résolu. Il n'y avait ni avion, ni canon ; la « cinquième colonne » était entrée en jeu. Douze bombes à la même heure... Il avait eu à lutter, non sans succès, contre les autos-fantômes, ces voitures fascistes qui se lançaient la nuit à travers Madrid, armées de mitrailleuses ; contre ceux qui, à l'aube, tiraient à travers les volets sur les miliciens ; et contre tout ce que représente la guerre civile. Mais tout cela était encore la guerre, le tir d'un aveugle contre un inconnu. Cette fois, chaque ennemi, avant de lancer sa bombe, avait regardé la queue des femmes devant l'épicerie, les vieillards et les enfants dans le square. Les massacres de femmes ne le troublaient pas : il suffisait que d'autres femmes eussent lancé les bombes ; la pitié pour les femmes est un sentiment d'homme. Mais les enfants... Garcia, comme chacun, avait vu les photos.

Un de ses collègues, de retour de Russie, lui parlait du sabotage : « La haine de la machine est un sentiment nouveau ; mais quand on met dans le travail tout l'élan et tout l'espoir d'un pays, on crée par là-même, chez ses ennemis intérieurs, la haine physique de ce travail... » Maintenant, à Madrid, des fascistes haïssaient le peuple, à l'existence de qui, un an plus tôt, ils ne croyaient peut-être pas, au point de ne plus voir que lui dans des gestes d'enfants qui jouaient à travers un square.

Sans doute, à cette heure, les douze tueurs attendaient-ils leur victoire : cette après-midi, à la prison modèle, les prisonniers avaient chanté l'hymne fasciste.

Et il devait se taire. Il savait qu'il ne faut pas tenter la bête en l'homme ; que, si la torture apparaît souvent dans la guerre, c'est — aussi — parce qu'elle semble la seule réponse à la trahison et à la cruauté. Parler, c'était faire descendre à cette foule épique, dont les clameurs lointaines venaient vers lui avec le remous du vent, la première marche vers la bestialité. Madrid saoule de barricades continuerait à croire aux prouesses de Ramon Franco : la vengeance contre l'atroce rend les masses aussi folles que les hommes.

Les Renseignements militaires et la Sûreté agiraient seuls — comme d'habitude... Garcia pensa à la Gran Via d'autrefois, claire dans le matin d'avril, avec ses vitrines, ses cafés, ses femmes qu'on ne tuait pas, et ses tiges de sucre qui fondaient comme du givre dans les verres d'eau, à côté du chocolat à la cannelle. Et il était dans ce palais abandonné, face à son monde irrespirable.

De quelque façon que finisse la guerre, pensa-t-il, à ce point de haine, quelle paix sera possible ici ? Et qu'est-ce que cette guerre fera de moi ?

Il se souvint que des hommes se posaient des problèmes moraux, hocha la tête, prit sa pipe et se leva pesamment pour se rendre à l'annexe de la Sûreté.

CHAPITRE VI

Une mince silhouette voûtée montait, seule au milieu de l'escalier immense : Guernico venait chercher de l'aide pour le service d'ambulance qu'il s'efforçait de transformer. Ce qu'il avait organisé au temps de Tolède devenait infime depuis que la guerre approchait de Madrid. Au rez-de-chaussée déjà presque obscur du ministère, il y avait des armures ; et l'écrivain catholique, long, blond pâle comme tant de portraits de Velasquez, seul au milieu de ces grandes marches blanches, semblait sorti d'une des armures historiques, et destiné à y rentrer à la naissance du jour. Garcia ne l'avait pas vu depuis trois semaines. Il disait de lui qu'il était le seul de ses amis chez qui l'intelligence eût pris la forme de la Charité ; et, malgré tout ce qui les séparait, peut-être Guernico était-il le seul homme que Garcia aimât vraiment.

Tous deux partirent ensemble pour la Plaza Mayor.

Sur les murs et les devantures abaissées, les ombres avançaient penchées en avant, parallèles comme des haleurs ; au-dessus, de grandes fumées rousses venues de la banlieue roulaient pesamment. L'exode, pensait Garcia.

Mais non : aucun de ces passants ne portait de ballots. Tous marchaient très vite, dans le même sens.

— La ville a ses nerfs, dit-il.

Un aveugle jouait l'*Internationale,* sa sébile devant lui. Dans leurs maisons éteintes, les fascistes attendaient le lendemain en un affût de cent mille hommes.

— On n'entend rien, dit Guernico.

Les pas seulement. La rue frémissait comme une veine. Les Maures étaient aux portes du Sud et de l'Ouest, mais le vent venait de la ville. Pas un coup de fusil, pas même le canon. Le grattement de la multitude courait sous le silence comme celui des rongeurs sous la terre. Et l'accordéon.

Ils marchaient vers la Puerta del Sol, dans le sens des fumées rousses à la dérive dans le ciel, dans le sens du fleuve invisible qui portait inutilement les hommes vers la place, comme si là eussent été dressées les barricades de Carabanchel.

— Si nous les arrêtons ici...

Une femme prit le bras de Guernico et dit en français :

— Tu crois qu'il faut partir ?

— C'est une camarade allemande, dit Guernico à Garcia, sans répondre à la femme.

— Il dit que je dois partir, reprit celle-ci. Il dit qu'il ne peut pas se battre bien si je suis là.

— Il a sûrement raison, dit Garcia.

— Mais moi je ne peux pas vivre si je sais qu'il se bat ici... si je ne sais même pas ce qui se passe...

L'*Internationale* d'un second accordéon accompagnait les mots en sourdine ; un autre aveugle, sa sébile devant lui, continuait la musique, là où le premier l'avait abandonnée.

Toutes les mêmes, pensa Garcia. Si elle part, elle le supportera avec beaucoup d'agitation, mais elle le supportera ; et si elle reste, il sera tué.

Il ne voyait pas son visage : elle était beaucoup plus petite que lui, enfouie dans l'ombre des passants.

— Pourquoi veux-tu rester ? demanda amicalement Guernico.

— Ça m'est égal de mourir... Le malheur c'est qu'il faut que je me nourrisse bien et qu'ici on ne pourra plus ; je suis enceinte...

Garcia n'entendit pas la réponse de Guernico. La femme rejoignit un autre courant d'ombres.

— Qu'est-ce qu'on peut faire ?... dit Guernico.

Des miliciens en combinaison les dépassèrent. A travers la rue défoncée, des ombres construisaient une barricade.

— A quelle heure pars-tu ? demanda Garcia.

— Je ne pars pas.

Guernico serait l'un des premiers fusillés quand les fascistes entreraient à Madrid. Bien que Garcia ne regardât pas son ami, il le voyait marcher à côté de lui, avec sa petite moustache blonde, ses cheveux en désordre et ses bras longs et minces ; et ce corps sans défense l'émouvait comme l'émouvaient les enfants, parce qu'il excluait toute idée de combat ; Guernico ne combattrait pas : il serait tué.

Ni l'un ni l'autre ne parlaient des ambulances de Madrid, persuadés tous deux qu'elles n'existeraient pas.

— Tant qu'on peut aider la révolution, il faut l'aider. Mais se faire tuer ne sert à rien, mon bon ami. La République n'est pas un problème géographique et ne se résout pas par la prise d'une ville.

— J'étais à la Puerta del Sol le jour de la Montagne, quand on a tiré sur la foule de toutes les fenêtres. Ceux qui étaient dans la rue se sont couchés : la place tout entière était couverte de gens aplatis, sur qui tiraient les autres. Le surlendemain, j'étais au ministère. Devant la porte, il y avait une longue queue : les femmes qui venaient offrir leur sang pour les transfusions. Deux fois, j'ai *vu* le peuple d'Espagne. Cette guerre est sa guerre, quoi qu'il arrive ; et je resterai avec lui là où il est... Il y a ici deux cent mille ouvriers, qui n'ont pas d'auto pour aller à Valence...

La vie de la femme et des enfants de Guernico avait dû peser dans sa décision d'un autre poids que tout ce que Garcia pourrait dire ; et celui-ci ne pouvait imaginer sans peine, s'ils devaient ne plus se revoir, que leur dernière conversation fût une sorte de discussion.

Guernico fit un geste en avant de sa main longue et fine :
— Peut-être partirai-je au dernier moment, dit-il.

Mais Garcia était persuadé qu'il mentait.

Un bruit confus de pas montait de la rue comme s'il eût précédé une troupe qui traversa la lumière. « Les terrassiers », dit Garcia. Ils montaient vers les derniers terrains avant Carabanchel, pour les tranchées ou pour les mines. Devant Garcia et Guernico, d'autres ombres, mates de brume, construisaient une autre barricade.

— Ils restent bien, eux, dit Guernico.

— Ils pourront se replier par la route de Guadalajara. Mais ton appartement et le siège de l'Association sont des souricières.

Guernico refit le même geste de fatalité confuse. Encore un aveugle, toujours l'*Internationale* : maintenant les aveugles ne jouaient plus autre chose. Dans chaque rue, des ombres différentes construisaient les mêmes barricades.

— Nous, écrivains chrétiens, nous avons peut-être plus de devoirs que d'autres, reprit Guernico.

Ils passaient devant l'église de l'Alcala. Guernico la montra vaguement de la main ; au son de sa voix, Garcia comprit qu'il souriait amèrement.

— Après un sermon d'un prêtre fasciste, en Catalogne française (thème : Seigneur, ne nous attelez pas au même joug que les infidèles), j'ai vu le père Sarazola s'approcher du prédicateur : le prédicateur est parti. Sarazola m'a dit : « Il reste toujours quelque chose d'avoir connu le Christ : entre tous ceux que j'ai vus ici, cet homme est le premier qui ait eu honte... »

Un camion passa, chargé d'un tas confus de miliciens accroupis, que dépassaient les canons de vieilles mitrailleuses. Guernico reprit, un ton plus bas :

— Seulement, comprends-tu, en face de ce qu'ils font, c'est moi qui ai honte...

Un petit milicien à tête de belette arrêta Garcia qui allait répondre.

— Ils seront ici demain !

— Qu'est-ce que c'est que celui-là ? demanda Guernico à mi-voix.

— Un ancien secrétaire de l'escadrille de Magnin.

— Il n'y a rien à foutre avec ce gouvernement, disait la belette. Il y a plus de dix jours que je leur ai apporté toutes les indications pour la production massive du microbe de la fièvre de Malte. Quinze ans de recherches, et je ne demandais pas un sou : pour l'antifascisme ! Ils n'en ont rien fait. C'était déjà la même chose avec ma bombe. Les autres seront là demain.

— La barbe ! dit Garcia.

Camuccini était déjà rentré dans la foule nocturne comme dans une trappe, l'accordéon ayant accompagné de l'*Internationale* son apparition et son plongeon.

— Il en a beaucoup comme ça, Magnin ? demanda Guernico.

— Au début... Les premiers volontaires étaient tous un peu fous ou un peu héros. Les deux parfois...

L'atmosphère des soirs historiques emplissait l'Alcala comme elle emplissait les rues étroites : toujours pas de canon, rien que les accordéons. Une bande de mitrailleuse, soudain, au fond d'une rue : un milicien tirait contre des fantômes.

Et toujours les barricades en construction. Garcia ne croyait que modérément à l'efficacité des barricades ; mais celles-ci semblaient des retranchements. Toujours, dans la brume, des ombres s'agitaient ; et toujours, une ombre immobile, quittant un moment son immobilité, la reprenant, organisait. Dans cette brume irréelle, qui devenait plus dense de minute en minute, hommes et femmes transportaient les matériaux ; les ouvriers de tous les syndicats de la construction organisaient le travail que dirigeaient des chefs techniques, formés en deux jours par les spécialistes du 5e corps. Dans cette fantasmagorie silencieuse où mourait le vieux Madrid, pour la première fois, au-dessous des drames particuliers, des folies et des rêves, au-dessous de ces ombres lancées à travers les rues avec leur angoisse ou leur espoir, une volonté à l'échelle de la ville entière se levait dans la brume de Madrid presque investie.

Les lumières de l'avenue se dissolvaient en nébuleuses, vagues et misérables sous les ombres préhistoriques des gratte-ciel contournés ; Garcia pensait à la phrase de son ami : « Nous, écrivains chrétiens, nous avons peut-être plus de devoirs que d'autres... »

— Que diable peux-tu attendre maintenant de ceux-là ? demanda-t-il, montrant une seconde église d'un petit coup de pipe.

Ils passaient sous un bec électrique. Guernico sourit, de ce mélancolique sourire qui lui donnait souvent une expression d'enfant malade :

— N'oublie pas que, moi, je crois à l'éternité...

Il prit le bras de Garcia.

« J'attends plus pour mon Église de ce qui se passe maintenant ici, et même des sanctuaires brûlés de Catalogne, que des cent dernières années de la catholique Espagne, Garcia. Il y a vingt ans que je vois des prêtres exercer leur ministère, ici et en Andalousie ; eh bien ! en vingt ans, l'Espagne catholique, je ne l'ai jamais vue. J'ai vu des rites et, dans l'âme comme dans la campagne, un désert... »

Toutes les portes du ministère d'État, à la Puerta del Sol, étaient ouvertes. Avant le soulèvement, le hall avait abrité une exposition de sculptures. Et les statues de toutes sortes, groupes, nus, animaux, attendaient les Maures dans la grande salle vide où se perdait le bruit d'une lointaine machine à écrire : le ministère n'était pas complètement abandonné...

Mais dans toutes les rues qui rayonnaient autour de la place, fidèles comme le brouillard, les mêmes ombres travaillaient aux mêmes barricades.

— C'est vrai, que Caballero t'a consulté à propos de la réouverture des églises ?

— Oui.

— Qu'est-ce que tu as répondu ?

— Non, bien entendu.

— Qu'il ne fallait pas les rouvrir ?

— Évidemment. Ça vous étonne, vous, mais ça n'étonne pas les catholiques. Si je suis fusillé demain, j'aurai beaucoup de craintes sur moi-même, comme tout homme ; mais pas la moindre à ce sujet. Je ne suis ni un protestant ni un hérétique : je suis un catholique espagnol. Si tu étais théologien, je te dirais que je fais appel à l'âme de l'Église contre le corps de l'Église, mais laissons ça. La foi, mais ce n'est pas l'absence d'amour ! L'espérance, mais ce n'est pas un monde qui trouvera sa raison d'être à faire adorer de nouveau comme un fétiche ce crucifix de

Séville qu'ils ont appelé *le Christ des riches* (notre Église n'est pas hérétique, elle est simoniaque) ; ce n'est pas mettre le sens du monde dans un empire espagnol, dans un ordre où l'on n'entend plus rien parce que ceux qui souffrent se cachent pour pleurer ! Il y a de l'ordre au bagne aussi... Il n'est pas un seul espoir des meilleurs entre les fascistes qui ne repose sur l'orgueil ; soit, mais qu'est-ce que le Christ a à voir avec ça ?

Garcia heurta un grand chien et faillit tomber. Madrid était pleine de chiens magnifiques, abandonnés par leurs propriétaires en fuite. Ils prenaient possession de la ville avec les aveugles, entre les républicains et les Maures.

« La charité, mais ce ne sont pas les prêtres navarrais qui laissent fusiller en l'honneur de la Vierge, ce sont les prêtres basques qui, jusqu'à ce qu'ils soient tués par les fascistes, ont béni dans les caves d'Irun les anarchistes qui avaient brûlé leurs églises. Je ne suis pas inquiet, Garcia. L'Église d'Espagne, mais, contre elle, je suis appuyé sur ma foi tout entière... Je suis contre elle au nom des trois vertus théologales, contre elle dans la Foi, dans l'Espérance, et dans la Charité. »

— Où trouveras-tu l'Église de ta foi ?

Guernico passa la main dans ses cheveux qui retombaient sur son front. La foule presque silencieuse glissait entre les arcades et les palissades qui obstruaient presque entièrement la Plaza Mayor. Les travaux de terrassement arrêtés avaient abandonné partout pavés et blocs de pierre, et la foule des ombres semblait sauter par-dessus dans un tragique ballet nocturne, sous les clochetons austères semblables à ceux de l'Escurial, — comme si Madrid se fût couverte de tant de barricades qu'on n'y pût rencontrer une seule place intacte.

— Regarde : dans ces maisons pauvres, ou bien dans ces hôpitaux, en cet instant même, dit Guernico, il y a des prêtres sans col, en gilets de garçons de café parisiens, qui sont en train de confesser, de donner l'extrême-onction, peut-être de baptiser. Je t'ai dit que depuis vingt ans je n'ai pas entendu en Espagne la parole du Christ. Ceux-là, *on les entend.* On les entend, eux, et jamais on n'entendra ceux qui sortiront demain avec leur soutane retrouvée pour bénir Franco. Combien de prêtres exercent leur ministère, en ce moment ? Cinquante, cent peut-être... Napoléon est venu sous ces arcades-ci ; depuis cette époque où l'Église d'Espagne défendit *son troupeau*, je crois qu'il n'y a pas eu une seule nuit, jusqu'à celles-ci, où soit devenue vivante ici, en vérité, la parole du Christ. Mais, à cette heure, elle est vivante.

Il buta sur un pavé de la place défoncée, cheveux en avant.

« Elle est vivante, reprit-il. Il n'y a pas beaucoup d'endroits dans ce monde où l'on puisse dire que cette Parole ait été présente ; mais bientôt on saura qu'ici, à Madrid, en ces nuits, on l'a entendue. Quelque chose commence, en ce pays, pour mon Église, quelque chose qui est peut-être la renaissance de l'Église.

J'ai vu administrer les sacrements à un milicien belge, hier, à San-Carlos ; tu connais ? »

— J'ai vu là-bas des blessés à l'époque du train blindé...

Garcia pensait aux grandes salles moisies, aux fenêtres basses envahies par les plantes. Comme tout ça était loin...

— C'était une salle de blessés aux bras. Quand le prêtre dit *Requiem æternam dona ei Domine,* des voix donnèrent le répons : *Et lux perpetua luceat...* Quatre ou cinq voix, qui venaient de derrière moi...

— Tu te souviens du *Tantum ergo* de Manuel ?

Plusieurs amis de Garcia, dont Manuel et Guernico, avaient passé avec lui une nuit de départ, cinq mois plus tôt, et, au lever du jour, l'avaient mené sur les collines qui dominent Madrid. Pendant que la craie mauve des monuments se dégageait à la fois de la nuit et des masses sombres de la forêt de l'Escurial, Manuel avait chanté des chants des Asturies qu'ils avaient repris, puis il avait dit : « Pour Guernico, je vais chanter le *Tantum ergo.* »

Et tous, élevés par les prêtres, l'avaient terminé en chœur, en latin. Comme ses amis avaient retrouvé ce latin amicalement ironique, les blessés révolutionnaires, avec leurs bras courbes de plâtrés sur lesquels ils semblaient se préparer à jouer du violon, retrouvaient le latin de la mort...

— Le prêtre, reprit Guernico, m'a dit : « Quand je suis arrivé, ils se sont tous découverts parce que j'apportais la consolation de la dernière heure... » Mais non ! Ils se sont découverts parce que ce prêtre qui entrait eût dû être un ennemi.

Il buta sur une autre pierre : la place était couverte de pavés comme par un bombardement. Sa voix changea.

« Je sais bien que nos catholiques sérieux pensent qu'il faut mettre tout ça au point ! Le Fils de Dieu est venu sur la terre afin de parler pour ne rien dire. La souffrance lui a un peu fait perdre la raison ; depuis le temps qu'il est sur la croix, n'est-ce pas...

« Dieu seul connaît les épreuves qu'il imposera au sacerdoce ; mais je crois qu'il *faut* que le sacerdoce redevienne difficile... »

Et, après une seconde :

« Comme peut-être la vie de chaque chrétien... »

Garcia regardait leurs ombres gondolées qui avançaient sur les rideaux de fer des boutiques, et pensait aux douze bombes du 30 octobre.

« Le plus difficile, reprit Guernico à mi-voix, c'est cette question de la femme et des enfants... »

Et, plus bas encore :

« J'ai quand même une chance : ils ne sont pas là... »

Garcia regardait le visage de son ami, mais sans le distinguer. Toujours aucun bruit de combat ; et pourtant le croissant de l'armée fasciste était autour de la ville, comme une présence dans

l'obscurité d'une chambre fermée. Garcia se souvint de sa dernière conversation avec Caballero. Les mots : « fils aîné » étaient
venus dans la conversation. Garcia n'ignorait pas que le fils de
Caballero était prisonnier des fascistes à Ségovie, et qu'il serait
fusillé. C'était en septembre. Ils étaient chacun d'un côté de la
table, Caballero en salopette et Garcia en mono ; une sauterelle
était entrée par la fenêtre ouverte de la fin d'été ; tombée entre
eux sur la table à demi assommée, elle tentait de ne pas bouger,
et Garcia regardait ses pattes frémir, tandis que tous deux se
taisaient.

CHAPITRE VII

Devant les vitrines s'agitaient dans le brouillard des ombres
patientes, avec un bruit de pavés. Au Gran Via, les garçons servaient avec une stupéfaction morose trois clients perdus dans la
salle immense, et qu'ils croyaient les derniers clients de la République. Mais dans le hall de l'hôtel, des soldats du 5e corps, un à
un, retiraient de grands sacs leurs poings hérissés de balles, et se
formaient par compagnies sur le trottoir. Ils étaient sérieusement
armés. A Tetuan, à Cuatro-Caminos, les femmes portaient au
dernier étage des maisons toute l'essence qu'elles avaient pu
réunir ; dans ces quartiers ouvriers, se rendre, s'en aller, étaient
des questions qui ne se posaient pas. En camions, à pied, les
hommes du 5e corps descendaient sur Carabanchel, sur le Parc
de l'Ouest, la Cité Universitaire. Pour la première fois, Scali se
sentait en face des énergies coordonnées de cinq cent mille
hommes. Le père de Jaime ne pourrait prendre qu'une valise :
il y avait peu de place dans l'auto.

La porte s'ouvrit sur un vieillard massif, très grand, une tête
à la barbe en fer de lance enfoncée entre de larges épaules voûtées. Mais dès qu'il se trouva sous l'ampoule électrique du couloir, Scali s'aperçut que les poils modifiaient ce Greco comme
l'eût fait la copie d'un peintre baroque : au-dessus des yeux
intenses et très grands, mais un peu éteints par l'épaisseur et
les rides des paupières, les cheveux derrière le crâne dégarni
s'envolaient en crosses follettes, et les sourcils mobiles et aigus
finissaient en virgules, comme la barbe.

— Vous êtes Giovanni Scali, n'est-ce pas ? demanda-t-il en
souriant.

— Votre fils vous a parlé de moi, dit celui-ci, étonné d'entendre son prénom.

— Oui, mais je vous ai lu, je vous ai lu...

Scali savait que le père de Jaime avait été professeur d'histoire
de l'art. Ils entraient dans une pièce recouverte de livres, à

l'exception de deux hautes niches des deux côtés du divan. Dans l'une, des statues hispano-mexicaines, baroques et sauvages ; dans l'autre, un très beau Moralès.

A travers le lorgnon qu'il tenait à la main, Alvear regardait Scali avec une attention insistante, celle qu'on accorde aux objets singuliers. Il le dépassait d'une tête.

— Vous êtes surpris ? demanda Scali.

— Voir un homme qui pense dans ce... costume me surprend toujours.

Scali était en uniforme. Avec le pantalon trop long et les lunettes. Sur une table basse, à côté de grands fauteuils de cuir, une bouteille de fine, un verre plein, des livres ouverts. Alvear quitta la pièce d'un pas très lourd, comme si ses épaules eussent été trop fortes pour ses jambes, revint avec un second verre.

— Non, merci, dit Scali.

Malgré les volets fermés, il entendait un bruit de course et un lointain accordéon.

— Vous avez tort, car la fine de Xérès est fort remarquable, et l'égale de celle des Charentes. Voulez-vous autre chose ?

— Ma voiture est en bas à votre disposition. Vous pouvez quitter Madrid tout de suite.

Alvear, qui venait de se caler dans le fauteuil le plus proche comme un vieux rapace puissant, sympathiquement crochu comme son fils, mais déplumé, leva les yeux sur Scali :

— Pourquoi faire ?

— Jaime m'a demandé de passer vous prendre quand je reviendrais du ministère. Je rentre à Alcala-de-Hénarès.

Le sourire d'Alvear était plus vieux que son corps :

— A mon âge, on ne voyage plus sans bibliothèque.

— Vous vous rendez compte, n'est-ce pas, que les Maures seront peut-être ici demain ?

— Certes. Mais que diable voulez-vous que j'y fasse ?

« Nous faisons connaissance dans des circonstances bien surprenantes... Je vous suis reconnaissant de l'aide que vous m'offrez ; remerciez Jaime, je vous prie, de vous l'avoir demandée. Mais quitter Madrid, pourquoi ? »

— Les fascistes savent que votre fils est combattant... Vous vous rendez compte que vous risquez fort d'être fusillé ?

Alvear sourit de ses paupières épaisses et de ses joues tombantes, et montra la bouteille du lorgnon qu'il tenait à la main :

— J'ai acheté la fine.

Il avait le même nez courbe et mince, le même visage bosselé que Jaime ; et les mêmes orbites, en cet instant où l'ombre faisait sous son front de grandes lunettes noires.

« Vous voulez dire, reprit-il, que la menace devrait me séparer de... »

Il montra les murs chargés de livres.

« Et pourquoi ? Pourquoi ? C'est étrange : j'ai vécu quarante ans dans l'art et pour l'art, et vous, un artiste, vous vous étonnez que je continue...

« Écoutez bien, monsieur Scali : j'ai dirigé pendant des années une galerie de tableaux. J'ai introduit ici le baroque mexicain, Georges de Latour, les Français modernes, la sculpture de Lopez, les primitifs... Une cliente arrivait, regardait un Greco, un Picasso, un primitif aragonais : « Combien ? » C'était généralement une aristocrate, avec son Hispano, ses diamants et son avarice. « Pardon, madame, pourquoi voulez-vous acheter ce tableau ? » Presque toujours elle répondait : « Je ne sais pas. — Alors, madame, rentrez chez vous. Réfléchissez. Quand vous saurez pourquoi, vous reviendrez. »

Entre tous les hommes que Scali rencontrait ou avec lesquels il vivait depuis la guerre, Garcia seul avait l'habitude d'une discipline de l'esprit. Et Scali se sentait d'autant plus volontiers repris par la relation intellectuelle qui s'établissait entre le vieillard et lui, que sa journée avait été plus brutale, et que, s'étant senti chef faible, l'univers où il trouvait sa valeur l'attirait.

— Elles revenaient ? demanda-t-il.

— Elles se mettaient à savoir pourquoi tout de suite : « Je veux ce tableau parce qu'il me plaît, parce que je trouve ça bien, parce que mon amie en a un. » On savait que les plus beaux Grecos étaient chez moi.

— Quand acceptiez-vous ?

Alvear leva un doigt noueux, aux poils frisés.

— Quand elles me répondaient : « Parce que j'en ai besoin. » Alors, quand elles étaient riches, je le leur vendais, — fort cher ; quand il ou elle était pauvre, eh ! il m'arrivait de le lui donner sans bénéfice.

Il y eut deux coups de fusil tout près, suivis aussitôt d'un grand bruit de pas, en éventail.

— Avec ces volets intérieurs, dit Alvear indifférent, on ne voit absolument pas notre lumière du dehors.

« J'ai vendu selon ma vérité, monsieur Scali ! Vendu ! Un homme peut-il conduire sa vérité plus loin ? Cette nuit je vis avec elle. Les Maures ? non : ça m'est égal... »

— Vous vous laisseriez tuer par indifférence ?

— Pas par indifférence...

Alvear se leva à demi, ne quittant pas des mains les bras du fauteuil, et regarda Scali un peu théâtralement, comme pour souligner ce qu'il disait :

« Par dédain...

« Pourtant, pourtant, vous voyez ce livre : c'est *Don Quichotte*. J'ai voulu le lire tout à l'heure : ça n'allait pas... »

— Dans les églises du Sud où l'on s'est battu, j'ai vu en face des tableaux de grandes taches de sang. Les toiles... perdent leur force...

— Il faudrait d'autres toiles, c'est tout, dit Alvear, la pointe de la barbe enroulée sur l'index, du ton d'un marchand qui va changer les tableaux d'un appartement.

— Bien, dit Scali : c'est mettre haut les œuvres d'art.

— Pas les œuvres : l'art. Le plus pur de nous, ce ne sont pas toujours les mêmes œuvres qui permettent d'y accéder, mais ce sont toujours des œuvres...

Scali comprit enfin ce qui le troublait depuis le début de l'entretien : toute l'intensité du visage du vieillard était dans ses yeux ; avec l'affreuse imbécillité de l'instinct, entraîné par la ressemblance, Scali, chaque fois que son interlocuteur retirait son lorgnon, attendait des yeux d'aveugle.

« Ni les romanciers ni les moralistes n'ont de son, cette nuit, reprit le vieillard : les gens de la vie ne valent rien pour la mort. La sagesse est plus vulnérable que la beauté ; car la sagesse est un art impur. Mais la poésie et la musique valent pour la vie et la mort... Il faudrait relire *Numance*. Vous souvenez-vous ? La Guerre avance à travers la ville assiégée, sans doute avec ce bruit étouffé de pas qui courent... »

Il se leva, chercha l'édition des œuvres complètes de Cervantès, ne la trouva pas.

— Tout est sens dessus dessous avec cette guerre !

Il tira de sa bibliothèque un autre livre, et lut à haute voix trois vers du sonnet de Quevedo :

> *? Qué pretende el temor desacordado*
> *De la que a rescatar piadosa viene*
> *Espiritu en meserias añudado ?*

L'index qui suivait les vers faisait reparaître le professeur ; assis, l'épaule de nouveau calée, vieil oiseau réfugié à la fois dans cette chambre fermée, dans ce fauteuil et dans la poésie, il lisait avec lenteur, avec un sens du rythme d'autant plus saisissant que la voix était sans timbre, aussi vieille que son sourire. Le bruit assourdi des pas en fuite dans la rue, les détonations lointaines, tous les bruits de la nuit et du jour que Scali sentait encore collés à lui, semblaient tourner comme des animaux inquiets autour de cette voix engagée déjà dans la mort.

« Bien entendu, je puis être tué par les Arabes. Et je puis être tué aussi par les vôtres, plus tard. C'est sans importance. Est-ce une chose si difficile, monsieur Scali, que d'attendre la mort (qui ne viendra peut-être pas !) en buvant tranquillement et en lisant des vers admirables ? Il y a un sentiment très profond à l'égard de la mort, que nul n'a plus exprimé depuis la Renaissance...

« Et pourtant j'avais peur de la mort quand j'étais jeune », dit-il un peu plus bas, comme une parenthèse.

— Quel sentiment ?

— La curiosité...

Il posa Quevedo sur un rayon. Scali n'avait pas envie de s'en aller.

— Vous n'avez pas de curiosité à l'égard de la mort ? demanda le vieillard. Toute opinion décisive sur la mort est si bête...

— J'ai beaucoup pensé à la mort, dit Scali, la main dans ses cheveux frisés ; depuis que je me bats, je n'y pense plus jamais. Elle a perdu pour moi toute... réalité métaphysique, si vous voulez. Voyez-vous, mon avion est tombé une fois. Entre l'instant où l'avant a touché le sol, et l'instant où j'ai été blessé, très légèrement, — pendant le craquement, je ne pensais à rien, j'étais frénétiquement à l'affût, un affût vivant : comment sauter ? où sauter ? Je pense maintenant que c'est toujours comme ça ; un duel : la mort gagne ou perd. Bien. Le reste, ce sont des rapports entre les idées. La mort n'est pas une chose si sérieuse : la douleur, oui. L'art est peu de chose en face de la douleur, et, malheureusement, aucun tableau ne tient en face de taches de sang.

— Ne vous y fiez pas, ne vous y fiez pas ! Au siège de Saragosse par les Français, les grenadiers avaient fait leurs tentes avec les toiles de maître des couvents. Après une sortie, les lanciers polonais, à genoux, récitèrent leurs prières parmi les blessés, devant les vierges de Murillo qui fermaient les tentes triangulaires. C'était la religion, mais aussi l'art, car ils ne priaient pas devant les vierges populaires. Ah ! monsieur Scali, vous avez une grande habitude de l'art, et pas encore une assez grande habitude de la douleur... Et vous verrez plus tard, car vous êtes encore jeune : la douleur devient moins émouvante, quand on est assuré qu'on ne la changera plus...

Une mitrailleuse se mit à tirer par courtes rafales, rageuse et seule dans le silence plein de grattements.

« Vous entendez ? demanda distraitement Alvear. Mais la part de lui-même qu'engage l'homme qui tire en ce moment n'est pas la part importante... Le gain que vous apporterait la libération économique, qui me dit qu'il sera plus grand que les pertes apportées par la société nouvelle, menacée de toutes parts, obligée par son angoisse à la contrainte, à la violence, peut-être à la délation ? La servitude économique est lourde ; mais si pour la détruire, on est obligé de renforcer la servitude politique, ou militaire, ou religieuse, ou policière, alors que m'importe ? »

Alvear touchait en Scali un ordre d'expériences qu'il ignorait, et qui devenait tragique chez le petit Italien frisé. Pour Scali, ce qui menaçait la révolution n'était pas le futur, mais bien le présent : depuis le jour où Karlitch l'avait étonné, il voyait l'élément physiologique de la guerre se développer chez beaucoup de ses meilleurs camarades, et il en était atterré. Et la séance dont il sortait n'était pas pour le rassurer. Il ne savait pas trop où il en était.

— Je veux savoir ce que je pense, monsieur Scali, reprit le
vieillard.

— Bien. Ça limite la vie.

— Oui, dit Alvear, rêveur : mais la vie la moins limitée, c'est
encore celle des fous... Je veux avoir des relations avec un
homme pour sa nature, et non pour ses idées. Je veux la fidélité
dans l'amitié, et non l'amitié suspendue à une attitude politique.
Je veux qu'un homme soit responsable devant lui-même — vous
savez bien que c'est le plus difficile, quoi qu'on en dise, monsieur
Scali — et non devant une cause, fût-elle celle des opprimés.

Il alluma un cigare.

« En Amérique du Sud, monsieur Scali, — une bouffée — au
matin, — une bouffée — il y a dans la forêt une grande clameur
de singes : et la légende veut que Dieu leur ait jadis promis de
les faire hommes à l'aurore ; ils attendent chaque aurore, se
voient encore trompés, et pleurent sur toute la forêt.

« Il y a un espoir terrible et profond en l'homme... Celui qui
a été injustement condamné, celui qui a trop rencontré la bêtise,
ou l'ingratitude, ou la lâcheté, il faut bien qu'il reporte sa
mise... La révolution joue, entre autres rôles, celui que joua
jadis la vie éternelle, ce qui explique beaucoup de ses caractères.
Si chacun appliquait à lui-même le tiers de l'effort qu'il fait
aujourd'hui pour la forme du gouvernement, il deviendrait possible de vivre en Espagne. »

— Mais il devrait le faire seul, et c'est toute la question.

— L'homme n'engage dans une action qu'une part limitée de
lui-même ; et plus l'action se prétend totale, plus la part engagée est petite. Vous savez bien que c'est difficile d'être un
homme, monsieur Scali, — plus difficile que ne le croient les
politiques...

Alvear s'était levé :

— Mais enfin, vous, vous l'interprète de Masaccio, de Piero
della Francesca, comment pouvez-vous supporter cet univers ?

Scali se demandait s'il était en face de la pensée d'Alvear, ou
de sa douleur.

— Bien, dit-il enfin. Avez-vous jamais vécu avec beaucoup
d'hommes ignorants ?

Alvear réfléchit à son tour.

— Je ne crois pas. Mais j'imagine très bien.

— Vous connaissez certains des grands sermons du moyen
âge...

Alvear inclina la tête.

« Ces sermons étaient écoutés par des hommes plus ignorants
que ceux qui combattent avec moi. Croyez-vous qu'ils étaient
compris ? »

Alvear enroulait sur son doigt la virgule de sa barbe, et regardait Scali comme s'il eût dit : Je vois où vous voulez en venir.

— Sans doute, dit-il seulement.

— Vous avez parlé tout à l'heure de l'espoir : les hommes unis à la fois par l'espoir et par l'action accèdent, comme les hommes unis par l'amour, à des domaines auxquels ils n'accèderaient pas seuls. L'ensemble de cette escadrille est plus noble que presque tous ceux qui la composent.

Assis, il tenait ses lunettes entre ses doigts, et Alvear ne voyait plus que son visage, devenu beau parce qu'il exprimait ce qu'il était fait pour exprimer : des idées ; une mystérieuse unité unissait maintenant la bouche épaisse et les yeux qui se bridaient légèrement.

— Je suis las de bien des choses là où je suis, mais l'essentiel de l'homme, si vous voulez, est, à mes yeux, en de tels domaines. « Tu gagneras ton pain à la sueur de ton front. » Pour nous aussi, voyez-vous, même et surtout quand la sueur est glacée...

— Eh ! Vous êtes tous fascinés par ce qu'il y a de fondamental en l'homme...

« L'âge du fondamental recommence, monsieur Scali, dit Alvear avec une gravité soudaine. La raison doit être *fondée à nouveau*... »

— Vous pensez que Jaime a eu tort de combattre ?

Alvear haussa ses épaules voûtées ; ses joues tombèrent un peu plus.

— Eh ! que la terre soit fasciste et qu'il ne soit pas aveugle...

Une auto, dehors, changea de vitesse en grinçant.

— Vous croyez qu'il reverra ?

— Les médecins affirment que c'est possible.

— A vous aussi ! A vous aussi ! Mais ils savent que vous êtes son ami... Et ce costume... Ils mentent à n'importe quel officier en ce moment ! Ils ont peur qu'on les croie fascistes, s'ils disent la vérité, ces idiots !

— Pourquoi ce qu'ils disent serait-il nécessairement faux ?

— Comme s'il était facile de croire la vérité, quand elle ne dépend que d'un homme et qu'elle prend la forme de notre bonheur...

Il se tut. Puis, peut-être pour écarter son angoisse, il reprit, un ton plus haut, avec indifférence :

« Le seul espoir qu'ait la nouvelle Espagne de garder en elle ce pour quoi vous combattez, vous, Jaime et beaucoup d'autres, c'est que soit maintenu ce que nous avons des années enseigné de notre mieux... »

Il écoutait quelque chose au dehors. Il alla vers la fenêtre.

— C'est-à-dire ? demanda Scali.

Le vieillard se retourna, et il dit, du ton dont il eût dit : hélas :

— La qualité de l'homme...

Il écouta encore, alla éteindre l'électricité, entr'ouvrit la fenêtre, par où entra l'*Internationale* au-dessus du bruit des pas. Dans l'obscurité, sa voix était plus assourdie encore, comme si elle fût venue d'un corps plus petit, plus triste et plus vieux :

« Si les Maures entrent tout à l'heure, la dernière chose que j'aurai entendue sera ce chant d'espoir joué par un aveugle... »

Il parlait sans emphase, peut-être avec un vague sourire. Scali entendit le bruit des volets refermés. Un instant, la pièce fut complètement noire ; enfin, Alvear trouva le commutateur et ralluma.

— Car ils ont besoin de notre univers pour la défaite, dit le vieillard, et ils en auront besoin pour la joie...

Il regardait Scali qui venait de s'asseoir sur le divan.

« Ce ne sont pas les dieux qui ont fait la musique, monsieur Scali, c'est la musique qui a fait les dieux... »

— Mais peut-être est-ce ce qui se passe dehors qui a fait la musique...

— L'âge du fondamental recommence... dit Alvear de nouveau.

Il se versa un verre de fine, la but d'un coup sans aucune expression de visage. Le champ de lumière de la lampe éclairait à peine le front, les lunettes et les cheveux frisés de Scali :

— Vous venez de vous asseoir là où s'assied Jaime quand il vient. Et vous portez des lunettes... aussi. Quand il retire les siennes, je ne peux pas le regarder...

Pour la première fois, l'accent de la douleur passa dans la voix presque atone, et il dit pour lui-même, en français :

... Que te sert, ô Priam, d'avoir vécu si vieux !...

Le front plissé au-dessous de ses cheveux fous, il leva sur Scali un regard à la fois enfantin et traqué :

« Rien — rien — n'est plus terrible que la déformation d'un *corps* qu'on aime... »

— Je suis son ami, dit Scali à mi-voix. Et j'ai l'habitude des blessés.

— Comme si c'était fait exprès, dit Alvear lentement, là, juste en face de ses yeux, dans ces casiers de la bibliothèque, sont tous les livres sur la peinture, les milliers et les milliers de photos qu'il a regardées... Et pourtant, si je fais jouer le phono, si la musique entre ici, je peux parfois le regarder, même s'il n'a pas ses lunettes...

CHAPITRE VIII

Manuel aussi a trouvé le ministère de la Guerre livré aux bougies mourantes. Ces salles immenses et lugubres, dont les derniers rois d'Espagne ont fait un écho misérablement cossu de

Charles-Quint, ces salles que Manuel a connues pleines de miliciens couchés sur les canapés, leur revolver sous le nez, le président du Conseil écoutant dans un coin un minuscule poste de
radio, — puis livrées à l'ordre sévère et un peu rechigneur de
Caballero, il les retrouve dans ce même ordre, leurs fenêtres
ouvertes sur la ville à bout de nerfs, les fauteuils étonnés lorsqu'il tourne un commutateur — sauf dans le bureau du ministre
de la Guerre, toutes ampoules allumées, où le commandant français, seul, continue à attendre. Dans les escaliers, les bougies
n'émettent plus la lumière de théâtre qu'ont vue Garcia et Guernico, mais une rougeâtre lumière d'église, avant l'obscurité
finale. Çà et là, au milieu d'un corridor intérieur à arcades, des
petites lanternes, les mêmes que celles qui indiquent, la nuit, les
rues barrées et les voitures à bras, éclairent des marches d'escalier monumental qui se perdent dans l'ombre.

Manuel approche de la chambre du général Miaja, là-haut, sous
le toit. Les couloirs sont toujours obscurs ; mais, à cet étage, il
y a de la lumière sous les portes. Il entre : le général n'est pas
là, mais la moitié de l'état-major de la Junta de défense est assis
ou marche à travers cette chambre d'hôtel médiocre. Le chef
des dynamiteurs, le chef des mines, des officiers de l'état-major
de Miaja, des officiers du Vᵉ corps... Pas un de ces derniers
n'était soldat six mois plus tôt : un dessinateur de modes, un
entrepreneur, un pilote, un chef d'entreprises industrielles, deux
membres de comités centraux de partis, un métallo, un compo-
siteur, un ingénieur, un garagiste et lui-même. Et Enrique, et
Ramos. Manuel se souvient d'un milicien aveugle, les deux
jambes paralysées par ses blessures, qui est venu trouver Azaña :
— « Que me voulez-vous ? demande le président. — Rien : seulement vous dire : Salut et courage », et qui est reparti sur ses
béquilles.

Ce n'est pas un conseil de défense. Mais, cette nuit, toute réunion est un conseil. Le destin de ces hommes formés dans le
combat est semblable à celui de Manuel et à celui de l'Espagne.

— Un fusil pour combien d'hommes, en ce moment ? demande
Enrique.

— Pour quatre, répond un des officiers. C'est un camarade
de Manuel, celui qui était dessinateur de modes. Il contrôle la
mobilisation des civils : la veille, le Parti communiste a demandé
la mobilisation générale des syndicats.

— Il faut organiser le ramassage des fusils, dit Enrique. On
les rapportera à l'arrière dès que les premiers copains tomberont.
Organisez ça cette nuit en prenant modèle sur l'organisation des
brancardiers.

Le dessinateur s'en va.

— Absolument impossible de récupérer encore des armes à
Madrid ?

Maintenant, c'est un autre qui répond.

— Sauf à la Sûreté, même les gardes, les sentinelles et les escortes n'ont plus que leurs revolvers. Personne n'est gardé cette nuit.

— Si nous perdons Madrid, nous pouvons perdre aussi les ministères, les responsables et les ministres, s'il en reste.

— Où en sont les fortifications? demande le chef d'état-major de Miaja.

— Vingt mille hommes, dit Ramos, sont en train de travailler comme des bons : tout le syndicat du bâtiment, mobilisé. Autour, des bonnes volontés. A la direction de chaque chantier ou de chaque barricade, un type du Ve corps. En ce moment, les Maures ont du travail devant eux, fini, sur un kilomètre de profondeur. Après-demain, Madrid tout entière aura sa ceinture de barricades, sans parler du reste.

— Les barricades des femmes sont mauvaises, dit un des officiers. Trop petites.

— Elles n'existent plus, répond Ramos. Seules ont été maintenues celles qu'on a construites dans les conditions que je viens de dire, ou alors celles que les gars du Ve corps ont contrôlées, et qu'ils trouvent bonnes. Mais les barricades des femmes n'étaient pas trop petites : elles étaient trop grosses, au contraire. Elles en remettaient !

— Ce que font les femmes, avec les provisions d'essence dans chaque maison, ne rime pas à grand'chose, dit une autre voix.

— L'effet moral est considérable.

— Dites-moi : pourquoi n'a-t-on pas pu faire tout ça plus tôt ?

— La moitié — les neuf dixièmes ! — des nôtres ne comprennent qu'ils défendent Madrid que dans Madrid. Ce matin, un type, dans la rue, me dit : « Si jamais ils y arrivent, devant Madrid, ils vont voir ça ! — Dis donc, tu sais où c'est, Carabanchel, oui ? — Madrid, c'est Madrid ; et Carabanchel, c'est pas Madrid. »

— Ils avancent, en ce moment, sur Carabanchel ? demande Manuel.

— Là, ils sont accrochés par le Ve. Ils avancent du Sud ; et ils vont attaquer aussi chez toi.

Manuel partira dans la nuit pour Guadarrama. Il est lieutenant-colonel. Ses cheveux sont tondus, et ses yeux verts plus clairs dans son visage plus sombre.

— On disait les hommes de Durruti arrivés ?

— Le chemin de fer est coupé. Nous avons envoyé les camions à Tarancon. Ils roulent, en ce moment.

— On espère toujours pour après-demain les avions achetés en U. R. S. S. ?

Nul ne répond. Tous savent que le montage s'achève. Mais combien de temps encore...

— Au Sud, sur qui vont-ils tomber ? demande Manuel.

— Ça dépend de l'heure : pour l'instant, on ramène de Vallecas la brigade internationale.

L'un après l'autre, des officiers arrivent.

Les dernières bougies sont éteintes dans les escaliers immenses, le commandant français est parti ; seules quelques lanternes d'apparat qui furent autrefois suspendues aux grilles mettent au fond de vastes perspectives les lueurs des veilleuses des morts. Désert comme les derniers cafés de Madrid, abandonné comme la ville, le palais prépare comme elle sa résistance souterraine.

CHAPITRE IX

Parc de l'Ouest.

Un chant de merle s'élève, reste suspendu comme une question, — un autre lui répond. Le premier reprend, pose une question plus inquiète ; le second proteste furieusement, et des éclats de rire passent à travers la brume. « T'as raison, dit une voix : passeront pas. Des clous ! » Les merles sont Siry et Kogan, de la première brigade internationale. Kogan est bulgare, et ne sait pas le français : ils sifflent.

— Silence !

Une quinzaine d'obus répondent.

Allemands, Polonais, Flamands, quelques Français, attendent, écoutent les détonations s'approcher. Soudain tous se retournent : on tire derrière eux.

— Les balles explosives, crient les officiers. Pas d'importance.

Comme le son des balles est précis à travers le brouillard ! On entend les trajectoires... Le bataillon, depuis le début de son instruction, s'est appelé Edgar-André. Les Allemands ont appris cette nuit qu'Edgar-André, prisonnier d'Hitler, vient d'être exécuté à la hache.

Presque tous les Allemands, depuis des mois, vivent la vie misérable de l'émigration, doutent d'eux-mêmes. Ils attendent. Ils attendent depuis trois ans. Aujourd'hui, ils vont enfin montrer qu'ils n'étaient pas des resquilleurs de la révolution.

Les Polonais guettent les ordres, tout le visage attentif.

Les Français parlent.

Le canon s'approche. Beaucoup de soldats touchent leur voisin sans en avoir l'air, de l'épaule, de la jambe, — comme si la seule défense d'un homme contre la mort était la présence des hommes.

Siry et Kogan sont collés l'un à l'autre. Trop jeunes pour avoir fait la guerre, mais assez vieux pour avoir fait leur service ; donc, au front après quinze jours d'instruction. Siry, c'est un large visage triangulaire tout noir, un garçon trapu, avec des gestes de comédien. Kogan est un plumeau frisé, à touffe de cheveux verticale.

Ils ont passé la nuit dans la même couverture : ceux qui vont combattre ont dormi par deux, à cause du froid de novembre. Jamais, pense Kogan, je n'ai eu tant d'amitié pour un homme en si peu de temps. Chaque fois qu'un obus tombe près d'eux, Siry, en langage merle, approuve, juge, proteste. Un 155 tombe sans éclater, disparaît à travers la boue vers quelque centre de la terre : Siry agite les ailes, proteste éperdument.

— Les Maures !

Non : un combattant trop nerveux. Le brouillard commence à se lever, mais on ne voit personne : des explosions, un bois désert.

— Couchés !

Les voilà tous dans l'odeur de mousse et de souvenirs d'enfance. Les premiers blessés à la face redescendent, le visage caché par des doigts déjà couleur de sang. Les soldats se soulèvent malgré les balles pour saluer le poing levé ; les blessés ne les voient pas, sauf un, qui découvre pour répondre de son poing sanglant le visage même de la Guerre. De tous côtés les branches tombent, comme des hommes. « Cette vache de terre, dit Siry, si on pouvait entrer dedans ! »

— Debout !

Ils commencent à avancer, baissés, à travers le bois. Ils entendent les Maures avancer aussi, mais ils ne voient rien, sauf les arbres isolés, semblables dans la brume aux geysers de terre des obus. Plus d'imitation de merle : depuis qu'ils marchent, qu'ils vont au combat avec leurs pieds, ils ne pensent qu'à la seconde où apparaîtront les Maures ; et pourtant, même les plus ignorants d'entre eux pensent aussi que, dans ce matin de brume, ils sont l'Histoire. Le Flamand qui monte à la droite de Siry (à gauche c'est Kogan) reçoit une balle dans la jambe, se baisse pour toucher son mollet, accroche deux balles avec sa poitrine et tombe. Les Maures tirent maintenant à feux croisés. Je n'aurais jamais cru qu'il y eût tant de balles au monde, pense Siry, ni tant pour moi ! Mais il est ravi de fonctionner si bien : la peur est là, mais elle ne le gêne ni pour marcher, ni pour aucun geste. Ça va. « On va leur montrer ce que c'est que les Français ! » Car, en ce moment, chacun des internationaux veut montrer les qualités militaires de sa nation. Un officier crie deux syllabes et tombe, une balle dans la bouche. Siry commence à devenir enragé : il trouve qu'on lui assassine ses copains. Sous le fracas des obus, il perçoit le silence soudain des hommes — où rôde encore une phrase, dite par plusieurs voix :

— Ils m'ont eu...

Les Internationaux avancent dans le brouillard. Est-ce qu'on va finir par les voir, les Maures, oui ou non ?

Heinrich se démène au milieu des téléphones et du tohu-bohu
d'un poste de commandement. Un civil arrive, cheveux gris en
brosse, moustaches.

— Qu'est-ce que vous voulez ? demande Albert, l'adjudant
du général. C'est un juif hongrois, ancien étudiant, ancien plon-
geur ; costaud et frisé.

— Je suis commandant dans l'armée française. J'appartiens
au Comité Mondial Anti-fasciste depuis sa fondation. J'ai passé
la journée sur une chaise au ministère de la Guerre, et je peux
être plus utile. On m'a enfin envoyé ici. A vos ordres.

Il tend ses papiers à Albert : livret militaire, carte du Comité.

— Ça va, m'général, dit celui-ci à Heinrich.

— Une compagnie polonaise vient de perdre son deuxième
capitaine, dit le général.

— Très bien.

Le capitaine se tourne vers Albert :

« Où sont les uniformes ? »

— Vous n'aurez pas le temps, dit Heinrich.

— Très bien. Où sont les hommes ?

— On va vous conduire. Je vous préviens que le poste est...
sérieux.

— J'ai fait la guerre, mon général.

— Bon. Parfait.

— Je suis un veinard. Les balles, je les dégoûte.

— Parfait.

Entre les troncs de ce Parc de l'Ouest si peu fait pour la
bataille, au delà des hommes tombés qui ne s'occupent plus de
rien — morts —, Siry voit enfin passer comme de gros pigeons
furtifs les premiers turbans.

— Plantez vos baïonnettes en terre !

Jamais il n'a vu les Maures ; mais, employé comme agent de
liaison quelques jours plus tôt, il s'est trouvé la nuit, pour une
heure, en première ligne, à cent mètres de leurs tranchées. La
nuit de novembre était épaisse et brumeuse ; il ne voyait rien,
mais il a entendu distinctement, tant qu'a duré sa mission, leurs
tam-tams qui montaient et descendaient avec leurs feux ; et il les
attend maintenant comme il attendrait l'Afrique. On dit que les
Maures sont toujours saouls quand ils attaquent. Partout autour
de lui, debout, couchés ou morts, visant, tirant, visant-tirant, il
y a ses copains d'Ivry et les ouvriers de Grenelle, ceux de la
Courneuve et ceux de Billancourt, les émigrés polonais, les Flamands, les proscrits allemands, des combattants de la Commune
de Budapest, les dockers d'Anvers, — le sang délégué par la
moitié du prolétariat d'Europe. Les turbans s'approchent derrière les troncs, comme s'ils jouaient aux quatre coins dans une
course folle.

Ils approchent depuis Melilla...

De longs morceaux d'acier, baïonnettes ou coutelas, passent dans le brouillard sans briller, longs et aigus.

A l'arme blanche, les troupes maures sont parmi les meilleures du monde.

— Baïonnette... on !

C'est le premier combat de la brigade internationale.

Les Internationaux tirent leur baïonnette. Jamais Siry ne s'est battu. Il ne pense ni qu'il sera tué ni qu'il sera vainqueur ; il pense : « Se rendent pas compte, les bicots ! » L'escrime à la baïonnette du régiment ? Ou bien rentrer dedans, et tout de suite ?

Entre deux obus, une voix éloignée dit derrière les arbres :

— ...la République, deu...

On n'entend pas la suite ; tous les yeux sont fixés sur les Maures qui arrivent ; et une voix beaucoup plus proche, dont chacun sait à peu près ce qu'elle va dire, dont les mots ne comptent pas, mais qui tremble d'exaltation et fait se relever tous ces hommes courbés, crie en français, pour la première fois, dans la brume :

« Pour la Révolution et pour la Liberté, troisième compagnie... »

Heinrich, sa nuque rasée faisant ses plis de front, tient un écouteur contre chaque oreille. Compagnie après compagnie, la brigade contre-attaque à la baïonnette.

Albert pose son récepteur :

— Je n'y comprends rien, m'général. Le capitaine Mercery, il dit : Butin considérable, la position est à nous, nous avons saisi au moins deux tonnes de savon !

Mercery commande une compagnie espagnole, à la droite des Internationaux.

— Quel savon ? Qu'est-ce que c'est que cet idiot ?

Albert reprend le récepteur.

— Quoi ? Quelle usine ? Quelle usine ? bon Dieu !

« Il explique l'utilité du savon », dit-il à Heinrich.

Le général regarde une carte.

— Quelle cote ?

Heinrich a changé d'écouteurs.

— Bon, dit-il. Il s'est trompé de cote et il a pris une savonnerie qui était à nous. Demandez au général espagnol de relever cet idiot illico.

La baïonnette dont on va se servir est plus longue qu'on ne croyait.

Du dernier quart d'heure, Siry retrouve seulement un fouillis de buissons et de grands arbres qui éclatent tous, un chahut d'obus au-dessus des balles explosives, et les Maures qui arrivent, gueule ouverte, mais qu'on n'entend pas hurler.

Une compagnie allemande vient relever celle de Siry, qui part à l'arrière se reformer. Le bois est jonché de Maures comme de papiers après une fête ; quand le bataillon chargeait, il ne les voyait pas. On dit qu'une compagnie polonaise a passé le Manzanarès.

— Et le commandant envoyé aux Polonais ? demanda Heinrich.

— Quand il a vu ce qu'il en était, il a dit : la position est intenable, vous devez l'abandonner. Ceux qui arriveront à nos lignes diront qu'ils sont partis sur mon ordre. Vous allez sortir par les fenêtres de derrière, vous n'aurez pas moins d'obus, mais tout de même moins de balles. Allez ! et dites que j'ai fait ce qu'il y avait à faire.

« Il a mis la vareuse du deuxième capitaine polonais, il est descendu, a pris la mitrailleuse jusqu'à la fin et s'est tiré une balle dans la tête. Il est tombé en travers de la porte. »

— Combien de rescapés ?

— Trois.

Siry a perdu Kogan : aucun de ses deux voisins ne comprend le français (sauf les commandements) et ils ne savent pas siffler. Siry sait que, derrière leur bataillon, il n'y a plus que les coiffeurs armés : leur réserve s'appelle le bataillon des Figaros. Quand l'infernal fracas est suspendu, il entend le tir de la colonne Durruti — qui avance, du « Régiment d'Acier » qui avance, des socialistes qui avancent ; plus ils avancent et plus leur ligne s'élargit. Derrière le remue-ménage sanglant du Parc s'étend, se déploie une ligne d'attaque aussi longue que la ville. Entre les maisons, les Espagnols, qui le matin ont arrêté trois attaques, viennent de recevoir l'ordre d'attaquer à leur tour : les maisons prises par les Maures sont reprises à la grenade, les tanks sont arrêtés à la dynamite, et les Maures repoussés par les baïonnettes des Internationaux, trouvent devant eux, dans les rues, les anarchistes qui poussent en première ligne les canons républicains. Derrière eux les syndicats mobilisés attendent les armes des premiers morts.

Les fascistes avancent depuis le Maroc, mais ils reculent depuis le Parc de l'Ouest.

Les Maures enfoncés, les compagnies décimées des Internationaux reviennent en arrière, forment de nouvelles compagnies, repartent. Les Maures dévalent. Les anarchistes de Durruti, les colonnes de tous les partis catalans, les socialistes, les bourgeois du « Régiment d'Acier » attaquent.

— Allo !

C'est Albert qui tient le récepteur.

« L'ennemi contre-attaque de nouveau, m'général. »

— Avec les tanks ?

Albert répète :

— Non : pas de nouveaux tanks.

— Aviation ?

Albert répète :

— Normale.

Il ne raccroche pas. Il regarde son pied, qui bouge ; le récepteur tremble :

— M'général !

« Ça y est ! Ils retombent jusqu'au Manzanarès ! Ils vont repasser le Manzanarès, m'général ! »

Compagnie après compagnie dépassent celle de Siry en courant, chargent ; et Siry et ses compagnons occupent un terrain jonché d'hommes aux visages fripés. Nation après nation, les compagnies passent dans la brume qui semble maintenant faite de la fumée des explosions, courbées, fusil en avant. Comme au cinéma, et pourtant si différentes ! Chacun de ces hommes est un des siens. Et ils reviennent, les poings sur la face ou le ventre tenu à deux mains, — ou ils ne reviennent pas — et ils ont accepté cela. Et lui aussi. Derrière eux, Madrid, et le sombre murmure de tous ses fusils.

Encore une vague d'assaut, et une étroite rivière...

— Le Manzanarès ! crient des voix.

Ébloui, un merle chante. Quelque part dans la brume, Kogan qui saigne sur les feuilles mouillées, un coup de baïonnette dans la cuisse, répond, pour les blessés et pour les morts.

II

SANG DE GAUCHE

CHAPITRE PREMIER

Le silence, profond pourtant, s'approfondit encore ; Guernico eut l'impression que, cette fois, le ciel était plein. Ce n'était pas le bruit d'auto de course par quoi un avion se localise ; c'était une vibration très large, de plus en plus profonde, tenue comme une note grave. Le bruit des avions qu'il avait entendus jusque-là était alternatif, montait et descendait ; cette fois, les moteurs étaient assez nombreux pour que tout fût mêlé, dans une avance implacable et mécanique.

La ville était à peu près sans phares ; comment les avions de chasse gouvernementaux, ou ce qu'il en restait, eussent-ils trouvé les fascistes dans cette obscurité ? Et cette vibration profonde et grave qui emplissait le ciel et la ville comme les emplissait la nuit, chatouillant Guernico et parcourant ses cheveux, devenait intolérable parce que les bombes ne tombaient pas.

Enfin une explosion étouffée vint de terre comme une mine éloignée ; et, coup sur coup, trois éclatements d'une extrême violence. Une autre explosion sourde ; plus rien. Encore une : au-dessus de Guernico, toutes à la fois, les fenêtres d'un grand appartement s'ouvrirent.

Il n'allumait pas sa torche électrique ; les miliciens étaient prompts à croire aux signaux lumineux. Toujours le bruit des moteurs, mais plus de bombes. Dans cette obscurité complète, la ville ne voyait pas les fascistes, et les fascistes voyaient à peine la ville.

Guernico tenta de courir. Les pavés accumulés le faisaient tré-
bucher sans cesse, et l'obscurité très dense rendait impossible de
suivre le trottoir. Une auto passa en vitesse, les phares bleus.
Cinq nouvelles explosions, quelques coups de fusil, une vague
rafale de mitrailleuse. Les explosions semblaient toujours venir
de terre, les éclatements d'une dizaine de mètres en l'air. Pas le
moindre lueur ; des fenêtres s'ouvraient, poussées de l'au-delà.
Sous une explosion plus proche, des vitres éclatèrent, tombèrent
de très haut sur l'asphalte. Au bruit, Guernico prit conscience
qu'il ne voyait que jusqu'au premier étage. Comme un écho du
verre brisé, une sonnerie devint perceptible, s'approcha, passa
devant lui, se perdit dans le noir : la première de ses ambulances.
Il arrivait enfin à la Centrale Sanitaire ; la rue se peupla dans
l'obscurité.

Médecins, infirmières, organisateurs, chirurgiens rejoignaient
en même temps que lui leurs collègues de service. Il avait enfin
ses ambulances. Un médecin était responsable de la partie sanitaire du travail, Guernico de l'organisation des secours.

— Ça peut aller, dit le médecin ; mais s'ils continuent comme
ça, ça n'ira plus : nous sommes obligés d'envoyer les ambulances
par séries, il y a des bombes sur San-Geronimo et sur San-
Carlos, et ainsi de suite...

Un hospice de vieillards et un hôpital. Guernico imaginait les
blessés courant à travers les salles éteintes de San-Carlos.

— Les ambulances ont bien leur paquet de torches électriques,
n'est-ce pas ? demanda-t-il calmement.

— Ça flambe ; sans doute les fascistes emploient-ils des
bombes incendiaires.

Le médecin tira les volets intérieurs.

« Regardez. »

De faibles lueurs rouges passaient derrière les profils des maisons, dans des directions différentes. L'incendie de Madrid commence, pensa Guernico.

— Les torches sont bien dans les ambulances, n'est-ce pas ?
demanda-t-il de nouveau, patient.

— Je ne crois pas. Mais, je vous dis, on n'en a pas besoin.

Guernico organisait avec un calme qui surprenait les chirurgiens : il n'y avait en lui ni comédie, ni tragédie. Il chargea l'un
des assistants de porter des torches dans chaque ambulance :
par cette obscurité complète, la lumière était la première condition du secours. Une nouvelle explosion ; les vitres gémirent.
Pendant qu'une infirmière refermait les volets, on entendit les
sonneries de deux ambulances lancées à travers la nuit.

Encore un éclatement. Il semblait que les bombes, des
bombes légères sans doute, ne fussent pas lâchées d'un avion,
mais jetées rageusement, comme des grenades. Guernico était
assis, et on lui transmettait des communications téléphoniques,
notées sur des fiches.

— Ils encadrent le Palace, dit-il.

— Mille blessés, et ainsi de suite... dit le médecin.

L'hôpital et l'ambassade soviétique étaient voisins.

— Rue San-Augustin, dit Guernico.

« Rue de Leon.

« Place des Cortès. »

— Maintenant ils ne tapent plus sur les blessés, ils tapent sur les vivants, dit un médecin.

Un assistant entr'ouvrit la fenêtre dont le médecin avait tiré les volets ; au-dessus des ordres, des coups de téléphone, du bruit trop assuré des pas et de la constante sonnerie des ambulances, entra dans la pièce la vibration régulière de l'escadrille fasciste.

Un courant d'air fit voler quelques papiers : une infirmière, partie avec l'ambulance de l'asile des vieillards, rentrait.

— Ah ! c'est du joli ! Mon petit Guernico, au moins deux ambulances de plus pour l'hospice !

— La porte, Mercédès ! cria le médecin, chassant aux papillons ses papiers dans le courant d'air.

— Quelle bande de salauds ! dit-elle comme si elle eût parlé de la rumeur des moteurs sur quoi se refermait la fenêtre. Là-bas, c'est la pagaille effroyable : les pauvres vieux se piétinent dans les escaliers. Ils sont affolés, naturellement.

— Combien de blessés y a-t-il ? demanda Guernico.

— Oh ! pour les blessés, l'ambulance suffirait, c'est pour l'évacuation.

— Les ambulances sont pour les blessés : ils ne manqueront pas... Les vieillards sont dans les caves pour l'instant ?

— Tu penses !

— Les caves sont solides ?

— Oh ! des catacombes.

— Bien.

Il chargea un assistant de prévenir la Junta.

— Tu sais, Guernico, dit à mi-voix Mercédès, soudain calmée, il y en a qui deviennent dingos...

— Ce sont des bombes incendiaires ? demanda le médecin.

— Les gens qui ont l'air de savoir quelque chose appellent ça des bombes au calcium. C'est vert, absinthe exactement. C'est terrible, vous savez : on ne peut pas l'éteindre. Et les vieux qui cavalent à travers ça comme des aveugles, les mains en avant, ou sur des béquilles...

— Où est tombée la bombe ?

— Dans un couloir, entre les dortoirs.

Une fenêtre était-elle mal fermée ? Le bruit opiniâtre des avions rôdait dans la salle, coupé par la rafale d'une mitrailleuse républicaine, « pour le moral », sans doute. Mais au-dessous, comme s'il venait du sol et des murs, un grondement montait et descendait avec le roulement des tambours voilés : une nouvelle attaque de la brigade internationale contre les Maures, le long du Manzanarès.

— Où se bat-on ? demanda Guernico.

— Partout, dit Mercédès.

— Casa del Campo, Cité universitaire, dit le médecin.

Une explosion toute proche fit sauter les porte-plume sur les tables. Les tuiles retombèrent sur des toits éloignés, et sur la volée de pas d'un groupe qui fuyait. Il y eut une seconde de silence, puis un cri extraordinairement grinçant raya la nuit ; puis le silence.

— Une bombe incendiaire sur l'ambassade de France, dit Guernico au téléphone de nouveau. Les bombes de la non-intervention.

« Les motocyclistes sont bien à leur poste, n'est-ce pas ?

« Deux bombes près de la place des Cortès.

« Il faut envoyer six cyclistes de liaison à Cuatro-Caminos. »

Un assistant lui parla à l'oreille.

« Envoyez une ambulance de plus pour San-Carlos, reprit-il. Là, ce sont des blessés... Et dites à Ramos d'aller inspecter tout ça, je vous prie. »

Depuis le début du siège, la fonction de Ramos était d'apporter l'aide du Parti communiste au point le plus menacé. S'il était fort utile au service sanitaire, qui manquait d'anesthésiants et de plaques radiographiques, il l'était moins au service des ambulances ; mais désormais, à Madrid, l'aide aux blessés allait être une des fonctions capitales de la Junta.

CHAPITRE II

Ramos filait aussi vite que le lui permettaient ses phares bleus.

Au premier grand incendie, l'auto s'arrêta. Dans la nuit pleine de cris assourdis, de bruits de course, de détonations, d'appels et d'écroulements étouffés au-dessus du roulement ininterrompu de la bataille, un couvent s'effondrait parmi des décombres ; des fulgurations le parcouraient comme des bêtes, sous un bouillonnement de fumée grenat. Il n'y restait personne. Piquets de miliciens, gardes d'assaut, services de secours regardaient, fascinés par la trouble exaltation des flammes, la vie inépuisable du feu. Assis, un chat gris levait la tête.

Le raid était-il terminé ?

Une mince lueur à gauche. Des bottes sonnèrent dans le silence plein de lointains appels. Un artichaut de flammes succéda à la lueur, retomba ; puis, projetée sur le ciel et sur les maisons, une grande lueur s'établit. Bien que les avions fussent partis (les champs étaient proches, et la nuit de novembre est longue), sous les toits, d'étage en étage, le feu continuait sa vie propre : à gauche s'allumèrent quatre nouveaux brasiers : non pas les brûlots verts et bleus du calcium, mais des crachements de flammes rousses. Quand Ramos passa, à la place des flammes, des myriades de courtes flammèches rongeaient les maisons comme une invasion d'insectes, devant un exode silencieux : des matelas, des pieds de chaises qui sortaient de charrettes à bras, suivies de vieilles femmes en retard. Les services de secours arrivaient. Efficaces. Il en contrôla une dizaine.

A San-Carlos, les maisons formaient écran, et l'obscurité était complète dans presque toutes les rues qui avoisinaient la place : Ramos heurta une civière ; les porteurs crièrent. Comme une poignée de confetti incandescents, un tourbillon de flammèches passa au-dessus de blessés allongés par terre les uns à côté des autres, les éclairant très faiblement aux jambes. Trois pas plus loin, Ramos heurta une seconde civière : cette fois, ce fut le blessé qui cria. Sur un coin éclatant et un morceau de toit, des pompiers en silhouette pointaient sur la fournaise leurs lances minuscules et dérisoires. Ramos arrivait enfin sur la place.

Les bouillonnements de fumée se précipitèrent, et la lueur monta. Tout devint distinct, les bonnets de coton des blessés alignés et les chats. Et comme si elle eût accompagné la montée du feu, la profonde vibration des moteurs emplit à nouveau le ciel noir.

Ramos souhaitait si violemment la paix pour ces blessés qu'on évacuait, ambulance après ambulance, qu'il voulait croire à une arrivée d'autos ; mais, l'incendie retombant un instant après un bruit de poutres déglinguées, dans un silence plein d'étincelles, l'inexorable approche des moteurs, là-haut, se déploya ; deux paquets de quatre bombes, huit éclatements suivis d'une très sourde clameur, comme si la ville tout entière se fût éveillée dans l'effroi.

A côté de Ramos, un milicien paysan dont le pansement s'était défait, regardait son sang descendre tout le long de son bras nu et tomber goutte à goutte sur l'asphalte : dans cette sombre lumière, la peau était rouge, l'asphalte noir était rouge, et le sang, brun clair comme du madère, devenait en tombant d'un jaune lumineux, comme celui de la cigarette de Ramos. Celui-ci fit évacuer d'urgence le milicien. D'autres blessés, avec les bras des plâtrés, glissèrent comme un ballet lugubre, noirs d'abord en silhouette, puis leurs pyjamas clairs de plus en plus rouges, au fur et à mesure qu'ils traversaient la place dans la sombre lueur de l'incendie. Tous ces blessés étaient des soldats : il n'y avait pas d'affolement, mais un ordre farouche, fait de lassitude, d'impuissance, de rage et de résolution. Deux bombes

tombèrent encore et la ligne des blessés allongés se tordit comme
une vague.

Le poste téléphonique était à cent mètres, dans une rue que
l'incendie n'éclairait pas : Ramos bouscula un corps, alluma sa
torche : l'homme criait, bouche grande ouverte ; un des ambu-
lanciers toucha sa main :

— Il est mort.

— Non, il crie, dit Ramos.

A peine tous deux s'entendaient-ils, dans le chahut des bombes,
des avions, des canons lointains et des sirènes qui se perdaient.
Mais l'homme était mort, la bouche ouverte comme s'il eût crié ;
et peut-être avait-il crié... Ramos heurta encore des civières et
des cris et une fulguration tira de la nuit tout un peuple courbé.

Il demanda par téléphone des ambulances et des camions :
beaucoup de blessés pouvaient être évacués par camions. (Où ? se
demandait-il. Les hôpitaux étaient transformés en brasiers les
uns après les autres.) Guernico l'envoya à Cuatro-Caminos.
C'était un des quartiers les plus pauvres, spécialement visé
depuis le début du siège. (Franco, disait-on, avait affirmé qu'il
épargnerait le quartier élégant, Salamanca.) Ramos reprit l'auto.

Dans la lueur des incendies, dans la lumière cadavérique des
becs électriques bleus et des phares, dans l'obscurité complète,
reprenait en silence un exode séculaire. Nombre de paysans du
Tage s'étaient réfugiés chez leurs parents, chaque famille avec
son âne ; parmi les couvertures, les réveils, les cages à serins, les
chats dans les bras, tous, sans savoir pourquoi, allaient vers les
quartiers plus riches, — sans affolement, avec une longue habitude de la détresse. Les bombes tombaient par volées. On leur
apprendrait à être pauvres comme il convient de l'être.

Les phares bleus éclairaient mal. En avant des maisons éventrées, Ramos passa devant une vingtaine de corps allongés,
parallèles et confus, tous semblables devant les décombres. Il
arrêta l'auto, siffla pour appeler une ambulance. Anarchistes,
communistes, socialistes, républicains, comme l'inépuisable grondement de ces avions mêlait bien ces sangs qui s'étaient crus
adversaires, au fond fraternel de la mort !... Les sirènes filaient
dans l'ombre, s'approchaient, se croisaient, — se perdaient dans
la nuit humide comme celles des bateaux en partance. L'une
s'arrêta, et son cri longuement immobile parmi ce chassé-croisé
de hurlements monta comme celui d'un chien désespéré. A travers l'odeur de brique chaude et de bois brûlé, sous les tourbillons d'étincelles qui dévalaient la rue comme des patrouilles
folles, l'explosion exaspérée des bombes poursuivait les cloches
d'ambulances, les recouvrait de claquements enragés d'où les
inlassables cloches ressortaient comme de tunnels parmi la meute
des sirènes folles. Depuis le début du bombardement, des coqs
chantaient. Sous l'éclatement sauvage d'une torpille, ils devinrent déments ; tous ensemble, nombreux comme ceux d'un vil-

lage dans ce quartier misérable, frénétiques, exaspérés, ils commencèrent à hurler à la mort le chant sauvage de la pauvreté.

Dans le faisceau mince de la torche de Ramos, fébrile comme une antenne d'insecte, en avant des corps allongés le long du mur, apparut un homme étendu sur un perron. Il était blessé au côté et gémissait. Pas très loin, une ambulance tintait. Ramos siffla de nouveau. « Elle vient », dit-il. L'homme ne répondit rien, mais continua à gémir. La torche l'éclairait de haut, promenait sur son visage l'ombre des graminées qui poussaient entre les pierres du perron ; Ramos, dans l'inlassable frénésie des coqs, regardait avec pitié ces fines ombres indifférentes, peintes avec une décision japonaise sur ces joues qui tremblaient.

A l'extrémité de la bouche tomba la première goutte de pluie.

CHAPITRE III

Derrière les tranchées allemandes de la brigade internationale, monte la lueur des premiers grands incendies de Madrid. Les volontaires ne voient pas les avions ; mais le silence nocturne, qui n'est plus celui de la campagne, l'étrange silence de la guerre, tremble comme un train qui change de rails. Les Allemands sont tous ensemble, ceux qu'on a exilés parce qu'ils étaient marxistes, ceux qu'on a exilés parce qu'ils étaient romanesques et se croyaient révolutionnaires, ceux qu'on a exilés parce qu'ils étaient Juifs ; et ceux qui n'étaient pas révolutionnaires, qui le sont devenus, et sont là. Depuis la charge du Parc de l'Ouest, ils repoussent deux attaques par jour : les fascistes essaient en vain d'enfoncer la ligne de la Cité Universitaire. Les volontaires regardent la grande lueur rouge qui monte dans les nuages pluvieux : les fulgurations d'incendie, comme celles des enseignes électriques, sont immenses dans les nuits de brouillard, et il semble que la ville entière brûle. Aucun des volontaires n'a encore vu Madrid.

Il y a plus d'une heure qu'un camarade blessé appelle.

Les Maures sont à un kilomètre. Il n'est pas possible qu'ils ne sachent pas où se trouve le blessé : sans doute attendent-ils que les siens viennent le chercher ; déjà un volontaire sorti de la tranchée a été tué. Les volontaires sont prêts à accepter cette chasse à l'appeau ; ce qu'ils craignent, dans cette nuit profonde dont l'incendie n'éclaire que le ciel, c'est de ne pas retrouver leur tranchée.

Enfin trois Allemands viennent d'obtenir l'autorisation d'aller chercher celui qui crie à travers la brume noire. L'un après l'autre ils passent le parapet, s'engouffrent dans le brouillard :

le silence de la tranchée est sensible malgré les explosions.

Le blessé crie à quatre cents mètres au moins. Ce sera long : tous savent maintenant qu'un homme ne rampe pas vite. Et il faudra le rapporter. Pourvu qu'ils ne se lèvent pas. Pourvu que l'aube ne vienne pas trop tôt.

Le silence et la bataille ; les républicains essaient de se rejoindre derrière les lignes fascistes ; les Maures essaient d'enfoncer la Cité Universitaire. Quelque part dans la nuit tirent les mitrailleuses ennemies de l'hôpital-clinique. Madrid brûle. Les trois Allemands rampent.

Le blessé appelle toutes les deux ou trois minutes. S'il y a une fusée, les volontaires ne reviendront pas. Sans doute sont-ils à cinquante mètres de la tranchée maintenant ; les autres sentent l'odeur fade de la boue, presque la même que celle des tranchées, comme s'ils étaient avec eux. Que le blessé est long à appeler de nouveau ! Pourvu qu'ils ne se trompent pas de direction, qu'ils aillent, au moins, directement vers lui...

Les trois, à plat ventre, attendent, attendent l'appel dans la brume traversée de fulgurations. La voix s'est tue. Le blessé n'appellera plus.

Ils sont soulevés sur un coude, hagards. Madrid brûle toujours, la tranchée des Allemands tient toujours, et, dans le sombre tam-tam du canon, les Maures tentent toujours d'enfoncer la Cité Universitaire dans le brouillard de la nuit.

CHAPITRE   IV

Shade s'arrêta à la première maison éventrée. La pluie avait cessé, mais on la sentait toute proche. Des femmes en châle noir faisaient la chaîne derrière les miliciens du service de secours qui tiraient des décombres un pavillon de phono, un paquet, un petit coffre...

Au troisième étage de la maison, en coupe comme un décor, un lit pendait, suspendu par un pied à un plafond crevé ; cette chambre avait vidé dans le ruisseau, presque sous les pieds de Shade, ses portraits, ses jouets, ses casseroles. Le rez-de-chaussée, quoique éventré, était intact, tranquille comme la vie, ses habitants emportés en agonie par une ambulance. Au premier étage, au-dessus d'un lit couvert de sang, un réveil appela, sa sonnerie perdue dans la désolation du matin gris.

Les hommes du service de secours se passaient les objets de main en main ; le dernier milicien passa à la première femme un paquet. La femme ne le prit pas par le milieu, à pleine main, comme on le lui tendait, mais entre ses bras : la tête retomba

en arrière, car l'enfant était mort. La femme regarda vers la
chaîne, chercha et se mit à pleurer : peut-être avait-elle vu la
mère. Shade s'en alla. Mêlée à la brume humide du matin,
l'odeur du feu emplissait la ville, une odeur heureuse de bois
brûlé dans les forêts d'automne.

A la maison suivante, il n'y avait pas de victimes : les habitants, des petits employés, regardaient en silence brûler leur
maison ouverte. Shade était là pour chercher du pittoresque ou
du tragique, mais son métier lui répugnait : le pittoresque était
dérisoire, et rien n'était plus tragique que le banal, que ces
milliers d'existences humaines semblables à toutes les autres,
que ces faces couvertes de douleur comme toutes l'étaient d'in-
somnie.

— Vous êtes étranger, monsieur ? lui demanda celui qui regardait à côté de lui.

Le visage de l'interlocuteur était fin et âgé : les rides verticales de l'intellectuel ; il montra la maison sans rien dire.

— J'ai horreur de la guerre, dit Shade, tirant sa petite cravate.

— Vous êtes servi. Et, un peu plus bas : « Si on peut dire :
la guerre...

« Monsieur, la fabrique de lampes électriques, vers la route
d'Alcala, brûle. San-Carlos et San-Geronimo brûlent... Toutes
les maisons autour de l'ambassade de France... Beaucoup de
maisons autour de la place des Cortès, autour du Palace... La
Bibliothèque !... » Il parlait à Shade sans le regarder ; il regardait le ciel. « Moi aussi j'ai horreur de la guerre... Moins que de
l'assassinat...

— Tout vaut mieux que la guerre, dit Shade, entêté.

— Même de donner le pouvoir à ceux qui exercent ainsi celui
dont ils disposent ? » Il regardait toujours le ciel. « Moi non plus
je ne peux pas accepter la guerre. Et comment accepter ceci ?
Alors, que faire ?... »

— Puis-je vous aider ? demanda Shade.

Son interlocuteur sourit et lui montra la maison qui brûlait,
avec des flammes pâles dans le matin gris, sous une morne
fumée.

— Tous mes papiers, monsieur !... Et je suis biologiste...

A cent mètres devant eux, sur une place, un obus de gros
calibre éclata. Les dernières vitres dégringolèrent, et au milieu
du verre un âne attaché, qui ne tentait pas de fuir, se mit à braire
désespérément sous la pluie qui recommençait à tomber.

Quand Shade parvint à l'asile de vieillards, beaucoup des occupants étaient remontés des caves. L'incendie était éteint, mais
les traces du bombardement, autour de ces personnages inoffen-
sifs et vulnérables avec leurs infirmités et leurs gestes rapetissés,
étaient d'une surhumaine absurdité.

— Comment ça s'est-il passé ? demanda-t-il à un vieillard.

— Ah ! monsieur ! Courir, ce n'est plus de notre âge... Courir comme ça ! Surtout ceux qui ont des béquilles...

Il saisit Shade par sa manche :

« Où allons-nous, monsieur ? Ainsi, moi, j'étais coiffeur. Pour une clientèle particulière seulement. Tous ces messieurs comptaient sur moi pour leur toilette funèbre, les raser, les cheveux, et tout... »

Shade n'entendait pas sans peine, car des camions passaient, l'un derrière l'autre, ébranlant murs et décombres.

« Le Front Populaire nous avait mis ici, monsieur; on y était bien : c'était bien la peine !... Car ça va recommencer, allez... Ça finira, sans doute, ça finira... Seulement, moi aussi... »

Au premier étage, les vieillards les plus solides aidaient à des travaux dont Shade devinait mal la nature. Il y avait là une douzaine d'hommes, graves de la gravité de la vieillesse espagnole. Ils travaillaient comme s'ils avaient été condamnés au silence, l'oreille tendue, observant le ciel.

Au second étage, parmi les sonneries des ambulances qui parcouraient la ville et le bruit incessant des camions, des miliciens, en service commandé, tentaient d'entraîner de force des vieillards, réfugiés sous leurs lits contre le bombardement, à demi fous, et qui ne voulaient pas lâcher les pieds de fer. Soudain, écho menaçant des ambulances, les sirènes d'alerte parcoururent la rue à toute vitesse : lâchant les lits, les vieillards coururent vers la porte de l'escalier qui menait à la cave, leur couverture sur le dos ; sauf un qui portait son lit comme une carapace.

Moins de dix secondes après, la première explosion pulvérisait sur les tables et sous les fenêtres les morceaux du verre brisé de la nuit ; et comme si Madrid entière eût répondu par un indifférent tocsin, au-dessus du roulement du canon de la Cité Universitaire, les horloges de la ville, l'une après l'autre, commencèrent à sonner neuf heures.

— On les voit ! cria un des miliciens.

Shade descendit sous la porte de l'hôpital, passa la longue pipe, le nez. Larges, semblables aux avions de transport allemands qu'il avait si souvent pris en Europe, les Junkers sortirent de la découpure d'un toit, leur proue allongée en avant, noirs et très bas sous les nuages de pluie, traversèrent lentement la rue, disparurent derrière le toit opposé, suivis de leurs avions de chasse. Le destin guidait les bombes incendiaires. Elles éclatèrent à droite et à gauche, en chapelets. Des pigeons s'envolèrent ; au-dessus de leur vol mou, le retour rigide des avions passa comme la fatalité. Cette mort qui descendait *au hasard* faisait horreur à Shade. Les gouvernementaux n'avaient-ils plus assez de chasse pour distraire du front un seul avion ? Devant la porte, les camions passaient toujours, leurs bâches ruisselantes : il pleuvait tout près.

— Il y a une cave, dit une voix derrière lui.

Il restait sous la porte, sachant qu'elle ne le protégeait guère. Des silhouettes marchaient le long des murs, s'arrêtaient quelques minutes sous chaque porte, repartaient. Il avait souvent visité le front, jamais il n'avait éprouvé le sentiment qu'il éprouvait là. La guerre était la guerre ; ceci n'était pas la guerre. Ce qu'il eût voulu voir finir, c'était moins les torpilles que l'abattoir. Les bombes continuaient à tomber, imprévisibles. Shade pensait à ce qu'il avait entrevu ou noté, aux couverts dressés dans les maisons en coupe, à un portrait au verre étoilé au-dessus d'un petit jet de sang, à un costume de voyage pendu au-dessus d'une valise, — préparatifs pour l'autre monde —, à un âne dont on n'avait retrouvé que les sabots, aux longues traces de sang d'animal poursuivi laissées sur les trottoirs et sur les murs par les blessés du Palace, aux civières vides, une tache à la place de chaque blessure. Que de sang allait laver la pluie ! Les obus, maintenant, croisaient les bombes. Shade attendait, après chaque explosion, le bruit des tuiles qui retombent. Malgré la pluie, l'odeur du feu commençait à s'établir dans les rues. Les camions passaient toujours.

— Qu'est-ce que c'est que ça ? demanda Shade, tirant les ailes de sa petite cravate.

— Des renforts pour Guadarrama. « Ils » essaient de percer, là-haut...

CHAPITRE V

Sous un grand voile de pluie oblique, la brigade de Manuel avançait de la Sierra de Guadarrama dans un paysage de 1917 aux clochers démantelés. Les silhouettes se détachaient pesamment de la boue, descendaient peu à peu. Un horizon de soir en plein matin, de longues lignes d'anciens labours orientées vers une vallée basse qui remontait jusqu'au ciel en charpie et derrière laquelle la plaine de Ségovie dévalait sans doute à l'infini, comme la mer derrière une falaise. La terre semblait s'arrêter à cet horizon ; au delà, un monde invisible de sommeil et de pluie grondait de tous ses canons. Derrière, Madrid. Les hommes avançaient toujours, cahotant de plus en plus dans la boue de plus en plus lourde. De temps à autre, parmi les explosions, un obus n'éclatait pas, s'enfonçait : bjjii...

Le poste de commandement de Manuel était tout près des lignes. D'autres régiments avaient été adjoints au sien, et il commandait une brigade. Sa droite allait bien ; son centre, de même ; sa gauche flottait un peu. Au dernier combat, soixante pour cent des officiers et des commissaires politiques de sa brigade avaient été blessés. « Vous me ferez le plaisir de rester à votre place, et de ne pas aller chanter l'*Internationale* à la tête de vos troupes », avait-il dit une heure plus tôt. La contre-attaque se développait bien, mais la gauche flottait.

La gauche, ce n'était ni les hommes d'Aranjuez, ni les hommes du V⁰ corps qui les avaient renforcés, ni les nouveaux volontaires groupés autour d'eux ; ceux-là combattaient à droite et au centre. C'étaient des compagnies venues de la région de Valence, dites anarchistes bien que les hommes n'eussent jamais appartenu aux syndicalistes avant le soulèvement. Depuis l'avant-veille la gauche de la brigade n'avait plus un sergent ancien : tous morts ou à l'hôpital.

Devant cette gauche, avançaient les tanks de Manuel. Mécaniques, tranquilles, avec l'aspect de grandes manœuvres qu'ont les tanks même en combat, ils marchaient contre un barrage d'artillerie, de la même densité que celui qui tentait d'arrêter les fantassins qui les suivaient ; ils ne semblaient pas avancer contre un bombardement, mais sur un terrain miné dont eussent éclaté les mines. L'un d'eux disparut, comme s'il se fût dissous dans la pluie : une fosse à tanks ; un autre se coucha mollement à côté d'un geyser de terre boueuse et de cailloux ; entre les jaillissements de la terre arrachée qui retombait sous les obus avec une courbe molle et désolée, morne comme les raies obliques de la pluie sans fin, les autres continuaient leur avance.

Pendant des mois, Manuel avait vu ainsi des tanks avancer ; seulement, pendant des mois, c'étaient les tanks ennemis. Un jour, la brigade d'Aranjuez avait construit un tank en bois — opération magique, pour faire venir les vrais... Aujourd'hui, les siens s'allongeaient sur tout le paysage, en avance à droite, en retard à gauche, suivis de leurs fantassins. L'artillerie lourde républicaine pilonnait les lignes ennemies, qui répondaient, mais ne parvenaient pas à enrayer la contre-attaque. Dans le gris universel, de petites taches humaines d'un gris plus foncé suivaient les tanks : les dynamiteurs. Et les sections de mitrailleurs occupaient leur terrain, — leur terrain misérable et délavé —, pas après pas arraché de la boue.

Pourquoi envoyait-on à l'extrême-gauche des tanks de renfort ? Parce que la gauche piétinait ? La ligne de tanks, depuis son extrême-droite jusqu'au dernier char, tournait maintenant en croissant. Les chars de gauche de Manuel battaient-ils en retraite ? Ceux qu'il regardait n'allaient pas vers les fascistes, mais vers lui !

Ce n'étaient pas des renforts, c'étaient des tanks ennemis.

Si sa gauche flanchait, toute la brigade était perdue, et ce trou pouvait devenir la trouée sur Madrid. Si elle tenait, pas un des tanks ennemis ne reviendrait dans les lignes fascistes.

Sa réserve était prête, à côté de ses camions. Il pouvait la jeter tout entière dans le jeu, car une autre réserve arrivait en camions de Madrid.

L'auto de liaison de la gauche s'arrêta devant lui : on le reconnaissait de loin, à sa blouse de laine écrue. Le commandant était à l'arrière, la tête dans son bras replié posé sur la capote. Il semblait ronfler.

— Qu'est-ce qu'il y a ? demanda Manuel, tapant sur sa botte d'une branche de pin qu'il tenait à la main.

Le commandant avait donné l'ordre qu'on le conduisît au poste de commandement, mais il ne ronflait pas : il râlait.

— Qu'est-ce qu'il a eu ? demanda Manuel au chauffeur.

Il ne voyait pas la blessure.

— A la nuque, dit le chauffeur.

Il est rare qu'un officier soit blessé de dos pendant une attaque. Sans doute s'était-il retourné.

— Dépose-le ici, dit enfin Manuel, et file là-bas pour ramener Gartner.

Manuel avait déjà téléphoné qu'on atteignît le commissaire politique et qu'on le lui envoyât.

Avec de brusques cahots, l'auto disparut à travers l'eau. Manuel reprit ses jumelles. Quelques hommes de son extrême gauche couraient vers les tanks fascistes, qui ne semblaient pas tirer, car aucun des hommes ne tombait. Mais — Manuel tournait la mollette des jumelles, délayait encore le paysage, le précisait à nouveau derrière la pluie — ils avaient les bras en l'air. Ils passaient à l'ennemi.

La compagnie qui les suivait, séparée d'eux par un pli du terrain, ne les voyait pas.

En arrière de ces petites taches qui couraient sous leurs bras agités, comme des insectes sous leurs antennes, le terrain descendait. Il descendait jusqu'à Madrid. Manuel se souvint que depuis l'arrivée des nouveaux, on avait trouvé au cantonnement des inscriptions phalangistes.

En arrière, les autres compagnies tiraient. Elles marchaient au massacre, croyant que la première avançait. Le capitaine ne reconnaissait-il pas les tanks italiens ?

Le capitaine, on l'apportait dans une couverture (le poste d'évacuation était derrière le P. C. de Manuel). Mort aussi. Une balle dans les reins.

C'était un des meilleurs officiers de la brigade, l'ancien chef de la délégation d'Aranjuez. Il était en chien de fusil dans la couverture, ses moustaches grises pleines de gouttes d'eau.

Il y avait des phalangistes parmi les nouveaux, et les officiers étaient fusillés par derrière.

La droite avançait toujours.

— Le commissaire politique vient de descendre un type, dit le chauffeur.

Manuel se fit remplacer et fila vers la gauche avec toute sa réserve.

Respectueux de la consigne de « ne pas aller chanter *l'Inter-nationale* à la tête des troupes », le commissaire politique de la brigade, Gartner, avait établi son poste dans un bois de pins à l'entrée de la première vallée, celle sur quoi marchaient les tanks ennemis.

Un soldat était venu le trouver en courant. C'était un ancien, Ramon. Parmi les nouveaux de la gauche, Manuel avait placé une cinquantaine d'hommes d'Aranjuez.

— Mon vieux commissaire, y a six ordures dans les nouveaux qui veulent descendre le colonel.

« Six, qu'ils sont. Ils veulent passer de l'autre côté. Ils ont cru que j'étais d'accord. Ils ont dit : attendons les autres. Puis, ils ont dit : avec le capitaine, ça va, avec le commandant, ça va, maintenant faut s'occuper de celui à la blouse blanche. Le capi-taine, c'est vrai, t'sais ! Bande de vaches ! »

— Je sais...

— Ils veulent passer de l'autre côté. Ceux qui doivent des-cendre le colonel, c'est p't'être d'autres. Quand ils ont dit ça, j'ai dit : attendez, attendez, j'ai aussi des copains qui veulent passer. D'accord, qu'ils ont dit. Je suis venu.

— Comment peux-tu les rattraper ? Toute la ligne avance...

— Non : eux bougent pas. Ils attendent que les tanks enne-mis arrivent. Doit y avoir une combine.

« Et puis alors, y a des gars qui gueulent qu'il faut foutre le camp, qu'on tiendra pas contre les tanks. Ils gueulent drôle-ment. C'est pas naturel. Alors, les copains m'ont envoyé. »

— Et ton commissaire de régiment ?

— Tué.

Gartner avait gardé avec lui dix soldats d'Aranjuez.

— Les gars, dit-il, il y a des traîtres en ligne. Ils ont tué le capitaine. Ils veulent tuer le colonel et passer aux fascistes.

Il changea de costume avec un des soldats, qui resta là. Son visage en losange, rasé, semblait presque niais lorsqu'il était sans expression ; plus encore lorsque Gartner s'appliquait à ce qu'il le fût ; et tout à fait lorsqu'il retira sa casquette d'uniforme et qu'un képi blond se dressa sur ses cheveux, ruisselants en quelques minutes. Remplacé par un commissaire de régiment, il partit avec ses hommes.

Dans ce terrain vallonné tous les chemins convergeaient, soit vers le P. C. de Manuel et le poste d'évacuation, soit vers ce chemin où Ramon guidait Gartner.

Derrière un petit bois de pins ruisselants, deux fantassins, en effet, descendaient :

— Allez les gars, on les met !

(Ça, c'en est, dit Ramon au commissaire.

— Des six ?

— Non, de ceux qui se débinent. Ils sont tous obligés de passer par ici.)

— Où ça ? cria Gartner. Vous êtes pas cinglés ?

Les six nouveaux ne l'avaient peut-être jamais vu, ne connais-saient que leur commissaire de régiment. Ceux-ci l'avaient sans doute souvent rencontré, mais ils ne pensaient pas à lui. Ils ne pensaient à rien.

— On les met, je te dis ! Pas moyen de tenir là-haut. Et les tanks ! Dans une demi-heure on sera coupés, on y passera tous !

— C'est Madrid, derrière.

— Je m'en fous, dit l'autre, un beau garçon, ahuri. Si les chefs faisaient leur boulot, on n'aurait pas à se débiner. Allez ! sauve qui peut !

— Ceux du centre tiennent !

Tout ceci moins en dialogue qu'en aboiements dans la pluie. Gartner était devant l'un des soldats, sa bouche trop petite dans son visage trop large. Le soldat abaissa son fusil.

— Dis donc, toi, gueule de raie ultra-plate, tu veux du galon ? Si tu t'en ressens pour aller te faire écraser par les tanks, vas-y, mais si tu prétends faire écraser des copains, je te vais...

Le soldat alla faire un tour dans la boue, un coup de poing de Ramon dans les côtes. Désarmé ainsi que son compagnon, il fut dirigé vers l'arrière, encadré de quatre hommes de Gartner. Celui-ci allait vers l'avant, en courant maintenant : la capote jaune de ses hommes devenait grise à travers la pluie.

Les six hommes dont avait parlé Ramon attendaient planqués dans un trou de quatre ou cinq mètres, couverts de boue. Mais il ne s'agissait pas de commencer un combat.

— V'là les gars, leur dit Ramon, comme s'il eût présenté Gartner et les autres.

— On y va ? demanda le commissaire.

— Attends, dit celui qui semblait commander les six. Les autres sont en haut.

— Qui ? demanda Gartner, l'air ahuri.

— T'es trop curieux.

— Je m'en fous. Ce qui m'intéresse, c'est si c'est des types sûrs. Parce que, moi, j'ai des armes. Mais pas pour les foutre à n'importe qui. Combien qu'on en prend ?

— Nous six.

— Les copains et moi, on peut avoir tout de suite dix mitrail-lettes.

— Non : nous six, pas plus.

— C'est du sérieux, c'est des 7,65 avec le grand chargeur.

L'autre tapa sur son fusil en haussant les épaules.

— Ce n'est pas que nous en ayons besoin, dit un des six. Mais, à mon avis, c'est très utile. Même les dix.

Le premier approuva, comme il eût obéi. Les mains de celui qui venait de parler étaient fines. Ça, c'est un phalangiste, pensa le commissaire.

— Tu comprends, quand même, reprit Gartner s'adressant à celui qui avait parlé d'abord, c'est autre chose que ta pétoire. Un 7,65, c'est déjà pas un revolver de dame ; et ça, regarde : tu fous le grand chargeur comme ça. Tu armes comme ça. Tu as cinquante balles. Comme vous êtes six, ça fait huit chacun sur la gueule. Haut les mains !

Celui qui avait répondu le premier avait à peine avancé la main de deux centimètres vers son fusil qu'il dégringolait dans une flaque, une balle dans la tête. Le sang s'épandait dans l'eau, noir, sous le ciel bas. Les tanks ennemis avançaient toujours.

Les compagnons de Gartner avaient mis les autres en joue, et les ramenèrent. Avant la ferme, ils rencontrèrent Manuel et ses camions. Gartner sauta dans l'auto de Manuel, et le mit au courant. Manuel avait déjà envoyé à gauche la section anti-tank de sa réserve.

Les tanks fascistes allaient arriver dans quelques minutes sur cette section. Si le centre tenait, la réserve remplacerait la gauche, et, la droite avançant toujours, tout irait bien. Sinon...

Le centre, c'étaient ceux d'Aranjuez, et tous ceux qui les avaient rejoints : anciennes milices de Madrid, de Tolède, du Tage, de la Sierra même ; ouvriers des villes, yunteros, ouvriers agricoles, petits propriétaires, — les métallurgistes et les coiffeurs, ceux du textile et les boulangers. Ils combattaient maintenant dans un paysage hérissé de petits murs de pierres sèches parallèles comme les courbes sur les cartes d'état-major ; de là, il était impossible qu'ils ne vissent pas que, si les tanks ennemis avançaient encore de deux kilomètres (cinq ou dix minutes), pas un d'entre eux ne reviendrait vivant. Manuel avait donné l'ordre de tenir, et ils tenaient, accrochés à leurs pierres, collés aux plis du terrain, cachés derrière les arbres moins larges qu'eux, les mortiers ennemis devant et derrière, les mitrailleuses tirant à feux croisés, les obus de l'artillerie lourde venant les chercher du fond de la pluie. Manuel avait inspecté d'abord le centre, et il avait vu ses hommes tomber l'un après l'autre, ensevelis l'un après l'autre par la terre jaillie sous les nouveaux obus. A travers la fureur avec quoi la terre qui éclatait sur des kilomètres semblait se ruer contre les nuages, lancer contre la pluie d'hiver sa jaillissante pluie de mottes, de cailloux et de blessures, Manuel vit arriver une vague ennemie avec ses baïonnettes. Elles ne brillaient pas dans ce paysage où la pluie dissolvait tout ce que lui jetait la terre, et pourtant Manuel sentait les baïonnettes comme s'il eût été attaqué lui-même. Quelque chose de confus se passa au fond de la pluie, autour des innombrables petits murs absurdes ; et la vague ennemie (cette fois ce n'étaient pas les Maures) reflua, comme si elle n'eût pas été défaite par les anciens miliciens mais par la pluie éternelle qui déjà mêlait beaucoup de leurs morts à la terre, et renvoyait vers d'invisibles tranchées les vagues d'assaut ennemies, effilochées et dissoutes, à travers le voile de pluie aux détonations aussi nombreuses que ses gouttes.

Quatre fois l'infanterie fasciste revint à l'arme blanche, et quatre fois elle se fondit dans le grand voile d'eau.

Elle tenait, la ligne. Mais, enfonçant la gauche de Manuel, les tanks de la droite fasciste arrivaient sur la section anti-tank.

Cette section, c'était Pepe qui la commandait. Pour peu qu'ils eussent la moindre aptitude à commander, les dynamiteurs du mois d'août encore vivants commandaient maintenant. Pepe ronchonnait : « Dommage que son copain Gonzalez ne soye pas là et avec lui, pour la petite expérience qu'il allait faire et tenter. » Mais Gonzalez se battait à la Cité Universitaire. En même temps, Pepe jubilait. « Ce coup-ci, ils allaient voir et se rendre compte ! » Suivis d'assez loin par leur infanterie, les tanks fascistes avançaient de toute leur vitesse vers la première vallée, qui les mettait à l'abri de l'artillerie républicaine. Dans chaque vallée de la Sierra, il y a une route ou un chemin : les camions avaient amené Pepe et ses hommes à temps.

Des deux côtés de la route, un terrain assez découvert : çà et là des bosquets de pins noirs sous la pluie. Les hommes de Pepe prirent position, couchés sur les aiguilles ruisselantes, allongés dans une odeur de champignons.

Le premier tank s'embarqua dans la vallée, à droite de la route. C'était un tank allemand, très rapide et très mobile ; sous cette pluie sans fin, les dynamiteurs avaient tous l'impression qu'il eût dû rouiller. Devant lui, fuyait à toutes pattes un des troupeaux de chiens redevenus sauvages qui s'étaient réfugiés dans la Sierra.

Les autres devinrent distincts. Pepe allongé ne voyait pas le terrain entre les broussailles, et les chars semblaient avancer en bondissant, courbant leur tourelle comme une tête de cheval ou la relevant. Ils tiraient déjà, et leurs chaînes semblaient sonner, non pas avec le petit bruit mécanique qu'apportait la pluie, mais du fracas de toutes les mitrailleuses. Pepe avait l'habitude des mitrailleuses, et l'habitude des tanks.

Il attendait.

Les dents découvertes sur un sourire inamical, il commença le feu.

Une machine peut avoir l'air stupéfaite. En entendant les mitrailleuses, les tanks avaient foncé. Quatre d'entre eux, — trois de la première ligne, un de la seconde, — se dressèrent ensemble, ne comprenant pas ce qui leur arrivait, cabrés comme de mystérieuses menaces à travers la pluie de cauchemar. Deux tournèrent, un tomba, le quatrième resta en l'air, droit sous un pin très haut.

Pour la première fois ils venaient de rencontrer les mitrailleuses anti-tanks.

La seconde vague n'avait rien vu de ce qui venait de se passer — un tank est presque aveugle. Elle arrivait de toute sa vitesse. Par-dessus la première file de mitrailleurs couchés, la seconde commença à tirer et les tanks à tituber — sauf quatre, qui dépassèrent Pepe, et foncèrent sur sa seconde ligne.

Le cas était prévu : Manuel avait fait manœuvrer ses hommes. Les mitrailleurs de la seconde ligne retournèrent deux mitrailleuses, pendant que les autres et ceux de la première file continuaient à tirer sur la masse des chars qui s'enfuyaient en zigzags dans le déluge à travers les pins noirs. Pepe, lui aussi, se retourna : ces quatre-là étaient plus dangereux que tous les autres, si leurs conducteurs étaient résolus ; la brigade, sur quoi ils finiraient par déboucher, supposerait qu'ils étaient suivis.

Trois étaient déjà chacun contre un pin : ils étaient passés tout seuls, car leurs conducteurs étaient morts.

Le dernier continuait à avancer, sous les feux des deux mitrailleuses. Il s'était jeté sur la route vide, et courait avec son chahut de chenilles sous le fracas des mitrailleuses anti-tanks, à soixante-dix à l'heure, sans tirer, absurde et minuscule entre les pentes de plus en plus hautes, perdu sur l'asphalte étrangement solitaire, laqué de pluie, qui reflétait le ciel blafard. Il arriva enfin à un tournant, buta contre la roche, et demeura calé, comme un jouet.

Les chars qui n'avaient pas été touchés dévalaient maintenant dans le même sens que les chars républicains, tombaient sur leur propre infanterie épouvantée qui commençait à se débander. Devant, parmi les pins, autour du char cabré comme un fantôme de la Guerre, des tanks dans toutes les positions, déjà jonchés de petites branches, d'aiguilles, et de pommes de pin coupées par les balles, — pris par la pluie et la rouille future comme s'ils eussent été abandonnés depuis des mois. Manuel venait d'arriver. Au delà du bondissement des dernières tourelles, la droite fasciste se débandait derrière ce cimetière d'éléphants. Et l'artillerie lourde républicaine commença à bombarder sa ligne de retraite.

Manuel repartit aussitôt vers son centre.

La fuite de la droite ennemie, devant ses propres chars, suivis maintenant, comme s'ils eussent été des chars républicains, des hommes de Pepe qui n'avaient pas de mitrailleuses, suivis aussi par les dynamiteurs et par la réserve de Manuel au pas de course dans la boue, tournait à la débâcle, entraînant l'aile du centre fasciste. Le centre de Manuel, renforcé par une partie des troupes venues de Madrid dans les camions, l'autre demeurant en réserve, sortit enfin de ses pierres, avec un ordre enragé.

C'étaient ceux qui s'étaient couchés sur les places le jour de la caserne de la Montagne, quand on tirait sur eux de toutes les fenêtres ; ceux qui avaient une mitrailleuse par kilomètre, et qui « se prêtaient » les mitrailleuses en cas d'attaque ; ceux qui

étaient montés à l'assaut de l'Alcazar avec leurs fusils de chasse ;
ceux qui avaient fui contre les avions, en pleurant à l'hôpital
parce que « les nôtres les avaient abandonnés », ceux qui avaient
fui devant les tanks et ceux qui avaient tenu à la dynamite ; tous
ceux qui savaient que les señoritos reconnaissaient le « bon
peuple » à la servilité, — l'inépuisable foule des fusillés futurs,
invisibles comme le canon qui contre elle roulait d'un bout à
l'autre de la ligne avec un roulement de tambour.

Les fascistes ne prendraient pas Guadarrama ce jour-là.

Manuel, sa branche de pin sous le nez, regardait les lignes
brouillées de ceux d'Aranjuez et des hommes de Pepe, comme
s'il eût vu avancer sa première victoire, encore gluante de boue,
dans la pluie monotone et sans fin.

A deux heures, toutes les positions fascistes étaient prises ;
mais il fallait s'en tenir là. Pas question d'avancer sur Ségovie :
les fascistes retranchés attendaient au delà, et l'armée du centre
n'avait pas d'autres réserves que celles qui étaient en ligne.

CHAPITRE VI

Les tables de la *Granja* le long du boulevard étaient inoccu-
pées, mais tout le fond du café était plein. Sur Madrid, la pluie
qui venait de la Sierra avait cessé. La sonorité des explosions était
nouvelle : plus faible que celle des bombes, mais à dix ou vingt
mètres du sol.

— Nos canons antiaériens sont arrivés ? demanda Moreno,
plus beau que jamais.

Personne ne répondit. Tous ceux qui buvaient là se connaissaient plus ou moins. Les verres tremblotaient sous le roulement
constant du canon de la Cité Universitaire. Le café n'était pas
éclairé ; une heure de l'après-midi diffusait jusqu'au fond de la
salle une lumière de cave.

Un officier fit tourner le tambour de la porte avec un éclat de
miroir à alouettes sur le jour de novembre, et entra :

— Le feu reprend partout. Ça vient par ici.

— On l'éteindra, dit une voix.

— Facile à dire ! Rue San Margos, rue Martin de Los Hijos...

— Avenue Urqijo...

— L'hospice de San-Geronimo, l'hôpital San-Carlos, les maisons autour du Palace...

D'autres officiers entrèrent. Le tambour de la porte poussa
dans le café une odeur de pierre brûlante.

— L'hôpital de la Croix-Rouge...

— Le marché San Miguel...

— On a éteint déjà une partie. San-Carlos et San-Geronimo, c'est fini.

— Qu'est-ce qu'on entend ? Les antiaériens ?

— Garçon, une absinthe, dit le compagnon de Moreno, un chevelu ravagé.

— Je ne sais pas. Je ne crois pas.

— Ce sont des shrapnells, dit l'officier entré le dernier. Sur la place d'Espagne, ça tombe tant que ça peut. Mais, à Guadarrama, ils ne passent pas.

Il s'assit à côté de Moreno, en uniforme lui aussi, — et jeune ce jour-là, car il était rasé de près. Il avait maintenant les cheveux courts.

— Comment réagit-on dans la rue ?

— Ils commencent à peine à descendre dans les abris. Il y a ceux qui restent là, pétrifiés, surtout les femmes. Ou qui se laissent tomber, ou qui crient. Il y a ceux qui courent au hasard. Toutes les femmes qui tirent des gosses courent. Il y a les curieux.

— Toute la matinée, j'ai eu l'impression du tremblement de terre, dit Moreno.

Il voulait dire que la foule n'était pas prise par la peur des fascistes, mais par l'épouvante d'un cataclysme ; car la question de « se rendre » ne se posait pas plus que celle de se rendre à un tremblement de terre.

Une ambulance passa, précédée de sa cloche.

Dans un fracas de foudre, les verres sautèrent comme des lapins d'enfants, retombèrent en tous sens parmi les soucoupes, les apéritifs renversés et les morceaux triangulaires des vitres crevées comme des grosses caisses : une bombe sur le boulevard devant le café. Le plateau d'un garçon roulait ; il retomba avec un bruit de cymbales assourdies dans le silence. La moitié des consommateurs se rua sur l'escalier du sous-sol dans un tintement de petites cuillers ; l'autre restait là, suspendue ; mais non, pas d'autre explosion. Comme toujours, les cigarettes sortirent de dizaines de poches (mais nul n'en offrit) et des dizaines d'allumettes s'allumèrent à la fois dans la fumée qui tournait sur elle-même ; quand elle s'écoula entre les deux grands trous en dents de scie qui avaient été les glaces, un mort s'appuyait sur une barre du tourniquet de la porte, entre les vitres étoilées du tambour.

— Ils nous visent, dit le compagnon de Moreno.

— Tu nous barbes.

— Vous êtes tous fous, vous ne vous rendez pas compte ! vous vous ferez tuer pour rien ! Je te dis qu'ils nous visent !

— Je m'en fous, dit Moreno.

— Écoute, mon vieux, pardon ! Je me suis battu, c'est entendu. Tout ce que tu voudras. Mais me faire tuer pour rien par des bombes d'avions, non. J'ai travaillé toute ma vie, jusqu'ici, et j'ai tous mes rêves devant moi.

— Alors, qu'est-ce que tu fous là ? Tu n'es même pas à la cave.

— Je reste, mais je trouve ça idiot.

— « Regarde ce que je fais, n'écoute pas ce que je dis », a dit un philosophe.

Sous le grondement des obus, qui tombaient de tous côtés, les reflets du jour d'hiver accrochés aux morceaux de verre demeurés sur la table et sur le plancher, frémissaient imperceptiblement dans les mares tremblotantes de manzanilla, de vermouth et d'absinthe. Les garçons remontaient de la cave.

— ... On dit qu'Unamuno est mort à Salamanque.

Un civil revint de la cabine téléphonique.

— Il y a une bombe dans le métro de la Puerta del Sol. Un trou de dix mètres de profondeur.

— Viens voir, dirent deux voix.

— Il y avait des réfugiés dans le métro ?

— Je ne sais pas.

— Le service des ambulances dit qu'il y avait à midi plus de deux cents morts et cinq cents blessés.

— Pour commencer !

— ... On dit qu'ils sont battus à Guadarrama...

Celui qui avait téléphoné se rassit devant les décombres d'un apéritif.

— J'en ai marre, reprit le compagnon chevelu de Moreno. Et je te répète qu'ils nous visent ! Qu'est-ce que nous faisons là, en plein centre ! C'est idiot !

— Va-t'en.

— Oui, en Chine, en Océanie, n'importe où.

— ... Le marché del Carmen brûle, cria une voix du dehors, aussitôt couverte par une nouvelle sonnerie d'ambulance.

— Qu'est-ce que tu y feras, en Océanie ? Des colliers de coquillages ? De l'organisation de tribus ?

— Je pêcherai les poissons rouges ! Tout ! Pourvu que je n'entende plus parler de ça !

— Ça te gêne tellement de te désolidariser de ceux-ci que tu n'as même pas envie d'aller à la cave. Tes discours, malheureux, je les ai tenus aussi. A Hernandez, pauvre vieux !

Il regarda soudain son compagnon avec crainte : Hernandez, aujourd'hui, c'était lui, Moreno ; et Hernandez était mort. Mais la superstition se dissipa comme se dissipait la fumée devant eux :

« J'ai failli filer en France ; puis, j'ai hésité ; puis, j'ai été repris par les camaraderies, par la vie. Devant les obus, je ne crois plus aux réflexions ; ni aux vérités profondes ; ni à rien : je crois à la peur. La vraie : pas celle qui fait parler, celle qui fait partir. Si tu fous le camp, je n'ai rien à te dire ; du moment que tu restes là en ce moment, c'est réglé, tu ferais aussi bien de te taire.

« En prison, j'ai vu tout ce qu'on peut voir, entendu les types jouer leur vie à pile ou face, attendu le dimanche parce qu'on ne fusille pas le dimanche. J'ai vu des types jouer à la pelote basque sur le mur où étaient encore les morceaux de cervelle et les cheveux des prisonniers. J'ai entendu plus de cinquante types condamnés à mort jouer à pile ou face dans leurs cellules. Je sais de quoi je parle quand je parle de ça. Bon.

« Seulement, mon vieux, voilà : il y a autre chose. J'avais fait la guerre au Maroc. Ça, c'était encore une espèce de dépendance du duel. Ici, en premières lignes, il se passe tout autre chose. Après les dix premiers jours, tu es un somnambule. Tu en vois trop tomber ; l'artillerie, les tanks, les avions sont des choses trop mécaniques ; tout tourne au destin. Et tu es sûr que tu ne t'en tireras plus. Pas seulement du coup où tu es à ce moment-là : de la guerre. Tu es comme celui qui a pris un poison qui agira dans quelques heures, comme un type qui a prononcé des vœux. Ta vie est derrière toi.

« Et alors, la vie change. Tu es tout à coup dans une autre vérité, ce sont les autres qui sont fous. »

— Toi, tu es toujours dans une vérité !

— Oui. Voilà ce que c'est : tu avances sur un tir de barrage, tu ne t'occupes plus de rien ni de toi. Il tombe des centaines d'obus, il avance des centaines d'hommes. Tu es seulement un suicidé, et, en même temps, tu possèdes ce qu'il y a de meilleur en tous. Tu possèdes leur... ce qu'ils ont de meilleur, enfin, comme la joie de la foule au carnaval. Je ne sais pas si je me fais bien comprendre. J'ai un copain qui appelle ça le moment où les morts se mettent à chanter. Depuis un mois je sais que les morts peuvent chanter.

— Très peu pour moi.

— Il y a quelque chose que moi, le plus ancien officier marxiste, je n'avais jamais soupçonné. Il y a une fraternité qui ne se trouve que de l'autre côté de la mort.

— Il y a les types qui en ont eu assez quand il a fallu combattre avec les fusils contre les avions. Il y a ceux qui en ont eu assez quand il a fallu combattre avec les fusils contre les tanks. Moi, c'est maintenant.

— J'ai été aussi crispé que toi, et maintenant...

— Tu seras encore plus calme quand tu seras mort.

— Oui. Seulement, maintenant, je m'en fous.

Le sourire de Moreno découvrait ses dents magnifiques. Toutes les bouteilles décoratives posées au-dessus du bar dégringolèrent dans des sonnailles de verre vide ; les tables semblèrent se raidir sous l'explosion, et une réclame de vermouth tomba sur le dos de Moreno, coupant son sourire comme s'il eût été pris avec une main. Les nez qui sortaient du sous-sol replongèrent.

Un civil blessé, barbu, se précipita du dehors dans la porte, et le battant, lancé à toute volée, coincé, retentit contre la poitrine du mort du tambour avec un son mou, dans le silence qui suivit l'explosion. Le blessé tapait des poings sur la vitre à demi brisée, s'acharnait, s'effondra enfin.

De tous côtés, les explosions reprirent.

CHAPITRE VII

Les obus de gros calibre dégringolaient entre le Central téléphonique et l'Alcala. Un d'entre eux tomba sans éclater et deux miliciens l'emportèrent, l'un devant, l'autre derrière. Le ciel uni de fin d'après-midi commençait à peser sur Madrid pleine de flammèches et d'étincelles, où l'odeur du bombardement et de la poussière se mêlait à une autre, plus inquiétante, que Lopez avait connue à Tolède, et qu'il croyait celle de la chair brûlée. Deux Greco et trois petits Goya qui se trouvaient dans un hôtel abandonné par son propriétaire, attendus le matin au Conseil de Protection des Monuments, où avait été affecté Lopez, n'avaient pas été apportés ; il voulait les faire partir devant lui.

Fort peu efficace à la guerre, Lopez s'était montré éblouissant à la protection des œuvres d'art. Grâce à lui, pas un Greco n'avait été détruit dans la pagaille de Tolède ; et les toiles des plus grands maîtres, par dizaines, étaient tirées de l'indifférente poussière des greniers de couvents.

Assez loin en avant, devant une église, éclata un obus de petit calibre : les pigeons aussitôt envolés revinrent, intrigués, examiner les cassures fraîches de leur fronton. Par les fenêtres, ouvertes maintenant sur l'infini, d'une maison éventrée, apparut la haute tour du Central avec son écusson baroque, blême dans le jour déclinant de novembre.

C'était miracle que ce petit gratte-ciel qui domine Madrid ne fût pas encore en miettes. Un coin s'écornait. Quant aux vitres... Derrière la tour monta la fumée d'un obus. Bon Dieu ! pensa Lopez, il va finir par en arriver un sur mes Greco...

Une foule terrifiée tournait en vain dans les rues, sachant ce qu'elle fuyait, et ne sachant pas où ; et une autre foule, indifférente, curieuse ou exaltée, marchait, le nez en l'air. Un second obus tomba dans les environs : des gosses, accompagnés de femmes ou de vieillards, couraient, épouvantés ; d'autres gosses, sans parent d'aucune sorte, « discutaient le coup » :

« C'est des ballots, les fascistes ! Savent pas tirer : ils visent les soldats de la Casa del Campo, et regarde-moi ça où qu'ils tapent ! »

Un matin, dans la cour de la pouponnière de la Plaza del
Progrès, trois gosses jouaient à la guerre, le menton en l'air
comme ceux qui étaient devant Lopez. « Une bombe ! dit l'un.
Couchés ! » Tous trois, soldats disciplinés, se couchent. C'est
une vraie bombe. Les autres gosses, qui ne jouaient pas à la
guerre, restés debout, sont tués ou blessés...

Un obus tomba sur la gauche ; des chiens en file coururent,
obliques ; un autre petit troupeau arriva d'une rue voisine, en
sens inverse. La ronde sans espoir des chiens abandonnés semblait préfigurer celle des hommes. Lopez retrouvait pour les
regarder son œil de sculpteur ami des bêtes, mais d'autres bêtes
l'attendaient.

Comme presque tous les hôtels réquisitionnés, comme l'hôtel
d'Albe, celui où Lopez allait était abondamment orné d'animaux empaillés. Beaucoup d'aristocrates espagnols aimaient plus
leurs chasses que leurs tableaux ; et, s'ils conservaient leurs
Goya, ils leur mêlaient volontiers leurs trophées. L'inventaire
des maisons des grandes familles en fuite — seules celles dont
les propriétaires avaient fui étaient réquisitionnées — comprenaient souvent une dizaine de toiles de maîtres (quand elles
n'avaient pas été emportées à l'étranger la semaine qui précéda
le soulèvement) et un nombre inattendu de défenses d'éléphants,
cornes de rhinocéros, ours empaillés et animaux divers.

Quand Lopez entra dans les jardins de l'hôtel, salué par une
bombe à cent mètres, un milicien vint à sa rencontre.

— Alors, tortue, gueula Lopez en lui tapant sur l'épaule, mes
Greco ? bon Dieu !

— Quoi ? Les tableaux ? On n'avait pas de moyen de transport : c'est assez gros depuis que tes types les ont emballés
comme si c'était des œufs. Mais ton camion est passé.

— Quand ?

— Une demi-heure à peu près. Mais il n'a pas voulu prendre
ces bestiaux-là.

Dispersés sous les arbres avec leurs gestes « naturels », autour
des défenses d'éléphants soigneusement rangées sous la mar-
quise, les ours empaillés s'agitaient ; les obus ébranlaient légèrement la terre, et les ours abandonnés, une patte en l'air, semblaient bénir ou menacer le soir de guerre.

— C'est pas fragile, dit Lopez serein. Il refusait pour son
service la responsabilité de ces muséums, qu'une autre section
du Conseil de Protection emmagasinait.

— Écoute, camarade, si les obus c'est mauvais pour les
tableaux, ça doit pas être bon pour les défenses d'éléphant...
Qu'est-ce que tu veux que je foute de tout ça, moi ? Et il va
encore pleuvoir !

Sous un obus tout proche, la ménagerie bondit ou bascula,
et un canari, resté dans sa cage dorée de la Compagnie des
Indes, se mit à chanter avec frénésie.

— Je vais téléphoner pour qu'on te prenne tes ours.

Lopez alluma une cigarette et partit, la cage à la main. Il la balançait ; à chaque obus, le canari chantait plus fort, puis se calmait... Un immeuble brûlait comme au cinéma, de haut en bas ; derrière sa façade intacte aux décorations contournées, toutes fenêtres ouvertes et brisées, habité à tous les étages par les flammes qui ne sortaient pas, il semblait habité par le Feu. Plus loin, au coin de deux rues, un autobus attendait. Lopez s'arrêta, haletant pour la première fois depuis qu'il était sorti. Il s'agita comme un fou, lança comme une pierre la cage avec son canari, cria : « Descendez ! » Des gens de l'autobus le regardèrent s'agiter, semblable à cent autres fous dans cent autres rues. Lopez se jeta par terre, l'autobus sauta.

Quand Lopez se releva, le sang ruisselait des murs. Parmi les morts déshabillés par l'explosion, un homme à favoris, nu mais pas blessé, se relevait en criant. Le bombardement s'accéléra, toujours en direction du Central téléphonique.

CHAPITRE VIII

Shade était au Central : c'était l'heure de transmettre son article. Les obus tombaient sur le quartier tout entier, mais, ici, chacun se savait visé.

A cinq heures et demie, le Central avait été touché. Coup après coup, maintenant, les obus l'encadraient ; ils l'avaient touché, puis perdu, et le cherchaient à nouveau. Standardistes, employés, journalistes, messagers, miliciens se sentaient au front. Des obus éclatèrent à très faible intervalle, comme le bruit du tonnerre se répercute. Peut-être les avions étaient-ils de nouveau de la partie. Le soir tombait, et les nuages étaient bas. Mais sous tous les bruits des standards on n'entendait aucune vibration de moteur.

Un milicien vint chercher Shade : le commandant Garcia convoquait les journalistes dans un des bureaux du Central ; tous les correspondants de quelque importance étaient là, et attendaient. Pourquoi maintenant ? se demanda Shade. Mais il était dans les mœurs de Garcia, quand il avait affaire à la Presse, de la rencontrer là où elle se jugeait le plus exposée.

Dans un des bureaux de l'ancienne direction du Central, cuir, bois et nickel, Garcia se faisait communiquer chaque jour les doubles des articles envoyés de Madrid. Ils lui étaient apportés en deux dossiers : « *politique* » et « *faits* ». En attendant les correspondants, il feuilletait le second, las d'être homme : l'atroce était tel que tous les articles en regorgeaient.

POUR *PARIS-SOIR* : « *Avant de venir au Central, — lisait-il, — je viens d'assister à une scène d'une atroce beauté.*

« *On a trouvé cette nuit près de la Puerta del Sol un enfant de trois ans qui pleurait, perdu dans les ténèbres. Or, une des femmes réfugiées dans les sous-sols de la Gran Via ignorait ce qu'était devenu son enfant, un petit garçon du même âge, blond comme l'enfant trouvé dans la Puerta del Sol. On lui donne la nouvelle. Elle court à la maison où l'on garde l'enfant, calle Montera. Dans la demi-obscurité d'une boutique aux rideaux baissés, l'enfant suce un morceau de chocolat. La mère s'avance vers lui, les bras tendus, mais ses yeux s'agrandissent, prennent une fixité terrible, démente.*

« *Ce n'est pas son enfant.*

« *Elle reste immobile de longues minutes. L'enfant perdu lui sourit. Alors elle se précipite sur lui, le serre contre elle, l'emporte en pensant à l'enfant qu'on n'a pas retrouvé.* »

Ça ne se passera pas, pensa Garcia.

Le soir rougeâtre emplissait les fenêtres aux vitres brisées.

POUR *REUTER* : « *Une femme portait une petite fille à peine âgée de deux ans à laquelle manquait la mâchoire inférieure. Mais la petite fille vivait encore, les yeux grands ouverts, elle semblait demander avec étonnement qui lui avait fait cela. Une femme traversa la rue — l'enfant dans ses bras n'avait plus de tête...* »

Garcia connaissait, pour l'avoir vu, le geste terrifiant par quoi une mère protège ce qui reste de son enfant. Combien de gestes semblables aujourd'hui ?

Trois obus éloignés éclatèrent sourdement, comme les trois coups du théâtre ; la porte s'ouvrit, les correspondants entrèrent. Sur une table basse, des fleurs artificielles en verre, pas encore cassées, vibraient à chaque détonation. Comme les vitres étaient en morceaux, l'odeur de la ville en feu entrait avec la fumée par les deux fenêtres.

— Au cas où une ligne serait libre, dit Garcia, celui qui l'a demandée serait immédiatement prévenu ici. Vous n'ignorez pas que je ne vous convoque jamais que pour vous communiquer des documents. Avant de vous faire tenir celui pour lequel je vous ai priés de venir, permettez-moi d'attirer votre attention sur ceci : depuis le début de la guerre, nous avons détruit, d'après les communiqués fascistes, des avions ennemis sur neuf aérodromes. Il est plus facile de bombarder Séville que l'aérodrome de Séville ; or, s'il est arrivé que certaines de nos bombes, manquant leur objectif militaire, aient blessé des civils, du moins jamais une ville espagnole n'a-t-elle été systématiquement bombardée par nous.

« Voici maintenant le document. Je vais vous en donner lec-
ture. Chacun de vous est prié de prendre connaissance de l'ori-
ginal. Qui sera d'ailleurs exposé par nos soins à Londres et à
Paris, croyez-le bien... C'est une petite circulaire adressée aux
officiers supérieurs rebelles, simplement. Cet exemplaire a été
trouvé le 28 juillet en possession de l'officier Manuel Carrache.
Fait prisonnier au front de Guadalajara.

« *Une des conditions essentielles de la victoire consiste à*
« *ébranler le moral des troupes ennemies. L'adversaire ne dis-*
« *pose ni d'assez de troupes ni d'assez d'armes pour nous résis-*
« *ter ; malgré cela, il est indispensable de suivre strictement les*
« *instructions suivantes :*

« *Pour occuper le hinterland il est indispensable d'inspirer à*
« *la population une certaine horreur salutaire.*

« *Une règle s'impose : tous les moyens employés doivent être*
« *spectaculaires et impressionnants.*

« *Tout endroit se trouvant sur la ligne de retraite de l'ennemi*
« *et, d'une façon générale, tout endroit situé derrière le front*
« *ennemi doit être considéré comme zone d'attaque. A ce sujet*
« *il ne saurait y avoir de différence selon que les localités héber-*
« *gent ou non des troupes ennemies. La panique régnant parmi*
« *la population civile qui se trouve sur la ligne de retraite de*
« *l'ennemi contribue grandement à la démoralisation des*
« *troupes.*

« *Les expériences faites au cours de la grande guerre démon-*
« *trent que les dommages provoqués par mégarde dans les ambu-*
« *lances et dans les transports de blessés ennemis provoquent un*
« *fort effet de démoralisation dans la troupe.*

« *Après l'entrée à Madrid, les chefs des unités devront ins-*
« *taller immédiatement, sur les toits des immeubles dominant les*
« *arrondissements suspects, y compris les édifices publics et les*
« *beffrois, des nids de mitrailleuses pouvant dominer toutes les*
« *rues adjacentes.*

« *Dans le cas de velléités de résistance de la population, il*
« *sera immédiatement tiré sur les opposants. Vu le grand nom-*
« *bre de femmes qui combattent du côté adverse, il ne saurait*
« *y avoir d'égard au sexe de ces militantes. Plus notre attitude*
« *sera rigoureuse, plus l'écrasement de toute résistance de la*
« *population sera rapide, plus sera proche le triomphe de la*
« *rénovation de l'Espagne.* »

— J'ajoute, dit Garcia, que, *du point de vue fasciste,* je trouve
ces instructions logiques. Mon opinion personnelle est que la
terreur fait partie des moyens employés systématiquement, techniquement, par les rebelles, depuis le premier jour, et que vous
assistez ici au drame dont Badajoz fut la répétition générale.
Mais laissons les opinions personnelles.

Et, tandis que les journalistes sortaient :

— Vous recevrez aussi l'interview de Franco du 16 août, celle qui commence par : « *Je ne bombarderai jamais Madrid : il y a là des innocents...* »

Des obus tombaient encore, mais à un kilomètre ; au Central on n'y prenait plus garde.

Un secrétaire entra.

— Le colonel Magnin a téléphoné ? demanda Garcia.

— Non, commandant : les Internationaux combattent sur Getafé.

— Le lieutenant Scali n'est pas venu ?

— On a téléphoné d'Alcala : il passera vers dix heures.

« Mais le docteur Neubourg est là, commandant. »

Chef de l'une des missions de la Croix-Rouge, le docteur Neubourg venait de Salamanque. Garcia et lui s'étaient rencontrés autrefois à deux congrès, à Genève. Le commandant n'ignorait pas que Neubourg avait vu fort peu de choses à Salamanque ; mais du moins y avait-il vu longuement Miguel de Unamuno.

Franco venait de destituer le plus grand écrivain espagnol de sa charge de recteur de l'Université. Et Garcia n'ignorait pas combien le fascisme menaçait désormais cet homme qui avait été son défenseur illustre.

CHAPITRE IX

« Depuis six semaines, disait le médecin, il est couché dans une petite chambre, et il lit... Après sa destitution il a dit : Je ne sortirai plus d'ici que mort ou condamné. Et il s'est couché. Il continue. Deux jours après sa destitution, le Sacré-Cœur a été intronisé à l'Université... »

Neubourg regardait au passage, dans le seul miroir de la pièce, son mince visage rasé qui se voulait spirituel, et qui semblait la ruine de sa jeunesse. Au début de la conversation, Garcia avait tiré une lettre de son portefeuille :

— Quand j'ai su que vous viendriez ici, dit-il, j'ai feuilleté notre correspondance d'autrefois. J'ai retrouvé cette lettre, d'il y a dix ans, de l'exil. Il écrivait, au milieu :

« *Il n'y a pas d'autre justice que la vérité. Et la vérité, disait*
« *Sophocle, peut plus que la raison. De même que la vie peut plus*
« *que le plaisir et plus que la douleur. Vérité et vie est donc ma*
« *devise, et non raison et plaisir. Vivre dans la vérité, même si*
« *l'on doit souffrir, plutôt que raisonner dans le plaisir ou être*
« *heureux dans la raison...* »

Garcia posa la lettre devant lui sur le bureau poli, qui reflétait le ciel rouge.

— C'est le sens même du discours qui l'a fait destituer, dit le médecin : « Il est possible que la politique ait ses exigences, dans lesquelles nous n'entrerons pas ici. Cette Université doit être au service de la Vérité... Miguel de Unamuno ne saurait être là où est le mensonge. Et quant aux atrocités rouges dont on ne cesse de nous parler, sachez bien que la plus obscure des miliciennes, — serait-elle, comme on le dit, une prostituée, — quand elle combat avec un fusil et risque de mourir pour ce qu'elle a choisi, est moins misérable devant l'esprit que les femmes que j'ai vues sortir avant-hier de notre banquet, avec leurs bras nus qui n'avaient cessé de frôler le linge précieux et des fleurs, pour aller regarder fusiller des marxistes... »

Le don d'imitation de Neubourg était connu.

— En tant que médecin, mon cher, reprit-il, retrouvant sa véritable voix, laissez-moi vous dire que son horreur de la peine de mort a quelque chose de pathologique. Et qu'il se soit trouvé répondre précisément au général fondateur du Tercio, l'a sûrement énervé. Quand il a défendu l'unité culturelle de l'Espagne, les interruptions ont commencé...

— Lesquelles ?

— « A mort Unamuno, à mort les intellectuels ! »

— Qui criait ?

— De jeunes idiots de l'Université. Alors le général Millan Astray s'est levé, et a crié : A mort l'intelligence, vive la mort !

— A votre avis, que voulait-il dire ?

— A coup sûr : allez au diable ! Quant à : vive la mort, c'était peut-être une allusion aux protestations d'Unamuno contre les fusillades ?

— En Espagne, ce cri est assez profond : les anarchistes aussi l'ont poussé autrefois.

Un obus tomba sur la Gran Via. Heureux de son courage, Neubourg arpentait le bureau de Garcia, sa tête chauve reflétant vaguement le ciel incendié. Des deux côtés de son crâne, des touffes de cheveux noirs frisés bouffaient. Pendant vingt ans le docteur Neubourg (bien qu'il fût, dans son domaine, éminent) avait trouvé « qu'il faisait, mon cher, abbé du XVIIIe, n'est-ce pas ? » et il lui en restait quelque chose.

— C'est alors, reprit le médecin, qu'Unamuno a répondu le fameux : « Une Espagne sans Biscaye et sans Catalogne serait un pays semblable à vous, mon général : borgne et manchot. » Ce qui, après la réponse à Mola : « Vaincre n'est pas convaincre », que tout le monde connaissait, ne pouvait passer pour un madrigal.

« Le soir il est allé au casino. On l'a injurié. Il est rentré dans sa chambre et il a dit qu'il n'en sortirait plus. »

Garcia, bien qu'il écoutât avec soin, avait les yeux fixés sur la vieille lettre d'Unamuno posée sur son bureau. Il lut à haute voix :

« *Ceux de la croisade et de la revanche renonceront-ils au dessein de garde-civiliser le Rif, ce qui est le déciviliser ? Et sortirons-nous de cet honneur de bourreau ?*

« *De là-bas, de l'Espagne, je ne veux rien savoir ; encore moins de celle que ceux qui crient pour ne pas entendre appellent la Grande Espagne. Je me réfugie auprès de l'autre, de ma petite Espagne. Et ce que je voudrais avoir la volonté de ne jamais lire, ce sont les journaux espagnols. C'est quelque chose d'effrayant. Pas même le craquement d'une corde du cœur qui se rompt. On entend seulement grincer les poulies des fantoches, des moulins à vent que sont nos géants...*

Une clameur montait de la Gran Via. La lueur de l'incendie frémissait sur les murs, comme les reflets des rivières ensoleillées frémissent en été au plafond des chambres.

« Pas même le craquement d'une corde du cœur qui se rompt... », répéta Garcia, tapotant de sa pipe sur l'ongle de son pouce.

— Ce que je voudrais savoir, c'est ce qu'il *pense*. Je le vois d'ici en train d'engueuler Millan Astray, avec son air noble, étonné et pensif de hibou blanchi. Mais ce n'est là que le côté anecdotique : il y a autre chose.

— En conversation privée, ensuite, nous avons beaucoup parlé. Ou plutôt il a beaucoup parlé, car je ne faisais qu'écouter. Il déteste Azaña. Il voit encore dans la République, et dans elle seule, le moyen de l'unité fédérale de l'Espagne ; il est contre un fédéralisme absolu, mais aussi contre la centralisation par la force : et il voit maintenant dans le fascisme cette centralisation même.

Une extraordinaire odeur d'eau de Cologne et d'incendie emplit le bureau aux vitres brisées : une parfumerie brûlait.

— Il a voulu serrer la main au fascisme sans s'apercevoir que le fascisme a aussi des pieds, mon bon ami. Qu'il conserve sa volonté d'unité fédérale explique beaucoup ses contradictions...

— Il croit à la victoire de Franco, reçoit les journalistes et leur dit : « Écrivez que, quoi qu'il arrive, je ne serai jamais avec le vainqueur... »

— Ils s'en gardent. Que vous a-t-il dit de ses fils ?

— Rien. Pourquoi ?

Garcia regarda rêveusement le soir rouge.

— Tous ses fils sont ici, deux comme combattants... Je ne crois pas qu'il n'en pense rien. Et il n'a pas souvent l'occasion de voir un homme susceptible de connaître les deux camps...

— Il est sorti une fois, après le discours. On dit qu'en réponse à ce qu'il avait dit des femmes, on l'a convoqué dans une pièce aux fenêtres ouvertes, devant lesquelles on fusillait...

— J'ai entendu cela déjà, sans trop y croire. Vous avez des informations précises là-dessus ?

— Il ne m'en a pas parlé, ce qui est naturel. Moi non plus, vous le pensez bien, mon cher.

« Son inquiétude s'est beaucoup accrue ces derniers temps, devant l'éternel recours de ce pays à la violence et à l'irrationnel. »

Un confus geste de pipe sembla vouloir dire que Garcia prenait modérément au sérieux ce genre de définitions. Neubourg regarda sa montre et se leva.

— Seulement, mon cher Garcia, je trouve que tout ce que nous disons est quand même un peu autour des choses. L'opposition d'Unamuno est une opposition éthique. Notre conversation là-dessus était indirecte, mais elle était constante.

— Évidemment, les fusillades ne sont pas un problème de centralisation.

— Quand je l'ai quitté dans ce lit, amer et morose, entouré de livres, j'ai eu l'impression de quitter le XIXe siècle...

En le reconduisant, Garcia lui montrait du bout du tuyau de sa pipe les dernières lignes de la lettre qu'il tenait à la main.

— « *Quand je tourne les yeux de l'esprit vers mes douze dernières années tourmentées, depuis le moment où je m'arrachai au rêve ombragé d'un certain petit cabinet de travail exigu de Salamanque — combien j'y ai rêvé ! — cela m'apparaît comme le rêve d'un rêve.*

« *Lire ? Je ne lis plus beaucoup, si ce n'est sur la mer, dont je suis chaque jour ami plus intime...* »

— Il y a dix ans, dit Garcia.

CHAPITRE X

Au moment où, Paris obtenu, Shade fut appelé dans la salle des téléphones, un obus tomba tout près. Deux autres, plus près encore. Presque tous les occupants se jetèrent contre le mur opposé à la fenêtre. Malgré les lampes électriques, on devinait la profonde lueur rouge du dehors, et il semblait que ce fût l'incendie même qui tirât sur le Central dont les treize étages de fenêtres étaient sans une ombre humaine. Enfin, un vieux journaliste moustachu se décolla de la paroi ; puis tous, l'un après l'autre : ils regardaient le mur comme s'ils y eussent cherché leur trace.

De nouveaux obus tombèrent. A peine moins près ; mais nul n'abandonna les places reprises. On dit que dans les assemblées, toutes les vingt minutes, un silence passe : l'indifférence passait.

Bientôt Shade put commencer à dicter. Pendant que se succédaient ses notes de la matinée, les obus se rapprochaient, les pointes des crayons sautant toutes ensemble sur les blocs de sténo à chaque explosion. Le tir cessa, et l'angoisse s'accrut. Les canons, là-bas, rectifiaient-ils leur tir ? On attendait. On attendait. On attendait. Shade dictait. Paris transmettait à New-York.

« Ce matin, virgule, j'ai vu les bombes encadrant un hôpital où se trouvaient plus de mille blessés, point. Le sang que laissent derrière eux, virgule, à la chasse, virgule, les animaux blessés, virgule, s'appelle des traces, point. Sur le trottoir, virgule, sur le mur, virgule, était un filet de traces... »

L'obus tomba à moins de vingt mètres. Cette fois, ce fut une ruée vers le sous-sol. Dans la salle presque vide ne restaient que les standardistes et les correspondants « en ligne ». Les standardistes écoutaient les communications, mais leur regard semblait chercher l'arrivée des obus. Les journalistes qui dictaient continuèrent à dicter : la communication coupée, ils ne la retrouveraient plus à temps pour l'édition du matin. Shade dictait ce qu'il avait vu au Palace.

« Cette après-midi, je suis arrivé, quelques minutes après une explosion, devant une boucherie : là où les femmes avaient fait queue étaient des taches ; le sang du boucher tué coulait de l'étal, entre les bœufs ouverts et les moutons pendus aux crochets de fer, sur le sol où l'entraînait l'eau d'une conduite crevée.

« Et il faut bien comprendre que tout cela est pour rien.

« Pour rien.

« C'est bien moins la terreur que l'horreur qui secoue les habitants de Madrid. Un vieillard m'a dit, sous les bombes : « J'ai toujours méprisé toute politique, mais comment admettre de donner le pouvoir à ceux qui usent ainsi de celui qu'ils n'ont pas encore ? » Pendant une heure j'ai fait partie d'une queue devant une boulangerie. Il y avait là quelques hommes et une centaine de femmes. Chacun croit que rester au même endroit une heure est plus dangereux que de marcher. A cinq mètres de la boulangerie, de l'autre côté de la rue étroite, on mettait en bière les cadavres d'une maison éventrée, comme on le fait en ce moment dans chaque maison déchirée de Madrid. Quand on n'entendait ni canon ni avion, on entendait les coups de marteau résonner dans le silence. A côté de moi, un homme dit à une femme : « Elle a le bras arraché, Juanita ; vous croyez que son fiancé l'épousera dans cet état-là ? » Chacun parlait de ses affaires. Au bout d'un moment une femme a crié : « Si c'est pas malheureux de manger comme nous mangeons ! » Une autre a répondu, avec l'air grave et le style qu'elles ont toutes un peu pris à la Passionaria : « Tu manges mal, nous mangeons mal, mais, avant, nous ne mangions pas bien ; et nos enfants, eux, mangent comme on n'a pas mangé chez nous depuis deux cents ans. » A l'approbation générale.

« Tous ces éventrés, tous ces décapités sont suppliciés en vain. Chaque obus enfonce davantage le peuple de Madrid dans sa foi.

« Il y a cent cinquante mille places dans les abris, et un mil-

lion d'habitants à Madrid. Dans les quartiers les plus visés
n'existe aucun objectif militaire. Le bombardement va continuer.

« Pendant que j'écris ceci, des obus éclatent de minute en
minute sur les quartiers pauvres ; dans l'heure indécise du soir,
la lueur des incendies est si forte qu'en cet instant, devant moi,
le jour tombe sur une nuit couleur de vin. Le destin lève son
rideau de fumée pour la répétition générale de la prochaine
guerre ; compagnons américains, à bas l'Europe !

« Sachons ce que nous voulons. Quand un communiste parle
dans une assemblée internationale, il met le poing sur la table.
Quand un fasciste parle dans une assemblée nationale, il met les
pieds sur la table. Quand un démocrate — Américain, Anglais,
Français — parle dans une assemblée internationale, il se gratte
la nuque et il pose des questions.

« Les fascistes ont aidé les fascistes, les communistes ont
aidé les communistes, et même la démocratie espagnole ; les
démocraties n'aident pas les démocraties.

« Nous, démocrates, nous croyons à tout, sauf à nous-mêmes.
Si un état fasciste ou communiste disposait de la force des États-
Unis, de l'Angleterre et de la France réunis, nous en serions
terrifiés. Mais comme c'est *notre* force, nous n'y croyons pas.

« Sachons ce que nous voulons. Ou bien disons aux fascistes :
hors d'ici, sinon vous allez nous y rencontrer ! — et la même
phrase le lendemain aux communistes, si besoin est.

« Ou bien disons, une bonne fois : A bas l'Europe.

« L'Europe que je regarde de cette fenêtre n'a plus à nous
enseigner ni sa force, qu'elle a perdue, ni sa foi de Maures qui
brinquebalent leurs Sacrés-Cœurs. Compagnons d'Amérique, que
tout ce qui chez nous veut la paix, que tout ce qui hait ceux qui
effacent les bulletins de vote avec le sang des bouchers tués sur
leur étal, se détourne désormais de cette terre ! Assez de cet
oncle d'Europe, qui vient vous donner des leçons avec sa tête
qui a perdu la raison, ses passions de sauvage et son visage de
gazé. »

Dès qu'il eut fini de dicter, Shade monta au dernier étage,
le meilleur observatoire de Madrid. Quatre journalistes étaient
là, presque détendus : d'abord parce qu'ils étaient maintenant à
l'air libre, que les lieux clos rendent l'angoisse plus intense, et
ensuite parce que la lanterne du Central, plus petite que sa
tour, semblait moins vulnérable. Le soir sans soleil couchant et
sans autre vie que celle du feu, comme si Madrid eût été portée
par une planète morte, faisait de cette fin de journée un retour
aux éléments. Tout ce qui était humain disparaissait dans la
brume de novembre crevée d'obus et roussie de flammes.

Une gerbe flamboyante fit éclater un petit toit dont Shade
s'étonnait qu'il eût pu la cacher ; les flammes, au lieu de monter,
descendirent le long de la maison qu'elles brûlèrent en remontant jusqu'au faîte. Comme dans un feu d'artifice bien ordonné,

à la fin de l'incendie des tourbillons d'étincelles traversèrent la brume : un vol de flammèches obligea les journalistes à se baisser. Quand l'incendie rejoignait les maisons déjà brûlées, il les éclairait par derrière, fantomatiques et funèbres, et demeurait longtemps à rôder derrière leurs lignes de ruines. Un crépuscule sinistre se levait sur l'Age du Feu. Les trois plus grands hôpitaux brûlaient. L'hôtel Savoy brûlait. Des églises brûlaient, des musées brûlaient, la Bibliothèque Nationale brûlait, le Ministère de l'Intérieur brûlait, une halle brûlait, les petits marchés de planches flambaient, les maisons s'écroulaient dans des envolées d'étincelles, deux quartiers striés de longs murs noirs rougeoyaient comme des grils sur des braises ; avec une solennelle lenteur, mais avec la rageuse ténacité du feu, par l'Atocha, par la rue de Léon, tout cela avançait vers le centre, vers la Puerta del Sol, qui brûlait aussi.

C'est le premier jour..., pensa Shade.

Les volées d'obus tombaient maintenant plus à gauche. Et du fond de la Gran Via que Shade surplombait et voyait mal, commença à monter, couvrant parfois la cloche des ambulances qui descendaient sans arrêt la rue, un son de litanies barbares. Shade écoutait de toute son attention ce son venu de très loin dans le temps, sauvagement accordé au monde du feu : il semblait qu'après une phrase périodiquement prononcée, la rue entière, en manière de répons, imitât le battement des tambours funèbres : Dong-tongon-dong.

Enfin Shade, plus qu'il ne comprit, devina, car il avait entendu le même rythme un mois plus tôt : en réponse à une phrase qu'il n'entendait pas, le bruit de tambour humain scandait : *no passaran*. Shade avait vu la Passionaria, noire, austère, veuve de tous les tués des Asturies, conduire dans une procession grave et farouche, sous des banderoles rouges qui portaient sa phrase fameuse « *Il vaut mieux être la veuve d'un héros que la femme d'un lâche* », vingt mille femmes qui, en réponse à une autre longue phrase indistincte, scandaient le même *no passaran ;* il en avait été moins ému que de cette foule bien moins nombreuse, mais invisible, dont l'acharnement dans le courage montait vers lui à travers la fumée des incendies.

CHAPITRE XI

Manuel, sa branche de pin à la main, sortait de la mairie où s'était tenu le conseil de guerre élu : assassins et fuyards étaient condamnés à mort. Contre les fuyards, les vrais anarchistes avaient été les plus fermes : tout prolétaire est responsable ; si ceux-ci avaient été abusés par les espions phalangistes, ils n'étaient pas excusables pour cela. Une auto passa, le double triangle de ses phares chiné de pluie.

« Ils pourront tranquillement bombarder Madrid », pensa Manuel : on ne voyait absolument rien.

Au moment où il passait devant la petite porte qu'il ne devinait que par la lumière du couloir, on se jeta sur lui et il se sentit pris aux jarrets. Dans la lumière pleine de pluie des torches électriques aussitôt allumées par Gartner et ceux qui le suivaient, deux soldats de la brigade, à genoux dans la boue épaisse, enserraient ses jambes. Il ne voyait pas leur visage.

— On ne peut pas nous fusiller ! criait l'un d'eux. Nous sommes des volontaires ! Faut leur dire !

Le canon s'était tu. L'homme ne criait pas le visage levé, mais vers la boue, et ses cris étaient enveloppés dans le grand chuchotement de la pluie. Manuel ne disait rien.

— On peut pas ! On peut pas ! cria l'autre à son tour. Mon colonel !

La voix était très jeune. Manuel ne voyait toujours pas les visages. Autour de chaque bonnet de police contre sa hanche, dans la tache confuse des torches, des gouttelettes qui semblaient monter du sol voltigeaient entre les lignes serrées de la pluie. Soudain, comme Manuel ne répondait toujours pas, l'un des deux condamnés recula son visage pour le regarder ; à genoux, le torse rejeté pour voir Manuel au-dessus de lui, les bras retombés en arrière sur ce fond de nuit et de pluie sans âge, il était celui qui paie toujours. Il avait sauvagement frotté son visage contre les bottes pleines de boue de Manuel ; son front et ses pommettes en étaient couverts, autour de la tache cadavérique des orbites restées blanches.

« Je ne suis pas le conseil de guerre », faillit répondre Manuel ; mais il eût honte de ce désaveu. Il ne trouvait rien à dire, sentait qu'il ne pouvait se délivrer du second condamné qu'en le repoussant du pied, ce qui lui était odieux, et restait immobile devant le regard fou de l'autre qui haletait, et sur la face de qui descendaient maintenant les rigoles de pluie battante, comme s'il eût pleuré de tout son visage.

Manuel se souvenait de ceux d'Aranjuez et de ceux du V⁰ corps dans la même pluie, à la fin du matin, derrière leurs petits murs ; sa résolution de réunir le conseil de guerre n'avait pas été prise sans réflexion ; mais il ne savait que faire, pris entre l'hypocrisie et l'odieux : fusiller est assez sans ajouter la morale.

— Faut... leur dire ! cria de nouveau celui qui le regardait. Faut... leur dire !

Que dirais-je ? pensait Manuel. La défense de ces hommes était dans ce que nul ne saurait jamais dire, dans ce visage ruisselant, bouche ouverte, qui avait fait comprendre à Manuel qu'il était en face de l'éternel visage de celui qui paie. Jamais il n'avait ressenti à ce point qu'il fallait choisir entre la victoire et la pitié. Incliné, il tenta d'écarter celui qui enserrait encore sa jambe : l'homme se cramponna furieusement, la tête toujours baissée comme s'il n'eût plus connu du monde entier que cette jambe qui l'empêchait de mourir. Manuel faillit tomber et pesa plus fort sur les épaules, sentant qu'il faudrait plusieurs hommes pour détacher celui-ci. Tout à coup, l'homme laissa retomber ses bras et regarda Manuel, de bas en haut, lui aussi : il était jeune, mais moins que Manuel ne l'avait cru. Il était au delà de la résignation ; comme s'il eût tout compris — non seulement pour cette fois mais pour les siècles des siècles. Et, avec l'amertume indifférente de ceux qui parlent déjà de l'autre côté de la vie :

— Alors, t'as plus de voix pour nous, maintenant ?

Manuel s'aperçut qu'il n'avait pas encore dit un mot.

Il fit quelques pas, et les deux hommes furent derrière lui.

L'odeur profonde de la pluie sur les feuilles et les branches recouvrit celle de laine et de cuir des uniformes. Manuel ne se retournait pas. Il sentait dans son dos les deux hommes à genoux dans la boue, le corps immobile, et dont les têtes le suivaient.

CHAPITRE XII

Une fulguration transforma en faux-jour, pour une seconde, la lumière de l'électricité. Pour que Garcia et Scali l'eussent sentie malgré les ampoules allumées, il fallait qu'elle fût venue d'une très haute flamme. Tous deux allèrent à l'une des fenêtres. Maintenant, l'air était froid, et une brume légère montait, mêlant le brouillard aux fumées d'incendies des centaines de maisons qui brûlaient en sourdine. Aucune sirène : seulement les autos des pompiers et les ambulances.

— L'heure où les Walkyries choisissent entre les morts, dit Scali.

— Comme Madrid a l'air de dire à Unamuno, avec ce feu : qu'est-ce que tu veux que me fasse ta pensée, si tu ne peux pas penser mon drame ?... Descendons. Nous allons à l'autre bureau.

Garcia venait de raconter à Scali l'entretien qu'il avait eu avec le docteur Neubourg. De tous les hommes qu'il devait voir dans la journée et dans la nuit, Scali était le seul pour qui tout cela eût la même résonance que pour lui-même.

— L'attaque de la révolution par un intellectuel qui fut révolutionnaire, dit Scali, c'est toujours la mise en question de la politique révolutionnaire par... son éthique, si vous voulez. Sérieusement, commandant, cette critique, souhaitez-vous qu'elle ne soit pas faite ?

— Comment le souhaiterais-je !

« Les intellectuels croient toujours un peu qu'un parti, ce sont des hommes unis autour d'une idée. Un parti ressemble bien plus à un caractère agissant qu'à une idée ! Pour nous en tenir au psychologique, un parti est bien plutôt l'organisation pour une action commune d'une... constellation de sentiments parfois contradictoires, qui comprend ici : pauvreté — humiliation — Apocalypse — espoir, et quand il s'agit des communistes : goût de l'action, de l'organisation, de la fabrication, etc... Déduire la psychologie d'un homme de l'expression de son parti, ça me fait le même effet que si j'avais prétendu déduire la psychologie de mes Péruviens de leurs légendes religieuses, mon bon ami ! »

Il prit sa casquette et son revolver, tourna le commutateur ; la lumière s'éteignit. Elle avait maintenu au dehors le feu, qui entrait d'un coup, leur plaquant au fond de la gorge un goût de bois brûlé, poussant la fumée dans le bureau avec l'invincible lenteur des incendies qui avançaient vers la Puerta del Sol. Tout le ciel lie-de-vin pesait sur la pièce éteinte. Au-dessus du Central et de la Gran Via, des cumulus rouge sombre et noirs s'aggloméraient, épais à tenir dans la main. Toussant et éternuant, bien que la fumée, plus visible qu'elle ne l'était auparavant, ne fût pas plus dense, Scali revint à la fenêtre. Le sol des rues brûlait : non, c'était l'asphalte brillant qui rougeoyait sous le reflet des courtes flammes. Un troupeau de chiens abandonnés commença à hurler, absurde, dérisoire, exaspérant, comme s'il eût régné sur cette désolation de fin de monde.

L'ascenseur fonctionnait encore.

Ils marchèrent dans les rues, noires sous le ciel fauve, jusqu'au Prado. Là, dans l'obscurité absolue, les bruits entendus de la fenêtre du Central les entouraient encore : Madrid se pansait. Et ils allaient vers un autre bruit, semblable à des milliers de petits coups sur l'asphalte.

— Unamuno manquera bien sa mort, dit Scali. Le destin lui avait préparé ici les funérailles dont il a rêvé toute sa vie...

Garcia pensait à la chambre de Salamanque.

— Il eût trouvé ici un autre drame, dit-il, et je ne suis pas sûr qu'il l'eût compris. Le grand intellectuel est l'homme de la nuance, du degré, de la qualité, de la vérité en soi, de la complexité. Il est par définition, par essence, antimanichéen. Or, les moyens de l'action sont manichéens parce que *toute action est manichéenne*. A l'état aigu dès qu'elle touche les masses ; mais même si elle ne les touche pas. Tout vrai révolutionnaire est un manichéen-né. Et tout politique.

Il se sentit pressé de toutes parts à hauteur des cuisses. Il ne pouvait y avoir tant de blessés. Il essayait de voir avec ses mains. Un troupeau de chiens ? Et quelle odeur de campagne et de poussière !

De plus en plus pressé ; impossible d'avancer. Le son des

pattes sur l'asphalte était plus dur et plus pressé que celui des pattes de chiens.

— Qu'est-ce que c'est que ça ? criait Scali, déjà séparé de lui de cinq mètres. Des moutons ?

A quelques mètres, un bêlement. Garcia, plongé dans la chaleur, parvint à dégager le bouton de sa torche, et le faisceau lumineux tomba en lumière frisante sur un nuage à peine plus épais que celui des fumées : des moutons, en effet. La torche n'éclairait pas assez loin pour que Garcia vît la fin du troupeau qui les entourait. Mais les bêlements se répondaient, sur des centaines de mètres. Et pas une ombre de berger.

— Obliquez à droite ! cria Garcia à Scali.

Les troupeaux chassés par la bataille refluaient, traversaient Madrid pour descendre vers Valence. Sans doute les bergers — qui, maintenant, marchaient en groupes armés — étaient-ils derrière leurs bêtes ou dans les rues parallèles au boulevard. Mais, en ce moment, les troupeaux invisibles, maîtres du Prado, comme ils le seraient après la fin des hommes, avançaient, pressés et chauds, entre les incendies, leur épais silence percé çà et là de minces bêlements.

— Allons chercher la bagnole, dit Garcia, ça aura plus de bon sens.

Ils remontèrent vers le centre.

— Vous disiez ?

— Réfléchissez à ceci, Scali : dans tous les pays, — dans tous les partis, — les intellectuels ont le goût des dissidents. Adler contre Freud, Sorel contre Marx. Seulement, en politique, les dissidents, ce sont les exclus. Le goût des exclus dans l'intelligenzia est très vif : par générosité, par goût de l'ingéniosité. Elle oublie que pour un parti, avoir raison, ce n'est pas avoir une bonne raison, c'est avoir gagné quelque chose.

— Ceux qui pourraient tenter, humainement et techniquement, la critique de la politique révolutionnaire, si vous voulez, ignorent la matière de la révolution. Ceux qui ont l'expérience de la révolution n'ont ni le talent d'Unamuno ni même, souvent, les moyens de s'exprimer...

— S'il y a trop de portraits de Staline en Russie, comme ils disent, ce n'est tout de même pas parce que le méchant Staline, tapi dans un coin du Kremlin, a décidé qu'il en serait ainsi. Voyez, ici même à Madrid, la folie des insignes, et Dieu sait si le Gouvernement s'en fout ! L'intéressant serait d'expliquer pourquoi les portraits sont là. Seulement, pour parler d'amour aux amoureux, il faut avoir été amoureux, il ne faut pas avoir fait une enquête sur l'amour. La force d'un penseur n'est ni dans son approbation ni dans sa protestation, mon bon ami, elle est dans son explication. Qu'un intellectuel explique pourquoi et comment les choses sont ainsi ; et qu'il proteste ensuite, s'il le croit nécessaire (ce ne sera plus la peine, d'ailleurs).

« L'analyse est une grande force, Scali. Je ne crois pas aux morales sans psychologie. »

Ils n'entendaient aucun bruit d'incendie. Sous ces taches immenses, d'un rouge intense et sombre de fer battu qui refroidit, parcourues de fumées lourdes et de voiles déchirés qui couvraient le ciel comme si tout Madrid eût flambé, le silence se meublait parfois d'un bruit assourdi, extravagant dans ce ciel sinistre : celui des milliers de sabots qui continuait à monter du Prado.

— Pourtant, dit Scali, avant longtemps il faudra de nouveau enseigner aux hommes à vivre...

Il pensait à Alvear.

« Être un homme, pour moi, ce n'est pas être un bon communiste ; être un homme, pour un chrétien, c'était être un bon chrétien, et je me méfie. »

— La question n'est pas mince, mon bon ami, c'est celle de la civilisation. Pendant un bon moment, le sage — disons : le sage — a été tenu, plus ou moins explicitement, pour le type supérieur de l'Europe. Les intellectuels étaient le clergé d'un monde dont la politique constituait la noblesse propre ou sale. Le clergé incontesté. C'était eux, et pas les autres, Miguel et pas Alphonse XIII, — et même : Miguel et pas l'évêque —, qui étaient chargés d'enseigner aux hommes à vivre. Et voici que les nouveaux chefs politiques prétendent au gouvernement de l'esprit. Miguel contre Franco et hier contre nous, Thomas Mann contre Hitler, Gide contre Staline, Ferrero contre Mussolini, c'est une querelle des Investitures.

La rue était devenue oblique, et du brasier du Savoy, invisible, rayonnait au-dessus d'eux une vaste lueur.

— Borgese plutôt que Ferrero... dit Scali, l'index levé dans la nuit. Tout ça me paraît tourner, si vous voulez, autour de l'idée fameuse et absurde de totalité. Elle rend les intellectuels fous; civilisation totalitaire, au XXᵉ siècle, est un mot vide de sens ; c'est comme si on disait que l'armée est une civilisation totalitaire. A la vérité, le seul homme qui *cherche* une réelle totalité est précisément l'intellectuel.

— Et peut-être n'y a-t-il que lui qui en ait besoin, mon bon ami. Toute la fin du XIXᵉ siècle a été passive ; la nouvelle Europe semble bien se construire sur l'acte. Ce qui implique quelques différences.

— De ce point de vue, pour l'intellectuel, le chef politique est nécessairement un imposteur, puisqu'il enseigne à résoudre les problèmes de la vie en ne les posant pas.

Ils étaient dans l'ombre d'une maison. La petite tache rouge de la pipe allumée de Garcia décrivit une courbe, comme s'il eût voulu dire : ça nous mènerait trop loin. Depuis qu'il était arrivé, Scali sentait en Garcia une inquiétude qui n'était pas coutumière au solide commandant aux oreilles pointues.

— Dites donc, commandant, qu'est-ce qu'un homme peut faire de mieux de sa vie, selon vous ?

Une sonnerie d'ambulance approcha à toute vitesse, comme une sirène d'alerte, passa et s'éteignit. Garcia réfléchissait.

— Transformer en conscience une expérience aussi large que possible, mon bon ami.

Ils passaient devant un cinéma qui occupait tout le coin de deux rues. Une torpille d'avion l'avait éventré, en démolissant de haut en bas le mur dans la rue la plus étroite. Le service de secours fouillait les débris, cherchait quelque chose, des victimes peut-être, avec des torches électriques. Comme pour appeler les hommes à contempler cette recherche des morts avec le même son qu'elle les appelait autrefois à rêver, derrière la façade presque intacte, la sonnerie d'appel grelottait dans le soir d'hiver.

Garcia pensait à Hernandez. Et, en face de l'immense incendie de Madrid, il ressentait avec angoisse, comme s'il eût regardé des fous, à quel point les drames des hommes sont semblables, tournent dans un petit cercle infernal.

— La révolution est chargée de résoudre ses problèmes, et non les nôtres. Les nôtres ne dépendent que de nous. Si moins d'écrivains russes avaient fichu le camp derrière les armées de l'émigration, les rapports des écrivains et des soviets ne seraient peut-être pas les mêmes. Miguel a vécu de son mieux — j'entends : le plus noblement possible — dans l'Espagne monarchique qu'il haïssait. Il eût vécu de son mieux dans une société moins mauvaise. Difficilement, peut-être. Aucun état, aucune structure sociale ne crée la noblesse de caractère, ni la qualité de l'esprit ; tout au plus pouvons-nous attendre des conditions propices. Et c'est beaucoup...

— Vous savez bien qu'ils y prétendent...

— A quoi prétend un parti dans ce domaine ne prouve que l'intelligence ou la bêtise de ses propagandistes. Ce qui m'intéresse, c'est ce qu'il fait. Pourquoi êtes-vous ici ?

Scali s'arrêta, surpris de ne pas parvenir à le préciser, et retroussa son nez, comme toujours lorsqu'il réfléchissait.

« Pour moi, je ne suis pas dans cet uniforme parce que j'attends du Front populaire le gouvernement des plus nobles, je suis dans cet uniforme parce que je veux que changent les conditions de vie des paysans espagnols. »

Scali pensait à l'argument d'Alvear, et le reprit :

— Et si, pour les libérer économiquement, vous devez faire un État qui les asservira politiquement ?

— Donc, comme nul ne peut être sûr de sa pureté future, il n'y a qu'à laisser faire les fascistes.

« Du moment que nous sommes d'accord sur le point décisif, la résistance *de fait,* cette résistance est un acte : elle vous engage, comme tout acte, comme tout choix. Elle porte en elle-même toutes ses fatalités. Dans certains cas, ce choix est un choix tragique, et pour l'intellectuel il l'est presque toujours, pour l'artiste surtout. Et après ? Fallait-il ne pas résister ?

« Pour un homme qui pense, la révolution est tragique. Mais pour un tel homme, la vie aussi est tragique. Et si c'est pour supprimer sa tragédie qu'il compte sur la révolution, il pense de travers, c'est tout. J'ai entendu poser presque toutes vos questions par un homme que vous avez peut-être connu, le capitaine Hernandez. Il en est mort, d'ailleurs. Il n'y a pas cinquante manières de combat, il n'y en a qu'une, c'est d'être vainqueur. Ni la révolution, ni la guerre ne consistent à se plaire à soi-même !

« Je ne sais pas quel écrivain disait : « Je suis peuplé de cadavres comme un vieux cimetière... » Depuis quatre mois, nous sommes tous peuplés de cadavres, Scali ; tous, le long du chemin qui va de l'éthique à la politique. Entre tout homme qui agit et les conditions de son action, il y a un pugilat (l'action qu'il faut pour vaincre, hein ! pas celle qu'il faut pour perdre ce que nous voulons sauver). C'est un problème de fait et de... talent, si l'on peut dire, ce n'est pas un sujet de discussion. »

« Un pugilat », répéta-t-il comme s'il l'eût dit à sa pipe.

Scali pensait au combat de l'avion de Marcelino contre sa propre flamme.

— Il y a des guerres justes, reprit Garcia, — la nôtre en ce moment —; il n'y a pas d'armées justes. Et qu'un intellectuel, un homme dont la fonction est de penser vienne dire, comme Miguel : je vous quitte parce que vous n'êtes pas justes, je trouve ça *immoral,* mon bon ami ! Il y a une politique de la justice, mais il n'y a pas de parti juste.

— C'est la porte ouverte à toutes les combines...

— Toute porte est ouverte pour ceux qui veulent la forcer. Il en est de la qualité de la vie comme de l'esprit. La garantie d'une politique de l'esprit par un gouvernement populaire, ce ne sont pas nos théories, c'est notre présence ici, en ce moment. L'éthique de notre gouvernement dépend de notre effort, de notre acharnement. L'esprit en Espagne ne sera pas la mystérieuse nécessité d'on ne sait quoi, il sera ce que nous le ferons.

Un nouvel incendie s'alluma près d'eux.

« Mon bon ami, dit Garcia ironiquement, l'émancipation du prolétariat sera l'œuvre des travailleurs eux-mêmes. »

CHAPITRE XIII

Immobiles comme des tireurs à la visée, entre leurs jets bouillonnants et l'hôtel Savoy en flammes, les pompiers tres-

sautèrent soudain sur leurs échelles, leurs lances secouées comme
les lignes des pêcheurs qui ferrent. Dans un fracas de mine,
l'incendie s'immobilisa une seconde : une torpille venait d'éclater en arrière.

— Ils vont plus vite à les allumer que nous à les éteindre,
pensa Mercery.

Il avait cru qu'il serait utile à l'Espagne comme conseiller,
voire stratège ; depuis la prise de la savonnerie, il était redevenu
capitaine de pompiers. Et jamais il n'avait été aussi utile. Et
jamais il n'avait été aussi aimé. Et jamais, au front, il n'avait
rencontré l'ennemi comme il le rencontrait depuis vingt heures.
« Le feu est hypocrite, disait-il ; mais avec une bonne technique,
n'est-ce pas... », et un petit coup de moustache. En costume de
feu, il regardait du trottoir opposé chaque groupe de flammes
comme des groupes d'ennemis à l'attaque. Sans cesse se rallu-
maient les brasiers ; les brûlots au calcium étaient inextinguibles.
Pourtant, du foyer de gauche, décidément mort, sortaient des
fumerolles épaisses et blanches parallèles dans le vent de la
Sierra; et que l'incendie teignait en rouge.

Restaient quatre lances contre trois foyers, mais ces derniers
n'étaient plus qu'à quatre mètres de la maison voisine.

Le foyer de gauche se ralluma.

L'incendie pouvait être arrêté au point le plus inquiétant, à
l'extrême-droite, avant que ce brasier de gauche n'eût repris son
importance. Les lances sautèrent encore sur un fond d'incendie
pétrifié : une seconde torpille, en avant cette fois.

Mercery essaya de discerner les bruits : malgré la nuit, il y
avait en l'air beaucoup d'avions fascistes ; les incendies de
Madrid étaient pour eux de parfaits repères. Quatre bombes
incendiaires avaient été lancées dix minutes plus tôt. Des obus
de gros calibres tombaient toujours sur les quartiers ouvriers et
les quartiers du centre : et, plus loin, l'artillerie légère tirait,
mêlée à celle de la bataille, recouverte parfois par le hurlement
des sirènes, les cloches des ambulances et les effondrements de
l'incendie, ponctués de geysers d'étincelles. Mais Mercery n'entendait pas les trompes qui eussent annoncé les lances de renfort.

Troisième bombe d'avion, dans la même ligne. Quand Mercery luttait contre le feu, quinze multiplaces ne l'eussent pas fait
bouger d'un centimètre.

Le foyer du centre s'élargit soudain mais se tordit sur lui-
même presque aussitôt. Après la guerre, je deviendrai joueur...
pensa Mercery. Les foyers de l'extrême-gauche étaient fixés. Si
le renfort arrivait... Mercery se sentait napoléonien. Il tira joyeu-
sement sur sa moustache.

Le pompier d'extrême-droite laissa tomber sa lance, demeura
un instant suspendu à l'échelle par un pied, tomba dans le feu;
et tous les autres descendirent, parallèles, marche à marche.

Mercery courut à celui qui atteignait le sol le premier.

— On nous tire dessus ! dit celui-ci.

Mercery se retourna : aucune maison proche n'était assez haute pour qu'on pût tirer des fenêtres. Mais on pouvait viser de loin : les pompiers étaient en silhouette, et il ne manquait pas de fascistes à Madrid.

— Si jamais ce salaud-là me tombe sous la patte ! dit un autre pompier.

— Pour moi, ce serait plutôt une mitrailleuse, dit un autre.

— T'es pas dérangé, non ?

— On va voir, dit Mercery. Allez, grimpons tous. Les flammes regagnent. Pour le peuple et pour la liberté !

« Immortelle ! » ajouta-t-il en se retournant, avant de toucher l'échelle.

Il prit la place du pompier tombé dans le brasier.

Du sommet de l'échelle, il se retourna : on ne tirait pas ; il ne voyait aucun lieu d'où l'on pût tirer. Il n'est pas difficile de camoufler une mitrailleuse ; mais le bruit eût donné l'alerte aux patrouilles... Il braqua sa lance ; le foyer contre lequel il luttait se trouvait être le plus menaçant ; c'était un adversaire plus vivant que l'homme, plus vivant que tout au monde. En face de cet ennemi gesticulant de mille tentacules comme une pieuvre folle, Mercery se sentait extraordinairement lent, — minéralisé. Et pourtant il aurait raison de l'incendie. Derrière lui retombaient des avalanches de fumée grenat et noire ; malgré les bruits du feu, il entendait monter de la rue trente ou quarante toux. Lui se démenait dans une chaleur lumineuse, éclatante et sèche. Le foyer s'éteignit ; sa dernière fumée dissipée, Mercery vit dans un trou sombre Madrid sans lumières, distincte seulement par ses incendies éloignés qui secouaient furieusement leurs capes rouges à ras de terre. Il avait tout quitté, même madame Mercery, afin que le monde fût meilleur. Il se voyait arrêtant d'un geste les corbillards d'enfants, ornés et blancs comme des pièces montées de première communion ; chacune des bombes qu'il entendait, chaque incendie impliquait pour lui ces atroces petits corbillards. Il dirigeait avec précision sa lance sur le brasier suivant, quand une auto de course passa à toute vitesse, et un furieux froissement d'air sembla faire tomber encore un des pompiers. Mais, cette fois, Mercery avait compris : ils étaient mitraillés par un avion de chasse.

Deux.

Mercery les vit revenir, extraordinairement bas, à dix mètres au-dessus de l'incendie. Ils ne tiraient pas : les pilotes, qui ne voyaient les pompiers que lorsque ceux-ci étaient sur le fond clair des flammes, devaient les prendre de dos. Le revolver de Mercery était sous sa combinaison ; il le savait inutile, il ne pouvait l'atteindre, mais il avait un besoin dément de tirer. Les avions revinrent, et deux pompiers encore tombèrent, l'un dans les flammes, l'autre sur le trottoir. A tel point saturé de dégoût

qu'il en devenait calme pour la première fois, Mercery regardait
les avions virer vers lui sur le ciel de Madrid incendiée. Ils le
giflèrent d'air au passage avant de revenir « dans le bon sens » ;
il descendit trois échelons et se retourna vers eux, droit sur son
échelle dressée. Au moment où le premier avion arrivait sur lui
comme un obus, il brandit sa lance, aspergea furieusement la
carlingue et retomba sur l'échelle, quatre balles dans le corps.
Mort ou vivant, il ne lâchait pas la lance prise entre deux barreaux. Devant le mitraillage au sol, tous les spectateurs s'étaient
réfugiés sous les portes. Enfin les mains de Mercery s'ouvrirent
lentement, son corps rebondit deux fois sur l'échelle et tomba
dans la rue vide.

CHAPITRE XIV

Dans le hall d'une ancienne villa, d'un bout à l'autre tapissé
de cartes, les officiers attendent Manuel, appelé au téléphone.

— L'un des phalangistes s'est tué, dit un capitaine.

— Mais un autre a dénoncé toute l'organisation, répond
Gartner.

— Ça ne t'étonne pas ? Pour venir faire ce métier, il faut
être dégoûtant, mais il faut avoir du courage...

— Nous avons encore beaucoup à apprendre sur l'être
humain, mon vieux. Tu as vu dans quel état ils étaient ; dans
les cas « d'extrême abaissement du moral », comme dit le colonel, il se trouve toujours un type pour trahir.

— Vous avez vu les tanks allemands ? demande une autre voix.
Ils ont vu seulement les silhouettes sous la pluie.

« Je suis entré dans un, il était ouvert. Un type avait pu filer,
l'autre était mort. A son poste là-dedans, les poches retournées.
Je n'oublierai pas ça, avec la pluie... »

Elle ruisselle sur la vitre inlassablement.

— Ses copains l'avaient dévalisé ?

— Je pense qu'ils l'ont fouillé pour qu'aucun document ne
tombe entre nos mains, mais ils n'ont pas pris le temps de rentrer ensuite les doublures des poches.

— Je comprends ça, moi : tirer les trucs, encore, bon, on peut
en avoir besoin ; mais rentrer les poches, après...

— Les types sont exécutés ?

— Pas encore, je crois.

— Qu'est-ce qu'on dit, à la base ?

— Les camarades sont très fermes. Surtout ceux de Tolède.
Ceux qui ont fui quand ils n'avaient pas d'armes et pas de
chefs ne pardonnent pas à ceux-ci d'avoir fui quand ils avaient
tout.

— Oui, j'ai eu aussi cette impression ; ils sont plus durs que les autres.

— ... Ceux d'aujourd'hui leur rappellent ce qu'ils veulent le plus oublier...

— ... On vient leur foutre par terre quelque chose qu'ils ont mis sur pied avec beaucoup de mal !

— Ils reviennent de loin, et plusieurs d'entre nous aussi... Mais il ne faut pas oublier que l'histoire des autres, les salauds qui ont tué le capitaine, n'adoucit personne.

Manuel arrive, la bouche descendante, une autre branche de pin sous le bras.

Au mur, il y a une boîte à papillons entre les cartes. Un obus éclate tout près de la villa : le bombardement reprend. Un second obus : un papillon se détache, tombe sur la base de la boîte, son épingle en l'air.

— Camarades, dit Manuel, Madrid brûle...

Il est à tel point enroué qu'on ne l'entend pas. Il a beaucoup crié toute la journée ; mais pas au point d'avoir perdu la voix. Il continue, à voix basse, pour Gartner, qui répète, plus fort :

— Les fascistes attaquent sur toute la ligne sud-ouest. La brigade internationale tient. Ils bombardent maintenant par avions et par canons à la fois.

— Et ça va ? demande une voix.

Manuel lève sa branche de pin : pour Madrid, il n'y a pas de question.

— Les exécutions vont avoir lieu, reprend-il. On nous envoie des gardes civils.

Gartner répète. Mais, maintenant, Manuel ne peut plus parler du tout.

Les obus éclatent, dans l'indifférence générale. A chaque obus proche, dans la boîte, un ou deux papillons tombent.

Manuel écrit une phrase dans la marge d'une carte d'état-major, déployée sur la table devant lui.

Gartner le regarde, regarde chacun de ses camarades ; sa bouche petite dans son visage plat avale tout à coup sa salive, et il dit enfin, du ton dont on annonce la victoire, la défaite ou la paix :

« Camarades, les avions russes sont arrivés. »

CHAPITRE XV

L'ennemi refluait sur Ségovie. Les gouvernementaux avaient trop peu d'hommes réellement armés pour le poursuivre, et ne voulaient pas dégarnir Madrid. Le régiment de Manuel et les

troupes qui lui avaient été adjointes, au repos, partaient à
l'exercice par compagnies.

Il ne pleuvait plus, mais les nuages à demi effilochés d'un
matin très bas passaient sur les maisons castillanes, dont les
pierres et les tuiles devenaient du même gris. Du perron de la
mairie, Manuel regardait arriver ces hommes dont il était responsable.

En face, un château énorme. Plus qu'à demi ruiné, comme
dans chacun de ces villages, mais construit sur des roches ten-
dres dont les pans détruits se confondaient avec ceux du château ; à droite, une rue montante par où venaient les troupes,
qui devaient défiler sur la place entre la mairie et les ruines du
château. Manuel n'avait pas revu ses troupes depuis les exécutions de la nuit.

La première compagnie arrivait à sa hauteur, les bottes frap-
pant en cadence les pavés pointus, dans une formation aussi
efficace que celle d'une armée régulière ; au moment où elle
allait dépasser le perron, le capitaine commanda :

« Tête à gauche. Gauche ! »

Toutes les têtes se tournèrent à la fois vers Manuel. C'était la
première fois que ce commandement était crié dans le régiment ;
et l'une des premières fois sans doute sur tout le front de Madrid.
Ce salut par quoi tous les volontaires se liaient davantage à leur
chef, c'étaient les capitaines révolutionnaires qui l'ordonnaient ;
et Manuel le sentait de reste lié à ce qui s'était passé dans la
nuit.

Quand la seconde compagnie arriva, la manœuvre fut la
même ; et la même pour chaque compagnie. Manuel regardait
passer tous ces hommes en ordre de combat, aussi forts maintenant que leurs ennemis. Il sentait qu'il avait charge de les défendre contre tous et contre eux-mêmes, comme eux défendaient le
peuple d'Espagne, mais il ne parvenait pas à oublier les visages
renversés et couverts de boue, le : « T'as plus de voix pour
nous ? » Pourtant ces regards qui, à chaque passage, croisaient
le sien, n'étaient pas indifférents et vagues : ils étaient tragi-
quement fraternels, pleins de cette nuit.

Le château ressemblait à celui près duquel Manuel avait
écouté Ximénès sur le front du Tage. « Ne jamais séduire... »
Il s'agissait maintenant de bien autre chose que de séduire :
il avait fallu tuer, non des ennemis mais des hommes qui avaient
été des volontaires, parce qu'il était comptable à tous de la vie
de chacun de ceux qui passaient devant lui. Tout homme paye en
ce dont il se sait responsable : pour lui, désormais, c'était en
vies.

De plus en plus triste et de plus en plus dur, Manuel croisait,
les uns après les autres, ces regards qui concluaient avec lui
l'alliance du sang.

CHAPITRE XVI

Le régiment passé, Manuel se retrouva sur la place vide, sans regards, avec quelques chiens errants et le canon lointain. Gartner était avec la brigade. Jamais Manuel ne s'était senti aussi seul.

Il avait trois heures devant lui ; et le château, une fois de plus, dirigea sa pensée vers Ximénès. Celui-ci était à une dizaine de kilomètres, au repos lui aussi. Manuel fit téléphoner : le Vieux Canard était là. Manuel donna des instructions, et prit sa voiture.

Le village où la brigade Ximénès était cantonnée était à l'arrière de celui d'où venait Manuel. Les paysans en exode y passaient encore, et Manuel arriva chez le colonel à travers des files d'ânes et de charrettes, et un encombrement de troupeaux de toutes sortes.

Tous deux sortirent : l'humidité accentuait la demi-surdité de Ximénès. L'ennemi bombardait assez loin sur la droite, et on entendait le canon de Madrid. Par les trous de la Sierra apparaissait la plaine de Ségovie.

— Je crois que j'ai vécu hier le jour le plus important de ma vie, dit Manuel.

— Pourquoi, fils ?

Manuel lui raconta ce qui s'était passé. Ils marchèrent en silence. Le changement du visage de Manuel, ses cheveux tondus, son autorité, avaient surpris Ximénès dès l'abord. Du jeune homme qu'il avait connu, il ne retrouvait que la branche de pin mouillée que Manuel tenait à la main.

On disait qu'il y avait de grands incendies vers l'Escurial, et des nuages très sombres s'accrochaient aux pentes de la Sierra. Plus loin, vers Ségovie, un village brûlait : à la jumelle, Manuel vit des paysans et des ânes courir.

— Je savais ce qu'il fallait faire, et je l'ai fait. Je suis résolu à servir mon parti, et ne me laisserai pas arrêter par des réactions psychologiques. Je ne suis pas un homme à remords. Il s'agit d'autre chose. Vous m'avez dit un jour : Il y a plus de noblesse à être un chef qu'un individu. La musique, n'en parlons plus ; j'ai couché la semaine dernière avec une femme que j'avais aimée en vain, enfin... des années ; et j'avais envie de m'en aller... Je ne regrette rien de tout cela ; mais si je l'abandonne, c'est pour quelque chose. On ne peut commander que pour servir, sinon... Je prends sur moi ces exécutions : elles ont été faites pour sauver les autres, *les nôtres*. Seulement, écoutez : il n'est pas un des échelons que j'ai gravis dans le sens d'une efficacité plus grande, d'un commandement meilleur, qui ne m'écarte davantage des hommes. Je suis chaque jour un peu moins humain. Vous avez nécessairement rencontré, enfin, les mêmes...

— Je ne puis vous dire que des choses que vous ne pouvez entendre, mon fils. Vous voulez agir et ne rien perdre de la fraternité ; je pense que l'homme est trop petit pour cela.

Il pensait que cette fraternité-là ne peut être trouvée qu'à travers le Christ.

« Mais il me semble que l'homme se défend toujours mieux qu'il ne le semble, et que tout ce qui vous sépare des hommes doit vous rapprocher de votre parti... »

Manuel aussi avait pensé cela ; non sans peur parfois.

— Être rapproché du Parti ne vaut rien si c'est être séparé de ceux pour qui le Parti travaille. Quel que soit l'effort du Parti, peut-être ce lien-là ne vit-il que de l'effort de chacun de nous...

« L'un des deux condamnés m'a dit : « Tu n'as plus de voix pour nous, maintenant ? »

Il ne dit pas qu'il avait réellement perdu sa voix. Ximénès passa son bras sous le sien. De cette hauteur, tout des hommes de la plaine était dérisoire, sauf les lents rideaux de feu qui montaient sur le ciel où les nuages informes avançaient lentement ; il semblait qu'au regard des dieux les hommes ne fussent que la matière des incendies.

— Eh ! que voulez-vous donc, fils ? Condamner tranquille ?

Il le regardait avec une expression affectueuse, pleine de mille expériences contradictoires et peut-être amères :

« Vous vous habituerez même à cela... »

Comme un malade choisit pour parler de la mort un autre malade, Manuel parlait d'un drame moral avec un homme à qui ce monde était familier ; mais bien plus pour l'humanité de ses réponses que pour leur sens. Communiste, Manuel ne s'interrogeait pas sur le bien-fondé de sa décision, il ne mettait pas en question son acte ; toute question de ce genre, à ses yeux, devait se résoudre, ou par la modification de ses actes (et il n'était pas question qu'il les modifiât) ou par le refus de la question. Mais le propre des questions insolubles est d'être usées par la parole.

— Le vrai combat, dit Ximénès, commence lorsqu'on doit combattre une part de soi-même... Jusque-là, c'est trop facile. Mais on ne devient un homme que par de tels combats. Il faut toujours rencontrer le monde en soi-même, qu'on le veuille ou non...

— Vous m'avez dit un jour : le premier devoir du chef est d'être aimé sans séduire. Être aimé sans séduire — même soi...

Dans une grande déchirure des rochers venait d'apparaître l'autre versant de la Sierra ; au-dessus de Madrid peu visible dans l'étendue grise, d'immenses fumées sombres montaient avec une lenteur désolée. Manuel savait ce qu'elles signifiaient. La ville disparaissait derrière son incendie, comme les navires de guerre derrière les rideaux de leurs fumées de combat. Venues de brasiers nombreux dont n'apparaissait pas le moindre rougeoiement, les colonnes de fumées montaient se désagréger jusqu'au centre du ciel gris ; tous les nuages semblaient nés de cet unique foyer déployé dans le sens de leur marche, et les souffrances accumulées sur la fine ligne blanche de Madrid entre les bois emplissaient le ciel immense. Manuel s'aperçut que même le souvenir de la nuit était emporté par le vent lent et lourd qui apportait l'odeur des brasiers de Cuatro-Caminos et de la Gran Via.

Un des officiers de Ximénès arriva en auto :

— On demande le lieutenant-colonel Manuel au téléphone. L'état-major général.

Ils revinrent en vitesse, Manuel vaguement inquiet. Il rappela l'état-major.

— Allô ! Vous m'avez appelé ?

— Le haut-commandement vous félicite de la conduite de l'action d'hier.

— A vos ordres.

— Vous savez que d'anciens fuyards des milices se présentent pour être incorporés à nouveau.

— ...

— Le haut-commandement a décidé de former une brigade avec ces éléments. Ce sont les plus difficiles à manier de tous ceux dont nous disposons.

— ...

— Le chef d'état-major pense que vous auriez les qualités requises pour ce commandement.

— Ah.

— Votre parti est de cet avis.

— ...

— C'est également l'avis du général Miaja. Vous serez chargé de cette brigade incessamment.

— Mais mon régiment ? Mon régiment !

— Je crois qu'on va l'incorporer à une division.

— Mais je le connais homme par homme ! Qui pourra...

— Le général Miaja pense que vous êtes qualifié pour ce commandement.

Quand il quitta le téléphone, Heinrich l'attendait. Les Internationaux envisageaient une contre-attaque sur Ségovie, et Heinrich montait vers Guadarrama. Ils partirent ensemble.

L'auto descendait la Sierra. Manuel avait l'impression de bien connaître Heinrich, parce qu'il connaissait la nature de son commandement ; mais, à mesure qu'il lui résumait la journée de la veille et sa conversation avec Ximénès, il lui semblait que la

seule communication humaine qui existât entre le général et lui,
était le lien bizarre qui s'établit toujours entre un traducteur et
celui qu'il traduit.

Heinrich avait penché la tête en avant; sa nuque rasée était
lisse, et une moue de réflexion puérilisait son vieux visage
poncé :

— Nous sommes en train de changer le sort de la guerre. Tu
ne crois pas qu'on change les choses sans se changer soi-
même? Du jour où tu acceptes un commandement dans l'armée
du prolétariat, tu n'as plus droit à ton âme.

— Et le cognac ?

Manuel avait vu Heinrich faire distribuer à tous les ivro-
gnes de sa brigade des bouteilles de cognac, l'étiquette rempla-
cée par une autre qui portait : « *De la part du général Heinrich.
— Tout hors du travail, rien dans le travail.* »

— Ton cœur, tu peux le garder : c'est autre chose. Mais tu
dois perdre ton âme. Tu as déjà perdu tes cheveux longs. Et le
son de ta voix.

Le vocabulaire était presque celui de Ximénès ; mais le ton
était le ton dur de Heinrich, et ses yeux bleus sans cils étaient
fixes comme à Tolède.

— Qu'est-ce que vous, un marxiste, vous appelez perdre son
âme ?

Le tutoiement ne s'exerçait plus que dans un seul sens.

Heinrich regardait les pins filer dans le jour triste.

— Dans toute victoire il y a des pertes, dit-il. Pas seulement
sur le champ de bataille.

Il serra durement le bras de Manuel dans sa main, et dit, d'un
ton tel que Manuel ne sut si c'était celui de l'amertume, de l'expérience ou de la résolution :

— Maintenant, tu ne dois plus *jamais* avoir pitié d'un homme
perdu.

CHAPITRE XVII

Madrid, 2 décembre.

Devant la fenêtre, il y a deux morts. Le blessé, on l'a tiré
en arrière par les pieds. Cinq copains tiennent l'escalier, leurs
grenades à main près d'eux. Une trentaine d'Internationaux sont
au quatrième étage d'une maison rose.

Un haut-parleur énorme, de ceux que transportent les camions
républicains pour la propagande et dont le pavillon les emplit,
crie dans l'après-midi d'hiver qui décline déjà :

« *Camarades ! Camarades ! Gardez toutes vos positions. Les*

fascistes n'auront plus de munitions ce soir : la colonne Uri-
barri leur a fait sauter ce matin trente-deux wagons.

« Camarades ! Camarades ! Gardez... »

Le haut-parleur sait qu'on ne lui répondra pas, et il répète,
répète.

Les fascistes n'auront plus de munitions, mais, pour l'instant,
ils en ont : ils ont contre-attaqué et occupent les deux premiers
étages. Le troisième est neutre. Les Internationaux occupent le
quatrième.

— Pourritures ! crie en français une voix qui monte à travers
la cheminée. Vous allez voir si on a pas assez de munitions pour
vous alourdir ! »

En bas, c'est le Tercio. Les cheminées sont de bons tubes
acoustiques.

— Salauds à dix francs par jour ! répond Maringaud, qui se
jette à quatre pattes : même au fond de l'appartement, les
balles arrivent à hauteur de la tête. Il a eu autrefois le romantisme de la Légion. Les réfractaires, les durs. Elle est sous lui,
la Légion espagnole, venue défendre elle ne sait quoi, saoule de
vanité guerrière. Le mois précédent, au Parc de l'Ouest, Maringaud a attaqué à la baïonnette. A quand le Tercio ? Cette meute
dressée au sang, servile à elle ne sait quoi, lui fait horreur. Les
Internationaux aussi sont une Légion, et ce qu'ils haïssent le
plus, c'est l'autre.

Régulièrement, les 155 républicains tirent sur ce qui fut l'hôpital-clinique.

L'appartement d'où Maringaud et ses copains cherchent des
« angles de tir » parmi des bruits cristallins de verre cassé, est
celui d'un dentiste. Une porte est fermée à clé. Maringaud est
si trapu qu'il en paraît gros, et il a d'épais sourcils noirs au-dessus d'une petit nez, dans une bonne bille de bébé Cadum. La
porte enfoncée, apparaît le cabinet de travail, un Maure noncha-
lamment allongé dans le fauteuil d'opérations, tué. Hier, c'étaient
les républicains qui occupaient le bas de la maison. Cette fenêtre
est plus large et moins haute que les autres ; les balles ennemies n'ont cassé la verrerie du dentiste qu'à trois mètres du
plancher. D'ici, on peut voir et tirer.

Maringaud n'a pas encore de commandement : il n'avait pas
fait son service militaire. Mais il n'est pas sans autorité dans sa
compagnie : chacun y sait qu'il était secrétaire d'usine d'une des
plus grandes manufactures d'armes. Les Italiens avaient commandé là deux mille mitrailleuses, destinées à Franco ; le patron
de l'usine, fanatique d'armes, ne les laissait pas mettre en
caisses « parce qu'elles n'étaient pas au point ». Chaque nuit,
le travail achevé, une partie de l'usine s'allumait au-dessus de
la ville, et le vieux patron, passionné, modifiant seul une gou-
pille sur une minuscule machine dans un atelier illuminé, mettait
au point la pièce décisive qui devait faire de ces mitrailleuses

« des mitrailleuses je ne vous dis que ça ». Et, à quatre heures du matin, l'un après l'autre, des militants ouvriers, suivant les instructions de Maringaud, venaient, de quelques coups de lime, fausser la pièce patiemment élaborée. Six semaines. Pendant plus de quarante nuits se poursuivit dans cette usine d'armes ce combat patient entre la passion technique (le patron de Maringaud n'était pas fasciste, si ses fils l'étaient) et la solidarité.

Tous ceux de la brigade sont payés pour savoir que ce n'était pas inutile.

Les compagnons de Maringaud viennent s'installer au-dessus des balles.

Cette maison, où l'on se bat depuis dix jours, assaillant ou assiégé, est imprenable, sauf par l'escalier où se relayent cinq Internationaux avec leurs grenades. La perspective ne permet pas de mettre un canon en batterie, et quant aux balles... Restent les mines. Mais, tant que le Tercio sera en bas, la maison, même si elle est minée, ne sautera pas.

Les canons de 155 des républicains tirent toujours.

La rue est vide. Dans une dizaine de maisons, on s'injurie par les cheminées. Parfois, une attaque, de l'un ou l'autre côté, tente d'occuper la rue, échoue, reflue ; les guetteurs, que la mort ne distrait plus, attendent, désœuvrés, derrière les fenêtres : si un malheureux journaliste venait observer ici, il aurait aussitôt son poids de cuivre dans le corps.

Il y a un fusil ou une mitrailleuse derrière chaque fenêtre, le haut-parleur couvre de ses cris enroués les injures des cheminées, et la rue est vide comme pour l'éternité.

Mais, à droite, il y a l'hôpital-clinique, la meilleure position fasciste du front de Madrid. Ce gratte-ciel trapu, isolé dans la verdure, domine tout le quartier des villas. De leur quatrième étage, les copains de Maringaud voient les républicains, dans chaque rue, à quatre pattes sur la boue ; et ne verraient-ils pas l'hôpital qu'ils devineraient sa présence par la hauteur qu'aucun corps vivant ne peut dépasser.

Comme les maisons de la rue, l'hôpital, qui tire sans arrêt de toutes ses mitrailleuses, semble abandonné. Gratte-ciel morne et meurtrier, ruine de tour babylonienne, il rêve comme un bœuf parmi les obus qui le giflent de décombres.

Un des Internationaux, en cherchant dans toutes les armoires, vient de trouver des jumelles de théâtre.

Des grenades éclatent dans l'escalier. Maringaud va sur le palier.

— Ce n'est rien, dit un des Internationaux de garde, dans le chahut des obus.

Le Tercio a essayé une fois de plus de monter.

Maringaud prend les jumelles. Vu de plus près, l'hôpital change de couleur, devient rouge. Sa forme nette ne tient qu'à sa masse : sous chaque coup du 155 qui le pilonne, il se creuse,

se bossèle ou s'aplatit légèrement, comme le fer rouge sous les
coups du marteau. Ses fenêtres, plus visibles, lui donnent maintenant un aspect de ruche — de ruche dont les abeilles sont parties. Et pourtant, bien loin autour de ce bastion en décombres,
les hommes rampent sur les pavés pluvieux et les rails rouillés du
tramway.

— Bon Dieu ! hurle Maringaud, ses gros bras en l'air. Ça
y est, ça y est,... nous l'attaquons !

Tous sont collés l'un à l'autre, entre le Maure tué sur son fauteuil de dentiste et la fenêtre. Les taches noires des dynamiteurs
et des lanceurs de grenades surgissent de terre autour de l'hôpital, lèvent le bras, rentrent dans la boue, reparaissent là où
était, cinq minutes plus tôt, le chapelet rouge de la dynamite
et des grenades.

Maringaud court à la cheminée, crie au Tercio :

— Visez un peu ce qui se passe à l'hôpital, andouilles !

Et revient en courant à sa place. Les dynamiteurs sont tout
près ; de la ruche enfoncée court vers les lignes fascistes tout
un peuple d'insectes poursuivi pas ses propres mitrailleuses.

La cheminée n'a pas répondu. Un Tchèque, plus incliné que
les autres Internationaux, épaule, tire, tire, tire. Des maisons de
l'autre trottoir où ils sont assiégés, les Internationaux tirent
aussi : rasant le mur, ceux du Tercio filent de la maison rose ;
la maison est minée, et va sauter.

Le Négus avance dans la contre-mine. Depuis un mois, il ne
croit plus à la Révolution. L'Apocalypse est finie. Il reste la
lutte contre le fascisme, et le respect du Négus pour la défense
de Madrid. Il y a des anarchistes au Gouvernement ; d'autres, à
Barcelone, défendent âprement doctrine et positions. Durruti
est mort. Le Négus a si longtemps vécu de la lutte contre la
bourgeoisie, qu'il vit sans peine de la lutte contre le fascisme :
les passions négatives ont toujours été les siennes. Et pourtant,
ça ne va plus. Il entend les siens faire à la radio l'appel à la discipline, et il envie les jeunes communistes qui parlent après eux,
et dont la vie n'a pas été transformée en six mois... Il combat
ici avec Gonzalès, le gros copain avec qui Pepe attaquait les
tanks italiens devant Tolède. Gonzalès est de la C. N. T., mais
tout ça lui est indifférent. Il fait bousiller les fascistes, et discuter après. « Tu comprends, dit le Négus, les communistes travaillent bien. Je peux travailler avec eux, mais les aimer, non,
j'ai beau me battre les flancs, y a rien à faire... » Gonzalès était
mineur aux Asturies et le Négus ouvrier des transports à Barcelone.

Depuis le lance-flammes de l'Alcazar, le Négus s'est réfugié
dans ce combat souterrain qu'il aime, où presque tout combattant est condamné, où il sait qu'il mourra, et qui garde quelque
chose d'individuel et de romantique. Quand le Négus ne se tire

pas de ses problèmes, il se réfugie toujours dans la violence ou dans le sacrifice ; les deux à la fois, c'est mieux encore.

Il avance, maigre, suivi du gros Gonzalès, dans une contre-mine qui doit se terminer un peu plus loin que la maison rose. La terre devient de plus en plus sonore : ou la mine ennemie est toute proche (mais il n'entend pas frapper), ou ?...

Il arme une grenade.

Le dernier coup de pic s'enfonce dans le vide, et le piocheur dégringole, emporté par son élan dans un grand trou en contre-bas. La torche électrique du Négus cherche autour de lui à la façon d'une main aveugle : des jarres, hautes comme des hommes. Une cave. Le Négus éteint, et saute. En face de lui, une autre torche, elle aussi, cherche ; celui qui la tient n'a pas vu la lampe du Négus, éteinte la première. Un fasciste. Tirer ? Le Négus ne voit pas l'homme. La maison rose est presque au-dessus d'eux. Gonzalès est encore dans le boyau. Le Négus lance sa grenade.

Quand la fumée qui roule sur elle-même dans la lumière de la torche de Gonzalès se dissipe, deux fascistes sont effondrés, la tête au-dessus d'un lac gluant d'huile ou de vin, d'où sortent des morceaux de jarres énormes, et qui monte, monte, dans la lumière fixe de la lampe électrique, jusqu'à leurs épaules, jus-qu'à leur bouche, jusqu'à leurs yeux.

La contre-attaque républicaine est terminée : Maringaud et ses copains délivrés. Gonzalès et les siens retournent à la perma-nence de la brigade. Il faut traverser une partie de Madrid.

L'habitude du bombardement est prise ; les passants, dès qu'ils entendent un obus, disparaissent dans une porte, puis reprennent leur chemin. Çà et là, les fumerolles qu'incline un vent mou mettent dans la tragédie une paix de cheminées de village à l'heure de la soupe. Un mort est tombé en travers de la rue, une serviette d'avocat à quoi nul n'a encore osé toucher serrée sous son bras. Les cafés sont ouverts. De chaque bouche du métro sort une population semblable à celle d'un asile de nuit sinistre ; une foule y descend avec des matelas, des ser-viettes, des voitures d'enfants, des charrettes à bras chargés de batterie de cuisine, des tables, des portraits, des enfants avec des taureaux en carton ; un paysan tente d'y pousser un âne récal-citrant. Depuis le 21, les fascistes ont bombardé chaque jour ; aux abords de Salamanca, d'extraordinaires combines s'élabo-rent pour resquiller les coins de porte... Parfois, les gravats des décombres bougent, et une main apparaît, les doigts extraordi-nairement tendus ; mais les gosses jouent aux avions de chasse près des bombardements, parmi des visages brouillés par la fuite. Les femmes rentrent à Madrid dans les couffins et les matelas, comme celles des contes arabes. Un wattman qui s'est joint aux soldats pour aller à la permanence des brigades, dit à Gonzalès :

— Pour une vie, tu comprends, c'est une vie ; mais pour un métier, c'est pas un métier : tu pars, tu fais ton boulot, tu arrives au terminus avec la moitié de ta clientèle, l'autre zigouillée en chemin. Alors moi je dis : c'est plus un métier...

Le wattman s'arrête, Gonzalès s'arrête, Maringaud s'arrête. Tous les passants s'arrêtent ou courent sous les portes : cinq Junkers, protégés par quatorze Heinkel, arrivent sur Madrid.

— Faut pas avoir peur, dit une voix : on s'habitue.

Et, avant que Gonzalès et Maringaud aient vu quoi que ce soit sur le ciel gris du soir, une foule énorme sort des abris, des caves, des portes, des maisons, du métro, cigarette à la bouche, outils ou papiers à la main, en blouson, en veston, en pyjama, en couverture.

— Y a les nôtres ! dit un civil.

— Qu'est-ce que t'en sais ? demande Gonzalès.

— J'entends ça tellement mieux qu'avant !

De l'autre côté de Madrid, pour la première fois, arrivent trente-six avions de chasse républicains.

Ce sont les avions vendus par l'U. R. S. S. après que celle-ci a dénoncé la non-intervention, enfin montés. Quelques avions déjà ont combattu sur Getafé, et les appareils retapés des Internationaux ont jeté des tracts sur Madrid pour annoncer la réorganisation de l'aviation républicaine ; mais ces quatre escadrilles de neuf avions, qui arrivent en losange, commandées par Sembrano, sont, pour la première fois, la garde de Madrid.

Le Junker de tête oblique à droite, oblique à gauche, hésite. Les escadrilles républicaines foncent de toute leur vitesse sur le groupe de bombardement. Les mains des hommes se crispent sur l'épaule ou la hanche des femmes. De toutes les rues, de tous les toits, de tous les orifices de cave, de toutes les bouches du métro, ceux qui depuis dix-huit jours attendent d'heure en heure les bombes, regardent. Enfin l'escadrille ennemie fait demi-tour vers Getafé, et une huée de cinq cent mille voix, sauvage, inhumaine, délivrée, monte vers le ciel gris où foncent les avions de Madrid.

Heinrich regarde par la fenêtre, dans la nuit qui vient, la foule des soldats coupés de leurs unités qui viennent se faire réincorporer. Devant lui, la carte où il porte les indications que lui transmet Albert, vissé, comme d'habitude, au téléphone. De tous côtés on confirme que les fascistes, privés du train de munitions par le colonel Uribarri, n'ont plus de munitions.

— L'attaque sur Pozzuelo-Aravaca est repoussée, m'général.

Heinrich note sur la carte les nouvelles positions. Les plis de sa nuque blanche ont l'air de sourire.

— L'attaque sur Las Rosas est repoussée, transmet un autre officier d'état-major.

Encore le téléphone :

— Bien, merci, répond Albert.

L'attaque de la Moncloa est repoussée.

Tous ont envie de se congratuler.

— Cognac général au prochain succès ! dit Heinrich.

Le ministère de la Guerre transmet, dans l'ordre, les positions, au récepteur d'Albert ; les brigades appellent par l'autre appareil.

— A moi le cognac ! dit Albert : nous avançons à la Porte de Fer ; la route de la Corogne est dégagée.

— Villaverde est repris !

— Nous marchons sur Quemada et sur Garalito, m'général !

L'ESPOIR

L'ESPOIR

CHAPITRE PREMIER

8 février.

Magnin retrouvait Vargas au ministère de l'Air, à Valence, comme il l'avait trouvé à Madrid le soir de Medellin. Les ministres n'étaient plus les mêmes, les combattants portaient un uniforme, Franco avait failli prendre Madrid, l'armée populaire se constituait ; mais la guerre était toujours la guerre, et, si tant d'hommes avaient trouvé la mort et tant d'autres leur destin, ni Vargas ni Magnin n'avaient beaucoup changé. Comme à Madrid, Vargas venait de faire apporter du whisky et des cigarettes ; comme à Madrid, tous deux avaient leur visage de fin de nuit.

— Malaga est perdue, Magnin, dit Vargas.

Magnin n'était pas surpris : il pensait que, contre les forces italiennes et allemandes, les républicains ne pourraient sauver les fronts coupés de leur centre ; et Garcia lui avait dit, huit jours plus tôt : J'attends tout du centre, et rien des petits fronts : Malaga, c'est Tolède.

« L'exode est extraordinaire, Magnin...

« ... Plus de cent mille habitants en fuite... Terrible... »

Au-dessus d'eux, au centre du salon de cet ancien hôtel d'un riche marchand, un aigle empaillé soutenait le lustre.

« Et les avions italiens les poursuivent. Et les camions. Si on arrête les camions, les réfugiés atteindront Almeria... »

Magnin, yeux et moustache tristes, fit un geste qui signifiait : quand partons-nous ?

— Nos meilleurs avions doivent être à Madrid, Magnin, je sais...

Les fascistes attaquaient à fond sur la Jarama.

« Il faut deux multiplaces pour la route de Malaga. Nous n'avons presque pas de chasse ici...

« Mais, aussi, il y a une mission sur Teruel. Personne parmi les Internationaux ne connaît Teruel comme vous. Je souhaite que vous ne... »

Il continua en espagnol :

« ... que vous ne choisissiez pas le plus grand danger, mais la mission la plus utile. Vous à Teruel, Sembrano à Malaga. Il est ici.

« Vous savez, ajouta-t-il, Teruel aussi est tout à fait sans chasse... »

Depuis deux mois, l'aviation internationale combattait sur le front du Levant : Baléares, Sud, Teruel. L'époque pélicane était terminée. Avec deux missions par jour et une honnête proportion d'hôpital, l'escadrille, qui avait appuyé la brigade internationale tout le long de la bataille de Teruel, combattait, réparait, photographiait ses bombardements pendant le combat ; les aviateurs habitaient un château abandonné parmi les orangers, près d'un champ clandestin ; ils avaient fait sauter, pendant la bataille, la gare et l'état-major de Teruel sous le tir antiaérien, et une photo agrandie de l'explosion était épinglée au mur de leur réfectoire. Magnin et ses pilotes connaissaient ce front mieux que leurs cartes.

— A l'aube ? demanda Magnin.

Ils passèrent à la cartographie.

Jaime et Scali, Gardet et Pol, Attignies, Saïdi, mécanicien venu des brigades, et Karlitch, buvaient en ville du manzanilla.

Derrière eux, de l'autre côté des vitres du café, il y avait une petite foire, dont la musique venait jusqu'à la salle : des loteries, des confiseries, des tirs. C'était la fête des enfants. Les mitrailleurs étaient venus pour les tirs, où ils ne se lassaient pas de casser des pipes et de descendre des cochons en baudruche ; c'était là qu'ils avaient retrouvé Karlitch, au milieu d'un cercle admiratif. Gardet et Saïdi étaient venus moins pour le tir que pour les gosses. Tout leur argent avait passé en distributions de gâteaux ; Gardet aimait les enfants comme Shade les animaux, par amertume ; Saïdi les aimait par tout ce qu'il y avait en lui d'enfance, et de pitié musulmane.

— Ils sont bien, les Américains, dit Pol.

Les premiers volontaires américains de l'aviation venaient d'arriver.

— Moi, ce qui me plaît, dit Gardet, c'est qu'ils ne croient pas qu'ils sauvent la démocratie chaque fois qu'ils font tourner une hélice.

— Et ils ont bien envoyé balader leurs mercenaires, dit Attignies.

Il détestait les mercenaires, indistinctement.

— Mais pour le nouveau commandant, reprit Pol, c'est simplement une andouille-maison.

C'était la première fois que le commandant espagnol qui dirigeait le champ avec Magnin était un chef impossible.

— Laissons ça, dit Attignies. Nous ne croyons pas qu'il n'y aura que la perfection chez nous. Ça n'aura qu'un temps : Sembrano revient. Faisons notre travail, et ça suffit. Le capitaine espagnol des Bréguets est épatant.

— Et se battre avec ça toutes les semaines contre des avions modernes, faut être patient !

— Il y a une chose curieuse, dit Scali : aucun pays n'a, comme celui-ci, le don du style. On prend un paysan, un journaliste, un intellectuel ; on lui donne une fonction, et il l'exerce bien ou mal, mais presque toujours avec un style à donner des leçons à l'Europe. Ce commandant n'a pas de style : quand un Espagnol perd le style, c'est qu'il a déjà tout perdu.

— A l'Alhambra, cette nuit, dit Karlitch, j'ai vu une chose telle : une danseuse un peu à poil, elle passe sur la scène. Tout près. A toucher. Un milicien saoul, il court, il la caresse de tout son bras. Le public, il rigole. Le milicien, il se retourne, les yeux fermés, aussi la main fermée. Comme s'il avait pris la beauté de la femme quand il l'a caressée, et gardée dans sa main. Et il se retourne sur le public, et il lui jette la beauté. Avec mépris pour le public. Admirable. Seulement possible ici.

Il parlait beaucoup plus mal français qu'autrefois. Chef d'un corps franc, poncé, il semblait sortir d'une salle de bains où le camphre eût remplacé l'eau de Cologne. Il retira sa casquette de capitaine, et Scali reconnut sa houppe noire et dure.

— Moi, ce que j'aime ici, dit Pol, c'est que je m'instruis. C'est vrai ! Mais pour le commandant, c'est quand même une andouille.

— Parler comme ça d'un commandant, on ne doit pas, dit brutalement Karlitch.

Il avait laissé pousser sa moustache : son visage était moins enfantin, plus dur, et Scali sentait reparaître l'ancien officier de Wrangel.

Pol haussa les épaules, et leva l'index :

— Je dis : andouille-*maison*.

Ça pourrait mal tourner, pensa Attignies.

— Comment es-tu venu ici ? demanda-t-il à Saïdi.

— Quand j'ai appris que les Maures combattaient pour Franco, j'ai dit à ma section socialiste : « Nous devons faire quelque chose. Sinon, qu'est-ce que les camarades ouvriers diront des Arabes ? »

— Je vois des lumières, dit Jaime, qui triturait un fil de fer. Il faisait des avions en fil de fer, dont les commandes fonctionnaient, et que les aviateurs s'arrachaient.

Depuis un mois, chaque jour, il voyait des lumières. Au
début, ses amis cherchaient ; pour trouver toujours, non des
lumières, mais la même tristesse. Scali et Jaime étaient à côté
de lui, les autres en face.

— Alors, dit Karlitch, Albarracin nous avons pris. Il y avait
l'un des fascistes les plus responsables. Tout jeune : peut-être
vingt ans.

« Il était caché. Nous sommes allés là, il y avait seulement
deux vieilles. Le garçon, il avait dénoncé, peut-être... cinquante
des nôtres. Et des autres, qui n'étaient même pas avec nous.
Fusillés. »

— Rien de pire que les adolescents, dit Scali.

— Une des vieilles elle dit : « Non, non, il n'y a personne, seulement mon autre neveu... » C'étaient ses tantes. Alors, il s'est
passé une chose telle : un garçon il sort, avec des chaussettes, et
un chapeau...

Karlitch fit autour de sa tête un geste circulaire, qui était
censé représenter un Jean-Bart.

« ... et un costume marin, petites culottes. « Vous voyez,
elles disaient, les vieilles, vous voyez bien !... » C'était notre
canaille ; elles, elles l'avaient habillé avec les habits du petit,
pour faire croire...

— Les lumières tournent, dit Jaime, qui avait retiré ses
lunettes noires.

Karlitch rit, du même rire qui faisait mal aux nerfs de Scali,
en août.

— On l'a fusillé.

Tous savaient que Karlitch était allé deux fois chercher des
camarades blessés sous le feu ennemi. Et qu'il serait tué. Servir
était pour lui une passion, qu'il entendait rencontrer aussi chez
ceux qui servaient sous lui ; la première fois qu'il avait trouvé
de ses blessés torturés par les Maures, il était allé donner lui-
même le coup de grâce à leurs officiers. L'ensemble inquiétait
Scali et Attignies. Les autres croyaient Karlitch un peu fou.
Saïdi doutait beaucoup de tout ça.

Scali se souvint de l'arrivée de Karlitch : il avait de superbes
bottes. Au premier limpia-botas il avait commencé à se faire
cirer ; mais cirer de belles bottes de Cosaque n'est pas cirer une
paire de chaussures, et trente spécialistes, le car militaire étant
collectif, avaient attendu une demi-heure Karlitch, exaspéré,
tapotant la table, dont le cireur ne finissait pas de faire reluire la
seconde botte.

— Les lumières s'arrêtent, dit Jaime.

Cet espoir sans cesse renouvelé créait chaque fois autour de
lui un affreux malaise. D'autant plus qu'il avait presque honte
d'être aveugle, et s'efforçait à l'humour. Il avait promis des
huîtres, qu'il croyait avoir dénichées par une extravagante
combine. Erreur. Et les premiers arrivés (Scali et lui étaient

venus les derniers) avaient trouvé un mot au café : « *Réflexion
faite, nous ne viendrons pas. — Les huîtres.* »

— Ça te plaît, cette vie ? demanda Attignies à Karlitch.

— Quand mon père est mort (j'ai trois frères), j'étais chez...
à l'armée. Et déjà, mon père il a dit : Les trois, qu'ils soient
heureux ; et l'autre — il doit vaincre.

Scali rencontrait une fois de plus ce qui l'inquiétait depuis
deux mois : ce que les techniciens de la guerre appelaient « les
guerriers ». Scali aimait les combattants, se méfiait des militaires et détestait les guerriers. Karlitch, c'était trop simple,
mais les autres ?... Et, chez Franco, il y en avait aussi des milliers comme ça.

— J'espère passer dans les tanks, reprit le mitrailleur.

Tankeurs, aviateurs, mitrailleurs, les reîtres allaient-ils revenir
sur l'Europe ?

— Qu'est-ce qui t'a fait peur, Karlitch, dans la guerre ?

Il voulait dire horreur ou pitié ; mais il ne fallait pas être trop
subtil.

— Peur ? Tout, au début.

— Et après ?

— Je ne sais pas.

— Vous voyez les lumières ? demanda Jaime.

— Si ! reprend Karlitch. Il y a une chose qui me fait peur.
Peur. Les pendus. Et toi ?

— Je n'en ai jamais vu.

— C'est de la chance...

« Ça fait peur. Tu comprends, il se passe une chose telle :
avec le sang, tout est naturel. Les pendus ne sont pas naturels.
Quand il n'y a pas de sang, ça n'est pas naturel. Quand les
choses ne sont pas naturelles, alors, c'est la peur. »

Voilà vingt ans que Scali entendait parler de « notion de
l'homme ». Et se cassait la tête dessus. C'était du joli, la notion
de l'homme, en face de l'homme engagé sur la vie et la mort !
Scali ne savait décidément plus où il en était. Il y avait le courage, la générosité — et il y avait la physiologie. Il y avait les
révolutionnaires — et il y avait les masses. Il y avait la politique
— et il y avait la morale. « Je veux savoir ce dont je parle »,
avait dit Alvear.

— Voilà qu'elles repartent, les lumières, dit Jaime.

Scali se dressa, la bouche ouverte, les deux poings sur la table,
envoyant à trois mètres l'avion de fil de fer ; Gardet tenait Jaime
par les deux épaules, et tous deux regardaient au delà de la vitre
du café les gros globes électriques des chevaux de bois qui
venaient de se remettre à tourner.

Jaime et ses copains complètement fous, sifflant comme des
loriots, et Magnin, dans une autre auto, remontaient au champ
pour l'appel — et pour Malaga. Une escadrille ennemie bombar-

dait le port, à six kilomètres. La bruine recouvrait Valence et
ruisselait doucement sur les oranges. Pour la fête des enfants,
les syndicats avaient décidé de préparer un cortège sans précédent. Les délégations des gosses, consultées, avaient exigé les
personnages des dessins animés : les syndicats avaient construit
en carton des Mickeys énormes, des Félix-le-Chat, des Canard-
Donald (précédés, quand même, d'un don Quichotte et d'un
Sancho). Des milliers d'enfants venus de toute la province pour
la fête, dédiée aux enfants réfugiés de Madrid, beaucoup étaient
sans abri. Sur le boulevard extérieur, les chars, leur triomphe
terminé, étaient abandonnés ; pendant deux kilomètres apparurent dans les phares des autos les animaux parlants de la féerie
moderne, du monde où tous ceux qu'on tue ressuscitent... Des
gosses sans abri s'étaient réfugiés sur les piédestaux de carton,
entre les jambes des souris et des chats. L'escadrille ennemie
continuait à bombarder le port ; et, au rythme des explosions,
sous la garde du don Quichotte nocturne, les animaux qui tremblaient dans la pluie hochaient la tête au-dessus des enfants
endormis.

❖

Attignies était bombardier de l'avion de Sembrano. Les équipages des deux appareils étaient mixtes : dans celui-ci, Pol,
mécanicien, et Attignies. Sembrano avait emmené son second
pilote, un Basque, Reyes. Sur le dernier aérodrome du Sud, ils
avaient trouvé des bombes qu'il avait fallu changer, et une
pagaille digne de Tolède ; peu avant Malaga, l'exode de cent
cinquante mille hommes, allongé sur la route qui longe la
mer, puis, en arrière, les croiseurs fascistes qui montaient vers
Almeria dans un matin merveilleux et un long bouillonnement de
fumée ; enfin, la première des colonnes italo-espagnoles motorisées ; vue des avions, il semblait qu'elle dût rejoindre l'exode en
quelques heures. Attignies et Sembrano s'étaient regardés, et
étaient descendus le plus bas possible. Il n'était rien resté de la
colonne.

Pour rentrer plus vite, Sembrano coupa et prit la mer.

Quand Attignies se retourna, le mécanicien frottait ses mains
pleines de l'huile des manettes de bombardement. Attignies
regarda de nouveau, devant lui, le ciel plein de cumulus nets :
dix-huit avions de chasse ennemis — en retard — arrivaient
en deux groupes. Et d'autres derrière, probablement.

Les balles traversèrent la tourelle-avant.

Sembrano reçut un furieux coup de trique sur le bras droit, qui
se mit à pendre. Il se retourna vers le second pilote : « Prends
le manche ! » Reyes ne tenait pas le manche, mais son ventre, à
deux mains. Sans la ceinture qui le retenait, il fût tombé sur

Attignies, revenu en arrière, allongé dans la carlingue, un pied dans le sang. Sans doute la chasse ennemie, passée derrière l'avion, allait-elle tirer en profondeur ; aucune protection possible : devant ce nombre d'ennemis, les cinq chasse républicains devaient protéger la fuite de l'autre multiplace, en meilleure position de combat. Les trous dans la carlingue étaient des trous de petits obus : les Italiens avaient des canons-mitrailleuses. Le mitrailleur-arrière était-il blessé ou non ? A l'instant où Sembrano se retournait, son regard passa sur son moteur droit : il flambait. Sembrano coupa. Aucun de ses mitrailleurs ne tirait plus. L'avion baissait, seconde par seconde. Attignies était penché sur Reyes, descendu de son siège, et qui demandait inlassablement à boire. « La blessure au ventre », pensa Sembrano. Une nouvelle rafale ennemie passa sur l'avion, touchant seulement le plan droit. Sembrano pilotait des pieds et du bras gauche. Le sang coulait doucement sur sa joue ; sans doute était-il blessé aussi à la tête, mais il ne souffrait pas. L'avion baissait toujours. Derrière, Malaga ; au-dessous, la mer. Là-bas, au delà d'une bande de sable large de dix mètres, une barre de rochers.

Pas question de parachutes, la chasse ennemie suivait et l'appareil était déjà trop bas. Impossible de remonter : le gouvernail de profondeur, sans doute déchiré par les balles explosives, ne répondait qu'à peine. L'eau était maintenant si près que le mitrailleur du dessous rentra sa cuve et se coucha dans la carlingue, les jambes ensanglantées lui aussi. Reyes avait fermé les yeux, et parlait basque. Les blessés ne regardaient plus la chasse ennemie, dont arrivaient les dernières balles, isolées : ils regardaient la mer. Plusieurs d'entre eux ne savaient pas nager — et on ne nage pas avec une balle explosive dans le pied, le bras ou le ventre. Ils étaient à un kilomètre de la côte, à trente mètres au-dessus de la mer ; au-dessous, quatre ou cinq mètres d'eau. La chasse ennemie revint, tira de nouveau de toutes ses mitrailleuses ; les balles traçantes tendirent autour de l'avion une toile d'araignées de traits rouges. Les vagues claires et calmes du matin, sous Sembrano, réverbéraient le soleil avec un bonheur indifférent ; le mieux était de fermer les yeux, et de laisser descendre lentement l'avion, jusqu'à... Son regard rencontra soudain le visage de Pol, inquiet, couvert de sang, mais toujours apparemment joyeux. Les traits rouges des balles entouraient l'appareil plein de sang, où Attignies était maintenant penché sur Reyes descendu de son siège et qui semblait râler ; le visage de Pol, le seul que vît Sembrano de face, ruisselait lui aussi ; mais il y avait dans ces joues lisses de gros Juif boute-en-train un tel désir de vie que le pilote fit un dernier effort pour se servir de son bras droit. Le bras avait disparu. De toute sa force, pieds et bras gauche, il cabra l'appareil.

Pol avait sorti les roues et les rentrait maintenant : la coque de

l'avion glissa comme celle d'un hydro ; l'appareil ralentit un
instant, s'enfonça dans l'écume des vagues tranquilles et capota.
Tous se débattirent dans l'eau qui jaillit dans l'avion, comme des
chats noyés : elle ne montait pas jusqu'au haut de la carlingue,
maintenant retournée. Pol se précipita sur la porte, tenta de la
manœuvrer comme d'ordinaire, de haut en bas, n'y parvint pas,
comprit que, l'avion étant retourné, il devait chercher la poignée
en haut ; mais la porte était coincée par une balle explosive.
Sembrano, relevé dans l'avion à l'envers, le poste de pilotage
retourné devant son nez, cherchait son bras dans l'eau comme un
chien court après sa queue ; la blessure faisait des taches rouges
dans l'eau déjà rose de la carlingue, mais le bras était à sa place.
Le mitrailleur-avant enfonça un des pans de mica de sa tourelle,
ouverte par le capotage. Sembrano, Attignies, Pol et lui parvinrent à sortir, et se trouvèrent enfin, torse à l'air libre et
jambes dans l'eau, en face de la ligne sans fin de l'exode.

Appuyé sur le mécanicien, Attignies appelait, mais les vagues
couvraient le bruit de sa voix ; tout au plus les paysans en fuite
voyaient-ils ses gestes ; et Attignies savait que chacun, dans une
foule, croit que l'appel s'adresse aux autres. Sur la grève même,
un paysan marchait. Attignies alla à quatre pattes jusqu'au
sable : « Viens les aider ! » cria-t-il dès qu'il fut à portée de
voix. — « Sais pas nager », répondit l'autre. — « Il n'y a pas de
profondeur. » Attignies avançait toujours. Le paysan ne bougeait pas. Lorsqu'il vit Attignies, relevé hors de l'eau à côté de
lui, il dit enfin : « J'ai des gosses », et s'en alla. Peut-être était-
ce vrai ; et quelle aide attendre d'un homme qui, devant cette
fuite furieuse, attendait patiemment les fascistes ? Peut-être se
méfiait-il : le visage énergique et blond d'Attignies ressemblait
trop à l'idée qu'un paysan de Malaga peut se faire d'un pilote
allemand. A l'est, tout près de la crête des montagnes, les avions
républicains disparaissaient. « Espérons qu'ils enverront une
bagnole... »

Pol et Sembrano avaient tiré les blessés hors de l'appareil, et
les avaient transportés sur la plage.

Un groupe de miliciens sortit de la coulée de la foule ; debout
sur le remblai et par là beaucoup plus grands qu'elle, immobiles,
ils semblaient accordés aux rochers et aux lourds cumulus plus
qu'aux choses vivantes, comme si rien de ce qui ne fuyait pas
n'eût pu être vivant ; le regard fixé sur cet avion qui achevait de
se consumer, et dont les courtes flammes, hors de l'eau, cachaient
la couleur des bandes, ils dominaient cette coulée d'épaules en
avant et de mains en l'air, à la façon des guetteurs de légende.
Entre leurs jambes, écartées pour résister au vent de la mer, les
têtes roulaient comme des feuilles mortes ; ils dévalèrent enfin
vers Attignies. « Aidez les blessés ! » Ils avancèrent jusqu'à
l'avion, pas après pas, arrêtés par l'eau. Le dernier, demeuré
avec Attignies, passa le bras de l'aviateur sur son épaule.

— Tu sais où est le téléphone ? demanda celui-ci.

— Oui.

Les miliciens appartenaient à la garde du village ; sans canons et sans mitrailleuses, ils allaient tenter de défendre contre les colonnes motorisées des Italiens leur village de cailloux. Sur la route, avec eux à leur manière, des deux cent mille habitants de Malaga, cent cinquante mille êtres sans armes fuyaient jusqu'à la mort le « libérateur de l'Espagne ».

Ils s'arrêtèrent à mi-hauteur du talus. « On a du culot, pensait Attignies, de dire que les blessures de balles ne font pas mal ! » ; et l'eau de mer n'adoucissait rien. Au-dessus du remblai, les bustes inclinés avançaient toujours vers l'ouest, au pas ou à la course. Devant nombre de bouches un poing tenait un objet confus, comme si tous eussent joué de quelque silencieux clairon : ils mangeaient. Une herbe courte et large, du céleri peut-être. « Il y a un champ », dit le milicien. Une vieille femme dévala le talus en hurlant, s'approcha d'Attignies et lui tendit une bouteille. « Mes pauvres enfants, mes pauvres enfants ! » Elle regardait les autres en bas, reprit sa bouteille avant qu'Attignies l'eût saisie et descendit aussi vite qu'elle put, sans cesser de crier toujours la même phrase.

Attignies reprit la montée, appuyé sur le milicien. Des femmes passaient en courant, s'arrêtaient, se mettaient à hurler en regardant les aviateurs blessés et l'avion qui s'éteignait, et reprenaient leur course.

« Le boulevard du dimanche », pensa amèrement Attignies en arrivant sur la route. Sous le bruit de fuite rythmé par le battement de la mer, un autre bruit, qu'Attignies connaissait de reste, commençait à monter : un avion de chasse ennemi. La foule s'égaillait ; elle avait déjà été bombardée et mitraillée.

Il venait en ligne droite vers le multiplace dont les dernières flammes s'éteignaient dans la mer. Déjà, les miliciens transportaient les blessés ; ils seraient sur la route avant l'arrivée de l'avion ennemi. Il fallait crier à la foule de se coucher, mais nul n'entendait. Sur les instructions de Sembrano, les miliciens couchaient les blessés le long d'un petit mur. L'avion descendit très bas, tourna autour du multiplace, pattes en l'air et couvert de flammèches mourantes comme un poulet à la broche ; le photographia sans doute, et repartit. « Mais les camions aussi ont les pattes en l'air. »

Une charrette passait. Attignies l'arrêta, quitta l'épaule du milicien. Une jeune paysanne quitta sa place pour qu'il la prît, et s'assit entre les jambes d'une vieille. La charrette repartit. Elle contenait cinq paysans. Personne n'avait posé de questions, et Attignies n'avait pas dit un mot : le monde entier, à cette minute, coulait dans un seul sens.

Le milicien marchait à côté de la charrette. Après un kilomètre, la route s'écartait de la mer. Dans les champs étaient allumés des feux ; ces feux, ces gens accroupis ou couchés suaient l'angoisse, dans l'immobilité comme dans la fuite. Entre eux, la masse passive des sans-logis continuait vers Almeria sa migration désespérée. L'enchevêtrement des voitures devenait inextricable. La charrette n'avançait plus.

— C'est encore loin ? demanda Attignies. — Trois kilomètres, répondit le milicien.

Un paysan les dépassa, monté sur un âne : les ânes, quittant sans cesse la route, se glissant partout, allaient beaucoup plus vite.

— Prête-moi ton âne, Je te le rendrai au village, devant la poste. C'est pour des aviateurs blessés.

Le paysan descendit sans dire un mot et prit la place d'Attignies dans la charrette.

Deux jeunes gens, garçon et fille, étudiants sans doute, presque élégants, sans bagage, dépassèrent l'âne. Ils se tenaient par la main. Attignies prit conscience qu'il n'avait vu jusque-là qu'une foule misérable, ouvrière parfois, paysanne presque toujours. Et toujours, sur les dos, les couvertures mexicaines. Pas de conversations : des cris, et le silence.

La route s'engageait sous un tunnel.

Attignies chercha sa lampe électrique. Inutile de la tirer de sa poche trempée. D'innombrables petites lumières, lampes de toutes sortes, allumettes, torches, tisons, naissaient et s'éteignaient, jaunes et rougeâtres, ou bien demeuraient, entourées d'un halo, des deux côtés de la coulée d'hommes, de bêtes et de charrettes. A l'abri des avions, un campement de grande migration était installé là dans la vie souterraine, entre les deux trous bleus et lointains du jour. Un peuple d'ombres s'agitait autour des torches ou des lampes-tempête immobiles, bustes et têtes un instant apparus en silhouettes, les jambes perdues dans l'obscurité ; et le bruit des charrettes grondait sous la roche comme un fleuve souterrain, dans un silence si fort qu'il avait gagné jusqu'aux animaux.

Le tunnel enveloppait Attignies de chaleur, qu'elle vînt de la foule accumulée ou de la fièvre qui montait. Il fallait arriver au téléphone, évidemment, il fallait arriver au téléphone ; mais Attignies n'était-il pas mort sur la route ? la charrette, l'âne, n'étaient-ils pas les rêves d'une agonie assez douce ? de l'eau qui l'avait recouvert, il glissait à ce monde calfeutré des profondeurs de la terre. Une évidence plus forte que les certitudes des vivants allait du sang qui tout à l'heure ruisselait dans la carlingue à ce tunnel étouffant ; tout ce qui avait été la vie se diluait comme des souvenirs misérables dans une torpeur profonde et morne ; les points lumineux menaient dans cette obscurité chaude leur vie de poissons des grandes dépressions, et le commissaire politique glissait, immobile et sans poids, bien au delà de la mort, à travers un grand fleuve de sommeil.

La lumière du jour qui se rapprochait et qui, la route obli-quant, se déploya soudain, éveilla tout son corps, comme si la lumière eût été glacée. Il fut stupéfait de retrouver l'obsession du téléphone, son pied lancinant, son âne entre ses jambes. Alors qu'il était sorti de l'avion comme d'un combat, il se sen-tait revenir des limbes devant le mystère de la vie. De nouveau, au-dessus de la coulée du peuple en fuite, s'étendait jusqu'à la Méditerranée la terre ocre d'Espagne, avec des chèvres noires debout sur des rochers.

La foule, secouée en tous sens, bouillonnait autour du premier village, et laissait mille instruments autour des premiers murs, comme la mer abandonne dans sa retombée une grève de galets et de détritus. Une grande confusion de costumes hérissés de quelques armes était prise entre les murs comme un troupeau dans un corral. Ici l'exode perdait sa puissance d'avalanche : il n'y avait plus qu'une foule.

Grâce au milicien, Attignies, toujours sur son âne, parvint au bureau du téléphone. Les fils étaient coupés.

Pol, les blessés alignés au pied du mur, avait demandé aux miliciens où il pourrait trouver des camions. « Dans les fermes ; mais il n'y a pas d'essence ! » Il avait couru à la première, vu un camion, le réservoir vide. Il était revenu, toujours courant, avec un seau, et était parvenu à vidanger une partie de l'essence demeurée dans le réservoir intact de l'avion. Il avait regagné la ferme, tenant son seau en équilibre, obligé de marcher lentement en marge de l'inlassable fuite paysanne, et attendant d'un ins-tant à l'autre l'arrivée des camions qui suivaient sûrement ceux qu'ils avaient fait sauter le matin. Il tenta de mettre en route : la magnéto était brisée.

Il courut à la seconde ferme. Sembrano pensait qu'Attignies ne se débrouillerait pas sans peine au milieu de cette pagaille, et comptait plus sur un camion trouvé que sur un camion envoyé. Dans cette ferme à demi villa, vide de meubles et où les faïences mauresques et les fausses fresques romantiques à perroquets sem-blaient attendre l'incendie, le bruit souterrain de la foule en fuite menaçait seconde par seconde de l'arrivée ennemie. Cette fois, Sembrano, tenant de la main gauche son bras droit qu'un mitrail-leur espagnol avait garrotté, revint à lui. Dès qu'ils eurent trouvé le camion, Sembrano leva le capot : l'arrivée d'essence était démolie. Les camions avaient été systématiquement sabotés pour que les fascistes ne pussent les employer. Sembrano qui s'était penché se releva, la bouche ouverte et les yeux à demi clos, Voltaire assommé ; et, d'un pas de boxeur groggy, il se dirigea sans fermer la bouche vers la ferme suivante.

Au milieu d'un champ, il entendit crier son nom : le mitrailleur espagnol, tout rond, semblable à une pomme jubilante, toujours ensanglanté, bondissant et rebondissant, courait vers lui. Attignies était de retour avec une auto. Les avions de chasse républicains avaient prévenu l'hôpital. Sembrano et Pol installèrent les blessés sur le plancher et la banquette de l'arrière : le mitrailleur resta avec eux.

Un médecin, le chef du service de transfusion de sang canadien, était venu avec l'auto.

Depuis la chute de l'avion, pas un des aviateurs n'avait parlé de l'arrivée des fascistes ; et sans doute aucun n'avait-il cessé, comme Attignies, d'avoir présente à l'esprit la colonne motorisée bombardée à la sortie de Malaga.

L'auto, surchargée en avant, semblait vide en arrière ; à chaque kilomètre, des miliciens l'arrêtaient, voulaient y charger des femmes, voyaient les blessés en montant sur le marche-pied, et redescendaient. Tout d'abord, la foule avait cru que les Comités fuyaient ; à voir dans chaque auto apparemment vide des blessés empilés, elle avait pris l'habitude de regarder les voitures avec une amitié morne. Reyes râlait. « Nous essaierons des transfusions, dit le médecin à Attignies, mais j'ai peu d'espoir. » Tant d'hommes étaient allongés sur le bord du chemin qu'il était impossible de distinguer, parmi eux, les blessés de ceux qui dormaient ; souvent des femmes se couchaient en travers de la route ; le médecin descendait, leur parlait ; elles venaient voir, laissaient passer en silence, et se recouchaient pour attendre l'auto suivante.

Un vieillard, réduit aux tendons et aux nerfs, de cette vieillesse cordée qui ne semble exister que chez les paysans, appelait, portant dans le bras gauche replié un enfant de quelques mois. Il y avait le long de la route bien des détresses aussi grandes ; mais peut-être l'homme est-il plus vulnérable à l'enfance qu'à toute autre faiblesse : le médecin fit arrêter la voiture, malgré le râle de Reyes. Impossible de loger le paysan à l'intérieur ; il se casa sur l'aile, l'enfant toujours dans le bras gauche ; mais il ne trouvait rien à tenir. Pol, installé sur l'autre aile, et qui se tenait, lui, de la main droite à la poignée de la portière, tendit la main gauche, à quoi le paysan s'agrippa ; le chauffeur était presque toujours obligé de conduire à demi dressé, car les deux mains se rejoignaient devant le pare-brise.

Le médecin et Attignies ne pouvaient en détacher leurs yeux. Le médecin, devant les scènes d'amour du théâtre et du cinéma, se sentait toujours indiscret. Et ici aussi : cet ouvrier étranger qui allait de nouveau combattre, tenant le poignet du vieux paysan d'Andalousie devant le peuple en fuite, le troublait ; il s'efforçait de ne pas les regarder. Et pourtant la part la plus profonde de lui-même demeurait liée à ces mains, — la même part qui les avait fait s'arrêter tout à l'heure, celle qui reconnaît sous leurs expressions les plus dérisoires la maternité, l'enfance ou la mort.

« Halte-là ! » hurla un milicien. Le chauffeur ne ralentit pas.

Le milicien mit la voiture en joue. « Aviateurs blessés ! » cria le chauffeur. Le milicien sauta sur le marchepied. « Halte, bon Dieu ! — Aviateurs blessés, je te dis, andouille ! Tu vois pas clair ? » Encore deux phrases que les blessés ne comprirent pas. Le milicien tira, et le chauffeur s'affala sur le volant. L'auto faillit s'écraser sur un arbre. Le milicien serra le frein, sauta, et partit sur la route.

Un milicien anarchiste, au képi rouge et noir, un sabre au côté, sauta dans le camion. « Pourquoi vous arrête-t-il, cet abruti-là ? — Je ne sais pas », répondit Attignies. L'anarchiste sauta à terre, courut derrière l'autre milicien. Tous deux disparurent derrière des arbres vert sombre dans le soleil. La voiture restait abandonnée. Aucun des blessés ne pouvait conduire. L'anarchiste reparut comme s'il fût sorti d'une coulisse, le sabre rouge à la main. Il revint jusqu'au camion, déposa le chauffeur mort sur le bord de la route, s'assit à sa place, démarra sans rien demander. Après dix minutes il se retourna, montra son sabre ensanglanté :

« Salaud. Ennemi du peuple. Recommencera plus. »

Sembrano haussa les épaules, excédé de mort. L'anarchiste, vexé, détourna la tête.

Il conduisait en affectant de ne plus regarder ses voisins ; non seulement il conduisait avec soin, mais encore en tentant d'atténuer les cahots.

« Tu parles d'un milicien-maison, alors ! dit en français Pol, dont le visage, dehors, était tout près du képi rouge et noir ; quand il aura fini de faire la gueule, il le dira ! »

Attignies regardait le visage de l'anarchiste, fermé, hostile, derrière les deux mains serrées sur le pare-brise.

Ils arrivèrent enfin à l'hôpital.

Un hôpital vide, plein encore d'appareils, de bandages, de toutes les marques du passage de la douleur. Dans les lits défaits et souvent ensanglantés dont le vide était si cruellement mêlé à des traces toutes fraîches de présences, il semblait que se fussent couchées, non des hommes vivants ou mourants avec leurs visages particuliers, mais les blessures mêmes, — le sang à la place du bras, de la tête, de la jambe. L'immobile lourdeur de l'électricité donnait à toute la salle un aspect irréel, dont la grande unité blanche eût été celle d'un rêve si les taches de sang et quelques corps n'eussent sauvagement imposé la présence de la vie : trois intransportables attendaient les fascistes, leur revolver à côté d'eux.

Ceux-là n'avaient plus à attendre que la mort qui viendrait d'eux, ou celle qui viendrait des ennemis, à moins que n'arrivassent les avions sanitaires. Ils regardaient en silence entrer le grand Pol crépu, Sembrano à la lèvre avançante, et les autres qui n'avaient plus que le visage de la douleur ; et la salle s'emplissait de la fraternité des naufragés.

CHAPITRE II

Guadalajara.

Quarante mille Italiens en unités entièrement motorisées, leurs
tanks et leurs avions, avaient enfoncé à Villaviciosa le front
républicain. Il s'agissait pour eux de descendre par les vallées de
l'Ingria et de la Tajuna, et, prenant Guadalajara et Alcala-de-
Hénarès, de rejoindre l'armée sud de Franco arrêtée à Arganda,
coupant ainsi Madrid de toute communication.

Les Italiens, tout chauds de Malaga, n'avaient pas trouvé
devant eux cinq mille hommes. Mais, à Malaga, les milices
s'étaient battues comme à Tolède ; ici, l'armée se battait comme
à Madrid. Le 11, les Espagnols, les Polonais, les Allemands, les
Franco-Belges et les Garibaldiens de la Iʳᵉ brigade — un contre
huit — arrêtaient le raid italien des deux côtés de la route de
Saragosse et de celle de Brihuega.

Dès que la première lumière blafarde se glissa sous les nuages
lourds de neige, les obus commencèrent à hacher les boqueteaux
et la forêt clairsemée sur quoi s'appuyaient les Allemands du
bataillon Edgar-André et les nouveaux volontaires envoyés en
hâte. Déracinés d'un seul obus, les oliviers sautaient tout entiers,
jaillissaient jusqu'à ce ciel où la chute de la neige était suspendue
et retombaient en fusées, branches en avant, avec un bruit de
papier froissé.

La première vague d'assaut italienne arriva. « Camarades,
dit un commissaire politique, le sort de la République va se
décider dans les dix minutes. » Tous les mitrailleurs de la section
de mitrailleuses lourdes restèrent sur leurs pièces, dont ils reti-
rèrent le verrou juste avant de mourir. Les républicains arrivèrent à construire sous le feu une ligne de défense, et à fortifier
leurs flancs.

Parfois, les obus fascistes n'éclataient pas.

Le commissaire de la nouvelle compagnie se mit debout :

— Aux ouvriers fusillés à Milan pour sabotage d'obus,
hurrah !

Tous se levèrent, les ouvriers des usines d'armes hésitants :
ceux-là savaient que les obus n'éclatent pas toujours.

Alors arrivèrent les tanks fascistes.

Mais les Internationaux et les dynamiteurs avaient pris l'habitude des tanks à la bataille de la Jarama. Quand les chars arrivèrent en terrain découvert, les Allemands se replièrent sous le
bois, et n'en démarrèrent pas. Les tanks avaient des mitrailleuses, mais eux en avaient aussi ; devant les arbres serrés les

chars se baladaient en vain de long en large, comme des chiens
énormes ; de temps à autre, un petit chêne sautait jusqu'aux
nuages de neige.

Du bois pilonné, les mitrailleuses flamandes cousaient au
sol les lignes d'assaut fascistes. « Tant qu'il y aura des rivets
pour la machine à riveter, ça ira », gueulait le chef des mitrailleurs sous le bruit d'orage du canon, celui des coups de fusil,
les rafales de mitrailleuses, l'éclatement des balles explosives,
le sifflement aigu des obus des tanks et l'inquiétant ronflement
des avions qui ne parvenaient pas à sortir des nuages trop bas.

Le soir, les Italiens attaquaient avec des lance-flammes, qui
ne passèrent pas plus que les tanks.

Le 12, le groupe de choc italien réattaquait, rencontrait les
brigades du Vᵉ corps, celle de Manuel, les Français et les Allemands. A la fin de la journée, les Italiens étaient groupés sur un
terrain étroit, leurs chemins d'accès étaient obstrués ; leurs munitions lourdes et leurs vivres n'atteignaient plus le front, et la
neige commençait à tomber. La route demeurait menacée ; mais
l'armée italienne ne l'était pas moins.

Le 13, la neige cessa, et des combattants moururent de froid.

Dans la nuit arrivèrent en renfort les brigades espagnoles de
Madrid, les renforts des Internationaux et les carabiniers de
Ximénès. Les républicains n'étaient plus qu'un contre deux. Les
Internationaux montaient en ligne, équipés sinon bien armés ;
parallèlement, de l'autre côté de la route, remontaient, en espadrilles, des hommes de Manuel et de la brigade Lister. Jamais,
depuis trois mois de combats communs, Siry et Maringaud (au
bataillon franco-belge maintenant) ne s'étaient sentis aussi près
des Espagnols que dans ce soir glacé de mars où, jusqu'à la
neige de la nuit, l'armée du peuple montait, au pas de ses espadrilles en loques, vers l'horizon secoué d'obus. Parfois un canon
lourd aboyait plus vite ; beaucoup d'autres lui répondaient alors,
comme jadis les chiens dans les fermes de Guadalajara ; plus le
bruit du canon montait, plus les hommes se serraient les uns
contre les autres.

Le 14, les troupes du Vᵉ corps et Manuel attaquaient Trijueque
et la prenaient. L'autre flanc de l'ennemi était protégé par le
Palais Ibarra, un fusil-mitrailleur derrière chaque fenêtre, que
les Franco-Belges et les Garibaldiens attaquaient depuis deux
heures de l'après-midi.

Soixante pour cent des Garibaldiens avaient plus de quarante-
cinq ans.

Sous les arbres du bois, ils ne voyaient plus maintenant du
palais bas et plat que de courtes flammes à travers la nuit tom-
bante et la neige, qui avait repris. Le feu ralentissait : ils entendaient de nouveau des coups isolés. Et une voix immense, qui
était à la voix humaine ce que le canon est au fusil, commença
à gronder en italien :

« Camarades, ouvriers et paysans d'Italie, pourquoi vous bat-tez-vous contre nous ? Quand vous cessez d'entendre ce haut-parleur, tout le bruit qui le couvre, c'est la mort. Mourrez-vous pour empêcher les ouvriers et les paysans d'Espagne de vivre librement ? On vous a trompés. Nous... »

Le déchaînement du canon et des grenades couvrit la voix du haut-parleur républicain. Quadrangulaire, semblable à un puits de pétrole couché, plus grand que le camion qui le portait, il était presque seul derrière un rideau de forêt, abandonné, mais vivant puisqu'il parlait. Et ce hurlement qui portait à deux kilomètres, cette voix à annoncer la fin du monde, très lente pour qu'on distinguât ses paroles, criait dans la solitude à travers la nuit qui tombait, les arbres aux branches coupées par les balles et l'iné-puisable neige :

« Camarades, ceux des vôtres qui sont prisonniers chez nous vous diront que les « barbares rouges » leur ont ouvert leurs bras, encore sanglants des blessures que vous leur avez faites... »

Une patrouille fasciste marchait à travers la neige et le bois emplis par le haut-parleur. Une décharge de plus : l'un des fascistes tomba.

— Jetez vos armes ! cria-t-on en italien, pendant une seconde de silence.

— Cessez le feu, bougre d'abrutis ! cria l'officier. C'est nous !

— Jetez vos armes !

— Mais puisque je vous dis que c'est nous !

— On le sait. Jetez vos armes !

— Jetez les vôtres !

— A trois, nous tirons.

La patrouille commençait à comprendre que les Italiens qui lui répondaient n'étaient pas des siens.

— Un. Rendez-vous !

— Jamais !

— Deux. Rendez-vous !

La patrouille jeta ses armes.

Les Garibaldiens attaquaient le Palais d'un côté, les Franco-Belges de l'autre. Une fusée monta au-dessus du bois, éclaira des branches noires parmi des tourbillons de neige. Un arbre aux branches basses et serrées bondit. Pendant qu'il retombait au loin avec un bruit de branches, Siry vit cinq copains courir, quatre tomber, la tête de son copain de droite disparaître, les balles creuser le terrain partout, un type qui montrait quelque chose ramener une main sanglante. Avant même d'avoir compris que, l'arbre disparu, il était sous le feu d'une des fenêtres du Palais Ibarra, Siry cavalait, les muscles du dos contractés pour empêcher les balles d'entrer. Visité soudain par le bon sens, il se jeta à plat ventre devant un lieutenant couché qui se souleva et retomba aussitôt avec un gémissement surpris : « Oh oh... »

— Qu'est-ce qu'il a ? demanda Siry à la cantonade. Blessé ?
— Mort, répondit une voix. Siry s'était approché avec ses
camarades jusqu'au mur du Palais : mais la belle trouée faite
par l'arrachage de l'arbre concentrait là le tir de vingt fenêtres,
toutes ornées de fusils-mitrailleurs. Les soldats reculaient, rampant en arrière, ventre au sol, comme s'ils eussent été tous
blessés au ventre. Un type en tirait un autre avec des gestes
empêtrés de hanneton, lentement, l'épouvante sur la figure ;
mais il ne l'abandonnait pas. Siry, la tête appuyée sur le bras
gauche, entendait sous le fracas du canon, des fusils, des mitrailleuses et des balles explosives, l'imperceptible tic-tac de sa
montre ; tant qu'il entendrait ce son-là, il ne serait pas tué. Il
avait l'impression confuse d'une faute à cacher, semblable à sa
peur du garde-champêtre, autrefois, quand il barbotait des
poires. Il arriva enfin à couvert, en même temps que celui qui
traînait un blessé.

Maringaud était à dix mètres du mur qui protégeait le Palais :
de là, on pouvait lancer les grenades. Dans la nuit et la neige,
les coups de feu ennemis couraient par-dessus la crête du mur,
au ras du sol et derrière chaque fenêtre, comme un crépitement
d'incendie. Le gros Maringaud tirait, tirait, sur les lueurs rousses
et sur les détonations, et se sentait calme. Quelqu'un se pencha
derrière lui : c'était le capitaine. « Ne hurle pas comme ça : tu
indiques ta position. » Un des Internationaux était accroché des
deux mains au mur du palais, tué sans doute. Maringaud, sans
cesser de tirer, avança : à sa droite, des copains avançaient
aussi, à travers le fracas des fusils-mitrailleurs, des grenades,
des hurlements absurdes et des obus. Encore une fusée entre les
arbres ; au-dessous, les taches convulsives des grenades, des
branches, et un bras arraché, les doigts écartés. Le fusil de
Maringaud brûlait. Il le posa sur la neige et commença à lancer
ses grenades, que lui passait un International blessé. Un autre
ouvrait et fermait alternativement la bouche, comme un poisson
suffocant. Trois autres tiraient. Encore deux mètres : il était
maintenant tout près du mur, avec ses grenades, une cigarette
qu'il croyait fumer à la bouche.

— Qu'est-ce qu'ils foutent, à gauche ? cria une voix impé-
rative dans la neige. Tirez plus vite que ça !
— Y sont morts, répondit une autre voix.

Les fascistes les plus courageux essayaient de défendre le mur,
et leurs tireurs d'élite avaient l'impression de mal tirer, parce
que Garibaldiens et Franco-Belges, enragés, rendus fous à la
fois par le combat et par la neige, se lançaient contre le mur et
ne tombaient que bien des secondes après avoir été touchés.
D'inquiétantes clameurs montaient tout à coup, du Palais ou du
bois ; et il y eut une seconde de silence lorsque, dans la lumière
d'une fusée, les fascistes et les clochards ramassés dans tous les
coins de Sicile se virent charger dans la neige bleue par les plus

vieux Garibaldiens, avec leurs moustaches grises. Puis le fracas
reprit. Et, soit que les assaillants eussent atteint le mur, soit
que le mystérieux silence des cafés et des assemblées fût présent
aussi dans la guerre, la frénésie des explosions sembla soudain
s'élever avec les tourbillons de flocons qu'un vent furieux renvoyait vers le ciel noir. Et (ceux du haut-parleur étaient à l'affût de ce silence) les fascistes, les Garibaldiens et les Franco-
Belges entendirent :

« Écoutez, les copains ! C'est pas vrai ! C'est pas vrai ! C'est
Angelo qui parle. D'abord ils ont des tanks, j'en ai vu ! Et des
canons ! Et des généraux, ils nous ont interrogés !

« Et ils nous fusillent pas ! C'est moi, Angelo ! Je suis pas
fusillé ! Au contraire. On nous a eus, et on va tous nous faire
tuer ! Passez, les gars, passez ! »

Siry, revenu jusqu'au mur, écoutait. Les Garibaldiens écoutaient ; Maringaud et les Franco-Belges devinaient. Tous les
fusils-mitrailleurs fascistes du Palais répondirent. Le vent s'était
affaibli, et la neige indifférente tombait à nouveau avec lourdeur.

Siry était à l'angle du mur. Plus loin, sous les arbres, il y
avait des bicoques. Celles de droite étaient aux républicains,
celles de gauche aux fascistes. Et Siry entendait, faibles après
le haut-parleur, comme les voix des blessés, des voix de prisonniers de la veille qui combattaient maintenant avec les Garibaldiens, crier à travers la neige :

— Carlo, Carlo, fais pas l'andouille, reste pas là-dedans. C'est
moi, Guido. T'as rien à craindre, j'arrangerai tout.

— Bandes de crapules, bandes de traîtres !

Un ordre, une rafale de fusils-mitrailleurs.

— Bruno, c'est les copains, tire pas !

Le fracas remonta, redescendit avec les grands tourbillons
comme si le vent qui brassait les flocons eût aussi brassé la
bataille. Maringaud lança sa dernière grenade, reprit son fusil,
qui lui fut aussitôt arraché des mains, en même temps que ses
trois compagnons s'envolaient dans une flamme, les bras rame-
nés vers eux. Il courut au mur, s'y colla, et ramassa le fusil du
camarade accroché aux pierres par les deux mains.

La neige cessa.

Il y eut de nouveau un silence soudain, comme si les éléments
eussent été plus forts que la guerre, comme si l'apaisement qui
tombait du ciel d'hiver que les flocons ne voilaient plus se fût
imposé au combat. Par un grand trou, la lune venait d'apparaître, et, pour la première fois, la neige, toujours bleue sous
les fusées, apparaissait blanche. En arrière des Internationaux,
sur tout un terrain d'enclos et de petits murs en étages, les Polonais attaquaient à l'arme blanche. Non pas en masse, mais en
petits groupes isolés, protégés par les murs bas à demi enfouis
dans la neige. Les Franco-Belges et les Garibaldiens les voyaient

à peine, mais quand cessait l'avance à la baïonnette, ils entendaient distinctement l'approche de leur feu ; et ces hommes presque invisibles, dont les coups de fusil avançaient opiniâtrement
dans le déchaînement des détonations et des explosions comme
eût avancé une attaque souterraine, à travers un grand voile
vertical et apaisé de flocons fins sous la lune, gravissaient le
vaste escalier de neige de la colline comme, dans les légendes, les
légions mystérieuses envoyées par les dieux.

Au loin, Siry entendait l'aboiement incompréhensible d'un
haut-parleur espagnol où parlait le père Barca, le vieux copain
de Manuel et de Garcia.

Et soudain, Siry et Maringaud, et les Franco-Belges, et les
Garibaldiens qui combattaient à leur côté, se demandèrent s'ils
devenaient fous : du Palais descendait un chant qu'ils connaissaient bien. Les Internationaux attaquaient de trois côtés, et
d'autres compagnies pouvaient avoir pénétré dans le Palais pendant que celles-ci étaient arrêtées au mur ; mais tous se souve-
naient de l'*Internationale* chantée à la bataille de la Jarama par les
fascistes tombés ensuite sur leurs tranchées : « Jetez les armes
d'abord ! » crièrent-ils. Rien ne leur répondit : le bombardement
continuait, l'intensité du tir diminuait, la neige revenait en tourbillons plus serrés. Pourtant, au fond de cette neige, les petites
flammes rouges aux fenêtres du palais s'étaient éteintes et le
chant continuait. En français ou en italien ? Impossible de distinguer une parole... On ne tirait plus sur eux. Et le haut-parleur
cria en espagnol, à travers les arbres sans branches : « Cessez le
feu. Le Palais Ibarra est pris. »

Tous croyaient attaquer le lendemain matin.

CHAPITRE III

Lendemain soir, front du Levant.

Le téléphone du champ était installé dans une guérite. Magnin,
l'écouteur à l'oreille, regardait le *Canard* se poser dans la poussière du soleil descendant.

— Ici, Direction des opérations. Vous avez deux appareils
prêts ?

— Oui.

Utilisés chaque jour contre Teruel, réparés avec de mauvaises
pièces de rechange, les appareils devenaient aussi peu sûrs qu'au
temps de Talavera : l'équipe de dépannage devait sans cesse
s'occuper des carburateurs.

— Le commandant Garcia vous envoie un paysan du nord d'Albarracin qui a passé les lignes fascistes cette nuit. Il y aurait un champ plein d'appareils à côté de son village. Sans abris souterrains.

— Je ne crois pas à leurs abris souterrains. Pas plus qu'aux nôtres. Je l'ai écrit dans mon rapport d'hier. Nous avons bombardé pour rien le champ de la route de Saragosse parce que les avions sont dans des champs clandestins ; pas parce qu'ils sont en dessous.

— Nous vous envoyons le paysan. Envisagez la mission et rappelez-nous.

— Allo !

— Allo ?

— Quelles garanties présente le paysan ?

— Le commandant. Et son syndicat, je crois.

Une demi-heure plus tard, le paysan arrivait, conduit par un sous-officier de la Direction des opérations. Magnin le prit par le bras et commença à marcher le long du champ. Les avions finissaient leurs essais dans la dernière lumière.

Jusqu'aux collines, c'était la paix du soir sur les grands espaces vides, le soir sur la mer et les champs d'aviation. Où Magnin avait-il déjà vu ce visage ? Partout : c'était celui des nains espagnols. Mais l'homme était solide, et plus grand que lui.

— Tu as passé les lignes pour nous prévenir : merci pour tous.

Le paysan sourit, d'un sourire délicat de bossu.

— Où sont les avions ?

— Sont dans le bois. Le paysan leva l'index. « Dans le bois. » Il regarda entre les oliviers les coulées vides où les avions des Internationaux étaient cachés. « Des coulées comme ça, la même chose. Mais bien plus profondes, parce que c'est un vrai bois. »

— Comment est le champ ?

— Là où ils s'envolent ?

— Oui.

Le paysan regarda autour de lui.

— Pas comme ça.

Magnin tira son carnet. Le paysan dessina le champ.

— Très étroit ?

— Pas large. Mais les soldats y travaillent dur. Ils vont l'agrandir.

— Quelle orientation ?

Le paysan ferma les yeux, fit la girouette.

— Direction du vent d'est.

— Euh... alors, oui : le bois serait à l'ouest du champ ? Tu es certain ?

— Tranquillement.

Magnin regarda la manche à vent, au-dessus des oliviers : le vent, en ce moment, venait de l'ouest. Or, les avions, sur un petit champ, doivent décoller contre le vent. Si le vent était le même à Teruel, ces avions, en cas d'attaque, devraient décoller vent arrière.

— Tu te souviens comment était le vent, hier ?

— Nord-ouest. On disait qu'il allait pleuvoir.

Donc, les avions étaient sans doute toujours là. Si le vent ne changeait pas, ça irait bien.

— Combien d'avions ?

Le paysan avait, au milieu du front, une mèche en ergot, comme les aras ; de nouveau, il leva l'index.

— Moi — tu comprends, moi — j'ai compté six petits. Y a aussi des copains qui se sont arrangés. Ils sont pas d'accord : au moins autant de gros, qu'ils disent. Au moins. Peut-être plus.

Magnin réfléchit. Il tira sa carte, mais, comme il le supposait, le paysan ne savait pas la lire.

— C'est pas mon ouvrage. Mais tu me prends dans ta machine et je te montre. Tout droit.

Magnin comprit pourquoi Garcia avait répondu du paysan.

— Tu es déjà monté en avion ?

— Non.

— Tu n'as pas d'angoisse ?

Il ne comprenait pas bien.

— Tu n'as pas peur ?

Il réfléchit.

— Non.

— Tu reconnaîtras le champ ?

— Y a vingt-huit ans que je suis du village. Et j'ai travaillé en ville. Tu me trouves la route de Saragosse, moi je te trouve le champ. Tranquillement.

Magnin envoya le paysan au château et rappela la Direction des opérations au téléphone.

— Il semble qu'il y ait une dizaine d'appareils ennemis, environ... Le mieux, évidemment, serait de bombarder à l'aube ; mais j'ai deux multiplaces et pas de chasse demain matin : toute la chasse est sur Guadalajara. Je ne connais pas mal la région et l'enjeu est sérieux. En ce moment, le temps est rarement clair là-bas... Alors, mon avis est : je téléphone à cinq heures du matin à la météo de Sarion et si le temps est tant soit peu bouché, j'y vais.

— Le colonel Vargas vous laisse la décision. Si vous partiez, il mettrait à votre disposition l'avion du capitaine Moros. N'oubliez pas qu'il y aura peut-être de la chasse de protection à Sarion.

— Bon, merci... Ah ! autre chose : partir de nuit, c'est très bien, mais le champ n'est pas balisé. Avez-vous des phares ?

— Non.

— Vous êtes sûr ?

— On m'en demande toute la journée.

— Et à la Guerre ?

— De même.

— Euh... alors, des autos ?

— Tout est employé.

— Bon. Je vais tâcher de m'arranger.

Il téléphona au ministère de la Guerre : même réponse.

Il fallait donc partir de nuit, d'un petit champ sans lumière. Avec des autos sur trois côtés, ça pourrait aller... Restait à trouver les autos.

Magnin prit la sienne et fila, à travers la nuit venue, au Comité du premier village.

Les objets réquisitionnés de toutes sortes, machines à coudre, tableaux, suspensions, lits et tout un fatras où les manches d'outils se dressaient entre les éclats de lumière des lampes posées sur une table au fond de la salle, donnaient au rez-de-chaussée l'aspect de pillage ordonné des salles de ventes. Les paysans passaient les uns après les autres devant la table. L'un des responsables vint vers Magnin.

— J'ai besoin de bagnoles, dit celui-ci, lui serrant la main.

Le délégué paysan leva les bras au ciel sans rien dire. Magnin connaissait bien ces délégués de villages : rarement jeunes, sérieux, roublards (la moitié de leur temps se passait à défendre le comité contre les resquilleurs) et presque toujours efficaces.

— Voilà, dit Magnin : nous avons fait un nouveau champ. Il n'a pas encore de balisage, je veux dire pas de lumière pour les départs et les arrivées de nuit. Il n'y a qu'un moyen : limiter le champ par des phares d'auto. Le ministère n'a pas de bagnoles. La Guerre n'a pas de bagnoles. Tu as des bagnoles. Il faut que tu me les prêtes pour cette nuit.

— Il m'en faudrait douze et j'en ai cinq, dont trois camionnettes ! Comment veux-tu que je te les prête ? Une, encore...

— Non, pas une. Si nos avions sont à Teruel, ils arrêteront les fascistes. Sinon, ce sont les fascistes qui y seront et les miliciens qui seront démolis. Tu comprends ? Alors il faut des bagnoles, camionnettes ou pas camionnettes. C'est une question de vie ou de mort pour les camarades qui sont là-haut. Écoute, à quoi servent tes bagnoles ?

— A moins que ça !... Seulement, voilà, nous n'avons pas le droit de prêter les bagnoles sans chauffeurs, les chauffeurs ont fait quinze heures aujourd'hui, les...

— S'ils veulent dormir dans les bagnoles, ça m'est égal. Je peux faire conduire les autos par les mécaniciens de l'aviation. Si tu veux que je leur parle, je leur parlerai, je suis sûr qu'ils accepteront ; et ils accepteront aussi, si tu leur expliques toi-même de quoi il retourne.

— A quelle heure tu veux les bagnoles ?

— A quatre heures, cette nuit.

Le délégué alla discuter avec deux autres, derrière la table aux lampes à pétrole, puis il revint.

— On fera ce qu'on pourra. Je t'en promets trois. Plus, si c'est possible.

Magnin alla de village nocturne en village nocturne, des salles de bric-à-brac aux grandes salles de chaux blanche où délégués et paysans en blouses noires, debout, faisaient sur les murs des fresques d'ombres ; à travers les places aux teintes de décors, de plus en plus désertes, les lumières des bistros et quelques derniers becs de gaz faisaient sur les coupoles violettes des églises désaffectées de grandes taches phosphorescentes. Les villages possédaient vingt-trois autos. On lui en avait promis neuf.

Il était deux heures et demie du matin quand il repassa par le premier village. Dans la demi-lumière qui éclairait la façade de la maison du Comité, des hommes, les uns derrière les autres comme ceux qui chargent le charbon sur les navires, transportaient des sacs : ils traversaient la rue pour entrer dans la mairie, et le chauffeur de Magnin avait dû s'arrêter. L'un d'eux passa tout près du capot de la voiture, courbé sous un demi-bœuf écorché.

— Qu'est-ce que c'est ? demanda Magnin à un paysan assis devant la porte.

— Les volontaires.

— Les volontaires de quoi ?

— Pour la nourriture. On a demandé des volontaires pour transporter. Nos autos sont parties à l'aviation, pour aider Madrid.

Quand Magnin revint au champ, les premières voitures arrivaient. A quatre heures et demie, douze voitures et six camionnettes étaient là avec leurs chauffeurs. Plusieurs avaient apporté des lampes-tempête, à tout hasard.

— Y a pas un autre travail qu'on pourrait faire ?

Un des volontaires pestait, sans que nul sût pourquoi.

Il les disposa, leur donna pour instruction de n'allumer leurs phares que quand ils entendraient les moteurs des avions, et revint vers le château.

Vargas l'attendait.

— Magnin, Garcia dit qu'il y a plus de quinze avions, dans ce champ.

— Tant mieux.

— Non : parce qu'alors, ils sont pour Madrid. Vous savez qu'on se bat vers Guadalajara depuis avant-hier. Ils ont enfoncé le front à Villaviciosa ; nous les contenons vers Brihuega. Ils veulent tomber sur Arganda.

— Qui, ils ?

— Quatre divisions italiennes motorisées, tanks, avions, tout !

Le mois précédent, du six au vingt, dans la bataille la plus meurtrière de la guerre, l'état-major allemand avait essayé de prendre Arganda par le sud.

— Je pars à l'aube, dit Vargas.

— A bientôt, répondit Magnin, touchant son revolver dont la crosse était en bois.

C'était le froid de cinq heures, le froid qui précède l'aube. Magnin voulait du café. Devant le château de chaux bleue dans l'obscurité, son auto éclairait l'un des vergers où les ombres des Internationaux déjà prêts, sautant parmi les arbres, cueillaient des oranges couleur de gelée blanche, brillantes de rosée. Au bout du champ, les autos attendaient dans l'obscurité.

Pendant l'appel, Magnin exposa la mission aux chefs d'équipages qui la transmettraient quand les avions seraient en vol. Il s'assura que tous les mitrailleurs avaient leurs gants. Derrière l'auto qui avait éclairé les oranges et qui devait assurer jusqu'au dernier moment la liaison entre les appareils, les équipages empêtrés comme de jeunes chiens dans leurs combinaisons de vol traversaient le champ plein des dernières odeurs nocturnes.

Quelques ailes à peine visibles sur le ciel, les avions attendaient. Surpris par ces lumières inattendues, plus déprimés qu'éveillés par le vent qui leur plaquait sur la figure l'eau glacée avec laquelle ils s'étaient aspergés, les hommes traînaient les pieds sans rien dire. Dans le froid des départs de nuit, chacun sait qu'il va à son destin.

Eclairés par les lampes de poche, les mécaniciens avaient commencé leur travail. Les moteurs du premier avion tournaient pour le point fixe. Au fond du champ, deux phares s'allumèrent dans l'indifférence de la nuit.

Deux autres : les autos avaient entendu les moteurs. A peine Magnin devinait-il les collines au loin et, au-dessus de lui, la haute proue d'un multiplace ; puis l'aile d'un autre appareil, au-dessus du cercle bleuâtre d'une hélice. Deux phares encore s'allumèrent : les trois autos marquaient une extrémité du champ. Derrière étaient les bois de mandariniers ; dans la même direction, Teruel. Là-bas, une brigade internationale et les colonnes anarchistes attendaient l'attaque sous leurs manteaux à demi mexicains, près du cimetière ou dans les montagnes aux torrents gelés.

Des feux d'oranges sèches commencèrent à s'allumer. Leurs flammes rousses et folles étaient faibles entre les phares, mais leur odeur amère portée par le vent traversait le champ par instants comme des fumées. Un à un, les autres phares s'allumaient. Magnin se souvenait du paysan, un demi-bœuf écorché sur son dos, et de tous ces volontaires qui chargeaient l'entrepôt comme un navire. Les phares s'allumaient maintenant des trois côtés à la fois, reliés par les feux d'oranges autour desquels s'agitaient des manteaux. Un instant, les moteurs des avions coupés, on entendit le ronronnement dispersé des dix-huit autos des villages. Dans l'énorme masse d'ombre demeurée intacte au centre des hachures de lumière, les avions embusqués, dont les moteurs grondèrent soudain tous à la fois, semblaient cette nuit délégués à la protection de Guadalajara par toute la paysannerie d'Espagne.

Magnin partit le dernier. Les trois avions de Teruel survolèrent le champ, chacun cherchant les feux de position des autres, pour prendre la formation de vol. En bas, le trapèze du champ, tout petit maintenant, se perdait dans l'immensité nocturne de la campagne qui, pour Magnin, convergeait tout entière vers ces feux misérables. Les trois multiplaces tournaient. Magnin alluma sa lampe de poche pour reporter sur une carte le croquis du paysan. Le froid entrait par l'ouverture de la cuve. « Dans cinq minutes, je devrai mettre mes gants : plus question de crayon. » Les trois avions étaient en ligne de vol. Magnin mit le cap sur Teruel. Dans l'odeur des feux d'oranges que le vent apportait encore du champ, l'intérieur de l'avion toujours dans l'obscurité, le soleil se levait sur la gueule hilare et cramoisie du mitrailleur de cuve.

— Salut, patron !

Magnin ne pouvait détacher son regard de cette bouche large ouverte par le rire, de ces dents cassées, bizarrement roses dans le soleil levant. L'avion devenait moins obscur. A terre, c'était encore la nuit. Les avions avançaient vers la première barrière de montagnes dans un jour hésitant ; en bas, des dessins vagues de cartes primitives commençaient à se former. « Si leurs avions ne sont pas en l'air, nous arriverons juste au bon moment. » Magnin commençait à discerner les toits de quelques fermes : le jour se levait sur la terre.

Magnin avait si souvent combattu sur ce front de Teruel, allongé vers le sud en presqu'île malaise, qu'il le portait en lui et ne naviguait que par conscience. Dès que mitrailleurs et mécaniciens, tendus comme toujours avant le combat, cessaient de regarder vers Teruel, ils tournaient vers le paysan un nez furtif, et leur coup d'œil rencontrait la crête d'ara d'une tête opiniâtrement baissée parmi les serre-tête, ou, tout à coup, une face angoissée dont les dents mordaient les lèvres.

Les batteries ennemies ne tiraient pas : les avions étaient protégés par les nuages. Sur terre, sans doute le jour était-il complètement levé. Magnin observait, à droite, le *Canard Déchaîné*, commandé par Gardet, à gauche, le multiplace espagnol du capitaine Moros, tous deux un peu en arrière, liés au *Marat* comme deux bras à un corps, en ligne de vol dans l'immensité tranquille, entre le soleil et la mer de nuages. Chaque fois qu'un banc d'oiseaux passait au-dessous de l'appareil, le paysan levait

l'index. Çà et là dépassaient les socs noirs des monts de Teruel
et, à droite, le massif que les aviateurs appelaient la montagne
de neige, d'une blancheur étincelante sous le soleil d'hiver,
au-dessus du blanc plus mat des nuages. Magnin avait maintenant l'habitude de cette paix de commencement du monde au-dessus de l'acharnement des hommes ; mais, cette fois, les nuages
n'étaient pas vaincus. L'indifférente mer de nuages n'était pas
plus forte que ces avions partis aile contre aile, en vol aile contre
aile, vers un même ennemi, dans l'amitié comme dans la menace
cachée partout sous ce ciel tranquille ; que ces hommes qui accep-
taient tous de mourir pour autre chose qu'eux-mêmes, unis par le
mouvement des compas dans la même fatalité fraternelle. Sans
doute Teruel était-elle en vue sous les nuages ; mais Magnin ne
voulait pas descendre pour ne pas donner l'éveil. « Nous traver-
serons tout à l'heure », cria-t-il dans l'oreille du paysan ; il sentait
que celui-ci se demandait comment il les dirigerait s'il ne voyait
rien.

Jusqu'à la lointaine barrière éclatante des Pyrénées se succédaient des taches allongées, comme des lacs sombres dans la
neige, qui venaient vers eux : la terre. Une fois de plus, il suffisait d'attendre.

Les avions tournaient, avec la menaçante patience des appareils de guerre. Maintenant, c'étaient les lignes ennemies.

Enfin, une tache grise sembla glisser sur les nuages. Quelques
toits la traversèrent, glissèrent eux aussi d'un bord à l'autre de
la tache, comme d'immobiles poissons rouges ; puis des veines :
des sentiers, tout cela sans volume. Encore quelques toits et un
énorme cercle blême : les arènes. Et aussitôt, jaune et rousse
sous la lumière plombée, une vaste écaille de toits emplit le trou
de nuages. Magnin prit le paysan par l'épaule :

— Teruel !

L'autre ne comprenait pas.

« Teruel ! » gueula Magnin dans son oreille.

La ville grossissait dans le trou gris, toute seule parmi les
nuages qui moutonnaient jusqu'à l'horizon, entre sa campagne,
sa rivière, et ses rails de plus en plus nets.

— C'est Teruel ? C'est Teruel ?

Le paysan, agitant sa crête, regardait cette espèce de carte
confuse et rongée.

La route de Saragosse, blafarde dans ce jour bas, se détachait
sur le fond assombri des champs, au nord du cimetière qu'attaquait l'armée républicaine. Sûr de sa position, Magnin retra-
versa aussitôt les nuages.

Les avions, au cap, suivaient sans la voir la route de Saragosse. Le village du paysan était à quarante kilomètres, un peu
à droite. L'autre champ, bombardé en vain la veille, était à
vingt. Sans doute le survolaient-ils maintenant. Magnin calculait
le parcours aux secondes. S'ils ne trouvaient pas le second

champ très vite, si l'alarme était donnée, ils auraient sur le dos
les chasses ennemies de Saragosse et de Calamocha, celle des
champs clandestins, et, s'il y avait des avions ici, celle-ci, qui
leur barrerait le chemin de retour. Seule protection, les nuages.
31 kilomètres de Teruel, 36, 38, 40 : l'avion piqua.

Dès que le brouillard blanc entoura l'appareil, le combat sembla commencer. Magnin regardait l'altimètre. Il n'y avait plus
de collines dans cette partie du front ; mais des avions de chasse
étaient-ils en attente sous le banc de nuages ? Le nez du paysan
s'écrasait sur la vitre. La barre de la route commença à apparaître comme si elle se fût peinte sur du brouillard, puis les
maisons rousses du village, comme des taches de sang séchées
sur la charpie des nuages. Pas encore d'avions de chasse ni
de batteries. Mais, à l'est du village, il y avait plusieurs champs
allongés, et tous étaient bordés du même côté par de petits bois.

Pas de temps à perdre à tourner. Toutes les têtes étaient tendues en avant. L'avion dépassa l'église. Sa course était paral-
lèle à la grand'rue. Magnin prit de nouveau le paysan par
l'épaule, et lui montra les toits qui filaient sous eux à toute
vitesse, comme un troupeau. Le paysan regardait, tendu de toute
sa force, la bouche entr'ouverte, des larmes descendant en zigzag
sur ses joues, une à une : il ne reconnaissait rien.

« L'église ! cria Magnin. La rue ! La route de Saragosse ! »

Le paysan les reconnaissait quand Magnin les lui montrait,
mais il ne parvenait pas à s'orienter. Au-dessous de ses joues
immobiles où coulaient les larmes, son menton était convulsivement secoué.

Restait une seule ressource : prendre une perspective qui lui
fût familière.

La terre, oscillant de droite à gauche comme si elle perdait
tout équilibre, lâchant ses oiseaux de tous côtés, se rapprocha
brutalement de l'avion : Magnin descendait à trente mètres.

Le *Canard* et l'avion espagnol prirent la file.

Le terrain était plat ; Magnin ne craignait guère la défense
de terre ; quant aux canons-revolvers, si une batterie antiaérienne protégeait le champ, elle ne pourrait tirer si bas. Il
faillit donner l'ordre de mettre les mitrailleuses en action, mais
craignit d'affoler le paysan. En rase-mottes, ils arrivaient sur les
bois avec une perspective d'auto de course. Au-dessous d'eux,
les bestiaux foutaient le camp frénétiquement. Si l'on eût pu
mourir de regarder et de chercher, le paysan fût mort. Il attrapa
Magnin par le milieu de sa combinaison, montrant quelque
chose du doigt.

— Quoi ? Quoi ?

Magnin arracha son serre-tête.

— Là !

— Quoi ? bon Dieu !

Le paysan le poussait vers la gauche de toute sa force, comme si Magnin eût été l'avion, et montrait à leur gauche un panneau-réclame de vermouth, noir et jaune, en déplaçant son doigt plié sur le mica de la carlingue.

— Lequel ? gueulait Magnin.

A six cents mètres en avant, il y avait quatre taches de bois. Le paysan le poussait toujours vers la gauche. Le bois le plus à gauche.

— C'est ça ?

Magnin regardait comme un fou. Le paysan, les paupières papillotantes, hurlait sans articuler un mot.

— C'est ça ?

Le paysan approuva de toute la tête et des épaules, sans bouger son bras toujours tendu. A l'instant même, à la lisière, on mit en marche une hélice, dont le rond éblouissant apparut sur le fond sombre des feuilles. On tirait du bois un avion de chasse ennemi.

Le bombardier se retourna : lui aussi avait vu. Trop tard pour bombarder, et ils étaient trop bas. Le mitrailleur-avant, n'ayant rien vu, n'avait pas tiré.

— Tire sur le bois ! hurla Magnin au mitrailleur de cuve, en même temps qu'il apercevait un avion de bombardement à découvert.

Le mitrailleur pédala pour tourner sa cuve et tira. Déjà, l'angle des arbres rendait invisible l'avion de chasse.

Mais Gardet avait compris que cette manœuvre improvisée ne pouvait réussir qu'à force d'attention ; depuis quelques minutes, il avait pris la mitrailleuse-avant du *Canard,* et ne quittait plus du regard le *Marat.* Dès qu'il vit la cuve tirer, il distingua l'hélice brillante sur le fond vert noir du bois, grommela : « Minute ! » et commença le feu.

Ses balles traçantes montrèrent le Fiat à Scali, qui tenait la cuve du *Canard.* Depuis que ses problèmes étaient devenus lancinants, il ne bombardait plus, il mitraillait : il ne s'accommodait plus de la passivité. Dans la tourelle-arrière, Mireaux, gêné par la queue, ne pouvait tirer ; mais l'avion de Moros put faire feu de ses trois mitrailleuses.

Magnin, qui virait en montant, vit au retour l'hélice de l'avion de chasse s'arrêter. Un groupe poussait l'avion de bombardement sous les arbres. En cet instant, du bois même, les fascistes téléphonaient sans doute aux autres champs. Le *Marat* montait en spirale pour ne pas être descendu par ses propres bombes quand il les lâcherait, mais il fallait agrandir le diamètre de la circonférence pour que le bombardier eût le temps de viser, et que Darras ne manquât pas son passage au-dessus du bois. Un seul passage, pensa Magnin : le bois était un but très visible, et si la réserve d'essence s'y trouvait, ce qui était probable, tout sautait. Il s'approcha du bombardier, regrettant Attignies :

— Toutes les bombes d'un coup !

L'avion oscilla deux fois pour indiquer la nature du bombardement ; à quatre cents mètres, il cessa de monter et revint sur le bois en ligne droite, à toute vitesse, mitrailleuses tirant. Les bombardiers auraient le temps de prendre leur visée sur 400. Le paysan, recroquevillé près du mécanicien, s'efforçait de ne gêner personne ; le mécanicien, les deux mains sur les manettes, regardait la main levée du bombardier, qui regardait le bois entrer dans son viseur.

Toutes les mains s'abaissèrent.

Il fallut que l'avion eût viré de 90° pour que Magnin pût voir le résultat : les deux autres appareils suivaient, et le carrousel oblique semblait continuer ; du bois, commençait à sourdre une grande fumée noire que tous connaissaient bien : l'essence. Elle montait par petits bouillonnements précipités, comme si des nappes souterraines eussent brûlé sous ce petit bois tranquille, semblable à tous les autres dans le début du matin gris. Une dizaine d'hommes quittèrent les arbres en courant, — puis, en quelques secondes, une centaine, avec la même course cahotante et affolée que les troupeaux tout à l'heure. La fumée, que le vent rabattait vers les champs, commença à se déployer avec la courbe majestueuse des incendies d'essence. Maintenant, la chasse ennemie avait assurément pris l'air. Le bombardier photographiait, l'œil sur le viseur du petit appareil comme sur celui de l'avion ; le mécanicien essuyait ses mains qui venaient de quitter les manettes des bombes ; le paysan, son gros nez cramoisi d'avoir été écrasé sur le mica, battait la semelle contre la carlingue, de joie et de froid. L'avion rentra dans les nuages, et mit le cap sur Valence.

Dès que Magnin les eut traversés de nouveau et que sa vue s'étendit au loin, il comprit que ça allait mal.

Les nuages se décomposaient. Et, au delà de Teruel, une déchirure immense dégageait ciel et terre sur cinquante kilomètres de profondeur.

Pour rentrer sans quitter les nuages il eût fallu faire un large tour par les lignes fascistes, — et les nuages, là aussi, pouvaient se désagréger très vite.

Restait à espérer que la chasse de Sarion arrivât avant la chasse ennemie.

Magnin, ravi du succès et fort désireux de n'être pas tué ce jour-là, comptait les minutes. S'ils n'étaient pas rejoints avant la vingtième...

Ils entraient en plein ciel dégagé.

L'un après l'autre, un, deux, trois, quatre, cinq, six, sept avions ennemis sortirent des nuages. Les avions de chasse républicains étaient les monoplaces à ailes basses, avec lesquels on ne pouvait confondre les Heinkels ; Magnin reposa ses jumelles, fixé, et fit serrer les trois avions. « Si nous avions des mitrail-

leuses convenables, nous pourrions quand même tenir le coup »,
pensa-t-il. Mais il avait toujours les vieilles Lewis, non jumelées.
« 800 coups à la minute $\times$ 3 mitrailleuses = 2.400. Chaque Heinkel a 1.800 coups $\times$ 4 = 7.200. » Il le savait, mais se le répéter
faisait toujours plaisir.

Les fascistes arrivaient sur le groupe des trois multiplaces ;
orientés à gauche, résolus à attaquer d'abord un seul bombardier. Pas un avion de chasse républicain dans le ciel.

Sous les avions, les cailles passaient, dans leur migration
annuelle.

L'avion de gauche était celui de Gardet.

Pujol, le premier pilote, achevait d'y faire distribuer du chewing-gum par Saïdi, en signe de jubilation. Pujol maintenait les
bonnes traditions de Leclerc : avec sa barbe rasée d'un seul côté
(conséquence d'un vœu sentimental), son chapeau de jardinier,
garni de plumes écarlates, remis dès la fin du bombardement,
ses vingt-quatre ans, son nez en trompette, et son foulard de la
F. A. I. (dont il ne faisait pas partie), il ressemblait assez à
l'image que les fascistes se faisaient des bandits rouges. Les
autres étaient normaux, si l'on négligeait quelques bas roulés
sous les serre-tête, et le petit fusil de Gardet. Celui-ci, qui maintenait avec une autorité ferme et voilée l'ordre nécessaire à
l'efficacité militaire, admettait tous les pittoresques comme son
propre fusil de bois ; et Magnin avait encore des indulgences
spéciales pour les folies qui ne paralysaient pas l'action, surtout lorsqu'il les sentait liées aux fétiches.

Gardet avait compris, lui aussi, la manœuvre allemande. Il
vit que Magnin faisait descendre les deux avions au-dessous du
Canard, pour conjuguer le feu des mitrailleuses dès que celui-ci
serait attaqué. Il contrôla celles de son appareil, prit la tourelle-
avant, pensa une fois de plus que les Lewis le dégoûtaient, et
tourna sa tourelle vers les Heinkel qui grossissaient au-dessus du
point de mire.

Quelques balles arrivèrent.

— Vous en faites pas ! cria Gardet : il y en aura d'autres !

Pujol avançait en S. C'était la première fois qu'attaqué par
devant il voyait la chasse ennemie arriver sur lui de toute sa
vitesse, avec l'amertume qu'a tout pilote aux commandes d'un
appareil lourd et lent attaqué par des avions rapides. Les pélicans
savaient que les meilleurs d'entre leurs propres chasseurs les
eussent descendus sans peine. Et, comme avant chaque combat,
tous, sous eux, commençaient à prendre conscience du vide.

Scali, mettant sa mitrailleuse en position, aperçut tout à
coup à sa gauche une de leurs grosses bombes : elle ne s'était
pas décrochée pendant le bombardement.

— Les v'là !

Magnin avait bien établi ses distances : les Heinkel ne pouvaient entourer le *Canard.* Deux au-dessus, deux au-dessous,

trois sur le côté, ils grossirent jusqu'à ce que le serre-tête des pilotes devînt visible.

Tout le *Canard* fut secoué par ses mitrailleuses tirant à la fois. Dix secondes, il y eut un boucan d'enfer, le petit bruit du bois qui éclate sous les balles ennemies, et un réseau de balles traçantes.

Gardet vit l'un des Heinkel du dessous descendre verticalement, touché par Scali ou par les mitrailleuses des autres multiplaces. Une fois de plus, il sentit le vide. Mireaux quittait la tourelle-arrière, la bouche entr'ouverte ; de son bras pendant, le sang coulait dans la carlingue comme d'un bec d'arrosoir. Scali remonta de sa cuve, s'allongea : son soulier semblait avoir éclaté.

« Garrottez-vous ! » gueula Gardet, envoyant comme un palet la pharmacie de bord vers Mireaux, et sautant dans la cuve. Saïdi avait pris sa mitrailleuse, et le bombardier celle de Mireaux : les pilotes ne semblaient pas touchés.

Les Heinkel revenaient.

Plus au-dessous : ceux qui tentaient l'attaque en chandelle étaient sous le feu de la mitrailleuse de cuve et des six mitrailleuses du *Marat* et de l'avion de Moros, dont les traçantes entrecroisées faisaient sous le *Canard* un filet de fumées. Le copain du Heinkel descendu, lui, était passé au-dessus. Pujol filait pleins gaz, ses S de plus en plus allongés.

Mêmes balles traçantes, même chahut, même petit bruit de bois. Saïdi quitta la tourelle-arrière sans rien dire, vint s'accouder au-dessus de Scali, à côté de qui Mireaux s'était allongé. « S'ils ont le culot de se coller à nous en balancier par derrière au lieu de faire des passages... », pensa Gardet. Dans la pénombre, le jour, à travers les trous des balles ennemies, brillait comme de petites flammes. Le moteur de gauche cessa de tourner. Le *Marat* et l'espagnol vinrent encadrer le *Canard*. Pujol pencha dans la carlingue sa tête ensanglantée encore couverte du chapeau de jardinier à plumes :

— Ils se débinent !

Les Heinkel filaient. Gardet prit ses jumelles : la chasse républicaine arrivait du Sud.

Il sauta de sa cuve, ouvrit la boîte de pharmacie à quoi les autres n'avaient pas touché, garrotta Mireaux (trois balles dans le bras gauche, une dans l'épaule : une rafale) et Scali (une explosive dans le pied). Saïdi avait une balle dans la cuisse droite, mais souffrait peu.

Gardet alla vers le poste de pilotage. L'avion volait à 30°, soutenu par un seul moteur. Langlois, le second pilote, indiqua de l'index le compte-tours : 1.400 au lieu de 1.800. L'avion, bientôt, ne pourrait compter que sur le plané. Et ils arrivaient sur la montagne de neige. En bas, d'une maison, montait une fumée tranquille, absolument droite.

Pujol, sanglant mais légèrement atteint, sentait son manche

dans son corps, comme les autres leurs blessures. Le compte-
tours passa de 1.200 à 1.100.

L'avion tombait d'un mètre par seconde.

Au-dessous, les contreforts de la montagne de neige. Là,
c'était la dégringolade dans les gorges, une guêpe saoule assommée contre un mur. Au delà, la neige, en larges plans ondulés.
Et quoi dessous ?

Ils traversèrent un nuage. Dans le blanc absolu, le plancher
de la carlingue était tout taché de semelles sanglantes. Pujol
essayait de sortir du nuage en montant. Ils en sortirent par leur
chute même : ils étaient à 60 mètres de la montagne. La terre
se jetait sur eux, mais ces molles courbes de neige... Ils avaient
une sacrée envie de s'en tirer, maintenant qu'ils avaient réussi
le bombardement et échappé au tir.

— La bombe ! cria Gardet.

Si elle ne se larguait pas cette fois, tous sautaient. Saïdi abaissa
les deux manettes de déclenchement à la fois, à les casser. La
bombe tomba, et, comme si elle eût projeté la terre contre l'avion,
tous reçurent la neige dans le ventre.

Pujol sauta de son siège, à ciel ouvert tout à coup. Sourd ?
Non, c'était le silence de la montagne après le fracas de la
chute, car il entendit une corneille et des voix qui criaient. Son
sang ruisselait doucement sur son visage, tiède, et faisait des
trous rouges dans la neige, devant ses souliers. Rien, que ses
mains, pour écarter ce sang qui l'aveuglait, et à travers quoi
apparaissait confusément un noir buisson métallique plein d'appels, l'inextricable enchevêtrement des avions broyés.

❖

Magnin et Moros avaient pu rentrer. La Direction des opérations avait téléphoné au champ que les blessés étaient recueillis
au petit hôpital de Mora. Il fallait reviser les avions, qui ne
reprendraient l'air que le lendemain. Magnin avait donné des
instructions et était reparti aussitôt. Une ambulance allait
suivre.

— Un mort, deux blessés graves, tous les autres blessés
légers, avait dit l'officier de service au téléphone.

Il ignorait les noms des blessés et du mort. Il n'avait pas
encore reçu le résultat du bombardement.

L'auto de Magnin filait entre les immenses bois d'orangers.
Leur profusion de fruits encadrés çà et là de cyprès se développait pendant des kilomètres, sous la perspective de Sagunte et
de ses forteresses en ruines, remparts chrétiens sous des remparts romains, remparts romains sous des remparts puniques :
la guerre... Au-dessus, la neige des monts de Teruel tremblait
dans le ciel maintenant dégagé.

Les chênes remplacèrent les orangers : la montagne commençait. Magnin téléphona de nouveau à la Direction des opérations : il y avait seize avions ennemis sur l'aérodrome du paysan ; tout avait brûlé.

L'hôpital de Mora était installé dans l'école : pas question d'aviateurs. Il y avait un autre hôpital dans la mairie : pas davantage question. Au comité de Front Populaire, on conseilla à Magnin de téléphoner à Linares : on avait demandé là un des médecins de Mora, pour des blessés. Magnin partit vers le poste avec un des délégués du comité, sous les balcons de bois, à travers les rues aux maisons bleues, roses et pistache, et les ponts en ogive dominés à chaque tournant par les ruines d'un château de romancero.

Le postier était un vieux militant socialiste. Son gosse était assis sur la table du Morse :

— Il veut être aviateur, lui aussi !

Il y avait des traces de balles sur le mur.

« Mon prédécesseur était de la C. N. T., dit le postier. Le jour de la révolte, il n'a pas cessé de télégraphier à Madrid. Les fascistes ne le savaient pas, mais ils l'ont tué tout de même : ce sont les balles... »

Enfin, Linares répondit. Non, les aviateurs n'étaient pas là. Ils étaient tombés près d'un hameau, Valdelinares. Plus haut, dans la neige.

Quel autre village faudrait-il appeler encore ? « Plus haut, dans la neige ! » Et pourtant, au ton des réponses, Magnin sentait plus que jamais l'Espagne présente autour de lui, comme si dans chaque hôpital, dans chaque comité, à chaque poste de téléphone eût attendu un paysan fraternel. Enfin, une sonnerie. Le postier leva enfin la main : Valdelinares répondait. Il écouta, se retourna :

— Un des aviateurs peut marcher. Il est allé le chercher.

Le gosse n'osait plus bouger. L'ombre d'un chat passa en silence sur la fenêtre.

Le postier tendit à Magnin le vieil écouteur où murmurait une voix effacée :

— Allo ! qui parle ?

— Magnin. C'est Pujol, n'est-ce pas ?

— Oui.

— Qui est tué ?

— Saïdi.

— Les blessés ?

— Gardet, salement : on a peur pour les yeux. Taillefer, la jambe gauche cassée en trois endroits. Mireaux, quatre balles dans le bras. Scali, une balle explosive dans le pied. Langlois et moi, ça peut aller.

— Qui peut marcher ?

— Pour descendre ?

— Oui.

— Personne.

— Sur des mules ?

— Langlois et moi. Peut-être Scali, si on le soutient ; c'est pas sûr.

— Comment êtes-vous soignés ?

— Plus tôt on descendra, mieux ça sera. Enfin, ils font tout ce qu'ils peuvent...

— Il y a des civières ?

— Pas ici. Attendez : le médecin qui est là dit quelque chose. La voix du médecin.

— Allo ! dit Magnin. Tous les blessés peuvent être transportés ?

— Oui, si vous avez des civières.

Magnin interrogea le postier. On ne savait pas ; peut-être y avait-il des civières à l'hôpital ; sûrement pas six. Magnin reprit le récepteur :

— Pouvez-vous faire construire des brancards avec des branches, des sangles et des paillasses ?

— Je... Oui.

— Je vais apporter ce que je pourrai comme civières. Dès maintenant, veuillez faire faire les brancards et commencer à descendre. J'attends ici une ambulance ; elle montera jusqu'où elle pourra monter.

— Et pour le mort ?

— Descendez tout le monde. Allo ! Allo ! Veuillez dire aux aviateurs que seize avions ennemis sont détruits. N'oubliez pas.

La course recommença à travers les rues aux maisons de couleur, la place à fontaines, les ponts en dos d'âne et les pavés pointus, brillants encore des averses du matin sous le ciel toujours bas. Il y avait en tout deux civières, qu'on ficela sur le toit de l'auto.

— Ce ne sera pas trop haut pour la porte du village ?

Enfin, Magnin partit pour Linares.

Désormais, il entrait dans une Espagne éternelle. Au delà du premier village aux greniers ouverts sur des balustrades, l'auto arriva devant une gorge blafarde sur le ciel gris, où rêvassait la silhouette aux cornes écartées d'un taureau de combat. Une hostilité primitive montait de la terre que ces villages kurdes tachaient comme des brûlures, d'autant plus dure que Magnin, reportant toutes les cinq minutes son regard sur sa montre, regardait ces rochers comme les avaient regardés les blessés. Rien où se poser : partout des champs en escalier, des rochers ou des arbres. L'auto ne pouvait descendre une côte sans que Magnin vît l'avion se rapprocher de ce sol sans espoir.

Linares est un bourg muré ; des enfants étaient montés sur les remparts, des deux côtés de la porte. A l'auberge, dont le rez-de-chaussée était encombré de charrettes, brancards en l'air,

des mulets attendaient. Un médecin était au Comité, venu de la
vallée, et une quinzaine de jeunes gens. Ils regardaient avec
curiosité ce grand étranger aux moustaches tombantes qui portait le costume de l'aviation espagnole.

— Nous n'avons pas besoin de tant de porteurs, dit Magnin.

— Ils y tiennent, dit le délégué.

— Bon. L'ambulance ?

Le délégué téléphona à Mora ; elle n'y était pas encore arrivée.
Des muletiers, assis dans la cour de l'auberge, les charrettes en
demi-cercle autour d'eux, mangeaient autour de la marmite, une
cloche énorme, retournée, où l'huile d'olive bouillonnait et dont
la suie cachait l'inscription. Au-dessus de la porte : 1614.

Enfin, la caravane partit.

— Combien de temps jusqu'en haut ?

— Quatre heures. Vous les rencontrerez avant.

❖

Magnin marchait à deux cents mètres en avant, sa silhouette
noire — casquette d'uniforme et manteau de cuir — nette sur les
pans de montagne. Il n'y avait presque pas de boue, et il ne se
battait que contre les pierres. Derrière lui, le médecin sur un
mulet ; derrière encore, les porteurs, en chandail et béret basque
(les costumes locaux, c'était pour les jours de fête, ou pour la
vieillesse) ; plus loin, mulets et civières.

Bientôt, il n'y eut plus ni taureaux ni champs : partout la
pierre, cette pierre d'Espagne jaune et rouge au soleil que le ciel
blanc rendait blafarde, plombée dans ses grandes ombres verticales : elles descendaient en deux ou trois traits brisés, depuis
la neige coupée par le plafond du ciel jusqu'au fond de la vallée.
Du chemin à flanc de montagne, roulaient sous les pieds des
cailloux qui sonnaient de roche en roche, perdus dans ce silence
de gorges où semblait enfoui un bruit de torrent qui s'éloignait
peu à peu. Après plus d'une heure finit la vallée, au creux de
laquelle Linares apparaissait encore. Dès qu'un pan de montagne l'en sépara, Magnin cessa d'entendre le bruit de l'eau. Le
sentier passait derrière un roc vertical qui, par instants, le surplombait ; là où il changeait définitivement de direction était un
pommier, en silhouette japonaise sur le ciel au milieu d'un
champ minuscule. Ses pommes n'avaient pas été cueillies ; tombées, elles formaient autour de lui un anneau épais, qui peu à
peu retournait à l'herbe. Ce pommier seul était vivant dans la
pierre, vivant de la vie indéfiniment renouvelée des plantes, dans
l'indifférence géologique.

Plus Magnin montait, et plus la fatigue lui faisait sentir les
muscles de ses épaules et de ses cuisses ; peu à peu, l'effort
envahit tout son corps, s'imposa à toute pensée : les brancards

étaient en train de descendre ces mêmes sentiers impraticables, avec des bras en charpie et des jambes cassées. Son regard allait de ce qu'il voyait du sentier aux crêtes de neige engagées dans le ciel blanc, et chaque nouvel effort enfonçait jusque dans sa poitrine l'idée fraternelle qu'il se faisait du chef.

Les paysans de Linares, qui n'avaient jamais vu un seul de ces blessés, le suivaient sans parler, dans une sévère et tranquille évidence. Il pensait aux autos des villages.

Il montait depuis deux heures au moins, lorsque finit le chemin accroché au pan de montagne. Le sentier suivait maintenant à travers la neige une nouvelle gorge, vers la montagne, plus haute et beaucoup moins âpre, que les avions voyaient à côté de l'autre quand ils partaient pour Teruel. Désormais, les torrents étaient gelés. A l'angle du chemin comme le pommier tout à l'heure, attendait un petit guerrier sarrazin, noir sur le ciel, avec le raccourci des statues à haut piédestal : le cheval était un mulet, et le Sarrazin était Pujol, en serre-tête. Il se retourna et, de profil comme sur les gravures, cria : « V'là Magnin ! » dans le grand silence.

Deux longues jambes raides tendues de chaque côté d'un âne minuscule, des cheveux verticaux sortant comme un blaireau d'un bandage arrivèrent sur le ciel : le second pilote, Langlois. Au moment où Magnin serrait la main de Pujol, il s'aperçut que son manteau de cuir était à tel point craquelé de sang coagulé au-dessous de la ceinture, qu'il ressemblait à la peau de crocodile. Quelle blessure avait pu ensanglanter ainsi le cuir ? Sur la poitrine, les jets se croisaient en filet, si droits qu'on y sentait encore le giclage du sang.

— C'est le cuir de Gardet, dit Pujol.

Magnin, sans étriers, ne pouvait se dresser. Le cou tendu, il cherchait Gardet ; mais les civières étaient encore de l'autre côté du rocher.

Le regard de Magnin restait fixé au cuir. Pujol racontait déjà.

Langlois, blessé légèrement à la tête, avait pu s'écarter sur un pied ; l'autre était foulé. Dans la longue boîte hachée qui avait été la carlingue, Scali et Saïdi étaient couchés. Sous le champignon de la tourelle retournée, Mireaux, les membres dépassant le pilon de la tourelle dont le haut pesait sur son épaule brisée comme dans les gravures de vieux supplices ; parmi les débris, le bombardier, allongé. Tous ceux qui pouvaient crier, obsédés par l'imminence du feu, criaient dans le grand silence de la montagne.

Pujol et Langlois avaient dégagé ceux de la carlingue ; puis Langlois avait commencé à dégager le bombardier, tandis que Pujol tentait de soulever la tourelle qui écrasait Mireaux. Elle bascula enfin, avec un nouveau chahut de fer et de mica qui fit tressaillir les blessés allongés dans la neige, et se perdit.

Gardet avait vu une cabane, et il était parti vers elle, sa mâchoire cassée appuyée sur la crosse de son revolver (il n'osait la soutenir de sa main, et le sang ruisselait). Un paysan qui l'avait vu de loin s'était enfui. Dans la cabane, éloignée de plus d'un kilomètre, était seulement un cheval, qui le regarda, hésita, et se mit à hennir. « Je dois avoir une drôlement sale gueule, pensa Gardet. Quand même, un cheval chaud, ça ne peut être qu'un cheval du Front populaire... » La cabane était chaude dans la solitude de la neige, et il avait envie de s'étendre et de dormir. Personne ne venait. Gardet prit une pelle dans un coin, d'une seule main, à la fois pour dégager Saïdi lorsqu'il aurait rejoint l'avion et pour aider sa marche. Il commençait à ne plus voir clair, sauf à ses pieds : ses paupières supérieures gonflaient. Il revint en suivant les gouttes de son sang dans la neige, et les traces de ses pieds, longues et brouillées chaque fois qu'il était tombé.

En marchant, il se souvenait qu'un tiers du *Canard* était fait d'anciennes pièces d'un avion payé par les ouvriers étrangers et abattu sur la Sierra : la *Commune de Paris*.

Au moment où il atteignait l'avion, un gosse s'approchait de Pujol. « Si nous sommes chez les fascistes, pensait le pilote, nous sommes faits comme des rats. » Où étaient les revolvers ? Et on ne se suicide pas à la mitrailleuse.

— Qu'est-ce que c'est, ici ? demandait Pujol. Les Rouges ou Franco ?

Le gosse — l'air malin, hélas ! oreilles écartées, épi sur le sommet du crâne, — l'avait regardé sans répondre. Pujol prenait conscience de l'incroyable aspect qu'était sans doute le sien : le chapeau aux plumes rouges était resté sur sa tête, ou il l'y avait remis inconsciemment ; sa barbe n'était rasée que d'un côté, et le sang coulait, coulait sur sa combinaison blanche.

— Qui c'est, dis ?

Il s'était approché du gosse, qui reculait. Menacer n'eût servi de rien. Et plus de chewing-gum.

— Les républicains ou les fascistes ?

On entendait un bruit lointain de torrent, et des cris de corneilles qui se poursuivaient.

— Ici, avait répondu le gosse, regardant l'avion, y a de tout : des républicains et des fascistes.

— Le syndicat ? gueula Gardet.

Pujol comprit.

— Quel est le syndicat le plus grand ? L'U. G. T. ? La C. N. T. ? Ou les catholiques ?

Gardet arrivait vers Mireaux, à droite du gosse, qui ne le voyait que de dos et regardait, sur son dos, le petit fusil de bois :

— L'U. G. T., dit enfin l'enfant, souriant.

Gardet se retourna : son visage, toujours appuyé sur sa crosse, était sabré d'une oreille à l'autre, le bas du nez pendait, et le sang qui coulait encore, mais qui avait jailli à gros bouillons, se coagulait sur le cuir d'aviateur que Gardet portait par-dessus sa combinaison. Le gosse hurla et s'enfuit obliquement comme un chat.

Gardet aidait Mireaux à ramener sur son corps ses membres écartelés, et à se dresser sur les genoux. Lorsqu'il s'inclinait, son visage brûlait, et il tentait d'aider Mireaux en gardant la tête droite.

— Nous sommes chez nous ! dit Pujol.

— Complètement défiguré, cette fois-ci, dit Gardet. T'as vu comment qu'il s'est débiné, le môme ?

— T'es cinglé !

— Trépané.

— Y a des gars qui s'amènent.

Des paysans, en effet, venaient vers eux, amenés par celui qui s'était enfui lorsqu'il avait vu Gardet. Maintenant, il n'était plus seul et osait revenir. A l'explosion de la bombe, tout le village était sorti, et les plus audacieux approchaient.

— *Frente popular !* cria Pujol, envoyant le chapeau aux plumes rouges dans le fouillis d'acier.

Les paysans commencèrent à courir. Sans doute avaient-ils supposé que les aviateurs tombés étaient des leurs, car ils arrivaient presque sans armes ; peut-être l'un d'eux, avant la chute, avait-il distingué les bandes rouges des ailes. Gardet vit le miroir du rétroviseur suspendu à sa place dans le fouillis de poutrelles et de fils, devant le siège de Pujol. « Si je me regarde, je me tue. »

Quand les paysans avaient été assez près pour voir le fatras d'acier hérissé de plans et de morceaux d'ailes, les moteurs défoncés, une hélice pliée comme un bras et les corps allongés sur la neige, ils s'étaient arrêtés. Gardet venait vers eux. Les paysans et les femmes en fichus noirs les attendaient, groupés et immobiles, comme ils eussent attendu le malheur. « Attention ! » dit le premier paysan qui vit que la mâchoire cassée de Gardet était appuyée sur le canon d'une mitraillette. Les femmes, reprises par le passé devant le sang, se signaient ; puis, moins vers Gardet et vers Pujol qui approchait à son tour que vers les corps allongés, un des hommes leva le poing ; et tous les poings, l'un après l'autre, se levèrent en silence dans la direction de l'avion écrasé et des corps que les paysans croyaient morts.

— C'est pas tout ça, grogna Gardet. Et, en espagnol : « Aidez-nous. »

Ils étaient revenus vers les blessés. Dès que les paysans eurent compris qu'un seul des allongés était mort, commença une agitation affectueuse et maladroite.

— Minute !

Gardet avait commencé à mettre de l'ordre. Pujol s'agitait,

mais nul ne lui obéissait : Gardet était le chef, non parce qu'il
l'était en effet, mais parce qu'il était blessé à la face. « Si la
Mort s'amenait, c'est fou ce qu'on lui obéirait ! » pensait-il. Un
paysan pour chercher un médecin. Très loin ; tant pis. Transporter Scali, Mireaux, le bombardier, ça ne s'annonçait pas
simple ; mais les montagnards ont l'habitude des jambes cassées.
Pujol et Langlois pouvaient marcher. Et lui-même, à la rigueur.

Ils avaient commencé à descendre vers le petit village, hommes
et femmes tout petits sur la neige. Avant de s'évanouir, Gardet
avait regardé une dernière fois le rétroviseur ; il avait été pul-
vérisé dans la chute : il n'y avait jamais eu de miroir dans les
débris.

La première civière débouchait en face de Magnin. Quatre
paysans la portaient, chacun un brancard sur l'épaule, suivis
aussitôt de quatre camarades. C'était le bombardier.

Il ne semblait pas avoir la jambe cassée, mais des années de
tuberculose. La face s'était durement creusée, donnant aux yeux
toute leur intensité, et changeant en masque romantique cette
tête à petites moustaches de fantassin trapu.

Celle de Mireaux, qui suivait, n'avait pas moins changé, mais
autrement : là, la douleur était allée chercher l'enfance.

— On est partis de là-haut dans la neige qui tombait ! dit-il
quand Magnin lui serra la main ; c'est marrant ! Il sourit et
referma les yeux.

Magnin continua d'avancer, les porteurs de Linares derrière
lui. La civière suivante était assurément celle de Gardet : un pansement recouvrait le visage presque tout entier. Seule chair de
tout le corps, paraissaient les paupières gonflées à éclater, mauve
pâle, serrées par l'enflure l'une contre l'autre, entre le serre-
tête et le pansement plat qu'il maintenait, et sous lequel le nez
semblait avoir disparu. Les deux premiers porteurs, voyant que
Magnin voulait parler, déposèrent la civière avant les seconds
et, pendant un instant, le corps demeura oblique, comme une
Présentation du combat.

Aucun geste n'était possible : les deux mains de Gardet étaient
sous la couverture. Entre les paupières de gauche, Magnin crut
entrevoir une ligne :

— Tu vois ?

— Pas trop. Enfin, je te vois, quoi !

Magnin avait envie de l'étreindre, de le secouer.

— On peut faire quelque chose ?

— Dis à la vieille de me foutre la paix avec son bouillon ! Dis
donc, à quand l'hôpital ?

— L'ambulance en bas, dans une heure et demie. L'hôpital
ce soir.

La civière se remit en marche, la moitié de Valdelinares derrière elle. Une vieille femme aux cheveux couverts du mouchoir
noir, lorsque la civière de Scali dépassa Magnin, s'approcha avec

une tasse et donna du bouillon au blessé. Elle portait un panier
et dans ce panier une bouteille thermos, et une tasse japonaise,
son luxe peut-être. Magnin imagina le bord de la tasse passant
sous le pansement relevé de Gardet.

— Il vaut mieux ne pas en donner à celui qui est blessé à
la face, lui dit-il.

— C'était la seule poule du village, répondit-elle, gravement.

— Quand même.

— C'est que j'ai mon fils au front, moi aussi...

Magnin laissa passer devant lui civières et paysans jusqu'aux
derniers, qui portaient le cercueil ; il avait été fait plus vite que
les civières : l'habitude... Sur le couvercle, les paysans avaient
attaché une des mitrailleuses tordues de l'avion.

Toutes les cinq minutes, les porteurs se relayaient mais sans
poser les civières. Magnin était ahuri du contraste entre l'aspect
d'extrême pauvreté des femmes, et les thermos que plusieurs
d'entre elles portaient dans leur panier. L'une s'approcha de lui.

— Quel âge a-t-il ? dit-elle en montrant Mireaux.

— Vingt-sept ans.

Depuis quelques minutes, elle suivait la civière, avec le désir
brouillon d'être utile, mais aussi avec une tendresse délicate et
précise de gestes, une façon de caler les épaules chaque fois que
les porteurs, dans une descente très raide, devaient assurer leurs
pieds, où Magnin reconnaissait l'éternelle maternité.

La vallée descendait de plus en plus. D'un côté, les neiges
montaient jusqu'au ciel sans couleur et sans heure ; de l'autre,
de mornes nuages glissaient au-dessus des crêtes.

Les hommes ne disaient pas un mot. Une femme, de nouveau,
vint vers Magnin.

— Qu'est-ce qu'ils sont, les étrangers ?

— Un Belge. Un Italien. Les autres, Français.

— C'est la brigade internationale ?

— Non, mais c'est la même chose.

— Celui qui est...

Elle fit vers son visage un geste vague.

— Français, dit Magnin.

— Le mort, il est français, aussi ?

— Non, arabe.

— Arabe ? Tiens ! Alors, il est arabe ?...

Elle alla transmettre la nouvelle.

Magnin, presque à la fin du cortège, revint jusqu'à la civière
de Scali. C'était le seul qui pût s'accouder : devant lui, le sentier descendait en zigzags presque égaux jusqu'à Langlois,
arrêté devant un mince torrent gelé. Pujol était revenu en arrière.
De l'autre côté de l'eau, la route tournait à angle droit. Deux
cents mètres environ séparaient les civières ; Langlois, extravagant éclaireur aux cheveux en blaireau, était à près d'un kilomètre, fantomatique sur son âne, dans la brume qui commençait

à monter. Derrière Scali et Magnin ne venait plus que le cercueil. Les brancards, l'un après l'autre, passaient le torrent : le cortège, de profil, se déployait sur l'immense pan de roc aux ombres verticales.

— Voyez-vous, dit Scali, j'ai eu autrefois...

— Regarde ça : quel tableau !

Scali rentra son histoire ; sans doute eût-elle tapé sur les nerfs de Magnin, comme la comparaison d'un tableau et de ce qu'ils voyaient tapait sur les nerfs de Scali.

Sous la première République, un Espagnol, qui faisait la cour à sa sœur, à qui il ne plaisait ni ne déplaisait, l'avait emmenée un jour à sa maison de campagne, vers Murcie. C'était une folie de la fin du XVIIIe, des colonnes crème sur des murs orangés, des décorations de stuc en tulipes et les buis nains du jardin dessinant des palmes sous les roses grenat. L'un de ses possesseurs y avait fait bâtir jadis un minuscule théâtre d'ombres, trente places ; lorsqu'ils entrèrent, la lanterne magique y était allumée, et des ombres chinoises tremblotaient sur l'écran minuscule. L'Espagnol avait réussi : elle avait été sa maîtresse ce soir-là. Scali avait été jaloux de ce présent plein de rêves.

Descendant vers le torrent, il pensait aux quatre loges saumon et or qu'il n'avait jamais vues. Une maison à ramages, avec des bustes de plâtre entre les feuilles sombres des orangers... Son brancard passa le torrent, tourna. En face, reparurent les taureaux. Espagne de son adolescence, amour et décor, misère ! L'Espagne, c'était cette mitrailleuse tordue sur un cercueil d'Arabe, et ces oiseaux transis qui criaient dans les gorges.

Les premiers mulets tournaient et disparaissaient de nouveau, reprenant la première direction. De la nouvelle plongée, le chemin descendait directement sur Linares : Magnin reconnut le pommier.

Sur quelle forêt ruisselait une telle averse, de l'autre côté du roc ? Magnin mit son mulet au trot, les dépassa tous, arriva au tournant. Pas d'averse : c'était le bruit des torrents dont le rocher l'avait séparé, ainsi que d'une perspective, et qu'on n'entendait pas de l'autre versant ; il montait de Linares, comme si les ambulances et la vie retrouvée eussent envoyé du fond de la vallée ce bruit allongé de grand vent sur des feuilles. Le soir ne venait pas encore, mais la lumière perdait sa force. Magnin, statue équestre de travers sur son mulet sans selle, regardait le pommier debout au centre de ses pommes mortes. La tête en blaireau sanglant de Langlois passa devant les branches. Dans le silence empli tout à coup de ce bruissement d'eau vivante, cet anneau pourrissant et plein de germes semblait être, au delà de la vie et de la mort des hommes, le rythme de la vie et de la mort de la terre. Le regard de Magnin errait du tronc aux gorges sans âge. L'une après l'autre, les civières passaient. Comme au-dessus de la tête de Langlois, les branches s'étendaient au-dessus du roulis des brancards, au-dessus du sourire cadavérique de Taillefer, du visage enfantin de Mireaux, du pansement plat de Gardet, des lèvres fendues de Scali, de chaque corps ensanglanté porté dans un balancement fraternel. Le cercueil passa, avec sa mitrailleuse tordue comme une branche. Magnin repartit.

Sans qu'il comprît trop bien comment, la profondeur des gorges, où ils s'enfonçaient maintenant comme dans la terre même, s'accordait à l'éternité des arbres. Il pensa aux carrières où l'on laissait jadis mourir les prisonniers. Mais cette jambe en morceaux mal attachés par les muscles, ce bras pendant, ce visage arraché, cette mitrailleuse sur un cercueil, tous ces risques consentis, cherchés ; la marche solennelle et primitive de ces brancards, tout cela était aussi impérieux que ces rocs blafards qui tombaient du ciel lourd, que l'éternité des pommes éparses sur la terre. De nouveau, tout près du ciel, des rapaces crièrent. Combien de temps avait-il encore à vivre ? Vingt ans ?

— Pourquoi qu'il est venu, l'aviateur arabe ?

L'une des femmes revenait vers lui, avec deux autres.

Là-haut, les oiseaux tournaient, leurs ailes immobiles comme celles des avions.

— C'est vrai que ça s'arrange, les nez, maintenant ?

A mesure que la gorge approchait de Linares, le chemin devenait plus large ; les paysans marchaient autour des civières. Les femmes noires, fichu sur la tête et panier au bras, s'affairaient toujours dans le même sens autour des blessés, de droite à gauche. Les hommes, eux, suivaient les civières sans jamais les dépasser ; ils avançaient de front, très droits comme tous ceux qui viennent de porter un fardeau sur l'épaule. A chaque relais, les nouveaux porteurs abandonnaient leur marche rigide pour le geste prudent et affectueux par lequel ils prenaient les brancards, et repartaient avec le han ! du travail quotidien, comme s'ils eussent voulu cacher aussitôt ce que leur geste venait de montrer de leur cœur. Obsédés par les pierres du sentier, ne pensant qu'à ne pas secouer les civières, ils avançaient au pas, d'un pas ordonné et ralenti à chaque rampe ; et ce rythme accordé à la douleur sur un si long chemin semblait emplir cette gorge immense où criaient là-haut les derniers oiseaux, comme l'eût emplie le battement solennel des tambours d'une marche funèbre. Mais ce n'était pas la mort qui, en ce moment, s'accordait aux montagnes : c'était la volonté des hommes.

On commençait à entrevoir Linares au fond de la gorge, et les civières se rapprochaient les unes des autres ; le cercueil avait rejoint le brancard de Scali. La mitrailleuse avait été attachée là où sont d'ordinaire les couronnes ; tout le cortège était, à des funérailles, ce qu'était à des couronnes cette mitrailleuse tordue. Là-bas, près de la route de Saragosse, autour des avions fascistes, les arbres du bois noir brûlaient encore dans le jour fai-

blissant. Ils n'iraient pas à Guadalajara. Et toute cette marche
de paysans noirs, de femmes aux cheveux cachés sous des fichus
sans époque, semblait moins suivre des blessés que descendre
dans un triomphe austère.

La pente, maintenant, était faible : les civières, abandonnant
le chemin, se déployèrent à travers l'herbe, les montagnards en
éventail. Les gosses accouraient de Linares ; à cent mètres des
brancards, ils s'écartaient, laissaient passer, puis suivaient. La
route aux pavés posés de champ, plus glissante que les chemins
de montagne, montait le long des remparts jusqu'à la porte.

Derrière les créneaux, tout Linares était massé. Le jour était
faible, mais ce n'était pas encore le soir. Bien qu'il n'eût pas
plu, les pavés luisaient, et les porteurs avançaient avec soin.
Dans les maisons dont les étages dépassaient les remparts,
quelques faibles lumières étaient allumées.

Le premier était toujours le bombardier. Les paysannes, sur
le rempart, étaient graves, mais sans surprise : seul le visage du
blessé était hors de la couverture, et il était intact. De même
pour Scali et Mireaux. Langlois, en Don Quichotte, bandeau saignant et orteils vers le ciel (un pied foulé, il avait retiré une
chaussure), les étonna ; la guerre la plus romanesque, celle de
l'aviation, pouvait-elle finir ainsi ? L'atmosphère devint plus
lourde lorsque Pujol passa : il restait assez de jour pour que ces
yeux attentifs vissent sur le cuir les larges plaques du sang.
Quand Gardet arriva, sur cette foule déjà silencieuse tomba un
silence tel qu'on entendit soudain le bruit lointain des torrents.

Tous les autres blessés voyaient ; et, quand ils avaient vu la
foule, ils s'étaient efforcés de sourire, même le bombardier.
Gardet ne regardait pas. Il était vivant : des remparts, la foule
distinguait, derrière lui, le cercueil épais. Recouvert jusqu'au
menton par la couverture, et, sous le serre-tête en casque, ce
pansement si plat qu'il ne pouvait y avoir de nez dessous, ce
blessé-là était l'image même que, depuis des siècles, les paysans
se faisaient de la guerre. Et nul ne l'avait contraint à combattre.
Un moment, ils hésitèrent, ne sachant que faire, résolus pourtant
à faire quelque chose ; enfin, comme ceux de Valdelinares, ils
levèrent le poing en silence.

La bruine s'était mise à tomber. Les derniers brancards, les
paysans des montagnes et les derniers mulets avançaient entre
le grand paysage de roches où se formait la pluie du soir, et les
centaines de paysans immobiles, le poing levé. Les femmes pleuraient sans un geste, et le cortège semblait fuir l'étrange silence
des montagnes, avec son bruit de sabots, entre l'éternel cri des
rapaces et ce bruit clandestin de sanglots.

L'ambulance est partie.

Par la lucarne qui permet de communiquer avec le chauffeur,
Scali voit des carrés de paysage nocturne ; çà et là un morceau

de rempart de Sagunte, les cyprès solides et noirs dans le clair de lune plein de brume, de la brume qui protège des bombardements de nuit ; des maisons blanches irréelles, les maisons de la paix ; des oranges phosphorescentes dans les vergers noirs. Vergers de Shakespeare, cyprès italiens... « C'est par une nuit pareille, Jessica... » Dans le monde, il y a aussi le bonheur. Au-dessus de sa civière, à chaque cahot, le bombardier gémit.

Mireaux ne pense à rien : la fièvre est forte ; il nage avec peine dans une eau brûlante.

Le bombardier pense à sa jambe.

Gardet pense à son visage. Gardet aime les femmes.

Magnin, au téléphone, écoute Vargas :

— C'est la bataille décisive, Magnin. Amenez tout ce que vous pourrez, comme vous pourrez...

— Les commandes du gouvernail de profondeur du *Marat* sont à peu près coupées...

— Ce que vous pourrez...

CHAPITRE IV

Guadalajara, le 18 mars.

Les Italiens contre-attaquaient sur Brihuega : s'ils passaient là, ils prenaient à revers toutes les forces républicaines. C'était Guadalajara menacée de nouveau, l'armée du Centre coupée de Madrid, la ville à peu près sans défense, les bataillons Dimitroff, Thaelmann, Garibaldi, André-Marty, 6-Février sans ligne de retraite, la prise de Trijueque et d'Ibarra annulée, Campesino perdu dans sa forêt.

Les bataillons Thaelmann et Edgar-André, une fois de plus, s'accrochaient.

Le bataillon Dimitroff — Croates, Bulgares, Roumains, Serbes, les Balkaniques et les étudiants yougoslaves de Paris, — qui devant les fascistes se sentaient en face des meurtriers des leurs, qui avaient passé vingt-quatre heures à injurier les chars italiens à l'affût de leur bois comme ils l'avaient fait à la Jarama, qui avaient pris un kilomètre et avaient dû l'abandonner, fous de rage, pour l'alignement, qui avaient dormi collés comme des mouches contre le froid, attaquaient sous les shrapnells. Un des chefs de section, monténégrin, partait à l'arrière, hurlant : « Occupez-vous de vos postes et pas de moi, tas d'andouilles ! » soutenant de son bras droit son bras gauche cassé, quand une balle explosive lui fit éclater la tête dans un tourbillon de neige.

Elle s'était remise à tomber, et sur tout le front les hommes qui avançaient, la tête entre les épaules et les muscles du ventre crispés dans l'attente des blessures, se sentaient pris dans les balles de plomb des shrapnells comme dans les flocons.

Au bataillon Thaelmann on n'entendait plus que deux phrases : « A bouffer ! » et « Mon vieux, pas de guerre sans victimes ». Le délégué politique de la compagnie de mitrailleuses, blessé au ventre et délirant, criait : « Envoyez nos tanks ! Envoyez nos tanks ! » Le bataillon venait de repousser sa onzième attaque depuis le début de la bataille. Les arbres avaient encore des troncs, mais plus de branches.

— C'est pas la guerre ! gueulait Siry chez les Franco-Belges ; c'est la chaude-pisse ! Ça finira plus !

Et d'improviser le chant-du-merle-incurable. Les fusils commençaient à brûler les mains.

Chez Manuel, il restait aux hommes de Pepe sept cent cinquante balles pour une mitrailleuse qui en tirait six cents à la minute. On distribua la moitié des balles aux tirailleurs. Devant les fusils hors d'usage, les nouveaux pleuraient d'énervement. « Ici, la mitrailleuse ! » cria le chef de section. Quand se dissipa la fumée du premier obus, il était tué à l'endroit qu'il venait de montrer du doigt. Mais les munitions arrivèrent, et quelques fusils de rabiot.

Enfin un cri roula des bois et des plaines qui descendaient sur Brihuega, perceptible malgré le bombardement qui venait de reprendre ; monta des oliviers, des petits murs où les républicains étaient incrustés comme des insectes, des fermes et des champs dissous ; l'horizon sembla se tendre avec l'explosion furieuse de toutes les batteries fascistes : les tanks républicains arrivaient.

Ils attaquaient sur tout le front, plus de cinquante en ligne, d'un bout à l'autre de l'horizon voilé et dévoilé par l'intermittence de la neige. Ceux qui avaient douloureusement dormi vingt minutes d'un sommeil inquiet sous les oliviers glacés, ceux qui avaient dormi roulés dans leur fatigue et s'étaient réveillés raidis, commencèrent à courir derrière les derniers chars que leur cachaient périodiquement les rafales de neige.

Au V° corps, le chef de la 1ʳᵉ compagnie fut le premier tué. Quelques minutes après, un des tanks républicains explosait en flammes, éclairant sinistrement en bleu le champ couvert de neige, où les flocons demeuraient suspendus. Pris là par un feu croisé de mitrailleuses, à plat ventre derrière les souches, les hommes creusaient avec leurs chargeurs et leurs casques (avec la baïonnette il eût fallu se lever), se casaient, se relevaient soudain, une seconde, pour lancer leurs grenades, s'aplatissaient de nouveau sous les mitrailleuses qui raclaient le champ. De six volontaires qui voulaient ramener les blessés, quatre tombèrent. Les Internationaux voisins n'entendaient que les balles explosives derrière eux, et parfois une voix qui criait : « Alors, ça va toujours bien ? » et à quoi d'autres répondaient : « Pas mal, et

vous ? » Et au-dessous, comme un chœur désolé sur toute l'étendue du champ : « Secours ! Secours ! »

Pourtant, à trois heures, le sommeil vint par excès de fatigue ;
on distribua de nouveau du café ; les soldats avaient peur du
froid de la nuit. Sous leurs capuchons, ils commençaient à se
souvenir des tranchées de Madrid, où ils tiraient parfois en mangeant, où les rigolos apprivoisaient des souris, où des soldats,
en attendant les obus, regardaient en silence des portraits d'enfants ; et de la Jarama où ils attaquaient derrière les tanks fascistes quand ceux-ci n'avaient plus de munitions, où des types
hurlants venaient demander de l'urine pour refroidir les canons
des mitrailleuses.

« Pas de tank sans balle, pas de balle sans tank », disait
Pepe, satisfait de sa formule, à ses hommes qui avançaient ; à
sa droite, ceux du Ve trouvaient l'air épais de balles, et avançaient derrière le tir de toute l'artillerie, fort bien dirigé par un
officier espagnol. Les pacifistes des équipes de secours, grenades
en main, sans brassard, combattaient les tanks à la grenade pour
dégager leurs blessés.

Quelques voix commencèrent l'*Internationale,* couverte aussitôt, rageusement, par un grand cri du côté des Espagnols, et un
hurlement très court en dix langues du côté des Internationaux :
« On avance ! »

— Les fascistes ne sont pas appuyés par leur aviation, avait
dit un des officiers de l'état-major de l'Air.

Les nuages étaient à deux cents mètres, et la neige allait
reprendre.

— Leurs champs sont de l'autre côté de la Sierra, avait
répondu Sembrano. Il est peu probable qu'ils passent.

Le bras en écharpe, il ne pouvait pas piloter. Les troupes italiennes étaient entre les républicains et la Sierra.

Vargas ne disait rien.

— Normalement, avait dit un des officiers, si nous sortons,
nous risquons l'écrasement de toute notre aviation : il suffit que
ça tourne à la tempête... Aucune autorité militaire ne prendrait
la responsabilité d'un pareil désastre...

Vargas avait appelé l'officier d'ordonnance.

— Leurs avions de Teruel peuvent tourner la Sierra même
avec ce temps, disait Sembrano.

— Je ne crois pas qu'il en reste, avait répondu Vargas.

— Allo ! téléphonait l'officier d'ordonnance ; Alcala ? Envoyez
immédiatement tout ce dont vous disposez au champ 17 de Guadalajara. Allo ! le champ 21 ? Envoyez tout ce dont vous disposez au champ 17 de Guadalajara. Allo ! Sarion ? Envoyez tout
ce dont vous disposez au champ 18 de Guadalajara.

— Si nous perdons cette bataille, avait dit Vargas, nous perdons tout. Après tout, nous ne sommes comptables de notre

aviation qu'au peuple espagnol. Pour les fascistes, c'est plus compliqué... Allons-y.

Et, pour la première fois depuis des mois, il avait remis son serre-tête.

Les nouveaux attaquaient. Ce bataillon, dont les soldats n'étaient pas encore affectés aux compagnies nationales, était formé surtout de volontaires de pays éloignés, arrivés tout récemment : Grecs, Juifs, Syriens d'Amérique du Nord, Cubains, Canadiens, Irlandais, Américains du Sud, Mexicains et quelques Chinois. Ils avaient commencé par tirer à tort et à travers : les hommes qui n'ont pas besoin de faire du bruit à leur première bataille sont rares. Ils s'étaient cru blessés aux premiers chocs parce qu'on leur avait affirmé que les blessures, tout d'abord, ne font pas mal ; des premières balles, quelques-uns avaient affirmé que « c'était un bruit d'oiseaux espagnols ». Gênés par le casque dont ils heurtaient la visière ou le couvre-nuque chaque fois qu'ils tiraient, troublés par l'irréalité des morts, silencieux devant les premiers blessés, ils avaient attendu l'ordre d'attaque, le même sourire affecté sur tous les visages. Puis ils avaient entendu une clameur assourdie, qui signifiait que l'Edgar-André, à leur droite, sortait en terrain découvert ; et ils dégringolaient à la grenade derrière les tanks.

A l'extrême-gauche, un tir de mitrailleuses déplacées avec une extraordinaire rapidité avait laissé stupéfaits les bataillons de Manuel, jusqu'à ce qu'arrivât sur leurs retranchements la cavalerie maure, armée de fusils-mitrailleurs. L'effet fut immédiat : ceux qui avaient affaire pour la première fois aux fusils-mitrailleurs allaient s'enfuir. Mais Manuel avait encadré ses recrues de dynamiteurs formés par Pepe. Ceux-là savaient que des cavaliers en mouvement ne peuvent pas viser, et ils étaient protégés. Ils reçurent la première charge à la grenade. Retranchés aussitôt derrière une épaisse barrière de chevaux tués, aidés par les recrues qui avaient compris et qui fusillaient maintenant les cavaliers en train de se rallier, ils commencèrent à ramper sous les chevaux pour aller chercher les fusils-mitrailleurs. Seules restaient en arrière les recrues paysannes, prêtes à combattre les hommes, mais qui n'osaient pas tuer de si beaux chevaux. Debout derrière un tank, Gartner leur parlait, attentif à ne pas faire de gestes plus larges que la tourelle.

Sur tout le front, les mains des infirmiers étaient devenues rouges.

Alors, comme s'il se fût glissé entre la neige blanche du sol et la neige sale des nuages, apparut le premier avion républicain. Puis, un à un, insolites, comme des miliciens blessés, apparurent les vieux avions qu'on n'avait plus vus depuis le mois d'août, les avionnettes des señoritos et les avions de transport, les courriers, les avions de liaison, l'ancien Orion de Leclerc et les avions-écoles ; et les troupes espagnoles les accueillaient avec un sourire trouble, celui que leur eussent peut-être inspiré leurs sentiments d'alors. Lorsque cette délégation de l'Apocalypse fut arrivée en rase-neige contre les mitrailleuses italiennes, tous les bataillons de l'armée populaire qui attendaient encore reçurent l'ordre d'avancer. Et, malgré le ciel bas et la neige menaçante, trois par trois d'abord, puis escadrille par escadrille, se cognant aux nuages comme des oiseaux à un plafond et redescendant, emplissant tout l'horizon visible, qui n'était plus qu'un horizon de bataille, d'un grondement qui faisait palpiter la neige sur la terre et sur les morts, barrant la ligne désolée des plaines obliques aussi sombres que les bois, se tendit comme une invasion la formation de combat de quatre-vingts avions républicains.

En bas, enfouis dans leurs manteaux, la tête sous le capuchon pointu comme celui des Marocains, les républicains avançaient. Dans la charpie qui filait devant les avions apparaissait une seconde une route tremblante, qui devenait une colonne motorisée italienne ; et, le vent venant du côté des lignes républicaines, Magnin, de l'Orion, ne voyait plus si la colonne fuyait devant les capuchons, devant les tanks perdus sur les champs immenses, devant les avions, ou si elle était emportée par le vent comme les nuages sans fin et le monde tout entier.

Et pourtant jamais il ne s'était senti à ce point crispé dans le combat ; comme si nuages et colonnes eussent été l'expression d'une même volonté mystérieuse, comme si canons, fascisme, ouragan l'eussent attaqué ensemble, comme s'il eût été séparé de la victoire par ce monde livide. Un nuage énorme, à tel point brouillé qu'il donnait aux aviateurs l'impression de devenir aveugles, se jeta sur les avions de tourisme, dont les plans se bordaient de neige et qui commencèrent à frémir dans la course affolée des flocons qui les recouvraient, leur masquaient terre et ciel, les enserraient à droite et à gauche, et où ils semblaient à jamais immobiles, tout grinçants de leur force braquée contre le vent. Se repérant à une tache d'un gris presque noir, Magnin vit l'Orion tourner de 180°. Le compas se coinça, les appareils qui indiquaient l'horizontale étaient démolis. Darras, malgré le froid, retira son serre-tête, pencha sur l'altimètre, démoli aussi, ses cheveux, blancs comme tout ce qui entourait l'avion : peut-être fonçait-il sur la terre à 300 à l'heure, et ils n'étaient pas à 400 mètres.

Non : ils sortaient du nuage par le haut.

Entre les nuages en charpie qui se décomposaient sur la terre, et, là-haut, le grand Groenland plat et blême d'une seconde mer de nuages, tous les appareils militaires républicains avançaient en ligne.

Darras essaya de secouer les ailes pour en faire tomber la neige.

— Attention aux bombes, bon Dieu !

Il piqua de nouveau, sans trop y prendre garde.

Si on se bat dans la neige, ça va être beau ! pensa Magnin. Ses avions semés à tous les vents d'Espagne, ses camarades semés à tous les cimetières, et pas en vain, il ne signifiait plus guère que cet Orion extravagant rageusement ballotté par un ouragan de neige, que ces avions dérisoires secoués comme des feuilles, devant la flotte aérienne républicaine reconstituée. Les lignes efficaces et nettes des capuchons, au-dessous de la confusion des nuages, ne recouvraient pas seulement les positions italiennes de la veille, mais une époque révolue. Ce que Magnin, secoué par l'Orion comme par un ascenseur en délire, voyait aujourd'hui sous lui, il le reconnaissait : c'était la fin de la guérilla, la naissance de l'armée.

Campesino sortait de sa forêt, les Garibaldiens et les Franco-Belges descendaient en arrière du Dombrovski, les carabiniers montaient le long de la Tajuna. D'un bout à l'autre du front, des mitrailleurs qui changeaient le canon des mitrailleuses se dressaient sous la brûlure, aussitôt cueillis par les balles. D'un bout à l'autre du front les tanks avançaient, des soldats faisant derrière eux la navette pour rapporter dans les couvertures une inépuisable récolte de blessés. Un tank républicain, la moitié de ses chenilles au-dessus du vide d'un ravin, se détachait de profil sur le ciel bas. Karlitch, enfin chef de section de chars, avançait, tirant sans arrêt sur les sections anti-tanks ennemies — des ombres d'hommes sans yeux, courbés, avec des grenades dans les mains.

A Teruel, Magnin avait vu au passage les traces des propriétés immenses, avec leurs taureaux nonchalants ou têtus épars dans les montagnes de guerre ; ici, il voyait des traces moins nettes, qui se mêlaient, à travers la neige, aux petits murs de pierre qu'attaquaient sous lui les Internationaux et les brigades de Madrid, aux petits murs de pierre tout neufs qu'ils avaient vus dans le Teruel et dans le Sud, trapus et courts, encore menacés, entre les anciennes traces immenses. Il se souvenait des terres en friche, que les ouvriers agricoles goitreux de misère n'avaient pas le droit de cultiver... Les paysans rageurs qui combattaient sous lui combattaient pour élever ces petits murs, la première condition de leur dignité. Et, bien au delà du vocabulaire des villes, Magnin sentait dans tous les rêves où il se débattait depuis des mois, simple et fondamentale comme l'accouchement, la joie, la douleur ou la mort, la vieille lutte de celui qui cultive contre le possesseur héréditaire.

Lorsque revinrent pour la cinquième fois l'Orion et sa flotte de passé, l'aviation républicaine, passée sous les nuages, attaquait en avant des lignes de capuchons. A peine l'aviation fasciste avait-elle paru. En bas, les tanks républicains, avec un ordre d'exercice sur la Place Rouge, attaquaient, revenaient,

attaquaient de nouveau. Déjà les couvents et les églises de Brihuega, au fond de leur cuvette, ne dépassaient plus qu'à peine
une brume de soir où s'allumaient les bombes. Les explosions
dessinaient maintenant le fer à cheval de l'armée républicaine
autour de la ville ; à l'extrémité de ses deux branches s'allumaient des batteries haletantes, comme des bûchers élevés contre
la neige qui de nouveau s'approchait. Si les deux branches se
rejoignaient, c'était la retraite italienne sur tout le front de
Guadalajara.

En avant du vide qui les séparait, on étendait des panneaux de
signalisation, mais la brume maintenant gagnait tout ; impossible de voir un uniforme. Si la nuit sauvait les Italiens, ils
allaient contre-attaquer sur Trijueque. L'Orion titubant (il
n'avait d'ailleurs plus de bombes) ne combattait plus ; il restait
là, ballotté, luttant contre cette nuit qui avançait sur le destin
de l'Espagne comme jadis sur le retour de Marcelino. L'immense
barre de l'aviation militaire, à moins de deux cents mètres de
la bataille, louvoyait. Elle non plus ne voyait rien, et ne partait
pas. De la vallée de la Tajuna la brume montait toujours.

Sous elle se poursuivait l'effort sauvage des volontaires, l'effort qui devait confirmer ou infirmer la création de l'armée républicaine. Et l'aviation, qui avait peut-être gagné la bataille, tournait au lieu de partir, non aux aguets de l'ennemi, mais à l'affût d'une victoire, oubliant ses champs sans balisage, fascinée
dans la nuit qui venait.

Magnin survolait le vide du fer à cheval au-dessus d'un des
chemins de Horca, assez large à cet endroit, et que bordaient des
camions abandonnés. Il fonça en rase-mottes comme il l'avait
fait avec le paysan sur le champ de Teruel ; et, pendant que par
erreur les troupes républicaines criblaient ses plans, il reconnut les panneaux de l'anarchiste Mera, des carabiniers et de
Campesino.

CHAPITRE V

Les derniers soubresauts de la bataille grondaient au loin.
Manuel, ses lignes établies, faisait le tour du village pour resquiller des camions, son chien derrière lui. Il avait adopté un
splendide chien-loup, ex-fasciste, blessé quatre fois. Plus il se
sentait séparé des hommes, plus il aimait les animaux : taureaux,
chevaux militaires, chiens-loups, coqs de combat. Les Italiens
avaient abandonné beaucoup de camions et, en attendant que la
distribution en fût faite officiellement, chaque chef de corps
(affirmant astucieusement que, s'il attendait le passage de Campesino, il n'en resterait pas un seul) essayait d'en annexer le

plus possible. Provisoirement, ils étaient entreposés dans tous les bâtiments assez vastes pour les contenir : églises, mairies ou granges. Au village qu'occupaient les carabiniers, c'était dans l'église. Mais on avait prévenu Manuel que Ximénès s'y trouvait, avec la même intention que lui.

C'était une haute église de pierres rouges, aux palmes de stuc hachées par les balles. Des diagonales de jour à travers des voûtes de cathédrale s'écrasaient sur un fatras de chaises réduites à l'état de fagots, et sur les camions en ordre au centre de la nef. Un milicien, qui gardait l'église, suivait Manuel et Gartner.

— Tu as vu le colonel ? demanda celui-ci.

— Par là, derrière les camions.

— Mauvais ! grogna Gartner ; il les aura déjà resquillés.

Le regard de Manuel, pas encore accoutumé à l'obscurité, s'arrêtait à un fouillis doré qui tremblait dans l'ombre au-dessus du portail comme un incendie immobile : des anges, hérissés de pieds en l'air, emplissaient le mur tout entier, autour de tuyaux en sifflets : des orgues extraordinaires. Manuel aperçut un escalier en colimaçon et le gravit, intrigué.

Le milicien l'avait suivi ; Gartner était resté en bas, comme pour garder les camions, le chien derrière lui.

— Comment se fait-il que ce soit intact ? demanda Manuel au milicien.

— Le Comité esthétique révolutionnaire. Les gars sont venus. Ils ont dit au Comité d'ici : « Les orgues et le chœur, ça a de l'importance. » (Ils ont raison, y a du travail !) Alors on a pris des mesures.

— Et les Italiens ?

— On s'est pas beaucoup battu ici.

Naguère, au-dessus du tombeau de Cervantès, un anarchiste, du tison de la torche dont il voulait incendier la chapelle, avait tracé une grande flèche en direction du crucifix laissé intact, et écrit : « Cervantès, il t'a sové. »

— Tu es d'accord ? demanda Manuel.

— Ces sculptures-là, l'homme qui les a faites, il aimait ce qu'il faisait. Moi, ici, j'ai toujours été contre ce qui est destruction. Les curés, bien sûr je suis pas d'accord ; les églises, j'ai rien contre. Moi, j'ai mon idée, je trouve qu'on devrait en faire des théâtres : c'est riche, on entend bien...

Manuel se souvenait des miliciens qu'il avait interrogés avec Ximénès sur le front du Tage. Il observa attentivement la nef et finit par y découvrir, près d'un pilier, les cheveux tondus qui luisaient dans l'ombre comme un duvet de poussin. Manuel savait que Ximénès entendait la musique. Il regarda affectueusement l'auréole blanche du Vieux Canard, sourit comme s'il eût préparé une blague et s'assit devant le clavier.

Il commença à jouer : le premier morceau de musique religieuse qui passa dans sa mémoire, le *Kyrie* de Palestrina. Dans la nef vide le chant sacré se déployait, raide et grave comme les draperies gothiques, mal accordé à la guerre et trop bien accordé à la mort ; malgré les chaises en débris, et les camions, et la guerre, la voix de l'autre monde reprenait possession de l'église. Manuel était troublé, non par le chant, mais par son passé. Le milicien, ahuri, regardait ce lieutenant-colonel qui se mettait à jouer un chant d'église.

— Alors ça va, il marche toujours bien, le truc, dit-il quand Manuel cessa de jouer.

Manuel redescendit. Il caressa le chien, qui n'avait pas aboyé. Il le caressait souvent : il ne tenait plus rien dans sa main droite. Gartner l'attendait à l'entrée de l'escalier. Près des camions, de grandes taches noires couvraient les dalles. Depuis longtemps, Manuel n'en était plus à se demander quel liquide faisait de telles taches.

— Ce *Kyrie* est admirable, dit-il troublé, et je le jouais en pensant à autre chose. J'en ai fini avec la musique... Au cantonnement, la semaine dernière, tu as vu qu'il y avait sur le piano tout un paquet de Chopin, du meilleur. Je l'ai feuilleté, tout ça venait d'une autre vie...

— Peut-être était-ce trop tard, — ... ou trop tôt.

— Peut-être... Mais je ne crois pas. Je crois qu'une autre vie a commencé pour moi avec le combat ; aussi absolue que celle qui a commencé quand j'ai pour la première fois couché avec une femme... La guerre rend chaste...

— Il y aurait beaucoup à dire.

Ils trouvèrent enfin le colonel, qui faisait contrôler devant lui les moteurs.

— Alors, fils, c'est donc vous qui jouez les anges pour moi ? Merci. Vous l'avez fait exprès, n'est-ce pas ?

— J'ai eu plaisir à le faire.

Ximénès le regardait.

— Vous serez général avant trente-cinq ans, Manuel...

— Je suis un Espagnol du xvi⁰ siècle, dit Manuel avec son sourire sérieux et descendant.

— Mais, dites-moi, vous n'êtes pas un musicien professionnel. Où diable avez-vous appris l'orgue ?

— C'est le résultat d'un chantage. L'abbé chargé de m'enseigner le latin le faisait une heure sur deux ; la seconde était pour mon plaisir. Au début, mon plaisir fut d'ailleurs remplacé par le sien : il mettait une aiguille d'ivoire, grand luxe pour l'époque, à un phono de marché aux puces au pavillon en volubilis, et jouait du Verdi. J'ai su *l'Africaine* par cœur. Ensuite j'ai exigé des leçons de tactique (de tactique, mon colonel !). Il m'a fait observer que ce n'était ni de ses connaissances ni de son caractère ; mais il a apporté une boîte à chaussures pleine de soldats découpés...

Sur des civières et dans des couvertures passaient des soldats de chair vivante ou morte.

— Puis les disques de Palestrina ont paru. Dans l'espoir perfide de se délivrer de la tactique, il les a fait passer sous l'aiguille d'ivoire et le pavillon en volubilis. Plein succès : j'ai abandonné la tactique, et exigé l'orgue. J'étais bon pianiste.

— Eh bien, fils, il n'y a pas que de mauvais prêtres, dit le Vieux Canard, ironique.

Manuel en vint ingénieusement à ses camions, mais à peine avait-il commencé :

— Toute stratégie est inutile, dit Ximénès : jusqu'à ce que les ordres arrivent, ces camions-ci sont sacrés.

— Évidemment : ils ont été trouvés dans une église. Mais vos carabiniers ont des camionnettes.

Ximénès rigola, un œil fermé comme naguère.

— Rien à faire. Vous serez général à trente ans, mais vous n'aurez pas mes camions. D'ailleurs, ils ne me suffisent pas. Allons en chercher d'autres ensemble.

— A la Sierra j'ai dit à une milicienne qu'elle avait de beaux cheveux ; je lui ai demandé de m'en donner un, elle m'a envoyé balader. Votre avarice est égale à la sienne.

— Annexez une clef anglaise et n'en parlons plus.

Ils partirent ; avant Brihuega, ils avaient déjà trouvé trois camions chacun. Les chauffeurs amenés par Gartner et ceux de Ximénès prenaient le volant et suivaient.

— Notre petit air de noce andalouse me plaît, dit Manuel.

— Nous sommes au kilomètre 88 ! leur cria un courrier.

La victoire était dans l'air.

Sur la place de Brihuega, devant le poste de commandement (tous les officiers responsables devaient passer là dans la matinée), Garcia et Magnin écoutaient un vieil olibrius en lavallière, pas rasé depuis des jours, et de toute évidence surgi d'une cave.

— Quand on s'est décidé à nous foutre à la porte, on a tout arrangé ; mais ils ont laissé les fils de fer auxquels nous pendions nos culottes. Et les guides ne savaient pas du tout comment expliquer les fils de fer. Sauf un. Un vieux copain ; un artiste, celui-là...

Il fit le geste de peigner de longs cheveux :

« Il faisait de l'aquarelle, et des vers, et tout : un artiste. Et alors, lui, il leur disait, aux touristes de l'Alcazar de Tolède : « Mesdames et Messieurs, le Cid Campéador il avait beaucoup à faire, naturellement ; quand il avait fini tous ses travaux, les ordres et les écrits et les expéditions, il venait dans cette salle. Tout seul. Et alors, voyez-vous, pour se reposer, qu'est-ce qu'il faisait ? Il se pendait au fil de fer, et hop ! il se balançait. »

— Ce camarade était guide au Palais de Guadalajara, dit Garcia à Manuel et à Ximénès ; et, autrefois, à Tolède.

C'était un vieil homme à favoris en pattes de lapin, avec le visage et le geste des acteurs de vocation, de ceux qui ne peuvent vivre que dans la fiction :

« Moi aussi, j'aimais tout ça, les choses originales, avant d'avoir perdu ma première femme... J'ai parcouru le monde, j'étais avec un cirque. Chaque fois qu'il y avait quelque chose à voir, j'y courais. Mais, ici, toute cette histoire.... »

Il montrait du pouce la direction de Guadalajara, où le vent portait sous les nuages bas une odeur de charnier, et vers quoi se dirigeaient les prisonniers italiens.

« Toute cette histoire, et ces cardinaux, et même ces Greco, et les touristes et les autres, et toutes ces machines, quand on les a vues pendant vingt-cinq ans, la guerre, quand on l'a vue six mois... »

Il montrait toujours le sud-ouest, Guadalajara, Madrid, Tolède, comme s'il eût chassé des mouches avec indifférence.

Un officier vint parler à Manuel.

— Nous sommes au kilomètre 90 ! cria celui-ci, donnant une solide tape sur le dos du chien. Ils abandonnent tout leur matériel !

— Voulez-vous que je vous dise, monsieur ? reprit le guide.

Il haussa les épaules et dit, comme s'il eût résumé l'expérience de toute sa vie :

« Des pierres... Des vieilles pierres... C'est tout. Encore, si vous allez plus bas, vous aurez des choses qui valent la peine, des choses du temps des Romains ! Plus de trente ans avant Jésus-Christ ! Je dis : avant. Ça, c'est quelque chose. Sagunte, c'est grand. Ou parlez-moi des quartiers neufs de Barcelone. Mais les monuments ? Comme la guerre : des pierres...

Avec les prisonniers italiens passèrent quelques Maures.

— Vous, dit Garcia à Magnin, plus vous vous battez, plus vous vous enfoncez dans l'Espagne ; moi, plus je travaille, plus je m'en écarte. J'ai passé la matinée à interroger des prisonniers maures. Il y avait peu de Maures ici, mais il y en avait quand même. Il y en a partout. Vous souvenez-vous, Magnin, de Vargas me disant : il n'y a que douze mille Maures ? Bon. Il y a ici des Maures des possessions françaises en assez grand nombre. A l'heure actuelle, l'Islam en tant qu'Islam, que communauté spirituelle, est à peu près entre les mains de Mussolini. Les Français et les Anglais ont encore les cadres administratifs de l'Afrique du Nord, mais l'Italie en tient les cadres religieux. Et le premier résultat est que nous faisons ici, à Brihuega, des prisonniers maures et des prisonniers italiens. Agitation au Maroc français, Lybie, agitation en Palestine, Égypte, promesse de Franco de rendre à l'Islam la mosquée de Cordoue...

Garcia aimait à parler : et les autres souhaitaient qu'il parlât. Ils ne lisaient que des journaux sur lesquels pesait la censure de guerre, et Garcia était renseigné. Mais ni Manuel ni Ximénès n'oubliaient leurs camions.

A la porte de la maison où il s'était réfugié pendant l'occupation par les Italiens, une femme appelait le guide.

— Maintenant, dit-il à Garcia, nous attendons Azaña à l'œuvre. Qu'est-ce qu'il fera ? C'est la grande inconnue...

L'index levé vers le ciel bas, il quitta soudain le ton mystérieux qu'il venait de prendre pour dire, avec la plus grande indifférence :

— Rien.

« Il ne fera rien. On ne peut rien faire... Franco, naturellement, c'est un gorille. Mais à part lui, avec Azaña ou Caballero, avec l'U. G. T. ou avec ceux de la C. N. T. ou avec vous, maintenant que je suis sorti de ma cave, je servirai des clients et je guiderai des idiots, et je mourrai à Guadalajara en servant les clients et en guidant les idiots... »

La femme l'appela de nouveau, et il partit.

— Il est réussi, dit Magnin.

— Dans la guerre civile la plus passionnée, répondit Garcia, il y a un grand nombre d'indifférents...

« Voyez-vous, Magnin, après huit mois de guerre, il y a quelque chose qui reste à mes yeux passablement mystérieux : l'instant où un homme décide de prendre un fusil. »

— Notre ami Barca pensait là-dessus des choses sérieuses, dit Manuel.

Le chien-loup aboya, approbateur.

— Sur les raisons qui poussent à se battre, oui ; mais, ce qui m'intéresse, c'est l'instant, le déclenchement. On dirait que le combat, l'Apocalypse, l'espoir, sont des appeaux dont se sert la Guerre pour prendre les hommes. Après tout, la syphilis commence par l'amour. Le combat fait partie de la comédie que presque tout homme se joue à soi-même, et il engage l'homme dans la guerre comme presque toutes nos comédies nous engagent dans la vie. Maintenant, la guerre commence.

C'était ce qu'avait pensé Magnin dans l'Orion, et beaucoup d'autres sans doute. Cette conversation lui rappelait son entretien avec Garcia et Vargas, le soir de Medellin ; et il ressentait une fois de plus que l'aviation internationale était morte.

— Nous allons avoir le Japon dans la danse à brève échéance... dit Garcia. Un empire presque égal à l'Empire britannique se crée là-bas...

— Pensez à ce qu'était l'Europe quand nous avions vingt ans, dit Magnin, et à ce qu'elle est aujourd'hui...

Manuel, Gartner et Ximénès reprirent leur chasse aux camions ; Garcia prit Magnin sous le bras :

— Et Scali ? demanda-t-il.

— Une balle explosive dans le pied, sur Teruel. Perdra le pied...

— Où en était-il politiquement ?

— Euh... alors, oui : de plus en plus anarchisant, de plus en plus sorélien, presque anticommuniste...

— Ce n'est pas au communisme qu'il s'oppose, c'est au Parti.

— Dites donc, commandant, qu'est-ce que vous pensez des communistes ?

Encore ! pensa Garcia.

— Mon ami Guernico, répondit-il, dit : « Ils ont toutes les vertus de l'action — et celles-là seules. » Mais, en ce moment, c'est d'action qu'il s'agit.

Sa voix baissa, comme toujours lorsqu'elle résumait une expérience amère :

— Ce matin, j'étais chez les prisonniers italiens. Il y en avait un, pas jeune, qui pleurait comme un veau. Je lui demande ce qu'il a, il pleure, pleure, pleure... Enfin : « J'ai sept enfants... — Et alors ? » Je finis par comprendre qu'il est persuadé que nous allions fusiller les prisonniers. Je lui explique que non, il se décide à me croire. Tout à coup, furieux, il saute sur le banc, fait un discours en hurlements — dix phrases : « On nous a trompés en Italie », etc. — et hurle : « A mort Mussolini ! » Réaction faible. Il recommence. Et les prisonniers, autour, répondent : « A mort ! » imperceptiblement, comme un chœur à bouches fermées, les yeux, terrifiés, vers les portes... Et pourtant, ils sont chez nous...

« Ce qui pesait là, Magnin, ce n'était aucune crainte de police ; pas davantage Mussolini lui-même : c'était le Parti fasciste. Et chez nous... Au début de la guerre, les phalangistes sincères mouraient en criant : Vive l'Espagne ! mais plus tard : Vivent les phalanges !... Êtes-vous sûr que, parmi vos aviateurs, le type du communiste qui au début est mort en criant : Vive le prolétariat ! ou : Vive le communisme ! ne crie pas aujourd'hui, dans les mêmes circonstances : Vive le Parti !... ? »

— Ils n'auront plus guère à crier, car ils sont à peu près tous à l'hôpital ou dans la terre... C'est peut-être individuel. Attignies crierait sans doute : Vive le Parti ! d'autres, autre chose...

— Le mot parti trompe, d'ailleurs. Il est bien difficile de mettre sous la même étiquette des ensembles de gens unis par la nature de leur vote, et les partis dont toutes les grosses racines s'accrochent aux éléments profonds et irrationnels de l'homme... L'âge des Partis commence, mon bon ami...

Tout de même, pensait Magnin, Garcia m'a affirmé naguère que l'U. R. S. S. ne pourrait pas intervenir. Il est intéressant, mais il n'est pas oracle. Le commandant serrait son bras, qu'il n'avait pas lâché :

— N'exagérons pas notre victoire ; cette bataille n'est nullement une bataille de la Marne. Mais enfin, c'est tout de même une victoire. Il y avait ici contre nous plus de chômeurs que de chemises noires, c'est pourquoi j'ai fait faire comme vous le savez la propagande des hauts-parleurs. Mais enfin, les cadres étaient fascistes. Nous pouvons regarder ce patelin en agitant les sourcils, mon bon ami, c'est notre Valmy. Pour la première fois, ici, les deux vrais partis se sont rencontrés.

Des officiers sortaient du poste en se tapant sur les épaules :

— Kilomètre 92 ! crièrent-ils à la cantonade.

— Vous êtes passé par Ibarra ? demanda Magnin à Garcia.

— Oui, mais pendant le combat.

— Il y a dans tous les coins des bassines de riz. Il paraît que c'est du riz au lait ; que les Garibaldiens en demandaient depuis longtemps (ils détestent l'huile espagnole) et qu'on a pu enfin leur en faire. Alors, n'est-ce pas ? le riz dans les bassines est recouvert de neige. Les premiers morts l'étaient aussi. On les a déneigés pour les enterrer ; tous ces visages de morts sont des visages heureux, un bon sourire sur les lèvres, le sourire de la gourmandise...

— Drôle de vie que la vie... dit Garcia.

Magnin pensait aux paysans. Il était loin d'avoir avec les idées la familiarité de Garcia ; mais la pratique de l'aviation donnait à sa pensée une relativité toute physique, qui suppléait parfois à la profondeur. Les paysans l'obsédaient : celui que Garcia lui avait envoyé, ceux à qui il demandait des autos dans les villages, ceux de toute la descente des montagnes, ceux qu'il avait vus combattre sous lui la veille.

— Et les paysans ? demanda-t-il seulement.

— Avant de venir, j'ai pris à Guadalajara un café à l'anis (toujours pas de sucre). Le bistrot se faisait lire le journal par sa petite fille, qui, elle, sait lire. Ou Franco, là où il est vainqueur, fera ce que nous faisons, ou il entrera dans une guérilla sans fin. Le Christ n'a triomphé qu'à travers Constantin ; Napoléon a été écrasé à Waterloo, mais il a été impossible de supprimer la charte française. Une des choses qui me trouble le plus, c'est de voir à quel point, dans toute guerre, chacun prend à l'ennemi, qu'il le veuille ou non...

Le guide était derrière Garcia, qui ne l'avait pas entendu revenir. Il leva l'index et plissa les yeux, tout son visage affiné par le mystère, malgré son nez de pochard.

— Le principal ennemi de l'homme, messieurs, c'est la forêt. Elle est plus forte que nous, plus forte que la République, plus forte que la révolution, plus forte que la guerre... Si l'homme cessait de lutter, en moins de soixante ans la forêt recouvrirait l'Europe. Elle serait ici, dans la rue, dans les maisons ouvertes, les branches par les fenêtres, — les pianos dans les racines, eh ! eh ! messieurs, voilà...

Quelques soldats entrés dans les maisons éventrées y jouaient du piano avec un doigt.

— Kilomètre 93 ! cria une voix d'une fenêtre.

De nouveaux prisonniers traversaient la place.

— Tas de salauds ! dit le guide. Pouvaient pas rester chez eux ?

Il baissa les yeux, et son regard rencontra ses souliers neufs.

« Jusqu'à mes souliers qui sont à eux ! Qu'est-ce qu'ils ont laissé comme matériel !

« Il y en a aussi qui sont de bons bougres. Chantez donc ! », cria-t-il, agitant les bras, à ceux qui passaient près de lui. Un des prisonniers répondit une phrase que le guide ne comprit pas.

« Qu'est-ce qu'il dit ? »

— Les malheureux ne chantent pas, traduisit Garcia.

— Chante ta douleur, idiot ! répondit le guide en espagnol. Les prisonniers s'éloignaient ; il les suivait du regard :

— Ça n'a pas d'importance , mon pauvre vieux ! Pas d'importance !

Au loin, au bataillon Garibaldi, jouait un accordéon.

« Comme ça n'a pas d'importance !... A Guadalajara, je suis gardien d'un jardin. Les lézards viennent... Quand j'étais aux Indes, avec le cirque, j'ai appris un air hindou ; je le siffle, et les lézards viennent sur ma figure. Il suffit de fermer les yeux. Et de savoir l'air. Et alors, quoi ? La guerre, la guerre, les prisonniers, les morts... Et quand ce sera fini, je m'allongerai comme d'habitude sur le banc, je sifflerai, et les lézards viendront sur ma figure... »

— J'aimerai à voir ça, plus tard, dit Magnin en tirant sa moustache.

Le guide le regarda, leva l'index de nouveau :

— Personne, monsieur, personne.

Et, inclinant l'index vers la porte d'où on l'avait appelé :

« Pas même ma seconde femme. »

— Kilomètre 94 ! cria un second courrier.

CHAPITRE VI

L'ordre de réquisition des camions italiens étant arrivé du Quartier Général, Manuel avait quitté Ximénès. Il revenait à pied vers le casernement de sa brigade, le chien-loup, grave, à côté de lui. Gartner était allé rendre les camions déjà requillés.

Les soldats erraient dans Brihuega, étrangement désœuvrés, les mains vides. La grande rue aux maisons roses et jaunes, aux dures églises et aux grands couvents, était si pleine de décombres, tant de maisons éventrées y avaient vidé leurs meubles, elle était à tel point liée à la guerre que, lorsque la guerre s'arrêtait, elle devenait irréelle et absurde comme les temples et les cimetières des autres races, comme ces soldats sans fusils qui la parcouraient avec des airs de chômeurs.

D'autres rues, au contraire, semblaient intactes. Garcia avait raconté à Manuel qu'à Jaïpur, aux Indes, toutes les façades sont peintes en trompe-l'œil, et que chaque maison de boue porte devant elle son décor rose, comme un masque. Dans nombre de rues, Brihuega n'était pas une ville de boue, mais une ville de mort derrière toutes ses façades de sieste et de vacances, ses fenêtres à demi ouvertes sous le ciel désolé.

Manuel n'entendait que le bruit des fontaines. Le dégel avait commencé ; l'eau coulait sous les chevaliers de pierre ou dans de simples auges, puis se dispersait dans tous les ruisseaux sur ces pavés pointus de la vieille Espagne, où elle dégringolait avec le bruit des petits torrents de montagne, entre les portraits jetés à la rue, les fragments de meubles, les casseroles et les décombres. Aucun animal n'était resté ; mais, dans cette solitude emplie de bruits d'eau, les miliciens qui, çà et là, passaient en silence d'une rue à l'autre, glissaient comme des chats. Et, à mesure que Manuel s'approchait du centre, un autre bruit se mêlait à celui de l'eau, cristallin comme lui, accordé à lui comme un accompagnement : des notes de piano. Dans une maison toute proche dont la façade s'était effondrée dans la rue, toutes les pièces à ciel ouvert, un milicien jouait avec un doigt une romance. Manuel écouta avec soin : au-dessus du bruit de l'eau, il entendait trois pianos. Chacun était frappé d'un seul doigt. Pas question d'*Internationale* : chaque doigt jouait une romance, lentement, comme s'il eût joué seulement pour la tristesse infinie des pentes semées de camions démolis qui montaient de Brihuega vers le ciel blafard.

Manuel avait dit à Gartner qu'il était séparé de la musique, et il s'apercevait que ce qu'il souhaitait le plus, en cet instant où il était seul dans cette rue d'une ville conquise, c'était en entendre. Mais il n'avait pas envie de jouer ; et il voulait rester seul. Il y avait deux phonos dans la salle à manger de sa brigade. Il n'avait pas conservé les disques emportés au début de la guerre, mais il y en avait beaucoup dans le coffre du grand phono : Gartner était Allemand.

Il trouva des Symphonies de Beethoven, et les *Adieux*. Il n'aimait qu'à demi Beethoven, mais peu importait. Il emporta dans sa chambre le petit phono et le mit en mouvement.

Comme la musique supprimait en lui la volonté, elle donnait toute sa force au passé. Il se souvint du geste dont il avait tendu son revolver à Alba. Peut-être, comme le disait Ximénès, avait-il trouvé sa vie. Il était né à la guerre, né à la responsabilité de la mort. Comme le somnambule qui soudain s'éveille au bord du toit, ces notes descendantes et graves lui jetaient dans l'esprit la conscience de son terrible équilibre — de l'équilibre d'où on ne tombe que dans le sang. Il se souvint d'un mendiant aveugle qu'il avait rencontré à Madrid, la nuit de Carabanchel. Manuel était avec le chef de la Sûreté, dans l'auto de celui-ci ; les phares avaient éclairé soudain les mains que l'aveugle étendait devant lui, grandies par leur projection jusqu'à l'immensité à cause de l'inclinaison de la Gran Via, bosselées par les pavés, brisées par les trottoirs, écrasées par les rares autos de la guerre qui circulaient encore, longues comme les mains du Destin.

— Kilomètre 95 ! kilomètre 95 ! crièrent des voix éparses par la ville, toutes avec le même timbre.

Il sentait la vie autour de lui, foisonnante de présages, comme si, derrière ces nuages bas que le canon n'ébranlait plus, l'eussent attendu en silence quelques destins aveugles. Le chien-loup écoutait, allongé comme ceux des bas-reliefs. Un jour il y aurait la paix. Et Manuel deviendrait un autre homme, inconnu de lui-même, comme le combattant d'aujourd'hui avait été inconnu de celui qui avait acheté une petite bagnole pour faire du ski dans la Sierra.

Et sans doute en était-il ainsi de chacun de ces hommes qui passaient dans la rue, qui tapaient d'un doigt sur les pianos à ciel ouvert leurs opiniâtres romances, qui avaient combattu hier sous les lourds capuchons pointus. Autrefois, Manuel se connaissait en réfléchissant sur lui-même ; aujourd'hui, quand un hasard l'arrachait à l'action pour lui jeter son passé à la face. Et, comme lui et comme chacun de ces hommes, l'Espagne exsangue prenait enfin conscience d'elle-même, — semblable à celui qui soudain s'interroge à l'heure de mourir. On ne découvre qu'une fois la guerre, mais on découvre plusieurs fois la vie.

Ces mouvements musicaux qui se succédaient, roulés dans son passé, parlaient comme eût pu parler cette ville qui jadis avait arrêté les Maures, et ce ciel et ces champs éternels ; Manuel entendait pour la première fois la voix de ce qui est plus grave que le sang des hommes, plus inquiétant que leur présence sur la terre : — la possibilité infinie de leur destin ; et il sentait en lui cette présence mêlée au bruit des ruisseaux et au pas des prisonniers, permanente et profonde comme le battement de son cœur.

TABLE

TABLE

IMPRIMERIE DE LAGNY
EMMANUEL GREVIN ET FILS
- - - - - 8-1955 - - - - -

Dépôt légal : Février 1938.
Nº d'Éd. 4888. — Nº d'Imp. 4251
Imprimé en France.